读
行
者

从阅读走进现实

knowledge-power

knowledge-power

读行者

大师笔下最美诗词品鉴

人间词话 精读

苏缨 著

湖南文艺出版社
HUNAN LITERATURE AND ART PUBLISHING HOUSE
博集天卷
CS-BOOKY

自序

这本书要做的事情，不仅仅是对《人间词话》的随文讲解，更着力处是将《人间词话》放进哲学、美学与时代的大坐标里。

1. 伪装成门槛的高墙

1954年12月27日，傅雷给远在波兰的长子傅聪写信，叮嘱他保重身体以备战钢琴比赛，最后还不忘记以“舵工”的姿态指导他读书要领：“我个人认为中国有史以来，《人间词话》是最好的文学批评。开发性灵，此书等于一把金钥匙。一个人没有性灵，光谈理论，其不成为现代学究、当世腐儒、八股专家也鲜矣！”艺术总是相通的，钢琴家也需要借《人间词话》这把金钥匙来开发性灵，正所谓功夫在琴外，在一切技巧之外。但是，这把金钥匙易得而难用：“《人间词话》，青年们读得懂的太少了；肚里要不是先有上百首诗，几十首词，读此书也就无用。”

傅雷这番话虽然指出了《人间词话》的阅读门槛，却一点也不会令人生畏。肚里储备百余首诗词而已，这虽然算不得天下最简单的事情，至少也和“困难”二字绝不沾边。今天的中学生、大学生毕竟和傅雷时代的同龄人不同，只要按部就班地上过语文课，几乎都能轻松跨过这个门槛。所以傅雷在六十年前的告诫，在今天看来反而变成一种莫大的鼓励。

也许正是出于同样的考虑，《人间词话》在今天被指定为中学生语文课外读物。但是，傅雷及其笃信者们实在大大低估了《人间词话》的阅读门槛，或者说，百余首诗词的阅读储备无论如何都要算是所有门槛中最容易跨过的一个。

这倒不是说王国维在写作这本书的时候有意搞得多么高深莫测，而是因为《人间词话》是处于新旧时代之交与中西学术之交的一部极特殊的理论著作，它的传统性使我们无法按照现代学术论文的严谨风格来理解它，它的现代性又使我们无法遵循中国古典文论的惯常套路来分析它。它在含而不露地以康德、叔本华的美学体系来阐释中国的古典诗词，而康德和叔本华，对于普通读者而言这是两个何等令人生畏的名字啊，更何况王国维时而以中国传统诗论那种大大有欠严谨的表达形式来表达西方美学的严密体系……

所以《人间词话》可谓美学界的《红楼梦》：因为杰出，所以被仰望；因为复杂，所以使太多研究者以恋爱般的狂热投入聚讼纷纭的浪潮，由此开辟出各式各样的解读路径。认为《人间词话》通俗易懂的，也只有真正的门外汉了。

为了便于普通读者理解，我在这本书里除了仔细分析理论背景之外，还会更多地列举一些诗词实例，以作品选讲配合理论思辨，做足百余首诗词的积淀。事实上，本书总共选讲的诗词在二百五十首左右。

2. 语词的陷阱

乍看起来，《人间词话》太符合今天这个快餐时代的阅读风格：两三句话便是一个独立章节，只是作者零星记录下来的心得随感而已，既没有回环往复的逻辑思辨，亦不见构建理论体系的宏大规模，就连语言也只是古汉语里最易读的那一类罢了。但是，倘若我们真的以睡前三五分钟随手一翻的姿态阅读《人间词话》，就会不自觉地陷入无数个陷阱里去。

最害人的陷阱是一些再常见不过的语词，譬如“境界”。

“境界”是《人间词话》最核心的概念，但它与“精神修养”其实没有任何关系，仅仅是叔本华美学体系的一件中式外衣而已。倘若王国维存心将《人间词话》写成一部理论专著，那么他对“境界”这样一个至关重要的概念一定会做出精准的阐释，并且会在全文当中一以贯之地使用这个术语，而他偏偏写的是一部札记或随笔，于是既不曾界定过自己的特殊概念，甚至同一个“境界”时而做美学术语来用，时而做日常语词来用，读者稍不留心就会混淆；再如“理想”“赤子之心”“优美”“宏壮”“崇高”“关系”“限制”等，各有其西学背景，背后是一整套康德、叔本华的哲学和美学体系；再如“兴趣”这样的词，另是中国传统文论的专门概念，也不能以interest简单视之。

阅读常会遇到这样的语词陷阱：有些词汇一望可知是专业名词，但有些专业名词披着日常词汇的外衣，常常能够迷惑读者。比如一本书的题目是*Plant Tissue Culture*，三个单词都很普通，翻译过来是“植物手纸文化”，但这其实是一本生物学专业书，正确的译名是《植物组织培养》。

3. 在大坐标中理解点与线

俞平伯曾在《重印〈人间词话〉序》中盛赞这部词话“固非胸罗万卷者不能道”，这话一点不错，王国维正是以十足的厚积做十足的薄发，而读者纵然不至于“固非胸罗万卷者不能读”，至少也要做好相应的知识储备才行。

王国维在美学上的一大贡献是以西方的哲学、美学来分析、解释中国文学，所以为了读懂《人间词话》，我们首先要读懂王国维的西学背景，而事情的另一方面是，这部《人间词话》并非凭空立论，而是一部“对话之书”，时时处处都在针对着他那个时代的词坛风气，与当时词坛名宿和曩昔词学大家隔空过招。矫枉难免过正，所以我们若不想仅从字面上偏颇地理解王国维的一些观点，就有必要多做一些功课，了解他的对手们都有怎样的看家本领。

譬如我们不能孤立地理解一个点或一个线段，只有看清这个点或线段所在的坐标，才能够正确理解它的意义。这正是我这本书最着力要做的事情：梳理出王国维的学术背景，梳理出有清一代的文学背景，将《人间词话》准确标识在由这两个坐标轴交叉而成的大坐标里。我很希望读者可以从这个大坐标里获得高屋建瓴的视角和融会贯通的体验，如此一来，《人间词话》的许多难点便可以不待解而自解，不待辨而自明。这也是我自己一以贯之的读书方法，我想这个方法是可以放诸四海而皆准的。

阅读态度更为认真的读者不妨从本书附录“《人间词话》背景谈”读起。虽然许多背景性质的、具有坐标意义的知识点我都会在正文当中随文讲解，但为了增加正文的顺畅感，我还是将若干内容，尤其是理论性太强的内容，放到附录里集中解决。

4. 伟大的错误与细小的真理

阅读《人间词话》还有一个难点，那就是西方哲学、美学的许多观点往往有违常识，尤其有违中国人的常识。比如“美是客观的，不会有‘各花入各眼’的情况”，康德如是说；“理性不是科学的基础，直观才是”，叔本华如是说……

这些观点倘若出自无名鼠辈之口，发表于某个人声鼎沸的论坛上，无论其论证过程如何严密，都只会受到群起而攻之的待遇，使批评者们享受一场以智商和学养自矜的狂欢。当然，学如积薪，后来居上，先哲们某些敢冒天下之大不韪的高深见解确实在今天已经失去了立锥之地，但即便是那些彻头彻尾的谬论，也曾在思想史上光耀一时，在文明的进程里成为不可或缺的基石。换言之，一些观点即便是错的，亦不失为伟大的错误，而伟大的错误往往比细小的真理更值得我们重视。

5. 弹指派和讲理派

《人间词话》评论词作，任何引述几乎都是一带而过，这在当时丝毫不曾侮辱读者的学养。但毕竟时过境迁，今天《人间词话》的读者已不再是清末民初长袍马褂的饱学宿儒了，以至于太有必要对书中的引述做出详尽的解读。

通常意义上的诗词讲解，重点无非是时代背景、人物生平和字词释义，但既然《人间词话》是一部美学之书，那么我对诗词的讲解也会相应地突出诗艺的一项：哪是好诗，哪是不好的诗，为什么好，或者为什么不好，都有道理在。

中国的文艺评论有两个不算太好的传统，一是以玄解玄，一是以不解为解：前者爱说一些玄之又玄、大而无当的话，解释之语简直比被解释的对象更需要解释；后者过分强调审美的主观性，说一首诗为什么好，因为“我觉得好”，为什么觉得好，因为“心领神会，不可言说”。

所以我很乐于引述朱光潜的一番见解：“如果你没有决定怎样才是美，你就没有理由说这幅画比那幅画美；如果你没有明白艺术的本质，你就没有理由说这件作品是艺术，那件作品不是艺术。世间固然也有许多不研究美学而批评文艺的人们，但是他们好像水手说天文，看护妇说医药，全凭粗疏的经验，没有严密的有系统的学理做根据。我并不敢忽视粗疏的经验，但是我敢说它不够用，而且有时还会误事。”

如果朱先生看到今天的图书市场，一定会惊叹于有那么多的“水手说天文，看护妇说医药”的读物大行其道。原因无他，最能贴合外行人阅读趣味的作者往往也是和这些读者一样的外行人。于是，当谬论因为泛滥而变成了我们的常识，我们对一切真知灼见自然也就培养出相当强大的免疫力了。

幸或不幸的是，文艺理论的一大功能就是把所谓不可言说的东西清晰地言说出来。当然，并不是所有人都愿意这么做，也不是所有人都赞成这么做，甚至有人觉得似懂非懂、朦朦胧胧的感觉才是最好的。这也无可厚非，“禅客相逢只弹指，此心能有几人知”。我尊重弹指派的深不可测，但我是讲理派。

最后要说的是，我曾在2009年出版有《人间词话讲评》，当时限于篇幅，仅仅讲解了《人间词话》全部六十四章中的前二十三章。今天终于有机会续成完璧，并且对2009年版做了很大程度上的修订。毕竟几年过去，我又有了许多新的想法。

苏缨

2014年5月

目录

［一］ 词以境界为最上。有境界，则自成高格，自有名句。五代、北宋之词所以独绝者在此。—— 001

［二］ 有造境，有写境，此理想与写实二派之所由分。然二者颇难分别。因大诗人所造之境必合乎自然，所写之境必邻于理想故也。——006

［三］ 有有我之境，有无我之境。“泪眼问花花不语，乱红飞过秋千去”“可堪孤馆闭春寒，杜鹃声里斜阳暮”，有我之境也。“采菊东篱下，悠然见南山”“寒波澹澹起，白鸟悠悠下”，无我之境也。有我之境，以我观物，故物皆著我之色彩。无我之境，以物观物，故不知何者为我，何者为物。古人为词，写有我之境者为多，然未始不能写无我之境，此在豪杰之士能自树立耳。——012

［四］ 无我之境，人惟于静中得之。有我之境，于由动之静时得之。故一优美，一宏壮也。——021

［五］ 自然中之物，互相关系，互相限制。然其写之于文学及美术中也，必遗其关系、限制之处。故虽写实家，亦理想家也。又虽如何虚构之境，其材料必求之于自然，而其构造亦必从自然之法则。故虽理想家，亦写实家也。——028

［二十七］ 永叔“人间[生]自是有情痴，此恨不关风与月”“直须看尽洛城花，始与[共]东[春]风容易别”，于豪放之中有沈著之致，所以尤高。——241

［二十八］ 冯梦华《宋六十一家词选·序例》谓：“淮海、小山，古之伤心人也。其淡语皆有味，浅语皆有致。”余谓此唯淮海足以当之。小山矜贵有余，但可方驾子野、方回，未足抗衡淮海也。——244

［二十九］ 少游词境最为凄婉。至“可堪孤馆闭春寒，杜鹃声里斜阳暮”，则变而凄厉矣。东坡赏其后二语，犹为皮相。——260

［三十］ “风雨如晦，鸡鸣不已”“山峻高以蔽日兮，下幽晦以多雨。霰雪纷其无垠兮，云霏霏而承宇”“树树皆秋色，山山尽[唯]落晖”“可堪孤馆闭春寒，杜鹃声里斜阳暮”，气象皆相似。——263

［三十一］ 昭明太子称：陶渊明诗“跌宕昭彰，独超众类；抑扬爽朗，莫之与京”。王无功称：薛收赋“韵趣高奇，词义晦远；嵯峨萧瑟，真不可言”。词中惜少此二种气象，前者唯东坡，后者唯白石略得一二耳。——273

［三十二］ 词之雅郑，在神不在貌。永叔、少游虽作艳语，终有品格。方之美成，便有淑女与倡伎之别。——283

［三十三］ 美成词深远之致不及欧、秦，唯言情体物，穷极工巧，故不失为第一流之作者。但恨创调之才多，创意之才少耳。——292

［三十四］ 词忌用替代字。美成《解语花》之“桂华流瓦”，境界极妙，惜以“桂华”二字代“月”耳。梦窗以下，则用代字更多。其所以然者，非意不足，则语不妙也。盖意足则不暇代，语妙则不必代。此少游之“小楼连苑”“绣毂雕鞍”，所以为东坡所讥也。——296

［四十一］“生年不满百，常怀千岁忧。昼短苦夜长，何不秉烛游”“服食求神仙，多为药所误。不如饮美酒，被服纨与素”，写情如此，方为不隔。“采菊东篱下，悠然见南山。山气日夕佳，飞鸟相与还”“天似穹庐，笼盖四野。天苍苍，野茫茫，风吹草低见牛羊”，写景如此，方为不隔。——353

［四十二］古今词人格调之高，无如白石。惜不于意境上用力，故觉无言外之味，弦外之响，终不能与于第一流之作者也。——358

［四十三］南宋词人，白石有格而无情，剑南有气而乏韵。其堪与北宋人颉颃者，唯一幼安耳。近人祖南宋而祧北宋，以南宋之词可学，北宋不可学也。学南宋者，不祖白石，则祖梦窗，以白石、梦窗可学，幼安不可学也。学幼安者率祖其粗犷、滑稽，以其粗犷、滑稽处可学，佳处不可学也。幼安之佳处，在有性情，有境界。即以气象论，亦有“横素波”“干青云”之概，宁后世龌龊小生所可拟耶？——361

［四十四］东坡之词旷，稼轩之词豪。无二人之胸襟而学其词，犹东施之效捧心也。——393

［四十五］读东坡、稼轩词，须观其雅量高致，有伯夷、柳下惠之风。白石虽似蝉蜕尘埃，然终不免局促辕下。——399

［四十六］苏、辛，词中之狂。白石，犹不失为狷。若梦窗、梅溪、玉田、草窗、中[西]麓辈，面目不同，同归于乡愿而已。——405

［四十七］稼轩中秋饮酒达旦，用《天问》体作《木兰花慢》以送月，曰：“可怜今夕月，向何处、去悠悠？是别有人间，那边才见，光影东头？”词人想象，直悟月轮绕地之理，与科学家密合，可谓神悟。——427

[五十五] 诗之《三百篇》《十九首》，词之五代、北宋，皆无题也。非无题也，诗词中之意，不能以题尽之也。自《花庵》《草堂》每调立题，并古人无题之词亦为之作题。如观一幅佳山水，而即曰此某山某河，可乎？诗有题而诗亡，词有题而词亡。然中材之士，鲜能知此而自振拔者矣。——469

[五十六] 大家之作，其言情也必沁人心脾，其写景也必豁人耳目。其辞脱口而出，无矫揉妆束之态。以其所见者真，所知者深也。诗词皆然。持此以衡古今之作者，可无大误矣。——478

[五十七] 人能于诗词中不为美刺投赠之篇，不使隶事之句，不用粉饰之字，则于此道已过半矣。——482

[五十八] 以《长恨歌》之壮采，而所隶之事，只“小玉”“双成”四字，才有余也。梅村歌行，则非隶事不办。白、吴优劣，即于此见。不独作诗为然，填词家亦不可不知也。——490

[五十九] 近体诗体制，以五七言绝句为最尊，律诗次之，排律最下。盖此体于寄兴、言情，两无所当，殆有韵之骈体文耳。词中小令如绝句，长调似律诗，若长调之《百字令》《沁园春》等，则近于排律矣。——506

[六十] 诗人对宇宙人生，须入乎其内，又须出乎其外。入乎其内，故能写之；出乎其外，故能观之。入乎其内，故有生气；出乎其外，故有高致。美成能入而不出。白石以降，于此二事皆未梦见。——511

[六十一] 诗人必有轻视外物之意，故能以奴仆命风月。又必有重视外物之意，故能与花鸟共忧乐。——513

[一]

词以境界为最上。有境界，则自成高格，自有名句。五代、北宋之词所以独绝者在此。

| 1 |

每一个文学评论家都会有自己最为标榜的美学趣味，或是性灵，或是兴趣，或是春容大雅，或是雅人深致，每每成为文人或派别头上的标签。而为王国维所标榜的，就是“境界”。

作为美学概念，“境界”是指艺术品为我们营造出来的一种幻境，使我们可以轻易地迷失其中，浑然忘记了现实世界的存在。无论你看一幅画，听一首歌，读一首词，只要你深深陶醉了，陷入物我两忘的状态了，那么你就进入了它的“境界”。

之所以说“词以境界为最上”，并不意味着词以外的艺术形式另有审美上的最高标准，只不过相对而言，尤其是相对于诗歌而言，词于境界上的要求更高。

我们初学诗词的时候，往往很难分清诗与词的区别，以为词就是不整齐的诗，诗就是整齐的词，于是当我们读到《浣溪沙》这类整齐的词牌，便很难理解这为什么是词而不是诗，更难理解诗与词究竟有什么本质性的区别。

在古代的语境里，诗与词的分野好比古典音乐与流行歌曲的分野，更加形象一点来说，好比巴赫与凤凰传奇的分野。诗，于诗人自身是“言志”的工具，于社会而言是“教化”的工具；而词，无论于词人自身抑或社会，都仅仅是一种娱乐手段罢了。写诗，总少不得端几分架子，扮一点端庄；填词，不妨放浪形骸，声色犬马。

宋代是词的第一个盛世，那时候文人写诗重在理趣，要把宇宙人生的大道理讲给你听，诸如“清心为治本，直道是身谋”，即便艺术性再强一点，也无非是“不识庐山真面目，只缘身在此山中”，或者“问渠那得清如许，为有源头活水来”，于是情趣的抒发便完全寄托于词了。文人在诗中端起架子，在词中放下架子。编纂文集，诗每每列于全集之首，词则完全不予收录。这意味着诗是大雅中的大雅，词是全然不登大雅之堂的玩物。

所以我们才会发现，同一首诗哪怕流传有不同的版本，字句出入往往相当细微，而同一首词的不同版本，非但字句会出入到几乎看不出是同一首词来，甚至关于创作者身份的说法也往往五花八门。在很长的时期里，词都不曾被人们认真地保存，著作权也不曾得到人们的认真对待。

| 2 |

诗和词原先都是入乐的，都是作为“歌词”而存在的。当然，古时候的音乐并不是今天意义上的音乐。

儒家提倡礼乐之道，音乐是作为一种不可或缺的教化手段被标榜出来的。既然意在教化，旋律与歌词当然不可以轻浮。但是，哪怕是饱读诗书的士大夫们，也不可能彻底脱离低级趣味，总还想找一点轻浮的娱乐，好比一个人纵是听惯了瓦格纳的恢宏歌剧，甚至自己也能写出《驰骋的女武神》那样的庄严之歌，但总还喜欢在KTV包间里胡乱喝些佳酿，和小歌星们合唱几首通俗歌曲。这就是宋代士大夫经典的生活模式，词就是他们放纵的休闲。

词牌就是歌谱，每一个词牌都是一段固定的旋律。按照旋律的要求撰写新的歌词，是谓填词。一首词填好之后，便可以当即交给歌女演唱。然而古代乐谱是一种相当不严格的事物，于是随着时代嬗变，词的唱法渐渐失传，词终于变成了一门纯粹的文字艺术。

当诗与词先后脱离了音乐，先后成为纯粹的文字艺术之后，原先的森严壁垒便显得毫无必要了。诗已经不再是庙堂雅乐的歌词，词也不再是酒筵歌女的浅斟低唱，又何必再存什么雅俗之分呢？于是到了清代，喜好填词的人不断为词争取地位，到了王国维的时代，词与诗几乎可以并驾齐驱了。时代的文学呼声也悄然发生了变化，人们不复在意词与诗是否地位相当，而是在意在旗鼓相当的地位上，较之于诗，词究竟有哪些特殊的妙趣。

| 3 |

一切可以入诗的题材亦可以入词，反之亦然，但我们只要多读同一题材的诗与词，就会发现两者在表现形式上最本质的差异：诗永远是对称的，词几乎都是不对称的。正是因为这一点差异，诗宜于大开大合、往来畅达，词宜于吞吞吐吐、欲说还休。所以“大漠孤烟直，长河落日圆”，这样的句子只能是好诗而不能是好词；“无可奈何花落去，似曾相识燕归来”，这样的句子只能是好词而不能是好诗。

“无可奈何花落去，似曾相识燕归来”，这一联很宜于举例，因为作者晏殊既将它放进诗里，又将它放进词里。

诗是一首七律，题为《示张寺丞王校勘》：

元巳清明假[1]未开，小园幽径独徘徊。春寒不定斑斑雨，宿醉难禁滟滟杯。无可奈何花落去，似曾相识燕归来。游梁赋客多风味，莫惜青钱万选才。[2]

律诗章法森严，可以说是诗歌里的八股文，每两句一联，四联以起、承、转、合的套路衔接，“无可奈何花落去，似曾相识燕归来”位于全诗之颈联，起到转折的作用。再看晏殊的《浣溪沙》：

一曲新词酒一杯。去年天气旧亭台。夕阳西下几时回。
无可奈何花落去，似曾相识燕归来。小园香径独徘徊。

首先要提醒读者留心的是：今天绝大多数的诗词选本都是以语意为依据来加标点的，这虽然符合现代人的阅读习惯，却在相当程度上牺牲了词的形式美；我这里是依照词谱上的韵脚规范来做的标点，每个句号代表一个韵脚，亦即代表语句“形式上的结尾”。这首《浣溪沙》貌似和七言诗区别不大，但读起来韵味迥然：词的上阕是独立的三句，每句一韵；下阕仍是三句，却只有两韵，前两句构成了一联对仗。

对比之下我们会发现：诗属于偶数之美，词属于奇数之美。前者无论句式、韵脚，都要求两两成对；后者即便是貌似齐整的形式（《浣溪沙》即是七言六句），本质上仍然是参差不齐的。所以，诗是闭合性的，有稳定感；词是开放性的，有不稳定感。正是因为这样的差异，才有了诗与词在美学追求上的不同。以古建筑来比拟，诗如同北京故宫，词如同苏州园林。

词有开放性，所以更需要读者来加入其中；词有不稳定性，所以更需要读者来“搀扶”。正是因为这样的缘故，较之于诗，词更宜于艺术幻境的营造，更容易将读者带入物我两忘的沉迷里。

以这样的标准来衡量，五代、北宋的词确实胜过南宋，这正是王国维所谓

---

① 假：休假。

② 游梁赋客多风味，莫惜青钱万选才：汉代梁孝王喜好招贤纳士，肯费万金，一时俊彦多聚梁园，晏殊以梁孝王自比。

"五代、北宋之词所以独绝者在此"的道理。当然，标准不同，优劣之分自然随之不同。有清一代号称词学的中兴时代，盛世胜于两宋，大宗大派各有一套美学标准，对南宋的词坛名家每多推崇。王国维提出境界说，其实就是在和清代词坛对话，指出那些前辈名家因为看错了词的美学本质，所以才有了或错误或偏颇的词学追求。

[二]

有造境，有写境，此理想与写实二派之所由分。然二者颇难分别。因大诗人所造之境必合乎自然，所写之境必邻于理想故也。

| 1 |

造境与写境，在诗歌有李白和杜甫的区别，在绘画有达利和塞尚的区别，在电影有宫崎骏与贾樟柯的区别。这是两种貌似截然相反的艺术途径，前者是理想派，后者是写实派。

王国维所谓的“理想”是源自柏拉图的一个美学概念，是指神祇在创世时候的各种构思。在柏拉图的时代，创世神话并非“无中生有”，而是“有中生形”：世界原本混沌，是神祇依照自己的想法将混沌整理成日月星辰、山河大地、鸟兽鱼虫，以及我们人类，如同巧手的工匠以现成的原石雕凿出各类造型。神祇的“想法”，在哲学上称为“理想”“理念”或“理想型”，这是“理想”一词最原初的含义。

譬如神祇造猫，一定先在心中产生猫的“理想”，然后以现实世界里的混沌物质创造出一只又一只的猫咪。每一只猫咪之于猫的“理想”，正如每一块饼干之于饼干的模具。猫的“理想”完美无瑕，而每一只具体的猫咪总有这样那样的缺憾，正如饼干的模具完美无瑕，而每一块具体的饼干都不可能完美再现模具的样子。

这种貌似荒谬的想法其实完全可以验证于每个人的生活经验：无论我们要画一个圆还是打造一只圆形的车轮，心里总会有一个“正圆”的形象，然而无论我们怎样认真去画，无论怎样认真去打造，永远也画不出完美的正圆，也打造不出正圆的车轮。正圆仅存在于我们心里，在现实世界里既不曾有过，也永远不会出现。

| 2 |

神祇构思出“理想”，“理想”派生出万事万物。“理想”是神祇的直接造物，故而完美无缺；万事万物是对“理想”的分有与模仿，故而充满缺憾。正是在这个意义上，柏拉图鄙视艺术创作。譬如我们画一棵树，这棵树既然已是“理想之树”的不完美的摹本，那么无论我们有多么高超的画技，也不过是画出一个摹本的摹本而已。

这样的见地在西方世界里绵延了两千多年，早已成为一种常识，许多哲学与美学上的新奇见解都是这根主干的开枝散叶。将柏拉图的见解向前推进一步并非难事：摹写现实的艺术纵然不值得称道，直接摹写“理想”的艺术总可以算是技高一筹吧？譬如画猫，与其临摹一只具体的猫咪，不如直接临摹“理想之猫”。这就是王国维所谓的“写境”与“造境”之别，“写实”与“理想”之别。可想而知，普通人无论如何勤学苦练都无法练成直接洞悉“理想”的眼力，这只能是极少数天才的事业。西方美学里的“天才论”正是在这个思路上生发出来的，这是王国维美学的源头之一。

在我们的常识里，艺术创作最需要体验生活，而西方美学里的常识恰恰相反：艺术家不必读万卷书，不必行万里路，不必采风，不必深入群众，只有直接摹写“理想”的作品才是最上乘的作品。

所以西方文艺有理想主义与现实主义之分，王国维将这一对概念引入《人间词话》。近几十年来，我们的文艺理论大谈理想主义（或浪漫主义）与现实主义，根源就在这里，只是我们越来越在日常语意上理解“理想主义”，所以无论读《人间词话》还是读西方美学，难免会有不自觉的误解。

| 3 |

“有造境，有写境”，前者摹写“理想”，后者摹写现实，所以才说“此理想与写实二派之所由分”。在探讨这个西方美学命题时，王国维加入了相当程度的中国元素：“然二者颇难分别。因大诗人所造之境必合乎自然，所写之境必邻于理想故也。”

在王国维看来，只要到达各自的极致，造境与写境便很难分别。譬如画一个正圆，理想派的天才直接摹写理想之正圆，写实派的大师从无数个现实世界各有缺陷的正圆里凝练出一个近乎完美的正圆，两者看上去其实相差无几。

造境的佳作，不妨以唐代诗人李贺的《天上谣》为例：

天河夜转漂回星，银浦流云学水声。玉宫桂树花未落，仙妾采香垂佩缨。
秦妃卷帘北窗晓，窗前植桐青凤小。王子吹笙鹅管长，呼龙耕烟种瑶草。
粉霞红绶藕丝裙，青洲步拾兰苕春。东指羲和能走马，海尘新生石山下。

这首诗不摹写任何现实，完全是一个耽于幻想者最瑰丽的幻想。“天河夜转漂回星，银浦流云学水声”，天河转动，繁星也随之漂转，河中的流云发出流水的声音。“玉宫桂树花未落，仙妾采香垂佩缨”，月宫中的桂树毕竟不同于人间的桂树，人间的桂树有花开花落，月宫的桂树也有花开花落吗？诗人既说“花未落”，自然暗示出月宫的桂花似乎也有飘落的时候。明明全是幻想，却在细节上格外逼真。

从银河写到月宫，从天上的风景写到仙子的生活，诗人的镜头越拉越近，于是看到了“秦妃卷帘北窗晓，窗前植桐青凤小”。“秦妃”是秦穆公的女儿弄玉，她嫁给了善于吹箫的萧史，夫妇二人乘鸾升天，从人间佳偶升格为神仙眷属了。

童话故事总是结束在“王子和公主从此过上了幸福的生活”，幸福生活到底是什么样子的呢？李贺在这里为童话写了后传：弄玉到了天庭，在一个破晓时分打开了北窗，望着窗前栽种的梧桐，那梧桐上栖息着一只小小的青凤。

近镜头摇动，于是我们离开了弄玉的窗口，看到“王子吹笙鹅管长，呼龙耕烟种瑶草”，而这样的景色应该正是借助于弄玉的眼睛，让她从窗前的青凤向着更远的地方看去，看到了王子乔正在吹笙，让龙像耕牛耕地一样耕种着云彩，在云田里种植仙草。而在那仙草蓬勃的云田野，“粉霞红绶藕丝裙，青洲步拾兰苕春”，是仙女采摘仙草的柔美姿态。

《天上谣》这一路写下来，从银河到月宫，从男仙到女仙，景致与风情顺流而下，到了最后两句，却突然做了一个逆转：“东指羲和能走马，海尘新生石山下”，看到了太阳在天空飞驰，人间岁月流逝，沧海又要变成桑田了。

诗到结尾，反观从前：前边的篇幅悠然描写着天界，那里的时间仿佛是停滞的，直到结尾两句出现，我们才恍然大悟那前文的种种竟然全是铺垫，那么多的笔墨只是为了凸显结尾的这个逆转。这样的诗，没有半点对现实的摹写，却写出了“理想之时间”，写出了时间的最真实而永恒的样貌。它是理想的，是那么脱离实际，却完完全全“合乎自然”，比真实更加真实。

| 4 |

写实之佳作，不妨以周邦彦《苏幕遮》为例：

燎沉香，消溽暑。鸟雀呼晴，侵晓窥檐语。叶上初阳干宿雨。水面清圆，一一风荷举。

故乡遥，何日去。家住吴门，久作长安旅。五月渔郎相忆否。小楫轻舟，梦入芙蓉浦。

词的上阕，“叶上初阳干宿雨。水面清圆，一一风荷举”是千古传唱的名句，这一句描写荷花，分明在摹写词人所看到的“这一塘荷花”，但因为抓到的特点是如此突出而传神，描绘出荷花最娇柔多情的那一刹那，以至于古往今来的任一荷花皆不会超越这一刻之美。换言之，这一句词所描绘之荷花，已经逼近于“理想之荷花”。它是写实的，却最大限度地“邻于理想”。《人间词话》第三十六章称这一句“此真能得荷之神理者”，写出了荷花之“神理”，亦即摹写出“理想之荷花”。

中国传统中对于咏物之作也很讲究一个“理”字，但含义不同。清代康熙年间有一部《御定佩文斋咏物诗选》，说哪怕是鱼虫草木这些细小的物体，也可以“挥天地万物之理”。这不是艺术见解，而是朱熹理学“格物致知”的见解。只要我们用心去“格”鱼虫草木之“理”，就可以体认出宇宙人生的终极法则。我们可以看朱熹自己的一首《赋水仙花》，这是理学家“挥天地万物之理”的咏物诗：

隆冬凋百卉，江梅厉孤芳。如何蓬艾底，亦有春风香。
纷敷翠羽帔，温艳白玉相。[①] 黄冠表独立，淡然水仙装。
弱植愧兰荪，高操摧冰霜。湘君谢遗褋，汉水羞捐珰。[②]
嗟彼世俗人，欲火焚衷肠。徒知慕佳冶，讵识怀贞刚。
凄凉《柏舟》誓，恻怆《终风》章。卓哉有遗烈，千载不可忘。

“隆冬凋百卉，江梅厉孤芳。如何蓬艾底，亦有春风香”，起首以梅花来衬

---

① 帔（pèi）：裹头或缠束、覆盖用的织物。艳（qìng）：青黑色。
② 褋（dié）：单衣。湘君谢遗褋，语出《楚辞·九歌·湘夫人》“捐余袂兮江中，遗余褋兮醴浦”。

托水仙，说隆冬时节百花凋谢，只有江梅兀自开放，偏偏在茅舍旁边飘来了春风的味道。“纷敷翠羽帔，温艳白玉相。黄冠表独立，淡然水仙装”，这四句写水仙花的形象：翠叶、白花、黄蕊，一副淡雅的仙姿。“弱植愧兰荪，高操摧冰霜”，水仙虽然像兰花一般柔弱，却不畏冰霜的催逼。“湘君谢遗褋，汉水羞捐珰”，它不像湘水女神，轻率地将衣衫送给心仪的男子，亦不似汉水仙女，随便解下耳饰给一位邂逅的公子。

“嗟彼世俗人，欲火焚衷肠。徒知慕佳冶，讵识怀贞刚”，水仙是端庄而高洁的，只可惜世俗之人只知道贪恋美色，不明白水仙的可贵。“凄凉《柏舟》誓，恻怆《终风》章。卓哉有遗烈，千载不可忘”，想起《诗经·鄘风·柏舟》中那位矢志不渝的女子，还有《诗经·邶风·终风》里那位以贞定自守的女子，千载之后也令人感佩不已。

今天我们不会喜欢这样说教气太重的诗，却可以站在文学史的角度来理解：这首《赋水仙花》确实做到了至少在理学世界里“挥天地万物之理”，而王国维的“神理”之说又是怎样在纯文学的角度上开辟出另外的途径。

[三]

有有我之境，有无我之境。“泪眼问花花不语，乱红飞过秋千去”“可堪孤馆闭春寒，杜鹃声里斜阳暮”，有我之境也。“采菊东篱下，悠然见南山”“寒波澹澹起，白鸟悠悠下”，无我之境也。有我之境，以我观物，故物皆著我之色彩。无我之境，以物观物，故不知何者为我，何者为物。古人为词，写有我之境者为多，然未始不能写无我之境，此在豪杰之士能自树立耳。

| 1 |

这一章辨析境界之两种：有我之境，无我之境。伤春悲秋属于前者，物我两忘属于后者。

王国维借用宋代学者邵雍《皇极经世》的“以我观物”“以物观物”这一

对概念分别阐释有我之境与无我之境。在邵雍那里，譬如我们认识一个苹果，儿童看到美味，画家看到美色，苹果园的主人看到了财富，无业游民看到了就业机会，饮料厂商看到了原材料……每个人都戴着一副有色眼镜，以主观偏好看待外部世界，这便是“以我观物”；倘若一个人可以陶然忘机，抛下所有的主观偏好，才有可能看到这只苹果的全貌或全部特性，这个苹果映在他心中的图像如同映在清澈无波的水面上的倒影，这便是“以物观物”。圣人的“以物观物”不止于用“心”，更会用“理”。牛顿从一个砸在头上的苹果看到了万有引力，这正是邵雍所谓“以物观物”的最高境界。

诗词创作，往往有感而发，悲伤时看到“感时花溅泪，恨别鸟惊心”，欣喜时看到“红杏枝头春意闹”，一切原本与人类情感无关的事物都在“以我观物”的过程中沾染上观察者本人的情感，美学上称之为移情作用。能够物我两忘、以物观物的人从来罕见，只有当一个人彻底摆脱七情六欲的困扰，以恬淡而纯粹的审美心态吟风弄月、写诗填词，才可以真正地超脱出来。所以在诗词的历史上，写有我之境的作品远较写无我之境的作品为多。

| 2 |

王国维为“有我之境”“无我之境”各自举了两则例证。

“有我之境”例证之一，“泪眼问花花不语，乱红飞过秋千去”，出自欧阳修的《蝶恋花》（一说是南唐宰相冯延巳的作品）：

庭院深深深几许。杨柳堆烟，帘幕无重数。玉勒雕鞍游冶处，楼高不见章台路。

雨横风狂三月暮。门掩黄昏，无计留春住。泪眼问花花不语，乱红飞过秋千去。

这是一首闺怨主题的词，是男性作家对女子心情的恣意想象。“庭院深深深几许。杨柳堆烟，帘幕无重数”，层层递进摹写庭院之深邃，暗示出比这座庭院更加深邃、幽寂的是一名深陷在思念之伤中的女子的心。她一切的孤独与痛苦尽来自于“玉勒雕鞍游冶处，楼高不见章台路”，丈夫一日日流连于秦楼楚馆，任自己一次次登楼远眺，却望不到他的所在，盼不到他的归家。

只有痛过的心才会对狂躁的风雨格外敏感，那是“雨横风狂三月暮”的季节，她在黄昏时分掩上了等他归来的门，仿佛也将黄昏的物象尽掩在门外似的。这是时序的黄昏，难不成也是她与他爱情中的黄昏。明媚的春光与甜蜜的厮守从何时起沦为久远的往事呢？“门掩黄昏，无计留春住”，美好的春光以及一切和春光一般美好的事物竟离去得那样决绝，只剩下“泪眼问花花不语，乱红飞过秋千去”。无限的伤心与不甘无法诉与人知，便只有痴痴地诉与花知，而花儿竟也不肯在枝头上稍稍驻留片刻以听自己把话说完，一味地随风乱飞，不载走半点愁绪，只载走逝水流年。

词句里尽是思妇的怨慕。无论“雨横风狂”还是“乱红飞过”，不是纯然的自然之景，而是怨慕者眼中的特殊之景。也许就在这同一天，同一刻，同一个地方，在那座庭院外经过的人，或许刚刚赚完了一日的衣食，或许刚刚看完一场妙趣横生的表演，或许在回家的途中刚刚给小女儿买好了一包零食，他们看这风是酣畅的，看这雨是淋漓的，看这满天的落红是华美的，他们看到的世界和她所看到的竟然全不相似。

| 3 |

“有我之境”例证之二：“可堪孤馆闭春寒，杜鹃声里斜阳暮”，出自秦观《踏莎行·郴州旅舍》：

> 雾失楼台，月迷津渡。桃源望断无寻处。可堪孤馆闭春寒，杜鹃声里斜阳暮。
>
> 驿寄梅花，鱼传尺素。砌成此恨无重数。郴江幸自绕郴山，为谁

流下潇湘去。

这首《踏莎行》是词人对一生漂泊身世的感伤，所有的情绪都紧紧扣合着词人一生的遭际。对于这样的作品，解读的途径总要循着知人论世的路标，理解创作者一切身世浮沉的或明或暗的背景。

宋代的科举改革给了天下读书人以公平竞争的机会以及“朝为田舍郎，暮登天子堂”的宏大梦想，但文学才华毕竟不是登科与仕进的唯一依凭，于是才名满天下的秦观一再坎坷蹭蹬，即便得到了苏轼的鼎力荐举，好运气也总是才一露面便飘然远飏，仿佛要借秦观来向世人彰显何谓命运的捉弄。

终于有一次小小的职官改革为秦观提供了一个机会：秘书省的一些书籍属于皇帝的特供读本，以黄纸抄写，称为黄本书；有抄写便难免有错讹，故而秘书省增设校对职务，秦观的大材这才寻到了小用的场所。翌年，秦观升迁为秘书省正字，而所谓“正字”，顾名思义，所负责的仍然只是文字校订而已。我们似乎很难将这位惊才羡艳、风流倜傥的词人和谨小慎微、一丝不苟的校对工作者联系起来，但好歹算是升迁了，好歹是谋了个中央政府里的文化类的职务，秦观竟然也会因此而扬扬自得。

那时候他写过这样一首绝句：“金雀觚稜转夕晖，飘飘宫叶堕秋衣。出门尘涨如黄雾，始觉身从天上归。”大意是傍晚下班出宫，看秋风吹过，尘土飞扬如同黄色的雾气，自己置身其中，感觉像是从天上归来一般。正所谓境由心生，当心绪好时，以我观物，竟然连沙尘暴也可以是美丽的。这正是秦观的性格缺陷，所以当时就有人觉得秦观不过任了个小小的皇家校对就如此炫耀招摇，恐怕不会有太好的政治前途，尤其在那样一个党争激烈、动辄得咎的年代。

结党立派始终是官场生态的一大特色，等而上者以政治追求为旨归，等而下者以人情与利益为分野。既然王安石变法成为朝廷中最大的事件，人们便以此自然而然地分出阵营，新党与旧党此消彼长，以滔天的浪潮将无数不由自主的小人物裹挟进来，或推在浪尖，或压在浪底。

以秦观的位卑言轻，本不会在党争中受到任何人的认真对待，而高明的政治斗争手段偏偏与高明的填词技艺异曲同工，都讲求意内言外，言在此而意在彼。反对派之所以盯住秦观，仅仅因为他是一个太好的切入点，言在秦观而意在苏轼。

秦观是所谓“苏门四学士”之一，苏轼于他有亦师亦友的关系。不难想象苏轼对秦观会生出天然的亲近感，毕竟他们都是聪慧过人而又倜傥不羁的人。而他们与政敌的龃龉，在相当程度上与其说是由政见分歧而起，倒不如说是性格差异使然：一方性情自任，一方道貌岸然；后者视前者为轻浮，前者视后者为迂腐。秦观的“轻薄行径”就是流连于歌楼酒肆，在歌女的传唱中享受着填词国手的名声。这名声在今天看来无疑是令人尊崇的，而在当时士大夫世界的共识里，填词只是“小道”，如同斗鸡走狗，在正事之余不妨偶一为之，却切切不可耽于这样的轻薄嗜好。

秦观偏偏耽于填词小道，耽于歌楼酒肆的放浪生涯，士大夫如此的行径怎可以表率万民呢？于是，苏轼的死敌贾易对苏派人物发起猛攻，一一指摘他们的轻薄无行。而雪上加霜的是，当初对秦观有荐举之功的赵君锡竟然也“幡然悔悟”，向皇帝上书，检讨自己荐人失察。

洞悉先机从来都是生存竞争中最重要的能力之一，保密亦是危机四伏的人际关系中最难做到的事情。在贾易正式发起弹劾之前，苏辙竟然探知了奏章的内容。信息于是由苏辙传至苏轼，再由苏轼传至秦观，诗人的政治幼稚病终于在秦观身上爆发出来：秦观径自向赵君锡申辩无辜，甚至拜托后者转而弹劾贾易。秦观的逻辑是：既然赵君锡对自己有知遇之恩，总该顾念几分鱼水之情，而自己将被弹劾的那些罪名，在贾易身上又何尝没有呢？

秦观这一番所作所为完美解释了何谓弄巧成拙。赵君锡迅疾向皇帝奏报，说贾易奏章的内容竟然会一路泄露到秦观那里，可见苏轼一党是何等的阴险狡诈、机关算尽。

苏轼外放，秦观免职，没有哪位正人君子还会同情他们的遭遇，而苏轼的朋友们更将秦观视为罪魁祸首，疏远了与他的关系。此时的秦观正如寓言故事里的那只蝙蝠，既不被鸟类所容，亦不被兽类接纳，在孤立无援的境地中被排挤到政治生活边缘处的边缘。

年复一年，浮沉荣辱相伴，秦观又随着新一度的党争被削去一切官秩，逐至偏远的郴州。这算是他人生低谷的最低处了，而就是在这一段时间里，在郴州的某一间旅舍里，诞生了这一首传为经典的《踏莎行》。

这首词写尽了栖栖遑遑、无所依归的苦闷。那一场淹没了楼台与津渡的大雾既是郴州的实景，亦是秦观迷茫人生的虚像：进亦不可得，退亦不可得，甚至已看不清何处是进路，何处是归途；是不可抗拒的力量将自己困在郴州旅舍的一隅，困在心灵的没有围墙的监狱里，而往日的好友更以一封封的书信作为投向这所监狱的瓦砾，让他一遍遍为犯下的过错而自责。

是的，这首词是秦观向朋友们表达心迹之作。在经历了赵君锡那件事之后，秦观与苏轼的关系开始微妙起来，旧友们多站在苏轼一边，对秦观颇有微词。于是朋友间的通信一封封叠加着怨气，所谓“驿寄梅花，鱼传尺素。砌成此恨无重数”便是指此而言的。而秦观的全部剖白，只是“郴江幸自绕郴山，为谁流下潇湘去”两句。

这样的收束，在诗词技法上是为“以景结情”，或许苏轼便是郴山，自己便是郴江，而郴江终于流向潇湘，究竟是因为怎样的缘故呢？

当此词流传，“郴江幸自绕郴山，为谁流下潇湘去”一语大受苏轼激赏，似乎这里边藏有一些只有当事人才能读懂的私语。王国维挑选出来的句子却是上阕的结尾：“可堪孤馆闭春寒，杜鹃声里斜阳暮。”孤馆之馆即秦观当时留宿的郴州旅舍，初春的寒意于失意之人感受最敏，因为他分明从切肤的淡淡春寒里感受到世道人心那冰砭入骨的酷寒。树梢或许有百鸟交鸣，他却只听到杜鹃啼血的哀鸣；窗外或许有朝阳经过，他却只看到斜阳与暮色。这便是“以我观物”的佳例，一切无悲无喜的自然风光皆成为词人悲苦心境的外化。

| 4 |

“无我之境”例证之一是“采菊东篱下，悠然见南山”，出自陶渊明《饮酒》组诗的第五首：

结庐在人境，而无车马喧。
问君何能尔，心远地自偏。
采菊东篱下，悠然见南山。
山气日夕佳，飞鸟相与还。
此中有真意，欲辨已忘言。

《饮酒》组诗共有二十首，大约作于晋义熙十二年（416），陶渊明时年五十二岁。当时刘裕总揽朝政，受封宋王，备赐九锡，距离篡位仅有一步之遥。这是一个乱政的时代，附乱者加官晋爵，守义者彷徨无计。陶渊明躬耕于庐山附近的上京里故宅，闲居寡欢，只有饮酒自娱。醉来写诗遣兴，陆续积为《饮酒》二十首，以第五首流传最广。

但也正是因为它的广为流传，以至于读者往往对诗中真意习焉不察。只要对古典文学稍有了解的人，都知道唐诗重“情趣”，宋诗重“理趣”，很多人都主张“诗必盛唐”，反对以理入诗，而陶渊明这首诗恰恰是“理趣”的典范，其“理趣”半点不输给唐诗佳作之“情趣”。

“结庐在人境，而无车马喧”，贫居陋室并不曾远离尘嚣，居室的主人却可以将扰攘的红尘屏蔽在门外。原因无他，“问君何能尔，心远地自偏”，心不受俗务的牵绊，住所便也仿佛超然世外了。

不务世事，闲来采菊，于是“采菊东篱下，悠然见南山”，不经意间在菊花丛中回首，庐山的秀色刹那间收进眼底，收进心底。魏晋时代丹药流行，人们笃信服食可以升仙，而菊花恰恰是丹药仙方中的一味；菊花还有药效，《千金要方》有记载说，重阳节那天采摘的菊花可以做成药枕，能医头风，能明眼目。陆游《老态》诗有“头风便菊枕，足痹倚藜床”，说的就是这回事。所以陶渊明之采菊未必真是纯然的闲情野趣，怕也是在时代大风气的熏染下以菊花为食或做什么药用吧，毕竟餐菊饮露更易于使人淡忘世俗。《饮酒》第七首有“秋菊有佳色，裛露掇其英。泛此忘忧物，远我遗世情”，采菊意在泡酒，独酌可以忘忧。

“悠然见南山”在有些刊本里写作“悠然望南山”，一字之差顿生天渊之别。

若以“望”字，无论采菊也好，看山也罢，主观意图便嫌太重，而“见”字之妙，便妙在浑然：山色入眼只是偶然而自然的事情，并非来自诗人的有意赏玩。

这悠然所见之南山，正是“山气日夕佳，飞鸟相与还”，在暮色的氤氲下，飞鸟相继返林，无所为而为地归向天机自然为它们所设定的归所。这般景象令诗人若有所悟，而究竟悟者为何，便只可意会而无法言传。这正是天真忘机、物我一如的妙境。主与客，人与物，浑然消失了分际。所谓“以物观物”的妙趣正在于此。南山终归只是南山，不是诗人或悲或喜之情绪中的南山，而这样的诗境便是“无我之境”。

| 5 |

“无我之境”例证之二：“寒波澹澹起，白鸟悠悠下”，出自元好问《颍亭留别》：

故人重分携，临流驻归驾。乾坤展清眺，万景若相借。
北风三日雪，太素秉元化。九山郁峥嵘，了不受陵跨。
寒波澹澹起，白鸟悠悠下。怀归人自急，物态本闲暇。
壶觞负吟啸，尘土足悲咤。回首亭中人，平林澹如画。

诗题《颍亭留别》，颍亭在河南登封，颍水上游。元好问写这首诗的时候，正处在仕途生涯的一个转捩点上。论功名他已经在博学鸿词科中举，论人脉他早已广交师友，事业仿佛应该来得水到渠成，但史馆编修的工作偏偏并不让他称心。几番纠结之下，元好问终于决意挂冠而去。那是金哀宗正大二年（1225），元好问由登封赴昆阳、阳翟，一众友人会聚颍亭，为他设宴送行。文人聚会，照例以诗歌赠答，游戏规则是抽签分派韵脚，各依抽到的韵脚作诗。元好问抽到“画”韵，便有了这首《颍亭留别》。

诗歌大意是说：故人重视情谊，临别时在颍水之畔盘桓。放眼望去，天地远大，万物相依，北风吹雪，造化天然。群山巍峨，水波澹澹，白色的水鸟悠然而下。人虽急着踏上归途，万物却依然闲适散淡。我与友人举杯对饮，已不复吟啸之豪情，而路上的尘土与世间的琐事无不消磨岁月，令人伤悲。挥别颍亭，挥别那一片恬淡如画的林莽。

这首诗看似大片笔墨都在写景，其实那都是以“物态本闲暇”来反衬“怀归人自急”罢了。阑珊的意绪一落而至“壶觞负吟啸，尘土足悲咤”，寥落萧索，徒叹奈何。故而以全篇来看，为王国维所引述的“寒波澹澹起，白鸟悠悠下”非但未臻“无我之境”，反而是极写物态之闲适以反衬出人世之逼仄。只是自先秦以来，诗人有“赋诗断章”的传统，弃置全篇而孤解片段倒也无可厚非。若依这样的视角来看，“寒波澹澹起，白鸟悠悠下”这一联不悲不喜而意态自足，浑然消弭了主体与客体的对立，岂不正是“以物观物”之造诣吗?

| 6 |

无论著文、写诗、填词，多涉“有我之境”而罕及“无我之境”，原委并不难知：人只有在情到浓时才有抒之于笔墨的欲望，写作也只是感情宣泄的一种形式罢了，与手舞足蹈、哭天抢地并未有实质之差异。或以物喜，或以己悲，或不得其平而鸣，或感时伤世而咏，而笔墨愈酣畅，宣泄愈彻底，使万事万物莫不染上主观之情绪。这样的作品总是更容易感人的，因为读者也只是软红尘里的凡夫俗子，不经意间便会陷入那些极度情绪化的文学里，借作者的宣泄来做自我的宣泄。

所以说感染人心的文学并不是最高明的文学，因为哪怕它臻于极致，终归不脱“有我之境”。最高明的文学反而缺乏那种撕心裂肺的感染力，彻底解脱于七情六欲的枷锁，在“无我之境”中超然物表，只有极少数的天才（王国维所谓“豪杰之士”）可以攀上这样的高度。

这是一种高处不胜寒的高度，所以臻于“无我之境”的文学注定只有少数人才能欣赏。

[四]

无我之境，人惟于静中得之。有我之境，于由动之静时得之。故一优美，一宏壮也。

| 1 |

这一章继续辨析“有我之境”与“无我之境”，以前者为宏壮，以后者为优美。我们很难想象“泪眼问花花不语，乱红飞过秋千去”以及“可堪孤馆闭春寒，杜鹃声里斜阳暮”皆属宏壮，“采菊东篱下，悠然见南山”以及“寒波澹澹起，白鸟悠悠下”皆属优美。

之所以扞格难通，是因为这里的优美与宏壮实为王国维借自西方美学的专业术语，背后是西方学者（尤其是康德与叔本华）的一整套理论。

王国维在《古雅之在美学上之位置》一文中讲，美学上将美划分为两种类型，即“优美”和“宏壮”，自从伯克和康德的相关著作出版之后，学者们普遍接受了这样的说法。

王国维另有一篇《叔本华之哲学及其教育学说》，其中也曾讲到“优美”和“壮美”，指明这一对概念来自叔本华的美学体系：所谓“优美”，是在人看到某个东西时忘记了彼此之间的利害关系，优哉游哉，自在赏玩，这就是“优美”的感情；如果这个东西对自己大大不利，使自己的意志为之崩溃，转而以智力冥想它的“理想”，这就产生了“壮美”的感情。

王国维《红楼梦评论》同样分析过这对概念的原委，大意是：设若在我观察一件事物的时候，毫不考虑它和我有什么利害关系，只是单纯地观察它本身，或者我在此刻心中没有丝毫的欲念，不把它当作一个和我有关的事物。譬如我每每在看到苹果的时候都会带着欲念，想着这个苹果可以满足我的食欲，但此刻我看到一个苹果，只着迷于它那圆滚滚、红艳艳的美感，忘记了这东西是该拿来吃的。苹果都是一样的苹果，但对我而言，前者是作为欲念——或曰意志——的对象，后者则是作为审美的对象。这个时候，我心中产生的宁静状态就是所谓的“优美”之情，这一事物就是所谓的“优美”之物。但如果某一事物对我大大有害，让我的意志为之崩溃，于是我的意志消失了，智力开始独立发挥作用，深入地观察它，这就产生了“壮美”之情，这一事物也就被称为“壮美”之物。譬如我站在一座大山脚下，愈觉山之庞大，愈觉自身之渺小，意志为之崩溃，转而静思静观，于是产生了“壮美”之情。

所以，“无我之境”之所以“优美”，因为它“惟于静中得之”，来自于悠然的观赏，而“有我之境”之所以“宏壮”，因为它是“于由动之静时得之”（“之”是“到”的意思，动词），先受到巨大的震撼，再由震撼转入沉静。

| 2 |

至此看来，王国维基于西方美学的这一对概念，似乎除了在分析上更加深入之外，和中国传统审美概念中的“阴柔—阳刚”“娇小—雄浑”在适用范围上并没有太大不同：“雄浑”的高山大河也是“宏壮”的，“阴柔”的小桥流水也是“优美”的。但是，当我们联系《人间词话》第三章来看，“采菊东篱下，悠然见南山”“寒波澹澹起，白鸟悠悠下”，这都是“无我之境”的例子，属于“优美”；“泪眼问花花不语，乱红飞过秋千去”“可堪孤馆闭春寒，杜鹃声里斜阳暮”，这都是“有我之境”的例子，属于“宏壮”，我们便难免困惑：“泪眼问花”无非是闺中少妇自伤自怜，是阴柔的、娇小的，为什么王国维说它“宏壮”呢？“孤馆春寒”无非是一个仕途遭受挫折的小知识分子在发牢骚，应该也是阴柔的、娇小的，为什么王国维也说它“宏壮”呢？这两组诗句无论如何都和高山大河的感觉沾不上边。

若按照上述西方美学的“优美—壮美”理论来解释，“雨横风狂三月暮”和“杜鹃声里斜阳暮”带给人的都是强烈的压迫感，导致意志的破裂，于是在这巨大的震撼之后，人终于抛弃了意志，忘记了被观察的对象和自己这个观察者之间的关系，由动入静，由震撼而转入静观，于是便产生了“壮美”之情。

但这样解释，只有前半部分能说得通。我们仔细来看，“泪眼问花花不语，乱红飞过秋千去”，这是何等的哀伤、凄婉，幽怨是何等的深重，怎么可能是由震撼而转入静观所得到的“壮美”情绪呢？至于“可堪孤馆闭春寒，杜鹃声里斜阳暮”，在《人间词话》第二十九章里将再次出现，“少游词境最为凄婉。至‘可堪孤馆闭春寒，杜鹃声里斜阳暮’，则变而凄厉矣”，这分明在说这两句词所传达的是一种凄厉的情感，自然也不可能是由震撼而转入静观所得到的“壮美”。总而言之，无论是“泪眼问花”还是“孤馆春寒”，人物的情感并没有得到一种审美的升华，反而在先前的基础上愈演愈烈，愈发不可收拾。或许正因此，王国维在推出“宏壮”这个概念的时候，才特意在用词上与先前他在《叔本华之哲学及其教育学说》和《红楼梦评论》里介绍的属于叔本华美学体系里的“壮美”做了区别。个中缘由，要从东西方文化传统上的差异讲起。

| 3 |

所谓“壮美”，在今天的美学译著里通常译作“崇高”，后者不是描述精神修养的日常语汇，而是一个西方美学体系里的专业术语。作为美学概念，“崇高”是个纯西方的事物，在中国传统文化里几乎从没诞生过。

“崇高”的根源是痛苦，但仅有痛苦不足以“崇高”。西方世界，自古希腊时代起就不断有哲人思考这个问题——柏拉图发现了一种非常令人反感的社会现象：听到诗人们栩栩如生、声泪俱下地吟诵英雄的灾祸时，即便是社会上最好的那些人也会获得快感，乐此不疲地欣赏这些表演。柏拉图认为，诗人就是这样不断逢迎着人性中最低劣的部分，所以我们不该在理想国里给他们留下立锥之地。柏拉图甚至还把听众这种幸灾乐祸的心态称为“哀怜癖”而痛加嘲讽，要知道在我们凡夫俗子的心里，“哀怜癖”分明属于高尚的同情心。

柏拉图在《理想国》里这样写道：“我们可以承认荷马是首屈一指的悲剧诗人，但我们心里得有杆秤：除了颂神的和赞美好人的诗歌之外，不准一切诗歌进入国境。如果我们让那些甜言蜜语的抒情诗和史诗进来的话，统治我们的就将是快感和痛感，而不再是法律和古今公认的最好的道理了。”这段影响深远的文字正是西方文艺作品审查制度在哲学思想上最古老的渊源之一，人们若尊奉柏拉图，便自然应该支持文艺审查制度。

柏拉图也许做出了一个错误的论断，但确实发起了一个很好的话题（提出问题往往比解决问题更重要），吸引了更多智者来思考这个问题。很快，亚里士多德便提出了相反的意见：“哀怜癖”并不是幸灾乐祸，人通过观看悲剧可以宣泄自己的哀怜和恐惧之情，使这些负面的情绪得到净化。艺术和现实是两回事，在现实中引发痛感的东西，在艺术中却会给人快感（我们可以想想恐怖片和鬼故事的忠实受众们）。基于这层考虑，亚里士多德在《诗学》里给出了悲剧的标准模式：好人以无辜受难为开始，以悲惨灭亡为终结。

不难想象，耶稣受难恰恰就是这样一个例子，崇高感正由苦难而生，由此奠定了西方宗教美学的基调。

亚里士多德的《诗学》是西方美学体系的一大源头，我们至此已经接触到的康德、叔本华、席勒等人的美学思想或多或少都有亚氏《诗学》的影子，后文将会谈到的尼采，他那著名的“日神精神”与“酒神精神”的划分就是承自《诗学》的。

从书名看，亚里士多德的《诗学》仿佛类似于中国传统的《诗品》《沧浪诗话》《人间词话》这些诗词评论作品，但实际上《诗学》的主要探讨对象是悲剧和史诗，这是东西方诗歌概念的一大差异，是我们在阅读当中需要留心的。《人间词话》每每奉行拿来主义，有时候难免因为东西方文化背景的不同而发生一点方凿圆枘、水土不服的苦恼。

| 4 |

中国传统文论看似也有与亚里士多德近似的论调，譬如“国家不幸诗家幸，赋到沧桑句便工”，但这只是事后感慨，并非艺术主张；再如“诗必穷而后工”“物有不平则鸣”，强调的主要是诗歌发生论的一面，而缺乏审美理论的建构；更重要的是，上述种种都不是中国传统诗歌的正统理论。

用精湛的艺术手法来宣泄不平之气、怨愤之情，屈原、阮籍便是这样的例子，但这样的人都是异端分子，正统理论是儒家的“乐而不淫，哀而不伤”，高兴了不能手舞足蹈，悲伤了不能捶胸顿足，情绪最好含而不露、若隐若现，是为中庸之道。如李白《玉阶怨》：

玉阶生白露，夜久侵罗袜。却下水精帘，玲珑望秋月。

诗题《玉阶怨》，点明了一个“怨”字，但我们看这寥寥二十个字，“怨”的情绪是如此之淡，朦胧缥缈，不仔细体会便很难觉察出来。这样的诗，可谓“哀而不伤”这一儒家正统诗歌理论的典范之作，如果撕心裂肺地发泄怨气，那就是彻底的异端了。

再如唐代诗人朱湾有一首《秋夜宴王郎中宅赋得露中菊》，吟咏菊花：

众芳春竞发，寒菊露偏滋。受气何曾异，开花独自迟。
晚成犹有分，欲采未过时。忍弃东篱下，看随秋草衰。

这首诗被唐人高仲武选入《中兴间气集》，认为颔联写得最好："受气何曾异，开花独自迟。"菊花分明与其他花卉一般接受天地雨露的滋养，却不知为何要独自迟到秋天开花。高仲武盛赞这一联"哀而不伤，深得风人之旨"。

但是，诗的结句"忍弃东篱下，看随秋草衰"，却哀伤得有些怨气了。及至明代，"后七子"之一的谢榛特地批评这一联，说不如改成"过时而不采，将随秋草萎"来得温厚有气。（《四溟诗话》）

所以，西方美学之"崇高"若用在中国古典诗歌当中，总会成为一个方凿圆枘的概念。"崇高"的根源是痛苦，而同样对于痛苦，中国的正统是压抑痛苦，只许淡淡地流露；西方的传统则是热爱痛苦，唯恐痛得不够、苦得不够，这可以说是东西方审美观念上的一个最核心的差异。所以中国没有悲剧传统，寥寥几出悲剧也会被接上光明的尾巴，而没有悲剧传统则很难达到美学意义上的"崇高"。

这于我们似乎难以理解，李后主的"问君能有几多愁，恰似一江春水向东流"，这还不够悲吗？王国维不也说李后主的词是以血写成的吗？但是，李后主的词再怎么愁、再怎么痛，也只属于西方意义上的抒情诗的范畴，而在叔本华的美学体系里，抒情诗位于文学体裁之序列的最低端，大受轻视，戏剧才是这个序列的最高端，我们由此可以想见悲剧与"崇高"处于何等的地位了。

王国维的理论之所以时而出现难于自洽的地方，一个很重要的原因就是：他把西方美学（尤其是康德、叔本华美学体系）的宏观框架应用到了中国古典词作这个微观层面上。在叔本华那里，"崇高"基本与抒情诗无缘，王国维却借用了这个概念来说明抒情诗的审美。

| 5 |

王国维恰当说明"崇高"，在《人间词话》第五十一章：

"明月照积雪""大江流日夜""中天悬明月""黄[长]河落日圆"，

此种境界，可谓千古壮观。求之于词，唯纳兰容若塞上之作，如《长相思》之“夜深千帐灯”、《如梦令》之“万帐穹庐人醉。星影摇摇欲坠”差近之。

王国维在这里所谓的“千古壮观”也就是本章所谓的“宏壮”，颇能贴合于他的西方美学的思想渊源。西方美学里，在伯克划分了“优美”与“崇高”这一对范畴之后，康德又进一步研究，把“崇高”细分为“数量的崇高”与“力量的崇高”。“夜深千帐灯”“澄江静如练”近于前者，“大江流日夜”“落日照大旗”近于后者。

在惊涛骇浪、雷鸣电闪面前，刹那间我们便会沮丧于自己的渺小，但只要我们知道自己是安全的，便会欣然欣赏这些东西，这就是王国维在本章所讲的一个“由动之静”的过程。我们还可以借用理学祖师周敦颐的一句名言“无欲故静”，摆脱欲念正是“由动之静”的方法，正与康德、叔本华美学暗合。

而这些让我们“动”，让我们为之震慑的事物，越是骇人，也就越有吸引力，我们便越是以“崇高”视之，这是康德在《判断力批判》里表达的意思。尽管康德也说过“崇高”与道德感密切相关，但这个词在美学里毕竟是一个专门概念，我们不可以道德概念理解之。基于这个原因，称之为“壮美”或“宏壮”也许更好一些吧。

不妨以杜甫的一首诗来结束这一章的内容。杜甫点评当时的文学风气，写有一组《戏为六绝句》，第四首是：“才力应难夸数公，凡今谁是出群雄。或看翡翠兰苕上，未掣鲸鱼碧海中。”大意是说：今人很难超越前辈名家，这是笔力不及的缘故，虽然也不乏一些漂亮的诗文，却只有“翡翠兰苕”的小清新，再不见从碧海波涛里曳取鲸鱼的雄浑壮阔。

［五］

自然中之物，互相关系，互相限制。然其写之于文学及美术中也，必遗其关系、限制之处。故虽写实家，亦理想家也。又虽如何虚构之境，其材料必求之于自然，而其构造亦必从自然之法则。故虽理想家，亦写实家也。

| 1 |

这一章乍看上去很有几分费解：搞文学和美术创作为什么一定要“遗其关系、限制之处”呢？这似乎既不可能，也不应该。一种典型的批评意见是：现实生活是无限多的事物运动在空间中，坐落在时间中，互相关联着，结成了一张大网；文学创作当然既不可能亦不应该完全描绘这张大网，正如没有人会绘制一幅 1 ∶ 1 的地图一样；所谓创作，便是描绘这张大网上最重要的那些点和线，一旦提起这些点和线，整张大网也就被提起来了；王国维所谓文学创作必须要抛弃的“关系、限制之处”恰恰都集中在这些点和线上，而恰恰只有深刻理解这些点和线所包含的种种关系、限制，才能创作出优秀的作品。

那么，王国维为什么要提出“必遗其关系、限制之处”呢？在《人间词话》的手稿里，“自然中之物，互相关系，互相限制”这一句之后还有一句下文：“故不能有完全之美”，这给我们提供了一个理解的线索。有人对这句话解释为“世无完美之物，亦无完美之景，诗人写下的永远只是其中的一面”，这虽然易于理解，但没能把握王国维这句话里的逻辑关系。正确的逻辑关系应该是这样的：自然界当中的事物莫不存在关联，正因为存在关联，所以并不完美，而文学和美术若要创造完美之境，就必须抛弃这些关联，所以写实派的艺术家也是理想派的艺术家。

当把这个逻辑关系理顺之后，叔本华的美学体系也就呼之欲出了。所谓“写实”和“理想”，我在前文中已有讲述：西方美学意义上的“理想”既不是日常话语里的“理想”，也不是理想主义的“理想”，而是神祇在创世之时的构思，亦即先验的、不存在于现实世界的、不受时间和空间限制的完美模板。“理想”是一种完美的模具，而西方美学体系里一个源远流长的认识是：因为自然界中的东西或多或少都有缺陷，所以艺术创作并不是摹写自然，而是摹写那个完美的模具，所以艺术家并不需要体验生活。

| 2 |

于是王国维所谓必须要摆脱的“关系”和“限制”，便主要有两层意思，一是时间、空间和因果律，康德和叔本华将此三者看作人类认知能力先天具备的三副有色眼镜，我们对任何事物总是戴着这三副眼镜来观察的，譬如任凭我们如何发挥想象力，也无法想象一个位于这时间、空间与因果律之外的事物；二是艺术家和他所描绘的对象之间的利害关系，譬如一位画家在画一幅以苹果为主题的静物写生的时候，他就不该对这些苹果产生食欲。

那么，怎么摆脱这些“关系”和“限制”呢？方法就是叔本华所谓的审美直观。让我们继续以静物写生为例：画家通过“直观”，透过眼前具体的这一个、那一个苹果捕捉到了苹果的“理想”，即世界上所有苹果的模具；世界上所有的苹果都不完美，只有苹果的模具完美无缺；它抽离于特定的时间、空间之外，不受因果律的限制；它不是一件具体的事物，而是一种“形式”，一种永恒的、完美的、超然的、抽象的“形式”。这就是艺术创作的本质，即便你在“写实”，只要你达到艺术的高度，就必然触及这一本质，所以说“故虽写实家，亦理想家也”。

| 3 |

至此我们已经知道了为什么以及如何摆脱那些“关系”和“限制”，由此便可以提出一个顺理成章的问题：哪些人更容易做到这一点呢？——《人间词话》第三章提及“古人为词，写有我之境者为多，然未始不能写无我之境，此在豪杰之士能自树立耳”，王国维所谓的“豪杰之士”就是有足够能力以摆脱“关系”和“限制”的人，这样的人，就是叔本华所谓的“天才”。

和我们已经遇到过的若干概念一样，“天才”一词在叔本华的美学体系里有其特定的含义。我们常说天才和疯子的区别只在一念之间，叔本华为了理解天才，真的跑到疯人院里仔细观察那些病患。他发现疯子观察事物的一大特点就是孤立地看待事物，既不考虑它和自己的利害关系，也不把它看作时间、空间和因果律里的一个时时处处关系并限制着其他事物，并被其他事物关系和限制着的东西。

譬如我们看一个苹果，看到的是在当下的时间、空间里具体的“这个苹果”，疯子则摆脱了时空意识，看到的不是“这个苹果”或“那个苹果”，不是现在的苹果，也不是过去的苹果，而是“苹果”；我们看到苹果，看到的是结在苹果树上的苹果，疯子却看不到苹果和苹果树之间的关系和限制；我们看到苹果，会想到它的美味和营养，疯子却不想这些，他只看到了“苹果”。如果一个人不是疯子，却能经由这种“疯癫”状态“发现”现实世界背后的“理想”，那么他就是“天才”。

“发现”一词是尤其值得关注的，因为叔本华在美学思想上和康德不同的是，他认为审美过程是一种认识过程，我们可以通过审美获得更多的知识，尤其是关于世界本质的知识，而这正是理性所无法达到的。表出万事万物之“理想”，这就是艺术的目的，叔本华如是说。而另一方面，词作为一种文学体裁是被算在抒情诗的范畴里的，而抒情诗如前所述，大受叔本华的鄙夷；“抒情诗的创作并不需要天才”，叔本华亦如是说。

| 4 |

我们再来看《人间词话》本章的后半段：“又虽如何虚构之境，其材料必求之于自然，而其构造亦必从自然之法则。故虽理想家，亦写实家也。”同在这一章，前半段完全脱自叔本华，后半段则完全反对叔本华，所以读者很容易就会产生误读。

为什么说后半段完全反对叔本华呢？因为后半段里所讲的正是我们普通人最熟悉的一种文艺理念：艺术源于生活，又高于生活。艺术源于生活，所以就算是纯粹的架空小说，写作素材也“必求之于自然”，在写法上也“必从自然之法则”；《西游记》也好，《指环王》也罢，无非是把现实世界的种种关系罩上了一个虚拟世界的套子，所以说“虽理想家，亦写实家也”。

所以，这段话我们理解起来再容易不过，但叔本华肯定为之恼火，因为这样的观点就意味着美来自于后天的经验，来自于对现实生活的摹写，而他坚信现实世界里不存在完美的东西。美来自于先验的理想，艺术的目的不是摹写自然，而是表出理想。

作为读者，至此我们总会有一丝困惑，因为在《人间词话》这短短的一章内容里，王国维竟然把两种互相对立的美学思想生生捏在了一起。乍看起来非常流畅，细思之下就会感到无所适从。毕竟此时的王国维对东西方的美学传统以及西方美学传统中的不同流派还没有融会贯通，学术史上处于拓荒时期的重要作品总难免这一类粗疏的毛病。

［六］

境非独谓景物也，喜怒哀乐，亦人心中之一境界。故能写真景物、真感情者，谓之有境界；否则谓之无境界。

| 1 |

“境非独谓景物也”，之所以要做这个界说，因为在传统上，“境”通常仅指景物。在佛教典籍里，“境”和“境界”只是对同一个梵文词汇的不同翻译，很多时候可以通用；单独用“境”的时候，指的多是“六根”的对象，大体上说就是我们所有感官与心智所认知的客观事物。譬如我们看到云蒸霞蔚而生千古苍茫之感，这就属于“对境心起”。

在《人间词话》这一章里，“境”与“境界”通用。写景亦可成境界，言情亦可成境界，因为景物是外在的世界，情感是内在的世界。陆游“楼船夜雪瓜洲渡，铁马秋风大散关”，摹写外在之景物；李商隐“庄生晓梦迷蝴蝶，望帝春心托杜鹃”，摹写内心之世界。两者都是写出境界的佳作。

王国维在《宋元戏曲史》里的一段议论可以用作《人间词话》本章的注释："何以谓之有意境？曰：写情则沁人心脾，写景则在人耳目，述事则如其口出是也，古诗词之佳者无不如是，元曲亦然。"写情、写景和述事的三个标准，归结起来只有一个，即"逼真"，也就是"能写真景物、真感情"。用《人间词话》后文将会出现的概念来说，即为"不隔"。

| 2 |

要彻底理解一种观点，最好的办法莫过于看它在反对什么。所谓"写真景物、真感情"，似乎是在反对那些应景的、模式化的、社交的、议论的诗词，这也确实是王国维的一贯态度。这算不得什么高明见解，无非是说艺术创作要抒发真情实感而已，倘若我们真的做此理解，就会面临两种困惑：（1）这就意味着王国维无非在重复中国文论史上的一些传统论调，诸如性灵论、童心说等，了无新意，这可不是王国维的学术风格；（2）这大大违反了叔本华的美学，因而也就与王国维在《人间词话》里基于叔本华而立论的一些美学观点起了冲突。

是的，写真景物，就意味着摹写自然；写真感情，就意味着主观化，两者恰恰皆为叔本华旗帜鲜明所挞伐。于是为了理论的自洽，有研究者指出王国维所谓"真景物"，就是叔本华的"理想"或"美的预期"；王国维所谓的"真感情"，就是叔本华所谓物我两忘时的"纯粹认识主体"。王国维的著名研究者佛雏曾如此梳理过这一章立论的本源："王氏这里所讲的，实际是个'后天'（自然物）与'先天'（理想或'美之预想'）的结合问题。这是说，诗人先天中对某种美本就'似曾相识'，通过'后天中所与之自然物'，而'唤起先天中模糊地认识到的东西'（叔本华语），并且经过一番'超妙'的'遗其关系限制'的功夫，化后天的不纯粹为纯粹，化不完全为完全，化'模糊'为'清晰'，终于使'后天'合于'先天'，使'美之预想'或理想得到完全的显现。"

以上这段话确实有点难为普通读者了，但我还是建议大家慢慢地读上两遍，毕竟不是所有的文科知识都可以用通俗的语言阐释清楚。

王国维在《文学小言》里的一段话也可以为本章作注："自他方面言之，则激烈之情感，亦得为直观之对象、文学之材料；而观物与其描写之也，亦有无限之快乐伴之。"这就意味着，"写真感情"并不是我们传统意义上的抒写真情实感，而是把"真感情"作为叔本华意义上的"直观"的对象，于是才有境界，于是才有审美。

| 3 |

若纯粹以中国传统来看，诗词一向有情景交融的讲究，譬如以景结情、以景语寓情语……诗人每每从技术层面而非美学层面来思考这个问题。明人谢榛有过一分经验之谈，说景语太多会显得堆垛，情语太多会显得暗弱，只有大家才无此失。如杜甫《陪郑广文游何将军山林》十首之七：

棘树寒云色，茵蔯春藕香。脆添生菜美，阴益食单凉。
野鹤清晨出，山精白日藏。石林蟠水府，百里独苍苍。

这首诗因为被《舌尖上的中国》引为古人食藕之证，今天的读者并不感到陌生。其实"棘树寒云色，茵蔯春藕香"完全与食藕无关，从诗歌句法来看，这一联只是说棘树带寒云之色，茵蔯有春藕之香。全诗记述一场郊游，八句皆景语，却不嫌堆垛。

再如杜甫《喜达行在所》三首之三：

死去凭谁报，归来始自怜。犹瞻太白雪，喜遇武功天。①

① 太白、武功：皆为山名，在凤翔附近。

影静千官里，心苏七校前。[①] 今朝汉社稷，新数中兴年。

这首诗是杜甫在安史之乱中自长安沦陷区逃亡至凤翔而作，通篇八句皆情语，却不嫌暗弱。(《四溟诗话》) 至于王国维是否会认同这样的笔法，是否会认为前者写出了真景物之境界，后者写出了真感情之境界，我们便不得而知了。

① 千官：群臣，语出《荀子·正论》“古者，天子千官，诸侯百官”。七校：代指武官，语出《汉书·刑法志》“京师有南北军之屯，至武帝平百粤，内增七校”。

[七]

“红杏枝头春意闹”，著一“闹”字而境界全出。“云破月来花弄影”，著一“弄”字而境界全出矣。

| 1 |

填词首重境界，至于境界如何营造，有时仅在一字之间。这一个字，于画龙为点睛，于弈棋为盘活全局之一手妙着。王国维所举的第一个例子出自宋祁的名篇《玉楼春·春景》：

东城渐觉风光好，縠皱波纹迎客棹。绿杨烟外晓寒轻，红杏枝头春意闹。浮生长恨欢娱少，肯爱千金轻一笑。与君持酒劝斜阳，且向花间留晚照。

宋祁和哥哥宋庠堪称北宋年间的一对传奇人物，是凤凰男的经典表率。当时人们称宋庠为大宋，称宋祁为小宋。以文学才华论，大宋要逊小宋一筹，但无论对于科举考试还是仕途发展，文学才华虽然不可或缺，个人气质却往往发挥着决定性的作用。宋庠为人老成持重，宋祁却很有些轻狂不羁。

当他们还是布衣之身的时候，名臣夏竦正在这两兄弟的家乡做官。夏竦其人，政绩虽然乏善可陈，却是第一等的做官天才，眼力自是绝佳。所以当夏竦请宋氏兄弟赋诗以咏落花的时候，仅凭两句诗便准确预言出两人的前途。

“汉皋佩冷临江失，金谷楼危到地香”，这是宋庠的诗句，用典妥帖。“将飞更作回风舞，已落犹成半面妆”，这是宋祁的诗句，白描精当。夏竦的评语是：“大宋咏落花而不言落，会当状元及第，而且风骨秀重，他日当作宰相。小宋不及乃兄，却也能得到高官显爵。”

古人认为诗歌是有魔力的，与作者的命运息息相关，至少从诗句里看得出一个人的性格、胸怀与器局。倘若性格决定命运，那么命运的端倪在诗句里总会显露无遗。

后来两兄弟参加科举考试，宋庠果然状元及第，而且是乡试、会试、殿试皆中魁首，这就是科举当中的最高境界“三元及第”。其实状元本该是宋祁的，但章献太后秉持孝道治国的精神，认为弟弟不可以排名在哥哥之上，于是擢拔宋庠为状元，将宋祁黜落为第十名。宋祁也许会后悔不该与哥哥同年应试吧。

在踏入仕途之后，两兄弟愈发按着各自的性情发展下去：宋庠为人师表，内敛而稳重，所以留在中央担任宰辅；宋祁好大喜功，无论公事、私事，凡事都喜欢铺张，终于离开京城，成为独断一方的封疆大吏。两兄弟彼此都看不惯对方的生活态度，所以发生了这样一则趣事：宋庠苦口婆心地劝兄弟：“难道你忘记了我们贫寒时是如何辛苦读书度日的吗？做人不要忘本。”没想到宋祁理直气壮地答道：“我们当时那么艰辛，不就是为了博取后半生的荣华富贵吗！”这两种人生观孰优孰劣，今人自有今人的判断，然而在宋氏兄弟生活的时代，人们固然尊敬宋庠，对宋祁却禁不住生出更多的艳羡。

是的，那是一个享乐主义的时代，宋祁以风流倜傥的性情和平步青云的顺遂大胆地引领着时尚潮流，聘名姬，醉美酒，将“及时行乐”四个字奉行得淋漓尽致。这样的情怀自然不适宜入诗，却大可以写进词里，于是就有了这首流连春光的《玉楼春》。

| 2 |

词的上阕尽写春光之宜人。何止宜人，简直有几分逢迎态度了。“东城渐觉风光好”，凡是春意来袭必在东城、东郊，因为那是春风之所从来的方向。倘若可以在天上俯瞰人间，自会看出春风自东而西，一路吹绿了大地。这虽然是现实生活中无从体察的物候变迁，但词人总会合乎逻辑地采取想象的视角。

于是春风是迎人而来的，春水的绿波也仿佛在迎着游春人的画舸。这世界除了春光再无他物，远景是“绿杨烟外晓寒轻”，是朦胧的暖意，近景是“红杏枝头春意闹”，是清晰的生机。

词人于是触景生情：“浮生长恨欢娱少，肯爱千金轻一笑。”即便顺遂如宋祁，也不禁感慨人生苦多乐少，所以若一笑可买，耗费千金亦不足惜。这倒不是大话，宋代厚遇士大夫，官俸为中国历代之最高，以至于经过几代人之后，这笔费用竟然使政府财政不堪重负，激起了裁汰冗官的改革呼声。

宋祁一级的高官不必贪腐，仅凭合法收入便可以千金买笑，这也算是皇帝乐于看到的太平盛世之一景了。既然有尊荣的地位，有丰厚的财帛，有风雅的审美趣味，那么唯一能对享乐主义造成威胁的便只有时间了。时间从来不够公平，永远对愁苦者慷慨，对欢愉者吝啬。于是有人在“情人怨遥夜，竟夕起相思”，亦有人在“与君持酒劝斜阳，且向花间留晚照”。

整首词最绝妙的用字便是“闹”字，这个字乍看起来殊不可解。即便风雅、渊博如李渔也曾发表过这样的意见：“闹”形容争斗发出声响，怎么能用在红杏身上呢？如果这也可以，那么“吵”“打”“斗”岂不是同样可以？！

| 3 |

现代人毕竟知识增进，很容易理解“闹”字的妙处：它巧妙地运用了心理

学所谓的“通感”。杏花在枝头开放，这是一个静态的画面，是人的视觉所捕捉到的对象，而“闹”是属于听觉的，杏花在春天那昂扬的、不可遏制的生机给人一种蓬勃的感觉，于是这种感觉向听觉转移，产生了“闹”的印象。“闹”的并不是杏花，而是杏花开放时所展现的蓬勃生机。所以，“闹”字的妙处主要在两个方面：一是巧妙地运用了通感，以动态的听觉感受描绘了静态的视觉画面；二是不仅仅描绘了一幅杏花盛开的图画，更描绘出了杏花背后的那种生命的力量。

其实这也不是宋祁的独创，钱锺书《七缀集》有一篇《通感》，罗列宋人诗词使用“闹”字的范例，如晏幾道“风吹梅蕊闹，雨细杏花香”，黄庭坚“车驰马骤灯方闹，地静人闲月自妍”……看来读书之道，非博则无以精。

“闹”字的妙处已经得到了很好的解释，那么，它是如何营造出“境界”的呢？用中国传统的文艺评论语言来说，这个“闹”字起到了画龙点睛的作用，让整个画面活了起来，但如果站在叔本华的立场上看，宋祁在写这首词的时候完全没有进入“直观”，而且完全在考虑着物与我之间的利害关系，根本就不在审美层面上。回到《人间词话》的体系里来，这句词应该和第三节里谈到的“泪眼问花花不语，乱红飞过秋千去”“可堪孤馆闭春寒，杜鹃声里斜阳暮”一样，属于“有我之境”，而这个“有我之境”正如前文分析的那样，是王国维的美学体系里极难自洽的一个概念。所以，“闹”字到底怎么使“境界全出”，讲不清。

| 4 |

我们再看王国维举出的第二个例子：“‘云破月来花弄影’，著一‘弄’字而境界全出矣”，这一句词出自张先的名篇《天仙子》：

水调数声持酒听。午醉醒来愁未醒。送春春去几时回，临晚镜。伤流景。往事后期空记省。

沙上并禽池上暝。云破月来花弄影。重重帘幕密遮灯，风不定。

人初静。明日落红应满径。

词牌之下有作者小序："时为嘉禾小倅，以病眠，不赴府会"，当时张先在嘉兴做官，因病在家中休养，未去参加官府的酒宴，于百无聊赖之际写下了这首《天仙子》。

张先字子野，湖州人，或说是吴兴人，宋仁宗天圣八年（1030）进士。在那个中举、做官被视为腾达阶梯的时代里，张先虽然也中了举，也做了官，却总带着几分不情不愿的慵懒，对公务与前途的热心总也敌不过对闲情野趣、诗酒风流的痴迷。

富于生活情趣的人总是爱填词胜过爱写诗，爱女人胜过爱功名，这两个特点被张先一以贯之地保持到晚年。在耄耋高龄，张先仍然高调地纳了一名如花美妾，苏轼以诗相贺，揶揄他"诗人老去莺莺在，公子归来燕燕忙"，张先略带羞赧地回应说"愁似鳏鱼知夜永，懒同蝴蝶为春忙"，说自己只是耐不住鳏居寂寞，并非真的好色。但无论如何，苏轼的戏谑之语"一树梨花压海棠"就这样流传下来，把张先的风流镌成了千古的佳话或污名。

所以张先这样的人最宜于填词，只消一点点春花秋月就足以触绪伤怀。这首《天仙子》无非写病中的一点闲愁，格调虽不甚高，感染力却不可小觑，不经意间便带人陷入一种"境界"里去。

写这首词的时候，张先已经五十二岁，他的伤春情绪自与少年男女不同。"水调数声持酒听，午醉醒来愁未醒"，在家中饮酒听歌，在醒醒醉醉间总也摆不脱某种愁怀。这愁怀究竟是什么，究竟因何而起？莫不是"送春春去几时回"的老大徒伤悲？青春早已被暮色染尽，只有"临晚镜。伤流景。往事后期空记省"，靠着一段段缱绻蕴藉的回忆将漫长的时日打发过去吧。"沙上并禽池上暝，云破月来花弄影"，看池塘里鸳鸯双宿双栖，好不令人羡煞；看月光从云层的缝隙里泻下，风中摇曳的花儿仿佛正在婆娑弄影。"风不定。人初静。明日落红应满径"，风色愈急，夜色愈沉，这些婆娑弄影的可爱的花儿啊，待到明日，还会有几朵依然缀在枝头呢？

整首词的灵魂就在一个"弄"字上。花儿弄影，实则是词人将自己顾影自怜的心态自觉不自觉地投映在了花儿身上，这依然是移情作用所致。《人间词话》第六章“境非独谓景物也，喜怒哀乐，亦人心中之一境界”，花儿之弄影既是自然景物之一种，亦是人心喜怒哀乐之一种。

| 5 |

《人间词话》这一章的内容，用中国传统诗论的语言来说，可以称之为“炼字”，强调一字之差，高下立判。清人尤侗在《艮斋杂说》里举过例子，说杜甫诗句“身轻一鸟过”，如果书上偶然脱落了“过”字，无论填之以“下”“疾”“落”，总是不好；孟浩然“待到重阳日，还来就菊花”，如果脱落了“就”字，无论填“醉”“对”“问”，也都不好。等看到诗人原先的用字，才会觉得其中妙处。古人还有所谓一字之师，如齐己“昨夜数枝开”，郑谷改“数”为“一”，就是著名的一例。

更著名的一则事例是王安石修订“春风又绿江南岸”的逸事。据说这句诗原本写成“春风又到江南岸”，而后易“到”为“过”，继而易“过”为“入”，前后改易十余次，才终于选定了“绿”字。王国维或许会说“著一‘绿’字而境界全出”，但是钱锺书有考证说：“‘绿’字这种用法在唐诗中早见而亦屡见：丘为《题农夫庐舍》：‘东风何时至，已绿湖上山’；李白《侍从宜春苑赋柳色听新莺百啭歌》：‘东风已绿瀛洲草’；常建《闲斋卧雨行药至山馆稍次湖亭》：‘行药至石壁，东风变萌芽。主人山门绿，小隐湖中花。’于是发生了一连串的问题：王安石的反复修改是忘记了唐人的诗句而白费心力呢？还是明知道这些诗句而有心立异呢？他的选定‘绿’字是跟唐人暗合呢？是最后想起了唐人诗句而欣然沿用呢？还是自觉不能出奇制胜，终于向唐人认输呢？”

| 6 |

如果仅仅强调炼字之工，那么《人间词话》这一章便谈不上有任何新见了。

事实上，传统诗论里关于炼字的见解仅仅停留在修辞层面，王国维的见解则深入到了美学层面，强调的是炼字对于营造境界的意义。

传统诗论关于炼字，最著名的例子莫过于“推敲”：贾岛骑驴行走在长安街市上，心不在焉地冲撞了韩愈长官的仪仗；贾岛解释说，方才自己的心思全在一句新诗上，斟酌究竟是“僧敲月下门”更好还是“僧推月下门”更好；韩愈长官幸而也是一位风雅的诗人，非但不加怪罪，反而和贾岛一同斟酌起来，终于选定了“敲”字。

倘若请王国维评审，或许会说“著一‘敲’字而境界全出”，因为这个字确实盘活了全局，一联“鸟宿池边树，僧敲月下门”确实活灵活现地为我们营造出了一个独立于现实世界之外的艺术空间，让我们在不经意间身陷其中。但是，在传统诗论的评判标准里，“推敲”毕竟流于下乘。

譬如王夫之有批评说，似“推敲”这般写诗，只是妄想揣测罢了，倘若即景会心，则或“推”或“敲”必居其一，哪还用得着反复斟酌呢！

所以炼字的最高境界是不炼而炼，自然天成。试举一例，唐人李憕有一首《奉和圣制从蓬莱向兴庆阁道中留春雨中春望之作应制》：

别馆春还淑气催，三宫路转凤凰台。云飞北阙轻阴散，雨歇南山积翠来。
御柳遥随天仗发，林花不待晓风开。已知圣泽深无限，更喜年芳入睿才。

这是一首标准的应制诗，意思无非是为皇帝歌功颂德、阿谀奉承。这类诗既是官场中人必须要写的，又是历代文士最加鄙薄的。平心而论，在所有的诗歌类型里，应制诗最是难写，因为这要求一个饱读诗书的人扮出小人嘴脸，忍住一切的厌恶感，还一定要写得像模像样，要写到“动情处”。所以像郭沫若、臧克家那种写法，在文化缺失的时代里，在面对文化缺失的群众时，倒可以轻易过关，倘若放在古代，放在士大夫的阵营里，一定会被打上“存心反讽”的罪名，至少也会受到“敷衍”的弹劾。

所以我们很难想象应制诗还能写出多高的艺术水平，但李憕居然做到了，尤其是诗的尾联：“已知圣泽深无限，更喜年芳入睿才”，“年芳”指当时的春景，“睿才”指皇帝非凡的诗才，两者绝难以一字关合，而李憕以一“入”字胜任愉快，在修辞手法上真有巧夺天工之妙。

王夫之《夕堂永日绪论内编》有过一番议论，说“更喜年芳入睿才”与“诗成珠玉在挥毫”可称双绝，不知者以“入”字、“在”字为用字之巧，殊不知诗人当时只是偶然凑手罢了。

所谓偶然凑手，正是自然天成，妙就妙在毫无刻意、用力的痕迹。王夫之以律诗的对偶为例，说对偶有极其工巧者，如“金吾”对“玉漏”，“寻常”对“七十”，诗人并非刻意求巧，只是偶然凑手；一旦刻意为之，立即流于下乘，如贾岛有诗“高人烧药罢，下马此林间”，以“下马”对“高人”，实在荒唐。

就是这样，传统诗论关于炼字的议论，大体不出修辞的范畴，而《人间词话》在美学的视野里重审炼字的意义，显然已将步子迈入现代了。

[八]

境界有大小，不以是而分优劣。“细雨鱼儿出，微风燕子斜”，何遽不若“落日照大旗，马鸣风萧萧”！“宝帘闲挂小银钩”，何遽不若“雾失楼台，月迷津渡”也！

| 1 |

这一章的内容，今天并不觉得如何振聋发聩，在当时却有很强的针对性。

一首词或一首诗，乃至任何形式的艺术创作，究竟何者为优，何者为劣，历来有太多争论：婉约派鄙薄豪放派，坚称自己一派才是填词正统；豪放派轻蔑婉约派，嫌他们娇柔孱弱，缺乏风骨与气格；忧国忧民的诗人看不惯避世隐居的诗人，说他们没有担当；吟啸山林的隐士也看不惯忧国忧民的人总以铁肩担道义的姿态妙手著文章，说他们明知不可而为之，分明在自讨没趣。

对于我们普通人而言，读文天祥的《正气歌》“天地有正气，杂然赋流形。下则为河岳，上则为日星”，几句诗一经涵泳，便觉得胸中油然而生沛然之气；

读李之仪《卜算子》"我住长江头，君住长江尾。日日思君不见君，共饮长江水"，自然又生出一种悠远的思念和淡淡的愁绪。但是，这些作品到底谁高谁低、谁优谁劣呢？

王国维给出了自己的答案：无论是豪放派还是婉约派，无论是愤青派还是隐逸派，只要写出了境界就是好的，至于境界是大是小、是刚是柔，都不是区分优劣的标准。这就像我们不能因为一幅画的幅面大，就说它高过一幅山水小品，不会断言米开朗琪罗的教堂穹顶画必然胜过莫奈笔下的一小朵睡莲。

| 2 |

为了阐明这一道理，王国维分别举出两组例证。第一组里用来对比的皆是杜甫的诗，第二组里用来对比的皆是秦观的词。分别用同一个作者的不同作品加以比较，这会最大限度地减少争议。

我们先来看第一组对比："细雨鱼儿出，微风燕子斜"出自杜甫《水槛遣心》组诗之一：

> 去郭轩楹敞，无村眺望赊。澄江平少岸，幽树晚多花。
> 细雨鱼儿出，微风燕子斜。城中十万户，此地两三家。

杜甫是律体诗的大家，这首诗八句话，两两相对，构成了四组对仗，而按照律诗的规矩，只要中间那两组对仗就够。但杜甫写起来，通篇对仗却不嫌丝毫的刻板，要说流畅自如，又全不失"起承转合"的律体章法。

写这首诗的时候，杜甫流离于成都，刚刚为自己建了一所草堂，草草定居下来。无论是安史之乱的硝烟、朝廷权力的龃龉，还是千万里帝国疆域内的民瘼，暂时都可以置诸脑后了。喜成新居之后，杜甫也和我们凡夫俗子一样，对装修投入了异乎寻常的热情：整理花园，栽花种树，甚至在临水临风之处搭建出一座水槛，可以钓鱼遣心，可以凭栏眺远。

家居风景虽佳，毕竟距离成都市区太远，空落落的见不到多少人烟，尤其夜间难免会有几分《聊斋》的意境。幸而杜甫常有好心态，总能看到积极的一面。今天我们读这首《水槛遣心》，只觉得通篇都有一种喜悦、恬静的情感，正如金圣叹评论“前半幅写胸中极旷，后半幅写胸中自得也”。只是在释卷回味的时候，却隐隐觉出一丝凄凉。

首联“去郭轩楹敞，无村眺望赊”，草堂因为远离市区，所以盖得宽敞；因为眼前无村无邻，所以视野开阔。颔联“澄江平少岸，幽树晚多花”，紧接着首联“视野开阔”的意思来说，这在律体结构为“承”，即承接上文：因为视野开阔，所以远望可见江水与江岸齐平，近赏可见花开满树。颈联“细雨鱼儿出，微风燕子斜”，在写完远江、近树的静物风景之后，笔锋一转，专写眼前的一派动态风物，这在律体结构为“转”：细雨淅沥中，鱼儿纷纷游到水面上来；微风清冷，燕子翩然回翔。这一联不愧为千古名句，用字不带一分主观色彩，却将诗人的情绪清楚地传达出来。尾联“城中十万户，此地两三家”，总结陈词，在律体结构为“合”，把成都市区的繁华和草堂水槛的幽静做出一个鲜明的、至少在字面上基于统计数字的对照：城里有十多万户人家，草堂左近却只有两三户而已。诗人没有任何评论，既未张扬幽静，亦非痛伤偏僻，五味杂陈的丰富含义是要留给读者慢慢咀嚼的。

| 3 |

与“细雨鱼儿出，微风燕子斜”相对照的“落日照大旗，马鸣风萧萧”，出自杜甫《后出塞》组诗之二：

> 朝进东门营，暮上河阳桥。落日照大旗，马鸣风萧萧。
> 平沙列万幕，部伍各见招。中天悬明月，令严夜寂寥。
> 悲笳数声动，壮士惨不骄。借问大将谁，恐是霍嫖姚。

这一首是杜诗中的名篇，现今的唐诗注本却常常误释了它，原因大致有二：一是忽略了它背后的特定历史空间，二是忽略了杜甫组诗特有的连贯性。清代学者浦起龙《读杜心解》谈到《前出塞》组诗九首，说对这九首诗应该当作一首长诗的不同章节来读，杜甫的组诗多有这种章法。

《后出塞》组诗有同样的结构，若单独看这第二首，诗人选取了一名新兵的视角。“朝进东门营，暮上河阳桥”，甫一从军，当天便从东都洛阳出征，渡过黄河北上。“落日照大旗，马鸣风萧萧”，紧承上一句的“暮”字，化用《诗经·小雅·车攻》“萧萧马鸣，悠悠旆旌”，渲染暮色中行军的场面。行军既久，“平沙列万幕，部伍各见招”，军队在旷野中驻扎歇宿，只见帐幕连绵，蔚为壮观。夜色既深，于是“中天悬明月，令严夜寂寥”，军营里虽然人马无数，但在严格的军令之下，竟然不发出一点声响。

“悲笳数声动，壮士惨不骄”，这两句情绪忽然逆转：夜深人静之中，不知从哪里传来胡笳的悲声，战士们不免心生凄恻，再也无法入眠。这究竟是怎样的一支军队，又肩负着怎样的任务呢？“借问大将谁，恐是霍嫖姚”，统军大帅大约是像西汉嫖姚校尉霍去病那样的名将吧。

当年汉武帝远征匈奴，以卫青、霍去病舅甥二人功勋最著。霍去病精通骑射，骁勇善战，在十七岁那年便被任命为嫖姚校尉，在沙漠之中率八百骑兵千里奔袭，杀敌两千余人，俘获匈奴丞相。其后短短几年的时间里，霍去病屡建奇功，威望甚至在卫青之上，成为当时最耀目的一颗将星。若非天不假年，二十四岁便病逝于军旅，真不晓得他还会成就多高的武功。

“借问大将谁，恐是霍嫖姚”，杜甫既然以霍去病来比喻军中主帅，许多唐诗选本便将这首诗向着积极、进取一途解读，殊不知杜甫原本意在讽刺，以霍去病的形象来比喻的并非什么英雄豪杰，而是臭名昭著的安禄山。全部《后出塞》组诗就是以一个新兵的成长史和理想幻灭史，写出了安禄山从开边到反叛的过程，同时批评了唐玄宗好大喜功的对外政策。

人总是复杂的，而历史符号总是简单的。霍去病正是一个复杂的人，今天我们仰慕他勇冠三军、封狼居胥的赫赫功勋，敬佩他“匈奴未灭，无以家为”的丈夫气概，便毫不介意他那衙内风格的治军手段；杜甫当时却更加在意后者,《史记》与《汉书》毕竟留下了明确的记载,说这位年轻的勇将因为从年少起随侍武帝,久习富贵,故而对士卒全无体恤。出征之时,武帝总会专门派遣太官,为他载上几十辆车的军需物资,而当军队返程的时候,为图轻便,运输车上剩余的粱肉竟被轻易扔掉,全不顾士兵中还有挨饿的人。霍去病在塞外的时候,因为军营缺粮,士兵已有人饿得无力动弹,霍去病却自顾自地蹴鞠为乐,诸如此类的事情还有很多。倘若站在士兵的角度,想来不会所有人都愿意跟从这样的主帅吧。

赋诗断章,我们评论人物也每每如此。倘若从霍去病这个历史符号看到的并非勇冠三军的豪情与封狼居胥的武功,而是"将骄益愁思,身贵不足论"(《后出塞》组诗第五首),对这首诗的意涵当会有一些悲悯的理解了。

| 4 |

在本章第二组例子里,"宝帘闲挂小银钩"出自秦观《浣溪沙》:

> 漠漠轻寒上小楼。晓阴无赖似穷秋。淡烟流水画屏幽。
> 自在飞花轻似梦,无边丝雨细如愁。宝帘闲挂小银钩。

这首词看上去平平淡淡,除了意象的堆叠,也只有"上楼"这一个很普通的动作而已,人物与情绪全部隐藏在意象的背后。但是,一种若有还无的风神韵致却跃然纸上,无以复加。

通篇在描摹一名闺阁女子,词的上阕只写了她一个上楼的动作,其余笔墨完全写些不相干的东西:轻寒、晓阴、画屏,仅仅以诸般意象罗列一番罢了,词人到底要说什么,却只是不清不楚的。艺术之妙处,往往正在这有无之间。

下阕前两句的对仗是宋词里第一等的名句:落花的飘飞是如此轻盈而自在,一如梦幻;雨丝是如此细润而绵长,一如愁绪。这分明颠覆了我们的语言传统，因为一般的比喻可以说梦似飞花、愁如细雨，秦观却反过来讲，只这样小小的一个变化，便将两则平常的比喻化为神奇。

这一联之后，梦幻转入写实，以一句“宝帘闲挂小银钩”煞尾。看似只是在说窗帘被挂钩挂了起来而已，这本来只是个再平常不过的场景，但一个“闲”字再次化平常为神奇——窗帘也好，挂钩也好，本来只可能有姿态而不可能有闲意，词人却从这个姿态里边捕捉到了一种意态。那也许是词人自己的意态，也许是窗子里边那名女子的意态：似乎慵懒而寂寞，有些轻轻的伤感，有些淡淡的倦意。或有轻轻的梦，轻如飞花；或有淡淡的愁，淡如丝雨。这首词正是情景交融的最佳范例，无一字不言景而无一字不含情。

前人评秦观的词，谓其一大特色是平易而不着力，这首《浣溪沙》正是典型，好像就是轻轻松松、随随便便说出来而已，没有慷慨高歌，没有沉郁顿挫，没有绮丽浓艳，没有超然脱俗，总之，没有“语不惊人死不休”的那种做派，而意境就这样自然而然地出现，悠长而有无限的余味。这简直是一种禅境了，轻轻淡淡，了无挂碍，若一着力便当即落入下乘。

这首词，不写谁在梦、谁在愁，不写为何而梦、为何而愁，不写如何梦、如何愁，只是以一些意象的巧妙堆积，含蓄地传达出了一种意态。这便是中国古典诗词的一大特色，与西方诗歌传统里赤裸裸、浓烈烈的爱情宣言背道而驰。

| 5 |

与“宝帘闲挂小银钩”相对照的“雾失楼台，月迷津渡”，出自秦观另一名篇《踏莎行·郴州旅舍》，这是第三章里已经介绍过的词作了。了解过全部这四篇诗词，我们终于可以细细比较其中的两组名句了。

“细雨鱼儿出，微风燕子斜”和“宝帘闲挂小银钩”是近景，是微观的画面，是小画幅；“落日照大旗，马鸣风萧萧”和“雾失楼台，月迷津渡”则是远景，是宏观的画面，是大画幅。如果说远景胜于近景、宏观胜于微观、大画幅胜于小画幅，显然没有道理。以电影为例，纯以艺术水准论，耗资数亿的大片不一定就优于小制作，史诗般的宏大叙事也未必就优于生活小品，这是很多人都有切身体验的。“境界有大小”，大与小只是量的差别，而非质的差别。

参照《人间词话》第四章的美学概念，“细雨鱼儿出，微风燕子斜”和“宝帘闲挂小银钩”写出“无我之境”，诗人在此摆脱了欲念以及对利害关系的考虑，进入了恬静的审美直观，其笔下之境是为“优美”；“落日照大旗，马鸣风萧萧”和“雾失楼台，月迷津渡”写出“有我之境”，诗人在强大的外物的威压下受到震慑，终于升华而进入静观，完成了一个“由动之静”的过程，是为“宏壮”。后者较前者为难得，而两者于至高处是无所谓优劣的。

倘若我们自己学习写诗填词，小景也好，大景也罢，前者最容易写得局促，后者最容易写得空疏，所以最取巧的办法莫过于以小见大。王夫之《夕堂永日绪论内编》举例说：“柳叶开时任好风”“花覆千官淑景移”“风正一帆悬”“青霭入看无”，皆以小景传大景之神；但如“江流天地外，山色有无中”“江山如有待，花柳更无私”，诗人太用力想要写得宏大，效果反而不好。宋人的审美趣味偏偏倾向后者，所以宋诗不如唐诗。

这真是切中肯綮的意见。我们不妨细细体味一下“风正一帆悬”这一句，这究竟是小境界还是大境界呢，似乎不太好说。若说它是大境界，画面里却只有一叶孤帆；若说它是小境界，在那一叶孤帆之外我们分明感到了天地江山的无限苍茫。王夫之的这一段话不仅仅是技术性的意见，恰恰还可以补足《人间词话》这一章里的大、小境界之说。

附记：性灵与学力

“落日照大旗，马鸣风萧萧”被奉为千古名句，而这一联并非纯然是杜甫原创，而是出自《诗经·小雅·车攻》“萧萧马鸣，悠悠旆旌”。杜甫读书多，写诗也得益于读书很多，自谓“读书破万卷，下笔如有神”。所以前人评论杜诗，常说其字字有出处。

唐代诗人学习杜甫风格，成就最高的当属李商隐。李商隐很有用典的嗜好，时人不相信他真的能够胸罗万卷，所以称之为獭祭鱼（传说水獭捕鱼，总会一条条地码在石头上，如同人类祭祀，可参见吴炯《五总志》）。但宋人很欣赏这种风格，说写诗的一大诀窍就是要积淀充足的材料（黄彻《䂬溪诗话》）。

宋人学习杜甫、李商隐，学得有些过头，以致招来了后世的许多讥评。但这恰恰说明了一个道理：诗歌语言总是在不断积累的。所以若不考虑语言的今古之隔，一般来说，时代越早的诗就越好懂，因为诗句里边没有那么多的典故和出处。现代人读明清诗词要比读唐诗宋词困难得多，一大原因就在这里。

一种流行的看法是，诗歌创作应当直抒胸臆，说自己的话，不用前人的语言。这话虽然不无道理，但它同时意味着传统诗歌语言的中断。清人尤侗《艮斋杂说》举过一个例子：李白的名句“朝辞白帝彩云间，千里江陵一日还”，从白帝城到江陵，千里路程一天走完，很有想象力，而杜甫诗里也说“朝辞白帝暮江陵”，意思一样。两大诗人怎么会如此暗合呢？直到读了庾信的文章有“朝辞白帝，暮宿江陵”，才知道李杜两首诗之所以“暗合”，只因为有共同的古典源头啊。

有才情还要有功力，就连以“性灵”为主张的袁枚也这么讲。钱锺书《谈艺录》有分析说：初读《随园诗话》的人，都以为作诗就是张扬性情，非常简单；只知道袁枚所谓“天机凑合”，却忘记他还强调“学力成熟”。

［九］

严沧浪《诗话》谓："盛唐诸公［人］，惟在兴趣。羚羊挂角，无迹可求。故其妙处，透澈［彻］玲珑，不可凑拍［泊］，如空中之音、相中之色、水中之影［月］、镜中之象，言有尽而意无穷。"余谓：北宋以前之词，亦复如是。然沧浪所谓兴趣，阮亭所谓神韵，犹不过道其面目，不若鄙人拈出"境界"二字，为探其本也。

| 1 |

《人间词话》是一部对话之书，许多议论都是针对前辈或同辈名家有的放矢。这一章便在赤裸裸地借贬低他人以抬高自己，说无论严羽提出的兴趣说，抑或王士祯提出的神韵说，仅仅隔靴搔痒而已，只有自己提出的境界说才是直探本源。

王国维幸而已经成为前辈大师，幸而并未生活在我们身边，否则以这样的言论姿态，一定会招致所有人的厌恶。这一章的确最能见出王国维的性格，我们也不难想见，以这样的性格为人，他的人生如何能够避开悲剧的收场呢？

王国维讥评前辈，首先以南宋严羽祭旗。严羽，字仪卿，一字丹丘，号沧浪逋客，福建邵武人。史料中并未留下严羽的多少生平事迹，我们甚至连他的生卒年代都知之未详。这也难怪，在那个以记录帝王将相为始终的正史传统里，如严羽这般终生未曾科举入仕的隐士是很难得到只言片语的。

严羽为世人留下了一部《沧浪诗话》，在今天已经成为学习古典诗论最重要的必读书。即便从未读过这部书的人也知道“诗必盛唐”这句口号，这正是《沧浪诗话》的观点，至明代被李梦阳旗帜鲜明地标榜出来的，思想观念的传承每每如此。

我们一般都会认为，只有某个领域里的专家才有资格成为该领域的评论者，所以我们看不起那些只评论而不创作的人。钱锺书治文艺理论，为了证明自己善写而后善评，这才写出了小说《围城》。英国诗人本·琼森有一句名言：“只有第一流的诗人，才有批评诗人的本领。”但现实偏偏不尽然，有些人是天生的实践家，有些人是天生的理论家，严羽便是一位拙于实干的理论家。

严羽当然也会写诗，但或许连三流的诗人也算不上，他的两卷诗集从他生前直到今天一直籍籍无名。即便是资深的古典诗歌研究者，也很难记起哪怕一两首严羽的诗。严羽正属于美食家一类的人，自己虽然厨艺不精，却很懂得评论别人的厨艺。

| 2 |

正如一个人遍尝天下美食，甚至自己也做得一两手菜，便自然对各大菜系有评头论足的冲动，文人当然也喜欢论诗。同样，正如美食只有分出川、粤、湘、鲁各大流派，评论才可能有斟酌，有比较，有厚薄，诗歌也只有在派系林立之后才最容易产生诗论。

唐诗有风格而无派别，宋代才真正开启了一个派系林立的时代，故而各类诗话作品从宋代以降蔚然成风。诗话作为一种写作体裁，滥觞于欧阳修，至严羽而蔚为大观。宋人写诗偏好理趣，这种趣味或许不宜于诗，却大大宜于诗话。以今天的眼光来看，诗话属于文艺评论，好作品总要成就一番捃理之功，所谓评论家未必要有多高的文艺才华，逻辑思辨能力却必不可少。倘若以这个标准来衡量严羽，我们会发现他的学术确实只属于古代。对于一个称职的文艺评论家而言，严羽身上的诗人气质实在压过了理论家的气质。

同《人间词话》一般，《沧浪诗话》也是一部对话之书，严羽写这部书完全有自己的时代针对性，针对起自永嘉的四灵诗派，兼及余风尚在的江西诗派。

永嘉即今天的浙江温州，这个在今天以大量诞生商人、老板而闻名的地方，在宋代却以孕育思想家与诗人而知名。思想界有永嘉学派，诗歌界有永嘉四灵，在当时都曾经掀起过滔天巨浪，使永嘉一地举国知名。这“四灵”分别是徐照（字灵晖）、徐玑（号灵渊）、翁卷（字灵舒）、赵师秀（号灵秀），四人诗风一致，籍同永嘉，每个人的字或号里皆含有一个“灵”字，故此合称永嘉四灵。四灵专攻近体诗，学习晚唐姚合、贾岛“野逸清瘦”的风格，吟诗讲求“苦吟”，遣词造句讲求“推敲”。这样的诗若只有三五首倒还算清新可喜，若是洋洋洒洒数百首下来，只会令人觉得小家子气。但偏偏四灵一派宗风大盛，动摇一代诗风，于是时人写诗纷纷标举晚唐，就连李白和杜甫的影响力都令人吃惊地消隐了许多。

正是在这样的时代风尚里，严羽逆潮流而动，说李白、杜甫诸公如金鳷擘海，香象渡河，而下视孟郊、贾岛之辈，只似虫鸣草间而已（《沧浪诗话·诗评》）。这般尖酸刻薄的评语与其说是针对孟郊、贾岛的，不如说是针对四灵诗派的。

严羽于《沧浪诗话》开宗明义便说：学写诗首先要有见识，入门须正，立志须高，师法汉、魏、晋、盛唐的前辈，“不作开元、天宝以下人物”。显然在这样的标准里，盛唐以后的诗歌皆不足道，四灵诗派分明弃良师而择庸匠，取法乎下又怎可能得乎其上？

逆时代风气而动的人自然得不到时代的理解，严羽在写给表叔吴景仙的书信里说：我写的《诗辨》一章是“惊世绝俗之谈，至当归一之论”，但就连叔叔您都不能认可我的见解，何况其他人呢！

的确，以《沧浪诗话》的持论，注定会使爱之者大爱而恨之者深恨，所以这部书在后世每每成为诗坛名宿争锋的焦点。站在今天的角度，我们可以说严羽赢了，因为当代最一般的古典文学观念早已不自觉地受到了严羽的统治。有多少我们以为天经地义的观点曾经饱受争议，今后或许还会在强力者的摇旗呐喊之下或动摇，或覆灭。精英的声音永远决定着普罗大众的取舍，这是亘古恒常的定理，想来多少有些悲哀。

| 3 |

《沧浪诗话》很有几分现代性，因为其论诗的角度重审美而轻功利。今天我们只将诗歌创作视为文艺事业，而在儒家传统里，诗道即治道，肩负着正人心、醇风俗的伟大责任，至于诗歌之美，其实一点都不重要。

《世说新语·文学》记载有一段颇具典型意义的论诗对话，那是东晋名臣谢安问子弟们《诗经》以哪一句最佳。谢玄，这位将来以指挥淝水之战而著名的青年才俊答道：“昔我往矣，杨柳依依；今我来思，雨雪霏霏。”这是《诗经·小雅·采薇》里的名句，是今天任何一名诗歌爱好者都可以脱口而出的句子，的确是古往今来最为脍炙人口的《诗经》名句，弥漫着浅淡的忧伤，极富文学色彩。几乎任何时代的年轻人都易于接受这种形式华美、略带感伤色彩的诗句，于是，正如今天那些有一定文化素养的父母对青春期子女的阅读趣味做出“正确的”引导一样，作为东晋“大人物”的谢安也必须把侄儿谢玄的审美趣味及时地纠正过来。

那么，《诗经》究竟以哪一句最佳呢？谢安给出的“标准答案”是“讦谟定命，远犹辰告”，说这一句才最有雅人深致。

“讦谟定命，远犹辰告”，出自《诗经·大雅·抑》，意思是说国家的大政方针及时通报国人。在今天除了专业研究者，几乎没有人记得《诗经》里还有这样的一句。这也难怪，如此枯燥乏味的政治内容辅以如此毫无修辞色彩的表达方式，没有任何文学感染力可言，比之“昔我往矣，杨柳依依；今我来思，雨雪霏霏”，简直判若云泥。

谢安读的《诗经》版本是西汉学者毛亨的注本，毛亨说《抑》这首诗是卫武公讥刺周厉王并且用以自警的作品。另据《国语·楚语》，卫武公作这首诗的时候已是九十五岁高龄，以这等高龄仍然忧心国事，其拳拳之心不可不谓感人。那么，以谢安的身份、地位，也只有推举这样的诗句才是“政治正确”的。他若是赞同谢玄那种纯文学的眼光，反而“有失体统”。

论诗重审美而轻教化，同样有失体统，而严羽正是这么做了。《沧浪诗话》对于诗歌美学的标榜在于“兴趣”二字：“盛唐诸人，惟在兴趣。羚羊挂角，无迹可求。故其妙处，透彻玲珑，不可凑泊，如空中之音、相中之色、水中之月、镜中之象，言有尽而意无穷。”为王国维所引述的这段名言，正是出自《沧浪诗话》的第一部分《诗辩》。

| 4 |

在严羽看来，盛唐大诗人之所以成就出第一流的诗艺，就在于他们完美把握了“兴趣”。当然，这里的“兴趣”并非我们日常用语中的那个意思。元代辛文房《唐才子传》说张志和撰写渔歌，更以画笔勾勒诗境，“兴趣高远”，人所不及；明代王嗣奭《杜臆》评论杜甫诗句，说其“兴趣自不可及”；杜甫自己的诗里还有“从来支许游，兴趣江湖迥”。但这个词到底怎么解释，似乎只可意会，不可言传，我这里借用袁行霈的一个定义：“所谓兴趣，指诗人的创作冲动兴致勃发时的那种欣喜激动的感觉……属于诗人主观精神方面的东西。”

“兴趣”在严羽那里是一个极重要的概念，他说“诗之法有五：曰体制，曰格力，曰气象，曰兴趣，曰音节”，亦即一首诗要具备五个方面的素质：一是体例（分行押韵之类），二是格调（《十八摸》的唱词同样分行押韵，但不是诗），三是气象（《人间词话》的第十章将会提到这个概念，说李白之词最突出的长处就是气象），四是“兴趣”，五是音律（诗歌要有抑扬顿挫的音乐美）。

作为明代“后七子”之一的谢榛写过一部《四溟诗话》，把“兴趣”拆成了“兴”和“趣”，说道：“诗有四格，曰兴，曰趣，曰意，曰理。”谢榛举例说明：李白《赠汪伦》“桃花潭水深千尺，不及汪伦送我情”，这就是“兴”；陆龟蒙咏白莲的诗有“无情有恨何人见，月晓风清欲堕时”，这就是“趣”。

严羽本人用了一套禅宗的说法来解释“盛唐诸人，惟在兴趣”：“羚羊挂角，无迹可求。故其妙处，透彻玲珑，不可凑泊，如空中之音，相中之色，水中之月，镜中之象，言有尽而意无穷。”如此以禅喻诗，开创一套崭新的诗歌评论体系，这是严羽颇为自得的事。但是，禅本来就是一个很难讲清的东西，就连禅宗大师们也各有说辞，莫衷一是，从唐朝以来就常常为了谁正统、谁异端、到底应该如何参禅等问题争论不休。所以严羽以禅喻诗的手法分明是在以梦释梦，以玄释玄，所以对于他的一些分析论断，我们也就只能勉为其难地做自己的理解了。

幸而我们还可以采取这样的进路：要清楚地认识一个东西，仅仅看它主张什么往往不容易看清，更应该看的是它反对什么，而严羽所竭力反对的事物并不难知。就在“羚羊挂角”那一番话之后，他继续阐释道：“近代诸公，乃作奇特解会，遂以文字为诗，以才学为诗，以议论为诗。夫岂不工？终非古人之诗也。”

前后对照之下，严羽的意思便明朗起来：所谓“盛唐诸人，惟在兴趣”，反对的正是他那个时代的主流诗人。严羽认为这些人写诗是用文字在写，用才学在写，用议论在写，虽然也算工工整整，但这已经不是古人的诗了。因为古人的诗，尤其是盛唐诗人的不世佳作，是用“兴趣”写出来的。

| 5 |

让我们再看严羽写在“羚羊挂角”之前的一段：“夫诗有别材，非关书也；诗有别趣，非关理也。然非多读书，多穷理，则不能极其至，所谓不涉理路、不落言筌者，上也。诗者，吟咏情性也。”

严羽并不否认，若要写出极致的好诗，少不得要下足读书、穷理的功夫，但仅仅读书、穷理是不够的，因为写诗还要有别材、别趣。别材、别趣关乎性情，因为“诗者，吟咏情性也”。简述之，要想“下笔如有神”，就必须兼备“读书破万卷”和“吟咏性情”，二者缺一不可。

这样的观点在今天已经很少得到共鸣了，人们只取“吟咏性情”，认为“读书破万卷”非但于写诗毫无必要，反而会成为“吟咏性情”的干扰因素。这样的歧见实在关乎时代背景的差异：宋代的诗坛领袖往往同时也是知名的学者，如苏轼、苏辙兄弟是蜀学掌门，王安石开创所谓荆公新学，甚至主导了科举考试的标准教材。写诗自不能脱开熟悉的生活，既然“饥者歌其食，劳者歌其事”是可以的，学者歌其学又何尝不可？

倘若严羽生在今天，一定会强调读书、穷理的一面，但他毕竟是宋朝人，所以才会特地强调“吟咏性情”。有论者认为严羽标举性情，反对学理，这就失之偏颇了。

吟咏性情，自然要写出活生生的感觉，这便是“兴趣”。陶明濬《诗说杂记》阐释最切：“兴趣如人之精神，必须活泼。”没有人喜欢如涂了防腐剂一般死气沉沉的人，更没有人喜欢比过气的哲学论文还要死气沉沉的诗。纵然以诗言理，也可以说得活泼，如“水流心不竞，云在意俱迟”，再如“行到水穷处，坐看云起时”，以活生生的形象呈现出哲理趣味，合于理而不泥于理，于是“不涉理路、不落言筌”，这便是别材、别趣的功劳。这样的哲理若请困守书斋的哲学家来讲解，或许会讲得更通透，更成体系，却不会有这般活泼的兴趣。

| 6 |

《人间词话》本章的第二个标靶，是清人王士祯。

王士祯，字贻上，号阮亭，别号渔洋山人，山东新城（今山东桓台）人。人们通常据别号称之为王渔洋，但王士祯的生平实在没有半点渔洋山人的气息。严羽自号沧浪逋客，一生确实在沧波草泽中辗转求生，王士祯却出身于官宦世家，一生仕途顺遂，直做到刑部尚书的高位，同时主盟诗坛四十年，是公认兼钦定的文学领军人，以渔洋山人为号，只是官场上固有的矫情罢了。

王士祯在诗坛成名甚早。顺治十四年（1657）秋，二十四岁的王士祯游览济南，与诸名士会饮大明湖，见湖畔杨柳摇落，不禁怅然有感，为赋《秋柳》诗四首，艺惊四座。当时就有数十人和诗，随即这四首诗盛传于大江南北，引发了一股唱和热潮。耐人寻味的是，《秋柳》四首语意朦胧，用典晦涩，以至于遗老遗少们相信诗旨与南明亡国之事有关，而王士祯后来偏偏在康熙朝唱响主旋律，标举“神韵”，以清冲淡雅的风格回避一切敏感话题。

《秋柳》四首其实也不过写出泛泛的感伤与淡淡的哀怨罢了，但写得余味悠长，想象空间无尽，这才会在敏感的时间里被敏感人读出了敏感的联想。这样的诗，正是有神韵风格的典范：

其一

秋来何处最销魂，残照西风白下门。他日差池春燕影，只今憔悴晚烟痕。
愁生陌上黄骢曲，梦远江南乌夜村。莫听临风三弄笛，玉关哀怨总难论。

其二

娟娟凉露欲为霜，万缕千条拂玉塘。浦里青荷中妇镜，江干黄竹女儿箱。
空怜板渚隋堤水，不见琅琊大道王。若过洛阳风景地，含情重问永丰坊。

其三

东风作絮糁春衣，太息萧条景物非。扶荔宫中花事尽，灵和殿里昔人稀。
相逢南雁皆愁侣，好语西乌莫夜飞。往日风流问枚叔，梁园回首素心违。

其四

桃根桃叶镇相怜，眺尽平芜欲化烟。秋色向人犹旖旎，春闺曾与致缠绵。
新愁帝子悲今日，旧事公孙忆往年。记否青门珠络鼓，松枝相映夕阳边。

喜爱李商隐的读者最易接受这样的诗。哪怕读不懂诗中的典故，也会在这诸般美丽意象的并置之下感到某种无法言喻的触动。这正是神韵的力量，通俗来讲就是朦胧美。所以，经历过20世纪80年代朦胧诗大潮的人应该都很容易理解王士祯的理论。

“神韵”强调含蓄，强调意在言外，言有尽而意无穷，诗句的意义指向只可以指出一个范围，而不可以指出一个具体的方位。这样的话，诗句才会耐人寻味。李商隐的《锦瑟》就是一个范本，所谓“沧海月明珠有泪，蓝田日暖玉生烟”，只是让人觉得美，但到底是什么意思，没人说得出来。

自然，王士祯也会赞同严羽的许多意见。事实上，王士祯的诗学见地正是以司空图的《诗品》和严羽的《沧浪诗话》为两大支点的。于《诗品》全文，王士祯最爱“不着一字，尽得风流”；于《沧浪诗话》，王士祯最爱“羚羊挂角，无迹可求”。一首诗若能如此，便具神韵。

| 7 |

传说羚羊是一种生性谨慎的动物，每到入夜，会找准一棵树上的高枝，一跃而上，待犄角挂住树枝，身体悬空，这才安然睡去。若有猛兽追蹑羚羊的足迹，到了树下便会茫然失措。禅师以“羚羊挂角，不着痕迹”比喻不涉理路、不落言筌的妙悟。而究竟怎样的诗才达到这般境地呢，王士祯举过两则例证，其一是李白的《夜泊牛渚怀古》：

牛渚西江夜，青天无片云。登舟望秋月，空忆谢将军。
余亦能高咏，斯人不可闻。明朝挂帆席，枫叶落纷纷。

这首诗题下原有小注：“此地即谢尚闻袁宏咏史处”。这是说明于牛渚夜泊所怀之古实为晋代的一段往事：袁宏在年轻的时候很穷，以运租为业，镇西将军谢尚镇守牛渚，秋夜乘月微服泛江，偶然听到袁宏在运租船上诵诗，大为所动，随后派人去问，才知道这是袁宏在吟咏自己创作的咏史诗。谢尚为之激赏，便邀他到自己的船上，通宵夜话。袁宏由此名声大噪，后来成为一代文宗。

人事有代谢，往来成古今，李白到了牛渚，想起先贤佳话，感而赋诗。这首诗其实并不朦胧，意思明确得很。“登舟望秋月，空忆谢将军”，是说又是一个有月色的秋夜，但谢尚还能再有吗？一个“空”字点明了自己的心态。接下来“余亦能高咏，斯人不可闻”，我也有袁宏的本领，如今也到了袁宏得谢尚知遇之恩的所在，但有谁来听我吟诗呢，有谁来了解我、提拔我呢？一念及此，寞落顿生，于是“明朝挂帆席，枫叶落纷纷”，明天还是离开这个地方吧。

李白此刻的心态正如今天被名人励志读物迷昏了头的青年人一样，不知道在思考人生的时候是不该期盼小概率事件的。按照《人间词话》后文的标准，李白应该算是一位“不失其赤子之心”的诗人吧，始终以幼稚的心态理解残酷的世界。

| 8 |

王士祯举证的第二例是孟浩然的《晚泊浔阳望庐山》：

挂席几千里，名山都未逢。泊舟浔阳郭，始见香炉峰。
尝读远公传，永怀尘外踪。东林精舍近，日暮但闻钟。

诗前四句说自己一路扬帆，走了几千里也没遇到名山，直到泊在浔阳才见到了传说中的香炉峰。后四句说：想起自己曾读过东晋高僧慧远的生平，慧远大师分明就曾安身在这一带的东林精舍里钻研佛法，忽然我自己也来到了东林故地，但慧远前辈早已作古，只有那寺院中的钟声还在日暮时分悠悠飘荡。

其实无论是李白的《夜泊牛渚怀古》，还是孟浩然的《晚泊浔阳望庐山》，比之王士祯自己的《秋柳》四首，或者比之李商隐的《锦瑟》，简直称得上明白如话了。要说朦胧、含蓄、有余味、不着痕迹，这两首诗主要都体现在结尾部分：一是“明朝挂帆席，枫叶落纷纷”，一是“东林精舍近，日暮但闻钟”，以景结情，并不说透。相反的例子可以举文天祥的《过零丁洋》，结句是“人生自古谁无死，留取丹心照汗青”。这样的诗，显然不符合“神韵”的标准。

倘若王士祯当真标举《过零丁洋》式的写法，自然不可能在那个文网繁密的年代一路顺遂。这位渔洋山人很有一点老于世故，他在《带经堂诗话》里一本正经地说：羚羊挂角的做派不单是写诗的正道，同样也是士君子居身涉世之法。

以王士祯的显赫官位来看，这样的说法倒真是有感而发。在中国古代官场上向来有这样的传统：官位越高，讲话越是羚羊挂角，不着痕迹。务虚才是正道，一切意思全看下属如何揣摩，若有功劳便是自己高瞻远瞩，若失策便是下属领悟无方。

所以王士祯谈诗境与禅意，总带着一丝官场的圆滑，一言以蔽之，无非是凡事皆不道破而已。《带经堂诗话》这样讲过：唐人五言绝句往往入禅，有得意忘言之妙，王维《辋川集》与祖咏《终南残雪》(即《终南望余雪》)诗都是佳例。宋人程石臞有绝句：“朝过青山头，暮歇青山曲。青山不见人，猿声听相续。”我每每为之叹服，这样的诗句实在天然不可凑泊。我自己年轻时在扬州也写过这样风格的诗句，诸如“微雨过青山，漠漠寒烟织。不见秣陵城，坐爱秋江色。”(《青山》)“萧条秋雨夕，苍茫楚江晦。时见一舟行，濛濛水云外。”(《江上》)“雨后明月来，照见下山路。人语隔溪烟，借问停舟处。”(《惠山下邹流绮过访》)“山堂振法鼓，江月挂寒树。遥送江南人，鸡鸣峭帆去。”(《焦山晓起送昆仑还京口》)我在京师时也写过这样的诗，诸如“凌晨出西郭，招提过微雨。日出不逢人，满院风铃语。”(《早至天宁寺》)这都是一时伫兴之言，知味外味者才可以领略其中的妙处。

王士祯期待的读者是“知味外味者”，这话源自唐代诗论家司空图所谓诗歌妙处“妙在酸咸之外”。这种“味外味”自然无法用言语说明，而只可以用心感受。于是王士祯依据自己的诗歌主张编选过若干诗集，最著名的一部是《唐贤三昧集》，一开篇就引述了严羽“盛唐诸人，惟在兴趣”那段话，还引了司空图的“妙在酸咸之外”，说自己读开元、天宝时期的诗歌，对两位诗论前辈的名言别有会心之处，于是编了这个唐诗选本，取王维以下四十四家诗，却不选李白和杜甫。

编选诗集或词集，这是清代文人宣扬文学主张的最常见也最有效的办法。选择即判断，因为任何选择都是有主观标准的。当时有人向王士祯请教《沧浪诗话》所谓“羚羊挂角”云云到底是什么意思，王士祯的回答是：去看我编的《唐贤三昧集》就明白了。

《唐贤三昧集》只做选编，不做任何注释和评论，这倒正是王士祯的一贯做派。换言之，这样的编选方法本身便已是羚羊挂角、不着痕迹了。一切对神韵的体悟，尽在这部诗集所囊括的佳作里了。

但是，即便我们认真将这部诗集读完，即便我们真的因此而领略到神韵之妙，还是会生出一点困惑：抒情诗的写作自不妨以神韵为圭臬，叙事诗和论理诗又该如何讲求神韵呢?

当时确有人这样问过王士祯，后者的回答是：叙事诗和论理诗另成一体，所以诗歌分为两类：写田园丘壑类，应该效法陶渊明、韦应物；写铺叙感慨类，应该效法杜甫《北征》那样的作品。

| 9 |

“兴趣”也好，“神韵”也罢，在王国维看来都仅仅触及了诗歌美学的表层，皆不如他自己提出的“境界”二字深入根本。遗憾的是，对于为什么可以这样贬低前辈以抬高自己，王国维并未给出足够的论证，而这个问题也并不真如一张窗户纸那样，一经轻轻捅破，所有人都可以看得明白。于是，百年来的研究者们提出了太多种猜想，这真是渴望简洁答案的普通读者们最不愿看到的场面了。

大体而言，研究者们的推论有以下几类：

一、从学术演进的角度来看，“兴趣”和“神韵”都是很模糊的概念，都是典型的古典风格，而“境界”的概念相对清晰，迈进了现代学术的范畴。而这种解释的缺陷是：《人间词话》其实从未对“境界”做出过清晰的界定。

二、“境界”囊括了“神韵”，正如整数集合囊括了正整数集合。这种解释的缺陷是：一来若王士禛复生，恐怕不会同意这种论调；二来这样的论断即便成立，也没有任何意义，正如贾岛在苦吟“推敲”的时候，与其递给他一本字典，不如准确告诉他一个“敲”字。

三、“兴趣”和“神韵”只表达了诗人的主观性，“境界”则主观与客观兼顾。这种解释的缺陷是：一来我们不能证明后者必定优于前者，也许仅仅强调主观性才是更加正确的学术进路；二来主观与客观在美学上原本就是一对言人人殊的概念，所以依据不同的美学体系，我们既可以说一切诗歌都是主观的，也可以说一切美都是客观的；三来主观与客观兼顾也不是什么独创之见，李渔早就讲过填词不出情、景二字，情为主，景为客。

四、这可以说是一种反对意见，认为兴趣说、神韵说、境界说各成一家之言，难定孰是孰非。在文无第一的传统里，这样的意见自然最容易被我们接受，但是，若本着一点点现代学术的求真精神，我们即便接受这样的意见，也总还希望可以推断出王国维为什么笃定自己会超越前人而独树一帜。

| 10 |

所以我倾向于第五种意见，这是聂振斌基于王国维《古雅之在美学上之位置》而做出的推断。《古雅之在美学上之位置》是一篇学理性的文章，大意不妨概述如下：一切美都是形式美，而形式美又必须借其他形式来做表达，于是形式便有两种，即第一形式和第二形式。第一形式是本质，第二形式是用来表达第一形式的。“优美”和“宏壮”属于第一形式，将其表达给我们的便属于第二形式。“古雅”就是第二形式，人们对于雕刻、书画、文学所做的品评中，所谓神、韵、气、味，大多是就第二形式而言的。

这个意思不很易懂，所以有必要稍加解释。“一切美都是形式美”，这是美学上的老生常谈，却偏偏和我们的常识相悖。我们习惯于为事物寻找意义，这源自我们渴望确定感、安全感的天性。譬如，若本着严谨的求证精神，我们其实很难为人生找出任何确定的意义，但我们无法忍受这种生命中无法承受之轻，要么寻求信仰，要么寻求目标，相信自己是宇宙中极重要的存在。等而下之，无论一首乐曲、一幅画、一首诗，我们都会不自觉地想象它们的意义。评论文学大师，我们会注重其作品的思想性，殊不知思想性是与美感完全无关的东西。譬如“自在飞花轻似梦，无边丝雨细如愁”，思想性几乎为零，带给我们的却是纯粹的美感。

美，仅仅存在于形式。譬如同样表现“多此一举”这个意思，表现形式若是“脱裤子放屁”这样的民谚，显然粗俗可鄙；若是“画蛇添足”，便有了一分古雅的美感。

在《古雅之在美学上之位置》一文中，王国维以诗歌为例：杜甫《羌村》“夜阑更秉烛，相对如梦寐”和晏幾道《鹧鸪天》“今宵剩把银釭照，犹恐相逢是梦中”，表达的是同样的内容；《诗经・卫风・伯兮》“愿言思伯，甘心首疾”和欧阳修《蝶恋花》“衣带渐宽终不悔，为伊消得人憔悴”（这首词一般被定为柳永的作品，王国维认为柳永为人轻薄，写不出这样的词来），表达的也是同样的美。这就是说，它们的第一形式是相同的，但这两组诗句之所以显得前者温厚而后者刻露，正是因为第二形式的不同，所谓雅俗之分便是由此而来的。

聂振斌的推论正是以此为据，认为所谓神、韵、气、味这些东西都属于“古雅”的范畴，“兴趣”和“神韵”自然也在其内，都是第二形式，并非根本，而“优美”和“宏壮”才是第一形式，探及美之根本。

《人间词话未刊稿》第十四章可以作为佐证：“言气质、言神韵，不如言境界。有境界，本也。气质、神韵，末也。有境界而二者随之矣。”这一本一末，正合于《古雅之在美学上之位置》中“第一形式”与“第二形式”之说。

| 11 |

在我看来，“境界”比之“兴趣”与“神韵”，更强调出诗词“形象思维”的一面。

诗词不同于文章，后者或多或少总要诉诸抽象思维，要有逻辑的推演和概念的归纳。诗词可以不推演逻辑，不归纳概念，甚至抛弃常规的语法，连动词和形容词都可以省略，仅仅以名词的并置，亦即意象的并置，创造出一个生动的艺术空间。如温庭筠“鸡声茅店月，人迹板桥霜”，全部两句诗只是六个名词的堆砌而已，完全没有语法，而完整的、合乎语法的语义是要靠读者在想象中自行补足的。

这样的写法看似简单，其实意象的择取大大不易。欧阳修刻意模仿温庭筠，写有“鸟声梅店雨，野色柳桥春”，虽然形式模仿得惟妙惟肖，但味道总是差了一截。

谢榛在《四溟诗话》里特地讲过“五言诗皆用实字”的道理，举唐代诗僧齐己“山寺钟楼月，江城鼓角风”为例，说它虽尽用实字，却含有虚活之意。

用字愈实，含义反而愈虚活，给读者形象思维的空间反而愈大，这正是形象思维的妙趣所在。摹写形象的诗句甚至可以陶写理趣，如杜甫诗有“水流心不竞，云在意俱迟”，邵雍诗有“月到天心处，风来水面时”，清人尤侗将两者集为一联：“水流云在，月到风来”，认为一个人若面对如此景象，便可以直接体悟出“道”的存在了。这便是诉诸形象思维的佳例，王国维定会认可这一联写出了“境界”。

| 12 |

形象思维于生活中无所不在，甚至我们可以从菜单上读出“境界”。

2011 年三位西方学者发表了一篇题为《描述性菜单在销售中的效用》的心理学实验报告，记录了他们在某家餐厅进行的一次耗时六周的实验：他们制作了两个版本的菜单，一份是传统版，对菜品仅做简单描述，如烤鸡、帕尔马干酪鸡、笋瓜曲奇；另一份将菜品的名称做了精巧的包装，如温柔烤鸡、家常帕尔马干酪鸡、外婆造笋瓜曲奇。事实证明，第二份菜单使销售额增加了四分之一以上，而且明显提高了这家餐厅的口碑。

附记：独创与暗合

王士祯自信“神韵”是自己的独创之见，某日忽然在书中见到前人早已用过这个词来评论诗歌了。不知怀着怎样的心情，他在《池北偶谈》里记述了这个发现：孔文谷说“诗以达性，然须清远为尚”。薛西原论诗，只取谢灵运、王维、孟浩然、韦应物，说“白云抱幽石，绿篠媚清涟”，是为清；“表灵物莫赏，蕴真谁为传”，是为远；“何必丝与竹，山水有清音。景昃鸣禽集，水木湛清华”，清、远兼备。归根结底，这些诗句的妙处就在于神韵。

［十］

太白纯以气象胜。“西风残照，汉家陵阙”，寥寥八字，遂关千古登临之口。后世唯范文正之《渔家傲》、夏英公之《喜迁莺》，差足继武，然气象已不逮矣。

| 1 |

李白是诗歌的高峰，这自是毋庸置疑的结论，但李白究竟高在何处，这就是一个言人人殊的话题了。《人间词话》以为，李白的诗词纯然以“气象”取胜。换言之，再没有任何人在“气象”上超过李白。

“气象”是传统文论的专门术语。前一章提及，《沧浪诗话》归纳诗歌的五大要素，“气象”正是其中之一。陶明濬《诗说杂记》有解释语：“气象如人之仪容，必须庄重。”但我们真的很难将李白的诗词和庄重扯上关系，他写诗自是“斗酒诗百篇”，何尝有半点正襟危坐的样子呢？

元人范德机《木天禁语》为“气象”做出十种细分，分别是翰苑气象、辇毂气象、山林气象、出世气象、神仙气象、江湖气象等，还说诗人的“气象”就像字画，无论长短肥瘦、清浊雅俗，都是人性的自然流露。这样看来，我们大略可以把“气象”理解为“气质”。一个人有一个人的气质，一个时代也有一个时代的气质。若体现在作品上，不同时代的作品，不同作者的作品，便各有各的气质。《沧浪诗话》对照唐宋两代，说唐朝人和宋朝人的诗，先不必论谁工谁拙，两者在根子上就是“气象”不同。

明人镏绩《霏雪录》有一段极刻薄的话，说唐人诗如贵介公子，举止风流，宋人诗如农村暴发户，虽然盛装打扮，打躬作揖，却无论如何都掩不住鄙俗的嘴脸。这样的看法无论对错，至少说明镏绩在唐诗与宋诗的对照中看到了“气象”的差异。

| 2 |

宋代以“气象”作为诗词理念的，著名者如被冯煦誉为“北宋倚声家之初祖”的晏殊。

晏殊在太平时代做着太平宰相，一生顺风顺水，“愁”对他来说成为一种具有审美趣味的奢侈品，所谓“富贵闲愁”是也，正如今天生活顺遂的少男少女们要在甜蜜爱情生活中偏偏找一点不如意一样。

晏殊所谓的“气象”，意思是富贵气象。宋人笔记有记载说，晏殊曾读李庆孙《富贵曲》，见其中有“轴装曲谱金书字，树记花名玉篆牌”，又是金又是玉的，于是不屑地评论说：“真是一副乞丐相，写这种句子的人一定没有真富贵过。”那么，晏殊这个位高权重、真正生活在富贵中的人又怎么抒写富贵呢？很简单，他从不写什么金玉锦绣，只把握住富贵的“气象”，如“楼台侧畔杨花过，帘幕中间燕子飞”，再如“梨花院落溶溶月，柳絮池塘淡淡风”。晏殊以这些诗句为例说；“穷人家能有这般景象吗？”

穷人家不但没有这般景象，就算有，也都在蝇营狗苟地操心着生计，没有这份闲心。这般景象加上这份闲心，就是富贵气象。在这简简单单的杨花、燕子、月光和微风的背后，呼之欲出的其实是权势、财富和品位。真正富贵的人，从来不会将那些仅仅体现物质价值的东西放在心上。小富之家和暴发户总会着迷于金饰、金条，而晏殊这样的人早已跃过了富贵的低级阶段。

这就是晏殊的“气象”，散淡闲适的背后是富贵逼人，旁人很难模仿。而清贫也有清贫的“气象”，也同样可以分出高下。贾岛有诗“竹笼拾山果，瓦瓶担石泉”，姚合有诗“马随山鹿放，鸡逐野禽栖”，都是摹写山邑荒僻、官况萧条的景象。宋人梅尧臣有评语说：若论造语之工，以上两者皆不如“县古槐根出，官清马骨高”（这两句或是杜甫的逸诗）。

梅尧臣认为的工拙之别其实当属气象的高下之别。姚合与贾岛的诗句，着眼点仅在饮食日用，而“县古槐根出”写出岁月的沧桑味道，“官清马骨高”写出政事的高洁格调，虽然同样裹着清贫的外衣，立意、眼界与格调却远非前两者可比。

| 3 |

李白的诗词如何胜在“气象”，王国维以“西风残照，汉家陵阙”为例，断言这“寥寥八字，遂关千古登临之口”，亦即李白这八个字已经将登高咏怀这一个诗歌类型写到极致，任后人再如何登临、再如何咏怀，也没办法更上一层楼了。

“西风残照，汉家陵阙”，出自李白《忆秦娥》：

箫声咽。秦娥梦断秦楼月。秦楼月。年年柳色，灞桥伤别。
乐游原上清秋节。咸阳古道音尘绝。音尘绝。西风残照，汉家陵阙。

这首词的著作权归属其实并不明确，但因为它是如此出色，以至于在感情上人们总愿意相信它是李白的作品。不过，感情上的判断并不尽是感情用事，吴梅认为“太白之词，实冠古今，决非后人可以伪托”，这个判断依据其实就是从“气象”来的，亦即吴梅在这首词的字里行间感受到了李白特有的气质，而这样的气质断非他人可以冒充。

王国维并未深考著作权的问题，毕竟这于美学无关紧要。所以我们只需要关注这首《忆秦娥》究竟好在哪里。这首词虽然短小简单，却很容易使人误读，各家注本每每做出误释。误读与误释的症结正出在“西风残照，汉家陵阙”这一句，因为它确实气象高迈，以至于人们不自觉地便将它当作怀古之作来理解了。然而事实上，这是一首闺怨词。无论其字里行间是否别有寄托，仅仅从题材上看，它确确实实就是以闺怨为主题的。

| 4 |

“箫声咽。秦娥梦断秦楼月”，首句即用典：秦穆公时有一位名叫萧史的男子，雅擅吹箫，能以箫声招来孔雀与白鹤。秦穆公之女弄玉爱慕萧史，两人遂结为夫妇。婚后的生活是真正字面意义上的夫唱妇随，萧史每天都教弄玉凤鸣之法，数年之后，弄玉果然能够以箫声模拟凤鸣，引凤凰来止其屋。于是秦穆公为他们修建了一座凤台，萧史与弄玉居止其上，数年不下，终于在某日一同随凤凰飞去。秦人因此在雍宫营建凤女祠，祠中时时有箫声隐现。

这是汉代刘向《列仙传》记载的一则传说，后来常被文人们用作夫妇和谐的典故。词牌《忆秦娥》，秦娥原就是指弄玉的。萧史与弄玉的箫声里只有无限的幸福，但“箫声咽”，有多少两情相悦，有多少缠绵缱绻，都已在凄咽的箫声里成为伤感的回忆；女子孤单单守在妆楼，梦断时只有月亮相伴。

思念中的爱人身在何方？不知道他究竟身在何方，只记得“年年柳色，灞桥伤别”，每一次的送别都是最令人心碎的记忆。

灞桥也有过一段和秦穆公有关的故事，却不是传说，而是真实的历史：秦穆公荡平西戎，为了夸耀自己的武功，改滋水为霸水，将水上之桥称为霸桥。后来秦始皇一扫六合，亲自东出霸桥送大将王翦兴兵伐楚；秦王子婴素车白马出降刘邦，也在这霸桥之畔。当时刘邦、项羽在军事文书里一概黜落秦王朝的夸美之字，将“霸桥”改称“灞桥”，秦王霸业竟也真的就此终结。及至汉帝国定都长安，凡东出函谷关、潼关，必从灞桥经过。灞水多植垂柳，“柳”谐音“留”，故此亲友们每每就在这里折柳送别，渐渐相沿成俗，至唐而依然。

词的下阕以“乐游原上清秋节”将视角一转：清秋节即清秋时节，乐游原本是汉代的苑囿，位于长安南郊，在唐代成为长安人的游览胜地，李商隐“夕阳无限好，只是近黄昏”正是在乐游原上发出的感慨。这是一处高地，可以俯瞰整座长安城，俯瞰汉代宫阙与陵墓的遗迹。这一个清秋时节，她在乐游原远眺，视线尽头的延长线上，自然是远行而不知归期的爱人。他若回来，自会踏上远方那条咸阳古道，而古道上非但不见他的身影，甚至没有哪位信使带来他的书信。“咸阳古道音尘绝”，无限怅惘之下，她的视线再向远推，视角继续扩大，只见“西风残照，汉家陵阙”，汉代皇陵苍凉伫立，生之孱弱与死之沉重如何不在这样的景象里压垮一颗思念的心呢？

| 5 |

诸家注本解说“西风残照，汉家陵阙”，有说词人在叹息古道不复，哀悼安史之乱；有说词人在伤今怀古，寓托深远。这首词的确像是咏史，却实在是写闺怨的。将闺怨词写出这种苍凉而非幽怨的味道，在古典传统中确实另类了些。而我们只要依循闺怨主题理解全篇，自会发现“西风残照，汉家陵阙”对应的是“秦楼月。年年柳色，灞桥伤别”。前者是对后者的一层递进，荡漾出韶华容易去、岁月催人老的情绪。

我们若联系《人间词话》第四章的内容便会理解：“西风残照，汉家陵阙”在这里不正类同于惊涛骇浪、雷鸣电闪吗？它所象征的是那巨大的、无可抗拒的自然力，是如此的震慑人心，而孱弱的人心终于“由动之静”，生出“宏壮”之感，这便是康德美学之“崇高”，是王国维所谓之“宏壮”。

这首词自古以来备受推重，因此很有些衍生的逸事。最值得一提的是宋人邵博的一段回忆：他曾在与这首《忆秦娥》同样的场景下（同样的季节，同样的时辰，同样的地点），在咸阳宝钗楼上设宴为人送别，斯时只见汉代陵墓正在一派残阳晚照之下。此时忽有人唱起这首词，顿时满座凄然，不忍卒听。

遗憾的是，历史已经遗失了词的曲谱，我们已不知道该以怎样的旋律唱出它来。但只要我们略略掌握一点古音的知识，仅仅读将起来，自会认可清代词论家陈廷焯的评语：这首词音调凄断，令人茫茫然、百感交集。

声音和语意应该是融合无间的，文字之美其实离不开声音的抑扬顿挫。非但诗词，就连文章也有声韵的讲究。桐城派古文大师方苞回忆幼年读书，说自己每每陶醉于朗读的快感之中，即便那时候还浑然不知文章的含义。所以方苞后来提出"因声求气"的文学主张，而这样的主张其实更宜于诗，亦宜于遗失了旋律的词。西方世界也有过类似的文学现象，如法国兴起过一场纯诗运动，认为诗歌应该像音乐一样，在读者理解语意之前便能以声音如电流一般直接震慑读者的心。

前文有述，《沧浪诗话》归纳诗歌的五大要素，末一项便是"音节"。这首《忆秦娥》正是音色与语意辉映的典范，如词学家唐圭璋所谓：它于音韵之美，有两个字最耐寻味，一是"灞桥伤别"之"灞"，一是"汉家陵阙"之"汉"，这两个去声字"读之最为警动"。古汉语的四声分为平、上、去、入，去声即现代汉语的第四声，是最响亮的声音，所以词牌里往往在一字带起全句的时候以去声字担当其任，如柳永词"渐霜风凄紧，关河冷落，残照当楼"，一个"渐"字带出三个短句。这首《忆秦娥》之"灞桥伤别"与"汉家陵阙"，若我们仔细品味句首两个去声字的韵味，字里行间的感染力便容易在我们早已为词境所荡漾的心底更加重一分。

| 6 |

在李白《忆秦娥》之后，"后世唯范文正之《渔家傲》、夏英公之《喜迁莺》，差足继武，然气象已不逮矣"。范文正即北宋名臣范仲淹，字希文，死后谥为文正。夏英公即夏竦，字子乔，也是北宋名臣，受封英国公，故称夏英公。

巧合的是，为夏竦初拟的谥号也是文正，但当时司马光提出异议，认为“文正”是文臣谥号的极致，无以复加，夏竦不足以当之。夏竦于是改谥“文庄”，而“文正”之谥自此以后便不再轻易予人。宋以后的文臣，以“文正”为谥者凤毛麟角。

范仲淹谥文正，可谓实至名归。范仲淹一生事业以推动庆历新政为最著，立言则留下名文《岳阳楼记》，世人讽咏其“先天下之忧而忧，后天下之乐而乐”。不仅如此，范仲淹还是当时有名的易学专家，是开启宋学先河的人物。——介绍这样的人物背景并非闲笔，而是要提请读者在下文中留意：如范仲淹与夏竦这样的政坛大人物，这样被奉为或几乎被奉为文臣楷模的人，是如何看待小词的。

宋仁宗宝元元年（1038），李元昊正式建立大夏国，史称西夏，遂成宋王朝最严峻的边患。正是在这个时候，范仲淹临危受命，以文臣之身出镇西北边塞，到任后改革军制，修缮壁垒，堪堪抵住西夏的攻势。斯时斯地，人们已不该苛求范仲淹更多了。

西北边塞是一个风沙至恶、触目愁人的所在，大约便是电影《新龙门客栈》《双旗镇刀客》给我们展现出来的样子。早在唐代，岑参等人也经历过这样的险恶风光，因此而开创出一派边塞诗风。但边塞诗人往往只在这里入幕或游历罢了，范仲淹却肩负着三军主帅的担子，万千将士的性命与大宋王朝的气运压得他哪里还有半点闲情？所以范仲淹写不出“北风卷地白草折，胡天八月即飞雪。忽如一夜春风来，千树万树梨花开”这样的诗句，但他毕竟是个文人，茫茫百感总要凭高对酒，然后赋之以词，歌以解忧。

史料所载，范仲淹当时填过若干首《渔家傲》词，皆以“塞下秋来”起首，可惜流传下来的只是其中之一，也就是《人间词话》本章所称的这一首：

塞下秋来风景异。衡阳雁去无留意。四面边声连角起。千嶂里。长烟落日孤城闭。

浊酒一杯家万里。燕然未勒归无计。羌管悠悠霜满地。人不寐。将军白发征夫泪。

《渔家傲》句句押韵，以去声韵脚一韵到底，自有一种萧瑟苍凉的味道。这首词意境太悲，是在边城的秋色里感叹离家万里而功业不就，自己已然熬出了白发，将士们则在无眠的夜晚流下思家的泪水，不知道何年何月才能够太平还乡。

| 7 |

填词只是士大夫的余事。对于范仲淹这样“先天下之忧而忧，后天下之乐而乐”的人，更属余事之余事。范仲淹的词作在《全宋词》仅存五首，偏偏这五首皆非凡品，还很有革故鼎新的意味。

这五首词在词牌之下皆附词题，当下这首《渔家傲》的词题是《秋思》。词题虽然不很起眼，词牌之下附上词题的这种形式在词的发展脉络上却很有一番划时代的意义。词牌原本只标记某种特定的曲调，词的内容也无非是花前月下、春愁秋怨，而当内容跳脱出花前月下、春愁秋怨之后，便有必要像写诗一样拟一个切合内容的题目。这便意味着词的内容更加私人化了，意味着五代年间《花间集》所开创的填词传统向着士大夫的格调发生了一个转向，开启“以诗为词”的先声。

在范仲淹之前，只有边塞诗而无边塞词。词，原本是酒席筵上让歌女唱来助兴的东西，偏偏边塞只有凄风苦雨，没有莺歌燕舞，填词只能供词人自己弹铗高歌而已。这正是一首弹铗高歌的词，得不到少年歌女温润歌喉的浸润，只供给范仲淹自己苍凉而老迈的嗓音。

“塞下秋来风景异”，边塞风光全然与中原不同，当秋风乍起，高天雁阵南飞，那是“衡阳雁去无留意”。古人相信衡阳是大雁南飞的终点，所以衡山最高峰名为回雁峰。王勃《滕王阁序》有名句“雁阵惊寒，声断衡阳之浦”，早已经将衡阳确立为北雁南飞的文学符号。

当雁阵飞尽，似乎带走了边塞上最后的一点生气，只有“四面边声连角起”，各种只属于边塞的声音从四面八方向人涌来，最令思乡的人不堪忍受。所谓边声，也早已是一个文学符号了。传为李陵所作的《答苏武书》这样写过：“侧耳远听，胡笳互动，牧马悲鸣，吟啸成群，边声四起。晨坐听之，不觉泪下。”这篇文字为“边声”赋予了去国怀乡的伤感，而回望乡关，却只见到“千嶂里。长烟落日孤城闭”。那是群山层叠、长云低压、夕阳西下、孤城闭锁的景象，一座小小的边城囚禁着多少在无望中思乡的人。

乡愁无法排解，只有借酒浇愁，于是“浊酒一杯家万里”。拦阻行程的并非什么泛泛的宦游或羁旅，而是“燕然未勒归无计”。燕然即燕然山，今天蒙古国的杭爱山，东汉车骑将军窦宪北伐匈奴，登燕然山勒石纪功，这一战几乎彻底平定了数百年来的匈奴之患。这不仅是中国历史上的一件大事，甚至在后来的三四百年间深刻改变了世界格局：匈奴残部被迫向西迁徙，推动了欧洲版图上马不停蹄的民族大迁徙，最终导致了罗马帝国的覆灭。回顾燕然山上的那块纪功石，分明是世界棋盘上的第一块多米诺骨牌。

当然，范仲淹并不晓得远在欧洲的事情，而燕然勒石早已成为令一切戍边将帅最为渴慕的神话，尤其在西夏适逢强主而大宋王朝偏偏在右文偃武的基本国策里萎靡了战力的时刻。边城萧瑟，耳畔是羌管悠悠，眼前是寒霜满地，折磨人无寐的不仅是浓浓的乡愁，更有对国运的担忧。或是无情的岁月，或是多情的忧思，催出将军头上的白发，催落征人眼中的泪水。一首词便这样收尾，悲凉的情绪忽然升华为悲壮的家国情怀。

| 8 |

今天的宋词选本每每不会漏选这首《渔家傲》，这是因为时代的审美风气变了，若在古人的眼里，这首词毕竟不太像词。譬如清代开启常州词派的一部极有影响力的唐宋词选本，即张惠言、张琦兄弟的《词选》，仅录范仲淹一首婉转伤情的《苏幕遮》（碧云天，黄叶地）；张惠言的外孙董毅编辑《续词选》，当世知名，于范仲淹也仅仅选了一首同样婉转伤情的《御街行》（纷纷坠叶飘

香砌）。

即便从范仲淹当时的身份来看，写出《渔家傲》这样的词似乎也不合宜。宋人魏泰《东轩笔录》记有一则趣事：范仲淹几首《渔家傲》流传之后，欧阳修讥之为“穷塞主之词”；后来名臣王素出镇边关，欧阳修特意以《渔家傲》词牌填词赠别，词中称“战胜归来飞捷奏。倾贺酒。玉阶遥献南山寿”，尽是一派预祝战功的官场话，但欧阳修别有所指地说：“此真元帅之事也。”

欧阳修以诗词文章名世，但这首《渔家傲》从不见有选本收录。有鉴于满篇平庸空泛的官场套话，被后人遗忘自是合情合理的事情。但欧阳修显然不会介意，因为在他看来，在这样的场合，只宜于写这样的词句。

欧阳修其实在暗示这样的意思：词的创作理应合乎身份和场合。如果你是一个单纯的词人，自不妨尽情追求艺术效果，尽情抒发自己的真实感慨；但如果你是国家大臣、镇边主帅，你的一言一行、一字一句莫不关乎三军士气、国家兴亡，那么你就应该远离那些悲凉愁苦的调子，无论它们是否来自你的真情实感，无论它们达到了多么高超的艺术造诣。

王国维当然不会以这样的想法为然，《人间词话》全然站在美学的立场上评古论今。纯粹的美，无关道德，无关功利，无关任何立场。若不能从凡俗的世界中超越而出，美便不成其为美了。所以暴力也可以有暴力之美，邪恶也可以有邪恶之美。在这条路上，尼采那副历来为千夫所指的论调其实最是极致：我们不妨坐在观众席上欣赏世间的一切苦难，战火与屠杀岂非都是美的演出？

| 9 |

当然，在现实的世界里，美学的标准并非全然适用，夏竦的《喜迁莺》恰是一个绝佳的例子。

夏竦以文学起家，满腹经纶，气度超然，智商和情商都是当世第一等的，因此一路飙升到宰相的高位。无论从文采、学术、政绩来看，夏竦皆有十足的资格知名当世且名垂青史，但今天除了专治宋史的人，很少有谁听说过夏竦的名字。原委并不难知：夏竦其人贪酷成性，可以说是一个有能力、有作为、有贡献的贪官，所以评价起来总令人心情复杂。

无论如何都要承认夏竦是一个做官的天才，他的思维方式是彻底官场化的，即便在谈诗论词的时候。夏竦论诗有一则佳话，也是前面有所提及的：夏竦出任地方官的时候，听说当地有宋庠、宋祁兄弟文名卓著，于是以“落花”为题请二人即席赋诗。宋庠诗中有一联“汉皋佩冷临江失，金谷楼危到地香”，连用两则掌故，将落花比作仙子赠予凡人的玉佩以及坠楼自尽的佳丽；宋祁诗中有一联“将飞更作回风舞，已落犹成半面妆”，摹写落花随风盘桓的恋恋姿态，即便坠地仍不失风韵。以诗艺而论，我以为宋祁更胜一筹，毕竟宋庠用典略嫌生硬，宋祁事实上也用到两则典故，却轻盈如同白描，不带半点学究气。但夏竦全然是官场视角，说宋庠咏落花而不言其落，大有状元、宰相之望。

事情的发展果然应验了夏竦的预言：宋氏兄弟同科应试，原本是宋祁考中状元，偏偏章献太后秉持孝道治国的精神，认为弟弟不可以排名在哥哥之上，于是擢拔宋庠为状元，将宋祁黜落为第十名。这一节倒可以说是运气使然，但后来在仕途的发展上，宋庠果然顺风顺水做到宰相，宋祁始终追赶不及。

这要算是性格决定命运的一个佳例，因为无论科举考试还是仕途发展，文学才华虽然不可或缺，个人气质却往往发挥着决定性的影响。宋庠为人老成持重，宋祁却很有些轻狂不羁，“红杏枝头春意闹”正是他的风格。如前所述，倘若性格决定命运，那么命运的端倪在诗句里总会显露无遗，而老于世故的夏竦恰恰具有这样的慧眼。

| 10 |

夏竦与宋氏兄弟的故事，无论全然属实抑或仅仅是个传说，至少反映出古典传统中的一种经典认识：作品总会带着作者的独特气质，于是观其文便可以知其人。另外我们可以看到：诗词除了固有的文学属性之外，同样还有社会属性，所以在很多时候，我们需要以社会学的眼光看待一些诗词的表现方式，而不能仅仅就文艺来论文艺。

夏竦的《喜迁莺》就是一篇着眼于“社会功能”的小词，全非来自敏感艺术心灵的创作冲动。那是宋真宗景德年间，初秋时节，水殿之中正在歌舞升平。当时夏竦担任翰林学士，正在宫中当值，忽然有宦官传旨，要翰林学士进献新词。夏竦向来以才思敏捷著称，一首《喜迁莺》援笔立成：

霞散绮，月沉钩。帘卷未央楼。夜凉河汉截天流。宫阙锁清秋。
瑶阶曙，金盘露。凤髓香和烟雾。三千珠翠拥宸游。水殿按凉州。

这首词当时得到真宗皇帝的大加称赞，因为它确实写尽了皇家气象：霞光如绮，新月如钩，帝王在水殿之中欣赏着风景与歌舞；夜色带来宜人的凉意，天上的银河仿佛也如水殿前的流水一般静静流淌，一切清秋的佳处尽在这皇宫内院里了；不知不觉间天边露出了曙光，露水悄悄地凝结成珠，熏香的烟气静静地盘旋、升腾着；无数宫中佳丽陪伴帝王尽兴游赏，水殿里荡漾着绝美的音乐声。

营造皇家气象需要一些特殊的意象，譬如描写楼阁便不能写作红楼、高阁，而是“未央楼”，即未央宫的楼阁。未央宫本是汉代宫阙，借代过来既是恰如其分的，也是诗人的一贯传统。再如阶梯是“瑶阶”，露水是“金盘露”，后者仍用汉典典故：汉武帝在宫中铸造极高的铜柱，称为金茎，顶端有承露盘，承接露水以供服食。

再如熏香，不是心香，不是篆香，不是水沉香——这些诗词里最常见的熏香名都太小家子气了——而是“凤髓香”。我特地翻查南宋陈敬的《陈氏香谱》，并未找到“凤髓香”这样一个名目。有限的记载里，甲戌本《红楼梦》第八回定场诗有“古鼎新烹凤髓香”，已将这种香气喻作茶香了。无论如何，曹雪芹的凤髓香茶未必属实，夏竦的凤髓熏香也未必属实，只不过这样一个名字会让人觉得无限高贵罢了。

帝王出游称为宸游，“三千珠翠拥宸游”似乎过于夸张了些，宋真宗毕竟不是如隋炀帝一般乘龙舟下扬州，只是在水殿之内游赏罢了，恐怕容不下三千人的排场。但是，夏竦即便真有夸张，应该也夸张得不很离谱。宋代帝王文化素养颇高，对雅兴总有一些不同凡俗的追求，更何况歌舞升平既是帝王本人的享乐，更有安定人心的政治意义，排场一些总不是坏事。宋人王珪在颇有纪录片风格的《宫词》里记载宫廷歌舞之盛，有“夜深翠辇归金殿，十里回廊锦帐开”，简直称得上千古壮观了。这样的场面，自然很需要有帮闲文人写诗词助兴，于是便有“太常备奏三千曲”“学士争吟应诏诗”。

非但夏竦的《喜迁莺》只是“学士争吟应诏诗”这个大背景下的小小一幕而已，晏殊“富贵气象”的文艺主张同样也是这个大背景下应运而生的产物。宋词里留下了大量的《喜迁莺》这样的应诏之作，才是当时的主旋律。倘若我们单纯怀着审美的目的欣赏宋词，对大量的应诏之作都可以弃之不顾，但倘若研究宋代社会和世道人心，这些主旋律作品总还是有些价值。而将主旋律的作品写出艺术性，写得可以与真正第一流的诗词比肩，这简直是不可能完成的任务。而至少在王国维看来，夏竦这首《喜迁莺》成功做到了这一点。

| 11 |

士大夫们争相应诏填词，乐此不疲，除了出于现实的利害关系之外，大家一般也不觉得如此歌功颂德、粉饰太平有多么可耻。这正是诗和词在思想观念上的一大分野，写诗要言志，要抒怀，要立言，要有感而发，要忧国忧民，填词却可以大大方方地歌舞升平。

清代康熙年间，文坛宗主号称“南朱北王”：“北王”即前文所述之王士祯；“南朱”即朱彝尊，在词坛开创浙西一派。朱彝尊有一番著名的填词见解：韩愈曾言“欢愉之言难工，愁苦之言易好”，的确切中诗歌创作之肯綮，但填词恰恰相反，历来欢愉之好词占到十分之九，愁苦之好词仅占十分之一。所以天下动乱时好诗便多，词却宜于宴嬉逸乐、歌咏太平，所以士大夫对诗与词采取并存而不偏废的态度。(《紫云词序》)

倘若这样的见解成立，那么夏竦的《喜迁莺》正在那“十分之九”里，范仲淹的《渔家傲》和李白的《忆秦娥》则属于“十分之一”。即便朱彝尊有些言过其实，但确实点出了词的一个特殊地位，我们不能以惯常的对待诗歌的态度来苛求它。

| 12 |

李白《忆秦娥》、范仲淹《渔家傲》、夏竦《喜迁莺》，三者皆属气象宏大的佳作，究竟为什么在“气象”上有高下之分？学者们提出过很多解释，比较有代表性的如认为“三千珠翠”脂粉气太重，所以落了下乘，“四面边声”形成了一个封闭的空间，不及“西风残照，汉家陵阙”开阔远大。在我看来，三者的核心的差异其实只有一点：它们虽然都是从一时、一地、一事写起，而范仲淹归结到“人不寐。将军白发征夫泪”，夏竦归结到“三千珠翠拥宸游。水殿按凉州”，皆不脱一时、一地、一事，李白则归结到“西风残照，汉家陵阙”，超越了一时、一地、一事的限制，让人顿生古往今来人世代谢的茫茫之悲。

不妨参照一个与李白《忆秦娥》同样煞尾的例子，那是宋代诗僧仲殊的名篇《诉衷情》：

涌金门外小瀛洲。寒食更风流。红船满湖歌吹，花外有高楼。
晴日暖，淡烟浮。恣嬉游。三千粉黛，十二阑干，一片云头。

这首词题为《寒食》，摹写杭州寒食踏青的一次盛况。西湖之上到处有画舸优游，歌吹沸天，游人恣意狂欢，享受这一场初春的典礼。末三句堪称神来之笔：“三千粉黛，十二阑干，一片云头”，仿佛是电影镜头的高明运用，从近景的“三千粉黛”拉开到中景的“十二阑干”，再拉开到远景的“一片云头”，数字递减，视野渐远，近景被中景隐没，中景再被远景隐没，而“十二阑干”的颜色与“三千粉黛”的歌声似乎仍在“一片云头”隐现，让人生出无限辽远的美感。这样的美，虽然与李白《忆秦娥》情绪迥异，表现上却是属于同一类的。

[十一]

张皋文谓飞卿之词“深美闳约”，余谓此四字唯冯正中足以当之。刘融斋谓飞卿“精艳[妙]绝人”，差近之耳。

| 1 |

这一章提到两位词论家——张皋文和刘融斋，还提到两位词家——温飞卿和冯正中。

温飞卿即温庭筠，字飞卿，写诗与李商隐齐名，人称“温李”，在词的领域则是开一代风气之先的人物；冯正中即冯延巳，字正中，南唐中主李璟朝丞相，虽然是政治上的平庸之辈，却能够以词名世，为王国维所高度推崇。

张皋文即张惠言，字皋文；刘融斋即刘熙载，号融斋。这两位都是清代学者，在词论领域里算是王国维的前辈。开拓新路总会从批判前辈开始，王国维也不例外。

本章的焦点是“应该如何评价温庭筠的词”：张惠言的评价是“深美闳约”，王国维认为这四个字只有冯延巳才当得起；刘熙载的评价是“精妙绝人”，王国维认为这个评语勉强还算贴切。

“应该如何评价温庭筠的词”，今天的读者很难理解这样一个问题究竟有何要紧，然而在清代，甚至在词的全部历史上，这确实是一个很大的问题。于是，要理解《人间词话》这一章的内涵，我们便有必要将温庭筠、冯延巳、张惠言、刘熙载这四个人依次做一番了解。

| 2 |

今天翻开任何一部唐宋词的选本，我们都会在开篇不久看到温庭筠的名字。他是历史上第一个认真填词的文人，说他是词的奠基者亦不为过。在他之前，虽然有李白、刘禹锡、张志和、白居易等人纷纷留下词作，但一来某些作品的著作权其实不甚明朗，二来这些人填词只是偶一为之罢了。

缘由其实简单：词在唐代是真正的下里巴人，基本只属于民间艺人和低级歌女。我们绝不可小觑唐代的歌女，她们当中的许多人自幼便接受极尽严苛的演艺训练和文化训练，佼佼者会以歌唱《长恨歌》这种级别的“流行歌曲”而自负。词虽然早已唱遍大街小巷，毕竟太不上档次。譬如“枕前发尽千般愿，要休且待青山烂”，这是在唱男女交欢时的山盟海誓；“敦煌古往出神将，感得诸蕃遥钦仰”，这是在为镇边将军歌功颂德；“生死大唐好”，这是赤裸裸的爱国主旋律。即便我们完全认可创作者的拳拳赤诚之心，但也不得不凭着最基本的文学鉴赏力坦率承认：这样的词实在写得太粗俗了。

人们常以为民歌贵在清新本真，事实上，往往只有当文人加入创作之后，才会出现被包装出来的清新本真。但是，让文人士大夫“自甘下流”，这并不是一件容易的事。

幸而文人士大夫的行列里偶尔会出现几个另类分子，他们无视传统，轻蔑权威，放荡不羁，永远要做出格的事，偏偏还聪明绝顶，才高八斗，很有自己的一套生存技巧。时值晚唐，这样的一个“祸害”终于应运而生，他就是本章的主角：温庭筠。

| 3 |

在中国的正统观念里，温庭筠堪称“文人无行”的完美范本。他的头脑有多聪明，性情就有多轻浮；文采有多出众，行为便有多出格。这样一个人自然成名很早，但文学虚名除了加速他的自我膨胀之外，并未带给他任何实际的好处。

以温庭筠的诗赋水平，并不难在进士科举中出人头地。但唐代科举，印象分几乎决定了全部的成败。主考官若看不上某个考生的为人，轻而易举便可以黜落他的名次，偏偏温庭筠有一种触怒任何主考官的天赋：进士科以诗取士，命题限韵，温庭筠叉一下手的时间便可以吟出一韵，叉八次手便可以作完全诗，所以人们送给他“温八叉”的绰号；温庭筠在考场上充分施展出这份能力，不仅自己答卷如飞，还抽空为邻桌考生捉刀，一场考试下来，他总能不动声色地答完好几份试卷。

唐宣宗大中末年，礼部侍郎沈询出知贡举，有鉴于温庭筠早已是科场上助人为乐的名人，便特地要他帘前应试，以便监控。温庭筠为此闷闷不乐，千言文赋援笔立就，请求提前交卷出场，还坦诚自己这一次仍然成功“帮助”了八名考生。

这真是赤裸裸的挑衅，是对主考大人最惨无人道的羞辱。所以当这位名满天下的大才子再一次名落孙山的时候，我们真的没理由责怪沈询。

一切既有才华又不乏上进心的人，唯一期待的就是机遇。机遇其实屡屡垂青温庭筠，一个人只要不是到了不可救药的田地，早已经在如许多的机遇中平步青云了。落榜之后，谁也不曾料到还有一次“复试”的机会：适逢唐宣宗遇到一个诗歌创作的难题，上句吟出“金步摇”，下句无论如何也想不出该如何对仗，那就让落第举子来想想办法吧。

金步摇是唐代女子的一种头饰，以金珠点缀，会随着行走的步伐而摇曳生姿。白居易《长恨歌》便提到过这个东西：“云鬓花颜金步摇”，令人想见杨玉环婀娜的步态。即席对仗需要急才，这恰恰是温庭筠的长处，他当即便对出了“玉条脱”，这是手镯一类的饰物，呈螺旋状套在臂上，两端可松可紧。这真是天然的绝对，字义与音律皆工稳而协和，这使温庭筠在唐宣宗面前赢得了一个上佳的印象分。

既然有皇帝赏识，主考官的意见也就变得无足轻重了。温庭筠顺利任官，旋即便亲手毁掉了自己的前程。而这件事，仍然与唐宣宗直接相关。

从温庭筠一贯的性情，我们不难想见在做官之后他一定是一副小人得志的嘴脸。某天他在旅店里和一位客人发生了一点龃龉，立时官威发作，轻蔑道：“看你这个样子，不过是司马、长史之流吧？”司马和长史名义上是州府官员的助手，但这种职位经常被用来安置闲人，白居易就被贬过江州司马，所以《琵琶行》有“江州司马青衫湿”。

对方摇头否认，温庭筠气焰更盛：“那你就是六参、簿、尉之类咯？”六参是低级武官，簿、尉是县级官员的助手，已经触到官僚体系的最底层了。温庭筠万万没有想到，被自己张狂贬损的这位客人，正是微服私访的唐宣宗。温庭筠的锦绣前程就这样轻易断送掉了。

以上说法来自孙光宪《北梦琐言》，新旧《唐书》的版本略有出入。但无论各种史料在细节上有多少的龃龉，对人物形象的塑造却一般无二，完全可以使读者得其神理。

| 4 |

以温庭筠这般特立独行，自然有许多奇闻逸事。他曾经因为文采出众，受到宰相令狐绹的眷顾，使他可以自由出入宰相府第。当时唐宣宗爱唱《菩萨蛮》，以令狐绹的小人心肠，绝不肯放过这样一个投圣上所好的机会。《菩萨蛮》是今天的诗词爱好者最熟悉的几个词牌之一，在当时却是一个很新鲜的事物。

《菩萨蛮》原是唐代从西域传入的外来舞曲，一说所谓“菩萨蛮”，就是波斯语 Mussulman 的音译，意思是伊斯兰教徒（穆斯林）；一说唐宣宗大中年间，女蛮国派遣使者进贡，这些使者全是妙龄女子，头上戴着金冠，梳着高耸的发髻，身上挂满珠宝，号称菩萨蛮队，唐人大觉新奇，宫廷教坊便因此而创作了《菩萨蛮曲》。有了曲调，便需要依声填词，令狐绹剽窃了温庭筠的词稿进呈皇帝，叮嘱温庭筠千万为自己保密。

达官显贵窃取帮闲文人的作品，这早已是历史的常态，何况填词在当时本就不登大雅之堂，甚至直到北宋也没有多少文人会用心保存自己的词作。令狐绹原以为温庭筠不会介意，没想到温庭筠很快便将秘密泄露了出去。这般不晓事的清客，自然会被主人疏远。但是，也正是因为温庭筠对词稿著作权的与众不同的珍视，为他赢得了千秋万岁的词坛声誉。他最擅写的词牌，也恰恰就是《菩萨蛮》。

| 5 |

五代年间，后蜀赵崇祚编纂了著名的《花间集》，是为中国历史上的第一部词选。虽然 1900 年在敦煌发现了《云谣集》，夺去前者“第一”的名号，但以历史影响力而言，《花间集》的“第一”仍然当之无愧。况且《云谣集》仍属质朴的民歌，《花间集》却已经属于文人的雅词了。

《花间集》收录晚唐至五代十八位词人的五百首词，温庭筠词以六十六首的总数位居第一，其中又以《菩萨蛮》词牌用得最多。不同于当时的诗集与文集，《花间集》严格来说并不是一部文学作品集，而是一部供歌伎与伶人所用的标准歌本。正经士人编撰这样的东西很有些玩物丧志的姿态，但是，也正是因为有了这样玩物丧志、不务正业、敢冒天下之大不韪的人物，词才终于赢得了一个难能可贵的发展契机。

温庭筠冠绝《花间集》，一点都不令人意外。在唐代全部的历史上，他是唯一一个以充沛而不息的热情潜心填词的文人。唐代当然不乏才子，但再没有哪位才子会像温庭筠这样“自甘堕落”。于是，当时序推移到残唐五代，温庭筠的词便被大量收录在《花间集》里，在无数纸醉金迷的宴会上被歌女们传唱不休。

时过境迁，温庭筠的词在今天已经不很受人喜爱，《花间集》也早已失去了读者。但我们必须设想一下王国维的时代背景：在清代词坛，《花间集》仍不失其经典地位，譬如纳兰性德便以《花间集》为师，取最喜爱的两部古代词集名——五代《花间集》和南宋《草堂诗余》——将自己的书房命名为花间草堂。

| 6 |

《花间集》选录的第一首词，是温庭筠的《菩萨蛮》（小山重叠金明灭）；如果只选一首词来代表温庭筠的风格，这一首应该是最合宜不过的：

> 小山重叠金明灭，鬓云欲度香腮雪。懒起画蛾眉，弄妆梳洗迟。
> 照花前后镜，花面交相映。新帖绣罗襦，双双金鹧鸪。

《菩萨蛮》词牌的特点是每两句一押韵，每两句一换韵，韵脚平仄相间，音韵错落有致，读来特别有悠扬起伏的味道。这首词是写最传统不过的闺怨主题，我们却很难感觉它与李白那首《忆秦娥》（箫声咽）有任何相似的地方。若用王国维的话说，两者恰恰"一优美，一宏壮也"。

首句中的"小山"即屏山，是一种放在枕头附近的画屏，睡觉时可以挡风。画屏曲折蜿蜒，是为"小山重叠"。"金明灭"是说阳光洒上画屏，使金丝银线编织的图案光影闪烁。

以记叙文六要素来说，首句写阳光，写寝具，巧妙交代出时间和地点，接下来就是人物环节了：女子仍在画屏那畔没有起身，鬓角散乱的如云秀发遮着白皙如雪的面颊。早该是起床梳妆的时刻了，她却一副慵懒倦怠的模样，好久好久才拿起描眉的画笔。词意进行到这里，轻轻抛出了一个悬念：这分明不是女人爱美天性里的常态，缘故究竟何在？

词人并不急于作答，继续悠悠缓缓地白描：她毕竟在梳妆台前例行公事地打扮起来，两面镜子一前一后，三百六十度无死角地检查自己全部的妆容，而如花的美貌在镜中隐现、交叠，好一番朦胧惑人的美丽。她的身上是一袭簇新的绫罗短衣，衣襟上以金线绣着鹧鸪双双飞起的样子。

这确实是极高明的文学手法，明明写女子的怨情，却没有任何一句心理描写，只用寥寥几笔将情境勾勒出来，以纯客观、不带感情的笔墨写出纯主观、复杂难言的意绪。她在不经意间看到了鹧鸪双飞的图案，叙述就在这里戛然而止了，而这图案究竟激起她心底怎样的波澜呢？当读者想到这一层，“懒起画蛾眉”那些词句便一下子得到了解释：女为悦己者容，只有恋爱中的女人才会格外热衷打扮，而这鹧鸪双飞的图案分明反衬着她的孤独，而孤独的女人又还有几分画眉、梳洗的兴致呢？

这种手法倒不是温庭筠的原创，而是唐人的热衷。譬如崔国辅《湖南曲》：

湖南送君去，湖北送君归。湖里鸳鸯鸟，双双他自飞。

情侣间的送别，看到鸳鸯成双飞去飞来，不觉恼恨人间的聚少离多。

温庭筠的词风正是这样，看似白描，其实藏着剧情；看似堆砌辞藻、极度渲染华美的画面，其实是有含义在的。但因为剧情和含义藏得太深，所以很容易会被读者忽略过去，就连王国维也相当轻率地以温词中一句“画屏金鹧鸪”给温庭筠的作品定性，仿佛温词只有华丽的修辞而已。殊不知温词正如工夫茶，须要下足慢功夫才可以品得出妙处。

| 7 |

我这样讲解，自以为已经在抬高温庭筠在世人心中的地位了，但如果退到清朝，让张惠言听到我这些话，一定会觉得我大大小看了温庭筠。我们也许很难理解，张惠言竟然将温庭筠抬到了和屈原一样的高度。——这正是我们读《人间词话》应该留意的地方，王国维反驳张惠言，有点矫枉过正，实在将温庭筠贬低得过分了些。

张惠言这个名字，今天在专业圈之外，已经淡出了人们的视野，但他的词作，尤其是词论，在有清一代卓然大家，开辟出一个常州词派。说到词派，我们最熟悉的所谓婉约派和豪放派其实只是形容两种风格，并不是真正意义上的创作流派，而常州词派才算是一种真正的艺术流派，因为这些作者有着共同的创作宗旨，相互之间同声相应、同气相求，曾造出极大的声势。

清代被称为词的中兴时代，盛况直追两宋。我们现在之所以只说“唐诗宋词”而不及清词，原因很多，但单就水准而论，清词至少不逊于宋词，佳处甚至犹有过之。而在词学理论上的建树，清代无可争议地成为中国历史上的最高峰。因为那虽然是一个文网繁密的时代，同时却也是一个学术发达的时代。

清代的词家和词学理论家，以前述王士祯和朱彝尊为例，两人并称“南朱北王”，各自兼有学术泰斗、文坛领袖和政坛要人这三重身份，所以谈诗论词，视野自然和柳永、姜夔这些职业词人不同。张惠言亦颇相似，他虽然一生与仕宦无缘，却是先以学术知名的。张惠言是清代易学大师，专攻汉代虞氏易，写有一些很重要的易学专著，而他的词学理论正是从易学理论里衍生出来的。

| 8 |

中国有两门特殊的学问，不论你怎么说都对，也不论你怎么说都错，这就是佛学和易学。现在也还是这样，如果你以一个普通 ID（身份标识号码）的身份在相关论坛上抛出无论怎样一个观点，很快就会有人气急败坏地说你误解先贤，妄造口业，误人子弟云云。就算是佛学大师、易学泰斗，只要以普通 ID 发言，肯定也会有同样的遭遇。但这样的学问也自有其好处，那就是有无限的开放性。有了无限的开放性，也就有了无限的解释力。张惠言词学理论的根基其实正是这么来的，归根结底就是东汉孟氏易（虞氏易本于孟氏易）的一句话：“意内而言外谓之词。”

此词并非彼词，汉代又哪有填词这回事呢？张惠言偏偏这样解释，偷梁换柱地提出了填词的一个基本要领："意内言外。"这句话在今天看来并不怎么新奇，实则它的背后藏有一套易学体系。

在易学的大流派中，专攻占筮的称为象数派。所谓象数，其实还要分为象、数两途：象即观象，数即术数，截然两分。简单来说，术数偏重运算，观象偏于联想。我们从《左传》和《国语》这些文献记载中最早的算卦案例来看，当时人们以《周易》占卜，全没有那些复杂的爻位变化和五行、纳甲之类，与现在那些所谓易学占卜的方法截然不同。先秦的职业占卜者几乎完全是从卦象上生发联想来预言吉凶的，主观性和随意性很大，所以对同样一卦，不同的占卜者总是解释出不同的意思。譬如我们占卜的结果是震卦，震象征雷，象征车，象征很多类似的能够发出巨大声响的东西，我们要从这些形象上尽情联想，与我们所要占卜的事情尽量发生关联，以预测将来的命运，这就是所谓观象取意。

张惠言认为，语言文字就相当于《易经》的象；易象蕴藏着深刻的寓意，语言文字也有同样的功能。那么，填词又何尝不是同样的道理呢？所谓意内言外，关键在于：一首词的意思不是由字面的具体指向形成的，而是由字面所引发的联想形成的。词只有这样写才可能饱含深刻的寄托，也只有饱含深刻寄托的词，才可以说继承了《国风》和《离骚》的传统。读书人只要明白了这个道理，就可以大大方方填词，使词与诗、赋争辉。

张惠言的这套理论看似颇具野心，其实他当时既没想过立一家之言，更不是为了开宗立派。那是嘉庆二年（1797），张惠言和弟弟张琦同被经学家金榜聘为家庭教师，金家子弟有填词的兴趣，张家兄弟就编选了一部《词选》当作课本。张惠言的词学思想主要就见于这部《词选》的简短序言以及对作品的取舍和评语。直到张惠言去世，《词选》也不过是一部默默无闻的私家课本罢了，然而世事的发展往往出人意料，到了几十年后的道光年间，周济等人再掀波澜，这才有常州词派的鼎盛一时，《词选》则被常州词派奉为圭臬。及至清末，王鹏运、郑文焯、朱孝臧、况周颐四大词家，无论理论与创作，皆受常州词派影响甚深。所以王国维评论温庭筠，其实意在张惠言；评论张惠言《词选》，其实意在清末的词坛风气。而当时的词坛，其实根本还没有王国维的一席之地。

| 9 |

就是在这部《词选》的序言里，张惠言盛赞温庭筠词“深美闳约”。他说唐代以来，词人以李白为首，其后有王建、白居易、刘禹锡等人，各有述造，而以温庭筠为最高，“其言深美闳约”，而五代时候，后蜀、南唐君臣戏谑，竞相创作新调，开启了词的杂流，其中最好的作品往往绝伦，这是因为五代距离唐朝最近的缘故。

《词选》收录温庭筠的十四首《菩萨蛮》，“小山重叠金明灭”列为第一。张惠言果然发挥了观象取意、寻找寄托的词学理念，将这十四首当作一个组诗来理解，并且令人惊叹地找出了其中隐含的深远寄托。

“小山重叠金明灭”一首，张惠言说它的主旨是“感士不遇”，结构上模仿《长门赋》，而下阕“照花前后镜”四句分明有“《离骚》初服之意”。

《长门赋》一般认为是汉武帝的皇后陈阿娇被冷落在长门宫后，重金聘请辞赋名家司马相如所写，希望以之感动武帝回心转意。因为古代男女关系和君臣关系每每共通，所以那些得不到重用而心有不甘的知识分子便常用这个典故来形容自己的心情，如辛弃疾词有“千金纵买相如赋，脉脉此情谁诉”，是说纵然重金买来《长门赋》，也无法真正地倾诉心声，这正是张惠言所谓“感士不遇”的意思。

“《离骚》初服之意”也是古代知识分子常用的说辞。《离骚》有“进不入以离尤兮，退将复修吾初服”，大意是说，虽然我很想向君王尽忠，但君王不肯接纳，我生怕这样下去会招惹祸端，便脱下官服，整理初来时的衣服全身而退。后人用到这个典故，一般是指士人归隐或僧尼还俗。

那么，张惠言究竟是如何从温庭筠这首闺怨主题的《菩萨蛮》里读出《长门赋》和《离骚》含义的呢？让我们回顾原词：上阕“懒起画蛾眉，弄妆梳洗迟”是说女主角懒于梳妆，暗示君子虽有尽忠之心，却不被接纳，于是心灰意冷，萌生退意；下阕的“新帖绣罗襦，双双金鹧鸪”，正是这个意象让张惠言联想到了《离骚》“进不入以离尤兮，退将复修吾初服”，既然君子已经心灰意冷、萌生退意，也就自然而然地收拾行装，准备归隐。

张惠言这样求之唯恐不深的解释虽然乍看上去近乎荒谬，其实也很有些合理之处：一来这约略切合温庭筠的身世，勉强可谓知人论世；二来这个解释即便不合于词人的原意，居然也能够自圆其说——这是极难得的一点，因为无论是诗词还是其他传统经典，在这世上实在充斥着许许多多五花八门的解释，但自洽的解释从来都不太多。

晚清谭献，常州词派最后一位词论大师，在《复堂词话》里记有这样一段亲历：我在北京的时候，常常与冯志沂探讨文艺。某日酒酣，冯志沂忽然问道："您的同乡龚自珍曾经说过词源出《公羊传》，这是从何说起呢？"我回答道："龚自珍的观点并不都是真心话，常常只为了追求新奇。不过以常州词派'意内言外'的原则来看，倒也和公羊学有一点相通之处。"冯志沂不以为然道："近代多艳词，难道是出自《穀梁传》不成？"冯先生是一位高文绝俗的人，所以才会有这样的玩笑话。

这段记载里提及的《公羊传》《穀梁传》都是儒家经典，和《左传》一并称为"春秋三传"，意即为孔子《春秋》分别所做的三篇解读。"三传"风格各异，《公羊传》最能发挥所谓"春秋大义"，也最有曲折附会的嫌疑。词当然与《公羊传》毫无关系，但龚自珍是治公羊学的大家，所以由他之口道出词与公羊学的渊源，就连最不敢置信的人也难免想要追究一下原委。而谭献又是常州词派的殿军大将，由他讲出张惠言"意内言外"的主张与公羊学发挥"春秋大义"的方式或多或少有些相通，个中深意也就更加耐人寻味了。

一辈子以实证主义学风而闻名的王国维当然不会欣赏公羊学的做派，自然也会对常州词派的词学主张满怀非议。在《人间词话未刊稿》第二十九章，王国维狠狠批评了张惠言这种"深文罗织"的解读方式：

> 固哉，皋文之为词也！飞卿《菩萨蛮》、永叔《蝶恋花》、子瞻《卜算子》，皆兴到之作，有何命意？皆被皋文深文罗织。阮亭《花草蒙拾》谓："坡公命宫磨蝎，生前为王珪、舒亶辈所苦，身后又硬受此差排。"由今观之，受差排者，独一坡公已耶？

王国维只注意到了张惠言解读过深的这一面，却没注意到他还有自洽的一面，更没注意到张惠言在文学批评的领域里迈出了革命性的一步，开启了一片远较王国维前卫许多的崭新天地。如今时过境迁，我们能够以更加冷静的态度看待当年的文坛干戈，对张惠言的评价自然会宽容许多。所以，叶嘉莹于《常州词派比兴寄托之说的新检讨》一文中的见解不妨引述如下，这是我十分赞同的看法："张惠言的比兴寄托之说虽不免有牵强附会之处，然而词的性质既果然适合于比兴寄托的写作，而且中国文学中也确实有比兴寄托的传统，则张氏之说，虽然就其推尊词体之目的而言，乃是出于道德的观念而非文学的观念，可是他能善于观察和运用这种香艳的体式，就其本身性质之趋向而给予了一种更高的诠释，则在文学批评理论中便也自有其值得重视之处。"

| 10 |

张惠言对温庭筠这首《菩萨蛮》的解读，奠定了后来常州词派文学观念的基本论调：词不再是宴会欢歌、歌舞升平的小调，而是和诗、赋一样，是一种崇高的文学形式，要有观象取意、比兴寄托之意。后来常州词派大将况周颐更把张惠言的观点发展了一步，说，词中寄托贵在不刻意，须是词人自然的流露，甚至在写作的时候连词人自己都不曾意识到。

这是怎样的一种情形呢？不妨参照生活中的一个例子：某先生的妻子怀孕了，于是他发现街上的孕妇比平日多了不少；他看到大肚子的人，也首先怀疑为孕妇。这个心理学现象可以用美丽的诗歌语言来表达，即李商隐"一自《高唐》赋成后，楚天云雨尽堪疑"（自从宋玉写成了《高唐赋》，吟咏了巫山神女旦为朝云、暮为行雨，还曾和楚襄王幽会之后，人们再看到楚地的云雨，心里每每生出绮丽之想）。另外可以参照的是叶嘉莹解说冯延巳作品时候的一段话："中国的小词，歌筵酒席之间歌唱的爱情的歌曲，为什么一下子就有了这么深远的含义呢？……韦庄是宰相，又出了一个冯正中，还是宰相啊，他们自然而然就把他们的学问怀抱跟他们国家的种种的关系都结合起来。不要说他们一定是有意，一定是比兴，一定是寄托。我们不需要这样说，而是他自然而然之间有这样的一种生活，有这样的一个地位，有这样的一个环境，不知不觉就把他心灵中一种幽隐的情思流露在里边了。"

这段话恰恰可以为况周颐的观点做一个完美的注脚。况周颐的这个观点写在他的《蕙风词话》里，这部词话曾与《人间词话》齐名，但因为新文学运动之际风气所趋，不幸落在了《人间词话》的后面，结果一步落后，步步落后，今天的诗词爱好者们便很少有知道这部书的了。况周颐论寄托，还有进一步的解释："身世之感，通于性灵。即性灵，即寄托，非二物相比附也。"这是用佛家即空即色的说法来形容寄托与性灵的关系，意味着所谓寄托只是性灵的自然流露。譬如一个无法遇合明主的君子，填起词来虽不必刻意有所寄托，却天然就会把那个"《离骚》初服之意"表达出来。

| 11 |

与张惠言不同的是，况周颐并不认为温庭筠的词真有什么深刻寄托。但况周颐摆脱了张惠言的政治视角，纯粹以艺术视角发挥了寄托观念，在文艺理论上更上一层楼。

常州词派的另一位大将谭献还提出过一个更为前卫的观点："作者之用心未必然，而读者之用心何必不然？"以现代文学批评的语言来说，这番话意味着：一部作品在被作者创造出来之后，仅仅是一个半成品，只有在经过读者的接受之后才真正成为一个成品。

这样的观点在今天看来倒也无甚新奇，因为自西方"接受美学"流行之后，我们早已把这种观点运用得比谭献大胆得多了，理直气壮地相信对一部作品无论怎么理解都是对的，连自洽都不再是一个必要标准了。但在当时，谭献这番话无疑是有革命性的，它意味着即便温庭筠之用心未必然，而张惠言之用心何必不然。对于张惠言的反对派，谭献做出了一个最好的辩护。

但谭献的这个意见很容易被人滥用，正如今天的“接受美学”往往导致毫无审美原则一样，是非优劣从此便没了标准：对于古代典籍也好、现代作品也罢，人人都可以理直气壮地胡乱解释。在这个问题上，清代研究《诗经》的学者方东润讲得最好：《诗经》多有言外之意，如果你能有会心一悟，自然可以贯通其中的任何篇章。但是，只有读《诗经》、学《诗经》、引《诗经》的时候才能这样，却不能这样来解释《诗经》，这是因为读、学、引都不妨断章取义，而解释《诗经》毕竟是要探究作者本意的。（《诗经原始》）

研究《诗经》的学者不难得出这样的结论，因为周代的君子很自然地将《诗经》作为必要的外交辞令，也就是说，从事外交工作的人必须熟悉《诗经》，这才可以针对不同的场合背诵不同的诗句，而背诵的时候只需要考虑摘引的诗句在字面上是否应景，并不介意断章取义，所以断章取义其实是中国诗歌在应用领域最古老的一项传统。但是，这并不意味着一首诗可以被任意解释，而须留意在不同的应用层面有不同的解释标准。清代以《海国图志》知名的学者魏源归结前辈的话说：《诗经》既有作诗者之心，又有采诗者、编诗者之心；既有说诗者之义，又有赋诗者、引诗者之义。（《诗古微》）

今天最常见的论调是这样的：对于那么久远的作品，谁敢说自己探明了作者的本意呢？——其实也很简单，只要信者传信，疑者存疑，对于各种自洽的说法即便互相矛盾也可以共存，对于不自洽的说法弃而不取即可。即便我们不知道正确答案，但这不妨碍我们排除错误答案，将结论推导至证据与逻辑所能达到的极致。对这部《人间词话》的解读，我自己用的其实也是这个方法。

| 12 |

依“张惠言之用心”，温庭筠的词堪称“深美闳约”。对这四字评语，刘锋杰和章池两位学者有过很好的解释：“‘深美闳约’是辞章华丽而不失深意，境界宏大却又能简约，这代表的是一种意味蕴藉、气势不凡的境界。这与温词多写红香翠软，题材不广，体验不深正相冲突。倒是王国维用‘精艳绝人’评温

词，较相切合。这是承认温词的华丽艳冶，不承认温词有深情厚意。”（《人间词话解读》）

“深美闳约”这四个字，“美”和“约”是无可争议的，有争议的是“深”和“闳”。张惠言正是基于过度阐释才得出“深美闳约”这个结论，而这样一个“错误”的结论却产生了相当积极的影响：提高了词的艺术地位，使作者从歌舞升平和淫鄙小调中走出来，写出许多“深美闳约”的作品。

张惠言自己的词就是“深美闳约”的一路，他有一组《水调歌头·春日赋示杨生子掞》堪称“深美闳约”的典范，算得上有清一代最著名的词作之一。这组词是一份写给年轻人的人生忠告，以父执身份劝勉当时寄寓常州的一位叫作杨绍文的年轻人：

其一

东风无一事，妆出万重花。闲来阅遍花影，惟有月钩斜。我有江南铁笛，要倚一枝香雪，吹彻玉城霞。清影渺难即，飞絮满天涯。

飘然去，吾与汝，泛云槎。东皇一笑相语，芳意在谁家。难道春花开落，更是春风来去，便了却韶华。花外春来路，芳草不曾遮。

其二

百年复几许，慷慨一何多。子当为我击筑，我为子高歌。招手海边鸥鸟，看我胸中云梦，蒂芥近如何。楚越等闲耳，肝胆有风波。

生平事，天付与，且婆娑。几人尘外相视，一笑醉颜酡。看到浮云过了，又恐堂堂岁月，一掷去如梭。劝子且秉烛，为驻好春过。

其三

疏帘卷春晓，胡蝶忽飞来。游丝飞絮无绪，乱点碧云钗。肠断江南春思，粘著天涯残梦，剩有首重回。银蒜且深押，疏影任徘徊。

罗帷卷，明月入，似人开。一尊属月起舞，流影入谁怀。迎得一钩月到，送得三更月去，莺燕不相猜。但莫凭栏久，重露湿苍苔。

其四

今日非昨日，明日复何如。朅来[①]真悔何事，不读十年书。为问东风吹老，几度枫江兰径，千里转平芜。寂寞斜阳外，渺渺正愁予。

千古意，君知否，只斯须。名山料理身后，也算古人愚。一夜庭前绿遍，三月雨中红透，天地入吾庐。容易众芳歇，莫听子规呼。

其五

长镵白木柄，劚破一庭寒。[②]三枝两枝生绿，位置小窗前。要使花颜四面，和着草心千朵，向我十分妍。何必兰与菊，生意总欣然。

晓来风，夜来雨，晚来烟。是他酿就春色，又断送流年。便欲诛茅江上，只恐空林衰草，憔悴不堪怜。歌罢且更酌，与子绕花间。

这一组“深美闳约”的《水调歌头》在清代饱受激赏，尤其是谭献，称之为“开倚声家未有之境”。平心而论，说教性的内容最难写进词里。即便我们看不惯说教性的文学，也不得不承认，要将说教内容写得文采斐然，写成第一流的文学，至少在技术水平上会赢得内行人的无比钦佩。张惠言在这五首词里苦口婆心地劝说青年学子好好学习，天天向上，莫要辜负大好的青春时光，却往往出以形象化而非说理性的语言，譬如“我有江南铁笛，要倚一枝香雪，吹彻玉城霞”，画出一幅美丽的幻境，或者说是一种潜心学术的胜境。当然，他毕竟还要叮咛“今日非昨日，明日复何如”。这样的词，的确容易令青年学子心潮澎湃，也算得上是一种富于审美色彩的正能量了。

| 13 |

张惠言并不总是以青年导师的形象示人，他还有一首充满负能量的《双双

---

① 朅（qiè）来：尔时以来。

② 镵（chán）：一种掘土工具。劚（zhú）：挖、掘。

燕》，更有“深美闳约”的味道。但这首词不似前述《水调歌头》那般明白晓畅，读者一定要慢慢来读，细细来品味：

满城社雨，又唤起无家、一年新恨。花轻柳重，隔断红楼芳径。旧垒谁家曾识，更生怕、主人相问。商量多少雕檐，还是差池不定。

谁省。去年春静。直数到今年、丝魂絮影。前身应是、一片落红残粉。不住呢喃交讯，又惹得、莺儿闲听。输与池上鸳鸯，日日阑前双瞑。

词牌名为《双双燕》，内容恰与词牌相合，写燕子在春天飞来，寻找人家依靠。整首词并不曾用到任何怪异的修辞或艰深的典故，只有“社雨”不大为现代读者熟悉，但我们简单将它理解为春雨也就可以了。语言虽浅近，却越读越有味道，仿佛藏着词人的层层深意、款款心曲，却又无法一一凿实，这正是常州词派一贯推崇的意内言外、比兴寄托的写法。

艺术作品所谓“深度”，其实也就体现在这里。“深度”不是深刻，而是形容一件作品耐人寻味、言外有无尽之意。之所以能有这样的效果，是因为“意内言外”和“比兴寄托”营造出一个似实还虚、即实即虚的歧义空间，作品的内涵就是这样“丰富”起来的，而这样的作品也就当得起“深美闳约”的评价。

但另一方面，这样的词很难脍炙人口，因为它既不像“问君能有几多愁，恰似一江春水向东流”那般将情绪宣泄得酣畅淋漓、一目了然，亦不像“沧海月明珠有泪，蓝田日暖玉生烟”那般靠美丽的语汇营造出意象派的朦胧美。凡是需要寻味与咀嚼的艺术，注定没有流行潜质，所以“深美闳约”的另一层意思就是阳春白雪，无法走向大众。

王国维并不否认“深美闳约”的卓绝，他只是认为这样的评语不该轻率地授予温庭筠，而只有五代年间的大词家冯延巳才当得起。

冯延巳与温庭筠倒有几分相似。在传统观念里，温庭筠是“文人无行”的代表，他在仕途上的失败理应让所有人额手称庆，否则晚唐史上定会多了一名奸臣；倘若温庭筠当真仕途顺遂，一路做到宰相，那一定就是冯延巳的样子。换言之，温庭筠是失意的冯延巳，冯延巳是得志的温庭筠。

冯延巳生长在温柔富贵的扬州，他的父亲是南唐开国君主李昪最为器重的几位大臣之一。因为这样的关系，冯延巳早早便得到李昪的赏识，和皇子李璟过从甚密，成为真正意义上的太子党。李璟继位之后，冯延巳毫无悬念地一路高升，显然要将家族相传的权力与富贵进行到底。

人生在世永远欲求不满，穷人追求富足，富人追求权势，暴发户还要追求血统和文化修养，而含着金汤匙出生的冯延巳一切俱足，于是便开始追求宏大的人生理想，这理想便是建立伟大的战功。

若初次和冯延巳接触，会很容易被他的胸襟气魄打动，譬如他曾经这样评论开国君主李昪：“他老人家打了一次败仗，不过损失几千人，就一连好几天长吁短叹地吃不下饭，真是乡巴佬气质，哪里及得上当今皇帝（李璟），数万大军在外作战，他却吃喝玩乐一切照常，这才是真英雄！”

开国君主总是有雄才大略的，李昪其实也不例外，只是他真的有一颗仁人之心，在饱经忧患之后令人吃惊地蜕变为一名和平主义者，不爱打仗，不忍心看到死伤。所以李昪有这样的政治遗嘱：继任者不要开疆拓土，不要追求赫赫武功，只要保境安民，让老百姓过上太平喜乐的日子，于此足矣。

李璟和冯延巳却是另一番心思，何况南唐政权号称李唐后裔，为何不在自己这一代上一统天下，恢复贞观、开元的盛世面貌呢？但帝王追求天下盛世的雄心对于平民百姓而言并不都是好事，南唐帝国的统一事业终于以损兵折将告终，而此时的北方，后周雄主柴荣兴起，迫使南唐尽割江北土地，废除帝号而改称国主（所以我们称李璟为南唐中主，称李煜为南唐后主）。在这样一个动荡的世界里，冯延巳也随着时代波澜或起或伏，时而被罢相，时而官复原职，时而又被罢相……在外有连绵兵火，在内有疯狂党争，高层政治生活就是这么丰富多彩。对于与人斗到底是不是其乐无穷，强者和弱者的看法一定是不一样的。

| 15 |

随着国运日蹙，冯延巳和其他四位太过招摇的大臣被慷慨激昂的反对派冠以“五鬼”的称号，奸佞小人的嘴脸就这样被深深地刻画下来。这是一个古老而有效的政治技巧：形象化的标签很容易给人造成心理暗示，而这个龌龊小群体中某一个人的污点也很容易投射到其他人身上。但是，以今天利益无涉的眼光来看，冯延巳到底是不是奸臣，其实很难说清。大约从夏承焘《冯正中年谱》起，研究者们陆续做出了一些翻案的努力。当然，所谓翻案，只是摘去了他头上那顶大奸大恶的帽子，并不否认他的志大才疏和小小的一点龌龊私心。

至于冯延巳的文学才华，无论在他生前还是身后都得到了一致的推许。而且，从词的发展史上来看，冯延巳上承花间传统，下启晏殊、欧阳修等北宋名家，他所达到的艺术高度并不在南唐后主李煜之下。

虽然冯延巳在今天的知名度远逊李煜，但这全是由艺术造诣之外的原因所致：李煜的词直截了当，触目惊心，冯延巳的词却要求读者有更多的耐心和细腻情感；再者，民国时期的文学风气在相当程度上奠定了今天的文学观念，白话文的传统使李煜类型的文学得到更多的推崇。

倘若我们认真聆听清代词家的意见，便会惊叹冯延巳的地位是何等尊崇。清末有所谓“三大词话”，除王国维《人间词话》外，还有况周颐《蕙风词话》和陈廷焯《白雨斋词话》。况周颐评五代词坛名手，并推三家，说李煜之“性灵”、韦庄之“风度”、冯延巳之“堂庑”三者皆非平常人所能效仿；陈廷焯的意见是，李煜的小令冠绝一时，韦庄差相仿佛，而在全部五代时期，首推冯延巳为巨擘；王国维虽然力捧李煜，却也在《人间词话》手稿本第六章用“堂庑”一词评冯延巳说：“冯正中词虽不失五代风格，而堂庑特大，开北宋一代风气。中、后二主皆未逮其精诣。”这分明是将李璟、李煜父子置于冯延巳之下，只是后来王国维的看法发生了变化，在手定本里删去了“中、后二主皆未逮其精诣”这一句。

| 16 |

冯延巳的词究竟好在哪里，我们不妨从他一首极著名的《鹊踏枝》来看：

谁道闲情抛掷久。每到春来，惆怅还依旧。日日花前常病酒。不辞镜里朱颜瘦。

河畔青芜堤上柳。为问新愁，何事年年有。独立小桥风满袖。平林新月人归后。

饶宗颐说他读冯延巳的词，会觉得有一股莽苍苍之气，几首《鹊踏枝》“尤其沉郁顿挫”。

“沉郁”这个词，我们知道一般是用来评价杜甫的，是杜诗特有的美感，而当陈廷焯《白雨斋词话》推出，便将“沉郁”标榜为词的终极审美标准，一如王国维标榜“境界”一般。

那么，这首《鹊踏枝》如何“沉郁”呢？乍看起来，它的风格其实酷似晏殊的“闲愁”，仿佛并无深意，只有在细品之下，才会读出另外的味道。

何谓“闲情”？那是心底的一种难以名状的情绪。词意从“闲情”开始，叙说自己误以为这种情绪早已被抛诸心外，然而每当春天来临，这种情绪便再次盘踞心头，挥之不去。正如草木一般，在秋风中凋萎，在冬雪中死寂，仿佛已彻底断绝了生机，然而春风一起，便在不经意间复苏。莫名的心绪令人惆怅而无法自拔，只有镇日里赏花饮酒，在寂寞中排遣寂寞，不惜折损了身体。看那河畔上青草蓬生，看那河堤上柳枝绽绿，时序年年轮回如此，愁绪为何亦如青草与柳丝一般年年生发呢？这问题找不出答案，亦不知是否真的应该去追索一个答案，而我就这样独自立在桥头，看新月升上了林梢，看踏青的游人踏上了各自的归路，而我，孤独惆怅的我，仍然立在桥头，一任料峭的夜风灌满衣袖。

这首词究竟要表达什么具体的含义呢？词人究竟在忧伤些什么？当“独立小桥风满袖”的时候究竟在想些什么？这些问题非但读者不知，作者也未必清楚。万千心事纠结在一起，成为某种混沌而莫名的怅惘，在语言之外，甚至在思想之外。词句似乎带着隐隐的哀怨或愤懑，却不染任何鲜明的色彩，不带任何激烈的情绪，似乎任是流泪，亦不失高贵的优雅。

我们不妨以郑板桥的《沁园春·书怀》作为参照。这首词还有一个题目，叫作“恨”，赤条条抒写胸中难平的恨意：

> 花亦无知，月亦无聊，酒亦无灵。把夭桃斫断，煞他风景；鹦哥煮熟，佐我杯羹。焚砚烧书，椎琴裂画，毁尽文章抹尽名。荥阳郑，有慕歌家世，乞食风情。
>
> 单寒骨相难更。笑席帽青衫太瘦生。[①] 看蓬门秋草，年年破巷；疏窗细雨，夜夜孤灯。难道天公、还箝恨口，不许长吁一两声。颠狂甚，取乌丝百幅，细写凄清。

这样的词真是最标准的愤青文学，将满腔的寒士幽愤发泄得非但淋漓尽致，简直咄咄逼人，哪还有半点哀而不伤、怨而不怒的收敛？郑板桥究竟在恨什么，字里行间令人看得清清楚楚。稍稍令人费解的是“荥阳郑，有慕歌家世，乞食风情”，这一句与郑板桥的家世有关。郑板桥曾说自己的先世就是唐传奇里的那位荥阳郑生——唐人白行简《李娃传》写常州刺史荥阳公的公子郑生赴京应试，却与歌女李娃相恋，因此千金散尽，被迫流落街头，以卖唱糊口。故事倒有一个光明的结尾：李娃帮助郑生考中科举，有情人终成眷属。郑板桥此时未中举业，对前途似乎也看不到任何希望，愤愤然摆出了祖上卖唱乞食的传奇事迹。

陈廷焯《白雨斋词话》评郑板桥词“颇多握拳透爪之处，然却有魄力”。

---

① 席帽：一种以藤席为骨架的帽子，形似毡笠，四缘垂下，可蔽日遮颜。太瘦生：太瘦。“生”是语助词，无实义。

握拳握得太用力，以致指甲刺透了皮肉，这该有何等浓烈的情绪啊。

让我们再来参照一首常州词派洪亮吉的名作《金缕曲》：

> 衣薄还如纸。最凄凉、前宵毷氉[①]，今宵送尔。八载追随无别事，伤病伤离伤死。总误尔、朝饥饮水[②]。苦访虫鱼摩篆籀[③]，但论才、尔便成佳士。休更作、朱门[④]使。
>
> 无家我共僧居寺。只萧萧、寒云丙舍，尚堪南指。[⑤]入梦总从吾父母，醒处怕逢妻子。况薄命、久无人齿。明日出门谁念我，就飘蓬、断梗商行止。尔去矣，泪流驶。

洪亮吉是乾嘉年间的学术大师，但名誉与地位于他都来得太晚。在成名之前那漫长的怀才不遇、偃蹇坎坷的岁月里，他实在尝尽了人间的酸甜苦辣。乾隆三十六年（1771），二十六岁的洪亮吉乡试落榜，陪伴他八年之久的一名僮仆忽然辞别。洪亮吉念事伤离，便命人沽酒，写下这首词，歌咏相送。

这样的词太有催泪功效，尤其是那句“八载追随无别事，伤病伤离伤死”，字字椎心刺肺，堪比一部苦情大戏。据说僮仆因为这首词而悲泣啼哭，再也不忍离去。

参照之下我们便会发现，郑板桥的《沁园春》和洪亮吉的《金缕曲》一道，与冯延巳的《鹊踏枝》恰恰构成填词的两极。寒士出身如郑板桥自可以无所顾忌，直抒胸臆；偃蹇落魄如洪亮吉自可以字字啼鹃带血，催泪唯恐不多；贵族重臣如冯延巳却必然欲说还休，言不尽意，哪怕心底愁绪如天地苍茫，亦保持着贵族最基本的优雅与含蓄。

---

① 毷氉（mào sào）：烦恼、愁闷。

② 朝饥饮水：饮食，一语双关，暗喻婚事。

③ 虫鱼：代指训诂学。篆籀（zhòu）：代指文字学。

④ 朱门：高门大户，权贵之家。

⑤ 只萧萧、寒云丙舍，尚堪南指：只有简陋的住房，所幸是北房。丙舍：后汉宫中厢房以甲乙丙为次第，第三等的房舍称为丙舍。南指：朝南。

| 17 |

让我们再看一首与冯延巳《鹊踏枝》异曲同工的作品：朱孝臧的《鹧鸪天》。

朱孝臧是王国维的同时代人，是晚清声誉最著的词人，一名祖谋，号彊村。朱孝臧填词以南宋吴文英为法，王国维在《人间词话》里有专门评论他的一章，说他学吴文英而青出于蓝，达到了学者填词的艺术极致。

这样的评语，在今天看来已属推崇备至，在当时却只会被人当作不知深浅的后辈妄议。朱孝臧是当时海内填词第一人，还被推尊为集清季词学之大成者，王国维却还只是一个籍籍无名的后生小辈。

朱孝臧是光绪九年（1883）进士，官至礼部侍郎，在辛亥革命之后坚决“不仕新朝”，以遗老姿态为清帝国守节。1925年，朱孝臧过天津，以君臣大礼参拜溥仪，涕泣不能自已。这样一位朱孝臧，与冯延巳很有一点共通；他所处的时局背景，和冯延巳也很有一点共通。我这里撷选的《鹧鸪天》是朱孝臧于戊戌变法之后的作品，词题为“九日，丰宜门外过裴村别业”：

野水斜桥又一时。愁心空诉故鸥知。凄迷南郭垂鞭过，清苦西峰侧帽窥。

新雪涕，旧弦诗。愔愔[①]门馆蝶来稀。红萸白菊浑无恙，只是风前有所思。

词题中的“九日”即重阳节，“裴村”是“戊戌六君子”之一刘光第的字。重阳之日，朱孝臧经过丰宜门外刘光第的住处，其时戊戌变法刚刚失败，才遭捕杀的六君子血仍未冷，沧海桑田之变竟真的只在转眼之间。然而读这首词，却发现词句里没有任何实指，隐约只看出词人在怀念故友，有些物是人非的伤感罢了。“红萸白菊浑无恙，只是风前有所思”，一切还是原貌，唯一变化了的

① 愔愔（yīn）：寂静幽深的样子。

只是词人的思绪；但“有所思”究竟在思量着什么，仿佛有千言万语，仿佛骨鲠在喉。

读者愈是熟谙戊戌变法的历史，愈是能够体会词句里那种痛彻骨髓的伤怀，愈是能够读出这首淡淡小词其实有着何等波澜壮阔的表现。回顾冯延巳那首《鹊踏枝》，南唐因太久远而模糊的历史上是否也有过这样的波澜呢？倘若我们真的能够以理解晚清史的力度理解千年之前的南唐，也许会发觉“独立小桥风满袖，平林新月人归后”与“红萸白菊浑无恙，只是风前有所思”其实有着一般的惆怅吧？

饶宗颐曾推断说，那首《鹊踏枝》应是冯延巳罢相之初的作品，当时时局逼仄，词人正迎着满天的指责。但这到底只是推断，寻不到太多证据可以凿实。而这样的推断倒也是知人论世的，我们涵泳愈久，便愈发体味到词人那一种复杂心曲虽百转千回，却总也落不到实处。这样的感觉，正是陈廷焯所谓“沉郁”，亦是“深美闳约”之“美”与“约”。

至于“闳”与“深”，在与同时代词人的比较当中最可以看出。他人常写金玉画堂、玉钗云鬓，沿袭温庭筠的旧路，做尽仕女画的功夫，冯延巳的词却特别眼界阔大，余味悠长。这已是文人的词，而非歌女的词。“深美闳约”的评语若借用在冯延巳身上，至少不比用在温庭筠身上更不合宜。

| 18 |

张惠言送给温庭筠的“深美闳约”被王国维夺来转赠予冯延巳，而刘熙载评价温庭筠的“精妙绝人”四字却得到了王国维的真心认可。

“精妙绝人”出自刘熙载的名著《艺概》，上下文是“温飞卿词精妙绝人，然类不出乎绮怨”，意即温庭筠的词作，论精致巧妙则无人能及，可惜内容仅流于旖旎闺怨。显然从温庭筠的词里，刘熙载并不曾体会张惠言所读出的微言大义。刘熙载自有一种朴素风格，他还评论韦庄和冯延巳的词“留连光景，惆怅自怜”。

刘熙载是清末学者，文学批评史上的一代宗师。《艺概》是刘熙载最有影响力的作品，顾名思义，这其实就是一部艺术概论，如果再配上一部作品选编，就可以在今天的大学里开课授业了。

在刘熙载以前，人们对词的观念一般以婉约为正宗，以豪放为变体。与其说这是在确认词的艺术特点，不如说这是从词的功能性角度来看问题的。词原本是筵席上的歌曲，人们喝酒、听歌、看舞，充分享受人生。但如果在这个筵席上，所有人都在吟风弄月，突然有某人慷慨悲歌，这实在太耍个性，太煞风景。

我们看南唐社会，达官显贵蓄养歌伎，文娱之风鼎盛。名画《韩熙载夜宴图》描摹的就是这种场面，画中的主角韩熙载正是南唐显贵，冯延巳正是韩熙载筵席上的常客。官僚贵族们搞文娱、搞社交，最忌讳的事情莫过于谈国事、论抱负的，因为这类话题最容易引发唇枪舌剑，不识趣的人很容易就把场面弄得尴尬。

赋诗尚须避讳，填词更不用说。欧阳修就做过这种尴尬事：那是晏殊做枢密使的时候，一次雪中宴客，兴致正高，欧阳修即席赋诗，说道“主人与国共休戚，不惟喜乐将丰登。须怜铁甲冷彻骨，四十余万屯边兵”。当时宋朝正对西夏用兵，晏殊是总负责人，所以这样的诗一吟出口，主人最是不快。晏殊后来对旁人发牢骚说：“裴度也曾宴客，韩愈也做文章，就连这两位忧国忧民的楷模也只说‘园林穷胜事，钟鼓乐清时’而已，有谁会像欧阳修这般搅局！”（《苕溪渔隐丛话》）

所谓名正则言顺，词为艳科，这是名正；既然是艳科，就应该男欢女爱、歌舞升平，这是言顺。所以说，那些慷慨悲歌虽然也有好作品，但那不是词的正根，而是变体，比如苏轼、辛弃疾，皆属此类。

所以雅好填词的人总想要为词翻案，尤其在清代，朱彝尊、纳兰性德都做过这样的事。翻案各有各的理路，刘熙载的理路最是特别，他说词是从唐代发端的，李白《忆秦娥》是何等的声情悲壮，只是到了晚唐、五代，词才变得婉约了，直到苏轼的出现才追复了李白的古风。后人论词，都说苏词是变体，却不知晚唐、五代的词才是变体。

这样的翻案文章其实站不住脚，但是，正如张惠言的词论一样，略嫌荒谬的结论却产生了很积极的影响。尤其刘熙载力捧稼轩词，标榜英雄本色，给词坛注入了一股阳刚之气。

为了推尊词体，刘熙载标举宋代词人的两则范例，一是张元幹作《贺新郎》送别胡铨，为此触怒权贵，旋遭罢黜；二是张孝祥在建康留守席上作《六州歌头》，使张浚为之罢席。两例皆可说明词在“兴、观、群、怨”的文学传统上丝毫不逊于诗。(《艺概·词曲概》)

张元幹与胡铨事件的大致经过是：当时秦桧专权，高倡宋金和议，而胡铨是坚定的主战派，激愤之下向宋高宗上书请剑，声称必杀秦桧；秦桧自然受不到任何折损，胡铨毫无悬念地被贬出朝廷。历来凡有官员遭贬，同僚好友总要有一场饯行仪式，但这一次人人畏惧秦桧的淫威，对胡铨避之唯恐不及；十里长亭上，送别者竟只有张元幹一人。历朝历代的官场人情，都可以用汤显祖“闻道辽阳生窜日，无人敢作送行诗”一语说尽。张元幹这首《贺新郎》却是为胡铨所作的临别赠言，这是何等的难能可贵：

梦绕神州路。怅秋风、连营画角，故宫离黍。底事昆仑倾砥柱。九地黄流乱注。聚万落、千村狐兔。天意从来高难问，况人情、老易悲难诉。更南浦，送君去。

凉生岸柳催残暑。耿斜河、疏星淡月，断云微度。万里江山知何处。回首对床夜语。雁不到、书成谁与。目尽青天怀今古。肯儿曹、恩怨相尔汝。举大白，听金缕。

这是宋词里的名篇，“梦绕神州路”起笔便壮阔，全篇读下来，扑面有燕赵豪侠气概。写这样的词，何止需要文采，更需要悍不畏死的勇气。张元幹正

是这般高调表态，亲手葬送了自己的政治前程。(《桯史》)

张孝祥与张浚的故事也有同样一番豪情。宋高宗绍兴三十一年（1161），金主完颜亮倾国南下，直趋长江北岸，不想在采石矶渡江时被虞允文击溃。当时金国内部危机四伏，一场败仗便促发了后方的政变，完颜亮死于内讧，金国息兵罢战，重新与南宋议和。南宋主战派名臣张浚奉诏留守建康，北伐大业似乎露出了一线光明，而和议的声音竟然疯狂地在朝廷中弥漫。翌年，张孝祥随高宗赴建康，在张浚的筵席上即席创作了这首《六州歌头》：

长淮望断，关塞莽然平。征尘暗，霜风劲，悄边声。黯销凝。追想当年事，殆天数，非人力；洙泗上，弦歌地，亦膻腥。隔水毡乡，落日牛羊下，区脱纵横。看名王宵猎，骑火一川明。笳鼓悲鸣。遣人惊。

念腰间箭，匣中剑，空埃蠹，竟何成。时易失，心徒壮，岁将零。渺神京。干羽方怀远，静烽燧，且休兵。冠盖使，纷驰骛，若为情。闻道中原遗老，常南望、羽葆霓旌。使行人到此，忠愤气填膺，有泪如倾。

时光荏苒中，北伐事业一年年沦为泡影，中原大地的宋朝故老一年年在希望中绝望下去，盼不到王师的旌旗，只见到议和的使者南来北往，国耻与民瘼总让人意气难平。当时待这首《六州歌头》唱罢，筵席主人张浚情再难禁，径自罢席而去。(《朝野遗记》) 那么，对比前述晏殊与欧阳修的故事，词的本色到底应该以何为准呢？

这样的词，借用龚自珍的诗句来形容，正是“功高拜将成仙外，才尽回肠荡气中”；若能忽然会心于其中的妙处，便能体会“万一禅关砉然破，美人如玉剑如虹”。刘熙载自是慧心慧眼之人，亦自然站在张元幹与张孝祥的一边，若以这样的标准，温庭筠词倒也真的仅仅称得上“精妙绝人”了。

其实，刘熙载的文艺理论之所以能够大行其道，绝不是因为他真的把握到词的本质，而是因为社会环境的悄然变迁：南宋以后，歌唱的功能渐渐由元曲承担，词便渐渐地脱离了音乐，变成像诗一样的东西了；词的流传亦不再仰赖歌女，而是由词的作者认认真真地结集付梓，如同对待严肃的文学创作一般。词的私语化的倾向重了，原有的歌女格局自然束缚不住。

刘熙载还曾提出一个著名的文学概念：词品。词品含义较广，其中最容易为我们所理解的含义就是将作品和创作者的人品联系起来，即所谓文如其人。在《人间词话》下一章里，王国维便将借用刘熙载的词品概念继续品评五代时期的三大词人。

［十二］

“画屏金鹧鸪”，飞卿语也，其词品似之。“弦上黄莺语”，端己语也，其词品亦似之。正中词品，若欲于其词句中求之，则“和泪试严妆”，殆近之欤？

| 1 |

在这一章里，王国维品评晚唐至五代的三大词人，从三人各自的词作里撷取一句以定每位词人的词品，出乎尔、反乎尔，这算是一种特有的文人情趣吧。

三句词分别是“画屏金鹧鸪”“弦上黄莺语”“和泪试严妆”，皆非评价性的语言，而是形象化的描绘。以形象化的描绘来比喻诗文风格，正如以画喻人一般，这个传统至少可以追溯到唐代。譬如钱锺书有考证说，李商隐的名篇《锦瑟》其实是一篇喻诗之诗：“庄生晓梦迷蝴蝶，望帝春心托杜鹃”“沧海月明珠有泪，蓝田日暖玉生烟”，李商隐以这两联名句来形容自己特有的写诗方法与艺术风格。这个结论太武断了些，但这样的奇妙趣味在古人那里倒也并不稀奇。

“画屏金鹧鸪”是温庭筠的词句，而这一句恰恰是温庭筠词品的写照。正如人有人品，词亦有词品。“词品”作为文学评论的概念，来自晚清文艺理论家刘熙载，它的含义首先与“本色”有关。

在刘熙载看来，文学创作最要紧的一点便是本色，要写出自己的真情实感、本来面目，切忌俯仰随人或装腔作势。只要守住本色，即便你讲出的东西早已被前人千万次讲过，也没有一点要紧。为了阐释这个主张，刘熙载还专门填有一首《虞美人》：

填词有意夸工巧，工处还非妙。要全本色发天机，试问桃花流水岂人为。
湘渔拨棹歌清调，欸乃谁能肖。爱渠从不解填词，自后填词填字可休提。

桃花流水、渔人棹歌，一切尽是天然本色，自然而然，所以旁人无法模仿；而与其耗费模仿的功夫，倒不如“要全本色发天机”，不刻意要“创作”什么，全不存填词的念头，只在天机发动处任词句自然涌上心头。

在这样的标准下，写作者自然切忌成为职业文人，职业文人的作品自然也全无足观，那些呕心沥血、反复推敲之类的功夫最要不得。那么，既然词不是刻意而为的结果，而是本之于本色天机，词人的品格自然也就会被带到词的品格里，这便是词品。

| 2 |

刘熙载将词品依次分为三等，借宋代陈亮《三部乐》的词句，分别是：嫈姗勃窣、峥嵘突兀、元分人物。其中“元分人物”是第一等，是“唯大英雄能本色”的一类；“峥嵘突兀”次之，虽然比不上“元分人物”，却不乏独创精神；“嫈姗勃窣”最下，匍匐在别人脚下畏首畏尾，最不足取。

在今天看来，无遮无掩地显示本色似乎是一件再容易不过的事情，愈是缺乏教养的人愈是本色天真。以《水浒传》人物为例，李逵最见本色，宋江最无本色，平常人每每介于李逵和宋江之间。但是，填词若填出李逵的味道，我们很难想象这会是什么好事，而以此类推的话，二人转显然也好过巴赫、亨德尔的宏大乐章了。

人类最见本色的事情莫过于饮食男女，而见利忘义、趋炎附势、贪生怕死显然也远较贫贱不能移、富贵不能淫、威武不能屈更见本色天真。但我们不能忘记的是，儒家是主张性善论的，真诚相信“人之初，性本善”，至于为何同样性本善的人有些成为好人，有些成为坏人，那是因为“性相近，习相远”。所以，许多在今天被认为是本色天真的事情，并不能得到古代儒家的认同。

譬如柳永的词最是俚俗，最有诲淫诲盗的本色天真，而刘熙载批评他的“酒恋花迷，役损词客”的词句说：“这种人只能被称为流连花酒的轻薄子，不配称为词人。词人要有宽旷的胸襟和高远的情致。”

刘熙载继续发挥道：欲不是情，这是我们首先要辨明的问题。情的极致是什么呢？是忠臣孝子、义夫节妇。欲和情非但不同，甚至彼此对立，此消彼长。词家要达到的境界，是名教之中自有乐土，儒雅之内自得风流。(《艺概·词曲概》）当我们真的将刘熙载的“词品”概念追根溯源，却在文艺趣味之外发现了正统儒家的道德标杆。

在相当程度上，王国维并不认同刘熙载的“词品”概念，所以当他在《人间词话》这一章里论说词品的时候，大略只是借瓶装酒罢了，意在概括词人一以贯之的创作风格。

| 3 |

“画屏金鹧鸪”出自温庭筠《更漏子》(柳丝长)，如果说这五个字可以概括温庭筠的词品，那么我们便可以参考叶嘉莹的解释：“温词风格之特色确实在于华美浓丽而缺少鲜明生动的个性，恰似画屏上闪烁着光彩的一只描金的鹧鸪。”

泛泛读来，温庭筠的词确实会留给读者这样的印象，但我相信，只要细细品味，便会怀疑，这样的评语是否低估了温庭筠呢？就以这首《更漏子》为例吧，若我们将“画屏金鹧鸪”纳入上下文里，就会发现它的含义以及艺术性并不那么简单：

柳丝长，春雨细。花外漏声迢递。惊塞雁，起城乌。画屏金鹧鸪。
香雾薄，透帘幕。惆怅谢家池阁。红烛背，绣帘垂。梦长君不知。

读这首词首先要留意韵脚。为了使韵脚明晰，在此我将这首词断为四行，句号处为韵脚，换行即换韵，平声韵与仄声韵交叠，有一种轻巧的声音美，如同女子的浅嗔轻笑一般。第三行里，幕、阁皆为入声“十药”韵；第四行里，垂、知皆为上平声“四支”韵。今天字音早已变易，我们对诗词的古音只有靠海量的阅读来培养语感了。

词句描写一个春天的夜晚，女子惆怅难眠，听着如丝的雨水滴答在花丛中的声音，仿佛铜壶滴漏。这样轻柔的、有节奏的、简直可以催眠的声音竟然惊起了栖息的大雁与乌鸦，她还醒着，看着画屏上金线绣成的鹧鸪图样。有薄薄的香雾透过帘幕，倍添惆怅，她背对红烛，垂下帘幕。她在对他魂牵梦绕，他却毫不知情。

白话翻译实在勉强，因为温庭筠完全在用意象并置的手法，主语与动词需要读者来填补，而填补的空间又过于阔大了些。尤其是上阕最后几句“惊塞雁，起城乌。画屏金鹧鸪”，全无逻辑可言，直译会译成这样的语言：“惊起了塞上的大雁，惊起了城里的乌鸦，画屏上金色的鹧鸪图案”。且不论柔柔的春雨如何能惊起塞雁与城乌，单说“惊塞雁，起城乌”，两个动宾结构，是外景，是远景，为什么突然接上一句纯名词的、内景的、近景的“画屏金鹧鸪”呢？所以曾有人这样评价道：这首词《更漏子》总体来说意境不错，只可惜“画屏金鹧鸪”一句是硬插进去的，文理不通。

| 4 |

其实罗列名词、不顾语法，正是西方意象派诗歌的典型特征，庞德、艾略特这些名家莫不如此，而他们这样一种诗歌观念，源头恰恰就在中国古典诗歌里，而温庭筠又是中国古典诗人中最有意象派韵味的一个。我们且看他的五言律诗《商山早行》：

晨起动征铎，客行悲故乡。鸡声茅店月，人迹板桥霜。
槲叶落山路，枳花明驿墙。因思杜陵梦，凫雁满回塘。

这首诗摹写旅途中的一刻：清晨从小旅店中醒来，将乡愁放在一边，无奈还要继续上路；鸡鸣入耳，月色尚未在晨光中消隐，板桥上寒霜未融，印着早行者的足迹；山路上槲叶纷纷飘坠，驿站的墙头上盛开着鲜艳的枳花；忽然想起昨夜梦到杜陵的家，那里池塘水暖，有凫雁优游。

这首诗以颔联“鸡声茅店月，人迹板桥霜”最负盛名。两句话，十个字，既没有一个动词，也没有一个形容词，完全是名词的罗列，但画面感一下子就出来了，画面的力量也一下子就打动人心了。

“画屏金鹧鸪”也是同样的道理，只用意象的并置营造一个画面出来，至于名词之间的逻辑关系，至于上下文之间的逻辑关系，任凭读者自己去找，动词也任凭读者自行添加。所谓意象派风格，读者只能观象取意，这倒颇有几分张惠言的气息。

历代注家解释温庭筠这首《更漏子》，往往言人人殊，所以，若我再多发明一种说法，应该不为过。我以为对任何一首词，首先要把意思贯通下来，从主旨、章法、套语等环节出发，推究那些不大明确的地方。这首词的主旨就在最后一句“梦长君不知”，从这一句来推究上阕，含义便呼之欲出了：“柳丝长，春雨细。花外漏声迢递”，柳丝是细长的，春雨是绵长的，迢递的更漏声也是绵长不断，这就是意象派的意象叠加的手法，这些意象叠加起来，正如女主角的“惆怅”与“梦长”，也是那样绵长不断。“惊塞雁，起城乌”则暗示着这样的绵绵思念别人都能感觉得出，而“画屏金鹧鸪”正是对“梦长君不知”的嗔怪——金鹧鸪只是画屏上的假鸟，感受不到“花外漏声迢递”，所以不会像塞雁和城乌那样惊起；女子的意中人难道不也是这样吗，任凭女子如何思念，如何纠结，如何夜不能寐，始终懵然无知。所以最后这一句“画屏金鹧鸪”正是全词的点睛之笔。

读温庭筠的词，一定要静下心来，反复吟诵、咀嚼。意象派的诗歌不一定都有确定的含义，但其魅力也恰恰在于朦胧。

| 5 |

王国维以“弦上黄莺语”来评韦庄的词，这里仍用叶嘉莹的解释：“韦词风格之特色确实乃在于诚挚真率、出语自然，恰如弦上琴音之于枝上莺啼的自然真切。”

韦庄词确实自然真切，只是王国维未必这么认为。王国维对于唐、五代词人，推崇李煜、冯延巳，贬低韦庄、温庭筠，所以在他的眼里，“弦上黄莺语”并非真正的黄莺语，不过是琴弦的模仿而已，断不会“自然真切”。

韦庄是自晚唐入于五代的人物，字端己，京兆杜陵人。这个杜陵，也就是前述温庭筠《商山早行》“因思杜陵梦，凫雁满回塘”的那个杜陵，也是李商隐感慨“夕阳无限好，只是近黄昏”时所在的那个乐游原。这里是长安附近的胜地，秦代置杜县，汉宣帝在此筑陵，因此改称杜陵。家在杜陵，毗邻长安，对于读书人而言实在有近水楼台之便。

韦庄少年失怙，家境贫寒，科举考试是他改变命运的唯一机会。幸而韦庄天资过人，又因为地利之便而省去了赶考的旅费。韦庄的科举之途并不顺遂，尤其在唐僖宗广明元年（880）应举的时候，恰逢黄巢叛军攻陷长安，天翻地覆的剧变浪潮裹挟着这个手无缚鸡之力的书生，使他仓促间看尽一出出人间惨剧。

这段经历促使韦庄写成了乐府长诗《秦妇吟》，借一名长安逃难女子之口，道出那一场家国之变中种种骇人的细节。“内库烧为锦绣灰，天街踏尽公卿骨”是其中最为盛传的两句，怕不是因为这两句最惊悚，而是因为诗中还有太多如“朝餐一味人肝脍”以及“黄巢机上刲人肉”的描写血腥到令人不敢面对的地步。

在黄巢之乱平息之后，《秦妇吟》成为风靡一时的“伤痕文学”，韦庄也因此被称为“《秦妇吟》秀才”。唐昭宗乾宁元年（894），韦庄终于进士及第，授职校书郎。当时中央政府日薄西山，封疆大吏各自割据一方，机缘巧合，韦庄受到蜀地王建的赏识。后来王建创建蜀国（史称前蜀），定都成都，以韦庄为相，典章制度悉出其手。

韦庄仰慕杜甫，来到成都之后，寻到杜甫当年浣花溪畔的草堂遗址。那时的草堂既没有成为景区，亦不曾被保护为文化遗产，只剩下杂草丛中的几块砥石了。韦庄于是重建草堂，从此在那里过起了秤薪而爨、数米而炊的极简生活，与宰相身份极不相称，为此还很受人们的非议。

韦庄擅填词，有《浣花词》五十四首。虽然时代风气所致，韦庄的词也似温庭筠词一般有闺阁韵致，宜于歌宴酒席的传唱，但也很有一些言辞质朴、隐隐有九曲回肠的佳作。“弦上黄莺语”一语所出的《菩萨蛮》正是这样一首作品：

红楼别夜堪惆怅，香灯半卷流苏帐。残月出门时，美人和泪辞。
琵琶金翠羽，弦上黄莺语。劝我早归家，绿窗人似花。

这是一场深情款款的话别，似是夫妻相守的最后一个夜晚：她在灯下为他弹响琵琶，而他不得不和她挥泪道别；她劝他早些还家，她说她会一直在家里等他。

常州词派名家谭献对这首词有一句极精当的评语，说它如同词坛的《古诗十九首》，读者应当以读《古诗十九首》的心眼读之（《复堂词话》)。《古诗十九首》是汉魏年间的古体五言诗，那是五言诗刚刚发轫的时代，所以丝毫不事雕琢，甚至有一点笨拙，却别有一番璞玉浑金的味道，而六朝隋唐以后的五言诗再也学不出这种味道。

韦庄的《菩萨蛮》比之《古诗十九首》毕竟雕琢、工整太多，但字里行间真的很有《古诗十九首》的真挚和朴实感，确实称得上自然真切。陈廷焯也准确把握到韦庄词的这个特点，说填词发展到韦庄这里，“语渐疏，情意却深厚”（《词则》）。

韦庄的《菩萨蛮》一组五首，层层推进，愈读下去便愈陷入那一往无前的深情里去。这已经完全不复是歌女的词，而是诗人写给自己的词，记录心底最深处的伤感。最耐人寻味的是，这一组词总令人感觉有超越男女相思之外的含义，仿佛真如《离骚》一般以美人香草喻托政局与身世。虽然说诗无达诂，文无达诠，但韦庄以一番情深深、雨蒙蒙的柔声细语传达给我们阔大而沉郁的想象，总也算是难能可贵了。这一组词，待第十四章再做更加深入的解说，接下来我们又该领略冯延巳的词品了。

| 6 |

王国维评冯延巳的词品，撷选“和泪试严妆”。这一句原是摹写女子在悲苦中既抑不住泪水滚落，又强自坚持着梳妆打扮，呈现最美丽的自己。

何谓严妆，严即妆，严妆即梳妆。这一词义源于东汉的一项避讳：汉明帝名叫刘庄，人们为了避讳，“庄”一律改为“严”，那时候连《庄子》都被改为《严子》，名人庄光被改称严光；“庄”的同音字也要避讳，于是“装”“妆”都被替换为“严”，文献中出现了治严（治装）、严车（装车）之类貌似古怪的词汇。魏晋六朝时期，对“庄”虽早已无须避讳，但文字义项的改变早已相沿成俗了，“严妆”便与“梳妆”同义，如《孔雀东南飞》中的“新妇起严妆”。

“和泪试严妆”出自冯延巳《菩萨蛮》：

娇鬟堆枕钗横凤，溶溶春水杨花梦。红烛泪阑干，翠屏烟浪寒。
锦壶催画箭，玉佩天涯远。和泪试严妆，落梅飞晓霜。

这是一首闺怨主题的作品，在《花间集》大量的闺怨词里却很出挑，镌刻着冯延巳出品的风格标志。和温庭筠相比，如果说温词的闺怨是写怨情，冯词则写出了悲情，单是“和泪试严妆”这五个字便极有悲情气质。女子满心悲伤，止不住泪水，却仍然妆饰整齐，画出自己最美的样子，而“落梅飞晓霜”的意象也分明烘托出孤傲与高洁。

这也许真的只是闺怨，只是一个女人对一个男人的爱恨交织罢了，而我们却可以读出更深的内涵，读出一种义无反顾的爱，一种在愁怨中独自坚强的高贵。

我们不知道那女子究竟是谁，究竟是怎样一个人，她也许只是一名平凡歌女，也许只是鬼迷心窍地思念着一个庸俗不堪的负心汉罢了，然而经过冯延巳的描摹，却自有一种凛然不可亵玩的高贵的气质。忧愁、无奈、孤单、无可依托……无论怎样，都能够坚强而脆弱地保持着最后一点尊严，这正是冯延巳特有的格调。王国维这一章里分论温庭筠、韦庄和冯延巳三大词家，以“和泪试严妆”论后者最是贴切不过。

［十三］

南唐中主词“菡萏香销翠叶残，西风愁起绿波间”，大有“众芳芜秽”“美人迟暮”之感。乃古今独赏其“细雨梦回鸡塞远，小楼吹彻玉笙寒”，故知解人正不易得。

| 1 |

这一章评论南唐中主李璟的《摊破浣溪沙》究竟以何语为最佳，使人感觉文学的优劣实在不易评价。

李璟是南唐开国皇帝李昪的长子，继任为帝，后来臣服于后周，贬帝号为国主，史称南唐中主。当年李昪为南唐开创了一个相当和谐平稳的局面，叮嘱后人莫要勇于进取，只要安心守成即可。无奈人总有自我实现的欲求，更何况是李璟这样一个习于富贵且大权乍握的人。倘若我们不以成败论英雄的话，就必须承认李璟是一个雄才大略、锐意图强的皇帝，倘若他真的如愿以偿，后人一定会像歌颂秦皇汉武、唐宗宋祖一般将无以复加的溢美之词倾注在他的身上。

李璟怀着理想主义的激情开疆拓土、南征北战，他的时代成为南唐疆域最广的时代。遗憾的是，世界并非如他想象的那般简单，幸运指环也不会一直套在他的手上，尤其当北周雄主柴荣开始向南方用兵之后，李璟这才意识到正能量太多也未必是一件好事。还是艺术的世界最容易带来廉价的满足，为何不多花一点工夫在诗酒欢娱的惬意里呢？

南唐是当时文艺最为发达的国度，这个排名一直保持到李璟之子，即南唐后主李煜的时代，直到被赵宋王朝彻底征服为止。上有所好，下必甚焉，南唐之所以有这样的文化风气，自是与李璟父子的文化造诣分不开的。单以词论，李璟传世的词作不过寥寥四首，却足以凭借这点成绩跻身第一流词家之列。

| 2 |

《人间词话》本章谈到的词，是李璟的一首《摊破浣溪沙》：

菡萏香销翠叶残。西风愁起绿波间。还与韶光共憔悴，不堪看。
细雨梦回鸡塞远，小楼吹彻玉笙寒。多少泪珠无限恨，倚阑干。

菡萏是荷花的古称，“菡萏香销翠叶残”是说荷花凋落，荷叶残破，这是入秋的景象，引出下句“西风愁起绿波间”，从近景到远景，从局部到整体，从具体的观感到泛泛的观感，不只是荷花凋落了，荷叶残破了，秋风在绿波中吹起，所有的花草树木都将凋落了。

“还与韶光共憔悴，不堪看”，这一句点出了闺怨主题：秋风吹起，万物凋零，思妇的青春也这样匆匆老去了，那秋景更让她无法面对。

下阕先是一联对仗“细雨梦回鸡塞远，小楼吹彻玉笙寒”，这是最脍炙人口的一联。鸡塞是鸡鹿塞的简称，泛指边塞。细雨的天气里，她又梦到驻守边塞的爱人，梦回之时，更觉得边塞遥不可及。“玉笙寒”，笙是一种靠簧发音的乐器，簧是用高丽铜特制，天气冷时簧就会走音，所以在吹奏之前要先把它烘暖才行。周邦彦有词“簧暖声清”，如果“玉笙寒”，吹奏出来的音乐自然荒腔走板。吹笙直到吹彻，直到笙簧又冷了下来，吹不成调，可见时间之漫长，可见吹笙人之寂寞。

“多少泪珠无限恨，倚阑干”，梦回倍添惆怅，吹笙直到吹不成调，只有不住地流泪，倚着阑干。“倚阑干”是诗词里极常见的一个意象，主要有两种含义：一是用这个特定的姿态突出女子的婀娜之美，如李白《清平调》写杨玉环“解释春风无限恨，沉香亭北倚阑干”；二是暗示惆怅的情绪，倚阑之人定有重重心事无人能解，如裴夷直的《临水》诗有“江亭独倚阑干处，人亦无言水自流”。在第二种含义上，如果情绪更浓郁，就变“倚”为“拍”，如辛弃疾“阑干拍遍，无人会、登临意”。

| 3 |

对于这首词，王国维说“乃古今独赏其‘细雨梦回鸡塞远，小楼吹彻玉笙寒’”，确实，这一联在李璟当时便已经传为名句。有记载说，宰相冯延巳有词说“风乍起，吹皱一池春水”，李璟戏问：“吹皱一池春水，与你何干？”冯延巳当即答道：“我这两句词哪里及得上陛下‘小楼吹彻玉笙寒’呢！”李璟龙颜大悦。

陆游《南唐书》记载了这段故事，还发表了一番议论：当时南唐败于北周，几乎亡国，只好向敌人俯首称臣，奉北周正朔以苟延残喘，可南唐君臣竟然还有这番闲情逸致！

《苕溪渔隐丛话》引《古今诗话》，对这件事有完全不同的记载，刘永济《唐五代两宋词简析》又提出一种观点，认为这段对话若结合当时的历史背景，实为暗含政治隐喻的一次君臣交火。历史难知，我这里就不多做辨析了。

话说回来，即便考虑到国运日衰的背景，历代文人仍不免对这一联词句叹赏有加。清人贺裳《皱水轩词筌》的议论最是有趣，说李璟与冯延巳的这段对话应该作为国家机密，千万不要使邻国知道。言下之意是，邻国若晓得南唐是这般君恬臣嬉的样子，一定会忍不住发起侵略战争的。贺裳还说，虽然如此，但若细细体味词意的话，还是觉得字里行间不失含蓄，对比北宋名家秦观的词句，诸如“无端银烛殒秋风。灵犀得暗通”“相看有似梦初回，只恐又抛人去、几时来”，这简直就是风流韵事的自供状。词虽属雕虫小技，从中也可以看出世风之升降。顺流而下易，溯洄而上难，一入其中，势不自禁，就连我自己也开始对学词感到懊悔了。

尽管贺裳的感慨略嫌偏颇，却也说明李璟这首《摊破浣溪沙》不同于一般意义上的歌女之词，很有些典雅蕴藉的味道。将思妇的幽怨刻画为“细雨梦回鸡塞远，小楼吹彻玉笙寒”，岂不正是典雅蕴藉的极致吗？然而对艺术的眼光总不可能人尽相同，晚清词家况周颐《蕙风词话》就认为这首词以“还与韶光共憔悴，不堪看”绝佳，这一句沉郁之至，就算擅长抒情的李后主也不能写得更好。

这一句虽然字面上不如“细雨”一联漂亮，沉郁之美却比后者来得浓墨重彩些。在残败的荷花里看到的，是留不住的春光，也是留不住的青春，这是古往今来所有人共通的慨叹，正如王国维在自己的词句里所揭示的：“最是人间留不住，朱颜辞镜花辞树。”

| 4 |

在王国维看来，李璟《摊破浣溪沙》最耀眼的句子并不是“细雨梦回鸡塞远，小楼吹彻玉笙寒”，而是起首的“菡萏香销翠叶残，西风愁起绿波间”，因为后者“大有‘众芳芜秽’‘美人迟暮’之感”。

“众芳芜秽”和“美人迟暮”二语皆出自《离骚》，原文一是“惟草木之零落兮，恐美人之迟暮”，一是“虽萎绝其亦何伤兮，哀众芳之芜秽”，以美人衰老、草木凋零深寓政治寄托。这却使人疑惑，毕竟李璟的词无论我们如何深究，也实在看不出有什么意内言外的深刻寄托，虽然写得极尽优美，主题却无非是思妇征人、秋思闺怨而已。王国维之所以做这样的理解，实是因为他将“菡萏”两句摆脱上下文而孤立出来，以赋诗断章的态度看出了《离骚》的意味。

“菡萏”两句究竟比“细雨”一联好在哪里，王国维并未给出任何解释。幸而我们可以寻到王国维的一位同道，吴梅，他也认为“菡萏”两句最佳，而且给出了具体的阐述。吴梅《词学通论》这样讲道：“此词之佳，在于沉郁。夫‘菡萏香销’‘西风愁起’与‘韶光’无涉也，而在伤心人见之，则夏景繁盛亦易摧残，与春光同此憔悴耳。故一则曰‘不堪看’，一则曰‘何（无）限恨’，其顿挫空灵处，全在情景融洽，不事雕琢，凄然欲绝。至‘细雨’‘小楼’二语，为‘西风愁起’之点染语，炼词虽工，非一篇中之至胜处。而世人竞赏此二语，亦可谓不善读者矣。”

但如果依我自己的体会，“细雨”一联字面艳绝，很有李商隐唯美朦胧诗的味道，即便我们不理解它的含义，也不妨碍我们叹服其中的美感；至于“菡萏”两句，字面平实，全用“翠叶”“西风”“绿波”之类的平常字眼，就连形容词和动词亦无非是“销”“残”“愁”“起”，平平无奇；而被王国维和吴梅所独赏的那般好处，非要透过字面，从画面形象上悉心感受才行。

在这样的画面感受里，我们便会发现，“菡萏”两句写出了荷花独有的风神，捕捉到荷花开落的无可替代的特点；以叔本华的理论来说，这样的描写深深达到了荷花的“理想”。

| 5 |

古代诗家对这一点早有所悟，如苏轼曾经提出过“诗人有写物之工”的命题，及至明代，董其昌《画禅室随笔》对这个命题有过很精当的阐释：《诗经》“桑之未落，其叶沃若”，这句诗只能描写桑树，再不适用于其他任何树木；林逋“疏影横斜水清浅，暗香浮动月黄昏”，这只能是咏梅，没法移于桃李；皮日休（应为陆龟蒙）“无情有恨何人见，月晓风清欲堕时”，这只能是咏白莲，不可能是咏红莲的诗。

清人梁章钜《浪迹丛谈》有一段谐趣的文字，说的是一些吹毛求疵却颇有理趣的诗歌解读，其中也提到“疏影横斜水清浅，暗香浮动月黄昏”这脍炙人口的名联：陈辅之以为这一联描写很有野蔷薇的特点，但这怎么可能呢？蔷薇分明是丛生的灌木，哪来的“疏影”？而且蔷薇花影散漫，又哪来的“横斜”？也曾有人问过苏轼，说这一联拿来咏桃、咏杏是否也行。苏轼的回答是：“倒没什么不行的，只是怕桃、杏不敢当罢了。”近来也有咏梅的诗，比如“三尺短墙微有月，一湾流水寂无人”，语意倒也清幽，却有刻薄之人打趣说：“这分明是一幅小偷行乐图呀。”

“疏影横斜水清浅，暗香浮动月黄昏”，这是林逋传诵千古的名句。但严格说来，这并非林逋的原创。记得当年我读清代学者俞樾的《九九消夏录》，才知道这两句是从五代诗人江为“竹影横斜水清浅，桂香浮动月黄昏”改来的，而且仅仅改了两个字：“竹”改成“疏”，“桂”改成“暗”。依照现在的著作权法，林逋的改写纯属无可抵赖的剽窃。

但是，以纯粹的文学眼光来看，这两个字的改动不可不谓点铁成金。江为的原作之所以籍籍无名，林逋的“剽窃”之所以脍炙人口，完全有文学上必然的道理：江为之语虽然足够漂亮，但并没有道出竹子和桂花无可替代的特点，而林逋仅仅改易二字，却使新的诗句道出了梅花无可替代的特点。所谓“无可替代的特点”，也就是叔本华所谓的“理想”，也就是苏轼所谓的“写物之工”。

董其昌、梁章钜和俞樾这三段文字，是我当初读书时印象颇深的。当三者联系起来，简直有豁然开朗的感觉，领悟到无论是诗是画，一切咏物的真谛尽在于此。我们沿着这个思路去想，“菡萏香销翠叶残，西风愁起绿波间”，如果不是咏荷花，还能是咏什么呢？

宋人范温也谈到过类似的观点，他说当他行走在蜀道的时候，路经筹笔驿，这是传说中诸葛亮北伐驻军之处，前人吟咏很多，如石曼卿“意中流水远，愁外旧山青”，久已脍炙人口，但这样的诗句既可以描写筹笔驿，也可以用来描写其他的山水，只有李商隐“猿鸟犹疑畏简书，风云常为护储胥”才独一无二地切合筹笔驿与诸葛亮其人，再不适宜形容其他任何地方。（《苕溪渔隐丛话》引《潜溪诗眼》）

这也正是考验我们诗词鉴赏能力的一个关键。哪是好诗，哪是不好的诗，为什么好，或者为什么不好，其实都是有道理在的。而诗词的世界就是这样的诡谲，一点点差异就可以造成意境上的迥别，以至于落败者鲜有人知，胜出者名满天下。再如宋人叶绍翁《游园不值》，以“春色满园关不住，一枝红杏出墙来”脍炙人口，但这不是原创，而是脱胎自陆游《马上作》“杨柳不遮春色断，一枝红杏出墙头”，仅仅是铺垫上的细微差异，陆游的“原作”就这样寂寞无闻了。

［十四］

温飞卿之词，句秀也；韦端己之词，骨秀也；李重光之词，神秀也。

| 1 |

这一章是给晚唐、五代间的三大词家下断语：温庭筠、韦庄、李煜，三个人的词都美，温庭筠美在句子，韦庄美在结构，李煜美在神采。

强调温庭筠句子漂亮，其实也是在嫌他有句而无篇。温庭筠的语言风格确实总是堆金砌玉，极尽绮丽，诸如“水精帘里颇黎枕，暖香惹梦鸳鸯锦”“翠翘金缕双鸂鶒，水纹细起春池碧”“凤凰相对盘金缕，牡丹一夜经微雨”，但是否真的只有佳句而缺乏结构呢？王国维其实误解了温庭筠，或者说王国维不欣赏温庭筠那种极度意象派的写作风格。意象派写作，总是选择若干意象并置在一起，“结构”需要读者自行填补。不欣赏或不理解这种风格的人，难免会觉得这样的作品过于散漫。以温庭筠一首《酒泉子》为例：

楚女不归，楼枕小河春水。月孤明，风又起，杏花稀。
玉钗斜簪云鬟髻，裙上金缕凤。八行书，千里梦，雁南飞。

这首词是写男子对女子的相思，上阕写她久别不归，他愈发难以排遣孤寂，呆呆地看着风景变换，月亮孤悬，风儿吹落了杏花；下阕写他回忆她的模样，回忆到不能自拔的地步，只有托鸿雁传书，向她遥寄深情。

经我这样的解释，这首词好似有很清晰的结构和脉络，而事实上，结构与脉络是我在解读过程中填补进去的。以最易解释的最后一句为例："八行书，千里梦，雁南飞"，这仅仅是三个意象的并置，没有任何结构可言，直译过来会让人感到匪夷所思：书信、遥远的梦、大雁南飞。

古代信纸每页八行，故此以"八行书"代称书信；"千里梦"自是梦到了千里之外的爱侣；大雁是传书的信使，既然是"楚女不归"，"八行书"自不妨托付给向南飞往楚地的大雁；信里所写的内容以及写信的动机，便全是这"千里梦"了。这样的写法没有起、承、转、合之类的章法结构，却自有一种意象派的特殊结构在，"句秀"的评价实在低估温庭筠了。

| 2 |

韦庄的词风与温庭筠不同。若拆散句子来看，并不见得有多么精彩，但那些明白如话的朴素句子一旦在精当的结构中组合起来，便顿时有了感人肺腑的力量。

王国维《唐五代二十一家词辑》有一段评论韦庄的话可以作为本章的参考："端已词情深语秀，虽规模不及后主、正中，要在飞卿之上，观昔人颜、谢优劣论可知矣。"韦庄与李煜、冯延巳的差距在于"规模不及"，略嫌小家子气，但还要在温庭筠之上。韦庄与温庭筠的优劣之别，正如前人所评价的颜延之与谢灵运的优劣之别。

颜延之与谢灵运都是南朝文坛巨擘，并称颜谢，而历代的评价几乎一致认为颜不如谢。

颜延之的诗歌正是“句秀”的典范，很能够雕词炼句，太注重细节之美反而有句而无篇，滞涩而不流畅。《南史》本传记载，颜延之曾请鲍照品评自己与谢灵运的诗歌优劣，鲍照的答复是：“谢五言如初发芙蓉，自然可爱；君诗如铺锦列绣，亦雕绘满眼。”这份评语让颜延之终生未能释怀。

这是关于颜、谢之别最著名的一则评语，移来形容温、韦之别却也合宜。

韦庄的词确实“如初发芙蓉，自然可爱”，写法恰恰与意象派相反，是娓娓道来的叙事体，譬如《荷叶杯》：

记得那年花下。深夜。初识谢娘时。水堂西面画帘垂。携手暗相期。
惆怅晓莺残月。相别。从此隔音尘。如今俱是异乡人。相见更无因。

在这样短小的篇幅里，词人回忆与恋人的相识、相恋、别离，以及别后的相思，“时间、地点、人物、起因、经过、结果”，记叙文六要素一应俱全。

韦庄的“骨秀”还体现在他以组诗的风格填词，如他最出色的《菩萨蛮》五首，五首词各自独立成章，组合起来更完成了一个宏大的叙事结构：

其一

红楼别夜堪惆怅，香灯半卷流苏帐。残月出门时，美人和泪辞。
琵琶金翠羽，弦上黄莺语。劝我早归家，绿窗人似花。

其二

人人尽说江南好，游人只合江南老。春水碧于天，画船听雨眠。
垆边人似月，皓腕凝霜雪。未老莫还乡，还乡须断肠。

其三

如今却忆江南乐，当时年少春衫薄。骑马倚斜桥，满楼红袖招。
翠屏金屈曲，醉入花丛宿。此度见花枝，白头誓不归。

其四

劝君今夜须沉醉，樽前莫话明朝事。珍重主人心，酒深情亦深。
须愁春漏短，莫诉金杯满。遇酒且呵呵，人生能几何。

其五

洛阳城里春光好，洛阳才子他乡老。柳暗魏王堤，此时心转迷。
桃花春水渌，水上鸳鸯浴。凝恨对残晖，忆君君不知。

这一组《菩萨蛮》，其中第一首已见于前文第十二章。五首连贯下来，便是词人的一段人生轨迹与心路历程。字面上看，最初他辞别妻子，从中原南下江南（第一首），结果在江南的美景、美色里沉迷，久久不愿北归（第二首），他那时年轻俊逸，是秦楼楚馆里被红颜追慕的常客（第三首），但转眼之间，一切随风而去，悔意渐渐浮上心头（第四首），年光渐老，青春变成白发，遥想妻子在北方年年盼望自己归来，不觉悲从中来，不可断绝（第五首）。

这一组词的魅力在于，越是读下去，沉郁的感觉便越重，简直令人不能相信这字里行间真的仅仅是如此简单的生活与回忆了。联系韦庄的生平，更让人怀疑词句背后是否暗藏着更多的内容，是否有《离骚》美人香草的感慨？是否以北方的妻子喻托大唐王朝，以美丽留人的江南喻托王建的前蜀？一切的疑惑都是无法凿实的，但也正是这解读过程中自然涌现的重重疑云愈发浓烈地感染着我们。

清代浙西词派名家厉鹗有《论词绝句》说："美人香草本《离骚》，俎豆青莲尚未遥。颇爱《花间》肠断句，夜船吹笛雨潇潇。"韦庄的词，于《花间集》中最有这样的意味。

| 3 |

李煜是王国维推崇备至的词人，他的妙处，在于写出了"神秀"。

"句秀"与"骨秀"皆在形而下的层面，"神秀"已是形而上的标准了。用儒家语言来讲，前者与后者是“器”与“道”的区别；用平民百姓的语言来讲，“句秀”如同一个人五官端正，“骨秀”如同一个人身材匀称，“神秀”如同一个人气质超然。

李煜确实有气质超然的资本，他是天生的贵族艺术家，生具绝佳的艺术基因，长在当时最富艺术气息的环境里，倘若不是他意外而不幸地做了皇帝，一定会是个最讨人喜欢的翩翩贵介佳公子吧？

李煜原名李从嘉，是南唐中主李璟的第六子。他生具异禀，眼有重瞳，颇具圣王豪杰之相。你若不知道他的结局，一定会满心期待于他的事业，因为历史上的重瞳名人只有两位，一是大舜，二是项羽，李从嘉继踵而三，命运一定郑重地交托给了他什么。

于是，李从嘉的悲剧可以说从一出生便已注定：若依重瞳异禀，人们期待他成长为南唐的中兴之主，甚至开疆拓土，成就帝业，一统当时群雄割据的大好河山；若依继承法则，君王之位永远当由嫡长子继承，尽管人人皆知嫡长子未必是最好的人选，但两害相权，一个稳定的继承规范总要好过无序而残酷的竞争吧。所以，任李从嘉有圣王豪杰之相，任父亲最爱这个文采风流的少子，但嫡长子的位置永远不可以动摇，这是国本，无可奈何的国本。

但是，似乎故意要和自己的相貌作对，李从嘉从来都对政治表现出异乎寻常的冷淡。他是天生的贵族，天生要去完成一些毫无功利色彩的追求。他喜欢书法，独创“金错刀”的字体；他喜欢文学，在屠狗文章、雕虫文卷里消磨着毫不值钱的青春岁月；他喜欢歌舞，在宫女、宫灯、宫花的华丽阵仗里流连不出。他是一个最惹人恨的荡子，但人人都那样爱他，除了他那个身为太子的兄长。

太子知道，法定继承权虽然是自己最大的护身符，但历史上那么多夺权篡位的例子，往往变生肘腋、祸起萧墙。血缘越近的人反而对自己的威胁越大，而小弟弟李从嘉不但血缘太近，甚至眼生重瞳，难道上天真要让他取代自己不成？

| 4 |

关心则乱，有求则疑，太子已经毒杀了叔父，还常常以最凌厉的目光注视着自己至亲的弟弟。帝王豪贵之家，从来都罕有亲情。弟弟时时忆起叔父的死状：身中奇毒，未及入殓便周身溃烂，惨不忍睹。太子是特意用这样的手段来警告那些或明或暗的敌人吧，而哪一个“敌人”不是他的至亲骨肉呢！亲情，应该就是上天对平民百姓最大的补偿吧。

每个人都会自觉不自觉地以己度人，用自己的心态来推测别人的想法。所以太子想错了，他想不到这世上还有真正淡泊权力的人。

每个混迹政坛的人都学过自污的技巧，那些学而不得其法的人或早或晚都会被淘汰出局。险恶的宫廷逼得年轻的李从嘉过早地学会了中年政客的伎俩，招招摇摇地纵情于山水酒色。对那些“没出息”的言行，他不但不去遮掩，反而要大张旗鼓地曝之人前。他要借此告诉哥哥：我只是一个宫廷中的隐者，我只要诗，要酒，还要镇日的逍遥；我喜欢无度地挥霍，因为我“志仅此尔”。

降及北宋，有南唐遗老苍凉地忆起当年宫廷里这段无法避免的龃龉，他们同情着李从嘉那不该有的稚嫩，更同情他那过早出现的老练。

世事吊诡，处心积虑的太子意外早逝，另外几个王子早已先后夭折，王位似乎是上天注定一般地落在李从嘉身上。想求的求不得，想避的避不开，这就是命运的捉弄吧。于是，公元 961 年，二十五岁的李从嘉正式即位，从此改名李煜。李煜字重光，这个字正是从重瞳取义的。

宫廷的山雨过后，世界的山雨欲来。这一年，在北方已是北宋的建隆二年，世界的重心将从南方的李家转到北方的赵家了。命运把一个玻璃打造的国家交到孱弱的李煜手心里，看着他打碎了它，看着它为他陪葬。

| 5 |

李煜的名作，诸如“问君能有几多愁，恰似一江春水向东流”“流水落花

春去也，天上人间”，今天早已成为我们最熟悉的词句，我们也很轻易便可以感受到其中无与伦比的“神秀”，但是，李煜原本并不写这样的词。他早年的词作让我们完全认不出他的风格，如两首《渔父》：

其一

浪花有意千重雪，桃李无言一队春。一壶酒，一竿身，快活如侬有几人。

其二

一棹春风一叶舟，一纶茧缕一轻钩。花满渚，酒满瓯，万顷波中得自由。

济慈的诗里有一则名句：美即是真，真即是美。显然这位浪漫主义诗人浪漫得过于纯真了些。在现实世界里，美未必就真，真未必就美；美可以是对真的掩饰，真可以是对美的伤害。当美丽的诗歌诞生在波诡云谲的宫廷里时，这，才是事情的真相。

初读《渔父》，谁都很难想到这是出自宫廷的作品，只觉得它是欢快的民歌，在浪花拍岸、桃李从容的时节，被江南一叶轻舟之上的渔家女子无遮无拦地唱了出来，和柳宗元的钓竿、陶渊明的酒瓮一起，飘向一切梦想所寄生的春江彼岸。

浪花如雪片，桃李如焰火，谁不想在这样的世界里挥霍青春，化身为万顷风波之中的不系之舟，无心任去留，饱食而遨游。这就是“喂马，劈柴，周游世界”的古典渊源，为每一个爱未熄、梦未醒的少年用金质的沙垒砌一座空中楼阁。

于是在浪花如雪的魅影里，我们忘记了时间亦如春水东流，凋谢了沿岸千里的桃花、李花，沙哑了渔家女子歌喉，堕落了万千个不着边际的梦想，然后折断了柳宗元的渔竿，倾空了陶渊明的酒瓮，把诗歌变成一个个凡俗的日子，催我们在不经意间老去。

| 6 |

但是，这般轻快的词句，却是在压抑和处心积虑中写就的。我们只看到李煜的言笑晏晏，却不知他还有忧心悄悄。是的，表面上一定看不出来，这样两首悠扬散淡的民歌体小调其实是少年李煜饱含心机的自污之作。生在权力的棋局里，生活总会遵循另一种逻辑。

当时李煜尚未登基，时时处处要忍受长兄的猜忌，那可是性命攸关的事。若他只是一介布衣，大可以泛舟五湖，赏菊东篱，但他是皇子，他的世界貌似广大，其实却只有一个无比辉煌又无比逼仄的宫殿。要生存，便只有自污。对于他那颗一尘不染的童心来说，这不知道会造成多大的伤害呢。

他总算还有几分机敏，秘密求助于宫廷供奉卫贤。卫贤以绘画闻名，尤其擅长楼台人物，但这一次他忽然舍弃了自己的专长，画了一幅大有隐逸之风的《春江钓叟图》；李煜则早有准备，当即在图上题写了这两首《渔父》，然后大张旗鼓地令宫人传唱开去。当宫人们欢快地唱着“一壶酒，一竿身，快活如侬有几人”的时候，谁能体谅李煜那苦涩的心迹呢？正因为逃不脱宫廷，所以他才不得不装出渔父一般的隐逸之趣；正因为郁郁寡欢，所以他才张扬出“快乐”的歌词。

《渔父》词体创自唐代诗人张志和，本来当真是快活的渔歌，但真正快乐的人从来不会这样露骨地表达自己的快活。正如庄子对万顷波涛的憧憬是“相濡以沫，不若相忘于江湖”，真正快乐的人总会忘记自己的快乐。

《渔父》事件是史料记载中李煜毕生仅有的一次“老于世故”，当威胁尽除、意外登基之后，他那天真少年的心性便一发不可收拾。从此无论富贵或贫贱，无论治国或亡国，天真的他再也不曾老练过一次。《人间词话》第十五章至十八章里，王国维还会反复论及李煜词，所以关于李煜的“神秀”，本章的讲解就暂时在这里结束。

［十五］

词至李后主而眼界始大，感慨遂深，遂变伶工之词而为士大夫之词。周介存置诸温、韦之下，可谓颠倒黑白矣。“自是人生长恨水长东”“流水落花春去也，天上人间”，《金荃》《浣花》，能有此气象耶？

| 1 |

李煜的词如何“神秀”，《人间词话》这一章给出答案。

王国维在词史的脉络上给李煜确定坐标，认为李煜是词史的一个分水岭：在他之前，词只是伶工歌女之词；从他开始，词才升格为士大夫之词。

要想对这个主张有恰当的理解，我们便有必要简单追溯一下词的发展脉络。

诗和词的区别现在看来似乎一目了然：诗是读的，词是唱的。但是，原本的分野并不这样简单，诗一样可以入乐歌唱。儒家以礼乐治国，音乐是关乎国家兴衰的大事，所以汉代建有乐府，专管这项堂皇庄重的政治事业。乐府整理出来的歌词称为“歌诗”，以与传统的“诗”相区别。及至六朝，谱入音乐的诗便被人直接称为乐府了。《文心雕龙》便专设“乐府”一篇，提出这样一个观点：音乐以诗为灵魂，以曲调为躯壳，所以乐师必须调正声律，诗人必须端正文辞。

乐府诗歌大多是五言诗，后来五言诗发展成熟，渐渐脱离音乐而独立存在，成为真正意义上的士大夫之诗。降及唐代，古乐府被时尚潮流抛在身后，各种外来音乐成为最新的流行，而讲求声律的近体诗开始成熟起来，近体诗里的七言绝句成为最常入乐歌咏的歌词。旗亭画壁的故事正反映出这样的风气：那是唐玄宗开元年间，高适、王昌龄和王之涣正在一家酒楼饮酒，恰巧皇家梨园主管带着十几名歌女也来这里会饮。三位诗人悄悄避开，在一旁偷看这些歌女们各擅胜场，演习曲目。三人议论说：“我们也算诗坛名流了，但一直不分高下，正好趁这个机会，看看她们唱谁的诗最多。”只见一名歌女唱道：“寒雨连天夜入吴，平明送客楚山孤。洛阳亲友如相问，一片冰心在玉壶。”王昌龄兴冲冲地在墙上画了一道痕迹说：“这是我的诗。”就这样歌女轮番演唱，诗人轮番在墙壁上刻画记号，王之涣眼见自己的诗被唱得最少，便另立规矩说：“这些庸俗脂粉缺乏审美眼光，不妨等那个最漂亮的歌女出场，听她唱什么。如果唱的不是我的诗，我今生都甘愿向你们称臣。”终于轮到那位最令人心仪的歌女出场，只听她唱道：“黄河远上白云间，一片孤城万仞山。羌笛何须怨杨柳，春风不度玉门关。”正是王之涣的《凉州词》。

故事本身究竟有几分真实，几分传说，这倒是无关紧要，至少它道出了当时的一种社会风俗：七言绝句是可以入乐歌唱的。而且，还有一个小细节值得留心：王之涣那首夺冠之作，题目叫作《凉州词》，而不是《凉州诗》。

| 2 |

朱熹推测说：词是由诗演变而来，古乐府的歌词就是诗，只是入乐歌唱的

时候，中间会夹杂很多泛声，后人怕把那泛声丢了，就逐一填上实字，于是就成了长短不齐的句子，这就是词。(《朱子语类》)

这样说来，王之涣《凉州词》如果入乐歌唱，很可能唱成这个样子：“黄河远上 [呦] 白云间 [哎]……”后人将 [呦][哎] 填入实字，就变成了句式长短不齐的词。

但这个说法恐怕并不可靠。唐朝的时候或许并存着两种体裁：一是可以入乐的诗，二是句式长短不齐的词，只是诗更加受到重视，作为文学创作而被认真保存下来，词则是不入流的小调，唱过就忘，忘过就丢，没人认真去收集、保存它们，所以给我们留不下多少线索。

诗，有些可以入乐；词，则一定是入乐的，所以才有“曲子词”这个称呼。“词”前冠以“曲子”二字，显然说明它只是花间小唱、下里巴人。

和凝与《香奁集》的故事最能说明词在当时的地位。和凝是五代时期的著名词人，但他最大的天赋不是填词，而是做官，一直将后梁、后唐、后晋、后汉、后周五个朝代的高官做遍。和凝年轻时风流浪荡，很喜欢曲子词，填写过许多香艳之作，集为《香奁集》。后来官高位显，嫌这些小调太失身份，便派人到处搜集销毁，甚至嫁祸他人，说《香奁集》里的那些淫词浪调都是晚唐诗人韩偓写的，与自己全无干系。与和凝同时代的文人孙光宪在《北梦琐言》里议论这件事说：和凝身为宰相，厚重有德，但名声终被艳词玷污，连契丹人都称他为“曲子相公”，可见好事不出门，坏事传千里，士君子们一定要引以为戒！

那时的词就像我们时代里的流行歌曲一样，大家虽然爱听爱唱，却也都知道这只是不入流的低级趣味，不能和巴赫、贝多芬那些音乐相提并论。如果有国家领导人深谙古典音乐，我们会称道他的艺术修养，但如果他去创作流行歌曲，为流行歌曲填词，人们肯定会生出一种违和的感觉。

但是，流行歌曲为什么一定只能停留在下里巴人的位置呢？20 世纪 70 年代，台湾音乐人李泰祥倡导大众歌曲，创作出一批其实很不大众的大众歌曲，至今仍在小圈子里传为经典；20 世纪 90 年代，古典音乐出身的何训田屈尊创作流行歌曲，也很有几分超凡脱俗的味道。李泰祥、何训田创作的确实是流行歌曲，却已经完全不再是邓丽君、刘文正那种意义上的流行歌曲了。如果王国维可以评论他们的创作，一定也会用到“遂变伶工之词而为士大夫之词”这样的评语。李煜正是当时的李泰祥、何训田，只是付出的代价实在太大了些。

| 3 |

李煜的词原本也是歌女的词，是富贵生活里的一点可有可无的调剂，如《一斛珠》：

晓妆初过。沈檀轻注些儿箇。向人微露丁香颗。一曲清歌，暂引樱桃破。

罗袖裛残殷色可。杯深旋被香醪涴。绣床斜凭娇无那。烂嚼红茸，笑向檀郎唾。

这首词如果拟一个现代的标题，可以叫作《一名歌女的一天》。她清早梳妆，轻轻地涂抹胭脂。“沈檀”即“沉檀”，是古代的口红；“些儿箇”是当时的口语，意为“一点点”。涂好口红，唇色如娇艳的花蕾（丁香颗），当她婉转歌唱起来，轻启的樱唇最惹人心动。待演唱结束，她卸下优雅，换上奔放，变成酒宴上最欢快的人，一任美酒泼溅在罗裙上。当她醉了，累了，斜倚绣床，那娇柔的姿态更无以复加。在醉意中嚼着红色的果子，娇笑着唾在情郎身上。

这首词虽然格调不高，却也见出了李煜的文学天才。写这一类题材，温庭筠最是本色当行，但温庭筠只能写出静态之美，李煜却可以写出动态的活灵活现。再如两首同样以歌女生活为主题的《菩萨蛮》：

其一

蓬莱院闭天台女，画堂昼寝人无语。抛枕翠云光，绣衣闻异香。
潜来珠锁动，惊觉鸳鸯梦。慢脸笑盈盈，相看无限情。

其二

铜簧韵脆锵寒竹，新声慢奏移纤玉。眼色暗相钩，秋波横欲流。
雨云深绣户，未便谐衷素。宴罢又成空，梦迷春睡中。

第一首写出一场幽会：他悄悄潜入她的房间，看她在百无聊赖中娇柔的睡态，而她突然惊醒，笑盈盈地看着他，彼此有无限深情。第二首写出一段恋爱：吹奏着笙管的她一副心不在焉的样子，因为她的心思全在他的身上；这样的爱意不敢在人前表露，只有眉目传情，秋波欲流；当宴会结束，歌吹结束，一段无言的情愫只好无奈地中断，徒然留下两处相思，在迷蒙的春雨中愈发不可自拔。

| 4 |

李煜更可以写出“富贵气象”，将晏殊的“楼台侧畔杨花过，帘幕中间燕子飞”“梨花院落溶溶月，柳絮池塘淡淡风”轻易比将下去，如《玉楼春》：

晚妆初了明肌雪。春殿嫔娥鱼贯列。凤箫吹断水云间，重按霓裳歌遍彻。
临风谁更飘香屑。醉拍阑干情味切。归时休放烛光红，待踏马蹄清夜月。

这首词写一场盛大的宫廷宴会：宫娥晚妆初罢，行列俨然，凤箫之声如云水悠扬，《霓裳》大乐反复往还。微风里荡漾着美人的脂粉香泽，人已酒醉，已神醉，在意兴飞扬中随着乐舞的节奏拍打阑干。盛筵结束的时候，且不要燃起红烛，任凭马儿踏着月色载人归去。

李煜真是一个太有生活情趣的人，前六句雍容到了极致，结尾忽然以清雅收束，你却觉得这不是转折，而是递进。词中“重按霓裳歌遍彻”其实不是泛泛的指代，李煜真的得到了失传已久的《霓裳羽衣曲》的乐谱，与精通音乐的周皇后一起整理改订，重演盛唐乐章。

历史上很难再找出李煜和周皇后这样的帝王夫妻，他们更像是李清照与赵明诚那种类型，在一起赌书泼茶、吟风弄月。但是，当皇后早早染上重病，她的妹妹进宫探视之后，事情便发生了令人意想不到的变化。李煜那首《菩萨蛮》（花明月暗笼轻雾）便是一首泄密的小词，他那善于描写动态生姿的天赋在恋爱的季节更能够流光溢彩：

花明月暗笼轻雾，今宵好向郎边去。刬[1]袜步香阶，手提金缕鞋。
画堂南畔见，一向偎人颤。奴为出来难，教郎恣意怜。

据陆游《南唐书》记载，当时周皇后病重，一日突然见到妹妹正在宫中，不觉惊愕道："汝何日来？"妹妹年纪尚小，不知避嫌，径自答道："既数日矣。"皇后不禁妒恨交加，不几日便去世了，而在去世之前一直愤愤地面向墙壁躺着，再不肯为李煜转过脸来。

是女人特有的敏感让皇后察知了自己的妹妹与丈夫已经发生了不该有的恋情，其实在当时的社会里，姐妹共事一夫并没有半点违逆人伦的地方。但女人心性毕竟善妒，无论社会上流行着怎样的制度与道德，只要有了爱情，嫉妒总会如影随形。那些被男权社会标榜的贤淑不妒的女子其实是最可怜的，因为她们从来没尝过爱情的味道。

后来妹妹成为新的皇后，人们便以大周后、小周后的称谓来区别她们。回忆当初偷情的场面：她生怕被人看到，于是手提金缕鞋，只穿着袜子轻巧巧地来画堂南畔见他；正因为偷偷出来一次实在太难，所以既然见了面，便任由他恣意怜爱吧。

这当然不是什么堂堂正正的事情，所以即便在当时也招来了不小的非议。当小周后正式册立，群臣上表恭贺的时候，元老大臣韩熙载（名画《韩熙载夜宴图》的主角）公然以诗讥刺李煜失德，李煜只沉浸在与小周后的甜蜜爱情里，对外界的一切风声物议装聋作哑。

---

① 刬（chǎn）：光着。

| 5 |

有如胶似漆的爱情，有纸醉金迷的纵恣，有言出令随的君权，有当世第一的文学天赋，写出来的词自有一番无人能及的神采。下面这首《浣溪沙》正是令人惊叹地写出了淫靡之美：

红日已高三丈透。金炉次第添香兽。红锦地衣随步皱。
佳人舞点金钗溜，酒恶时拈花蕊嗅。别殿遥闻箫鼓奏。

这样的描写已经算是公然的白昼宣淫了，“红日已高三丈透”不是歌舞的开始，而是前夜的持续。金兽香炉里已不知多少次烧尽了熏香，又多少次添上了熏香；舞女翩翩盘旋，红地毯随着舞步生出一个个新的皱褶。看她在舞步回旋中任金钗从发髻滑落，手拈花蕊，嗅一嗅花香来缓解酒意。这里的歌舞尚未阑珊，别殿的箫鼓声远远传到耳边，这样的歌舞欢愉仿佛可以直到天荒地老。

清人贺裳《皱水轩词筌》特别拈出“酒恶时拈花蕊嗅”，称之为“入神之句”。确实这一句写尽了舞女的活色生香，已经有王国维所谓“神秀”的模样了。而这样的“入神”或“神秀”并非刻意推敲出来的，而是自然天成，甚至不避俚俗。“酒恶”便是当时形容酒醉的一则俚语，文人一般会用“中酒”这样的雅词。后主径自以俚语写来，仿佛全然不假思索。这样的风格，即将塑造出他将来真正当得起“神秀”之评的杰作。

| 6 |

欢饮达旦、不知今夕何夕的日子终究不会久长，随着北方赵宋帝国的兴起，南唐王朝国事日蹙，渐渐显出了风雨飘摇的颓势。强敌压境，天知道下一刻会不会就是“门外韩擒虎，楼头张丽华”的绝境呢？

无论李煜如何忍辱求全，一代雄主赵匡胤终究“卧榻之侧岂容他人鼾睡”。

数年之间，这个文明鼎盛的江南亡国便冰消瓦解，李煜从一国之君沦为阶下之囚，他的词作也终于“眼界始大，感慨遂深”，正应了清人赵翼那句名言：“国家不幸诗家幸，赋到沧桑句便工。”这般刻骨铭心的“伤痕文学”，实在是以天翻地覆的人生落差为代价的。

“四十年来家国，三千里地山河”，这样的词句，自然是“眼界始大，感慨遂深”，既不是别人写得来的，也不是歌女唱得来的。后人欣赏着李煜的这些作品，才知道词原来可以这样写。尤其与《花间集》对照，与温庭筠与韦庄的词集对照，其间的反差真有惊心动魄的力量。

“‘自是人生长恨水长东’‘流水落花春去也，天上人间’，《金荃》《浣花》，能有此气象耶？”《金荃》即《金荃词》，是为后人所辑录的温庭筠词集。《浣花》即《浣花词》，是为王国维等人所辑录的韦庄词集。本章以《金荃词》《浣花词》代指温庭筠与韦庄的词作，旗帜鲜明地将李煜置于温庭筠与韦庄之上。后者一以句秀，一以骨秀，一为“画屏金鹧鸪”，一为“弦上黄莺语”，在李煜词前顿觉境界窄小。但是，《人间词话》第八章明明讲过“境界有大小，不以是而分优劣”，如果不是王国维不经意间出现了自相矛盾的失误，那么他的意思也许是说：境界的大与小虽无优劣可言，词人的艺术造诣却还是可以分出高下的。

“周介存置诸温、韦之下，可谓颠倒黑白矣”，周介存即周济，清代嘉庆、道光年间的词学大师，他曾将李煜置于温庭筠、韦庄之下，王国维直截了当地说他“颠倒黑白”。这样的评语，在时人看来简直有点狂妄了。

| 7 |

周济，字保绪，一字介存，号未斋，又号止庵，别号介存居士。

周济是个文武全才的人，少年时好读兵书和史书，而且弓马娴熟，练就一身好武艺，为官之后曾亲身缉捕盐枭，镇压叛匪，很是建了一些武功。但周济自负有经世致用之材，毫不将这点勋劳放在心上，一心要做管仲、乐毅的事业。现实偏偏不能令他如意，他便索性隐居南京春水园，潜心著述，决心为后世立言。

有立言志向的人通常不会耽于填词小技，周济却是一个例外。正是在他的身上，滥觞于张惠言的常州词派才真正发扬光大，成为清代词坛的一大流派。

当然，周济的立言成就远不止于词学，他以毕生心血完成了一部《晋略》，意在分析五胡乱华的那段历史，来为嘉庆、道光年间的时局提供某种镜鉴。太在意实用性的东西往往会随着世易时移而被人遗忘，《晋略》亦不例外，而周济的词学成就却牢牢镌刻在文学史上。

文人传统里，毕竟以填词为小道，所以不肯全力以赴，但周济不同，他完全将词学当成一件严肃正经的事业来做。因为在他看来，音乐是最可以直指人心的艺术，而随着时代的变迁，诗与音乐渐渐分家，词却与音乐的关系最近，所以词往往比诗更加感人肺腑。

道光十二年（1832），周济编成《宋四家词选》，以周邦彦、辛弃疾、王沂孙、吴文英四家分领一派，选录宋代词人五十一家，词作二百三十首。周济在《序论》里说自己从年轻时沉迷填词，与张惠言的外甥兼女婿董士锡切磋经年，观念经过三次转变，直到如今年逾知命，终于找到了词学的正途。

清代词家追慕周邦彦、吴文英，与周济的词学主张以及这部《宋四家词选》关系极大。而周邦彦的词作魅力，在周济看来属于“浑化”。若我们以“浑化”为最高标准，就很容易理解为什么周济会推崇温庭筠的作品。

当然，常州派祖师张惠言首推温庭筠，这是门派家风，而周济发挥说：温词酝酿最深，故而其言不怒不慑，刚柔兼备，不着痕迹。《花间集》极有浑厚气象，其中以温词最是神理超越，不能只从表象理解。然而在细细咀嚼之下，便会发现字字皆有脉络。(《介存斋论词杂著》)

| 8 |

王国维认为周济竟然将李煜置于温庭筠、韦庄之下，纯属“颠倒黑白”，其实这实在误解了周济。周济《介存斋论词杂著》这样讲过：“毛嫱、西施，天下美妇人也，严妆佳，淡妆亦佳，粗服乱头，不掩国色。飞卿，严妆也；端己，淡妆也；后主则粗服乱头矣。”这是用美女来比词人，说毛嫱、西施都是绝代佳人，浓妆也美（周济望文生义地将严妆理解为浓妆了），淡妆也美，就算只穿着粗布衣裳、蓬头乱鬓，也遮掩不住天姿国色。温庭筠、韦庄和李煜仿佛也都是绝代佳人，只不过温庭筠是浓妆美女，韦庄是淡妆美女，李煜是穿着粗布衣裳、蓬头乱鬓的美女。

周济其实仅仅阐释了三人风格的不同而已，并不曾认为浓妆胜过淡妆，淡妆又胜过素颜。他对李煜的评价其实中肯而到位，李煜的词岂不正是“清水出芙蓉，天然去雕饰”吗？

周济还编撰有一部《词辨》，将词分为正声与变体两类。正变之分并非周济的原创，经学家早已以这样的方式来论析《诗经》，明人张綖《诗余图谱·凡例》亦早已将词分为婉约、豪放两类，以前者为正声，以后者为变体。周济袭用前人正变之分，只是有自家的分类原则：以蕴藉深厚、归诸中正者为正声，以骏快驰骛、豪宕感激者为变体。

所以周济《词辨》《宋四家词选》为填词者清晰指点出创作津梁，今天如果仍有人愿学填词，读周济这两部书远比读王国维《人间词话》来得要有实效。朱孝臧曾以一首《望江南》总括周济一生的词学事业：

金针度，《词辨》止庵精。截断众流穷正变，一灯乐苑此长明。推演四家评。

周济用心良苦，终是要把金针度与人的。

《词辨》十卷，第一卷以温庭筠为正声之起首，第二卷以李煜为变体之起首。乍看起来，似乎变体不及正声，其实在周济的词学体系里，正与变只是美的不同类型罢了，正如“骏马秋风冀北”与“杏花春雨江南”，各是一种美丽，彼此不分轩轾。尤其所谓变体还意味着独创性与革命性的一面，既然“词至李后主而眼界始大，感慨遂深，遂变伶工之词而为士大夫之词”，这难道不正是变体应有的模样吗？

| 9 |

《人间词话》本章，王国维拈出李煜的两句词以为“眼界始大，感慨遂深”的代表，而这两句词都是以国破家亡为代价的，使李煜的眼界不得不从“归时休放烛光红，待踏马蹄清夜月”的狭小宫廷中开阔出来，使李煜的感慨不得不从“奴为出来难，教郎恣意怜”的情爱世界里深入到茫茫宇宙人生。

“自是人生长恨水长东”语出《相见欢》：

林花谢了春红，太匆匆。无奈朝来寒雨晚来风。
胭脂泪，留人醉，几时重。自是人生长恨水长东。

这首词化自杜甫“林花着雨燕脂落”，情调却没了杜诗的沉静，只有李煜特有的凄怆。

起句说“林花谢了春红”，无非见花落而伤春，只是个平常的意思，但“太匆匆”三字一出，情绪便陡然爆发出来。这正是“粗服乱头”的写法，平白如话，不假任何思索与雕琢，却胜过所有的精美修辞，也再难找出另外三个字来取代它们。写作从来不是要寻找最美丽的词语，而是要找到最恰当的词语，并将它放在最恰当的位置上。

“无奈朝来寒雨晚来风”，“朝来”和“晚来”构成了修辞的力量，“无奈”不是凡夫俗子的无奈，而是一国之君的无奈——面对自然界的朝雨晚风对花儿的轮番摧残，面对命运的金戈铁马对孱弱者的无休无止的欺凌，纵使贵为帝王又能有几分还手之力呢？

“胭脂泪，留人醉，几时重”，林花着雨，凄美的样子令人迷醉，不知道还能有花儿重开、故人重来的时候吗？一切终归抵挡不住命运，所以花儿必定凋谢，江水必定东流，人生也必定被痛苦占满，“自是人生长恨水长东”，这都是人力所不能扭转的事情啊。

李煜对江水东流自有一番特殊的感慨，因为金陵城下的长江一向都是南唐的天堑。他曾经相信无论北周也好，赵宋也罢，任凭有武将如云，谋臣如雨，总还没有南渡长江的本领。江水滔滔东流，曾经带给他的不是无休的愁烦，而是无限的安慰。

千军万马横渡长江，还要冲破南唐的江岸防线，在当时的确不啻痴人说梦，但谁想到人力终于可以胜天呢，更有谁想到完成这件不可能任务的竟然只是南唐的一介书生。没有人看得起这个名叫樊若水的书生，他是那样自负才华，却总也考不中科举，而一个没有功名的人注定不会有任何前途。虽说儿不嫌母丑，但一位母亲天然便会无条件地爱自己的儿子，一个政权却未见得天然就会无条件地爱自己的臣民。于是，在国家大义与个人发展的纠结里，樊若水毫无悬念地选择了后者。

樊若水是一个有心人，看得出天下大势的枢纽。自此以后，他时而伪装成江边的钓徒，时而为江边的古刹营建工程，暗地里完成了采石矶一带的全部地形测绘，甚至丈量出当地江面的宽度。正是在樊若水这位总工程师的策划下，浮桥仅三日而成，不差尺寸，赵宋大将潘美率步兵渡江，若履平地。而对于李煜，这支大军的到来不啻从天而降，他那颗词人的心许久都不敢相信连滔滔东去的长江也“背叛”了自己。“自是人生长恨水长东”，李煜的江水确实载满了太多的内容。

| 10 |

“流水落花春去也，天上人间”语出《浪淘沙》：

帘外雨潺潺。春意阑珊。罗衾不耐五更寒。梦里不知身是客，一晌贪欢。
独自莫凭阑。无限江山。别时容易见时难。流水落花春去也，天上人间。

宋人蔡絛《西清诗话》载有这首词的来历：当时南唐已亡，李煜“一旦归为臣虏”，在赵宋都城汴京过着被软禁的日子。每次朝觐宋太祖后，最禁不住怀念江国，更念及妃嫔散落，郁郁寡欢，于是写下这首词自伤自怜。

上阕写五更惊梦的样子。五更是凌晨三点到五点的时间，本该是入睡最沉的时候，词人却醒着，似乎是被帘外的潺潺细雨声惊醒，似乎是被春光将尽时的夜寒冷醒，似乎要怪天气太阴、被子太薄，然而不是，是“梦里不知身是客，一晌贪欢”。是梦里又回到金陵，回到曾经有雕栏玉砌的江南国土，回到“归时休放烛光红，待踏马蹄清夜月”的盛宴，在片刻贪欢之后便是陡然的心惊。

帘外是春意阑珊，江南何尝不是国运阑珊，自己的生命又何尝不是同样在阑珊凋萎中。罗衾为什么耐不住五更的寒意？因为这寒意是从心底来的，是命运压在自己身上的，是无论如何也抵抗不了的。

上阕是感性的、直接的痛，下阕是理性的、反思的痛：醒来后再也无法入睡，起来披衣远眺，本想纾缓一下情绪，却油然生出了故国乡关之思，所有的慨叹都化作一句“流水落花春去也，天上人间”。命运就是这样，像流水，像落花，无可挽回。“天上人间”四字最是精彩，最见出诗歌语言“歧义空间”的魅力：这四个字到底是什么意思呢？和上一句有什么关系呢？我们可以设想出很多种解释，生发出很多种感慨，而我们的解释与感慨越多，也就越发能够感受词人那种百味杂陈却难以言表的复杂心绪。

周济评价李煜“粗服乱头，不掩国色”，王国维评价李煜“眼界始大，感慨遂深”，其实谁都没有说错，都说中了李煜词艺的一面，只是王国维说中的那一面更加探及本质。当然，这还不是全部的本质，因为它难以面对这样一个问题：宋徽宗与李煜有极其相近的人生经历，也有极其相近的文艺才华，为什么宋徽宗在国破家亡、归为臣虏之后完全不及李煜眼界之大、感慨之深呢？

道理其实也简单：李煜比起宋徽宗，虽然同属昏君，却实在是一个天真的昏君，人们对李煜并没有太多的谴责，正如人们不忍心去责备一个弄坏了玩具、搞脏了浴室的孩子。

附记：帝王之泪与百姓之泪

帝王的泪水总会赢得人们更多的同情，这实在是人类的天性使然。后人同情李煜，但很少有人念及李煜治下的那些不堪重负的南唐百姓；正如后人崇敬汉武大帝的丰功伟绩，但倘若这些崇敬者当真了解那些丰功伟绩背后的百姓生活，一定没有谁愿意去做这位千古一帝治下的子民。

白居易《长恨歌》写唐玄宗与杨玉环“天长地久有时尽，此恨绵绵无绝期”，千家争诵，罕有人会有金人高有邻《马嵬》那样的视角：

事去君王不奈何，荒坟三尺马嵬坡。归来枉为香囊泣，不道生灵泪更多。

清代袁枚也有一首《马嵬》绝句：

莫唱当年长恨歌，人间亦自有银河。石壕村里夫妻别，泪比长生殿上多。

千百万生灵之泪，石壕村夫妻之别，在唐玄宗与杨玉环美丽爱情故事的光彩下注定黯然失色，这虽然有点荒谬，却并不令人意外，正如今天明星们发布在微博上的自作多情的一点点忧伤总是会轻易打动无数人“心底最柔软的地方”。审美的各种原理，归根结底都是源于人类共通的心理结构。

［十六］

词人者，不失其赤子之心者也。故生于深宫之中，长于妇人之手，是后主为人君所短处，亦即为词人所长处。

| 1 |

词人是不失其赤子之心的人，言下之意是：我们每个人生来都具备赤子之心，只是随着年纪渐长、社会阅历渐丰，赤子之心便渐渐丧失掉了。只有极少数的人在成年之后仍不失其赤子之心，李煜正是一个典型的例证，“生于深宫之中，长于妇人之手”，对世态炎凉、人情冷暖缺乏普通人的体验。所以治国则不晓得民间疾苦，填词却可以不受世俗的沾染。

“赤子之心”在今天的含义已经很与古代不同。今天常常以这个词来形容爱国华侨，说他们对祖国母亲怀有一颗拳拳赤子之心，然而在王国维那里，“赤子之心”完全不是这个意思。

“赤子”的本义是婴儿，初生婴儿全身通红，所以叫作赤子。赤子在中国古典哲学里是一个很玄妙的概念，《老子》第五十五章有讲："含德之厚，比于赤子。毒虫不螫，猛兽不据，攫鸟不搏。骨弱筋柔而握固。未知牝牡之合而朘作，精之至也。终日号而不嗄，和之至也。"

这段话是形容得道高人返璞归真的境界，所返之璞，所归之真，就是初生婴儿的状态，这是一种精神修养上的逆生长。婴儿有如下特点：毒虫不伤他，猛兽不咬他，凶鸟不搏击他；虽然筋骨很柔弱，拳头却握得很紧；虽然还没有性意识，小生殖器却总是处于勃起的状态，这都是精气充沛的缘故啊；虽然整天哭个不停，喉咙却不会哭哑，这是元气淳和的缘故啊。

《老子》这段话其实很令人费解，试想倘若我们有足够的残忍心，将一个初生婴儿抛弃在荒郊野外，毒虫自然会吸他的血，猛兽自然会吃他的肉。无论这个孩子精力如何充沛，元气如何淳和，都不可能在毒虫与猛兽的世界里逃过一死。先秦时代的诸子百家中，道家总会将自然状态想得太美好，相信只要我们舍弃文明，返归质朴，那么无论是人与人之间还是人与自然之间都会和谐无争；儒家总会将自然状态想得太残酷，相信若不是有圣人制礼作乐，那么我们看到的必定是一个充满争端、你死我活的社会。今天我们有了足够的心理学知识和人类学知识，反观古代学术，会发觉道家与儒家各自走向了一个极端。但为了理解古人，我们必须暂时将现代学术置诸脑后，以一颗质朴的心以及满怀同情的理解来感受一下那些久远而蒙昧的认识。

| 2 |

历代解读《老子》，影响力最大的是曹魏时代的玄学家王弼。王弼对《老子》第五十五章的解释是这样的：赤子无欲无求，所以谁都不会冒犯，所以毒虫猛兽才不会招惹他。——这真是一个从未养过孩子的人才会有的见解啊。王弼是一位早夭的天才，如果天假时日，让他养上几个孩子，恐怕他就会被赤子们的欲求搞得应接不暇了。

当然，王弼的理解完全合乎道家思想的一贯性，但如果李煜真如王国维所言“不失其赤子之心”，又怎会招致赵匡胤这头猛兽的伤害呢?

儒家也提出过“赤子”的概念,《孟子》有讲“大人者，不失其赤子之心者也”，显然是王国维“词人者，不失其赤子之心者也”一语最直接的本源，只是“大人”被替换为“词人”罢了。

对《孟子》这一语应当如何理解，考虑到王国维所处的时代背景，我们最有必要参考一下朱熹《孟子集注》的看法。在朱熹看来，孟子所谓“大人”，约略就是圣人：大人之心，通达万变；赤子之心，纯真无伪。两者貌似截然相反，然而大人之所以为大人，正因为他不会堕入物欲，于是保全了与生俱来的那份纯真，而由此扩而充之，则无所不知，无所不能，达到做人的极致。

朱熹对《孟子》的解读看上去并不比王弼对《老子》的解读更加令人信服多少，但毕竟《孟子》这段话独立成章，没有任何上下文可以让我们参照。清代学者焦循《孟子正义》给出过极尽详细的考证，引《尚书》《荀子》《说苑》为证，认为所谓“大人”是指统治阶层，“赤子”形容平民百姓，孟子的意思是统治阶层治理百姓应当有父母爱护婴儿之心。婴儿实在太过弱小,《老子》那些夸张描述全不可靠，只有照顾到无微不至的程度，婴儿才可以健康成长，统治阶层对百姓正该如此。

焦循的考证长篇大论，我在这里很难尽述，只能说以我的个人判断而言，更加倾向于焦循的意见。在焦循的意见里，赤子是孱弱无助的，任何一点小小的伤害都承受不起，需要人们的呵护备至。这样的赤子，倒真是一副李煜的模样。

| 3 |

在王国维所沉迷的西方哲学里，“赤子之心”也是一个很重要的概念。

尼采有一部《苏鲁支语录》，又译《查拉图斯特拉如是说》，主人公是一位名叫苏鲁支的智者，得道下凡，向世人说教。苏鲁支得道的表征正是“变为小孩了”。赞美孩童一度是西方浪漫主义运动中的风气，这说明孩童的一些特质正是当时社会上缺乏的东西。

尼采还讲过精神的三种转变，从骆驼变为狮子，从狮子变为婴儿。为什么勇猛的狮子要变成婴儿呢？婴儿比狮子强在哪里呢？尼采有一番玄妙的解释："婴儿乃天真，遗忘，一种新兴，一种游戏，一个自转的圆轮，一发端的运动，一神圣的肯定。"（徐梵澄译《苏鲁支语录》）

尼采说话总爱用诗人的语言，如果我们要找一些朴素的说法，可以看看王国维的一篇《叔本华与尼采》，其中有一段对叔本华格言的翻译，与本章"词人者，不失其赤子之心者也"的句式完全一样："天才者，不失其赤子之心者也。"何以如此？上下文有很详尽的阐释（仍是叔本华的观念）：人从一出生，长到大约七岁，知识器官（大脑）就已经发育完全了，而生殖器官还没有发育完全，所以赤子能感受、能思考、能接受教育，对知识的渴望较成人为深，接受知识也比成人容易。一言以蔽之：赤子的智力胜于意志。也就是说，赤子的智力的作用远远超过意志的需要。所以从某方面来看，凡是赤子，都是天才；凡是天才，都是赤子。

在叔本华的哲学体系里，上述观点可以做这样的理解：小孩子的智力发育比生殖系统的发育要早，所以在这个阶段，他们在观察事物的时候并不受欲望的干扰，加之缺乏社会生活经验，眼光就更加单纯，而这正是所谓"纯粹认识主体"的特点。对王国维深有研究的佛雏基于叔本华的这一思想以及席勒的"游戏说"，对《人间词话》本章内容阐释说："所谓'赤子之心'，就是指儿童般的'天真与崇高的单纯'；所谓'为词人所长处'，就是类似儿童寻找游戏的、超乎个人利害关系之上的那种'单纯'的自由的心境。"（《人间词话三题》）

但不是所有人都能理解这种玄妙的看法，袁行霈在《中国诗歌艺术研究》里提出过一个很实在的问题："李后主如果没有长期宫廷生活的经验，固然写不出反映宫廷生活的作品；但正因为他只有宫廷生活的经验，而与广阔的社会生活很隔膜，所以他的词题材境界都较狭窄，这怎么能说是词人之长处呢？"

| 4 |

这貌似简单的一章引起过王国维研究者们的太多争议，至于我自己，倾向于一个最简单直接的看法，即以焦循《孟子正义》的阐释来理解何谓“赤子之心”，那么《人间词话》这一章的要点不过是说李煜如婴儿一般天真单纯，太容易受伤害，太不通人情世故，高兴了就写尽自己的高兴，悲伤了就写尽自己的悲伤，如实而来，如实而去，丝毫不懂得遮掩。无论是他对生活的穷奢极欲，他对爱情的三心二意，还是他对国家大事的一筹莫展，这三点换在任何人身上都理应换来十足的道德谴责，但谁会因此而谴责一个不谙世事的孩子呢？

从最低限度来说，王国维这个“赤子之心”的含义不可能是叔本华式的，因为李煜的词恰恰最反映自己的欲望，全是在利害关系里纠结着，一点都不的超然。如《相见欢》（林花谢了春红），如《浪淘沙》（帘外雨潺潺），哪里是以“类似儿童寻找游戏的、超乎个人利害关系之上的那种‘单纯’的自由的心境”来观察事物呢？无论看花儿凋谢还是听春雨潺潺，无一不投射出心底的悲戚，这至少应该算是《人间词话》第三章所谓“有我之境，以我观物，故物皆著我之色彩”，于是花也愁，雨也愁，整个世界弥漫着恨意。原本这只是他个人独有的伤与恨，他却以为全世界都如此，全人类都如此，所以“人生长恨水长东”。越是孩子气的人越是有这样的心理，这倒是今天的心理学真正揭示给我们的。而这样不可理喻的自我中心主义，正是文学艺术最需要的特质。

| 5 |

在《人间词话》手稿本里，这一章的结尾还有被删掉的两句：“故后主之词，天真之词也；他人，人工之词也。”这倒会使我们想起刘熙载论词的那首《虞美人》：“要全本色发天机，试问桃花流水岂人为。”

文学观念的主流一直都是文以载道、诗以言志，其实这就是儒家“内圣外王”理论的一种体现。因为既关乎内在的道德修养，又关乎外在的社会担当，所以“人工”最受重视而“天真”无关紧要。凡有创作，“发乎情”固然无可厚非，但最后一定要“止乎礼义”。

降及明代，异端分子李贽倡导“童心说”，传统意义上的文章道德、礼义廉耻突然间溃不成军。李贽《童心说》开宗明义：“夫童心者，真心也，……绝假纯真，最初一念之本心也。”所以“童心”成为唯一的审美标杆，写诗填词再不可“发乎情，止乎礼义”，而应当“发乎性情，由乎自然”。

李贽有一部论诗专著《读律肤说》，主旨可以归结为一句话：你是怎样的人，就去写怎样的诗。这样看来，写诗应该拒绝人工，一切本乎天真才好。只有这样，才是童心。

如果在当时挑一个最富童心的文人，自然非李贽莫属，我们不妨领略一下李贽的诗艺——我很艰难地选出了《除夕道场即事》三首：

其一

众僧齐唱阿弥陀，人在天涯岁又过。但道明朝七十一，谁知七十已蹉跎。

其二

坪上相逢意气多，至人为我饭楼那。烧灯炽炭红如日，旅夕何愁不易过。

其三

白发催人无奈何，可怜除夕不除魔。春风十日冰开后，依旧长流沁水波。

并不是我存心去挑选李贽最不入流的作品，实在因为这三首诗太能代表他的风格。这样的诗的确符合天真、童心的标准，但想来没人会认为这是好诗。李贽自己倒也有这点自知之明，他这样说过：“我于诗学无分，只缘孤苦无朋，用之以发叫号，少泄胸中之气，无白雪阳春事也。”

及至清代乾隆年间，袁枚首倡性灵，虽然也算继踵于李贽的童心说，却不曾走得那么极端。袁枚认为写诗为人固然需要后天的学力，但用笔构思全凭天分。依这个标准来看，李贽就属于全无诗歌天分的，所以无论他再如何童心真纯，写出来的诗也太不像话。

袁枚还讲过“诗人者，不失其赤子之心者也”，与王国维“词人者，不失其赤子之心者也”如出一辙，可以算是王国维“赤子之心”这一理论在传统诗论里最直接的渊源了。王国维发扬自李贽、袁枚以来的传统，用以发扬的武器便是他学自康德、叔本华、尼采的哲学与美学，这将在接下来的两章里慢慢道出。

附记：周济的词

周济有一首《蝶恋花》，与李煜《相见欢》（林花谢了春红）写相近的景象与情绪，若能将这两首词细细对比，就可以体会出常州词派所推崇的含蓄寄托风格与李煜的粗服乱头风格究竟有怎样的差异，以及为什么周济会将李煜的词风视为词的变体：

> 络纬啼秋啼不已。一种秋声，万种秋心里。残月似嫌人未起。斜光直透罗帏底。
>
> 唤起闲庭看露洗。薄翠疏红，毕竟能余几。记得春花真似绮。谁将片片随流水？

络纬即莎鸡，俗称纺织娘，夏秋夜间振羽作声，声如纺线，故名络纬。在诗歌套语里，络纬是表示秋天的符号。秋心即愁绪，语出吴文英“何处合成愁，离人心上秋”，上秋下心即合成一个“愁”字。薄翠疏红，形容秋天绿叶与红花一并稀疏、凋零的景象。

不同于李煜《相见欢》有直指人心的力量，周济这首《蝶恋花》总要人反复回味，慢慢体会出隐在字里行间的深切情感。两首词的情绪其实一样的浓烈，而李煜词的悲哀如同婴儿的号哭，当即便激起你的同情，让你再无余暇去考虑别的什么；周济词的悲哀如同一个历尽沧桑的人在不动声色中静静淌下一滴泪水，若你只是匆匆一瞥或是阅历不足，便不会读出这一滴泪水的背后有着如何的波澜壮阔。

［十七］

客观之诗人，不可不多阅世。阅世愈深，则材料愈丰富、愈变化，《水浒传》《红楼梦》之作者是也。主观之诗人，不必多阅世。阅世愈浅，则性情愈真，李后主是也。

| 1 |

本章将诗人分为两类：客观诗人和主观诗人。顾名思义，前者的创作需要仰仗丰富的社会经验，对客观世界了解得越深入，掌握的材料就越是丰富多彩，《水浒传》和《红楼梦》的作者就是这样的人；后者则恰恰相反，涉世浅反而是创作的优势，因为越是不谙人情世故，才越是能够保有真实的性情，李煜就是这样的人。

这一章的内容看似简单，却很是显露出王国维美学的矛盾与复杂。

首先我们会有这样一个疑惑：《水浒传》《红楼梦》都是鸿篇巨制，施耐庵、曹雪芹这两位小说家如何就变成"客观之诗人"了呢？和填词的李煜根本就在不同的文学范畴里，又如何可以做这样的对比呢？

王国维之所以将小说与诗词划入同一个文学范畴，统一以诗歌称之，这完全基于西方的美学传统，尤其是叔本华的美学传统。叔本华最贬低文学的主观性，还将各种文学体裁做了一个由低级到高级的排序：位于文学序列最低端的是抒情诗，因为抒情诗的主观性最强；最高端的是戏剧，因为戏剧完全摆脱了主观性，是一门客观的艺术。在这个序列里，小说的位置比抒情诗高出很多，比史诗稍高一点，比戏剧稍低一点，因为小说虽然不像戏剧那样完全排除了主观性，但毕竟已经将主观性降到很低了。当然，在叔本华的时代里尚未出现各种现代派小说，倘若他有缘读到伍尔芙、乔伊斯、普鲁斯特的意识流小说，一定会彻底改写自己的文体排序。

在一切戏剧形式里，叔本华最推崇悲剧，因为悲剧“以表出人生可怕的一面为目的，是在我们面前演出人类难以形容的痛苦、悲伤，演出邪恶的胜利……此中有重要的暗示在，即暗示着宇宙和人生的本来性质”，观赏悲剧会带来“清心寡欲，并且还不仅是带来了生命的放弃，直至带来了整个生命意志的放弃。所以我们在悲剧里看到那些高尚的人物或是在漫长的斗争和痛苦之后，最后永远放弃了他们前此热烈追求的目的，永远放弃了人生一切的享乐，或是自愿的，乐于为之而放弃这一切”。(《作为意志和表象的世界》)

简言之，悲剧的强大震慑力会揭示出人生最根本性的苦难，使人产生放弃生存意志的觉悟。这样一种悲观主义哲学在今天这个处处呼唤正能量的时代里，恐怕比在任何时代都更加令人难以接受，它只吸引王国维这样天生便带有浓郁的悲剧气质的人。

王国维对客观诗人与主观诗人的划分完全移植自叔本华的这一排序。所谓客观诗人，大略相当于叔本华眼里的史诗作者、小说家和戏剧家；所谓主观诗人，大略相当于叔本华眼里的抒情诗人。而在学术移植的过程里，王国维并未对名词概念加以准确界定，以至于施耐庵、曹雪芹（倘若我们笃定他们就是《水浒传》《红楼梦》的作者的话）从小说家变成了诗人。但是，这还仅仅是这一次学术移植中出现的较小的一个麻烦。

更大的一个麻烦是：叔本华之所以设置那个序列，是为了说明文学体裁因为主观性含量的不同而有高低贵贱之别，例如抒情诗，哪怕写得再好，也只是低层次的艺术。

但王国维不这么看，他把客观诗人和主观诗人放在同等的地位上，认为他们只是类型不同，却没有高低贵贱之分，一首几十字的小词不一定就比一部几百万字的小说低级。

那么，这里王国维对叔本华的反对，是否意味着他在反对叔本华的“美是客观的”这个命题呢？也不尽然，在《人间词话》下一章“后主则俨有释迦、基督担荷人类罪恶之意”这一句里可以看出几分线索，我们也留到下一章再做分析。

| 2 |

本章的内容是如此与中国人的常识相悖，所以历来就有许多质疑和责难。最典型的意见是：李后主恰恰因为做了亡国之君，在天翻地覆的剧变里阅世极深、感受极切，所以才写出了那么多第一流的作品，如果只看他在亡国之前的南唐小朝廷里写的词，也不见得有多好，那不正是阅世最浅的时候吗？

也有人这样指出王国维的自相矛盾：如果阅世愈浅则性情愈真，性情愈真则赤子之心愈纯，赤子之心愈纯则愈能创作出优秀作品，那么李后主最好的作品不该是亡国被俘之后的那些，而应该是在此之前的那些。被俘之后，他的赤子之心必定破损，而赤子之心最纯最真的时候一定是在养尊处优的年轻时代。但是，《人间词话》论及李后主的词有十几次之多，称道的皆是他亡国被俘之后的作品，这究竟是什么道理呢？

毕竟《人间词话》是新旧交替时代的作品，所以带有不少中国传统文论的模糊感，不比现代学术这般严谨。王国维在这一章里的主要意思应该是：“深宫之中，妇人之手”的成长环境使李煜相对隔绝于外部世界，所以不谙世故，心性如同一个孩子，而正是这个特点，才使他在遭遇剧变的时候能以真性情抒写自己的感受，而不是卧薪尝胆或韬光养晦。的确，若没有国破家亡的“阅世”

经历则不足以成就李煜的文学高度，只不过王国维这里强调的，是造成这一结果的主观性的一面。

所以，上述的质疑最恰当的标靶其实应该是叔本华美学，因为在叔本华眼里，客观世界的阅历对于真正的艺术家来说不过是可有可无的补充。莎士比亚就是一个很能说明问题的例子。在我们看来，莎翁之所以创作出那么多经典的戏剧，塑造出那么多性情各异的人物，自然是他深深扎根于生活的结果；但叔本华认为，莎翁的成就来源于他具有普通人所欠缺的“人性的预期”，也就是说，莎翁有一种迅速而准确地把握各种性格之“理想”的能力。

| 3 |

在新中国的文学批评传统里，最强调主观与客观的统一，也就是说，诗人既要有主观上的真诚，又要有丰富的生活阅历，这样才能创作出优秀作品。而在西方的批评传统里，情况就要复杂许多，如普鲁斯特，以一颗敏感的心灵过着极端封闭的生活，结果却写出了《追忆似水年华》这样有里程碑意义的鸿篇巨制。

《追忆似水年华》是一部诞生于亦仅适宜于慢时代的长篇小说，在今天这个快餐时代注定不会拥有任何真诚的读者。除非你是一个既无忧无虑又无欲无求的人间另类，才有可能在一间永远飘着咖啡香气的舒适房间里花费上千个日夜来消磨普鲁斯特所有的家长里短与心灵呓语。这位作者是一个如此孱弱而敏感的人，心中一点点小题大做的波澜就能写满几十页的篇幅，更折磨人的是他还不喜欢分段。

再如卡夫卡、狄金森，也是这一类的典型人物。他们完全没有深入到人民群众当中去，和人民群众打成一片，只是一味地以小资产阶级的腐朽趣味进行着闭门造车式的写作，似乎半点都对不起文学史慷慨赐予他们的崇高地位。

这或许是一个应该如何理解所谓生活阅历的问题——本雅明讲过一种极端的情况：一个人在牢房里过一辈子，也是一种阅历。这就意味着：第一，“绝对的没有阅历”在现实生活中是根本不存在的；第二，没有阅历其实也是一种阅历，并且是一种相当独特的阅历。（当然，有些人因为坐牢之前有过丰富的生活阅历，所以在牢狱生涯里就有了数不尽的回忆可供写作，还可以基于回忆生发许多崭新的想象。萨德就是典型的例子，也许很多人，尤其是那些尚未彻底脱离低级趣味的人，更喜欢这样的作家。）

[十八]

尼采谓："一切文学，余爱以血书者。"后主之词，真所谓以血书者也。宋道君皇帝《燕山亭》词亦略似之。然道君不过自道身世之戚，后主则俨有释迦、基督担荷人类罪恶之意，其大小固不同矣。

| 1 |

王国维借用尼采的话，说李煜的词是"以血书者"。又因为尼采说"一切文学，余爱以血书者"，似乎这种用血写就的文学层次最高。但我们看李煜在亡国之后的创作和生活，整日只有哭哭啼啼、悲悲切切，泪水多到可以"日夕洗面"，血却不见半滴。这样的人，这样的作品，恰恰是尼采最看不起的。

"一切文学，余爱以血书者。"这句话出自尼采的《查拉图斯特拉如是说》，该书以 20 世纪 30 年代徐梵澄的译本《苏鲁支语录》最是有名。徐译本原文是：

“凡一切已经写下的，我只爱其人用其血写下的。用血写，然后你将体会到，血便是精义。”但在新译本里，“血”变成了“心血”：“一切写作之物，我只喜爱作者用自己的心血写成的。用你的心血写作吧，你将知道心血便是精神。”很遗憾我没有阅读德语原文的能力，无法判断译本的优劣，只能说徐译本更诗意些，新译本更通俗些。

联系《苏鲁支语录》的上下文来看，尼采首先要表达的意思是：最高端的作品是作者用血写就的，所以读者就算不必同样用血去读，至少也要做出用血去读的姿态，因为别人的血总是不容易读懂的；以消闲的态度来读书的人是最可恨的，但无奈这样的人最多，所以最好不要让每个人都有读书的权利，否则的话，不但会损害写作，更会损害思想。

在今天这个文化快餐的时代里，我们不得不承认尼采的这番见解虽然貌似偏激，却是真正的远见卓识。阅读，要么是一种功利行为，譬如为了考研、考公务员、考事业单位、考各种资格证书；要么是一种纯粹的休闲娱乐，譬如用各种玄幻小说和爱情故事来消磨时光；即便是阅读真正意义上的文学、艺术、思想类的作品，事情也会像19世纪美术评论家冈仓天心所哀叹的那样：“令人非常遗憾的是，当今人们对艺术作品的表面上的狂热，其实并没有真实的感情基础。在我们这个民主的时代，人们无暇顾及自己的感觉，而是纷纷扰扰地追捧世间普遍认为最好的东西。他们追求的是高价，而不是高雅；他们追求的是流行，而不是美。对于普通大众来说，比起他们假意推崇的早期意大利或足利时代的巨匠，他们所身处的工业时代的高级产品——花花绿绿的杂志，能够为他们提供更加容易消化的艺术享受的食粮。对他们来说，比起作品的质量本身，艺术家的名气更为重要。正如几个世纪前的一位中国评论家曾经慨叹的那样：‘世人用耳朵来评论绘画。’正是真正鉴赏力的缺失，造成了今天仿古作品泛滥的局面。”（《茶之书》）

但无论我们是否喜欢这样的情形，也必须承认这就是平民社会所必然呈现出来的阅读风尚。尼采与冈仓天心都是在徒劳地缅怀那个终将随风而逝的贵族社会罢了，而且，即便真的在贵族时代，贵族从来也是为数不多的。

| 2 |

尼采还提出了下述两个命题：一、深知读者的人，不会再给读者写作；二、读者应该是“伟大高强”的。倘若当真采信这样的严苛标准，那么非但我是不配写书的，我的各位读者同样也不配读书，因为，若没有意外情形的话，你我都不是尼采哲学中的“超人”。

但是李煜，他难道就是一个合格的作者吗？《苏鲁支语录》的下文完全揭晓了答案，譬如“你们望着上方，倘若你们希望高超。但我向下看，因为我已在高处”，再如“你们中间谁能大笑而又超然？谁攀登最高峰上，将嘲笑一切悲剧，与悲哀的严肃”，再如“智慧是一个女郎，始终只爱一个战士”。至于李煜，既没有站在高处笑看人生悲喜，显然更不是一个战士，只是一个受了重创的大孩子罢了。

所以《人间词话》本章对尼采的引述即便不是断章取义，至少也是望文生义，王国维所谓“以血书”的真实含义，其实是中国传统里的“杜鹃啼血”——古蜀国的国君杜宇惨遭亡国之痛，化为杜鹃鸟，啼声凄厉，啼到血出才会停歇。譬如南宋亡国之后，成为元军俘虏的文天祥被押往大都，途经金陵时写下“从今别却江南路，化作啼鹃带血归”的诗句，这是对故国做出的诀别，说自己的魂魄一定会化作啼血的杜鹃，飞回这片深爱的土地。

文天祥的诗词，是真正尼采意义上的“以血书者”，如《沁园春·题潮阳张许二公庙》：

为子死孝，为臣死忠，死又何妨。自光岳气分，士无全节；君臣义缺，谁负刚肠。骂贼张巡，爱君许远，留取声名万古香。后来者，无二公之操，百炼之钢。

人生翕歘云亡。好烈烈轰轰做一场。使当时卖国，甘心降虏，受人唾骂，安得流芳。古庙幽沉，仪容俨雅，枯木寒鸦几夕阳。邮亭下，有奸雄过此，仔细思量。

这首词是为广东潮阳张巡、许远庙而作。唐代安史之乱，张巡、许远固守睢阳孤城，城破就义，是那八年战乱中最可歌可泣的一段历史。而张巡、许远的气节，正是南宋末代王朝最缺少的东西。感时伤世，当文天祥感叹人生如白驹过隙，“好烈烈轰轰做一场”的时候，没有半点的矫情、孱弱和无奈。

以词艺论，这首《沁园春》直白得仿佛不假任何思量，而且言尽处即意尽处，所以，无论是常州词派的意内言外、寓托深远，浙西词派的春容大雅、盛世元音，神韵派的羚羊挂角、不着痕迹，都与它不存半点关系。但是，倘若尼采可以读得懂中文，一定会认为这样一首既无撕心裂肺亦非顿足捶胸的词才是真正的“以血书者”。

| 3 |

清代词坛当真有过一个称得上“以血书”的流派，即活跃于顺治、康熙年间的阳羡词派。

阳羡即今天的江苏宜兴，是清代初年一处极敏感的政治区域，这是因为阳羡在晚明年间出了许多东林党、复社的骨干；而在王朝鼎革之际，这里守节殉难的义士最多；及至满清政府已经稳稳统治住全国，阳羡又成为明代遗老遗少的隐逸渊薮。所以在这一片弹丸之地上，长久弥漫着一种非暴力不合作的气氛。

遗老遗少们在复国无望之下寄情诗词，常有大手笔、大题目，笔尖含血带泪，成就以陈维崧最高。陈维崧是明代世家子弟，乃父陈贞慧与侯方域、冒襄、方以智并称“四公子”，是晚明政坛与文坛最耀眼的风云人物之一。明亡之后，陈贞慧做了遗老，足迹不入城市，他的兄长陈贞达和堂弟陈贞禧皆于甲申国变时殉节。家风所及，陈维崧果然穷愁潦倒、寄食四方，填词却有一番“儿女情深，风云气在”的笔力，在当时便开宗立派，使无数人为之倾倒。

顺治、康熙年间，词坛上正是以陈维崧的作品最有杜鹃啼血的气质。在那个“避席畏闻文字狱，著书都为稻粱谋”的时代，他敢写旁人避之唯恐不及的题目，如那首《夏初临》：

中酒心情，拆绵时节，瞢腾刚送春归。一亩池塘，绿阴浓触帘衣。柳花搅乱晴晖。更画梁、玉剪交飞。贩茶船重，挑笋人忙，山市成围。

蓦然却想，三十年前，铜驼恨积，金谷人稀。① 划残竹粉，旧愁写向阑西。惆怅移时，镇无聊、掐损蔷薇。许谁知。细柳新蒲，都付鹃啼。

词牌下有小序："本意，癸丑三月十九日，用明杨孟载韵。"所谓"本意"，是指词内容正是词牌《夏初临》，这是"癸丑三月十九日"，春末夏初的时候。时间是解读全词的关键线索，因为甲申国变，崇祯帝煤山自尽，正是在三十年前的这一天。这首《夏初临》，是在那个文网繁密的时代所做的一篇明亡三十年祭。"蓦然却想，三十年前，铜驼恨积，金谷人稀"，几番追怀故国、俯仰今昔的血泪。满腔幽恨谁人能解，终于如当下的春色一般，"细柳新蒲，都付鹃啼"。

会稽词人方炳曾以一首《金缕曲》概述陈维崧的填词风格，将他比作披发行吟的屈原，比作以铁笛吹裂银河的仙人，这倒没有半点夸大其词的意思。这样的词，既是纯粹词艺上的绝妙好辞，也是尼采所谓的"以血书者"。将陈维崧《夏初临》一类的作品与李煜亡国前后的作品相较，血与泪的区别便可以一目了然了。

| 4 |

若说李煜词"以血书"，有杜鹃啼血的凄厉，最多也仅仅意味着他如古蜀国君杜宇一般，以亡国之君的身份倾吐悲情，情绪无遮无拦，一发不可收拾罢

① 铜驼：《晋书·索靖传》："靖有先识远量，知天下将乱，指洛阳宫门铜驼，叹曰：'会见汝在荆棘中耳！'"金谷：晋石崇金谷园，代指富贵人家盛极一时但好景不长的豪华园林，多含讽喻义。

了。王国维借用尼采“一切文学，余爱以血书者”一语的表面形式，仅此而已。

倘若与宋徽宗被掳之后的词做比较，李煜的词便显得有力许多，或者说真的显出了几分血性。宋徽宗与李后主，这两人实在太有可比性。

宋徽宗赵佶是宋神宗的庶子，传说在他降生之前，神宗正在秘书省欣赏李煜的画像，见其人物俨雅，再三叹讶；降生当日，其母偏偏又梦到了李煜整装拜谒。所以世人传说，赵佶便是李煜的后身。(《贵耳集》《养疴漫笔》) 传说也许只是传说，但这样的传说实在是空穴来风、事出有因：赵佶与李煜高度神似，自幼便表现出超凡的艺术天分，文学书画冠绝当世，就连生活情趣也完全是李煜式的。更有甚者，赵佶亦如李煜一般，纯粹出于意外才当上了皇帝。

任何一个天生的艺术家都不可能是合格的政治家，因为艺术需要天真，而政治需要老辣。

所以，登基之后，赵佶一直是以天真的玩乐态度在行使自己的帝王权力，身边也毫无悬念地聚集起那些精通斗鸡走狗、阿谀奉承的奸佞。我们必须承认，如果以相处愉快作为人际关系的唯一指标，奸佞小人永远会比正人君子更受欢迎。即便是无权无势、不值得奸佞小人巴结的普通百姓，也会在各种精神鸦片里寻找同样类型的快感。而赵佶这样的人，只不过是有天资与条件将人类的这一特性放大到极致罢了。

正如李煜有小周后，赵佶也有一位明节皇后。明节皇后刘氏出身寒微，原本在宫中做哲宗昭怀皇后的使女，但终于天生丽质难自弃，被赵佶纳为妃子，爱宠有加。韩剧的经典爱情模式也只有在赵佶这样的帝王身上才可能成真，而刘氏吸引赵佶的也并非仅仅是她的容貌，更是她睥睨大宋时尚界的设计才华：她会为自己设计妆容和新衣，每有新款便立即被人仿制。如果将时代背景换到现代，赵佶与刘氏应该可以成为斯特拉文斯基和可可·香奈儿那样一对横跨艺术界与时尚界的名流吧。

宣和三年（1121），刘氏病亡，年仅三十四岁。这该是上天对她特别的眷顾了，因为仅在五年之后便是靖康之变的日子。赵佶对楼外的山雨欲来一无所知，怀着十足的真诚沉浸在伤心的情绪里。《醉落魄》（无言哽咽）便是赵佶在景龙门预赏花灯时睹物思人、追念刘氏的作品。读这首词，总会令人对这位著名的昏君生出些许同情：

无言哽咽。看灯记得年时节。行行指月行行说。愿月常圆，休要暂时缺。

今年华市灯罗列。好灯争奈人心别。人前不敢分明说。不忍抬头，羞见旧时月。

及至金兵南下，靖康国变，人们便想起这首《醉落魄》的煞尾两句竟然一语成谶。被俘北行的赵佶，岂非真的“不忍抬头，羞见旧时月”吗？

| 5 |

赵佶对刘氏的柔情蜜意再不曾用在他人身上。宋人徐梦莘《三朝北盟会编》记载，当金人索求金银时，赵佶并不挂心；索求嫔御时，他依然不动声色；直到索求内府收藏的书画时，他才终于发出喟叹。我们可以谴责他的昏庸，甚至无耻，但不得不承认，这真是一个以艺术为唯一生命的人啊。

靖康国变，徽宗、钦宗以及几乎所有的皇子皇孙、嫔妃宫女，还有宗室大臣及其家眷，在冬天的严寒与金人的虐待中仓皇北上，不堪求生亦不敢求死。此时的赵佶或许会羡慕起李煜来，因为后者至少做了一个文明国家的阶下囚，自己却沦为一个野蛮民族手里的待宰羔羊。

一路之上，他过的是衣不蔽体、食不果腹的日子，眼睁睁看着儿孙冻饿至死，眼睁睁看着妃嫔与女儿遭受金人的奸淫。他不敢以拳头来抗争，只有以诗词来排遣一切不堪重负的情绪。有人见到某处墙壁上留有他的题诗：“彻夜西风撼破扉，萧条孤馆一灯微。家山回首三千里，目断天南无雁飞。”这只是伤感的诗，却还有反省的诗：“九叶鸿基一旦休，猖狂不听直臣谋。甘心万里为降虏，故国悲凉玉殿秋。”

赵佶北行中的词作，以《燕山亭·北行见杏花》最受推重：

裁翦冰绡，轻叠数重，淡着燕脂匀注。新样靓妆，艳溢香融，羞杀蕊珠宫女。易得凋零，更多少、无情风雨。愁苦。闲院落凄凉，几番春暮。

凭寄离恨重重，这双燕，何曾会人言语。天遥地远，万水千山，知他故宫何处。怎不思量，除梦里、有时曾去。无据。和梦也、新来不做。

一路北行，愈走愈是寒冷和荒芜，却突然见到杏花开，无论如何这也是一点点春天的迹象吧。此时此刻，赵佶竟然能够以审美的眼光欣赏杏花的美丽，写出“裁翦冰绡，轻叠数重，淡着燕脂匀注。新样靓妆，艳溢香融，羞杀蕊珠宫女”这样的词句，这足以令所有人惊愕。

“蕊珠宫”是道家传言的天上仙宫，道教经典《黄庭内景经》有“太上大道玉晨君，闲居蕊珠作七言”。宋徽宗笃信道教，自称“道君皇帝”，自然而然地便会用到道教的语言与掌故。如此温柔旖旎的句子，先描绘杏花的细部之美，再将杏花与仙宫美姬相较，这是何等赏玩的态度啊。

哀叹还是要来的，于是从杏花当下的美艳想到它今后将要遭受的风雨，这是借杏花而自伤身世的话语。自怨自艾却无可奈何，希望南飞的燕子能带回自己的哀思，燕子却听不懂自己的言语，怕也飞不到万水千山之外的旧时宫阙里。一切无凭，只有在梦里才可以南归，而终于连梦也不再来亲近自己。

| 6 |

人在最极端的情况下会如何表露心声呢？

试想一个人熟练掌握十几种语言，当他不小心用锤子砸伤了手，叫喊出来的一定是他的母语。赵佶的词和李煜的词，同样是亡国之君发出的亡国哀音，如果说有什么差异，差异就在于讲母语的程度。回味赵佶的《燕山亭》，“裁翦冰绡，轻叠数重，淡着燕脂匀注。新样靓妆，艳溢香融，羞杀蕊珠宫女”，仍然能观察到杏花的细部之美，仍然能用充满装饰感的遣词造句来描绘杏花的动人，仍然对杏花怀有一种优雅的赏玩姿态，这只说明他还没被逼到讲母语的境地。但李煜不同，譬如那首最为传世的《虞美人》：

春花秋月何时了，往事知多少。小楼昨夜又东风，故国不堪回首月明中。雕阑玉砌应犹在，只是朱颜改。问君能有几多愁，恰似一江春水向东流。

这首词完全是铺陈而出的，作者完全没有心思去观察细节、描绘入微、雕琢修辞，只是直抒胸臆，一气呵成。真实、深切的痛感所表现出来的，岂非正是这副样子？

但是王国维认为，李煜的《虞美人》之所以高于赵佶的《燕山亭》，是因为后者不过是自道身世的悲哀，词意局限于个人经验，前者则俨然有佛陀、基督那般承担全人类罪恶之意，“其大小固不同矣”。

“其大小固不同矣”，这并不是说两者在境界上有大小之别。《人间词话》第八章分明讲过：“境界有大小，不以是而分优劣。”本章所谓“大小不同”，背后是康德和叔本华的美学观念：美是客观的，李煜《虞美人》客观性强，具有普世性；赵佶《燕山亭》主观性强，缺乏普世性。

| 7 |

这样的解读似乎有悖于《人间词话》的原文，因为王国维分明说李煜俨然有释迦、基督担荷人类罪恶之意。这是一个使所有研究者都百思不得其解的表达，毕竟佛陀传法，意在使众生解脱于六道轮回之苦，基督被钉死在十字架上，以自己的血为世人赎罪，李煜何尝有这般伟大的精神？他何尝不是像赵佶一样“不过自道身世之戚”？

佛陀与基督“担荷人类罪恶”本身就是一个很不严谨的表达。佛教原本只讲“自作自受”，佛陀仅仅给世人指出了解脱于六道轮回的方法，并不会代人承受业力，正如教师教给我们知识和考试技巧，但不能代替我们考试，更不能代替我们承受学习之苦一样。至于基督为世人赎罪，更是基督教神学里大受争议的话题。简言之，他究竟是为了全世界每一个人的罪孽付出赎价，还是仅仅针对那些受神拣选的人？单是这个问题，罗马教廷与改革宗便打过无数场笔墨官司。

佛学与基督教神学并不是王国维的强项，我们也只好从字面上将他的想法简单理解为：佛陀、基督以自己的苦难担荷了全人类的罪恶，为全人类求救赎。

当然，李煜的词绝没有这般伟大的情操。任凭我们将这首《虞美人》乃至他的所有作品读上多少遍，也找不出一丝一毫的“担荷人类罪恶之意”，而且综观李煜一生以知人论世，我们也无法相信他心底竟然藏着如此这般的高尚情怀。

所以，《人间词话》这一章的内容在新中国的文艺理论界是最受诟病的，譬如有人说王国维竟然把李煜抒发没落贵族悲苦的、一己的狭隘感情的作品看作“以血书者”，还和“救世主”的胸怀做类比，很明显这是一种形式主义的看法。无论释迦、基督的教义和宗旨是什么，也和李煜自伤自怜的感情状况不同。（转述自徐翰逢《〈人间词话〉随论》）

还有人指出：“我们今天，必须摆脱王国维的这些理论的影响，用阶级分析的方法去评价李后主，才能正确地估计他在文学史上的地位。”（张文勋《从〈人间词话〉看王国维的美学思想实质》）

周煦良说得最直接：“试问李煜的词有哪一首、哪一句，有担负人类罪恶之意？恐怕连丝毫的自忏自嗔之意也没有。”（《〈人间词话〉评述》）

这些话语本身虽然带着那个时代特有的令人不悦的腔调，但毕竟不失中肯。想来王国维所谓“担荷人类罪恶之意”只是一种过于夸张的修辞方式，其实无非是沿袭康德、叔本华的客观之美的说法，认为李煜的《虞美人》以及其他亡国哀音虽然仅为一己之悲怆而发，却表达出人类共有的悲哀，是可以被所有人欣赏、理解并感同身受的，而赵佶的《燕山亭》最多只能获得和他有相似遭遇之人的共鸣。

的确，“流水落花春去也”“林花谢了春红，太匆匆”“自是人生长恨水长东”，对于这些词句，即便我们完全没有相似的遭遇，也完全可以在不假思索中领会。即便是今天的一个普通中学生，既不曾生长于深宫之中、妇人之手，也没有国破家亡、归为臣虏的遭际，仅仅是这个学期的考试成绩差了，或是和家长有代沟了，或是被同学们孤立了，只要任何一点点琐屑的忧伤便能够使他沉迷在“自是人生长恨水长东”这样的词句里。但是，当他读到“新样靓妆，艳溢香融，羞杀蕊珠宫女”的时候，显然只会无动于衷。

［十九］

冯正中词虽不失五代风格，而堂庑特大，开北宋一代风气。与中、后二主词皆在《花间》范围之外，宜《花间集》中不登其只字也。

| 1 |

这一章论说冯延巳词的风格及其在词史中的地位。

以风格论，冯延巳词与五代时期的整体词风既有相似，又有不同。相似处是题材：男欢女爱、风花雪月、莺歌燕舞、富贵闲愁；区别处是格局：同样写这些题材，冯延巳偏偏写得“堂庑特大”。

“堂”即房屋正厅，“庑”即堂下的围廊和廊屋。“堂庑特大”，引申义是视野和格局阔大。刘熙载《艺概》也曾用过这个比喻，是说梁武帝等人的一些文学作品虽然略略具备了词的形式，而“堂庑未大”，直到李白《菩萨蛮》和《忆秦娥》的出现，词的堂庑才为之一大。

“堂庑特大”，学者常常对此做出许多引申，如引申为气度恢宏、境界高远，但它最直接的意思其实是视野阔大。我们且不论冯延巳的词作究竟有怎样的气度和境界，单单以视野论，确实在同侪当中无人可与比肩。如果以画喻词的话，一部《花间集》仿佛是一部仕女画、花鸟画、小品画的合集，却偏偏插入了冯延巳的几幅风景画、文人画，很有一点违和感。

我们看《花间集》的典型风格，如温庭筠《菩萨蛮》：

> 蕊黄无限当山额，[1]宿妆[2]隐笑纱窗隔。相见牡丹时，暂来还别离。翠钗金作股，钗上蝶双舞。心事竟谁知，月明花满枝。

整首词如同一幅仕女画：隔着窗纱，似乎隐隐看到她的笑靥，看到脸上残留着昨夜的脂粉未曾洗尽；曾与他相会在牡丹盛开的暮春时节，短短一聚便将长久分别；看金钗上有蝴蝶成双，起舞欲飞，看月光洒满花枝，温柔如水，她的心事到底唯有藏进隐秘的心底。

再如皇甫松（一名皇甫嵩）《天仙子》：

> 晴野鹭鸶飞一只。水荭[3]花发秋江碧。刘郎此日别天仙，登绮席。泪珠滴。十二晚峰青历历。

这首词宛如一首民歌小调，描写女子思念久别不归的情人，词眼就在“刘郎此日别天仙”一句。相传汉明帝永平年间，有刘晨、阮肇二人入天台山采药，意外地与两名仙女结为伉俪；半载之后，两人思归心切，便出山回到故里，却发现世上已是他们的第七代子孙了；二人无奈之下只有回山，却再也寻不到通往山中桃源的道路。诗人很喜爱这则故事，诗歌里常常以刘郎、阮郎代指被女子思念的久别不归的男子。

再如薛昭蕴《浣溪沙》：

---

① 蕊黄：即额黄，女人的一种黄色脂粉，因为颜色如花蕊，故名蕊黄。山额：额间高处。
② 宿妆：隔夜残留的妆容。
③ 荭（hóng）：水草名，即荭草。

粉上依稀有泪痕，郡庭花落欲黄昏。远情深恨与谁论。

记得去年寒食日，延秋门外卓金轮。① 日斜人散暗销魂。

这首词写女子思念情人，有无限的远情深恨，陷在回忆里不能自拔。

这就是《花间集》的风格与情调，无论词句里有怎样深远的寄托，无论是否有张惠言解读出来的言外之意，视野终归是窄小的，但冯延巳不同。

| 2 |

我们先看冯延巳的一首《鹊踏枝》：

粉映墙头寒欲尽。宫漏长时，酒醒人犹困。一点春心无限恨。罗衣印满啼妆粉。

柳岸花飞寒食近。陌上行人，杳不传芳信。楼上重檐山隐隐。东风尽日吹蝉鬓。

题材依然很窄，写闺怨，写相思，并不曾超出前述温庭筠、皇甫松、薛昭蕴的界限，但在写法上，视野偏偏开阔许多，尤其是最后两句："楼上重檐山隐隐。东风尽日吹蝉鬓。"陈秋帆说这首《鹊踏枝》的遣词造句无非是从温庭筠"青琐对芳菲，玉关音信稀""金雁一双飞，泪眼沾绣衣""音信不归来，社前双燕回"等词句脱胎而来。(《阳春集笺》) 但也恰恰因为两者的承继关系，才使我们更容易比较它们在视野上的差别。这既非剽窃亦非模仿，而是真正意义上的脱胎换骨，如同将一部文艺小电影翻拍成大制作一样。

再如冯延巳另一首《鹊踏枝》：

① 卓：立。金轮：代指豪华的车辆。

梅落繁枝千万片。犹自多情，学雪随风转。昨夜笙歌容易散。酒醒添得愁无限。

楼上春山寒四面。过尽征鸿，暮景烟深浅。一晌凭阑人不见。鲛绡[1]掩泪思量遍。

仍然只是闺怨、相思的主题，但开篇“梅落繁枝千万片”便已然不是温庭筠“小山重叠金明灭”的视野，千万片落梅如同千万片雪花茫茫飘坠，不由自主地随风回旋，宇宙人生亘古以来的无奈就在这样一个大场面里向读者扑面而来，周匝绕遍。笙歌易散，因为短暂的欢愉只是永恒悲伤中的几管麻醉剂罢了。设若佛陀和叔本华也会填词，他们的词作应该就是这样的吧。

下阕“楼上春山寒四面”，是酒醒之后的远眺，只看到“过尽征鸿，暮景烟深浅”：每一行鸿雁飞过，她都期待着它们带来远方情人的书信，但是“过尽征鸿”，音书无凭，只有暮色下的烟霭浓淡变幻，如同自己患得患失的心情。这样的词句与意象，对于歌筵酒席上的艳词小调来说是何等开阔的画面，而只有在这等开阔画面的烘托下，“一晌凭阑人不见。鲛绡掩泪思量遍”两句煞尾才显得那么有力。

| 3 |

再看一首冯延巳的《临江仙》：

秣陵江上多离别，雨晴芳草烟深。路遥人去马嘶沉。青帘斜挂，新柳万枝金。

① 鲛绡：薄绢，手帕。南朝梁任昉《述异记》卷上：“南海出鲛绡纱，泉室潜织，一名龙纱……其价百余金，以为服，入水不濡。”

隔江何处吹横笛，沙头惊起双禽。徘徊一晌几般心。天长烟远，凝恨独沾襟。

这首词抒写离情，俞陛云《唐五代两宋词选释》有一段很好的评语，大意是说，只是寻常的离情别绪，但一经高手写出来，自有高浑之处。

不仅高浑，还将离情别绪写得格外一波三折，极尽婉转低回之妙。冯延巳如果生活在今天，应该会成为一个出色的电影导演，他的镜头感实在太强：秣陵江上，遥遥是烟霭笼罩下的芳草，江畔的大道通向远方，离人渐行渐远，伤心时刻就连马嘶声都觉得分外低沉；镜头摇向江的对岸，不知何处传来的横笛声里，成双的禽鸟从沙岸惊飞；茫茫天地间，仿佛只剩下这个伤心人独自徘徊，思绪万千，乍晴乍雨；镜头忽然拉开，天长烟远。

另一首《临江仙》镜头感更强：

冷红飘起桃花片，青春意绪阑珊。画楼帘幕卷轻寒。酒余人散后，独自凭阑干。

夕阳千里连芳草，萋萋愁煞王孙。徘徊飞尽碧天云。凤城何处是，明月照黄昏。

这首词罕见于一般选本，但它也许算是冯延巳最顶尖的作品。

让我们先回想丰子恺一幅很有名的小画：画面上是一家小店露出半张空桌子的一角，天上有一弯新月，仅此而已；画面右侧有题字："人散后，一钩新月天如水。"这真是很高明的写意风格，虽然简单到极点，却完美传递出一种悠然闲适的情趣，还有几分莫名的怅惘与回味。这幅画所描绘的场景和意境其实和冯延巳这首《临江仙》基本相同，但对照之下我们就发现：前者的情趣是属于小文人和普通百姓的，后者的情趣却属于"堂庑特大"的一朝宰相；换言之，后者是前者的放大版。

"冷红飘起桃花片，青春意绪阑珊"，桃花乱飘了，天凉了，兴致消退了。"画楼帘幕卷轻寒。酒余人散后，独自凭阑干"，画楼上的宴会结束了，桌上还有一些残酒，但人已散尽，只余下词人自己，百无聊赖地倚阑远望。

远望之下，眼底是“夕阳千里连芳草，萋萋愁煞王孙”。方才还是画楼里的小景、近景，况且酒阑人散，跌到了冷落的冰点，而词人百无聊赖中的一次凭阑远眺，却陡然间视野远大，直至无垠。视野上有如此迅速的切换，有如此大的反差，仅仅是镜头的一个变化，便足以在读者的心里掀起波澜了。

从芳草萋萋想到远行的不归客，于是镜头继续拉后，视野继续向远。但无论视野如何开阔，词人也望不见自己朝思暮想的凤城，只望见“徘徊飞尽碧天云”，痴痴中不觉黄昏已深沉，明月已高悬。词的最后三句，虽然字面上不带任何情绪，却让人感到一刹那忧从中来，不可断绝，有一种透骨的悲凉迅速弥漫全身。凡是有理想而看不到出路的人，应该对这首词有最强烈的认同感。

凤城，秦穆公时，萧史与弄玉夫妻在秦都吹箫引凤，后人便以凤城代指京城，凤城因此是爱情与政治的双重意象。“凤城何处是，明月照黄昏”，这或许是对爱情的渴慕，或许是隐隐透出对政治与命运的隐忧，透出一个无助者对国家事业的百转衷肠。这样的写法，含义如同李白的名句“总为浮云能蔽日，长安不见使人愁”，却含蓄许多，那份柔情若有若无，似实还虚，仿佛有无尽的压抑使衷情不能尽吐。

我们看冯延巳这几首词的主题，无非是闺怨、秋思、伤别，都是一些小题材而已，并不出《花间集》窠臼。所以有些研究者不服气王国维的判断，说冯延巳的词除了写离恨别情、男欢女爱之外，实在找不到别的内容（徐翰逢《〈人间词话〉随论》）。

这个说法倒也有九分的道理，如果只从内容上看，冯延巳的词确实也只是一些离恨别情、男欢女爱，但他的表现手法与旁人迥然有别：《花间集》词人表现这等小题材，是以室内剧和文艺片的手法，而冯延巳之所以“堂庑特大”，是因为他会以大手笔来表现小题材，用电影大片的镜头语言来表现文艺片的缱绻情怀。王国维在这一点上确是识家，一语中的，而其他人，譬如与王国维同时代的常州词派词学名家陈廷焯，只看出“冯正中词，极沉郁之致，穷顿挫之妙，缠绵忠厚”，却不曾看出堂庑之别，故此认为冯延巳和温庭筠、韦庄只在伯仲之间（《白雨斋词话》）。当然，这实在低估了冯延巳。

| 4 |

冯延巳词“堂庑特大”，于是“开北宋一代风气”，研究者们对《人间词话》的这个观点存有不同的理解。施蛰存的意见是很有代表性的一种，认为冯延巳词继承楚辞的寄托手法，在词的内容上有所拓展，所以为北宋词人开了先河。

但是，所谓比兴寄托，毕竟是一种若有若无、似实还虚的东西，不可以做学术论据上的指实；至于词的内容，显然看不出有多少拓展的痕迹。唯一可以指实的，是冯延巳特有的写作手法，即独特的镜头感与阔大的视野。

冯延巳对北宋词坛风气的影响是有明显脉络可寻的。叶嘉莹发挥冯煦的观点，说冯延巳一度在被罢相之后，离京外任，做了三年的昭武军抚州节度使；抚州地处江西，当地应该没少流传他的唱词，而被冯煦誉为“北宋倚声家之初祖”的晏殊就是在这个地方出生的，他从小就喜欢冯延巳的词；晏殊任主考官的时候，选拔了后来成为一代文豪的欧阳修，而欧阳修的祖籍也是江西；所以，不但诗史上有所谓江西诗派的黄山谷、陈后山这一派的江西诗人，词的历史之中也有江西一派的词人，这就是在冯延巳影响之下的晏殊、欧阳修等人。正是在这几个人的手里，言情小词的境界豁然开朗。(《唐宋词十七讲》)

这样的观点确实可以妥帖地解释晏殊的词风，但是，对欧阳修词风的解释稍嫌不足。欧阳修的词风的确酷肖冯延巳，甚至于有些佳作如《蝶恋花》(庭院深深深几许)在两人的词集里皆有收录，很难从风格上判定真正的作者到底是谁。但是，欧阳修的祖籍纵然可以追溯到江西，但他出生于绵州(今四川绵阳)，四岁即迁至随州(今湖北随州)，直到十七岁应举仍在随州，二十岁那年才从随州赴京应礼部试。所以，要说欧阳修受到江西词风的深刻熏陶，这倒确实，但地理上的证据总显得牵强了些。

冯延巳词对晏殊和欧阳修的影响，试举一则最直接的例证。冯延巳《鹊踏枝》：

几日行云何处去。忘却归来，不道春将暮。百草千花寒食路。香车系在谁家树。

泪眼倚楼频独语。双燕飞来，陌上相逢否。撩乱春愁如柳絮。悠悠梦里无寻处。

词的内容依然只是传统的闺怨，摹写一名痴情女子对冶游不归的情人的爱恨纠缠。陈秋帆《阳春集笺》指出：欧阳修“双燕归来细雨中”“梦断知何处”“江天雪意云撩乱”，晏殊“凭阑总是销魂处”“垂杨只解惹春风，何曾系得行人住”等句，皆由冯延巳这首《鹊踏枝》脱化而出；北宋词人得冯延巳神髓者，如此之类，不胜枚举。

| 5 |

《花间集》是五代时期的词集，却偏偏漏选了这一时期水平最高的三位词人：李璟、李煜、冯延巳，个中到底有何缘故，恐怕读过《花间集》的人都会感到费解。王国维自然也思考过这个问题，而他得出的结论是：冯延巳词“与中、后二主词皆在《花间》范围之外，宜《花间集》中不登其只字也”。这是一个貌似合理的答案，也是一个由正确理由推导出来的错误答案。

李璟、李煜、冯延巳，南唐这三位君臣，填词的境界、风格与造诣确实都超出了《花间集》那个小小的藩篱。《花间集》不收录这三人的作品，正如今天 KTV 的歌曲目录里不会有咏叹调一样。但这纯粹是一个巧合，应该是现代词学名家龙榆生率先指出了王国维的错误：《花间集》的编者是后蜀赵崇祚，鉴于“蜀道之难，难于上青天”，所选录的词人除了个别晚唐人物之外，主要都是蜀地人物；至于李后主，他的创作时期晚于《花间集》的编撰（《唐宋名家词选》）。

从《人间词话》手稿本里我们可以看到王国维对这个问题的思考过程，手稿本里的本章内容是这样的：“冯正中词虽不失五代风格，而堂庑特大，开北宋一代风气。中、后二主皆未逮其精诣。《花间》于南唐人词中虽录张泌作，而独不登正中只字，岂当时文采为功名所掩耶？”

看来王国维首先发现的问题是：《花间集》倘若完全不录南唐词人倒也罢了，而唯独收录了张泌的二十七首，对艺术造诣远高于张泌的冯延巳却只字未收，这是什么道理呢？王国维的推测是：冯延巳位在宰辅，事功卓著，怕是功名遮掩了文名吧？

其实《花间集》里的这位张泌很可能另有其人，与南唐的张泌重名而已。胡适首先做出考证，推测《花间集》的张泌可能也是蜀地人物，而这个看法在今天基本已是可以确定的结论了。

《人间词话》手定本和手稿本的这一差异，说明王国维改订《人间词话》的时候已经认识到《花间集》的张泌可能并不是南唐的张泌，所以删掉手稿本的后半段内容，将“而独不登正中只字”改为“宜《花间集》中不登其只字也”。“宜”字是耐人寻味的，它是一个模糊的用词，使读者也可以做出这样的理解，即王国维其实知道《花间集》不录南唐词作的真实原因，但他不谈考据，仅谈风格，认为《花间集》不录南唐三大名家的作品自有其风格上的道理。

［二十］

正中词除《鹊踏枝》《菩萨蛮》十数阕最煊赫外，如《醉花间》之“高树鹊衔巢，斜月明寒草”，余谓韦苏州之“流萤度高阁”、孟襄阳之“疏雨滴梧桐”不能过也。

| 1 |

冯延巳最出名的作品是《鹊踏枝》《菩萨蛮》词牌下的十几首词，王国维认为，非但这些主要作品很好，一些次要作品也属佳作，如《醉花间》有“高树鹊衔巢，斜月明寒草”这样的绝妙好辞，不在唐代大诗人韦应物“流萤度高阁”与孟浩然“疏雨滴梧桐”这样的千古名句之下。冯延巳《醉花间》全文如下：

晴雪小园春未到。池边梅自早。高树鹊衔巢，斜月明寒草。

山川风景好。自古金陵道。少年看却老。相逢莫厌醉金杯，别离多，欢会少。

上阕写冬末春初的好风景，下阕感叹人生聚少离多、年华易逝，劝人劝己及时行乐。王国维将“高树鹊衔巢，斜月明寒草”两句标举出来，和唐代五言诗中的名句比较。这两句确实很有唐人五言诗的味道：上句一个“衔”字，以细小的“动”反衬出无边的“静”，而在高高的树梢上，在广袤的天空背景下，一只鹊儿衔枝筑巢显得如此渺小，一种淡淡的伤感的气氛一下子就传达出来了；下句一个“明”字，以斜月的微明反衬出四下的幽暗，何况月斜而草寒，给人空旷、萧条、落寞的感受。短短十个字，看似简单，其实很见技巧、功力与心思。

五言诗写景的手法，主要就是这种结构，在很平常的名词里边嵌入一个传神的动词。如谢灵运的名句“池塘生春草”就是这一结构的典范，一个“生”字看似平淡无奇，却使无数第一流的诗人为之倾倒，再也无法找出第二个动词来替代。韦应物的“流萤度高阁”和孟浩然的“疏雨滴梧桐”，同样属于这一类型。

王国维做这番比较还有一层深意，是要抬高词的地位，将词和诗抬到同等的高度。五言古体诗是诗歌最古雅的一种体裁，韦应物和孟浩然同是唐代的五言高手，所以不难想象，如果冯延巳的小词在艺术高度上并不逊色于韦孟二人的五言佳作，词又如何不能与诗歌比肩呢？

| 2 |

韦应物出身于世代簪缨的关中望族，是最严格意义上的世家子弟。唐代制度，宫廷警卫分为亲卫、勋卫、翊卫，合称三卫，每卫置中郎将、郎将，皆由高官门荫子弟担任，韦应物年轻时便担任唐玄宗的卫队郎将，过的是飞扬跋扈、颐指气使的日子。倘若我们能见到当时的韦应物，一定很难想象这样一个十足的恶少将来会成为一名以恬淡风格著称的诗人。韦应物晚年时偶遇一位杨姓故人，于是沧桑话旧，以一首《逢杨开府》道尽生平：

少事武皇帝，无赖恃恩私。身作里中横，家藏亡命儿。
朝持樗蒲局，暮窃东邻姬。司隶不敢捕，立在白玉墀。①
骊山风雪夜，长杨羽猎时。一字都不识，饮酒肆顽痴。
武皇升仙去，憔悴被人欺。读书事已晚，把笔学题诗。
两府始收迹，南宫谬见推。非才果不容，出守抚茕嫠②。
忽逢杨开府，论旧涕俱垂。坐客何由识，惟有故人知。

诗的大意是，自己年轻时侍奉唐玄宗，仗着皇帝的恩宠为非作歹：外出便横行一方，回家便窝藏亡命之徒，一早便去喝酒赌博，天晚时转去勾引邻家女子，日子就是这样一天天过下来的，以作奸犯科为家常便饭，执法者有谁胆敢奈何皇帝的卫队长呢？工作便是陪皇帝郊游、射猎，所以也不耐烦读书识字，只是一味地饮酒作乐罢了。及至玄宗驾崩，自己失去了倚仗，沦为新贵们欺侮的对象。这时才想到读书，但无奈年纪太大，学学写诗也就算了。朝廷终于看重自己，先后安排出几个中央岗位，却不知招了谁的忌恨，又被外放到地方州县任职。如今与你杨开府偶遇，缅怀往事不禁涕泪交加，毕竟只有故人才懂得自己。

这就是韦应物，一个折节学诗的恶少，因任职苏州刺史，世人以韦苏州相称。

盛唐是律体诗的天下，而韦应物偏偏工于古体。元人辛文房《唐才子传》有议论说：诗律到沈佺期、宋之问以后，日渐华丽，诗人们雕章刻句，音韵婉谐，属对藻密，而闲雅平淡之气不复存在。只有韦应物发扬建安诗风，以清新深沉、雅正典丽自成一家之体，很受时人推崇。

① 樗蒲（chū pú）：在此指赌博。墀（chí）：台阶。
② 茕嫠（qióng lí）：孤苦无依者，代指州县百姓。

| 3 |

"流萤度高阁"一语正是出自韦应物典型风格的《寺居独夜寄崔主簿》：

幽人寂不寐，木叶纷纷落。寒雨暗深更，流萤度高阁。
坐使青灯晓，还伤夏衣薄。宁知岁方晏，离居更萧索。

这首诗很像五言律诗，尤其有律诗风格的颔联与颈联的对仗，但它其实是一首古体诗，理由有二：一是押仄声韵（尽管这是一个有争议的标准）；[①]二是不合律诗的平仄规则。或者可以这样说：韦应物是将当时流行的律体诗的风格引入了古体诗里。

"流萤度高阁"，究竟好在哪里？若以传统诗论的语言，我们可以称之为俊雅清逸。但在描写流萤的诗句里，这就是最好的吗？朱熹有称道说：杜甫写有"暗飞萤自照"，语只是巧，韦应物"寒雨暗深更，流萤度高阁"，这般景色如在目前，更有一种自在而不做作的姿态。《国史补》记载韦应物的性情，说他"为人高洁，鲜食寡欲，所至之处，扫地焚香，闭阁而坐"，这样的人，这样的诗，气象几近于道，故而为我所深爱。（《朱子语类》）

朱熹点出了这一句诗自在而近道的特点，这是文学家的眼光，也是道学家的眼光。愈质朴便愈近于道，这是古人的共识，所以清人潘德舆《养一斋诗话》列举三例：一，韦应物"寒雨暗深更，流萤度高阁"；二，元诗四大家之一范梈"雨止修竹间，流萤夜深至"；三，清代康熙朝诗坛盟主王士祯"萤火出深碧，池荷闻暗香"。潘德舆认为这三者有工巧与朴拙之分，从中可以看出作者时代之远近。

也就是说，同样是描摹流萤的诗句，从韦应物到范梈，再到王士祯，可以看出由朴拙到工巧的风格流变。潘德舆是推崇儒家诗教的人，《养一斋诗话》推原风雅，以《诗经》为最高典范，评价标准自然是扬朴拙而抑工巧的。

---

① 阁、薄于古音为仄声。

但文人每每各有见解，咸丰朝著名的官僚学者方浚师趁着休病假的时间，辗转托人取到潘德舆的文集，以十卷《养一斋诗话》消磨秋宵，写出若干条商榷意见，其中很不服气潘德舆对韦应物“寒雨暗深更，流萤度高阁”的高度推崇。

方浚师的商榷意见收载于《蕉轩随录》，认为除范椁、王士祯的两联之外，再如南朝梁人刘孝威“栖禽动夜竹，流萤出暗墙”，唐人王勃“复此凉飙至，空山飞夜萤”，所有这些诗句，笔致皆在韦应物“寒雨暗深更，流萤度高阁”之上。尤其是王士祯“萤火出深碧，池荷闻暗香”，妙在一个“出”字，而且一联之中，起句写视觉感受，收句写嗅觉感受，境最高，律最细。

潘德舆与方浚师的文学趣味可谓大相径庭，仅举一例：方浚师最推崇的诗人是袁枚，他还广罗资料，编撰了一部《袁枚年谱》，而潘德舆于袁枚恰恰最是鄙薄，《养一斋诗话》论及近世诗话，说这些著作虽然不尽触及诗歌本质，但至少不会将学人引入歧途，独有袁枚《随园诗话》是真正一部误人子弟的书。

标准不同，见地便相应不同，提倡诗教的潘德舆自然不会与鼓吹性灵的袁枚同声相应、同气相求，而袁枚、方浚师的诗歌主张却与王国维颇有几分接近。《蕉轩随录》与《养一斋诗话》所列举的摹写流萤的诗句，虽然可以做工拙优劣的比较，但既然同台竞技，至少说明它们同样具有第一流的水准。那么，冯延巳“高树鹊衔巢，斜月明寒草”如果列入其中，比任何一句可有逊色？

| 4 |

孟浩然是襄阳人，世人称之孟襄阳。他是唐人公认的第一风流客，即便是眼高于顶的诗仙李白也对孟浩然极尽仰慕之情，于《赠孟浩然》一诗开篇便道：“吾爱孟夫子，风流天下闻。红颜弃轩冕，白首卧松云。”这是夸赞孟浩然的风流天下知名，说他在年轻时便超然物外，对仕途毫不挂心，等到了白发苍苍的年纪，悠然归隐田园，与旧松、白云为邻，这是何等的潇洒。

李白为人耿直，所以我们不必怀疑这样的吹捧是否发自肺腑，只不过孟浩然本心绝不想要这样的风流。倘若风流可以换来一官半职，他一定不会有半点的犹豫。

孟浩然永远是一副世外高人的做派，以此来掩饰自己无法晋身仕途的不得意。其实他在仕途上并不缺乏机会，只是造化弄人，又或者他把清高演得太逼真，所以机会总是一次次浩荡而来，又一次次无声溜走。他终于发觉自己在权力和财富上注定无法与别人相比，便也只有在道德修养上做文章了。

孟浩然以五言古体诗名噪天下，写出过“气蒸云梦泽，波撼岳阳城”这样的名句。在诗歌史上，他的“疏雨滴梧桐”远比韦应物的“流萤度高阁”地位更高。但这句诗并不出自孟浩然的具体某一首诗，而是一次联句活动的产物：孟浩然是个隐士，在鹿门山隐居，不惑之年出游京师，和当时的一干名士在秘书省联句。所谓联句，即参与者就一个主题、一个韵脚，集体创作一首诗，按顺序每人一句或两句，最为大家熟悉的联句应该是《红楼梦》里海棠诗社搞的活动，还有林黛玉和史湘云的联句“寒塘渡鹤影，冷月葬花魂”云云，诗越联越长，蔚为壮观。但孟浩然参加的这次联句却半途而废了，原因是轮到孟浩然的时候，他吟出了一句“微云淡河汉，疏雨滴梧桐”，满座惊佩，谁都知道若再联下去只能是狗尾续貂，自取其辱，于是一场联句就此作罢，孟浩然的身价也因此而暴涨。

如此精彩的两句诗竟然只是断章，并无完璧，这无论如何都是一件憾事。

明代嘉靖朝文坛盟主、“后七子”代表人物王世贞在《艺苑卮言》中深叹此事，还举出其他两个唐人断句，杨汝士“昔日兰亭无艳质，此时金谷有高人”，尉迟匡“夜夜月为青冢镜，年年雪作黑山花”，可惜不成完璧。后人虽有勉强为之补足者，但终是不能相称。

清人王士祯《香祖笔记》列举一些最受激赏的五言名句，除“微云淡河汉，疏雨滴梧桐”之外，还有王湾“海日生残夜，江春入旧年”，柳恽“亭皋木叶下，陇首秋云飞”，马戴“猿啼洞庭树，人在木兰舟”，王籍“蝉噪林逾静，鸟鸣山更幽”，司空图“曲塘春尽雨，方响夜深船”。王士祯认为，学诗者若认真玩味这几句诗，便可悟五言三昧。

无论如何，“微云淡河汉，疏雨滴梧桐”在当时与后世皆被公认为五言诗的极致。“高树鹊衔巢，斜月明寒草”，这两句若单独摘出，与“寒雨暗深更，流萤度高阁”，“微云淡河汉，疏雨滴梧桐”掺杂一处，萧疏姿态异曲同工，如何分得出孰高孰下呢？

［二十一］

欧九《浣溪沙》词“绿杨楼外出秋千”。晁补之谓：只一“出”字，便后人所不能道。余谓：此本于正中《上行杯》词“柳外秋千出画墙”，但欧语尤工耳。

| 1 |

欧九即欧阳修，唐宋人惯称宗族排行，“九”并非在同胞兄弟中排行第九，而是宗族排行中的第九。欧阳修出身于世家大族，祖上世代在南唐为官，但是降及宋代，门庭早已凋敝不堪。欧阳修四岁那年，父亲突然在任所去世，寡母无以为生，只有带着孩子远赴外省，投奔欧阳修的叔父。叔父当时担任推官，说是官，其实只是幕僚一类的角色，薪俸既不高，油水亦不大，只有一点善良的心地可以给这一对孤儿寡母尽情倚靠。在贫困得买不起纸笔的日子里，坚忍的母亲“画荻教子”，传为一代佳话。

及至欧阳修通过科举进入仕途，这个真正苦出身的少年后进却丝毫不带官场凤凰男的猥琐习气，反而令人惊异地展现出一副仿佛与生俱来的名士派头，镇日里只是迟到、早退、旷工，和相好的同僚们吟诗作对，游山玩水，公务这等俗事从来不放在心上。

幸而欧阳修当时的上级长官钱惟演是一位以娱乐为事业的前朝遗少，对下属充满风雅情调的游手好闲满怀同情和理解。有一则著名的逸事是，欧阳修某天和一个相好的同僚一起抛开公务，出城到嵩山游赏。忽然天降大雪，眼见得不能及时回城了，忽然见到有一队人马冒雪而来，那竟然是钱惟演专门派来的厨师和歌伎。来人传达钱长官的口谕说："登山劳累，两位不妨安心欣赏山间的雪景，府衙里边公务简易，用不着急着赶回去。"

天性的旷达加上有这样一位极尽体贴之能事的上级长官，塑造出欧阳修完美词人的模样。写诗需要言志，撰文需要有补于世，但填词需要的是优哉游哉的贵族气质与纵情风雅的娱乐精神，所以欧阳修能成为北宋初年一代填词大家，倒不是一件多么令人意外的事。

| 2 |

"绿杨楼外出秋千"语出欧阳修《浣溪沙》：

> 堤上游人逐画船。拍堤春水四垂天。绿杨楼外出秋千。
> 白发戴花君莫笑，六幺催拍盏频传。人生何处似樽前。

这首词是欧阳修外任颍州（今安徽阜阳）时所写，当时他以眼疾为由，申请出守小郡，这才从歌吹沸天的扬州迁调至清新淳朴的颍州。真相当然与眼疾无关，实在是政治斗争已经到了你死我活的境地，使欧阳修这位不拘小节的君子在左支右绌中未老先衰，既然如此，何如躲到旋涡的边缘颐养天年呢？

宋朝自太祖皇帝"杯酒释兵权"、鼓励开国元勋们纵情声色之后，社会上就一直弥漫着一种享乐主义风气。即便是清官名臣，也往往爱歌舞、爱排场、爱搞工程，而这三者可以说是三位一体的：一项政绩工程完工，就意味着有一个新的场所可供歌舞娱乐。欧阳修自然也不脱时代风气的熏染，甫至颍州便爱上了当地的风景名胜颍州西湖。幸而颍州西湖有清水芙蓉之美，工程便不必搞得很大，只是在湖中栽种瑞莲，在岸边栽种黄杨，待一切就绪，欧阳修便邀集同僚泛舟纵酒，吟诗作赋。这首《浣溪沙》所记，正是一次声势浩大的游湖场面。

太守乘画船出游，引来岸上百姓的追逐与围观。宋代个性张扬的文化官僚都很享受这种与民同乐的快感，当然自己一定要是众人目光的焦点才行。优哉游湖，看湖水拍打堤岸，天幕四垂，却见绿杨丛里，忽然有秋千荡出墙头。而赏玩中的词人白发簪花，好一份闲情与豁达。

其实在唐宋两代，男人簪花算不得稀奇。欧阳修对洛阳风俗曾有记载说，每到春天，城里人不分贵贱，一律簪花，贩夫走卒概莫能外。颍州不知是否也有这样的风俗，也许大家看到太守大人白发簪花，或多或少会觉得有些滑稽吧。在六幺舞曲的急管繁弦里，船上的同僚们推杯换盏。人生快乐应该以此为极致了，难道还有什么更值得追求的吗？

这首词虽然明白如话，调性如何却见仁见智，如陈廷焯以为词人风流自赏，黄蓼园却说末句写得无限凄怆沉郁。若我们就词论词，当以陈廷焯的意见为是；知人论世，便当以黄蓼园的意见为是。不过当下我们最应当在意的，自然还是晁补之的那一则关于炼字的意见。

| 3 |

晁氏是宋代声誉极著的衣冠大族，文学名家辈出，晁补之即是其中之一，与秦观、张耒、黄庭坚并受苏轼奖掖，并称为“苏门四学士”。晁补之也是宋词一代名家，词风与欧阳修、苏轼颇多相近。晁补之写有一篇《评本朝乐章》，点评当世词坛名手，可惜其文久逸，仅有若干观点借他人之书辗转传承下来。南宋赵令畤《侯鲭录》引晁补之语：“欧阳永叔《浣溪沙》云：‘堤上游人逐画船。拍堤春水四垂天。绿杨楼外出秋千。’此翁语甚妙绝，只一‘出’字，是后人着意道不到处。”

晁补之的意见是，这个“出”字贵在自然天成，不是用力锤炼可以得来的。回想一下欧阳修《浣溪沙》的词意，从画船远远望去，岸边不知谁家女子将秋千荡过了院墙的高度。这并不是什么罕见的场景，前人不是已经写过很多了吗?

秋千是古代富家小姐的标准装备，倘若闺房的院子里没有一架秋千，真不知该怎样挨过每一个风和日丽的日子。如同蹴鞠是公子王孙的挚爱赛事，荡秋千则是女孩子尽情释放青春的活动。

张仲素《春游曲》有“濛濛百花里，罗绮竞秋千”，女孩子们在百花丛中竞技，看谁能将秋千荡得最高；王涯《宫词》有“春风摆荡禁花枝，寒食秋千满地时”，寒食节里，宫女们纷纷荡秋千为戏，秋千竟然“满地”；白居易《和春深》有“秋千细腰女，摇曳逐风斜”，女子的自娱就这样成为男人眼中的风景；李山甫《寒食》有“风烟放荡花披猖，秋千女儿飞短墙”，分明与欧阳修“绿杨楼外出秋千”描绘同一种场景；王维《寒食城东即事》有“蹴鞠屡过飞鸟上，秋千竞出垂杨里”，分明早已用到“出”字……那么，欧阳修究竟高明在哪里呢?

| 4 |

“出”字之所以妙绝，并非单单因为它本身，而是因为在前文已经有了十足的铺垫，就等这一个“出”字的出场了。仔细体味《浣溪沙》上阕三句：“堤上游人逐画船。拍堤春水四垂天。绿杨楼外出秋千。”三句全写人在画船中的眼望所见，若我们追随着词人的视线，便会发觉当看到“绿杨楼外出秋千”的时候，与陶渊明“采菊东篱下，悠然见南山”一样，有一种不期而遇的契合之感。

秋千随意地荡出墙头，一瞬间便即隐去；荡秋千的女子享受着自己的欢愉，而不知道“我”此刻在画船中的欢愉；“我”一直在画船中自娱，恍然见到远远地还有人和我一样在这春光里自娱，旁若无人。

这样的不期而遇有一种“近于道”的感觉，便不是单纯描写赏心乐事的那些诗作可比。无论李山甫“风烟放荡花披猖，秋千女儿飞短墙”还是王维“蹴鞠屡过飞鸟上，秋千竞出垂杨里”，都只是以赏玩的心态看着那“秋千女儿”的动作罢了，只有欧阳修，不是赏玩，而是会心与契合。

| 5 |

在王国维看来，晁补之似乎有点少见多怪了，因为欧阳修“绿杨楼外出秋千”一语虽佳，终归不是原创，而是脱胎于冯延巳《上行杯》当中的“柳外秋千出画墙”一句。冯延巳全词如下：

落梅着雨消残粉，云重烟轻寒食近。罗幕遮香，柳外秋千出画墙。
春山颠倒钗横凤，飞絮入帘春睡重。梦里佳期，只许庭花与月知。

这首词内容仍不出男欢女爱，历来也不大受人重视。单看“柳外秋千出画墙”一句，若非隔世暗合，倒也可以看作欧阳修“绿杨楼外出秋千”一语之所本。那么，后者如何比前者更见工巧呢？刘锋杰、章池有解读说：“‘绿杨楼外出秋千’结句在‘秋千’上，有绿树粉墙相衬，更显出秋千的飘荡飞动，令人神往。所以，用一‘出’字，有带着秋千破空而来、高高扬起的劲健。而‘柳外秋千出画墙’结句在‘画墙’上，画墙外虽有秋千的荡起，终而受画墙意象的一些遮蔽，却又似乎未能充分扬起，秋千的神韵没有完全展放。”（《〈人间词话〉解读》）

这样的解释自然可以成立，对我们欣赏诗词也很有启发，但是，我们也完全可以得出相反的看法：“柳外秋千出画墙”一句之前有“罗幕遮香”为铺垫，先有一“遮”，后有一“出”，妙态顿见；比较“罗幕遮香，柳外秋千出画墙”与“春色满园关不住，一枝红杏出墙来”，两者有异曲同工之妙而前者更胜，因为后者“春色”一句已经直截了当地将“关不住”交代出来，便失去了先抑后扬的戏剧效果。

文学评论就是这样，不同的切入点可以引出不同的评价，只要可以自圆其说即可。而在我纯属个人的感受里，如果说“绿杨楼外出秋千”胜过“柳外秋千出画墙”，理由倒不在修辞的工巧，而在于那份不期而遇的契合感。

［二十二］

梅舜［圣］俞《苏幕遮》词："落尽梨花春事［又］了。满地斜［残］阳，翠色和烟老。"刘融斋谓：少游一生似专学此种。余谓：冯正中《玉楼春》词："芳菲次第长相续。自是情多无处足。尊前百计得春归，莫为伤春眉黛促［蹙］。"永叔一生似专学此种。

| 1 |

本章探讨填词风格，先以刘熙载的论断发端：秦观似乎一生都在学习梅尧臣"落尽梨花春又了。满地残阳，翠色和烟老"的风格；继而提出自己的发现：欧阳修一生填词似乎也有所本，即冯延巳"芳菲次第长相续。自是情多无处足。尊前百计得春归，莫为伤春眉黛蹙"的风格。或者说，梅尧臣"落尽梨花春又了。满地残阳，翠色和烟老"一语的格调正是秦观词的整体格调；冯延巳"芳菲次第长相续。自是情多无处足。尊前百计得春归，莫为伤春眉黛蹙"一语的格调正是欧阳修词的整体格调。

梅尧臣，字圣俞，是北宋初期的一位诗人，致力于为北宋诗坛拨乱反正。

所谓“乱”，当时西昆体流行，雕琢形式而脱离现实；所谓“正”，就是要平朴真切、抒写生活。

梅尧臣的出发点是很好的，但矫枉过正，如果把他的诗翻译成白话，我们会以为这是新中国成立初期乡土作家的作品。钱锺书说，梅尧臣追求平淡，但往往平得没有劲，淡得没有味；他要矫正华而不实、大而无当的习气，就每每一本正经地用一些笨拙的、不像诗的词句来写琐碎、丑恶、不大入诗的事物，比如聚餐后害霍乱、上茅房看见粪蛆、喝茶之后肚子里打咕噜之类。可以说从坑里跳出来，又掉到井里去了。(《宋诗选注》)

其实写琐碎、丑恶、不大入诗的事物也可以写得很唯美，李商隐就写过一首题为《药转》的如厕诗，朦胧美艳，和《锦瑟》都能有一比，以至于很多人根本读不出它的主题：

郁金堂北画楼东，换骨神方上药通。露气暗连青桂苑，风声偏猎紫兰丛。
长筹未必输孙皓，香枣何劳问石崇。忆事怀人兼得句，翠衾归卧绣帘中。

颈联揭开谜底，孙皓长筹、石崇香枣，全是如厕的典故。题材龌龊到这样的地步，修辞依然可以美不胜收，但在梅尧臣看来，这样的美显然与朴拙之美南辕北辙。

| 2 |

梅尧臣并不以文艺理论成名，但他的一些文学主张已经很有晚近的意味，如“状难写之景，如在目前”，这会使我们想起王国维所谓“不隔”；“含不尽之意，见于言外”，这会使我们想起王士祯与张惠言的填词纲领。只可惜我们从梅尧臣的诗歌里很难窥见这样的风采，即便他真的写出了什么言外之意，大约也只是如《陶者》这般：

陶尽门前土，屋上无片瓦。十指不沾泥，鳞鳞居大厦。

前两句写烧瓦的陶匠任凭如何辛苦劳作，自家屋上却没有片瓦相遮；后两句写那些完全不事生产的人居然住在广厦豪宅里。只做描摹而不加评论，想做的评论自然在这一组对比当中呼之欲出。其实这样的感慨只是一种直观的同情，却不自觉地背离了儒家正统。

战国年间，农家人物陈相与孟子有一番对话，陈相持梅尧臣式的朴素观点，认为人人都应当通过劳动来获得衣食，即便国君也不例外，而孟子反驳说：自给自足是行不通的，社会需要分工协作；纵然你们有能力自耕自食，难道还要自己织布、炼铁不成？“劳心者治人，劳力者治于人；治于人者食人，治人者食于人：天下之通义也。”

社会需要分工协作，管理者可以拿到比生产者更高的薪俸，这确实是“天下之通义”。当然，生产者无论如何也不该无片瓦遮身，管理者无论如何也不该仅仅凭着寄生便安享万千广厦。但梅尧臣想要揭示的显然不尽于此，而是在相当程度上站在了陈相的立场上，可见他是如何一个头脑天真、性情质朴的人。这样的人，对世界会充满许多仅仅基于直观的离奇谬见，但这恰恰也是诗人的最必要的素质。所以梅尧臣的诗里常有一些为诗人所特有的愚蠢，但那同时也是诗人所特有的可爱。

| 3 |

梅尧臣在诗歌史上算是一位特色人物，却罕有填词，宋词选本里很少能见到梅尧臣的名字，《全宋词》也仅有两首在录，其中一首《苏幕遮》就是“落尽梨花春又了”一语的出处所在：

露堤平，烟墅杳。乱碧萋萋，雨后江天晓。独有庾郎年最少。

窣[1]地春袍，嫩色宜相照。

接长亭，迷远道。堪怨王孙，不记归期早。落尽梨花春又了。满地残阳，翠色和烟老。

愈是熟悉梅尧臣的诗，愈是难以想象他竟然写得出这样一首婉约伤感的词。不过以梅尧臣本人诗与词的对比，倒是最能看出当时的士大夫对这两种文体持有怎样不同的态度。

这首词通篇描写春草，但不是写一个特定时间里对春草的观感，而是囊括春草从生长到枯萎的全部过程，再置以一个特殊的人物形象，于是便生出“物犹如此，人何以堪”的气氛。

上阕给出一个还算明快的画面，那是雨过天晴，江天爽朗，被雨打过的一片茫茫春草正是最喜人的颜色，而人物也是与之相配的：所有人中，只有那个如庾信一般离乡宦游的才子最是年轻，看他那一袭青衫，映着春草的嫩绿。

“独有庾郎年最少”，庾郎本指庾信，而以“郎”相称，是说他正值青春年纪。

| 4 |

庾信是南北朝时期最卓越的文学家之一，生平遭际充满了戏剧性的逆转与不可救药的无奈。还在童年时期，庾信便凭借高贵的血统出身随父亲出入于萧梁宫廷，成年后出任东宫学士，文名益发卓著。不幸梁武帝萧衍晚年昏聩，终于招致侯景之乱，几乎亡国。及至台城陷落，庾信流亡江陵，辅佐刚刚继统的梁元帝萧绎，任职御史中丞。在这个多事之秋发生了一场令庾信更加手足无措的国难：就在他奉命出使西魏期间，西魏竟然不费吹灰之力吞并了萧梁。突然间无家可归的庾信只有留在西魏都城长安，在春花秋月中缅怀故国。

① 窣（sū）：拂。

其实如庾信这般名满天下的才子在任何一个政权下都不必忧心个人的前程，因为愈是四分五裂的时代愈会珍重人才。西魏将庾信待为上宾，委以要职，以真诚的文学趣味欣赏着他的绝代才华。然而庾信“虽位望通显，常有乡关之思”，对故国家园的留恋是任何荣华富贵都无法抵偿的。及至北周取代西魏，王朝的沦亡并未影响庾信的通显，他甚至还得到加官晋爵。

世事如棋，北朝有北周代西魏，南朝也有南陈代梁而兴。北周与南陈建交，达成一个相当人性化的协议：准许流寓北方的南国人士重回故土。庾信似乎看到了一线希望，却没想到协议中白纸黑字地注明特例：只有庾信和王褒不得南归。声名负累，一至如斯。作为文化旗帜与国家宝藏的庾信也只有以苦笑面对这份殊荣了。

庾信的文学创作，在被留西魏之前，是典型的宫廷式样，华丽繁缛，往往徒有其表，此后则既有思乡怀国之苦，又有被迫仕敌之辱，风格一变而为沉郁，所以杜甫有诗“庾信文章老更成，凌云健笔意纵横”“庾信平生最萧瑟，暮年诗赋动江关”。

我之所以详述庾信生平，是因为宋词选本一般讲到“独有庾郎年最少”时，只是说“庾郎”本指庾信，词中代指离乡宦游的青年才子。这话虽然不错，但“庾郎”的意象还有一层深意，与萋萋芳草的意象相呼应。

| 5 |

芳草是一个古老的诗歌套语，给人以远行的联想：茫茫芳草接天涯，离人越行越远，仿佛芳草在为人送别。白居易的成名作《赋得古原草送别》最后两句就是“又送王孙去，萋萋满别情”，平原上的芳草就这样满载别情地送王孙远去。

“王孙”一词，本义是天子之孙。周代分封建国，是传统意义上的封建社会，天子之子称王子，孙称王孙，封君之子称公子，孙称公孙。秦始皇扫平六合，封建社会转型为集权社会，王孙、公孙之类的称呼虽然沿袭下来，却彻底失去了原有的含义，变为对世家子弟的统称，后来便进一步泛指青年男子了。汉代淮南小山《招隐士》有“王孙游兮不归，春草生兮萋萋”，王孙远行而不归，只见时光荏苒，春草又生。自此以后，芳草、王孙、远行、不归这四者便联系在一起，诗人每咏芳草，举其一便知其三。

梅尧臣这首《苏幕遮》也不例外，下阕“接长亭，迷远道”，开始出现离别的意思。古时道路建设，每十里设一长亭，每五里设一短亭，以供旅客休息，庾信《哀江南赋》“十里五里，长亭短亭”历来传为名句。

举目远眺，只见萋萋芳草远接长亭，遮蔽了远方的道路，于是思念离人，“堪怨王孙，不记归期早”，怨那远行的王孙，怨那年最少的庾郎为何一再误了归期。“落尽梨花春又了”，在久久滞留中又是一年，只见“满地残阳，翠色和烟老”。梨花落尽了，春天过去了，在残阳的照耀下，满地的青草在迷蒙的烟霭中就这样老去了。

字面是说青草已经老去，而当初年最少的庾郎却迟迟没有踏上归程，实则是说庾郎已老，思归而不得。为何思归而不得，这便扣合了庾信的身世：人生去留终是不由自主的。

梅尧臣用到“庾郎”这个意象，既非仅仅代指青年俊彦，如以谢娘简单代指才女一样，亦非直接以庾信为典，而是着重在庾信思归而归不得、不得不终老异乡的境况，与其少年得志、意气风发的时候为对照。这个对照，会在所有宦游者心中引发共鸣，这才是整首词的核心所在。以《人间词话》西学背景下“优美—宏壮”的美学理论来看，这首看似优美的小词其实表现的是宏壮之美，因为它分明在摹写那震慑人心的、使人彻底丧失抗争意志的强力，即我们称之为命运的东西。

只有理解到这一步，才能明白刘熙载所谓“少游一生似专学此种”的含义。婉约风格的词人太多，但只有秦观，在婉约中写出了宏大的悲剧感。

其实刘熙载并不曾看到这一层的关联，他只是误打误撞地说对了话。刘熙载《艺概·词曲概》上下文是：“少游词有小晏之妍，其幽趣则过之。梅圣俞《苏幕遮》云：‘落尽梨花春又了。满地残阳，翠色和烟老。’此一种似为少游开先。……秦少游词得《花间》《尊前》遗韵，却能自出清新。”刘熙载对秦观的评价，不过是说秦观上承花间风格，却多了一种旁人没有的幽趣。至于“落尽梨花春又了。满地残阳，翠色和烟老”一语与秦观词中的悲剧感的契合，却是刘熙载不曾见到的。

| 6 |

如果说梅尧臣这首《苏幕遮》并非本色天成、有感而发，而是刻意锤炼出来的，这或许会令心地纯真的读者们有些失望，然而实情正是这样，这是下一章里将要讲到的内容。

《人间词话》本章的要点承接前一章，继续集中在冯延巳身上。“芳菲次第长相续”数语出自冯延巳《玉楼春》：

雪云乍变春云簇。渐觉年华堪纵目。北枝梅蕊犯寒开，[①] 南浦波纹如酒绿。芳菲次第长相续。自是情多无处足。尊前百计得春归，莫为伤春眉黛蹙。

词的主旨似乎只是劝人及时行乐罢了。正当初春，词人眺望远天，雪云仿佛突然间变成了春云，冬寒仿佛还只是昨天的事情，既然春光乍来，正该尽情游赏。梅花开遍，水波也呈现出酒绿色的春意了。梅花从南枝开到北枝，春光从东方一路向西征服世界，唤醒遍地花开，如同一个太过多情的人。每每在酒醉时苦苦期盼春天，春天终于来了，就不要过早地皱起伤春的眉头吧。

倘若仅仅是享乐主义的词风，那一定不是欧阳修所独学的。北宋初年歌舞升平，官员薪俸又为历代最高，所以享乐主义风潮弥漫全国，歌宴酒会几乎到了使士大夫们应接不暇的程度，填词唱曲每每是对酒当歌、及时行乐的内容。“永叔一生似专学此种”，学的并不是“花开堪折直须折”的情调，而是冯延巳

① 北枝梅蕊犯寒开：这是与大庾岭有关的一则典故。大庾岭的地理位置比较特殊，岭上的梅花同一棵树并不同时开花，而是向南的枝条上先开花，等这些花落了，向北的枝条上才开出花来。春天的暖意由南到北而来，在这些梅花上有了这样一种极端的体现。

词中藏在享乐主义背后的那种特有的沉郁苍凉。如叶嘉莹所谓，冯延巳的词是缠绵郁结、热烈执着，欧阳修的风格则是抑扬唱叹、豪宕沉挚。欧词抑扬往复、深挚沉着的一面便与冯词缠绵沉郁之致颇有相近之处。(《唐宋词名家论稿》)

我们看同样表现及时行乐的词作，宋祁“与君持酒劝斜阳，且向花间留晚照”，词足即意足；晏殊“座有嘉宾尊有桂，莫辞终夕醉”，只一派太平气象；欧阳修“直须看尽洛城花，始共春风容易别”，却独有一种豪宕沉挚的气质，换言之，既洞晓命运的苍凉，又有一种乐观主义的自信。这是最难得的一种乐观主义，是知其不可而为之的乐观主义，在欢笑的深处总能让人不期然地撞见悲怆。

| 7 |

在智者看来，乐观主义要么意味着无知的浅见，要么意味着庸俗而世故的生存技巧。我们需要积极向上的情绪，需要让自己的正能量满格，全不介意正能量真正满格的人是义和团和传销者。乐观主义可以帮助我们生活得更好，上焉者积极进取，下焉者轻松跨越人生的坎坷。乐观主义是一种实用主义，它不顾任何理据地阐释了宇宙人生，而我们之所以接受它，不因为它真实，只因为它有用。

智者永远不会停歇对真相的渴求，于是注定会发现：倘若我们不为人生强加一个意义，那么我们真的看不出人生有任何意义可言。所以伟大而深刻的文学永远是悲观主义的，至少不脱悲观主义的基调。

悲观主义里的乐观主义是最有美学意义的，欧阳修的乐观主义正是如此：明知道春天一定会弃自己而去，明知道歌宴酒会终将烟消云散，明知道政治理想悬在高不可及的云端，明知道强大的反对势力终将剥皮煎骨地吞噬自己……明知道以个人的卑微无力抗争命运的强悍，但仍要在输给命运之前做出最后一搏，仅仅为了给自己赢得一点毫无用处的体面。这样的内涵，正是欧阳修词与冯延巳词最为相似的地方。

有趣的是，两人的词风是如此相似，以至于人们常常混淆了作者。尤其填词在当时并不似写诗著文一样是一种正经事业，所以词作不像诗歌、文章一样被作者认认真真地编辑成册，而是任意流传于坊间，被歌女和乐师辗转传抄。这首被王国维认作冯延巳作品的《玉楼春》便同时被归入冯延巳与欧阳修的名下，考证乏力的学者们只有处处存疑，言人人殊。唐圭璋编的《全宋词》可谓今天的权威版本，便将这首词收录在欧阳修名下，只是末尾附言说："此首别又作冯延巳词，见《尊前集》。"

[二十三]

人知和靖《点绛唇》、舜[圣]俞《苏幕遮》、永叔《少年游》三阕为咏春草绝调，不知先有正中“细雨湿流光”五字，皆能摄春草之魂者也。

| 1 |

这一章继续推尊冯延巳的地位：世人皆知林逋《点绛唇》、梅尧臣《苏幕遮》、欧阳修《少年游》三者是咏春草的千古绝唱，殊不知冯延巳早已写过“细雨湿流光”这样的绝妙好辞，这四篇作品同样写出春草的灵魂。

北宋那三首春草绝唱，起因全在林逋身上。林逋是西湖孤山里的一名隐士，或许是北宋年间最出名的一名隐士。林逋的出名，首先是因为他的生活方式：他只是种梅养鹤，以“梅妻鹤子”的决绝姿态向世人宣告着自己的独身主义。儒家传统有所谓“不孝有三，无后为大”，不生子嗣是最大的一种不孝，因为这会使祖先的灵魂得不到祭祀、供养，其性质基本等同于任由父母挨饿受冻。

所以即便是隐士，也往往和世人一样娶妻生子。他们可以不理会朝政的黑暗，可以不理会世道的龌龊，但对于住在另一个世界里的全靠人间香火供养的列祖列宗，他们毕竟还要担起一份责任。

但林逋不管这些，早年失怙的经历使他彻底摆脱了父母对子女婚姻大事的千篇一律的喋喋不休。他想做一个拥有最大限度上的自由的人，不受任何人的牵绊，不对任何人承担义务。

独身主义者即便在今天也要承受不小的压力，何况是在久远的宋朝。所幸林逋虽然不曾像真正的隐士那样到深山更深处隐遁，但毕竟离群索居，用一道西湖水隔开旁人的议论纷纷。最蹊跷的是，他的生计居然也步入小康，雇得起应门的童仆了。

林逋喜欢自驾小舟往来于西湖周边的寺院，与高僧们诗词唱和。当有人登门造访的时候，童仆便将仙鹤放飞出去，林逋一看到鹤飞，就知道该掉转船头回家迎客了。

就是这样，林逋将日常生活打理成行为艺术，所以嘉客越来越多，客人们的身份也越来越高。士大夫们欣赏他的诗词与字画，更欣赏他的生活态度，于是林逋也就成了名士。与林逋这样的名士交往唱和，这也算是士大夫们为官场生活减压的一剂心灵鸡汤了。

诚然，对于那些在名利场上摸爬滚打的人来说，林逋的生活虽然不值得效仿，却大大值得欣赏。所以当他们以貌似真诚的嘴脸表达钦羡时，林逋从来都不会当真。

| 2 |

林逋写诗，以“疏影横斜水清浅，暗香浮动月黄昏”一联名垂千古，填词只是偶一为之，以至于在《全宋词》里仅仅占到三席位置，其中吟咏春草的《点绛唇》虽然在今天的普通读者中并不知名，在当时却赢得文坛一流高手的既羡且妒：

金谷年年，乱生春色谁为主。余花落处，满地和烟雨。
又是离歌，一阕长亭暮。王孙去。萋萋无数，南北东西路。

首句所谓金谷，本义是晋代首富石崇位于金谷涧的别墅。石崇曾在这里汇集当世名流送别王诩，后来江淹在名文《别赋》里写有“送客金谷”，于是创造出一个诗歌套语，以后诗人们说到金谷的时候，往往就有饯别的含义在。而草作为诗歌套语，同样有送别的含义。离歌、长亭、王孙，皆为离别意象，将离愁别绪烘托到最后，以一句“萋萋无数，南北东西路”作结。

这画面是春草乱生，无边无际，伴着同样看不到边际的南北东西的道路。草到底生向何方，不知道；人到底去了哪里，也不知道；自己该走哪条路，还不知道。

这九个字仅仅描绘了一幅画面，看似纯粹的客观写实，却传达出了深沉而复杂的意思和情绪。如果我们把它当作一幅画，并且给这幅画起一个题目，我们可以用纯然描绘情绪的“茫然无措”一词。

| 3 |

林逋《点绛唇》一出，使无数英雄竞折腰。鲜有填词的梅尧臣跃跃欲试，交出一首《苏幕遮》，即上一章介绍过的那首。欧阳修也不甘人后，随即交出了一首《少年游》：

阑干十二独凭春。晴碧远连云。千里万里，二月三月，行色苦愁人。
谢家池上，江淹浦畔，吟魄与离魂。那堪疏雨滴黄昏。更特地、忆王孙。

首句点出凭阑远望，满眼春光。所谓“阑干十二”，“十二”是虚指，形容阑干曲折回还。中国传统的数字用法有几种特例，如三、九、三十六、七十二，常常都是虚指。“三思而行”如果翻译成英文，应该用英文习语中的“think it twice”，而不能译成“think it thrice”。巧合的是，英语里表示“三次”的 thrice 也指“多”，比如“a thrice-empty phrase”，意思就是“纯属空谈”。

“十二”也是一个特殊的数字，是所谓“天之大数”，这是从天文学上岁星十二年绕天一周而来的。周代制礼中，天子的服装、仪仗等，常常会出现这个数字，哪怕是送礼，上等礼品数量的最高定额就是十二，超过十二件即为非礼。

“十二”还有仙家的意味，如仙人居所是“五城十二楼”。李白为了写诗押韵，颠倒词序说：“天上白玉京，十二楼五城。仙人抚我顶，结发受长生。”《红楼梦》所谓金陵十二钗也有同样的仙家含义，十二名人间女子皆为天上仙子的化身。

“十二”与“阑干”的关系确立于江淹《西州曲》“阑干十二曲，垂手明如玉”，后来李商隐写《碧城》组诗有“碧城十二曲阑干”，便是由此而来的。所以这样的语汇已经演变为诗词套语，欧阳修只能写“阑干十二独凭春”，而不能写作“阑干十四独凭春”或替换成其他什么数字。也正是因为诗词套语承载着历史上的文化积淀，便使得许多诗句如“阑干十二独凭春”一般载有一些字面以外的含义，但这些都不是诗人的实指，而是要靠读者去仔细体会的。

倚阑远望，只见“晴碧远连云”，碧空之下的平原，芳草无际，绵延到辽远的地平线上。因此景而生此情：“千里万里，二月三月，行色苦愁人。”这是华彩的一句，“千里万里”是空间，“二月三月”是时间，“千里万里，二月三月”，就在这简单的重复当中，让读者感受到一个从千里到万里、从二月到三月的“行程”，叠字的音色同时使人感觉到时间如同车轮般单调、跌宕、绵绵无尽。如此简单的字面，却创造出了如此上乘的艺术效果。《人间词话》第四十章讲“隔”与“不隔”的区别就以这句词为例，说“语语都在目前，便是不隔”。

下阕“谢家池上，江淹浦畔，吟魄与离魂”，这是词的特殊语序，实则是说“谢家池上的吟魄与江淹浦畔的离魂”。《人间词话》第四十章说这句话“隔”，用典太深。

用典已经是“隔”，何况用典太深。但这似乎是一种过于苛刻的批评，因为“谢家池上”和“江淹浦畔”都是很常见的典故。“谢家池”是谢灵运的池塘，谢灵运正是登上了这座池塘旁边的小楼才吟出那句千古传诵的“池塘生春草”；“江淹浦”取自江淹《别赋》中的“春草碧色，春水渌波，送君南浦，伤如之何”。两则典故都与春草有关，后者更点出了送别的意思。

用典到底深在哪里呢？因为若仅仅从“谢家池上”想到“池塘生春草”不仅是不够的，而且会产生错误的情绪关联。“池塘生春草”一句本身有一种生机盎然、造化自然运任的感觉，所以字面虽然普通，却传为千古名句。但欧阳修这里所取的并不是这层意思，而是一个更大的背景：谢灵运在写这首诗的时候，正受到政治新贵的排挤，被迫出守永嘉郡（今浙江温州），政治上远离中央，个人感情上远离家乡，心情郁闷，进退维谷。这个“远离”才是欧阳修的取意所在。我们只有这样理解，整首词在情绪上才是贯通的。但这个联想实在有些曲折，实在算得上用典过深了。

结尾“那堪疏雨滴黄昏。更特地、忆王孙”，情绪紧承上文，是说“谢家池上，江淹浦畔”已经足够令人郁闷，更何况黄昏疏雨点点滴滴，更惹起对远行之人的思念。

| 4 |

三首咏春草词都是一时之佳作，太难分出高下，但总还是有人想要强做区别，如宋人吴曾《能改斋漫录》有评论说：欧阳修的《少年游》不但超越了林逋和梅尧臣，即便放到唐代温庭筠、李商隐的文集里也足以乱真。

而王国维的着眼点在于：在这三首词之前，冯延巳早已写过同样主题的作品，水平亦绝不在三位后辈之下。

冯延巳的春草词是一首《南乡子》：

细雨湿流光。芳草年年与恨长。烟锁凤楼无限事，茫茫。鸾镜鸳衾两断肠。

魂梦任悠扬。睡起杨花满绣床。薄幸不来门半掩，斜阳。负你残春泪几行。

其实倒不用王国维来鸣不平，前人对这首词已经有了不少誉美。宋人周晋仙说整部《花间集》只有“细雨湿流光”五字绝佳。（《贵耳集》）王安石曾问黄庭坚“李后主的词以哪句为最好”，黄庭坚举出“问君能有几多愁，恰似一江春水向东流”，王安石却说：“不如‘细雨湿流光’最妙。”王安石虽然张冠李戴，但经他如此品评，“细雨湿流光”一句便从此传诵人口、妙绝千古了。（《雪浪斋日记》）

但有一处细节值得我们特别留意：无论周晋仙还是王安石，谁也没说“细雨湿流光”是以春草为描写对象的。其实“流光”并不形容春草，“细雨湿流光”的下句“芳草年年与恨长”才是。

| 5 |

前辈学人并未察觉此处误读。“细雨湿流光”与春草何干，只有佛雏的说法貌似有些弥合力：“此五字似从唐人‘草色全经细雨湿’句（王维）演化而来。大抵春草得细雨而愈怒茁、愈碧润，远望千里如茵，‘光’影‘流’动，若与天接。”（《“合乎自然”与“邻于理想”试解》）

草上“光”影“流”动，是为“流光”，这总有些望文生义的嫌疑。在“流光”一词的几个义项里，没有任何一项可以用来形容春草。唐诗凡用“流光”，或指似水年华，或指月光。和“细雨湿流光”相近的用法，有方干“空中露气湿流光”，但这首诗以“月”为题，露气打湿的不是春草，而是月光；有王景中“飘素衰萍末，流光晚蕙丛”，“飘素”和“流光”对举，虽然都落在草上，却一并是对霜的形容。

在冯延巳这首以闺怨为主题的《南乡子》里，“流光”只有两种可以成立的解释，一是月光，二是似水年华。以第二种解释为佳，“芳草年年与恨长”，芳草年年生长，正如她心头的幽怨年年都会生长一样。

她无时不在幽怨的情绪里，“烟锁凤楼无限事，茫茫”，在寂寞的闺房里无数次回忆往事的每一点细节，于是“鸾镜鸳衾两断肠”，日子就这样一天天一年年地度过。

| 6 |

王国维误以“细雨湿流光”吟咏春草，我们且放过他的这个小小失误，看看他想要说明的道理究竟何在：这些词句之所以绝佳，是因为它们“皆能摄春草之魂”，换言之，它们都捕捉到了叔本华所谓“理想”，都达到了苏轼所谓“写物之工”。通俗言之，它们都捕捉到了春草所独具的、无可替代的特点。

无论是林逋“萋萋无数，南北东西路”，梅尧臣“落尽梨花春又了。满地残阳，翠色和烟老”，还是欧阳修“千里万里，二月三月，行色苦愁人”，字面虽无“草”字，但无论用这几句词来形容任何其他事物都不可能贴切，它们只有在被用来形容春草的特点时才是最贴切、最让人信服的，也能让人在眼前一下子就浮现出春草萋萋的画面来。

《人间词话》第三十六章讲道：“美成《青玉案》[苏幕遮]词‘叶上初阳干宿雨。水面清圆，一一风荷举。’此真能得荷之神理者。觉白石《念奴娇》《惜红衣》二词，犹有隔雾看花之恨。”周邦彦“叶上初阳”两句形容荷花而“得荷之神理”，正如这三首春草词咏春草而“皆能摄春草之魂”。此之魂即彼之神理，每种事物都有其独特的、不可替代的特点，能否抓到这个特点，亦即能否摄取其魂或得其神理，正是一首咏物诗能否成功的关键。

[二十四]

《诗·蒹葭》一篇，最得风人深致。晏同叔之“昨夜西风凋碧树。独上高楼，望尽天涯路”，意颇近之。但一洒落，一悲壮耳。

| 1 |

《诗经》分风、雅、颂三部，以风之部最有抒情诗的色彩，其中隐秘幽微的情怀与寓托即所谓风人深致。王国维以《蒹葭》为《诗经》中最有诗意与深意的一篇，这倒可以见仁见智，但是，当他道出晏殊词“昨夜西风凋碧树。独上高楼，望尽天涯路”与《蒹葭》相近，仅仅有情绪上的洒落与悲壮之别时，便已经悍然迈出了离经叛道的一步。

在儒家传统里，《诗经》既被溯源为一切诗歌之祖，亦被尊奉为一切诗歌之典范。士君子无论兼济天下还是独善其身，《诗经》都是必不可少的人生指南，是儒家哲学所栖身的最美丽的一个载体。在儒家经典的排序里，要么以《易经》为首，要么以《诗经》为首，其他如今人熟悉的《论语》《孟子》之类都远在《诗经》与《易经》之下。

早在春秋时代，孔子便叮嘱弟子说，“不学诗，无以言”，意即一个人若不能熟练掌握《诗经》各篇章，便无法在贵族的社交圈里体面地和人交谈，正如简·爱时代的英国贵族都必须掌握法语一样，一口蹩脚的法语会使你身上所有价值连城的珠光宝气一瞬间黯然失色，毕竟谈吐从来都是一个人最难伪装亦最难速成的东西。所以，王国维将晏殊的一首词与《诗经》中的顶尖篇章相提并论，这本身就是一种推尊词体的做法，意味着词作为艺术形式之一种，绝非传统上所认为的那样不登大雅之堂。

| 2 |

《诗经》有十五国风，《蒹葭》属于秦风，即秦地诗歌。当然，用陕西话来读这首诗显然是一种破坏美感的不智之举。以普通话读之，竟依然可以读出那种悠扬低回之美：

蒹葭①苍苍，白露为霜。所谓伊人，在水一方。
溯洄从之，道阻且长。溯游从之，宛在水中央。

蒹葭凄凄，白露未晞②。所谓伊人，在水之湄③。
溯洄从之，道阻且跻④。溯游从之，宛在水中坻⑤。

蒹葭采采，白露未已。所谓伊人，在水之涘⑥。

---

① 蒹葭（jiān jiā）：初生的芦苇。
② 晞（xī）：晒干。
③ 湄：岸边。
④ 跻：升高。
⑤ 坻（chí）：水中的小洲或高地。
⑥ 涘（sì）：水边。

溯洄从之，道阻且右[①]。溯游从之，宛在水中沚[②]。

因为琼瑶小说《在水一方》的缘故，这首诗在今天也算广为人知，但同样因为这部小说的缘故，人们往往将“伊人”理解为女子，将诗人对“所谓伊人”的追求理解为男人对女人的爱情追求。但是，古人并不是这样理解的。

历代最具权威性的《诗经》注本是西汉《毛诗》与东汉大儒郑玄的《毛诗传笺》（一般简称《郑笺》），唐代科举考试中《诗经》一门的标准教材《毛诗正义》便是以《毛诗》与《郑笺》为底本的。《毛诗》的解读是：《蒹葭》一诗是为讥讽秦襄公而作，因为秦襄公不能以周礼治国，导致国政衰败。概而言之，《蒹葭》告诉我们治国当用周礼的道理。

“蒹葭苍苍，白露为霜。所谓伊人，在水一方。”《郑笺》的深刻解读是：蒹葭（芦苇）在众草之中苍苍然强盛，至白露凝戾为霜时便转为黄色，这是比喻秦地那些不服从秦襄公政令的百姓，得周礼之教则转为顺服；伊人即所谓知周礼之贤人，贤人遥遥，如同在大河的彼岸。“溯洄从之，道阻且长”，逆流而上为溯洄，比如逆礼而求则贤人不至。“溯游从之，宛在水中央”，顺流而涉为溯游，比如敬顺以求则贤人易至。

依这样的解释，《蒹葭》便是一首讥刺秦襄公且苦心求贤之诗。即便在疑经之风大兴的宋代，如欧阳修、王安石、苏辙这等顶尖学者也不曾对此有过半点怀疑，倒是看似刻板的朱熹本着考据精神说：这样的解读既缺乏文本上的线索，亦得不到任何文献证据的有效支持。

今天我们自然可以卸下儒家诗教的重负，就文本论文本，就证据论证据，于是只从诗中看到渴慕与追求，以及求而不得的忧伤。岸边有芦苇丛生，载露经霜，诗人沿着河岸上下追寻，走过太多的路，越过太多的险阻，而为他所追寻的那个人啊，有时似乎近在咫尺，却终归还是遥不可及。

读者可以从这样的诗意中做出各样的引申，苦苦追求而不得的“所谓伊

---

① 道阻且右：指道路迂回曲折。

② 沚（zhǐ）：水中的小洲。

人”可以是心仪的女子，可以是治国的贤人，也可以是不为世人所理解的孤独理想。我很欣赏金人党怀英的两句诗：“川上风烟无定态，尽供意与诗家”，诗意亦无定态，会随不同的读者而生出不同的新解，对于《蒹葭》这样的诗最是如此。

无论如何，单恋中的人以及单纯天真的理想主义者最容易受到《蒹葭》的感染，所以王国维于整部《诗经》中最爱这首《蒹葭》，这实在是一件因切合自身气质而顺理成章的事。

| 3 |

《蒹葭》之所以“洒落”，是因为它独有一种遗世独立、飘然出尘的气质。

王士祯《古夫于亭杂录》有这样的观点：“庄周云：‘送君者皆自崖而反，君自此远矣。’令人在萧寥之中生出远离尘嚣的想法，我以为《蒹葭》这首诗也有同样的感染力。”

以《庄子》理解《蒹葭》，也只是赋诗断章的一种方式。《庄子·山木》讲鲁侯忧劳国事，市南宜僚劝他放弃国君之位，远离俗务，去南越的建德之国，鲁侯担心路远，市南宜僚于是劝慰他说：“只要减少费用，节制欲念，您的给养便不会匮乏。待您渡过大江，浮游海上，回头已经看不见海岸，愈向前愈看不见边际。岸边送行的人都回去了，您从此远遁而去（送君者皆自崖而反，君自此远矣）。”

市南宜僚的真意其实是劝鲁侯摆脱世俗的羁绊：“所以说占有别人的人就有负累，被人占有的人就有忧患。所以尧既不占有别人，也不被别人占有。我希望您能够摆脱负累，解除忧患，与大道遨游于无穷的境界。试想乘船渡河的时候，有一只空船撞了上来，这时候就算急性子的人也不会发怒；但如果撞来的船上有一个人，这边船上的人自然会喊着叫他把船撑开。如果喊了一声不见回应，再喊一声仍不见回应，第三声就一定会恶言相加了。或生气或不生气，取决于撞来的船上或有人或没人。人如果能‘虚己以游世’，有谁能够伤害他呢？”

庄子显然不曾留意，人们若不小心踢到了石头，或者被锤子砸到了手指，难免都会咒骂几句，尽管这怪不得任何人。但无论如何，人生若采取这般“虚舟”的态度，“虚己以游世”，总也堪称一种令人钦羡的洒落了。但这般洒落距离一般人实在太远，我们总免不了牵挂父母子女，操心柴米油盐，追求各种各样的成就，铲除或显或隐的障碍，对未得的满怀欲念，对已得的害怕失去，每个人都是一条严重超载的小船。

在《庄子·山木》市南宜僚故事的上下文里，我们确实看到了虚舟远飏的“洒落”，但《蒹葭》又何曾体现出这样的“洒落”情怀呢？我们从《蒹葭》里看到的似乎不是洒落，而是执着，是对那个在水一方的所谓伊人不断地溯洄从之、溯游从之、上下求索的执着。但是，也正是因为对这个唯一目标的执着，令诗人无视一切世俗的牵绊与负累，只为一个纯美的目标一往无前，无怨无悔。这是理想主义者标签式的“洒落”，因为顽固地朝着理想的方向驶去，所以轻易抛弃了小船上的一切负载。

| 4 |

“昨夜西风凋碧树。独上高楼，望尽天涯路”，语出晏殊《蝶恋花》：

槛菊愁烟兰泣露。罗幕轻寒，燕子双飞去。明月不谙离别苦。斜光到晓穿朱户。

昨夜西风凋碧树。独上高楼，望尽天涯路。欲寄彩笺兼尺素。山长水阔知何处。

这首词以闺怨为主题，伤离怀远间自带一种君子风骨。

阑槛旁的菊花笼在淡淡的烟霭里，兰草挂着泪珠一般的露水，在这个愁绪萦怀的清晨里，燕子双双穿过罗幕飞远，仿佛不堪承受这里的寒意。月亮还不曾完全消隐，月光从昨夜到今晨总在房间里徘徊不去，仿佛全不晓得她的离愁别绪似的。她独自登上高楼，看昨夜的秋风又吹黄了多少绿叶，看迢迢道路通往天涯，而那个令自己刻骨思念的人啊，依然不见归来的身影。相思无处托付，纵然写好诗笺，封好书信，却不知道该寄往何方。

菊与兰皆为君子的意象，彩笺则是才女与君子两心相通的意象：早在唐代，蜀地以造纸闻名，在成都浣花溪畔，有才女薛涛别出心裁，设计出一种深红色的窄小信纸，人们称之为红笺或薛涛笺。薛涛与当世文坛名流诗歌往还，以这样一张张精雅的红笺颠倒众生。后来薛涛又发明了新奇的染色技法，能染出深红、粉红、明黄等十种颜色，且以花瓣点染，称为“十样变笺”，并且改小尺寸，专门用来题诗。及至唐末，文人对彩笺的着迷并未有丝毫退减，如韦庄写有一首《乞彩笺歌》，将之比作出自神仙之手的天上烟霞——“人间无处买烟霞，须知得自神仙手”，而它的贵重，也到了“也知价重连城璧，一纸万金犹不惜”的地步。

借着这样的意象，我们能感受到那个伤离怀远中的女子究竟有着怎样的气质。她一定不同于温庭筠笔下“小山重叠金明灭，鬓云欲度香腮雪”的女子，也一定不同于韦庄笔下“劝我早归家，绿窗人似花”的女子，晏殊这首《蝶恋花》就这样轻易脱离了《花间集》的格调。这个在彻夜无眠中饱受煎熬的女子，在“昨夜西风凋碧树。独上高楼，望尽天涯路”的骋望与期盼里自有一种所向苍茫的悲壮感，更不是《花间集》里那些含嗔带泪的小小幽怨可堪比拟的。一切在幽独中苦苦张望理想的尽头的人，都会在这首词里看到自己那不胜憔悴的镜中影像。“望尽天涯路”所望尽的，岂不正是“所谓伊人，在水一方”吗？

［二十五］

“我瞻四方，蹙蹙靡所骋”，诗人之忧生也；“昨夜西风凋碧树。独上高楼，望尽天涯路”似之。“终日驰车走，不见所问津”，诗人之忧世也；“百草千花寒食路，香车系在谁家树”似之。

| 1 |

将诗歌分为忧生与忧世两类并非王国维的首创，而是源自清代文论家刘熙载；刘熙载的说法有着更为古老的渊源，即《诗经》学术传统中的“变风变雅”之说。

《诗经》分为风、雅、颂三部，雅之部又分为大雅、小雅。汉代《毛诗大序》提出过这样一种划分：“至于王道衰，礼义废，政教失，国异政，家殊俗，而变风变雅作矣。”意即当西周王朝政治清明时，诗歌风格显得积极而平和，是为正风、正雅；待到王政中衰，礼制败坏，诗歌风格便一变而为忧患与讥刺，是为变风、变雅。治世之音安以乐，乱世之音怨以怒，亡国之音哀以思，诗歌的风格是世道变迁的一项极重要的表征。

于是刘熙载《艺概》这样讲道："《大雅》之变，具忧世之怀；《小雅》之变，多忧生之意。"忧世所担忧的是天下国家的兴亡，忧生所担忧的是个人前程的荣辱。刘熙载有《读楚辞》一文仔细辨析忧生与忧世的分别，大意是说：我读屈原的诗歌，觉得其中有两句特别值得玩味，即"余既不难夫离别兮，伤灵修之数化"与"虽萎绝其亦何伤兮，哀众芳之芜秽"。屈原虽有万语千言，心志只在这两句之中。宋玉的诗歌，其意亦可以两言见之，即"惆怅兮而私自怜"与"私自怜兮何极"。宋玉虽然学于屈原，但两人的诗歌终归有悲世与悲己之异。

在刘熙载看来，屈原之诗与《诗经·大雅》之变属于悲世（忧世）的典型，是至善的诗歌；宋玉之诗与《诗经·小雅》之变属于悲己（忧生）的典型，至魏晋时代而登峰造极。王国维承袭了刘熙载的观点，以诗词对勘，提出词和诗歌一样也有忧生与忧世之别。言下之意是：词也具有和诗歌一样的表现力，一样可以表现严肃的主题，一样可以成为严肃的创作。

| 2 |

"我瞻四方，蹙蹙靡所骋"，出自《诗经·小雅·节南山》，恰恰属于《小雅》之变，《毛诗》以为这首诗是周大夫家父讥刺周幽王之作。周幽王是西周末代天子，以荒淫无道名垂史册，给后人留下"烽火戏诸侯"的传说。尽管《毛诗》因其"深文罗织"的风格而失去了现代学者的信任，然而对这一首《节南山》的主旨解读还是相当可信的：家父为朝政的败坏而忧心忡忡，不知道应该何去何从，并在诗歌的结尾以实名向周幽王喊出了自己的期待：

节彼南山，维石岩岩。赫赫师尹，民具尔瞻。
忧心如惔[①]，不敢戏谈。国既卒斩，何用不监。

---

① 惔（tán）：火烧。

节彼南山，有实其猗[①]。赫赫师尹，不平谓何。
天方荐瘥[②]，丧乱弘多。民言无嘉，憯[③]莫惩嗟。

尹氏大师，维周之氐[④]。秉国之钧，四方是维。
天子是毗，俾民不迷。不吊昊天，不宜空我师。

弗躬弗亲，庶民弗信。弗问弗仕，勿罔君子。
式夷式已，无小人殆。琐琐姻亚，则无膴[⑤]仕。

昊天不佣，降此鞠讻。昊天不惠，降此大戾。
君子如届，俾民心阕。君子如夷，恶怒是违。

不吊昊天，乱靡有定。式月斯生，俾民不宁。
忧心如酲[⑥]，谁秉国成。不自为政，卒劳百姓。

驾彼四牡，四牡项领。我瞻四方，蹙蹙[⑦]靡所骋。
方茂尔恶，相尔矛矣。既夷既怿，如相酬矣。

昊天不平，我王不宁。不惩其心，复怨其正。
家父作诵，以究王讻。式讹尔心，以畜万邦。

---

① 猗（yī）：生长。
② 瘥（cuó）：疾病。
③ 憯（cǎn）：悲痛。
④ 氐（dǐ）：根本。
⑤ 膴（wǔ）仕：高官厚禄。
⑥ 酲（chéng）：酒醒后神志不清有如患病的感觉。
⑦ 蹙蹙（cù）：局促，困窘。

这首诗并未直接指斥幽王的无道，而是把矛头集中在当权贵族师尹身上，认为正是师尹的荒唐和残暴才导致了国运衰微，民怨沸腾。家父的悲愤一发不可收拾，上怨天，怨苍天无眼；下尤人，怨幽王被师尹蒙蔽；怨自己空有热血丹心却使不上半点气力。于是“驾彼四牡，四牡项领。我瞻四方，蹙蹙靡所骋”，诗人驾着马车，拉车的四匹马雄壮威武，他却茫然四顾，在逼仄的天地里竟然无路可以驱驰。

这其实是一首忧世之诗，但王国维赋诗断章，单单以“我瞻四方，蹙蹙靡所骋”两句来看，正是一个人对前途渺茫、出路无寻的哀叹。以自然之眼观之，我们只看到天大地大，车良马壮；以诗人的主观之眼观之，却仿佛深陷于一处连呼吸都无法畅快的小小囚笼。这样的感觉，王国维以为正是晏殊《蝶恋花》词“昨夜西风凋碧树。独上高楼，望尽天涯路”一语所呈现的那样。

| 3 |

“终日驰车走，不见所问津”，语出陶渊明《饮酒》组诗第二十首：

羲农去我久，举世少复真。汲汲鲁中叟，弥缝使其淳。
凤鸟虽不至，礼乐暂得新。洙泗辍微响，漂流逮狂秦。
诗书复何罪，一朝成灰尘。区区诸老翁，为事诚殷勤。
如何绝世下，六籍无一亲。终日驰车走，不见所问津。
若复不快饮，空负头上巾。但恨多谬误，君当恕醉人。

《饮酒》组诗的写作背景，第三章里已有介绍。陶渊明的诗歌素以天真质朴著称，但这一首对于今天的普通读者而言并不易懂，因为它几乎句句都有典故。古人之所以毫无阅读障碍，只因为这些典故在他们眼里简直算得上日常俗语了。

“羲农去我久，举世少复真”，“羲农”即伏羲、神农，传说中的上古帝王。

古人相信在伏羲与神农的时代里，天下人淳良质朴，毫无机心，世界是一个虽不甚丰裕却和谐美好的天堂。这样的时代久远而不可追回，当今的世界再也找不到几分真纯与朴素了。

“汲汲鲁中叟，弥缝使其淳”，孔子是鲁国人，故称鲁中叟，他忙于周游列国，兜售儒家学说，试图将那个礼坏乐崩的春秋社会改造成诗书礼乐的美好人间。可惜孔子始终不曾实现他的理想，《论语》这样记载他的哀叹：“凤鸟不至，河不出图，吾已矣夫！”凤鸟与河图都是罕见的祥瑞，传说它们的出现预示太平盛世的降临。但是，任凭孔子如何在栖栖遑遑中奔走天下，凤鸟终是不至，河图终是不出，太平盛世的远景只有一天比一天遥远。

幸而“凤鸟虽不至，礼乐暂得新”，孔子的理想虽未实现，努力却并非徒劳。孔子既殁，“洙泗辍微响，漂流逮狂秦”，洙水与泗水之滨再也听不到孔子的微言大义，遍地烽烟，终于一统天下的竟是暴秦。“诗书复何罪，一朝成灰尘”，始皇焚书，文明经历浩劫。“区区诸老翁，为事诚殷勤”，只有几位老翁勉力将儒家经典传至汉代。但是到了汉末，到了魏晋末年，“如何绝世下，六籍无一亲”，经籍不须焚毁而自然无人愿意亲近。

“终日驰车走，不见所问津”，这一联可以做两种解读，一是形容诗人欲求天下正道而处处碰壁，二是以两句分指二事：《晋书·王雅传》，王珣为儿子办婚礼，宾客盈门，车骑甚众，这时突然有消息传来，说王雅升任太子少傅，于是一大半宾客立即离开婚宴，驾车赶去王雅那里道贺。《晋书》于此有评价说：当时“风俗颓弊，无复廉耻”。陶渊明所看到的社会，正是这样一副“终日驰车走”的样子。

“不见所问津”典出《论语》：孔子将要渡河，不知道渡口所在，派弟子子路向正在附近耕田的长沮、桀溺两人请教。两人问道：“那边执辔驾车人是谁？”子路答道：“是孔丘。”两人再问：“是鲁国的那个孔丘吗？”子路答道：“正是。”两人道：“那么他应该晓得渡口在哪里。”于是津渡成为一个象征，象征着天下正道。为陶渊明所哀叹的是，终日里只见到世人在蝇营狗苟中趋炎附势，再没有人关心天下正道的所在。只有饮酒解忧，“若复不快饮，空负头上巾”。

《宋书·隐逸传》讲，陶渊明待酒酿熟时，取头上的葛巾滤酒，滤完之后再把葛巾戴回头上。只要不从卫生角度考虑问题，我们会很欣赏陶渊明这种旷达不羁的名士风范。为了不负头上巾，陶渊明总是痛饮无休，并且不忘记叮嘱他人“但恨多谬误，君当恕醉人”，醉人醉语多谬误，请听者不必当真。

| 4 |

这是一首忧世之诗，尤其“终日驰车走，不见所问津”一联凸显出世道衰颓而正人君子无用武之地的苦恼。陶渊明避居田园，寄情诗酒，却毕竟按捺不住对龌龊时局的悲愤。所以陶渊明的诗歌看似忧生，实则满是深刻的忧世之意，每每鼓舞到后世陷入相似境遇的仁人君子。

如清代初年，为明朝守节的傅山有诗说：“生憎褚彦兴齐国，喜道陶潜是晋人。”褚彦即刘宋王朝的中书令褚渊（字彦回），帮助萧道成夺取政权，摇身变为萧齐王朝的开国功臣。《宋书·陶潜传》讲，自从刘裕窃取国祚，废晋建宋之后，陶渊明所著文章便一概以干支纪年，不奉刘宋正朔。傅山以褚彦回与陶渊明分别象征降清与守节的旧友，一憎一喜之间正是陶渊明的忧世之意。

在传统认识里，忧世的格调应该是由诗歌来承载的，词不足以当之。正如深刻的乐思只能由交响乐来表现，不是流行歌曲所能够承载的。但王国维偏偏指出，如“百草千花寒食路，香车系在谁家树”这样的词，与“终日驰车走，不见所问津”分明有着极其相似的忧世情怀，诗歌所承载的深刻也完全可以由词来表现。

“百草千花寒食路，香车系在谁家树”出自冯延巳的一首《鹊踏枝》，全词已见于第十九章。这是一首闺怨主题的词，摹写一名痴情女子对冶游不归的情人的爱恨纠缠，貌似与忧世情怀毫无干系。寒食节正是踏青游春的时候，在古代的意义大约相当于今天的情人节。而就是在这样的时节，她寂寞地枯守妆楼，看远方有百草千花，有士人与游女，不晓得她思念的人正在和谁家的女子一同游赏。

只有以张惠言式捕捉言外之意的眼光，我们才可以体会出那潜藏在“百草千花寒食路，香车系在谁家树”一语深处的忧世之意。在《离骚》所开创的美人香草的寓托传统里，对爱情的执着不舍，对情人的有怨而无悔，最与君子的社会担当无言暗合。

[二十六]

古今之成大事业、大学问者，必经过三种之境界：“昨夜西风凋碧树。独上高楼，望尽天涯路”，此第一境也；“衣带渐宽终不悔，为伊消得人憔悴”，此第二境也；“众里寻他千百度。回头蓦见[蓦然回首]，那人正[却]在、灯火阑珊处”，此第三境也。此等语皆非大词人不能道。然遽以此意解释诸词，恐为晏、欧诸公所不许也。

| 1 |

这一章知名度最高，被太多人太多次引述，以至于从未读过《人间词话》的人也对之耳熟能详。哪怕是我们这些从未成就过大事业、大学问的凡夫俗子，往往也能够对此生出“心有戚戚焉”的感觉。

本章所谓的“三种之境界”，与《人间词话》在美学上的境界说毫无关系，我们可以视之为“三个阶段”。事实上，王国维在写于《人间词话》之前的《文学小言》中早已讲过这个观点，而且使用的说法是“三种之阶级”。当时所谓之阶级，也就是今日所谓之阶段：“古今之成大事业、大学问者，不可不历三种之阶级：‘昨夜西风凋碧树。独上高楼，望尽天涯路’（晏同叔《蝶恋花》），此第一阶级也；‘衣带渐宽终不悔。为伊消得人憔悴’（欧阳永叔《蝶恋花》），此第二阶级也；‘众里寻他千百度。回头蓦见，那人正在、灯火阑珊处’（辛幼安《青玉案》），此第三阶级也。未有不阅第一、第二阶级而能遽跻第三阶级者。文学亦然。此有文学上之天才者，所以又需莫大之修养也。”

这三个阶段是一个固定而必然的序列。第一阶段“昨夜西风凋碧树。独上高楼，望尽天涯路”，意味着有明确而远大的目标，有对这一目标的深切渴望。第二阶段“衣带渐宽终不悔。为伊消得人憔悴”，意味着为了达到目标而付出常人所不能及的辛勤，虽百折而不挠，永远无怨无悔。第三阶段“众里寻他千百度。回头蓦见，那人正在、灯火阑珊处”，在苦苦追寻中，忽然于不经意间灵光顿闪，恍然大悟，正是俗语所谓“踏破铁鞋无觅处，得来全不费功夫”。

| 2 |

王国维确实用最诗意不过的语言道出了人生的一种真相，只是结论做得武断了些。成就大事业、大学问的途径不一而足，事实上未必都要经历这三个阶段。

历史上有太多的反例。譬如刘邦，不可不谓成就了一番大事业，但这正是因缘际会、时势造英雄的典型范例，“衣带渐宽终不悔。为伊消得人憔悴”这类事情主要是张良这些人在做。再如苏秦，佩六国相印，奠定天下合纵格局，也是一番好大的事业，悬梁刺股的自我修养方式也确实当得起“衣带渐宽终不悔。为伊消得人憔悴”一语，但这样的事业又何尝会有“众里寻他千百度。蓦然回首，那人却在、灯火阑珊处”的妙悟呢？

在自然科学领域，反例更加多到不胜枚举，很多伟大的成就都是无心之得，譬如脉冲星的发现，既未经过“昨夜西风凋碧树。独上高楼，望尽天涯路”的目标定位，亦未有过“衣带渐宽终不悔。为伊消得人憔悴”的辛勤求索，众里从未寻他千百度，但蓦然回首之下，竟然赢得了诺贝尔奖。

我们当然不能苛责王国维什么，他毕竟是一个诗人气质很重的人，《人间词话》又是一部札记随笔式的记录，并不需要无懈可击的逻辑表述。他确实道出了一种真相，或者说道出了全部真相中的一部分，这已经足够了。

| 3 |

“昨夜西风凋碧树。独上高楼，望尽天涯路”，语出晏殊《蝶恋花》，全词已见于第二十四章。“衣带渐宽终不悔。为伊消得人憔悴”，语出柳永《蝶恋花》。这首词的著作权一直很有争议，一说是欧阳修的作品，一说是柳永的作品。王国维以人品定词品，认为柳永生性轻薄，不可能写出这般深挚沉郁的词，只配写“奶奶兰心蕙性”那种句子。

今天一般已将这首《蝶恋花》归入柳永名下，成为柳永为数不多的几篇佳作之一。

柳永，原名三变，字景庄，因为一场大病的缘故改名为永，字耆卿。“永”即“永久”，“耆”即“长寿”，柳永希望新的名字能使自己脱胎换骨，尽快康复起来。

柳永是历史上第一个专业填词并且独独以词成名的人。如果你读过任何宋词选本里的柳永词，因为太过喜爱而买来他的全集，那么你一定会失望到气愤的。柳永的词集，堪称词坛的《金瓶梅》《肉蒲团》，满载着诲淫诲盗的小市民趣味。所以柳永在当时受到的是冰火两重天式的待遇：一方面是来自知识精英阶层的鄙薄，一方面是来自小市民阶层的追捧。人们说凡是有井水的地方就有人歌唱柳永的词，这话既可以看作褒奖，也可以看作不屑，因为只有下里巴人这样的作品才能赢得这样的传唱度，正如今天的畅销书和高收视率的电视剧一样。清人冯煦《蒿庵论词》有这样的见地：“三变之为世诟病，亦未尝不由于此。

盖与其千夫竞声，毋宁《白雪》之寡和也。”为了赢得广大的读者群而不得不降低格调，这真不如阳春白雪的寂寞更好。

也许柳永天性如此。确实有许多文人秉持着“人不风流枉少年”的人生哲学，但几年的荒唐生活一过，总会折节读书，奋发科举，很少有人会像柳永这样一直风流到老。其实柳永也渴望功名，成为流行文学作家只是无奈之下的选择，正如孟浩然有苦说不出地成为隐士一样。

宋代的科举制度已经近乎当今的高考了，考生们不必再如唐代前辈那样将大把的时间、精力花在打通人脉上，只要认真读书，好好应考，机会总是有的。假如有记者穿越时空，到唐代和宋代的街头随机采访“你幸福吗”，宋人的正面回答显然会多些，因为宋代虽然不及唐代繁荣富强，但人们的公平感和制度的保障性真的比唐朝好多了。

当然，天平从来不会向弱势群体这边倾斜，因为在古代社会，任何一项改革，如果要给弱势群体一点福利，总要首先给既得利益者更多的甜头，而不是劫富济贫。仅以科举制度论，寒门子弟虽然获得了公平竞赛的入场券，但官二代获得了恩荫制度的保障，可以名正言顺地以“父亲在朝为高官，为国家做了贡献”这样的理由直接步入仕途。

柳永勉强算是官二代，可惜父亲的职务太过低微，以至于他只有凭自己的努力在京城的科场上搏一个辉煌的未来。只是京城的诱惑太多，对于任何一个生性浪漫的年轻人而言，这里既是天堂，也是地狱。

| 4 |

个人从来只是时代的玩物，九重天上的高端决策常常塑造着升斗小民的行为模式。我们似乎很难想象，无论是柳永本人的风流浪荡还是他的词作的流行，在很大程度上都是宋代税收政策的产物。

宋代财政收入，酒税要占到很大的比例。皇帝为了多收酒税，就将酒类销售业绩作为官员升迁的一项重要考核指标。官员们为了能升迁，自然想尽办法多卖酒，酒的周边产业便因此而迅猛发展起来。

酒在什么地方被消费得最多？当然不是在商店里，而是在夜总会、KTV、餐厅这些地方。这是今天我们的常识，同样也是宋朝人的常识。幸或不幸的是，地方官并不巧取豪夺，而是采取高明的市场营销手段来刺激酒类销售。这些手段高明到如此一种程度，以至于就连农村市场也被拓展进来，农民刚刚从政府那里取得的低息农业贷款当天就会全数变成酒楼的入账。

这一切几乎完全仰仗于歌女。正是有了歌女们的声色之诱，那些男人，无论市民还是刚刚进城的农民，都觉得酒格外好喝，生活格外幸福，钱当然也花得格外快。而歌女们在这种场合里演唱的那些流行歌曲，自然不是迎合知识分子趣味的，而是迎合小市民和农民的趣味。小市民和农民远较知识分子人多势众，所以他们喜闻乐见的歌曲自然就是全国性的畅销金曲。柳永，就是这类畅销金曲的金牌创作人，他仿佛天生就是为了小市民和农民的审美趣味而生的。如果他生活在今天，一定会收获无数的鲜花与掌声，财富与尊重，但在宋代这个士大夫阶层仍然固守精英文化传统的时代里，柳永赢得的并不是什么光彩的名声。

| 5 |

柳永扬名于勾栏酒肆，却蹭蹬于科场，但他虽玩物却未丧志，决心为自己的前途打点一下门路。柳永的思路是正确的：要找的这个人既要有一言九鼎的权势，也要和自己一样有填词的雅好。如果这个人也喜欢填词，自然会晓得自己的名声和水平，甚至有可能会像接待偶像一样接待自己。

晏殊似乎是最理想的人选，他有宰相之尊，位高权重，填词也蔚为大家。我们似乎有十足的理由以对李白与杜甫会面的期待来期待柳永与晏殊的会面，令人意外的是，这两位词坛巨擘的会面对双方而言都是一次极不愉快的经历。

当时晏殊问柳永说："阁下填词吗？"见问到自己最擅长的领域，柳永急忙与对方拉近关系："我和您一样，也喜欢填词。"然而晏殊所做的，却是立即与柳永撇清关系："我虽然也填词，却不像你那样填出什么'彩线慵拈伴伊坐'来。"

"彩线慵拈伴伊坐"出自柳永的一首《定风波》：

自春来、惨绿愁红，芳心是事可可。日上花梢，莺穿柳带，犹压香衾卧。暖酥消，腻云亸。终日厌厌倦梳裹。无那。恨薄情一去，音书无个。

早知恁么。悔当初、不把雕鞍锁。向鸡窗、只与蛮笺象管，拘束教吟课。镇相随，莫抛躲。彩线慵拈伴伊坐。和我。免使年少，光阴虚过。

这首词几乎不见于任何一部宋词选本，但如果要评选柳永的"代表作"而非杰作的话，那么它无论如何都不该漏选，因为这样的词才是柳永的招牌式作品，才是传唱于当时市井民间的流行金曲。如果我们从风俗史的角度着眼北宋，那么这样的作品远比"渐霜风凄紧，关河冷落，残照当楼"之类的名篇名句更有价值。

这首《定风波》用第一人称口吻，写一名女子埋怨着薄情郎一去无消息，自己只有在百无聊赖的日子里错过春光。这样的题材并不下作，其实很多高手都写过，比如欧阳修那首《蝶恋花》(庭院深深深几许)，历来传为名篇，内容也无非是怨妇埋怨男人变心，流连花街柳巷而不归罢了。欧词与柳词的不同，无非是表达形式的不同，欧词讲得雅，柳词讲得俗。

柳永长久混迹在小市民的环境里，填词也沾染了浓浓的小市民腔调。欧词写怨妇，只写到"泪眼问花"的程度，柳词却穷形尽相，一定要在形而下的疆域里写活每一个眼神与动作。所以在正人君子的眼里，柳永显然属于"文人无行"的典范，倘若这样的人可以做官，那一定是全社会的不幸。所以晏殊以厌恶的姿态拒绝了柳永尚未出口的请托。他们同样是填词高手，却分属于判若云泥的阵营。

| 6 |

晏殊的门路走不通，还可以直接去走皇帝的门路。当然，柳永并没有这般手眼通天的能力，但他毕竟有了无数的拥趸，总有贵人同情他的遭遇。

宫中的一位无名宦官有可能是柳永一生中最大的贵人，他出于纯粹的怜才之心时时帮柳永留心着机会，而机会终于蒙着面纱悄然出现了：当时教坊制作了一首新曲，名为《醉蓬莱》，凑巧老人星现于苍穹，给了大宋帝国一个难得的祥瑞。每一次祥瑞出现都是文人们歌咏升平、逞才晋身的良机，宦官将这个机会悄悄给了柳永，叮嘱他以老人星为主题，为《醉蓬莱》曲填词。于是柳永用尽浑身解数，以忐忑且激动的心情完成了这部也许将会为他带来命运转机的无聊巨制：

> 渐亭皋叶下，陇首云飞，素秋新霁。华阙中天，锁葱葱佳气。嫩菊黄深，拒霜红浅，近宝阶香砌。玉宇无尘，金茎有露，碧天如水。
>
> 正值升平，万几多暇，夜色澄鲜，漏声迢递。南极星中，有老人呈瑞。此际宸游，凤辇何处，度管弦清脆。太液波翻，披香帘卷，月明风细。

这首本该哄得“龙颜大悦”的作品却意外地令宋仁宗触绪伤怀，原因是词中“此际宸游，凤辇何处”的描写竟然与先皇的挽词如出一辙，那感觉正似寿诞上听到了哀乐一般。待仁宗读到结句“太液波翻”，情绪再也控制不住，恨恨说道：“何不言‘波澄’！”径自将这一卷新词扔在地上。

机遇从来都留给那些有准备的人，但不是所有有准备的人都能把握住机遇。除了埋怨造化弄人之外，柳永真不知道还能做些什么了。

| 7 |

柳永也许并不是一个很爱抱怨的人，但偶尔发出的几句抱怨偏偏迸发出了决定命运的力量。也许柳永只是错在不该把抱怨写进词里，因为他的词总是流传得那么广，让那些该听到和不该听到的人总是那么容易听到。

最致命的一首词是《鹤冲天》，以貌似豁达的口吻将科举失利看得如过眼烟云一般：

黄金榜上，偶失龙头望。明代暂遗贤，如何向。未遂风云便，争不恣狂荡。何须论得丧。才子词人，自是白衣卿相。

烟花巷陌，依约丹青屏障。幸有意中人，堪寻访。且恁偎红翠，风流事、平生畅。青春都一饷。忍把浮名，换了浅斟低唱。

这首词的大意是说：科场失利算不得什么，像我这样的才子即便不做官，却天然就是白衣卿相。科举不值得去争，不如到烟花巷陌里偎红倚翠，这才是逍遥快活的人生。人生苦短，为什么不过得潇洒一些呢？宝贵的时间精力与其用在科场和官场上，还不如用在风月场上呢。

当然这只是一时激愤之下的牢骚话，柳永后来还是不断去应考，以期用浅斟低唱的本领换一点真正的实惠。功夫不负有心人，他真的考中了一次，只是皇帝亲笔黜落了他：“且去浅斟低唱，何要浮名！”

皇帝偏偏要和柳永较一次真：你不是不屑朝廷的功名吗，你不是“忍把浮名，换了浅斟低唱”吗？那又何必来争这份功名！柳永以自嘲的姿态反抗了一下，从此自称“奉旨填词”，在烟花巷陌玩得更加放纵了。

| 8 |

后来柳永终于混到了一官半职，那是他一辈子最在意的事，却是他的历代

拥趸们最不在意的事情。人们传唱最多的是他那首《蝶恋花》(又名《凤栖梧》)，词中是一种义无反顾的痴情，再没有半点柳永平素里的格调：

伫倚危楼风细细。望极春愁，黯黯生天际。草色烟光残照里。无言谁会凭阑意。

拟把疏狂图一醉。对酒当歌，强乐还无味。衣带渐宽终不悔。为伊消得人憔悴。

王国维以人品与词品的一致性为由，执意将这首词定为欧阳修的作品。柳永一辈子在“轻薄”二字上吃尽苦头，千载之后都摆不脱这个阴影。而这首《蝶恋花》确实大有欧阳修的风范，起句便高，有扑面而来的画面感，情绪则一发而不可收：黄昏时独上高楼远眺，只见夕阳的余晖下，青草绵延无际，仿佛有无边的愁绪从天涯地角茫茫涌起。这愁绪无人能够理解，索性缄口，不说与任何人知道。也许只有借酒才可以浇愁，那就不须检点，拼他一醉吧。但心底的愁怨毕竟太浓太深，纵使对酒当歌，强颜欢笑，终也歌不得几声，笑不出几分。衣带渐宽，人已在憔悴中日渐消瘦了，但这又有什么关系？为她（他）钟情如斯，我甘心承受这样的磨折。

清人贺裳《皱水轩词筌》有一段评语说：小令虽然以含蓄为佳，但也有写决绝语的佳作，如韦庄“谁家年少足风流。妾拟将身嫁与、一生休。纵被无情弃，不能羞”，如牛峤“须作一生拚，尽君今日欢”。柳永“衣带渐宽终不悔。为伊消得人憔悴”正是上述韦庄的词意，只是写得更婉转些。

小令要含蓄，越含蓄则越有余味，最怕将话说满，将意思说尽。但偏偏也有一些特例，就是将话说满，将意思说尽，不留半点余地，不给读者半点回味与想象的空间，却竟然成为第一流的作品，柳永这首《蝶恋花》就是这等特例中的一个典范。

| 9 |

“众里寻他千百度。回头蓦见，那人正在、灯火阑珊处”，语出辛弃疾《青玉案·元夕》，但通常版本皆录作“众里寻他千百度。蓦然回首，那人却在、灯火阑珊处”。

辛弃疾是宋代豪放词的巅峰人物，而他的天赋才情与满腹经纶其实是在金朝的文化里培养出来的。金熙宗天眷三年（1140），辛弃疾出生于山东历城（今济南），这一年在南宋是宋高宗绍兴十年。

站在南宋的角度，辛弃疾生长于沦陷区，只有从故老相传里了解宋朝的模样；站在金国的角度，金国才是辛弃疾的祖国，历城才是辛弃疾的故乡，爱国与爱家乡都是不需要理由的，金国的国土虽然是靠侵略得来，但宋朝的国土又何尝不是呢？

其实在宋、金南北对峙已成定局之后，沦陷于金人手中的中原大地并不都是腥风血雨、愁云惨雾。金人的汉化程度之高往往令宋人咋舌，他们沿袭了汉人的职官、科举、刑律等制度，早已不是想象中的野蛮部落了。所以，北方书香门第的子弟从小便可以接受到与南方一样的儒学教育，长大以后也一样可以参加科举，入朝为官，一点也没有做牛做马的亡国奴的感觉。

而对于那些由宋入金的年长一辈来说，做亡国奴的滋味时常咬啮心灵。儒家传统最重华夷之辨，堂堂中华衣冠门第竟然被迫生活在夷狄的世界，这种刻骨的耻辱感简直要把人逼到发疯。所以尽管在金国完全能获得优裕的物质条件与相当程度的政治权利，他们始终都不会泯灭驱逐鞑虏之心，即便无力做到这一点，至少也渴望逃回宋境。

其实连金人自己都觉得做夷狄是可耻的。他们虽然是武力上的胜利者，却不自觉地受了汉文化太深的影响，极力想要和自己的夷狄出身划清界限，一点也不在意“忘本”的讥讽。金人战斗力的惊人衰退与此有绝大关系，他们若始终做好夷狄本分的话，灭亡南宋完全不是难事。

传统上都认为华夏文明更重脸面，夷狄世界更重实利，但我们看到金与南宋在外交上常常发生礼仪之争，金人执拗地要在礼仪上压宋人一头，不惜因此而激发宋朝主战派的狂热斗志，原因就在于金人太想摆脱夷狄身份，太想把自己建设成华夏文明的第一继承人，建设成正统的儒家王朝。宋人也惊恐地发现，如果不能迅速北伐、收复失地，沦陷区的百姓与士大夫便不会觉得生活在宋境和金境有任何差别了，那时候他们将会真正安心做金朝的子民，南宋北伐的人心优势将会彻底丧失。

| 10 |

辛弃疾的祖父辛赞是一位由宋入金、被迫滞留沦陷区的士大夫。为了保全家族，他忍耻接受了伪职。那时候虽然还没有汉奸这个概念，但做汉奸的耻辱感终生在辛赞心中挥之不去，以至于当孙辈成为真正意义上的金国子民的时候，他依旧不忘以宋朝的立场对之做“爱国主义教育”，辛弃疾就是在这样的家庭环境里得到熏陶的。

然而社会的大环境毕竟不同了。对于新生代而言，大宋文明只是一个悠久的传说，他们中的大多数人已经心安理得地接受了金国子民的身份，努力学习儒学，参加金国的科举考试，争取将来能在金国的官场中出人头地。辛弃疾的同学党怀英就是这一类人的代表，当辛弃疾率兵南渡，在南宋朝廷谋求兴复大业的时候，党怀英在金国顺利地科举及第，入翰林院为官，终于成为北方一代文坛宗主。儒家事业，在金朝并不逊于南宋。

倘若不是志大才疏的完颜亮做了皇帝，辛弃疾也许一生都等不到南渡的机会，就留在金国走上与党怀英一般的道路了。完颜亮的倒行逆施在金国激起了太大的民愤，非但汉人恨他，女真人一样恨他。于是，一方面出于好大喜功之心，一方面为了转移国内矛盾，完颜亮发动数十万大军南侵，要实现统一寰宇之志。

理想主义者被残酷现实狠狠打击的事情往往会令人同情，但完颜亮是个例外。他惊诧地发现自己的宏伟理想才一开始，竟然引发出太多的动乱：汉人造反，契丹人造反，就连女真人都造反了。完颜亮兵败采石矶，随即被厌战已久的部将谋杀，金人另立了一位稳妥可靠的新君，即金世宗完颜雍。而就是在这样一场大动荡里，辛弃疾加入了起义者的行列，亲率五十余名豪杰驰突于五万金军之中，生擒叛徒张安国，然后一路与追兵周旋，终于南渡大江，回归宋境，使张安国在建康闹市问斩，轰动宋金两地。

| 11 |

宋高宗其实并不欢迎辛弃疾这样的南渡者，尤其介意的是这位南渡者竟然是个英雄豪杰，永远在自己耳边聒噪着北伐。这样的人，还是一辈子让他投闲置散的好，免得生事。

南宋的外交政策早已注定了这个南渡英雄后半生的命运。朝廷很大度地给他职位，给他财富，给他荣誉，就是不给他实现北伐壮志的任何机会。辛弃疾不知道有没有后悔过，如此苟活在南宋难道真的就比留在金国更好吗？职位、财富、荣誉，这些东西可以软化凡夫俗子，却无法羁縻一位英雄。所以辛弃疾的词里满是壮志难酬的苦闷，满是故作旷达的凄凉。

在南宋文恬武嬉的日子里，金国却一直都在励精图治。金世宗即位之后，为了彻底摆脱蛮夷身份，争夺正统王朝的地位，在境内大力推行儒家仁政，以至于为自己赢得了“小尧舜”的称号。眼看着就连意识形态的制高点也要落入金人之手了，南宋收复故土的希望一天比一天渺茫。对于辛弃疾而言，再没有什么事比这更令人痛心了。

壮志无酬，便只有在诗酒中自娱。早年在金国的时候，辛弃疾曾以诗词拜谒前辈蔡光，蔡光说他的诗缺乏潜力，但他日必当以词名家。入宋之后的辛弃疾果然成为词坛巨擘，在他的手里无语不可入词，也只有词最能够排遣他的忧愤。

据邓广铭《稼轩词编年笺注》，推测《青玉案·元夕》写于辛弃疾初官临安之时。那是他理想最充盈的时候，刚刚完成了胜利的南渡，天真地相信南宋朝廷将会对自己委以重任，击楫中流、北伐中原是指日可待的事情。在金国的早年岁月使他幻想出了一个近乎完美的大宋王朝，不知道种种的龌龊与孱懦将在今后几十年里不停地以令人发指的姿态关照他的理想与命途。

在初官临安的元宵之夜，他看到的是传自北宋的璀璨如天街的花灯盛况，看着无数的临安市民戴着闹蛾儿、雪柳，乘着宝马雕车，欣赏着如千树繁花一般的灯火，仿佛这真的是一个无忧无虑的太平世界：

> 东风夜放花千树。更吹落，星如雨。宝马雕车香满路。凤箫声动，玉壶光转，一夜鱼龙舞。
>
> 蛾儿雪柳黄金缕。笑语盈盈暗香去。众里寻他千百度。蓦然回首，那人却在、灯火阑珊处。

在这熙熙攘攘的赏灯人群里，不知道是谁引起了他的注意。灯光太闪烁，人群太稠密，稍不留意便失去了她的踪影。他苦苦地在人海中找寻，向人潮最汹涌处找寻，向花灯最璀璨处找寻。当焦躁已难抑制的时候，蓦然回首，不经意间却在黯淡的灯火下，清冷的人流处，看到她亭亭地站在那里。

| 12 |

撷取三位词人的词句，以赋诗断章与创作集句的手法重新组合，以阐述崭新的内涵，这也算是中国诗词传统的一种妙趣了。所谓王国维一边讲着“此等语皆非大词人不能道”，一边讲着“然遽以此意解释诸词，恐为晏、欧诸公所不许也”。

王国维的再创造确实背离了三位词人的创作本意，但后者未必真的会表示“不许”，因为这实在是诗歌正统的解读方式之一，早在孔子所生活的春秋年间便流行于贵族社会了，尤其是在外交场合里。《左传·文公十三年》有这样一段故事：

冬，公如晋朝，且寻盟。卫侯会公于沓，请平于晋。公还，郑伯会公于棐，亦请平于晋。公皆成之。郑伯与公宴于棐。子家赋《鸿雁》。季文子曰："寡君未免于此。"文子赋《四月》。子家赋《载驰》之四章。文子赋《采薇》之四章。郑伯拜。公答拜。

这一年的冬天，鲁文公去晋国朝见。晋国是当时的强国，小国、弱国必须和它搞好关系才行。鲁文公一路西行，在经过卫国的时候，卫国国君卫成公请鲁文公帮忙，请他顺便代为调解一下卫国和晋国的关系。鲁文公到晋国搞完了外交，在回国的路上，郑国国君郑穆公也来拜托鲁文公，请他代为调解郑国和晋国的关系。那么，郑国是怎样发出请求的，鲁国又是怎样回答的呢?《左传》的记载极其简要：在那次国宴上，郑国大夫子家赋《鸿雁》一诗的首章，鲁国大夫季文子答道："我们的国君也不免于此啊。"随后赋了《四月》一诗的首章。子家又赋《载驰》一诗的第四章，季文子赋了《采薇》的第四章作为回答。郑穆公拜谢，鲁文公答拜还礼。

双方你来我往，分别赋诗两次，事情就这么谈成了。对于今天那些从不曾读熟过《诗经》的读者来说，看这样的场面简直就像在看黑社会在对江湖切口。事实上，从语言的社会功能意义上说，先秦贵族的赋诗外交与黑社会的江湖切口在本质上并无二致，都是一种圈内语言（姑且如此称之），任何一个特定的群体都会使用特定的、或多或少带有一些神秘色彩的圈内语言来巩固本群体内部的向心力，并且以此将本群体的成员标榜于其他人之外，加大圈外成员进入自己这个圈子的难度。

就连今天的中学生们也喜欢使用一些特殊的、在成年人看来简直稀奇古怪、不可理喻的表达方式，一些聪明的教师则会刻意使用这种表达方式，为的是能使自己和学生们"打成一片"。同理，孔子试图教育平民子弟，想使这些本该永远被排斥在贵族体系之外的人可以有机会融入贵族社会，那么就必须使他们熟知贵族社会的"江湖切口"。从这个角度来看，孔子并不像他一向声称的那样维护周礼，维护那个森严的、不容僭越的等级序列，他自己其实正是所谓"礼坏乐崩"的帮凶之一。

《左传》对春秋史事的记载也时不时地运用着周代贵族阶层的“江湖切口”，所以，对于发生在鲁文公十三年的这一起外交事件，我们必须先把自己培养成《诗经》的熟谙者，才有可能听得懂他们到底都在说些什么。

于是，所谓“子家赋《鸿雁》”，我们一则必须知道依照规矩，子家所赋的应当是《鸿雁》一诗的首章，二则必须熟知《鸿雁》首章的具体内容：

鸿雁于飞，肃肃其羽。之子于征，劬劳于野。爰及矜人，哀此鳏寡。

诗歌以飞翔的大雁起兴，感叹在外服役之人的辛苦疲惫，最后仿佛带着哭腔在说：“想想这个可怜人吧！同情一下这个鳏寡之人吧！”郑国大夫子家赋这一章诗，分明是在鲁文公面前扮可怜，希望赢得鲁文公的同情，由鲁文公出面代郑国向晋国去疏通关系。这些话用诗歌语言诵读出来，当真文雅得紧，又是截取现成的诗句为我所用，更显出一副从容不迫的派头，虽然是自诉可怜来求人帮忙，但话里话外一点也不带穷酸相，不伤自尊。试想同样的内容如果换成大白话说出来，的确有点让人张不开口。

鲁国大夫季文子听出了子家的意思，答了一句“我们的国君也不免于此啊”。意思是说：你别只觉得就你们郑国国君可怜，其实我们鲁国国君也一样可怜，你还是去求一个不那么可怜的人来帮你吧，我们实在是爱莫能助啊！季文子感叹过后，也赋诗作答，所赋的《四月》首章是：

四月维夏，六月徂暑。先祖匪人，胡宁忍予。

这四句的大意是说：“四月就入夏了，到了六月已经是暑气难挨，我的祖先啊，你们就不会可怜可怜我吗！”季文子引这一段诗，是在暗示子家：我们国君刚刚从晋国回来，如果答应你们的要求，就还得返回再去晋国一趟，这样的旅途奔波也未免过分了吧。

从上下文推测，季文子有可能还把《四月》的下面几句也一并赋出来了：

秋日凄凄，百卉具腓。乱离瘼矣，爰其适归。
冬日烈烈，飘风发发。民莫不穀，我独何害。

这几句的大意是说：“秋天真是凄凉啊，百草都已经枯萎。离乱的日子真是苦啊，到哪里才能落脚？冬天真是冷得厉害，狂风刮个没完。为什么别人都活得不错，偏偏我这么倒霉？”

这一番言辞往来，子家恳求，季文子推托，好比两个酒肉朋友在讨论借钱的事情，想借钱的人在哭诉可怜以博取同情，被借钱的人说：“我也不比你更宽裕啊，实在拿不出钱来帮你啊！张三李四他们哪个不比我混得好，你为什么偏偏找我借钱啊！”

季文子虽然一力推托，子家却并不放弃，接着赋出了《载驰》的第四章：

我行其野，芃芃其麦。控于大邦，谁因谁极。
大夫君子，无我有尤。百尔所思，不如我所之。

诗的大意是说：“我走在原野上，看见麦子正长得茂盛。我要去求大国帮忙，可我能信靠谁呢？又有谁能够急我所急呢？各位大夫，各位君子，你们不要责备我这样做不对，你们纵然有上百种好的主意，也不如我亲身去跑一趟。”这几句正好回答了季文子赋出的《四月》首章，言下之意是：奔波确实很辛苦，但还有什么办法呢？坐而论道管什么用呢？要想取得大国的援助，还是免不得劳动贵国国君亲自去跑一趟。

话既然说到这个份上，鲁国君臣看来也不好意思继续推托下去了，于是季文子赋了《采薇》第四章：

彼尔维何，维常之华。彼路斯何，君子之车。
戎车既驾，四牡业业。岂敢定居，一月三捷。

诗句是说：“那盛开的是什么花？是棠棣之花。那辆车是谁的车？是君子的车。战车已经备好，拉车的四匹马又高又壮，怎敢安安稳稳地住下来呢？一个月里打了三次胜仗。”《采薇》是写征战之事的，季文子这里引用出来，只是告诉郑国君臣：那我们就为贵国跑一跑腿好了，你们就等候好消息吧。

郑穆公听懂了季文子的意思，所以才会行礼拜谢，然后鲁文公答拜还礼。国家外交就是这样靠着赋诗顺利进行下来，仿佛一切尽在不言中。这样的辞令，无论是恳求还是拒绝，无论是被求还是被拒，一切的沟通与交锋都是在富于审美情调的诗句里，在诗句的言外之意里平滑进行的，全然不会伤了自己或对方的面子。

| 13 |

当时的贵族们不需要自己会作诗，只需要能背诗、会用诗也就够了。当然，这个标准也绝对不算很低。从背诗的角度来看，《诗经》收诗三百零五篇，春秋时代贵族们需要掌握的诗歌应该比这稍微多些，在那个文字传写极不发达的时代，要背熟这么多内容也不是一件很容易的事。除了背熟之外，还需要“正确”理解诗歌的含义，这就更不容易了。

所谓“诗无达诂，文无达诠”，文学作品，尤其是诗歌，其含义往往很难有什么标准答案。从《诗经》里随便抽出几篇，查一查历代学者的研究、阐释，就会发现意见实在太多，似乎谁的看法都有一点道理，谁的看法也都不可尽信。今天我们若从审美的角度来看这个问题，完全可以释然，因为诗歌之美往往就在于它的朦胧，在于它给读者营造出了一个指向不明的歧义空间，这样理解会有这样的味道，那样理解又会有那样的味道，于是越读也就越有味道。但春秋时代的贵族们还不会这样来想问题，尤其是，诗歌对于他们既然是一种不可或缺的交际语言，无论齐国、鲁国、郑国、晋国，各个国家的人对同一首诗的理解至少也要差不太多才行，不然的话就彻底没法交流了。我们可以就此推测，当时的诗歌，无论是文字还是阐释，一定有某个在各个国家之间获得普遍认可的标准版本，孔子教诗，所依据的应该就是这个版本。

有普遍认可的标准是一回事，但贵族们并不介意断章取义。季文子答复子家时所赋的那首《采薇》就是断章取义来用的。这个时候，全诗的主旨并不要紧，只要这特定的一章足够表达当下所要表达的意思就可以了。这也正体现出急才的重要性来，若仅仅死记硬背的话，纵然可以倒背如流，但只要脑筋不够灵活，不懂得灵活运用，还是应付不了社交场合。所以孔子才有这样一句名言："诵《诗》三百，授之以政，不达；使于四方，不能专对；虽多，亦奚以为？"一个人能诵《诗经》三百篇，可见在这方面已经下了很深的功夫，但派他去办一些内政事务，他办不好，派他去搞外交，他也不能独立应对外交辞令，这样的人，诗背得再多又有什么用呢？

| 14 |

在王国维的晚年，对"三种境界"说有过自己的一番阐释。事情载于蒲菁《人间词话补笺》：吴芳吉曾受蒲菁的请托，专程拜访王国维请教"三种境界"的含义，王国维答道："第一境即所谓世无明王，栖栖遑遑者；第二境是知其不可而为之；第三境非归与！归与！之叹与？"

在这样的解释里，三境皆与孔子的遭际有关。"世无明王，栖栖遑遑"，天下没有明君，试图恢复礼乐之治的孔子无限焦灼地奔走于列国之间。"知其不可而为之"，这是在处处碰壁之后仍然固守的一种坚持，明知道正确的主张不为混乱的现实世界所容，但依然无怨无悔。"归与！归与！"这是孔子晚年的感叹，是当他在中原诸国受尽了磨折之后蓦然看到的一点希望：其实家乡后生大有可造之材，自己又何必离乡背井呢？

王国维对自己当初的"三种境界"之说提出这样一种解读，不知道掺杂了何等复杂的晚年心境。就是在这同一年，在为吴芳吉做出"归与！归与！"的新释之后不久，王国维留下"五十之年，只欠一死；经此世变，义不再辱"这一份令人费尽猜详的遗书，自沉于颐和园昆明湖，谁也不知道他在"蓦然回首"之际究竟看到了什么。

[二十七]

永叔“人间［生］自是有情痴，此恨不关风与月”“直须看尽洛城花，始与［共］东［春］风容易别”，于豪放之中有沈著之致，所以尤高。

| 1 |

婉约词最容易写得小家子气，豪放词最容易写得粗鄙无味。正如为人，有人标榜文雅，结果却使人觉得迂腐做作，有虚伪气；有人标榜耿直，结果却使人觉得缺乏教养，素质低下。所以孔子才说：“质胜文则野，文胜质则史。文质彬彬，然后君子。”

欧阳修的词最有“文质彬彬”的气质，本章所列举的“人生自是有情痴，此恨不关风与月”以及“直须看尽洛城花，始共春风容易别”正是显例。这几句词出自同一首《玉楼春》：

尊前拟把归期说。欲语春容先惨咽。人生自是有情痴，此恨不关风与月。
离歌且莫翻新阕。一曲能教肠寸结。直须看尽洛城花，始共春风容易别。

摆酒话别，待要承诺归期，却伤心得说不出话来。所谓“感时花溅泪，恨别鸟惊心”，花与鸟何尝懂得溅泪与惊心呢，风花雪月皆是自然无情之物，只是承载着人生感情的投射罢了。我们此时此刻的离愁别恨亦如古往今来所有人的离愁别恨一般，是人类亘古无解的感情难题。离别的歌曲就唱到这里吧，仅一曲便足以令人肝肠寸断。但是，不要这样轻易地分别，且待我们赏遍洛阳的似锦繁花吧。

| 2 |

这首《玉楼春》里，“尊前拟把归期说。欲语春容先惨咽”“离歌且莫翻新阕。一曲能教肠寸结”，将伤春伤别的情绪推到极致，仿佛悲从中来，不可断绝；但是“人生自是有情痴，此恨不关风与月”“直须看尽洛城花，始共春风容易别”却以豪放洒脱的气魄将浓得化不开的悲情涤荡净尽。豪放之语以柔情为根，洒脱之态以浓情为本，这便是“于豪放之中有沈著之致”。

豪放词最忌“质胜文则野”，所以总需要沉着来调剂。我们以陈亮一首同样写伤别情绪的《贺新郎》对照一番，便容易看出差异了：

话杀浑闲说。不成教、齐民也解，为伊为葛。樽酒相逢成二老，却忆去年风雪。新著了、几茎华发。百世寻人犹接踵，叹只今、两地三人月。写旧恨，向谁瑟。

男儿何用伤离别。况古来、几番际会，风从云合。千里情亲长晤对，妙体本心次骨。卧百尺、高楼斗绝。天下适安耕且老，看买犁卖剑平家铁。壮士泪，肺肝裂。

这首词是陈亮与辛弃疾诸多赠答作品之一。宋孝宗淳熙十五年（1188）岁末，陈亮远赴数百里，拜访辛弃疾，探讨天下兴亡大事。分别之后意犹未尽，两人以《贺新郎》同韵词反复赠答，有惺惺相惜之情，有感时伤世之叹。

现代选本选录词作，往往依现代汉语的语法来加标点，所以对这首词会加很多个感叹号和表示反问的问号。尽管我不赞同这样的标点方式，但这至少说明了这首词读起来是何等的慷慨激昂。

豪放词的特点之一是多用典故，这首《贺新郎》正是范例。开篇便发出愤懑的倾诉，说自己与辛弃疾无论对国家大事有多少热情多少见地，终归无用，因为这只是伊尹、诸葛亮那样的位高权重者才可以操心的事情，普通百姓无能为力。两人就在这酒席间、风雪中匆匆老去，“百世”句用《庄子》与《战国策》之语，形容人才难得，知己难得。下阕用到《三国志》的典故：名士许汜拜访陈登，陈登并不以礼相待，自上大床卧，使许汜卧下床。许汜愤愤不平，后来向刘备道及陈登无礼，不料刘备却说：“君有国士之名，今天下大乱，帝主失所，望君忧国忘家，有救世之意，而君求田问舍，言无可采，是元龙所讳也，何缘当与君语？如小人，欲卧百尺楼上，卧君于地，何但上下床之间邪！”

“天下”句典出《后汉书》，有渤海郡人卖掉刀剑，换来平民所用的农具。这或许是天下晏安的体现，然而又何尝不是天下苟安的奇观呢？

我们对照陈亮《贺新郎》与欧阳修《玉楼春》，便会发觉前者所缺乏的正是后者所独具的沉着。前者在酣畅淋漓之际一发不可收拾，这实在是豪放词的通病。但陈亮生当苟安之世，胸怀光复大志，人生更是屡遭磨难，词中情绪的易发而难收总还是可以赢得人们同情和理解。清人冯煦《蒿庵论词》说陈亮之词忠愤之气，随笔涌出，足以唤醒盲聋的时人，正不必以词艺之工拙论之。

［二十八］

冯梦华《宋六十一家词选·序例》谓："淮海、小山，真古之伤心人也。其淡语皆有味，浅语皆有致。"余谓此唯淮海足以当之。小山矜贵有余，但可方驾子野、方回，未足抗衡淮海也。

| 1 |

冯煦，字梦华，号蒿庵，江苏金坛人，约略与王国维生活在同一时代。

传说冯煦的母亲在分娩那天梦见有一僧人拈花入室，这便是冯煦取字梦华的来历，与梦笔生花的典故无关。但冯煦偏偏有一支生花妙笔，年纪轻轻便以词赋知名，成为江南才子中的佼佼者。无奈他不擅时文，以至于科场蹭蹬，直到四十五岁那年方才考中进士。那已经是光绪十二年（1886）了，历史的飞车正向着辛亥革命风驰电掣，只是梦中人依然毫无所觉。

冯煦中举堪称实至而名归，所以胪唱之时，慈禧太后以"老名士"呼之。一旦跨过科举的门槛，冯煦的仕途便顺遂到令人咋舌的程度，一路升迁至安徽巡抚，这已是真正意义上的封疆大吏了。

也许要应一下物极必反的规律，冯煦终于因忤旨受黜。但一切的陟罚臧否忽然都不重要了，随着辛亥革命的发动，王纲解纽，冯煦由朝廷重臣转眼间变成了前朝遗老。冯煦的卒年不可确考，但大约与王国维同时。

| 2 |

冯煦在词坛上做出的最大贡献就是编选了一部《宋六十一家词选》。

清人很喜欢编辑词选，因为选本最能够反映编选者的审美主张，最容易借此而开宗立派，扩大声势。如康熙年间，朱彝尊编选《词综》，为浙西词派打下半壁江山；嘉庆年间，张惠言与其弟张琦编选《词选》，当时虽只是一部私塾教材，后来却因此而兴起了一个常州词派。

选择即判断，这个道理适用于日常生活的方方面面。譬如衣着，一个人为什么会这么穿而不是那么穿，为什么会这么搭配而不是那么搭配，这都是个人审美趣味的鲜明体现。同样，选择即放弃，你选择了这一件衣服，也就意味着你放弃了其他的成百上千件同类的衣服。

我们从穿衣打扮的时尚里可以看到一个颇为明晰的行为规律：文化素质越低、审美趣味越差的人，越容易受到流行风尚的影响，成为风尚的追随者；而文化素质越高、审美趣味越好的人，越会有自己的主见，超脱于流行风尚之外，其中出类拔萃者甚至试图以一已之力创造风尚，引领新的潮流。

每个时代的文学风尚也遵循着同样的规律。以诗词而论，大众审美趣味在很大程度上都是被流行选本塑造出来的，而每一个选本，莫不体现着编选者的个人趣味和个人目的，以及个人的各种判断和各种放弃。从历史上浩如烟海的诗词作品里挑选几百首出来，编选者的水平越高，选本的个人色彩也就越浓，不同选本之间的差异也就越大。

而冯煦《宋六十一家词选》不为开宗立派，而是更加着意于为宋代词坛创建一幅缩略图。换言之，冯煦的客观视角更强，于是《宋六十一家词选》便有了现代词选的端倪。冯煦以明末藏书家毛晋的《宋名家词》为底本，将毛晋选录的宋代六十一位词坛名家悉数收录，只是大大缩减了篇幅。《宋名家词》选录宋词七千余首，实在卷帙浩繁，一派藏书家的风格，冯煦精选至一千二百余首，实用性显然要强出许多，而且特地以不偏不倚的姿态突出宋代词坛的多样性。当然，纯粹的客观视角是不可能的，而冯煦在词选序言中的见地更不尽得到王国维的赞同。

| 3 |

“淮海、小山，真古之伤心人也。其淡语皆有味，浅语皆有致”，这是冯煦《宋六十一家词选》中对秦观、晏幾道词风的论说，还有一段下文：“求之两宋词人，实罕其匹。子晋欲以晏氏父子追配李氏父子，诚为知言。彼丹阳、归愚之相承，固琐琐不足数尔。”

“晏氏父子”即晏殊、晏幾道，“李氏父子”即李璟、李煜，“丹阳、归愚”即葛胜仲、葛立方父子。在冯煦看来，晏殊、晏幾道父子足以匹配李璟、李煜父子，而葛胜仲、葛立方虽然也是父子俱以词名世，却不足以与晏氏、李氏父子相提并论。

冯煦认为秦观（淮海）、晏幾道（小山）“真古之伤心人也”，这个“古”并不是宋代，而是指孔子以前的时代，一般可以理解为孔子所向往的西周兴盛时代。严格来讲，“古”并不是一个确定的时代，而是人们心中的一个理想时代。人们相信那些“古人”本质淳良、宅心仁厚。在厚古薄今的年代里，“古”永远是好的。譬如同是君子，“古之君子”总好过“今之君子”；同是伤心人，“古之伤心人”总好过“今之伤心人”。具体好在哪里，“古之伤心人”怨而不怒，哀而不伤，“今之伤心人”往往歇斯底里而不加节制。所以，若命运强迫你必须做一名伤心人，那么做“古之伤心人”总还可以赢得人们的尊敬。

以文学风格论，“古人”淡雅，“今人”秾丽。晏幾道和秦观的词，其实很有“今人”的秾丽风格，冯煦之所以说他们“真古之伤心人也”，是因为“其淡语皆有味，浅语皆有致”的缘故。也就是说，两人在秾丽风格之外也有一些淡语、浅语，常人写淡语、浅语往往流于浅白无味，这两人却可以在浅淡中见韵致。

《古诗十九首》应当算是“淡语皆有味，浅语皆有致”的极致。如“行行重行行，与君生别离。相去万余里，各在天一涯”，白话平铺直叙，不假雕饰，却足以感人至深。

| 4 |

冯煦《宋六十一家词选》论秦观词风的一段话，最适宜作为本章的参照：

> 少游以绝尘之才，早与胜流，不可一世。而一谪南荒，遽丧灵宝。故所为词，寄慨身世，闲雅有情思，酒边花下，一往而深，而怨悱不乱，悄乎得小雅之遗，后主而后，一人而已。昔张天如论相如之赋云：“他人之赋，赋才也；长卿，赋心也。”予于少游之词亦云：“他人之词，词才也；少游，词心也。”得之于内，不可以传。虽子瞻之明隽，耆卿之幽秀，犹若有瞠乎后者，况其下邪？

这段文字大意是说：秦观是天才的词人，是唯一可以与李煜比肩的人。他在早年辞采张扬，不可一世，及至仕途受挫，贬谪南荒，那脆弱的心便有些失魂落魄了，所以词风一变而为深沉。最为难得的是，秦观之词虽有怨悱，却不至于乱，有《诗经·小雅》之遗风。这样的词纯然得自天赋，不是可以学来的，连苏轼、柳永都瞠乎其后，更何况那些等而下之的词人呢？

可见关于对秦观与晏幾道的评价，王国维并非全然反对冯煦，而是存大同而论小异罢了。“淮海、小山，古之伤心人也。其淡语皆有味，浅语皆有致”这句，王国维认为只有秦观才足以当之，对晏幾道则是过誉了。这话倒也中肯，因为晏幾道比之秦观，人生并没有那么大的浮沉起落，所以对人生悲剧性的感受不如秦观那般深切刻骨。晏幾道的悲伤，是“当时明月在，曾照彩云归”；秦观的悲伤，是“郴江幸自绕郴山，为谁流下潇湘去”。两者的深浅又怎能同日而语呢?

所以秦观的词有时会写得凄绝，彻底不是“怨悱不乱”的样子。冯煦事实上也留心到这一点，他曾写有论词绝句十六首，其中论秦观的一首着眼点正在“凄绝”：

楚天凉雨破寒初，我亦迢迢清夜徂。凄绝柳州秦学士，衡阳犹有雁传书。

秦观那颗纯文人的脆弱的心终归承受不住人生的波澜，有时候会忽然控制不住那排山倒海的悲伤，再不是“淡语皆有味，浅语皆有致”的样子。

| 5 |

秦观词句淡而有韵致，并非冯煦之独见，明人王世贞《弇州山人词评》已经讲过：“‘平芜尽处是春山，行人更在春山外’‘郴江幸自绕郴山，为谁流下潇湘去’，此淡语之有情者也。”秦观的词，“淡语皆有味，浅语皆有致”者，我以为莫过于那首脍炙人口的《鹊桥仙》：

纤云弄巧，飞星传恨，银汉迢迢暗度。金风玉露一相逢，便胜却人间无数。柔情似水，佳期如梦，忍顾鹊桥归路。两情若是久长时，又岂在朝朝暮暮。

这首词吟咏七夕牛郎、织女鹊桥相会，遣词造句不见一点雕琢，不带半分秾丽，只是家常话语从容道来，却自有一番致命的缠绵悱恻。明代文坛“后七子”领袖李攀龙在《草堂诗余隽》里有盛赞说：七夕诗词大多咏叹聚短离长，只有秦观这首词“两情若是久长时，又岂在朝朝暮暮”为破格之谈，最能醒人心目。

文学创作，以熟题最难，因为前人已将意思道尽，再难推陈出新。所以晚清词家夏孙桐有一番很中肯的评价：七夕词最难作，宋人七夕词佳作极少，只有秦观一首《鹊桥仙》可观。晏幾道《蝶恋花》赋七夕尤佳。

晏幾道赋七夕的那首《蝶恋花》确实也是难得的佳作，也算写出了相当程度的新意：

喜鹊桥成催凤驾。天为欢迟，乞与初凉夜。乞巧双蛾加意画。玉钩斜傍西南挂。

分钿擘钗凉叶下。香袖凭肩，谁记当时话。路隔银河犹可借。世间离恨何年罢。

银河阻隔牛、女，但牛、女每年仍可以借鹊桥相会一度，人间的别离却未必再有一年一会之期待。陈廷焯评此词“思深意苦”，而晏幾道的词每每如此。

| 6 |

“鬼语分明爱赏多，小山小令擅清歌。世间不少分襟处，月细风尖唤奈何。”这是清代词家厉鹗《论词绝句》对晏幾道的评语，是说他最擅吟咏月细风尖中的无奈离别。

晏幾道是晏殊家的公子，排行第七，自幼过惯了锦衣玉食的生活，他所在意的，除了文学，就只有爱情了。他总是容易动情，从稚龄的时候起就是这样。在父亲享尽富贵闲人的欢愉时，这个清秀的孩子不经意间就对靓妆歌女们美丽的容颜与歌声比对糕点、糖果和玩具还要熟悉。

歌女们的世界对于晏幾道，正如大观园对于贾宝玉。晏幾道就是一个贾宝玉一般的人物，受不得世俗的腌臜琐屑，只愿意在水一般清澈的女儿国里流连。当所有人都只当她们是玩物或附属品的时候，只有晏幾道怀着一颗不变的赤子之心，对她们认认真真地去欣赏，去尊重，去爱。

所以晏幾道是那个男权社会里最离经叛道的人。没有人比他更当得起“好色而不淫”这五个字的评语，但那些好色而淫的人偏偏对他鄙薄得很。在他们世俗的眼里，好色是男人的本分，淫也同样是男人的本分，一个人若好色而不淫，将男人的本分和体面置于何地呢？

那时候的歌女，颇像是今天猫猫狗狗之类的宠物。今天有无数的爱猫人和爱狗人生活在我们身边，我们自己或许也是其中一员，我们爱猫，爱狗，爱一切引得我们爱怜的宠物，但如果有人竟然与猫猫狗狗平等交往，不命令它们，不训练它们，在最危难的时刻也不肯放弃它们，只把它们当作另一种模样的人类，那么我们究竟会把他看成怎样的一个异类呢？

晏幾道在时人眼中正是这样的一个异类，他给歌女写的词简直会让正人君子们暴跳如雷。比如那首《临江仙》：

淡水三年欢意，危弦几夜离情。晓霜红叶舞归程。客情今古道，秋梦短长亭。

渌酒[1]尊前清泪，阳关叠里离声。少陵诗思旧才名。[2]云鸿[3]相约处，烟雾九重城。

世人欣赏晏幾道的词，多爱“舞低杨柳楼心月，歌尽桃花扇底风”那样的句子，而最体现小晏本真的词却总是被有意无意地忽略。这首《临江仙》是写给云、鸿两位歌女的，起句偏偏是“淡水三年欢意”，将三年来的交往视作平淡如水的君子之交。

“君子之交淡若水，小人之交甘若醴”，人皆信服庄子在这两句话里的深刻洞见，而在时世的推移里，那些本应取君子之交的士大夫追求起了甘若醴的感觉，即便在凤毛麟角的真正淡若水的交往里，又怎会出现歌女的身影呢？她们本属小人，出类拔萃者也不过是供上流社会随意消遣的娱乐明星。她们没有节操，也没人要求她们有什么节操。只有小晏将淡若水的这种本属君子社会的精神奢侈品贱价处理一般地用在歌女身上，这简直羞辱到士大夫阶层了。

---

① 渌酒：美酒。渌（lù），通“醁”（lù），美酒。

② 少陵诗思旧才名：这一句是晏幾道以杜甫自比。杜甫自号少陵野老。

③ 云鸿：云、鸿是两位歌女的名字。

所以小晏虽然有宰相公子的显赫出身，却始终是士大夫世界的局外人。世故圆滑的小人们不会把他引为同道，因为他痴；道貌岸然的正人君子也只会鄙薄他的为人，以洁身自好的姿态和他保持距离。美与爱才是他的王国，他只有在自己的王国里才能如鱼得水。

| 7 |

父亲晏殊去世之后，失去了靠山与羽翼的晏幾道更加举步维艰。本来还有偌大的遗产，哪怕无官无职也不妨碍锦衣玉食的贵公子生活，但他不幸被牵连进一场根本与他无关的政治灾难里，他这个毫无处世能力的人又怎能够在豺狼虎豹的觊觎里保全一点点的财产呢?

好在性命无碍，却只有在困顿中沉沦下僚。他以含蓄的献词向父亲的老部下求援，对方的回复却是："看到你这些新词，才有余而德不足。愿郎君抛弃有余之才以补不足之德，这才是我心底的厚望。"

这就是朝廷里的正人君子们对晏幾道最典型的看法。没错，他是个公子哥，整日里只和歌女们厮混在一起，填词唱歌，诗酒流连，哪有一点做正事的样子呢！晏幾道在士大夫的世界里寻不到真正的知音，一切寄托与思念尽数倾泻在歌女的身上：

> 梦入江南烟水路。行尽江南，不与离人遇。睡里消魂无说处。觉来惆怅消魂误。
>
> 欲尽此情书尺素。浮雁沉鱼，终了无凭据。却倚缓弦歌别绪。断肠移破秦筝柱。

小晏一生的心绪几乎都在这首《蝶恋花》里。江南烟水路不仅仅是他梦里的世界，更是他最后退守的精神家园，他走遍那里的每一寸土地，苦苦期待与心上人重遇。最终没有重遇，黯然的心情在梦里无处倾诉，醒来后只有无穷的惆怅。他想将相思全部写满信纸，但到头来这封信却写不尽，寄不出，只有慢慢地拨动琴弦，乐声排遣不了愁怀，反让人无限低迷。

| 8 |

宋代文坛宗师黄庭坚为晏幾道的词集作序，有一段盖棺论定式的评语最能得小晏之神髓：仕途坎坷，却不能攀缘贵人之门，这是一痴；写文章坚持自己的写法，不肯顺应潮流，这是一痴；耗费千百万家产，家人忍饥挨饿，自己却还是一脸天真，这是一痴；人人都辜负他，他却不恨任何一人，还总是相信别人不会欺骗自己，这又是一痴。

倘若你和晏幾道一同生活，断然无法容忍这样绝顶的痴法。他就是一个在生活中毫不理事的人，既没有官二代的气焰，也没有小市民的精明，在弱肉强食的世界里注定要惨遭淘汰。他仿佛是真善美的化身，但越是真善美的事物越是难以存活。

所以他最美的词都是写给歌女的，在他的眼里，也仅仅在他的眼里，歌女的世界超越于现实世界之上，不着一点人间烟火气。最传世的那首《临江仙》写给一个名叫蘋的歌女，为我们留下了"当时明月在，曾照彩云归"这样绝代风华的句子：

梦后楼台高锁，酒醒帘幕低垂。去年春恨却来时。落花人独立，微雨燕双飞。

记得小蘋初见，两重心字罗衣。[①] 琵琶弦上说相思。当时明月在，曾照彩云归。

小晏有两个很要紧的"酒肉朋友"：沈廉叔和陈君龙。这两人雅好歌舞，

---

① 两重心字罗衣：宋代女子的衣服上常常绣有重叠的心形图案。

调教出了莲、鸿、蘋、云四名冠绝一时的歌女，家宴当中常常以她们的歌声娱客，小晏就是最流连忘返的一位嘉客。

| 9 |

在歌女们的眼里，小晏非但是嘉客，简直是唯一的嘉客。只有他，从不把她们当成只供人娱乐消遣的工具。他从不善于掩饰自己的情感，爱就爱了，思念就思念了，不掺杂一丝肉欲，那是知音对知音、君子对君子的情谊，所以俗人永远不懂，永远猜疑，永远误读。

彩袖殷勤捧玉钟[①]。当年拚却醉颜红。舞低杨柳楼心月，歌尽桃花扇底风。从别后，忆相逢。几回魂梦与君同。今宵剩把银釭照，[②]犹恐相逢是梦中。

这首《鹧鸪天》是小晏与一名歌女久别重逢而作，词句里只见真挚的欢欣，没有一点点的轻浮。只要我们泛读宋词，就会连篇累牍地见到大量文人墨客以歌女为主题的词作，唯在这各式轻浮腔调的映衬下，才显得小晏的词是何等的难能可贵，仿佛他重逢的不是贩卖青春与技艺的歌女，而是知音的君子，是长相思的恋人。

这样的缠绵悱恻，便是婉约词的极致了。“今宵剩把银釭照，犹恐相逢是梦中”，古代词论家以这一联对比杜甫“夜阑更秉烛，相对如梦寐”，说若能体会出其间微妙的差别，便能晓得诗与词的分野何在。其实也不难体会：当表达同样的主题和心绪时，诗更含蓄，要遵守“乐而不淫，怨而不怒，哀而不伤”的诗教标准；词却奔放，不受诗教的束缚，任深沉的情感飞流直下，一发不可收拾。所以越是多情的人，越会钟情于词这种文体。纳兰容若正是小晏一流的

---

① 钟：即“盅”，酒盅。

② 剩：表示程度，相当于“更”“更加”。釭（gāng）：油灯。

人物，他刻有一方“自伤情多”的闲章，这方闲章小晏也同样用得。

小晏是深挚的，也是潇洒的。他的潇洒甚至会感染到道学家的阵营里去。与小晏同时的大学者程颐向来以古板、不解风情著称，却始终对小晏“梦魂惯得无拘检，又踏杨花过谢桥”两句赞不绝口。每次听到有人吟出这二句时，程颐就会露出一脸赞叹的笑容说：“这真是鬼语啊！”

普通的“正人君子”们读不懂小晏，偏偏程颐这个理学宗师，所有正人君子里最以正学闻名的人物，读得懂小晏的灵魂。天下大道同归而殊途，小晏分明从无边风月里上窥理学至境。那一种真挚至死的痴与超然物外的倜傥，在千年的词史上，只有纳兰容若一人才是他名副其实的后继者。

| 10 |

倘若晏幾道同秦观一样出身平凡，同秦观一样经历过人生的巨变，怕同样会写出同秦观一样凄绝的词句。他与秦观相差的，仅仅是出身与遭际而已。正是由于这一点差异，王国维才会得出“小山矜贵有余，但可方驾子野、方回，未足抗衡淮海也”的结论。这一段话，手稿本作“小山矜贵有余，但稍胜方回耳。古人以秦七、黄九或小晏、秦郎并称，不图老子乃与韩非同传”。

晏幾道词有一种独特的贵族气质，可以凌驾于张先（字子野）、贺铸（字方回）之上，却也正是因为贵族气质有余而欠缺人生跌宕起伏所带来的深刻感怀，终于使他稍逊秦观一筹。

张先与贺铸都是北宋词坛名家，张先与晏氏父子还颇有几分渊源。张先是宋仁宗天圣八年（1030）进士，但他既不是一个擅长做官的人，在政治上也没有读书人常有的那种纯洁而高远的理想，仅仅陶醉于闲适、优雅的生活罢了。苏轼说过他的诗写得比词要好，但张先之名世还是以词人的身份。晏殊任京兆尹的时候辟张先为通判，但他看重的并非张先的才干。两人既是上下级的关系，又是相处融洽的词友。张先常到晏殊家里做客，在春花秋月的日子里共赏新词。

闲适的生活造就了张先的高寿，而高寿使他益发放肆地享受生活。张先晚年优游于杭州、吴兴之间，还冒天下之大不韪地讨了一位妙龄小妾。苏轼以揶揄的腔调写诗祝贺他的新婚，于是便有了“一树梨花压海棠”的趣话。

张先一生很有几段不甚高雅的爱情传奇，传为词作名篇背后的本事。《一丛花》是张先爱情小词的代表作之一，对本事的无知更能够使我们领略词句之中的美丽：

伤高怀远几时穷。无物似情浓。离愁正引千丝乱，更东陌、飞絮濛濛。嘶骑渐遥，征尘不断，何处认郎踪。

双鸳池沼水溶溶。南北小桡通。梯横画阁黄昏后，又还是、斜月帘栊。沉恨细思，不如桃杏，犹解嫁东风。

《古今词话》有记载说：张先曾与一名尼姑相恋，苦于庵中老尼性情严厉，每卧于池岛中一座小阁之上，故此只有当夜深人静后，这一对恋人才能够登梯幽会。张先不胜缱绻，便有《一丛花》之作。“双鸳池沼水溶溶。南北小桡通”自有其地，“梯横画阁黄昏后，又还是、斜月帘栊”自有其事，“沉恨细思，不如桃杏，犹解嫁东风”，自是感叹青灯古佛的生涯是何等辜负了青春美丽。

| 11 |

张先还有一首《碧牡丹》，正是这首词破坏或挽救了晏殊的家庭生活：

步帐摇红绮。晓月堕，沈烟砌。缓板香檀，唱彻伊家新制。怨入眉头，敛黛峰横翠。芭蕉寒，雨声碎。

镜华翳。闲照孤鸾戏。思量去时容易。钿盒瑶钗，至今冷落轻弃。望极蓝桥，但暮云千里。几重山，几重水。

词中描摹一名歌女，说她唱遍新词，眉头却一直不曾展开，心比芭蕉更冷，泪比雨滴更碎。镜子久未擦拭，钗钿也蒙上了灰尘，当初的分别竟然那般轻易。如今再也回不到他的身边，只有在千里暮云中哀悼这千山万水的分离。

“蓝桥”是一则唐代的爱情掌故，出自裴硎《传奇》：书生裴航在回京途中与樊夫人同舟，赠诗以致情意，樊夫人却答以一首离奇的小诗：“一饮琼浆百感生，玄霜捣尽见云英。蓝桥便是神仙窟，何必崎岖上玉清。”裴航见了此诗，不知何意。后来行到蓝桥驿，因口渴求水，偶遇一位名叫云英的女子，一见倾心。此时此刻，裴航念及樊夫人的小诗，恍惚之间若有所悟，便以重金向云英的祖母求聘云英。老夫人给裴航出了一个难题：“想娶我的孙女可以，但你得给我找来一件叫作玉杵臼的宝贝。我这里有一些神仙灵药，非要玉杵臼才能捣得。”裴航得言而去，终于找来了玉杵臼，又以玉杵臼捣药百日，这才得到云英的祖母的应允。后来裴航与云英双双仙去，非复人间平凡夫妻。

“望极蓝桥，但暮云千里”，向往着裴航与云英的故事，但怎么也望不到蓝桥，只有千里暮云遮望眼，这是留恋，是希望，是不舍，是无奈，是“几重山，几重水”。

《道山清话》记有这首词的本事：晏殊新纳一名歌女，宠爱有加，每当张先做客时，晏殊总要让她演唱张先的新词。无奈晏殊终是无力平息夫人的妒火，只好送走了那名歌女。多日之后，张先又来做客，宴饮之间请营伎歌唱新词《碧牡丹》。待听到“望极蓝桥，但暮云千里。几重山，几重水”之句，晏殊怃然不乐道：“人生行乐耳，何自苦如此！”言罢即命人于宅库支钱若干，重新买回了那名歌女。晏夫人见夫君对人生有了新的感悟，也只好认命不语了。《绿窗新话》将这件事安排在晏幾道的身上，但即便我们不做任何考据，仅仅以知人论世的态度观之，也会支持《道山清话》的版本，因为这样的事情实在太符合晏殊与张先的风格。以张先这样的人生格调，无论才华如何绝代，词作的造诣怎可能在晏幾道之上呢？

| 12 |

“小山矜贵有余，但可方驾子野、方回，未足抗衡淮海也”，王国维认为晏幾道的词艺在张先、贺铸之上，却不足以与秦观并称。其实这里将张先与贺铸并称，我以为大大委屈了贺铸。贺铸的佳作当真可以与秦观媲美，而且两人的风格大有一脉相承的感觉。

贺铸字方回，号庆湖遗老。他是宋太祖孝惠皇后族孙，妻子是大宋宗室之女，但这样的家世对于仕途其实并没有太大的助力，以至于贺铸在以重文轻武著称的大宋王朝仅仅谋得了一个低级武官的职位。

武职社会地位既低，薪资待遇亦差，所以武官的理想出路就是转成文职，何况贺铸是这般文采斐然、足以与当世文坛名流一较高下的武官。得益于苏轼的赏识，贺铸终于如愿以偿地转为文职，但仕途依旧黯淡，晚年索性辞官归隐，定居苏州，校雠家中的万卷藏书，在埋没英雄的芳草地中挨过一个又一个耗磨岁序的夕阳天。

贺铸的佳作并不在晏幾道之下，器局犹有过之，如那首引起一众名家赓和的《青玉案》：

凌波不过横塘路。但目送，芳尘去。锦瑟年华谁与度。月台花榭，琐窗朱户。只有春知处。

碧云冉冉蘅皋暮。彩笔新题断肠句。试问闲愁都几许。一川烟草，满城风絮。梅子黄时雨。

这首词是贺铸词中的第一名篇，但词的主旨到底是什么，历来有两种意见：一是说这首词是《离骚》一类的作品，以美人香草咏怀，隐喻词人自己政治上的不得意；二是说这纯粹是为爱情而作，而且贺铸所爱的对象也可以被钩沉得出。

无论取哪一途的理解，都不会给这首词的艺术性减分。“试问闲愁都几许。一川烟草，满城风絮。梅子黄时雨”这几句更是传为千古名句，即便翻译成现代汉语依然美丽：我的闲愁到底有多少呢？如一片原野上隐现在风烟雾气中的青草，如满城随风飘飞的柳絮，如梅子黄了的季节里无休无止的雨滴。一唱三叹的妙境，被这几句词完美地表现出来。

| 13 |

这首《青玉案》在当时哄传海内，惹来苏轼以降太多填词名手步韵赓和，而结果正如厉鹗《论词绝句》所谓："贺梅子昔吴中住，一曲横塘自往还。难会寂音尊者意，也将绮障学东山。"既然珠玉在前，大家还是缄口不言为上。

当时黄庭坚甚至专门有一首诗说："少游醉卧古藤下，谁与愁眉唱一杯。解作江南断肠句，只今唯有贺方回。"其时秦观刚刚辞世，黄庭坚将贺铸推举为婉约沉郁风格的词坛第一人，推举为秦观实至名归的继承者。

贺铸有一首悼亡主题的《鹧鸪天》也是第一流的作品，足以与秦观最深沉的词作比肩：

重过阊门万事非。同来何事不同归。梧桐半死清霜后，头白鸳鸯失伴飞。
原上草，露初晞。旧栖新垄两依依。空床卧听南窗雨，谁复挑灯夜补衣。

阊门是苏州的西北门。贺铸定居于苏州，一向感情甚笃的妻子也早早死在苏州。年华已暮，重过阊门，大有物是人非之慨。"梧桐"一句用汉代枚乘《七发》之典：说龙门有桐，其根半生半死，若伐根制琴，其音色为天下之至悲。"头白"一句，鸳鸯原本白头，不待点出，但词句偏偏点出，以无理之辞造成特殊的修辞魅力。下阕起头处"原上草，露初晞"修辞更妙，乍看之下只是在描写实景，描写太阳升起之后，原野中青草叶上的露水刚刚干涸；但下句衔接"旧栖新垄两依依"，"旧栖"是旧居，"新垄"是新坟，使读者恍悟这既是实写，又是虚写——"原上草，露初晞"原来还关联到汉乐府丧歌《薤露》的典故，用露水的干涸复湿润来反衬人死而不可复活。

结尾两句是全词把感情层层烘托之后到达的一个高潮："空床卧听南窗雨，谁复挑灯夜补衣。"如今独卧听雨，夜不能眠，想起妻子当初为自己挑灯补衣的平凡而深情的画面，无限唏嘘。这是最平淡直白的语言，却使整首词的情绪在这里达到高潮。所谓"淡语皆有味，浅语皆有致"，难道不正是这个样子吗？

如果说贺铸当真被晏幾道压过一头，输的应当不是词艺，而是外形。小晏给人的印象是翩翩浊世佳公子，贺铸却生得长身耸目，面色铁青，所以人们送给他"贺鬼头"这个远远谈不上雅驯的绰号。而且贺铸性情粗豪，总是很难真正融入士大夫的圈子。所以如《青玉案》《鹧鸪天》这样的词作，绝对算得上是铁汉柔情的典范了。

［二十九］

少游词境最为凄婉。至“可堪孤馆闭春寒，杜鹃声里斜阳暮”，则变而凄厉矣。东坡赏其后二语，犹为皮相。

| 1 |

本章继续评议秦观。秦观词最有凄婉的感觉，而凄婉的极致处便是凄厉，如“可堪孤馆闭春寒，杜鹃声里斜阳暮”。这两句词出自《踏莎行・郴州旅舍》，在第三章已经做过一些分析。

其实早在秦观当时，这首《踏莎行》便大受名家激赏，而“可堪”二语却被认为是白璧微瑕。

秦观的女婿范温一度受学于黄庭坚，他有这样一段记录：有人问我：“苏轼讲过‘诗至杜甫便已写尽’，这话实在难以理解。杜诗纵然前无古人，焉知后无来者呢？”我回答说：“如杜诗‘一片花飞减却春’，若咏落花，语意皆尽，后人已经没有超越的余地了。再如写曹霸将军画马一诗中‘玉花却在御榻上，榻上庭前屹相向’，将曹霸的画技与造化之功写到极致，后人也不可能再有超越的余地。至于杜诗中其他吟咏人情、摹写景物的作品，往往如此。”杜甫《谢严武》诗有“雨映行宫辱赠诗”，黄庭坚说过：“只这‘雨映’两字，写出一时景物，词句便雅健。”我于是晓得了诗句之中不当有虚字的道理。后来我读秦观词“杜鹃声里斜阳暮”，黄庭坚说：“此词高绝，但一句之中既说‘斜阳’，却又说‘暮’，语意重复，不如改‘斜阳’为‘帘栊’更好。”我反驳说：“这句词的上句有‘孤馆闭春寒’，可见这座驿站里并没有帘栊。”黄庭坚说：“虽未必有，有亦无妨。”我依然不很服气：“这首词摹写牢落之状，若加进‘帘栊’这个意象，恐怕会损害作者的原意。”黄庭坚说：“确实太难找到合适的词来做替换，留待以后慢慢斟酌吧。”虽然问题并未解决，但我从此晓得诗词句法不当重叠的道理。（胡仔《苕溪渔隐丛话》，引《潜溪诗眼》）

| 2 |

“可堪”二句美则美矣，毕竟有语意重复的瑕疵，多少令人遗憾，所以喜爱秦观的人总会想方设法为之辩护。宋人何士信增补《草堂诗余》，在笺注中说：“斜阳”属日，“暮”属时，并非重复。苏轼有“回首斜阳暮”，周邦彦有“雁背斜阳红欲暮”，所以黄庭坚的说法并不成立。

宋人王楙《野客丛书》也提出反驳：谢庄诗有“夕天霁晚气，轻霞澄暮阴”，一联之中，三见晚意，尤为重叠。梁元帝诗有“斜景落高舂”，既言“斜景”，复言“高舂”，岂不为赘？古人为诗，从不这般拘泥。观当时书法家米芾书写秦观这首《踏莎行》，乃是“杜鹃声里斜阳曙”，也许原词是“曙”字，是出于避讳的缘故才改为“暮”字的吧。

摘引名家诗句为秦观辩护，这其实没有太强的说服力，倒是王楙最后给出的考据性质的线索才是真正有价值的。后来元人黄溍《日损斋笔记》记载：宋理宗宝祐年间，外舅王仲芳在郴州亲见秦观《踏莎行》石刻，“杜鹃”一句写为“杜鹃声里斜阳树”。宋英宗名赵曙，传录者当是出于“树”与“曙”同音避讳的缘故才易“树”为“暮”的。

| 3 |

同一首《踏莎行》，王国维激赏“可堪孤馆闭春寒，杜鹃声里斜阳暮”，苏轼激赏“郴江幸自绕郴山，为谁流下潇湘去”。两人都是世不两出的天才，究竟谁的眼光更胜一筹呢？王国维讥讽苏轼见地肤浅，究竟道理何在呢？

审美最需要的是抽离，正如《人间词话》第五章所谓“自然中之物，互相关系，互相限制。然其写之于文学及美术中也，必遗其关系、限制之处”。然而，王国维读秦观的词，固然可以在千年之下悬隔事外，以纯粹审美的眼光赏玩之；苏轼却不同，他与秦观非但是同一个时代的人，更是同一个政治阵营里的人，彼此利害纠葛千丝万缕，甚至秦观之所以被贬谪郴州，之所以写下这首变凄婉为凄厉的《踏莎行·郴州旅舍》，全然是反对派要打击苏轼的缘故。所以苏轼读这首词，实在有太多切肤之痛。

刘逸生《宋词小札》准确看出了症结所在：“少游‘郴江’两句含意极为深刻。郴江本来是绕着郴山转的，为什么它又流到潇湘那边去了？这是一个打比，比喻自己原是一名小京官，在京都安分守己地干下去就行了，为什么偏要卷到政治旋涡里去，落得这种可怜的下场呢？苏轼是领会这个意思的，所以有意把这两句写在自己的扇子上，还说‘少游已矣，虽万人何赎！’他自己不是也慨叹过‘我被聪明误一生’吗？他应当也痛感到‘为谁流下潇湘去’的失策。所以王国维认为苏轼欣赏此二语为‘皮相’（即肤浅），那还是未真正领会秦少游心中的惨痛的。”

这样的解读或许有失胶固，却实在开辟了一个正确的方向。苏轼正是因为未能“遗其关系、限制之处”，故而在相当私人化的语境里理解秦观的词意，王国维则“遗其关系、限制之处”，于是有了纯粹审美的眼光。两人见地的分歧，不在于审美趣味的不同，而在于身世与立场的迥异。

［三十］

“风雨如晦，鸡鸣不已”“山峻高以蔽日兮，下幽晦以多雨。霰雪纷其无垠兮，云霏霏而承宇”“树树皆秋色，山山尽［唯］落晖”“可堪孤馆闭春寒，杜鹃声里斜阳暮”，气象皆相似。

| 1 |

本章以《诗经》《楚辞》、唐初五言古体诗与秦观词并举，不仅大大恭维了秦观，亦大大推尊了词体。这样的比较手法，如同说一首现代流行歌曲与巴赫、贝多芬、瓦格纳的作品“气象皆相似”，而原本流行歌曲是不堪与后者做比较的。

“风雨如晦，鸡鸣不已”出自《诗经·郑风·风雨》：

风雨凄凄，鸡鸣喈喈。既见君子，云胡不夷①。
风雨潇潇，鸡鸣胶胶。既见君子，云胡不瘳②。

① 夷：安宁。
② 瘳（chōu）：病愈。

风雨如晦，鸡鸣不已。既见君子，云胡不喜。

三个诗节反复只在说同一个意思：风雨大作，天色晦暗，雄鸡报晓的声音响起，终于见到君子，真让人心情愉快。当代《诗经》注本往往将这首诗解释为妻子与丈夫久别重逢之作，甚至将这一对小夫妻的身份限定为平民。现当代学者将《诗经·国风》向民歌方向解读，往往矫枉过正。《诗经》时代，“君子”是指封君之子，或多或少都有贵族血统。

《毛诗序》说《风雨》一诗的主旨是“乱世则思君子不改其度焉”，并非纯属臆测。若从文本出发做最保守的解读，这首诗无非是摹写与某位君子在清晨相逢时的喜悦，而在“风雨如晦，鸡鸣不已”的背景中，“既见君子，云胡不喜”分明令读者感到有一种乱世之中对气节之士的渴慕。

《南史·袁粲传》，刘宋前废帝刘子业荒悖残暴，喜欢看男女裸奔，甚至强迫名臣袁粲也加入到裸奔的行列里去。袁粲一向注意仪容举止，虽然被扒掉了衣服，却只如闲庭信步，从容不迫，还回头吟诵着“风雨如晦，鸡鸣不已”的诗句。

古人每每以《风雨》一诗砥砺气节，任世界如何“风雨如晦”，雄鸡依然于不懈中呼唤日出，这不正是“乱世则思君子不改其度焉”的绝佳象征吗？如袁粲这样的人，历史上并不罕见。

| 2 |

“山峻高以蔽日兮，下幽晦以多雨。霰雪纷其无垠兮，云霏霏而承宇”，语出屈原《涉江》，是《九章》当中的一篇：

余幼好此奇服兮，年既老而不衰。带长铗之陆离兮，冠切云之崔嵬。被明月兮佩宝璐。世溷浊而莫余知兮，吾方高驰而不顾。驾青虬兮骖白螭[①]，吾与重华[②]游兮瑶之圃。登昆仑兮食玉英，与天地兮同寿，与日月兮同光。哀南夷之莫吾知兮，旦余济乎江湘。

乘鄂渚而反顾兮，欸[③]秋冬之绪风。步余马兮山皋，邸余车兮方林。乘舲船余上沅兮，齐吴榜以击汰。[④]船容与而不进兮，淹回水而疑滞[⑤]。朝发枉陼兮，夕宿辰阳。苟余心其端直兮，虽僻远之何伤。

入溆浦余儃佪[⑥]兮，迷不知吾所如。深林杳以冥冥兮，猨狖[⑦]之所居。山峻高以蔽日兮，下幽晦以多雨。霰雪纷其无垠兮，云霏霏而承宇。哀吾生之无乐兮，幽独处乎山中。吾不能变心而从俗兮，固将愁苦而终穷。

接舆髡首兮，桑扈臝行。[⑧]忠不必用兮，贤不必以。伍子逢殃兮，比干菹醢。[⑨]与前世而皆然兮，吾又何怨乎今之人。余将董道而不豫兮，[⑩]固将重昏而终身。

乱曰：鸾鸟凤皇，日以远兮。燕雀乌鹊，巢堂坛兮。露申辛夷，[⑪]死林薄兮。腥臊并御，芳不得薄兮。阴阳易位，时不当兮。怀信侘傺[⑫]，忽乎吾将行兮。

《涉江》一般被认为是楚顷襄王时屈原因忠被斥，远放江南，抒发忧愤而作。诗意不妨简译如下：我从小便爱好这身奇装异服，暮年时依然兴致不减。

---

① 螭（chī）：传说中的一种没有角的龙。
② 重华：舜帝的名号。
③ 欸（āi）：感叹。
④ 吴榜：船桨。汰：水波。
⑤ 疑滞：“疑”同“凝”，即凝滞。
⑥ 儃佪（chán huái）：徘徊。
⑦ 猨（yuán）：同“猿”。狖（yòu）：一种长尾猿。
⑧ 接舆：楚国一位佯狂的隐士。髡（kūn）：剃去头发。桑扈：古代隐士。臝（luǒ）：同“裸”。
⑨ 伍子：伍子胥，因忠心进谏吴王夫差而被逼自杀。比干：商纣王叔父，殷商忠臣。菹醢（zū hǎi）：砍成肉酱。
⑩ 董：正。豫：犹豫。
⑪ 露申：一种香草。辛夷：一种香草。
⑫ 侘傺（chà chì）：惆怅失意的样子。

身上佩戴长剑，头上戴着高冠。身上以明珠装饰，美玉佩在腰间。浑浊的世道里无人识我，我高飞驰骋不再留恋人间。驾龙远游，与舜帝逡巡在天上的花园里，登上昆仑山品尝那美玉一般的花朵，与天地同寿，与日月同辉。可叹那南方的夷人不懂我的心啊，我只有渡过湘江，来到江南。我在鄂渚回望，慨叹那秋冬时节的狂风凄厉，让马儿在山边歇息，让车驾停在林畔。乘船溯沅江而上，众人举桨荡开水波，怎奈船儿在激流旋涡中徘徊不前。清早从枉陼出发，晚间留宿在辰阳。只要我心中坦荡，这偏远的地方又怎能使我伤感？我在溆浦中迷茫，那幽深的丛林只有猿猴栖息。高峻的山峦遮住了阳光，山下阴雨绵绵，晦暗无光。雪花纷纷扬扬，弥漫于无垠的天空，浓重的云层低低地压住了屋檐。可叹我这一生凄苦，只有在山中独守寂寞。我无法改变节操去随波逐流，所以只能在穷愁潦倒中终老。接舆与桑扈佯狂避世，忠臣贤良未必得到信用。前代伍子胥与比干因忠受祸，我又何必怨恨如今的君主？不要犹豫，循着正道而行吧，我原本就准备在这晦暗中度过一生。我在这首诗的终章这样唱道：鸾凤一天天远去，燕雀却在庙堂上安居。芳草枯萎，腥臊恶臭者却受人喜爱。世界已阴阳颠倒，而我正生不逢时。怀抱忠信的人却只能失意彷徨，且让我离开这里，去往远方。

“山峻高以蔽日兮，下幽晦以多雨。霰雪纷其无垠兮，云霏霏而承宇。”景物总是主观的，这样的景物不是屈原自然之眼所见，而是心中之眼所见。天地苍茫，却只给人无穷的压迫感，欲寻一线光明而不可得。

| 3 |

“树树皆秋色，山山唯落晖”，语出王绩《野望》。

王绩可以说是唐代诗歌史上的第一个诗人。他出身于隋朝一个并不显赫的官宦之家，早年间满怀兼济天下的雄心壮志，在西游长安时得到皇室元老杨素青眼相加，一举成名，随后举孝廉高第，授职秘书正字，从此正式踏入隋朝官场。

就在王绩精心打点前程的时候，仿佛不经意间，大隋王朝便陷入了天下板荡、群雄蜂起的时局。和平的人生总是相似的，动荡的人生各有各的理由：有迫于生计的作乱，有以暴力寻求正义的反叛，有机会主义者的政治投机，有浑水摸鱼的跟风起哄。这样的隋朝末世，是天真者的墓园，是野心家的乐园，而刚刚步入仕途的王绩，不幸属于前者。

不愿在名利场上穷形尽相地争抢，王绩称病，申请调离中央政府的重要岗位。但是，当他如愿以偿地调任到远在南方的扬州，却偏偏赶上隋炀帝下扬州的盛事，那个原本静谧甜美的扬州迅即成为天下目光的焦点，成为群雄逐鹿的战场，成为庞大乱象旋涡的中心地带。

王绩在扬州益发不能自安，每日里只管饮酒，不问公务，以消极怠工的方式来打消上级主管不合时宜的期待与同僚们几乎完全出于职场本能的妒忌。而此时的天下一日乱似一日，每寸都是污浊，让一切洁身自好的人找不到立锥之地。

审时度势之下，王绩再一次称病，也不管上级主管如何批示，急慌慌趁着夜幕乘上一叶轻舟飘然远去。就是在这一叶轻舟之上，王绩为世人留下了一句著名的叹息："网罗在天，吾将安之？"长安待不下去，躲到扬州；扬州待不下去，还能躲到哪里？正如一只目光犀利的大雁，看到整个世界忽然间遍布罗网，从此再没有任何乐土可以栖息，再没有任何明哲可以保身。在这样一句满载着负能量的真理里边，蕴藏着怎样一种刻骨的绝望感。

回返故土，避世全身，这也许是所有道路中唯一行得通的一途。想想中原故乡，兄长王通多年来在那里教授生徒，名声一天大似一天，俨然化身为当代孔子，天下各大势力里都有他的门生。这样的人脉背景，倘若真到了什么万不得已的时候，总还可以借用一点吧？

于是，王绩以乱世避祸者的姿态回到了绛州龙门，只愿离天机更近，离人世更远。

| 4 |

转眼间隋唐易代。史书只是翻过了一页，真实的生活却远不是这样容易挨过的。

大唐初建，一大当务之急便是妥善安置隋朝旧官，无论这些人当初究竟是清官还是污吏，无论是良臣还是庸才，来不及细加甄别了，为了所谓大局，为了新朝的稳定，要赶紧给这些人安排官做，千万不要因为一忽怠慢而使他们敏感的心里生出怨怼与狐疑，合起伙来做点什么动摇新政权的事。

作为前朝旧臣，王绩自然也在被征之列，轻易得了个门下省待诏的职位。新朝如此优容，前朝罪臣哪还敢不识抬举？然而个中况味，当真如人饮水，冷暖自知，只有在面对至亲骨肉的时候才可以吐露一二。那一次是弟弟王静问起："待诏的工作可还顺心吗？"王绩答道："这个职位薪水微薄，境况萧瑟，只有按时供给的三升好酒勉强使人留恋罢了。"

从这一番问答里，我们分明看到了竹林七贤的影子，但王绩毕竟不是阮籍，他还没有那么大的名头和背景可以使自己尽情放诞。幸而哥哥王通历年来积累下的人脉终于在这个时候发挥了一点作用：江国公陈叔达曾经跟随王通读书，如今贵显于新朝，在听闻王绩的这一点点抱怨之后，他以胜利者的豁达姿态动用特权，特批给王绩每日一斗好酒，王绩因此有了"斗酒学士"的雅号。

无论陈叔达对王绩的帮助还是王绩对陈叔达的攀附，仅限于这一日斗酒。对于习惯官场逻辑的人士而言，这实在是一件奇怪的事情。这位陈叔达，毕生碌碌，虽然官至宰辅，却是初唐宰相里最乏善可陈的人物，名声不播于后世，只因为这一次特批，在文学史上留名千载。

| 5 |

时光荏苒，年号从武德步入贞观，皇帝由李渊换作了李世民。若有足够预见力的话，当时的大唐子民应当知晓这位太宗皇帝即将开创中国历史上赫赫有

名的贞观盛世，以雄才伟略成为一代英主。

然而很少有人能有这样的先知先觉，在当时的唐人看来，这位年轻新君刚刚发动了玄武门之变，弑兄逼父，屠杀了兄弟全家。尤为令人齿冷的是，他在灭掉亲兄弟李元吉全家后，将后者的全部家资赐给了政变第一功臣尉迟敬德之后，竟然还将元吉的爱妃收入自己的后宫。

修齐治平，这是儒家最核心的政治纲领，这意味着帝王的首要之务在于修身，身修则家齐，家齐则国治，国治则天下平，而一位修身不谨、治家不严的帝王，一位连父子兄弟之情都可以轻易践踏的帝王，又怎可以作为天下人的道德表率呢？又怎可能真心关爱全天下的每一个平凡百姓呢？

以这样的视角来看时局，玄武门之变分明是乱政的先兆。遥想李氏门阀当初起兵反隋的时候，战争檄文里历数隋炀帝在私生活上的滔天大罪，而李世民此时的所作所为，究竟比当初的隋炀帝好上几分呢？

当然，那些胸怀“大局意识”的人不会这样多想，处心积虑的投机客们也不会这样多想，只有一些在儒家义理里浸淫得执拗而天真的人——像王绩这般执拗而天真的人——才会这样多想。而官僚体系中一名理应为王朝尽职尽责的臣子，一旦这样多想，或多或少地总会耻于在这样一位帝王手里赚取俸禄吧？

| 6 |

王绩于是开始了一生之中的第三次称病辞官，重返故乡，以古井不波之心做回了沉潜的隐士。作为儒学世家的子弟，作为名儒王通的弟弟，王绩终于抛弃了一切的儒家经典。是的，这些经典的道理虽然不错，但一旦参照现实，便只会令人心烦。真正的诗人最不能接受的事情只有一件，那就是虚伪，而现实，尤其是政治，从来都是场场无休的奇幻魔术秀。

王绩的床头从此只有《周易》《老子》《庄子》这三部书，即魏晋名士们津津乐道的所谓“三玄”。儒家经典不再看了，省得给心里添堵。王绩终于懂得了魏晋风骨之所由来，而假若生活可以选择，他一定宁愿对此懵然无知吧？

王家毕竟是当地大族，虽然改朝换代，多少还剩得一点家底。所以，王绩不乏隐居的资本，他的隐居生活至少比陶渊明舒适许多：一切耕种、酿造、畜养之务都有若干仆人在做，他自己乐得逍遥，在饮酒赋诗之中优游卒岁。他不再是隋朝的神仙童子，也不再是大唐的斗酒学士，他为自己取了一个全新的字号“东皋子”，表明自己只是一名与世无争的小地主罢了。“东皋子”也可以翻译成“东坡居士”，苏轼自号“东坡居士”的时候，处境正与此时的王绩类似，表达的态度也很类似。

小地主的唯一理想就是保住自己的一亩三分地，或者说保住自己最后的一片精神家园，与广袤喧嚣的现实世界井水不犯河水。王绩固执地坚守着这一点底线，哪怕是当地最高长官亲自来访，他也避而不见，以非暴力不合作的姿态对贞观盛世表达自己一点微不足道的轻蔑。

| 7 |

王绩的诗，《野望》是最传世的一首，也是被误读最深的一首：

东皋薄暮望，徙倚欲何依。树树皆秋色，山山唯落晖。
牧人驱犊返，猎马带禽归。相顾无相识，长歌怀采薇。

若不晓得时代之背景与人物之生平，便很容易将这首诗理解为一首单纯的田园牧歌。

诗句确实有田园牧歌的腔调：东边高坡上已有薄薄的暮色，天很快就要黑下来了，而我徘徊着将要归向哪里呢？层林间只有秋意，群山上唯余落晖。牧人驱赶着牛犊，打猎的人将猎来的飞禽挂在马鞍上，纷纷走上归家的路。而我茫然四顾，竟看不到一个相识的人，只有唱起《采薇》之歌，遥想古代的高士。

其实，这首诗的主题不是田园，而是孤独。

天色黯淡了，正是归家的时候。每个人都有自己的归宿，唯独自己寻不到任何一条属于自己的归路。相顾无相识，难道真的在东皋之上没有熟识的面孔吗？不，这里分明就是王绩的故土，到处都是世代熟识的家乡故老。只是所有这些人，所有东皋附近的人，所有绛州龙门的人，所有大唐帝国的人，没有一个可以与自己同声相应、同气相求。

如果一定要找这样的人，便只能从历史上找。那是武王伐纣的时候，伯夷、叔齐叩马而谏，说纣王纵然无道，武王也不应该以下犯上。后来殷周易代，伯夷、叔齐耻食周粟，隐居在首阳山上采薇充饥。传说他们作有《采薇歌》：

登彼西山兮，采其薇矣。以暴易暴兮，不知其非矣。神农、虞、夏忽焉没兮，我安适归矣。于嗟徂兮，命之衰矣。

在伯夷、叔齐看来，武王伐纣不过是以暴易暴，实在不足为训，但世界从来不听道德家的规劝，那些严苛的道德操守终归抵挡不住历史的车轮，更抵挡不住野心家的战斗热情。上古神农氏的太平盛世再也找不到了，而只有那样的道德世界，才是如自己一般的恪守道德之人的安居之地。

伯夷、叔齐寻不到归宿，王绩也如他们一样寻不到归宿。有道德洁癖的人终归不能以虚伪的态度应对世界，然而在尔虞我诈、云谲波诡的现实世界里，真诚的人从来都无法获得心安理得的幸福。

但这还不是《野望》之孤独感的全部含义。倘若王绩知道千百年后，贞观之治赢得了非凡的荣誉，获得了最广泛的认同，没人在意领袖的私德，只在意他是否开创了一番丰功伟业，在意他是否给我们带来了足够的福利；倘若王绩知道自己的道德操守就这样被历史的车轮轻易碾碎，自己诗句里如斯的孤独苦闷被后人当作田园牧歌的小小情调来轻松吟哦……倘若他知道这一切，他一定更是孤独得不成样子了吧？

| 8 |

“风雨如晦，鸡鸣不已”“山峻高以蔽日兮，下幽晦以多雨。霰雪纷其无垠兮，云霏霏而承宇”“树树皆秋色，山山唯落晖”，这三句诗所表达的，皆是乱世君子感时伤世、自守幽独的情绪。而这些诗句里所显出的君子节操，在王国维看来，在秦观《踏莎行·郴州旅舍》“可堪孤馆闭春寒，杜鹃声里斜阳暮”的词句里分明也有同样的呈现。

唐圭璋《唐宋词简释》有评语说：“‘可堪’两句，景中见情，精深高妙。所处者‘孤馆’，所感者‘春寒’，所闻者‘鹃声’，所见者‘斜阳’，有一于此，已令人生愁，况并集一时乎。”可见即便仅从写作技法上讲，“可堪”一语与“风雨如晦”三者也有异曲同工之妙。在凄怆悲苦的绝境里，人只会感到天地万物逼仄已极，一切景物除了献愁供恨之外再也没有其他的意义。而既然四者“气象皆相似”，那么词作为一种文体，无论其表现力抑或地位，又何以必在《诗经》《楚辞》与唐诗之下呢?

［三十一］

昭明太子称：陶渊明诗“跌宕昭彰，独超众类；抑扬爽朗，莫之与京”。王无功称：薛收赋“韵趣高奇，词义晦远；嵯峨萧瑟，真不可言”。词中惜少此二种气象，前者唯东坡，后者唯白石略得一二耳。

| 1 |

前一章里，王国维论述词与诗“气象皆相似”处，这一章转而论述有两种气象是诗赋所有而词缺乏的：一是陶渊明诗“跌宕昭彰，独超众类；抑扬爽朗，莫之与京”的气象，二是薛收赋“韵趣高奇，词义晦远；嵯峨萧瑟，真不可言”的气象，前者只有苏轼得之一二，后者只有姜夔得之一二。

昭明太子萧统是梁武帝萧衍的嫡长子，英年早逝，谥号昭明，故称昭明太子。萧统博览群书，雅好文学，以两件功绩立足于文学史：一是以文学趣味为旨归编选了一部《文选》，世称《昭明文选》；二是在陶渊明辞世百年之后编成《陶渊明集》，使陶渊明的作品免遭散佚。

陶渊明虽然在后世备受推崇，但这样的名声真属于“千秋万岁名，寂寞身后事”。在陶渊明生前及殁后的相当长一段时间里，名声并不显扬。刘勰《文心雕龙》对他只字不提，钟嵘《诗品》仅仅将他列入中品，所以萧统算是第一个“发现”了陶渊明的人。萧统为《陶渊明集》作序，正是这篇序言第一次确立了陶渊明在文学史上的经典地位，《人间词话》本章所引“跌宕昭彰，独超众类；抑扬爽朗，莫之与京”便出自其中：

> 夫自炫自媒者，士女之丑行；不忮不求者，明达之用心。是以圣人韬光，贤人遁世，其故何也？含德之至，莫逾于道；亲己之切，无重于身。故道存而身安，道亡而身害。处百龄之内，居一世之中，倏忽比之白驹，寄寓谓之逆旅，宜乎与大块而盈虚，随中和而任放，岂能戚戚劳于忧畏，汲汲役于人间？齐讴赵女之娱，八珍九鼎之食，结驷连骑之荣，侈袂执圭之贵，乐则乐矣，忧亦随之。何倚伏之难量，亦庆吊之相及。智者贤人居之，甚履薄冰；愚夫贪士竞之，若泄尾闾。玉之在山，以见珍而终破；兰之生谷，虽无人而自芳。故庄周垂钓于濠，伯成躬耕于野，或货海东之药草，或纺江南之落毛。譬彼鹓雏，岂竞鸢鸱之肉；犹斯杂县，宁劳文仲之牲。至如子常、宁喜之伦，苏秦、卫鞅之匹，死之而不疑，甘之而不悔。主父偃言：“生不五鼎食，死即五鼎烹。”卒如其言，岂不痛哉！又楚子观周，受折于孙满；霍侯骖乘，祸起于负芒。饕餮之徒，其流甚众。唐尧四海之主，而有汾阳之心；子晋天下之储，而有洛滨之志。轻之若脱屣，视之若鸿毛，而况于他人乎！是以至人达士，因以晦迹。或怀釐而谒帝，或被裘而负薪，鼓枻清潭，弃机汉曲。情不在于众事，寄众事以忘情者也。
>
> 有疑陶渊明诗篇篇有酒。吾观其意不在酒，亦寄酒为迹者也。其文章不群，辞采精拔；跌宕昭彰，独超众类；抑扬爽朗，莫之与京。横素波而傍流，干青云而直上。语时事则指而可想，论怀抱则旷而且

真。加以贞志不休，安道苦节，不以躬耕为耻，不以无财为病，自非大贤笃志，与道污隆，孰能如此乎！余爱嗜其文，不能释手，尚想其德，恨不同时，故更加搜求，粗为区目。白璧微瑕，惟在《闲情》一赋，扬雄所谓劝百而讽一者，卒无讽谏，何足摇其笔端？惜哉，无是可也。并粗点定其传，编之于录。尝谓有能读渊明之文者，驰竞之情遣，鄙吝之意祛，贪夫可以廉，懦夫可以立，岂止仁义可蹈，抑乃爵禄可辞。不劳复傍游太华，远求柱史，此亦有助于风教也。

萧统的这篇序言分为两段：第一段赞许陶渊明的人品，以那些自我标榜、自我推销、汲汲于功名利禄的人反衬出陶渊明的高风亮节；第二段推崇陶渊明的诗文，说他的诗歌虽然篇篇有酒，但意不在酒，只是借酒来抒发寄托而已，他的文章卓尔不群，可谓“跌宕昭彰，独超众类；抑扬爽朗，莫之与京”。这十六个字，一是说陶渊明的文章风格大开大合，豪情勃发；二是说陶渊明的文章水平出类拔萃，无人可以与之抗衡。

| 2 |

王无功即王绩，生平事迹已见于本书第三十章。“韵趣高奇，词义晦远；嵯峨萧瑟，真不可言”一语出自王绩《答冯子华处士书》：

乖别甫尔，已十余年，诵《采葛》之诗，增其慨咏。夫人生一世，忽同过隙，合散消息，周流不居，偶逢其适，便可卒岁。陶生云：“富贵非吾愿，帝乡不可期。”又云：“盛夏五六月，跂脚北窗下，凉风暂至，自谓是羲皇上人。”嗟乎，适意为乐，雅会吾意。

吾河渚间有先人故田十五六顷，河水四绕，东西趋岸各数百步。古人云：“河济之滨宜黍。”况中州之腴乎？家兄鉴裁通照，知吾纵恣散诞，不闲拜揖，糠秕礼义，锱铢功名，亦以俗外相待，不拘以家务。

至于乡族庆吊，闺门婚冠，寂然不预者已五六岁矣。亲党之际，皆以野麋山鹿相畜。性嗜琴酒，得尽所怀，幸甚幸甚。

近复都卢弃家，独坐河渚，结构茅屋，并厨厩总十余间。奴婢数人，足以应役。用天之道，分地之利。耕耘穮蓘，黍秫而已。春秋岁时，以酒相续，兼多养凫雁，广牧鸡豚。黄精白术，枸杞薯蓣，朝夕采掇，以供服饵。床头素书数帙，《庄》《老》及《易》而已。过此以往，罕尝或披。忽忆弟兄，则渡河归家，维舟岸侧，兴尽便返。每遇天地晴朗，则于舟中咏大谢“乱流趋孤屿”之诗，眇然尽陂泽山林之意。觉瀛洲方丈，森然在目前。或时与舟人渔子，方潭并钓，俛仰极乐，戴星而归。歌咏以会意为巧，不必与夫悠悠闲人相唱和也。

孤住河渚，旁无四邻，闻犬声，望烟火，便知息身之有地矣。近复有人见赠五品地黄酒方及种薯蓣枸杞等法，用之有妙，力省功倍。不能假修浑沌，并常行之。裴孔明虽是异名教物，然风月之际，往往有高人体气。兼特受巧性，思若有神，自作素琴一张，云其材是峄阳孤桐也。近携以相过，安轸立柱，龙唇凤翮，实与常琴不同，发音吐韵，非常和朗。吾家三兄，生于隋末，伤世扰乱，有道无位，作《汾亭操》，盖孔子《龟山》之流也。吾尝亲受其调，颇为曲尽。近得裴生琴，更习其操，洋洋乎觉声器相得，今便留之，恨不得使足下为钟期，良用耿然。

吾所居南渚，有仲长先生，结庵独处三十载，非其力不食，傍无侍者。虽患瘖疾，不得交语，风神肃肃，可无俗气，携酒对饮，尚有典刑。先生又作《独游颂》及《河渚先生传》，开物寄道悬解之作也。时取玩读，便复江湖相忘。

吾往见薛收《白牛溪赋》，韵趣高奇，词义晦远；嵯峨萧瑟，真不可言。壮哉邈乎！扬班之俦也。高人姚义常语吾曰：“薛生此文，不可多得，登太行，俯沧海，高深极矣！”吾近作《河渚独居赋》，为仲长先生所见，以谓可与《白牛》连类，今亦写一本以相示，可与清溪诸贤共详之也。

乱极则治，王途渐亨。天灾不行，年谷丰熟。贤人充其朝，农夫满于野。吾徒江海之士，击壤鼓腹，输太平之税耳，帝何力于我哉！又知房李诸贤，肆力廊庙，吾家魏学士，亦申其才，公卿勤勤，有志于礼乐，元首明哲，股肱惟良，何庆如之也！夫思能独放，湖海之士，才堪济世，王者所须。所恨姚义不存，薛生已殁，使云罗天网，有所不该，以为叹恨耳。

吾比风痹发动，常劣劣不能佳。然烟霞山水，性之所适，琴歌酒赋，不绝于时。时游人间，出入郊郭。暮春三月，登于北山，松柏群吟，藤萝翳景，意甚乐之。箕踞散发，与鸟兽同群。醒不乱行，醉不干物，赏洽兴穷，还归河渚。蓬室瓮牖，弹琴诵书，优哉游哉，聊以卒岁。

首夏渐热，足下何如也？愿动息多宜。黄颊之聚，何时暂忘？偶因南风，略示所怀，敬愿珍厚，不一一。王君白。

这是隐居中的王绩写给处士冯子华的一封书信，信中铺陈自己的隐居生活之乐，说自己有祖上传下来的田产十五六顷，厨厩十余间，奴婢数人，非但无生计之忧，还可以足额向政府缴税并供应差役。闲来读《老子》《庄子》《周易》，服食养生，弹琴咏诗，不亦乐乎。信中还说自己读过薛收《白牛溪赋》，觉得这篇文章“韵趣高奇，词义晦远；嵯峨萧瑟，真不可言”，足以与汉赋名家班固、扬雄的名作媲美。

王绩的文章表面上夸赞薛收，实为借薛收以自夸，而且手法曲折巧妙得很。王绩说《白牛溪赋》得到自己朋友圈的一致推崇，有个叫姚义的高人常说：“薛生此文，不可多得，登太行，俯沧海，高深极矣。”还有一位仲长先生，结庵独处三十年，不畜奴婢，自力更生，自给自足，虽有哑病，没法与人交谈，但器宇不凡，不沾半点俗气。仲长先生写有《独游颂》及《河渚先生传》，堪称体悟大道的佳作。

王绩在为这位仲长先生做了足够的渲染之后，接下来说：我近来写有一篇《河渚独居赋》，仲长先生认为可与薛收《白牛溪赋》比肩，所以我抄录了一篇副本随信给你（冯子华）寄去，你可以拿到你那边的朋友圈子里共同参详。

可见王绩是一个如何自恋的人，和他做朋友一定不会是什么愉快的事。但是，王绩与薛收都是由隋入唐的人，生活在同一个时代，如此自恋的王绩却可以由衷赞叹同时代的薛收，想来薛收必定有些不同凡响的地方。

| 3 |

遗憾的是，《白牛溪赋》失传已久，那“韵趣高奇，词义晦远；嵯峨萧瑟，真不可言”的风采我们已无从领略，只能简单了解一下薛收其人。

薛收出身名门，是隋朝文学大师薛道衡之子，自幼被生父过继给本家薛孺。及至隋炀帝即位，对薛道衡颇多嫉恨，终于以奏对不称旨的理由将薛道衡赐死。薛道衡之死，天下称冤，薛收也因此不仕于隋，后来做了李世民的谋臣，很受器重。可惜薛收英年早逝，未及看到李世民即位，后来李世民图画十八学士时，最遗憾的就是薛收早逝，不得列于其间。

薛收与王绩渊源颇深，两人不但有通家之谊，薛收还是王绩兄长文中子王通的弟子，薛收那篇《白牛溪赋》所赋之白牛溪正是王通隐居讲学的所在。王通仿《春秋》著《元经》，薛收为《元经》作传，《四库全书》便存有《元经》薛收传、阮逸注本。

我们还可以从王绩的人生旨趣理解他对薛收《白牛溪赋》的推崇，因为显然他之所以推崇《白牛溪赋》是因为自信自己的文章足以与之比肩，所谓“韵趣高奇，词义晦远；嵯峨萧瑟，真不可言”也完全可以看作王绩的自我标榜。

王国维于《人间词话》本章列举萧统、王绩对陶渊明、薛收文章的评语，意在将词与文相比，正如之前将词与诗相比一样。王国维竟然坦承，文章所能够达到的两种妙境是词所欠缺的，勉强言之，也只有苏轼的词能写出陶渊明文章“跌宕昭彰，独超众类；抑扬爽朗，莫之与京”的少许气象，只有姜夔的词能写出薛收文章“韵趣高奇，词义晦远；嵯峨萧瑟，真不可言”的少许气象。

| 4 |

苏轼的词，确实有跌宕昭彰、抑扬爽朗的气象，典型者如《定风波》：

莫听穿林打叶声。何妨吟啸且徐行。竹杖芒鞋轻胜马。谁怕。一蓑烟雨任平生。

料峭春风吹酒醒。微冷。山头斜照却相迎。回首向来萧瑟处。归去。也无风雨也无晴。

这首词有小序说："三月七日，沙湖道中遇雨。雨具先去，同行皆狼狈，余独不觉。已而遂晴，故作此词。"苏轼与人同行，意外遇雨，同行者皆狼狈不堪，只有苏轼若无其事，"吟啸且徐行"。不多时便已雨停，太阳也出来了，回望方才雨中行过的地方，"也无风雨也无晴"。

写这首词的时候，苏轼正困居黄州贬所，处境虽然艰难，心情却依旧豁达自适。只这一场阵雨，却被如椽巨笔写得一波三折，跌宕起伏，句句实写风雨，句句影射人生，全是一番宠辱不惊、去留无意的态度。再如那首被公认为中秋词绝唱的《水调歌头》：

明月几时有，把酒问青天。不知天上宫阙，今夕是何年。我欲乘风归去，又恐琼楼玉宇，高处不胜寒。起舞弄清影，何似在人间。

转朱阁，低绮户，照无眠。不应有恨，何事长向别时圆。人有悲欢离合，月有阴晴圆缺，此事古难全。但愿人长久，千里共婵娟。

这首词作于宋神宗熙宁九年（1076），苏轼任密州（今山东诸城）知州，词有小序："丙辰中秋，欢饮达旦，大醉。作此篇，兼怀子由。"中秋团圆之夜，苏轼、苏辙兄弟两地悬隔，思念之情付诸酒，付诸词，完全是跌宕昭彰、抑扬爽朗的气象。每一句与下一句的衔接都生出新的起伏跌宕，思路与情绪随着视角不断转折起伏，于是当结语道出"但愿人长久，千里共婵娟"的时候，读者感到的是比期盼家人聚首更加丰富亦复杂得多的内容：他或许在政治的旋涡里无限厌倦，想要乘风归去——或诵佛修仙，或泛舟五湖——但那终归不是他的夙愿，儒家兼济天下之志又何尝能够轻易放弃呢？琼楼玉宇虽好，毕竟高处不胜寒，何如继续盘桓人间，享受这“起舞弄清影”的欢愉呢？

所以宋人有记载说，当神宗皇帝读到这几句时，不禁感叹“苏轼终是爱君”。神宗读出的，正是苏轼在词句里所蕴含的对儒家理想的那份执念。

| 5 |

姜夔，字尧章，号白石道人，南宋婉约词影响最大的名家。在那个以填词为娱乐的年代里，他却如柳永一般成长为一名职业词人。只是柳永专走下层路线，在歌楼酒肆里浅斟低唱，姜夔却在达官显贵的庇护下度日，过着一种近乎清客的生活。

所以柳永的词流俗，姜夔的词雅驯。姜夔不仅以词谋生，甚至仅以一首词就为自己赢得了一桩美满姻缘。那是宋孝宗淳熙十三年（1186），诗坛名宿萧德藻接受了晚辈姜夔的拜访。姜夔的辞章令他多少次击节称赏，尤其是那首《扬州慢》，简直就是代不两出的杰作！老诗人慨叹自己“四十年作诗，始得此友”，然后果断地把侄女嫁给了他。那一年姜夔刚刚年过而立，依古代的标准绝对要算晚婚了。

晚婚自是有苦衷的：姜夔出身于官宦家庭，婚事自然要门当户对才好，但父亲过早去世，姜夔长期寄居在已出嫁的姐姐家里，虽然是官宦子弟，家境却相当贫寒；弱冠之后，他又不得不浪迹天涯以求取功名，婚事也就一拖再拖下来。有哪个书香门第愿意把女儿嫁给姜夔呢？负责任的父母总要谨慎地对待女儿的婚姻大事。

萧德藻太欣赏姜夔的才华，笃定他终有飞黄腾达的一日。我们倒不该轻率责怪这位长者因缺乏知人之明而投错了注，因为，若我们站在萧德藻的位置上，或多或少怕也会如此动念的，尤其是读到姜夔那首《扬州慢》的时候。要知道，姜夔写出如此佳作时才刚刚二十出头啊：

淮左名都，竹西佳处，解鞍少驻初程。过春风十里，尽荠麦青青。自胡马窥江去后，废池乔木，犹厌言兵。渐黄昏，清角吹寒，都在空城。

杜郎俊赏，算而今、重到须惊。纵豆蔻词工，青楼梦好，难赋深情。二十四桥仍在，波心荡、冷月无声。念桥边红药，年年知为谁生。

那是宋孝宗淳熙三年（1176）的冬至，姜夔途经扬州，看到这座曾经车挂轊、人驾肩、繁盛一时的名都因为金人之乱而变得四顾萧条，不禁感慨系之，自度此曲。是的，姜夔还是一名音乐家，不似其他词人只可以依律填词，而是会自己写词，自己谱曲，《扬州慢》便是他自创的词牌。

词一起首便是优雅的写法："淮左名都，竹西佳处"，巧妙点出了扬州之地。宋代于淮水下游的南岸设置淮南东路，称为淮左，扬州是淮南东路的一大名都。扬州北门外有竹西亭，是有名的风景胜地，杜牧《题扬州禅智寺》有"谁知竹西路，歌吹是扬州"，此后一提起"竹西"，人们便会立即联想到扬州。"过春风十里"，既是实景，又有杜牧《赠别》诗"春风十里扬州路"的语源。然而这本应繁华一片的"春风十里扬州路"却因何不见了繁华，只有青青荠麦，一片萧疏？

原因是"自胡马窥江去后，废池乔木，犹厌言兵"。宋高宗建炎三年（1129）和绍兴三十一年（1161），金兵两度南侵，直逼长江，第二次甚至驻兵扬州，使扬州荒废的池塘与沧桑的古树至今仍怕听到战争的消息。于是到如今，"渐黄昏，清角吹寒，都在空城"，夕阳西下，号角的声音在空荡荡的扬州城里回荡，足以催落任何一名过客的泪水。

上阕两度暗用杜牧诗意，下阕直接点出杜牧的名字："杜郎俊赏，算而今、重到须惊。"杜牧曾在扬州度过了一生中最为风流快活的一段岁月，但假令杜牧复生，重过扬州，难道还能认出这座芜城就是他的诗酒故乡吗？他曾在这里爱过"娉娉袅袅十三余，豆蔻梢头二月初"的歌女，度过"十年一觉扬州梦，留得青楼薄幸名"的青春，纵然以他不世之诗笔，面对如今这残破的扬州，还能够写出怎样的诗句呢？“二十四桥明月夜，玉人何处教吹箫”，那座二十四桥如今尚在，消失的只是吹箫的玉人与如水的月色。看那桥边的芍药花，不管人世如何兴亡变幻，年年都照旧开出鲜艳的花朵，只是而今谁还有赏花的心情呢？

姜夔为这首词写有小序：“淳熙丙申至日，予过维扬。夜雪初霁，荠麦弥望。入其城，则四顾萧条，寒水自碧，暮色渐起，戍角悲吟。予怀怆然，感慨今昔，因自度此曲。千岩老人以为有《黍离》之悲也。”千岩老人即萧德藻，“《黍离》之悲”即亡国之慨，语出《毛诗序》：周大夫途经故国宗庙宫室，见到昔日繁华之所已沦为禾黍生长的农田，彷徨不忍离去，感愤而作《黍离》之诗。姜夔此时所见之扬州，与周大夫当日所见之宗周故地，情与景皆有惊人的相似。

这样的词作，无论如何也当得起“韵趣高奇，词义晦远；嵯峨萧瑟，真不可言”。其实“词义晦远”与张惠言所主张的“深美闳约”并无二致，南宋词家寄托家国兴亡之慨，多有这一路风格的作品，绝非只有姜夔一人才“略得一二”。

[三十二]

词之雅郑，在神不在貌。永叔、少游虽作艳语，终有品格。方之美成，便有淑女与倡伎之别。

| 1 |

“雅”与“郑”原本是音乐术语，前者为雅乐，后者则是郑国民谣。春秋时代，郑国和卫国是靡靡之音的发源地，而儒家鼓吹礼乐治国，音乐要承担道德教化的责任，自然对郑卫之音深恶痛绝。《论语》有记载说，颜渊向孔子请教治国之道，孔子讲了几个核心原则，其中一条就是“放郑声，远佞人”，将郑国的音乐和奸佞小人等量齐观。

但人天生就能欣赏靡靡之音，而对雅乐的欣赏力却需要很多年的文化修养才能养成，所以越是低俗的音乐就越有流行的潜质。《礼记·乐记》有记载说，魏文侯向孔子高徒子夏求教：“我在正襟危坐欣赏古乐的时候总是很想睡觉，但对郑卫之音听多少都不会疲倦，这是怎么回事？”子夏从政治学的高度对魏文侯做了一场长篇大论的演讲，其实个中缘故无非是魏文侯的欣赏水准太低而已，并不需要什么其他的解释。

雅郑之别就是雅俗之别。王国维提出，词的雅俗"在神不在貌"，这个观点其实完全适用于任何一种文艺体裁。譬如约翰·施特劳斯的圆舞曲，在我看来就属于貌雅而神俗；《红楼梦》则属于貌似俗而神雅（小说在中国古代是一种地位太低的文学体裁，任何小说作品一概属于下里巴人，以至于著作权归属往往很难辨识清楚）。

| 2 |

词之雅俗，王国维认为欧阳修、秦观虽然也写艳语，貌似靡靡之音，但"终有品格"，属于貌俗而神雅；周邦彦写艳语，却是神貌共俗。两者有淑女与倡伎之别。

淑女偶有性情流露，冲破礼教羁绊，如梁祝故事中的祝英台，易男装，与男子同学，自由恋爱，虽然有这些"大逆不道、伤风败俗"的举动，人们却不会嫌她轻浮，反而会为她而感动。这是因为祝英台无论做出怎样的事来，本质上始终是一名淑女。

在王国维的这番论断中，"词之雅郑，在神不在貌"作为一个抽象的命题并无任何不妥，而"永叔、少游虽作艳语，终有品格。方之美成，便有淑女与倡伎之别"，具体地以欧阳修、秦观、周邦彦为例却嫌太过轻率了。

欧阳修与秦观确实每有"终有品格"的艳语，如欧阳修《临江仙》：

柳外轻雷池上雨，雨声滴碎荷声。小楼西角断虹明。阑干倚处，待得月华生。

燕子飞来窥画栋，玉钩垂下帘旌。凉波不动簟纹平。水精双枕，傍[1]有堕钗横。

当时欧阳修刚刚入仕不久，很有点骄狂放纵的意思，屡屡迟到、早退，不将公务放在心上。某次上级长官钱惟演在后园设宴，欧阳修与一名绯闻官伎姗姗来迟。官伎辩解说："因为天气酷热，便往凉堂小睡，醒来后发觉丢了金钗，遍寻不得，故此耽搁了时间。"钱惟演并不点破，却只道："若得欧推官一词，我当偿付你的钗价。"

责罚者大有雅趣，被责者亦不失急才。欧阳修即席填写了一阙《临江仙》，将官伎失钗的情景点染得如诗如画。词意是说池塘上刚刚下过了雨，那雨景是温柔的：雷只是轻雷，雨只是疏雨。雨方停，小楼西角现出了一段明媚的彩虹，倚阑而立的人也许就这样痴痴地立到月亮升起的时候，陷入迷醉的情绪里无法自拔。那官伎小睡的所在最美，帘栊虽然垂下，却有燕子隔帘窥探，而那支失落的金钗，不就横在水精双枕的旁边吗？

小词写得如此巧妙，立时博得了满堂彩声。钱惟演当下令那名官伎向欧阳修斟酒致谢，并批示以公款偿付钗价。而我们细看这首《临江仙》，背景不过是一段轻浮的暧昧私情，虽有七步成诗的急才与妙语，终归不过是一幅仕女画小品而已，再无更深的意思。品格何在呢？就在于它终归是一幅仕女画小品，而没有柳永"奶奶兰心蕙性"那种市井春宫的味道。

| 3 |

但欧阳修也有纯粹的活色生香的艳语，再看不出其中有半点品格，如《夜行船》：

轻捧香腮低枕。眼波媚、向人相浸。佯娇佯醉索如今，这风情、

---

① 傍：通"旁"。

怎教人禁。

却与和衣推未寝。低声地、告人休恁。月夕花朝，不成虚过。芳年嫁君徒甚。

这首词描绘一对小夫妻的枕上风情，实在写足了那种欲拒还迎的色情挑逗。只有将它放进“三言二拍”里而不是放进欧阳修的文集里，才会使违和感彻底消失。

欧阳修还有一首载有“洛丽塔”情结的《望江南》，正是这首词为他招致一场耸动京城的绯闻官司，还造成了中央政府人事格局的一次洗牌：

江南柳，叶小未成阴。人为丝轻那忍折，莺怜枝嫩不胜吟。留取待春深。十四五，闲抱琵琶寻。堂上簸钱堂下走，恁时相见已留心。何况到如今。

这首词看似无非寄托了对一名少女的小小情怀，却牵引出当时最受瞩目的一场风化事件，丑闻的主角竟然就是已经位高权重、道德文章为一代师表的欧阳修。

事情是由开封府审理的一起通奸案开始的：欧阳晟的妻子张氏与男仆私通，事败见官之后，或许是由于恐惧过度，除了对奸情供认不讳之外，竟然还供出了婚前的一段不伦之恋，说自己小时候寄住在舅父欧阳修家，和舅父很有一些暧昧。

那时候的欧阳修已是官运亨通、名满天下的人物，所以张氏的供词简直在舆情中掀起了轩然大波。欧阳修被迫做出自辩，除了鸣冤之外，还交代出这个外甥女其实和自己并没有任何意义上的血缘关系，请世人不要妄作乱伦方面的揣测：张氏的母亲确实是欧阳修的妹妹，但她续弦于张龟年，抚养着丈夫与其前妻的一个女儿；后来张龟年早故，欧阳氏便带着继女投奔兄长；待这女孩子长大成人，欧阳修便以舅父的身份主婚，将她许配给了自己的堂侄欧阳晟。来龙去脉就是如此这般，那等刺激群氓肾上腺素的丑事纯属捏造。

欧阳修自辩的重点是：这个外甥女随着继母到自家寄住的时候才只有七

岁，任自己再如何风流俊赏，难道会和一个七岁的小女孩发生什么吗？欧阳修聪慧过人，的确抓住了问题的重点，简直没有给对手留下任何可以反击的余地，而所有人都万万没有想到的是，面对这样的辩词，有个名叫钱勰的官员冷冷笑道："七岁不正是学簸钱的年纪吗！"

簸钱是一种赌赛游戏，曾是唐代的宫女间最流行的一种排遣寂寞的方式。游戏极简单，只消各自将手中的一把铜钱摇晃几下，抛在地上，以正反面的多寡决定胜负。欧阳修那首词里，"堂上簸钱堂下走，恁时相见已留心"，岂不是说当那个小女孩在庭院里调皮簸钱的时候，他这个身为舅父的人便已经暗自动心了吗？"何况到如今"，簸钱时便已动心，何况她忽忽已到了十四五岁的青春年纪呢？

一首《望江南》终于将欧阳修逐出朝廷，外放滁州，后人因此得福，得以读到《醉翁亭记》这样精彩的散文。但是，就词论词，也许这首词真的与欧阳修的外甥女毫无干系，但无论如何，词中的"洛丽塔"情结到底昭然若揭。这样的词，至少以古人的标准来看，总不能算是"虽作艳语，终有品格"吧？

| 4 |

秦观的词，亦不乏纯粹的艳语，如《河传》：

恨眉醉眼。甚轻轻觑着，神魂迷乱。常记那回，小曲阑干西畔。鬓云松、罗袜刬。

丁香笑吐娇无限。语软声低，道我何曾惯。云雨未谐，早被东风吹散。闷损人、天不管。

云情雨事，只差一步就要写得露骨了。而且既无寄托，亦无格调，不似恋情，却似奸情。比之李煜"刬袜下香阶，手提金缕鞋"，后者的遣词造句显然大胆得多，却写足了热恋的感觉，并不令人觉得龌龊。前者譬如一部不甚暴露的三级片，后者譬如一部出现全裸镜头的文艺片。再如秦观的一首《浣溪沙》：

脚上鞋儿四寸罗。唇边朱粉一樱多[1]。见人无语但回波[2]。
料得有心怜宋玉，只应无奈楚襄何。今生有分共伊么。

词的上阕已是赤裸裸的官能描写，下阕“料得有心怜宋玉，只应无奈楚襄何”，化用李商隐《席上赠人》“料得也应怜宋玉，只应惟事楚襄王”。以宋玉自喻，以楚襄王喻歌女的主人。意思是说：想来这位歌女已对自己心生爱慕，只是碍于主人，没法投向自己的怀抱。最后毫不掩饰地感叹“今生有分共伊么”，简直是在恳求主人割爱，将这名歌女赠予自己了。

| 5 |

周邦彦，字美成，别号清真居士，生于宋仁宗时代的钱塘（今浙江杭州）。周邦彦自幼便有些轻佻，所以他虽然博览群书，是个勤学上进的少年，家乡人却总也看不惯他。

大约在宋神宗元丰二年（1079），周邦彦游历汴京，恰逢朝廷增加太学生名额，他便借着这次机遇进入太学读书，与许许多多家境并不优裕的子弟一样希望以知识改变命运。

机遇再一次鬼使神差一般地降临了：元丰七年（1084），宋神宗视察太学，数百名太学生施展浑身解数，纷纷撰写歌功颂德、粉饰太平的文章，希望能够赢得皇帝的青睐。周邦彦精心构思，写下一篇万余言的《汴都赋》，以华丽的辞藻与繁复的典故远超同侪。最醒目的是，文中有许多古雅的生僻字，以至于当右丞李清臣奉命于迩英殿上高声诵读的时候竟然结结巴巴，很多字根本读不

① 一樱多：红唇略略大于樱桃。
② 回波：回眸。

出来。宋神宗大为惊异，很快便擢升周邦彦为太学正。

太学正是一个清闲的教职，大略相当于太学里的系主任，并不负担任何经邦治国、保境安民的职责。清闲的岗位，优渥的薪酬，稳定的职业生涯，这三者简直是轻佻性格的绝配。周邦彦很快便成为汴京秦楼楚馆的常客，他结识的歌女也许比他教过的学生更多。

软红尘里的缱绻缠绵激发了周邦彦无限的创作热情，更何况他还是一位妙解音律的天才。于是他不断地填词、作曲，将歌女们真挚的爱慕与职业性的笑容照单全收。于是，在汴京歌舞地的缱绻，离开汴京之后的缅怀，以及重返汴京后对人面桃花的重寻，构成了周邦彦词作的一大主题。

周邦彦人生的顶点是在宋徽宗年间提举大晟府，这个职位大约相当于皇家音乐学院院长。宋徽宗毕竟是第一流的艺术人才，虽然对政坛人物的忠奸优劣彻底缺乏辨别能力，却对“同道中人”独具慧眼。周邦彦从此在大晟府填词作乐，坐上了御用文人的第一把交椅，并且幸运地死于靖康之变来临之前，不曾赶上那一场国破家亡的巨变。

周邦彦的一生可谓波澜不惊，甚至可以说是寡淡无味，既不曾卷入新旧党争的激烈交锋，亦不曾有过任何离经叛道的壮举。他就是这样在诗酒风流、偎红倚翠的日子里渐渐变老，即便他在溧水知县的任上赢得了县民称颂，也只是因为他采取无为而治的态度，不给百姓生事而已。

| 6 |

周邦彦词，以《少年游》最负盛名：

> 并刀如水，吴盐胜雪，纤指破新橙。锦幄初温，兽香不断，相对坐调笙。
> 低声问、向谁行宿，城上已三更。马滑霜浓，不如休去，直是少人行。

这首词的名声不仅仅来自于词艺，更来自词句背后的一段风流韵事：周邦彦在汴京时，与名妓李师师交好。某夜宋徽宗微服出行，临幸李师师家。仓促之间，周邦彦只好在房间里躲藏起来，尴尬地做了柔情蜜意的旁听者。

并刀与吴盐都是当时雅致生活的必备品。并州以出产剪刀著称，杜甫诗有“焉得并州快剪刀，翦取吴松半江水”，这便是“并刀如水”的出处。吴盐是一种漂亮的盐花，古人用来为微酸的水果调味；李白诗有“玉盘杨梅为君设，吴盐如花皎白雪”，这就是“吴盐胜雪”的出处。以并刀切开橙子，以吴盐化解橙子的酸味，美女的纤纤玉手将橙子剥开；熏香从兽形的香炉中不断氤氲出烟气，帷帐暖意渐浓；两人对坐，调笙弄管，以音乐相沟通。她低声问他：“今夜要在哪里歇宿？城上已响起三更的更鼓了。天太晚了，霜太重了，马蹄容易打滑，路上一定也没有什么行人了，你不如不要走吧？”

这首词最受称道处，是将挽留写得太有韵致，分寸把握得太恰到好处。同样的题材倘若换作柳永来写，一定不会才到“马滑霜浓，不如休去，直是少人行”便煞住的。周济《宋四家词选》称这首词是本色佳制，将词的婉约本色恰恰写足，再过一分便流于轻薄。

虽然宋徽宗与李师师的“背景故事”未必属实，但这首《少年游》无论如何都算得上言情的婉约佳作。陈廷焯《白雨斋词话》称周邦彦的艳词别有一种姿态，句句洒脱，将香奁泛语吐弃殆尽。

| 7 |

显然，王国维对周邦彦的批评是针对清代词坛风气有的放矢的，并非仅仅就词论词而已。

其实说周邦彦词缺乏品格，有倡伎气质，这个评价并不中肯。周邦彦一生平淡，不似欧阳修、秦观始终卷在政治旋涡里起起落落，时而有意外之喜，时而遭无妄之灾，正是这般生平遭际的不同造就了词风的差异。周邦彦的“艳语”没有那种荡气回肠的豪迈与一往情深的悲怆，而是在婉转中诉柔肠，在优雅中吐愁绪，再深的忧伤读来往往也只似闲情逸致，富于激情的年轻人大多不喜欢这样的作品。

耐人寻味的是，王国维晚期观点发生了一百八十度的转变，潜心打造《清真先生遗事》，将周邦彦誉为词中杜甫，誉为集大成者，誉为“两宋之间，一人而已”。文艺作品中一些淡淡的深意，往往需要足够的岁月积淀才可以读得出来。我们今天轻率地拒绝一首诗、一首词、一本书、一幅画、一部电影，也许未必因为它不够好，而是因为我们还没到可以欣赏它的时候。

［三十三］

美成词深远之致不及欧、秦，唯言情体物，穷极工巧，故不失为第一流之作者。但恨创调之才多，创意之才少耳。

| 1 |

本章继续周邦彦的话题。周邦彦词“深远之致”不及欧阳修与秦观，个中缘由正如上文所述，是由截然不同的生活遭际所致。王国维虽然指出周邦彦词这一点上的不足，却相当推崇后者的写作技艺，即“言情体物，穷极工巧”，艺术造诣高而思想深度浅。所以称周邦彦为“第一流之作者”并不是很高的推崇，只是说他技艺精湛，如同一名巧手的匠人而已。

周邦彦妙解音律，是当时第一流的音乐专家，自然“创调之才多”，会谱新曲，创作新的词牌。但内容上总是老调重弹，写不出什么新意，是所谓“创意之才少”。

周邦彦现存的词作中，以自创词牌填写的有几十首之多，《六丑·蔷薇谢后作》为其中最著名者：

正单衣试酒，恨客里、光阴虚掷。愿春暂留，春归如过翼，一去无迹。为问花何在，夜来风雨，葬楚宫倾国。钗钿堕处遗香泽。乱点桃蹊，轻翻柳陌，多情为谁追惜。但蜂媒蝶使，时叩窗隔。

东园岑寂，渐蒙笼暗碧。静绕珍丛底，成叹息。长条故惹行客，似牵衣待话，别情无极。残英小、强簪巾帻。终不似、一朵钗头颤袅，向人欹侧。漂流处、莫趁潮汐。恐断红、尚有相思字，何由见得。

词牌“六丑”是一个很古怪的名字，南宋词家周密《浩然斋雅谈》有记载说：宋徽宗听李师师歌唱周邦彦《六丑》，问《六丑》之义，无人答得出来，急忙召见周邦彦亲询，后者答道：“此犯六调，皆声之美者，然绝难歌。昔高阳氏有子六人，才而丑，故以比之。”

“犯”是古代的音乐术语，即今天所谓变调。今天的流行歌曲一般都是一调到底，很少会有变调，因为变调会大大增加歌唱难度，未受过音乐训练的人很难把握音准。哪怕旋律不变而调式仅变化一次，唱起来已属不易，何况要变调六次，只有专业歌者才可以唱得出来。

| 2 |

可惜词的曲调早已失传，我们只能从字里行间想象当初的旋律之美。王国维《清真先生遗事》有说：“读先生之词，于文字之外，须更味其音律。……今其声虽亡，读其词者，犹觉拗怒之中，自饶和婉，曼声促节，繁会相宣，清浊抑扬，辘轳交往。”

这正是今天读周邦彦词特地要留意的地方，读得慢些，再慢些，在那些长调慢词里以柔缓的声音体味抑扬顿挫的微妙。但是，若从立意上看，如这首《六丑》，惜花、伤春，以怅惘的语气叹息花样年华水样流，美则美矣，却读不出任何新意。前述秦观七夕词写出“金风玉露一相逢，便胜却人间无数”，这便是新奇的立意；欧阳修伤春伤别，写出“直须看尽洛城花，始共春风容易别”，也是旁人不曾写过的立意。这两人虽然没有创调之才，却在词的旋律失传之后，在词彻底脱离音乐而成为纯粹的文字艺术之后，以创意之才受到后人更多的推重。

周邦彦的《解连环》也是自创曲调的名篇，词牌名出自《战国策》：秦昭王派遣使者赴齐，赠给齐国太后一副玉连环，说：“齐国智者很多，不知能否将这副玉连环解开？”太后遍示群臣，群臣无人能解。太后便拿起锥子将玉连环砸断，向秦国使者说：“这不就解开了吗？”

周邦彦的《解连环》却没有这般的直截了当，而是一环一环慢慢索解，将九曲回肠中的浓浓幽怨一点一点地晕染出来：

> 怨怀无托。嗟情人断绝，信音辽邈。信妙手、能解连环，似风散雨收，雾轻云薄。燕子楼空，暗尘锁、一床弦索。想移根换叶，尽是旧时，手种红药。
>
> 汀洲渐生杜若。料舟依岸曲，人在天角。谩记得、当日音书，把闲语闲言，待总烧却。水驿春回，望寄我、江南梅萼。拚今生，对花对酒，为伊泪落。

这首词以闺怨为主题，写一名幽居中的女子与情人音书断绝，满腔愁绪无从倾吐，心中仿佛打了玉连环一般的死结，不知有谁人能够开解。旧时种下的芍药结出新叶，思念的人却依然远在天边。今生就要在这样的思念里消磨尽了，每每在花香里，在醉意中，又一次为他落泪。

这样的词，固然有创调而无创意，但无论如何也算得上第一流的作品了。称赏者如清人况周颐，认为“拚今生，对花对酒，为伊泪落”这种句子愈朴愈厚，愈厚愈雅，至真之情由性灵肺腑中流出，学清真词者学不到这等返璞归真的境地。(《蕙风词话》) 讥议者如南宋张炎，认为“为伊泪落”等语为情所役，没有把握好分寸，以至于淳厚日变而为浇薄。(《词源》) 以今天的眼光来看，倘若我们能够欣赏柳永“衣带渐宽终不悔，为伊消得人憔悴”，如何便不能欣赏“拚今生，对花对酒，为伊泪落”呢？一往情深的话语永远不乏撼动人心的力量。

[三十四]

词忌用替代字。美成《解语花》之“桂华流瓦”，境界极妙，惜以“桂华”二字代“月”耳。梦窗以下，则用代字更多。其所以然者，非意不足，则语不妙也。盖意足则不暇代，语妙则不必代。此少游之“小楼连苑”“绣毂雕鞍”，所以为东坡所讥也。

| 1 |

本章提出一种很极端的主张：填词最忌讳使用替代字，譬如周邦彦《解语花》“桂华流瓦”，虽然境界极妙，只可惜以“桂华”二字代替“月”字。但是，若我们真的奉行这样的观点，将“月”字替换回去，“桂华流瓦”变为“月流瓦”或“月光流瓦”，原本浓浓的诗意反而消失无踪。

周邦彦《解语花》有题目“上元”，即正月十五，俗称灯节。宋代最重灯节，正月十五赏花灯是全年最盛大的一个节日：

风销焰蜡，露浥烘炉，花市光相射。桂华流瓦。纤云散，耿耿素娥欲下。衣裳淡雅。看楚女、纤腰一把。箫鼓喧，人影参差，满路飘香麝。

因念都城放夜。望千门如昼，嬉笑游冶。钿车罗帕。相逢处，自有暗尘随马。年光是也。唯只见、旧情衰谢。清漏移，飞盖归来，从舞休歌罢。[①]

“风销焰蜡，露浥烘炉，花市光相射”，这是街市上花灯竞放的盛况，而天上“桂华流瓦。纤云散，耿耿素娥欲下”，这是一年中的第一轮满月，待纤云散尽，月光洒满屋瓦，仿佛嫦娥正欲下临人间。如嫦娥一般，街市上密集的女子们也都将平日里的艳丽衣衫换成了一身素白，这是元宵佳节特有的风俗，于是“衣裳淡雅。看楚女、纤腰一把。箫鼓喧，人影参差，满路飘香麝”，在音乐里，在香气里，在灯光与月光的交织里，川流的人潮变幻着美丽的剪影。

词的下阕以“因念”二字领起回忆，回忆当年词人在汴京元宵夜的所见。那时候的汴京有“金吾放夜”，即皇家警卫解除了宵禁，千家万户，士人游女，一时会聚在花灯如昼的街市，引出了多少段马随钿车、人拾罗帕的浪漫故事。“年光是也。唯只见、旧情衰谢”，那才是最堪回味的时光，最堪回味的灯市，而如今呢，纵然仍有桂华流瓦的华彩，仍有满路飘香麝的氤氲，赏灯的心绪毕竟淡了。舞蹈结束了，歌声也不再响起了，也该是驱车回家的时候了。

| 2 |

“桂华流瓦”在整首词里并没有丝毫违和感，替代字也从来不曾成为写诗填词中的禁忌，只要分寸恰当即好。

---

① 清漏移：形容时间推移。漏：铜壶滴漏，古代的计时器。飞盖：代指快速行驶中的车驾。盖：车上的伞盖。

事实上，不仅是文学作品，我们日常生活中也常常使用替代字，因为在文学趣味之前，替代字首先具有功能上的意义，甚至可以说在日常生活中是不可或缺的。

举一个略嫌粗俗的例子：譬如在一次聚餐上，某人忽然觉得腹中不适，于是直率地对大家说："告退一下，我要去拉屎。"我们都知道这是很不礼貌的语言，因为它会使听者产生肮脏恶臭的联想，以致败坏了胃口。文雅的说法是："去盥洗间。"两者所表达的意思虽然相同，但后者因为使用了替代字，便成功避免了那些引人不适的联想。

从这层意义上说，雅俗之别意味着顾及旁人感受的程度差别。一个社会的文明程度越高，社会共识中对旁人感受的顾及程度便越高，于是出现了许多使用替代字的尊称与雅称。

再如怕鬼的人在不得不提到鬼时，会说"那个东西"或"不干净的东西"，这就避免了"鬼"字给自己带来的最直接的恐惧感。一个男生决定向暗恋多年的女生表白，但始终鼓不起当面说出"我爱你"三个字的勇气，终于他在情人节那天送给女生一束红玫瑰，这束红玫瑰其实也就是"我爱你"的替代品。我们的生活里总是需要太多含蓄的表达，这不仅仅是文明化的结果，更是我们与生俱来的心理结构势必会对语言提出的要求。所以，原始部族里的替代字不一定就比文明社会里少，只是更少地表现于文雅，更多地表现于禁忌罢了。

文学作品中使用替代字，唯一忌讳的就是过度。

文学越发展，替代字就越多，因为有越来越多的字具有了文学语码的属性。譬如月亮上传说有桂树，当这一传说广为人知之后，"桂树"便有了替代"月亮"的可能。如"桂华流瓦"，"华"是"花"的本字，"桂华"本指"桂花"，月桂树上飘下的桂花闪着光晕在屋瓦上如水波流动，这是何等旖旎的场景呢！这正是"桂华流瓦"使人产生的美好联想，而"月光照瓦"或"月光流瓦"显然没有这般美丽的意象。

但是，当宋词发展至南宋，文字愈来愈雕琢，替代字用得愈来愈泛滥，难免令人产生矫枉需要过正的念头。那些缺乏文学天赋的人，亦每每以替代字雕琢辞藻，只写出一些字面华美而文学意趣荡然无存的作品，这当然令人不快。

这才是王国维所谓“梦窗以下，则用代字更多。其所以然者，非意不足，则语不妙也。盖意足则不暇代，语妙则不必代”的含义所在。正是因为有了那些拙劣的词人，或者意不足，或者语不妙，才会以大量的替代字来遮掩贫乏。

| 3 |

梦窗即吴文英，南宋晚期长调慢词的名家。他是个低调到无以复加的人物，以至于我们除了知道他字君特，号梦窗之外，对他的生平事迹几乎一无所知。而他的词，更以朦胧隐晦著称，也很难使人从中考索出他的真实经历。

今天的读者完全能够以王家卫的电影风格来理解吴文英的填词风格。也正如今天的观众对王家卫电影的态度一样，古人对吴文英的词，爱之者大爱，恨之者深恨。张惠言编选《词选》，对梦窗词只字未录，张惠言的外孙董毅编辑《续词选》，也仅收吴文英两首而已，但清末大词家朱孝臧编选《宋词三百首》，收录梦窗词足足二十五首，占到全书十二分之一的篇幅。

吴文英爱用替代字，这在很多词家看来并不算一个缺点。但是，当我们沿着词史的脉络一路看下来，就会发现替代字愈出愈繁，实在是文体发展的一种必然走向：词从北宋初年到南宋末年，经历了一个由璞玉浑金到精雕细镂的过程。所以偏好北宋词的人往往鄙薄南宋词，反之亦然。而王国维正是北宋词的拥趸，最爱的是璞玉浑金的格调。

试举梦窗词一例。《祝英台近·除夜立春》很有吴文英的典型风格：

剪红情，裁绿意，花信上钗股。残日东风，不放岁华去。有人添烛西窗，不眠侵晓，笑声转、新年莺语。

旧尊俎。玉纤曾擘黄柑，柔香系幽素。归梦湖边，还迷镜中路。可怜千点吴霜，寒销不尽，又相对、落梅如雨。

这首词以除夕为背景，这一年的除夕正与立春同时。首句道出当时风俗：

家家以绢帛剪裁红花绿叶插上鬓发，是为迎春。除夕守岁，坐等时间从旧年进入新年，这就是“有人添烛西窗，不眠侵晓，笑声转、新年莺语”的含义。下阕转入回忆，忆当年除夕佳人相伴，最堪回味的是她为自己剥开黄柑的那段细节。但往事难寻，青春已老，在这个落梅如雨的夜晚生出无限的伤心。

这首词的修辞风格，如“玉纤曾擘黄柑”，直译是说“曾经有个女人用她美丽的手为我剥开黄柑”，不妨对比一下前述周邦彦描写同样场景的措辞“纤手破新橙”，后者说“纤手”直接点明了“手”，前者“玉纤”会一下子令读者不明所以，需要在上下文的语境里斟酌一下才会想出这是指“纤纤如玉的手”。

再如“可怜千点吴霜”，何谓“吴霜”，顾名思义应是指吴地之霜，但它其实是指斑驳的白发。“吴霜”的语源是唐代李贺《还自会稽歌》“吴霜点归鬓”的诗句，这首诗是李贺假托庾肩吾归自会稽之作，会稽正是吴地，诗歌表面上说自己在归途中被当地的寒霜点染了两鬓，实则比喻岁月催老了青春。吴文英以“千点吴霜”作为“斑驳白发”的替代语，读者若不是预先读过李贺的《还自会稽歌》，看到这里一定会愕然一阵了。

这样的替代字确实生硬了些，为文辞优雅而优雅，而宋词自吴文英，替代字愈用愈多，愈用愈生硬，再没有周邦彦“桂华流瓦”的那种自然之美了。

| 4 |

“小楼连苑”“绣毂雕鞍”出自秦观《水龙吟》：

小楼连苑横空，下窥绣毂[1]雕鞍骤。朱帘半卷，单衣初试，清明时候。破暖轻风，弄晴微雨，欲无还有。卖花声过尽，斜阳院落，红成阵、飞鸳甃[2]。

---

① 毂（gǔ）：代指车，本义是车轮中心的圆木，周围与车辐的一端相接，中有圆孔，可以插轴。

② 甃（zhòu）：以砖瓦砌的井壁。

玉佩丁东别后。怅佳期、参差难又。名缰利锁，天还知道，和天也瘦。花下重门，柳边深巷，不堪回首。念多情但有，当时皓月，向人依旧。

宋人黄昇《唐宋诸贤绝妙词选》对这首词记有一则故事：一次苏轼和秦观会面，闲谈之间苏轼问起秦观近来可有新的词作，秦观便举了这个“小楼连苑横空，下窥绣毂雕鞍骤”。苏轼笑道：“十三个字，只说得一个人骑马从楼前过。”秦观问苏轼的新作，苏轼说道：“我也有一首说楼上之事的，即‘燕子楼空，佳人何在，空锁楼中燕’。”晁无咎感叹道：“三句话说尽张建封燕子楼一段故事，奇哉！”

这则词话常被人用来阐释诗词语言的优劣：简约为优、繁复为劣。但是，这样的见解显然忘记了“尺有所短，寸有所长”的道理。倘若读者对燕子楼的往事一无所知，该如何欣赏得来“燕子楼空，佳人何在，空锁楼中燕”的简约？依晁无咎的标准，分明也可以用一句“马嵬坡上雨霖铃”说尽唐明皇与杨玉环的全部故事，《长恨歌》该是何等冗长低劣的作品。

再者，即便是苏轼对秦观的批评也算不上中肯之谈，因为苏轼并不知道这首词作为“私人语言”的背景：上阕首句“小楼连苑横空”与下阕首句“玉佩丁东别后”，分别藏了楼、东、玉三字。楼婉，字东玉，是蔡州的一名营伎，秦观在蔡州时与她发生过一段恋情，于是苦心孤诣将恋人的名字嵌入了这首《水龙吟》里。王国维亦不知晓这段故事，所以才说“盖意足则不暇代，语妙则不必代。此少游之‘小楼连苑’‘绣毂雕鞍’所以为东坡所讥也”。

［三十五］

沈伯时《乐府指迷》云："说桃不可直说破桃，须用'红雨''刘郎'等字，说柳不可直说破柳，须用'章台''灞岸'等字。"若惟恐人不用代字者。果以是为工，则古今类书具在，又安用词为耶？宜其为《提要》所讥也。

| 1 |

本章承接前章，继续批判填词用替代字的风气，而标靶从吴文英转向了沈义父，而吴文英与沈义父的词学见地其实是一脉相承的。

沈义父，字伯时，南宋词论家，《乐府指迷》所谓乐府，非是乐府诗，而是指词。《乐府指迷》顾名思义，探讨的是填词的要领，意在为填词的人指明方向。

《乐府指迷》开宗明义，说沈自己与吴文英相识，暇日相与唱酬，切磋技艺，终于领悟出填词难于写诗的道理：词要比诗歌更重音律和谐，否则便成为长短句的诗歌；词的用字要比诗歌更雅，否则便成为俚俗小曲；词的用字不可以太直露，否则就会失去余味；词的立意不可以太高，否则就会失去柔和婉约的感觉。

在这样的圭臬之下，沈义父推举周邦彦为词家楷模。在沈义父看来，周邦彦是音乐专家，协律最是本色当行，没有半点市井气，而且下字运意皆有法度，往往化用唐宋名家的诗歌佳句，却不用经史中的生硬字面，所以冠绝天下。学习周邦彦最成功的要属吴文英，只可惜他用事下语有些地方过于晦涩，令人难晓。

《乐府指迷》专有一条“咏物不可直说”，即王国维本章摘引的原始出处：

> 炼句下语，最是紧要，如说桃，不可直说破桃，须用“红雨”“刘郎”等字。如咏柳，不可直说破柳，须用“章台”“灞岸”等字。又咏书，如曰“银钩空满”，便是书字了，不必更说书字。“玉箸双垂”，便是泪了，不必更说泪。如“绿云缭绕”，隐然髻发，“困便湘竹”，分明是簟。正不必分晓，如教初学小儿，说破这是甚物事，方见妙处。往往浅学俗流，多不晓此妙用，指为不分晓，乃欲直直说破，却是赚人与耍曲矣。如说情，不可太露。

其实沈义父的用心在于最后一句“如说情，不可太露”。这个道理原本不错，正如一句“我爱你”不如情人节里一只精心准备的钻戒更有含蓄而动人的力量。沈义父的失误仅仅在于将含蓄做过了头，而他与王国维之别，正是“过”与“不及”之别。

| 2 |

以今天的视角来看，沈义父所探讨的是一个文学语码的问题。随着文化的演进，不断会有一些语言成为语码，或者说是诗歌套语，承载了字面之外的许多含义。如《桃花源记》为我们创造了“桃源”这个语码,《别赋》为我们创造了“南浦”这个语码……今天当我们要表达“一个与世隔绝、恬然自适的小社会”的意思，只消说“桃源”或“世外桃源”，不会有人发出质问：为何用替代字，为何不直接说破呢？但是，当今天我们要表达惜别之情，“南浦”已经成为一个过于古老的语码，能够顺利破解这一语码的人已经为数不多了。原因倒也简单:《桃花源记》多年以来都是初中生的必背课文,《别赋》却连大学中文系的学生也未必通读过一遍。

语码与替代字在相当程度上是重合的，语码或替代字本身并不直接意味着说破或不说破，而是会随着时代的不同，随着人群的不同，或成为“桃源”，或成为“南浦”。适度的替代字本无可厚非，一旦过度，就会使文学作品看上去有了古代所谓类书（资料汇编）的味道，不复有文学的鲜活性了。

王国维所谓《提要》，即《四库全书总目提要》对《乐府指迷》的评语，评语中说它“欲避鄙俗，而不知转为涂饰”。若我们以鄙俗为一极，以涂饰为另一极，那么词的语言应当是位于这两极之间的中庸之道，既不过，亦无不及。

[三十六]

美成《青玉案》[苏幕遮]词："叶上初阳干宿雨。水面清圆，一一风荷举。"此真能得荷之神理者。觉白石《念奴娇》《惜红衣》二词，犹有隔雾看花之恨。

| 1 |

本章品评三篇咏荷佳作：周邦彦《苏幕遮》胜出，因其写出了荷花的神理；姜夔《念奴娇》《惜红衣》落败，因其有隔雾看花之恨。

周邦彦《苏幕遮》究竟如何写出了荷花神理，在本书第二章里已经有过说明，这里不妨专论姜夔的两首词，先从《念奴娇》说起：

闹红一舸，记来时、尝与鸳鸯为侣。三十六陂人未到，水佩风裳无数。翠叶吹凉，玉容销酒，更洒菰蒲雨。嫣然摇动，冷香飞上诗句。

日暮。青盖亭亭，情人不见，争忍凌波去。只恐舞衣寒易落，愁入西风南浦。高柳垂阴，老鱼吹浪，留我花间住。田田多少，几回沙际归路。

词牌下有小序：“予客武陵，湖北宪治在焉。古城野水，乔木参天。予与二三友日荡舟其间，薄荷花而饮，意象幽闲，不类人境。秋水且涸，荷叶出地寻丈。因列坐其下，上不见日，清风徐来，绿云自动，间于疏处窥见游人画船，亦一乐也。朅来吴兴，数得相羊荷花中，又夜泛西湖，光景奇绝，故以此句写之。”

姜夔客居武陵时，曾与二三好友荡舟游嬉。时间已经入秋，有水面干涸之处，荷叶高达寻丈，遮风蔽日，如同一片树林。在这荷叶林中小憩，不似人间之乐。此时姜夔来到吴兴（今浙江湖州），几度徜徉于荷花丛中，又在夜晚泛舟西湖，为风光绝倒，于是写下这首《念奴娇》。

这首词用语平易，不劳解释，而主题与其说是咏荷，不如说是吟咏自己在荷塘中赏玩的心绪。荷花不是主角，词人自己才是。换言之，词中的荷花完全可以换成杏花、梅花，却不会对整首词的基调造成多大的影响。只要词人逍遥自适、诗酒流连的姿态尚在，是荷花还是梅花究竟又有什么关系呢？

| 2 |

《惜红衣》是姜夔自制的词牌，顾名思义，是在惋惜荷花的凋零。词前仍有小序：“吴兴号水晶宫，荷花盛丽。陈简斋云：‘今年何以报君恩，一路荷花相送到青墩。’亦可见矣。丁未之夏，予游千岩，数往来红香中，自度此曲，以无射宫歌之。”

吴兴水乡，杨濮在此地为官时有诗说“溪上玉楼楼上月，清光合作水晶宫”，此后吴兴便有了“水晶宫”这个美称。姜夔在夏日往来于荷花盛开的吴兴水面，作了这首《惜红衣》，与先前那首《念奴娇》有相似的情绪：

簟枕邀凉，琴书换日，睡余无力。细洒冰泉，并刀破甘碧。墙头唤酒，谁问讯、城南诗客。岑寂。高柳晚蝉，说西风消息。

虹梁水陌。鱼浪吹香，红衣半狼藉。维舟试望故国。眇天北。可惜渚边沙外，不共美人游历。问甚时同赋，三十六陂秋色。

“簟枕邀凉，琴书换日，睡余无力”，开篇不写荷花，写的是词人自己的生活：在竹席上纳凉，抚琴读书闲度时光，慵懒地睡去，慵懒地醒来。口渴时“细洒冰泉，并刀破甘碧”，待瓜果在泉水里降足了温度，取出来以利刀剖分。这一句以“甘碧”为替代字，代指甘甜、碧绿的瓜果，王国维一定不会喜欢这样的修辞。

“墙头唤酒，谁问讯、城南诗客”，这一句用到杜甫的诗典：杜诗《夏日李公见访》有“远林暑气薄，公子过我游。贫居类村坞，僻近城南楼。旁舍颇淳朴，所愿亦易求。隔屋唤西家，借问有酒不。墙头过浊醪，展席俯长流”。杜甫当时僻居城南，无酒可以招待朋友，幸好可以向邻家借酒，邻家隔着墙头递来浊醪，杜甫便与客人展席畅饮。姜夔这里以“城南诗客”自况，羡慕杜甫尚可以向西邻借酒，哪似自己这般离群索居，无人问讯。“岑寂。高柳晚蝉，说西风消息”，越发觉得寂寞，听蝉声在高高的柳枝上长鸣，仿佛在预告着时序将变，秋风将至。

上阕并无半字言及荷花，直到下阕才有“虹梁水陌。鱼浪吹香，红衣半狼藉”：如虹的拱桥，水边的堤坝，鱼儿嬉游的水波，醉人的花香，这一切多美，而荷花已经凋谢过半了，夏日的风光很快就会被秋风扫尽。一丝伤感中，于是“维舟试望故国。眇天北”，系舟登岸，遥望北方故国，泛起无限的愁绪。“可惜渚边沙外，不共美人游历。问甚时同赋，三十六陂秋色”，若能与故国美人一同消磨在这夏日荷塘里该有多好，可惜南北悬隔，伊人不再，时序将换，不知道秋天能否在此相聚，能否一同吟咏这荷塘的秋色。

| 3 |

以咏物词的标准衡量，姜夔《惜红衣》确实并未写出荷之神理。若将词中的荷花换成江蓠薜芷，并不会使全词减色。从这层意义而言，王国维的论断切中肯綮，周邦彦《苏幕遮》确实写出了荷之神理，姜夔《念奴娇》《惜红衣》确实只如隔雾看花。

但是，只要我们换一个标准，将狭义的咏物标准换成广义的咏物标准，就会得出全新的结论。不妨看一下陆游的名篇《卜算子·咏梅》：

驿外断桥边，寂寞开无主。已是黄昏独自愁，更著风和雨。
无意苦争春，一任群芳妒。零落成泥碾作尘，只有香如故。

这首词显然也不曾写出梅之神理，说它是咏菊亦未尝不可。但它并不会因此而降格为二流作品，因为它在借梅花而咏人格，得或不得梅之神理又有何碍呢？姜夔《念奴娇》《惜红衣》未尝不是如此，荷花在词中只是一个引子而已，词人的眼光与心意又何尝真的系在荷花之上呢？

康熙年间，朱彝尊携一部手抄本《乐府补题》来到京城，蒋景祁为之雕版印刷，因此掀起清代咏物词的一场高潮。《乐府补题》是宋元之际十四名南宋遗民词人咏物词的一部合集，以五个词牌分咏五物，以隐喻晦涩的曲笔抒发故国哀思。其实这才是咏物词的主流。咏物未见得真是咏物，总有一些比兴寄托“超然物外”。

[三十七]

东坡《水龙吟》咏杨花，和均而似元唱。章质夫词，元唱而似和均。才之不可强也如是！

| 1 |

“和均”即步韵，依照他人作品原韵的唱和之作。步韵的风气始于白居易和元稹，两人太频繁地互赠诗歌，你步我的韵，我步你的韵，来来回回总有挥洒不尽的雅兴。

诗词对于古代文人不仅仅是一种艺术创作，还是一种社交手段，而步韵是最能发挥社交功能的。如王国维这样单纯崇尚艺术的人，自然会对步韵心怀轻蔑。步韵会凭空增加技术难度，因为你要严格依照别人的韵脚写出自己的意思。闻一多说写诗是“戴着镣铐跳舞”，那么步韵就意味着在镣铐之外再套上一副枷锁。

所以步韵之作每每差强人意，只有极少数才可以跻身第一流作品之列。可想而知，步韵一般都比不过原作，除非步韵者是世不两出的天才。苏轼就是这样的天才，当他的同僚兼好友章楶写出一首哄传一时的杨花词后，他的步韵之作反而后来居上，使章楶的词倒像是勉强步韵来的。

| 2 |

章楶，字质夫，宋英宗治平二年（1065）进士，是以书生建立武功的一代传奇人物。

宋神宗元丰四年（1081），章楶赴任荆湖北路提点刑狱，苏轼正因为乌台诗案的缘故编管黄州，两地相距不远，很方便书信与唱酬往还。苏轼在写给章楶的一封信里讲到了两首杨花词的来龙去脉：

> 某启。承喻慎敬以处忧患。非心爱我之深，何以及此，谨置之座右也。柳花词妙绝，使来者何以措辞。本不敢继作，又思公正柳花飞时出巡按，坐想四子，闭门愁断，故写其意，次韵一首寄去，亦告不以示人也。七夕词亦呈录，药方付徐令去，惟细辨。……

以此推断，章楶之前有书信叮嘱苏轼，要以“慎敬”的心态挨过这段磨难，信中还附有《水龙吟》咏杨花之词。苏轼这番获罪有新旧党争的背景，牵连广大，章楶也算是难兄难弟之一。苏轼感时伤世，步韵一首《水龙吟》随信寄去，但汲取了章楶“慎敬”的劝告，嘱托他不要将这首词给旁人看到。

所以，无论是章楶的原作还是苏轼的唱酬，都不仅仅是以咏物词的姿态描摹杨花而已，其中别有寄托，不宜与外人道。章楶原作如下：

> 燕忙莺懒芳残，正堤上、柳花飘坠。轻飞乱舞，点画青林，全无才思。闲趁游丝，静临深院，日长门闭。傍珠帘散漫，垂垂欲下，依前被、风扶起。

兰帐玉人睡觉，怪春衣、雪沾琼缀。绣床渐满，香球无数，才圆却碎。时见蜂儿，仰粘轻粉，鱼吞池水。望章台路杳，金鞍游荡，有盈盈泪。

章楶开门见山，点出“柳花飘坠”，这正是沈义父会蹙眉而王国维会颔首的写法。杨花“轻飞乱舞，点画青林，全无才思”，这里却用到了一个文学语码：韩愈《晚春》诗有“草树知春不久归，百般红紫斗芳菲。杨花榆荚无才思，惟解漫天作雪飞”，杨花和榆荚属于草木之中懵懵懂懂的一类，全不与群芳争奇斗艳。韩愈是以杨花与榆荚自况，说自己既无心机，亦无才华，不堪与同僚争权夺利。章楶用到了这一语码，因为这正是自己与苏轼的共同写照。

杨花不与群芳争春，终日里只是“闲趁游丝，静临深院，日长门闭”，无奈杨花欲静而春风不止，“傍珠帘散漫，垂垂欲下，依前被、风扶起”。这样的描写可谓得杨花之神理，亦可谓得官场浮沉之神理。

下阕视角忽然一变，写“玉人”看杨花的百般姿态，触绪伤怀，“望章台路杳，金鞍游荡，有盈盈泪”。这又是一个文学语码：汉代长安有章台街，遍植柳树，是全国最著名的红灯区，在历代文人笔下成为秦楼楚馆的代称。丈夫冶游不归，少妇空闺凝望，从闺阁中飘坠的杨花联想到章台路上的柳绵，正如远贬外地的官员无限缅怀帝京一般。

| 3 |

苏轼步韵之作如下：

似花还似非花，也无人惜从教坠。抛家傍路，思量却是，无情有思。萦损柔肠，困酣娇眼，欲开还闭。梦随风万里，寻郎去处，又还被、莺呼起。

不恨此花飞尽，恨西园、落红难缀。晓来雨过，遗踪何在，一池萍碎。春色三分，二分尘土，一分流水。细看来，不是杨花点点，是离人泪。

起首“似花还似非花”，杨花虽然有花之名，实则只是柳絮。刘熙载《艺概》称这一句“可作全词评语，盖不离不即也”。确实，全词始终都在不即不离之间，似写花却在写人，似写人却在写花，似写实却在记梦，似记梦却在言情，以朦胧之笔转换于虚实之间。

时序变迁，杨花自然飘坠，在词人看来却是有意地“抛家傍路”。章楶当时读到这里，一定体味得出其中所蕴含的身世之慨。杨花究竟有无“才思”，苏轼分明在向章楶作答：“思量却是，无情有思。”看似“杨花榆荚无才思，惟解漫天作雪飞”，实则细细思量，在抛家傍路的时候又何尝没有柔肠百转呢？“萦损柔肠，困酣娇眼，欲开还闭”，这究竟是杨花情态的拟人之语，还是章楶笔下那名“玉人”的写照呢？“梦随风万里，寻郎去处，又还被、莺呼起”，究竟梦如杨花，抑或是杨花如梦，究竟是杨花被黄莺的飞动带起，抑或是她的梦被莺声惊醒，亦真亦幻，无从分辨。

下阕道出伤心的原委：“不恨此花飞尽，恨西园、落红难缀。”是杨花飞尽也罢，是群芳凋零也罢，最堪恨者是它们带走了春光。剩下的是什么？是“晓来雨过，遗踪何在，一池萍碎”，是一场雨后，点点杨花在池塘上漂浮，再也无力飞起。古人相信杨花入水化为浮萍，这虽然没有科学上的真实，却是诗意中的真相。这真相令人伤感，想那漫天的杨花最后要么碾入尘土，要么随水漂流，只消几日的光景便仿佛从来不曾存在过似的。“春色三分，二分尘土，一分流水”，而那流水中的“一池萍碎”若待仔细看来，“不是杨花点点，是离人泪”。

两首《水龙吟》俱属佳作，苏轼终归以不即不离、虚实难辨的写法更胜一筹。王国维是天才论者，所以认为两首词的高下之别缘于章楶才力有限，苏轼天才绝顶。文学艺术上的造诣的确需要功力为基础，但功力是每个人只要用心便可以获得的，只有与生俱来的天赋才是决定顶尖高手高下之别的唯一砝码。

[三十八]

咏物之词，自以东坡《水龙吟》最工，邦卿《双双燕》次之。白石《暗香》《疏影》格调虽高，然无一语道着，视古人“江边一树垂垂发”等句何如耶？

| 1 |

本章继续探讨咏物词，推举出两首最出色的作品。虽说文无第一，但每个读者都有自己心目中的第一。王国维心目中的咏物第一便是前一章里介绍过的苏轼《水龙吟》杨花词，第二名则是南宋词家史达祖的名作《双双燕·咏燕》。

史达祖字邦卿，号梅溪，是南宋主战派宰相韩侂胄最倚重的一位幕僚，韩相文书大多出自他的手笔。史达祖闲来填词，俨然也有一代宗师的风范。韩侂胄北伐失败，获罪被杀，史达祖也因此受到黥面之刑，从此在士大夫的行列里再也无地自容。历史还做了一件雪上加霜的事情：韩侂胄被《宋史》定为奸臣，自然也连累了史达祖的千秋万岁之名。只有在时间的水流彻底冲淡了兴亡成败之后，史达祖的词艺才受到人们愈来愈多的重视。

对文学作品的推重既有公论，亦有私见，两者不必相合。姜夔《暗香》《疏影》是历代传诵的名篇，王国维却在本章贬其“无一语道着”，但是，王国维对史达祖的《双双燕》的推重却半点也不曾违背公论，如王士祯《花草蒙拾》早已称道它有巧夺天工之妙。这首《双双燕》，对于今天的读者而言，很需要一点耐心来读：

过春社了，度帘幕中间，去年尘冷。差池欲住，试入旧巢相并。还相雕梁藻井。又软语、商量不定。飘然快拂花梢，翠尾分开红影。

芳径。芹泥雨润。爱贴地争飞，竞夸轻俊。红楼归晚，看足柳昏花暝。应自栖香正稳，便忘了、天涯芳信。愁损翠黛双蛾，日日画阑独凭。

春社是古代祭祀土地神的日子，与立春相邻，正是燕子飞返的时节。“过春社了，度帘幕中间，去年尘冷”，一双燕子穿帘度幕飞来，却发觉房间里一派清冷萧条的感觉，全不似去年的模样。“差池欲住，试入旧巢相并”，它们不禁有些犹豫，还要不要回到去年的巢穴里去呢？拿不定主意，“还相雕梁藻井”，将那雕梁与藻井仔细打量，呢喃着，“又软语、商量不定”。最后商量的结果还是要在这里定居下来，于是这对小夫妻一般的燕子“飘然快拂花梢，翠尾分开红影”，从花梢上轻盈飞过，不再犹疑。

“芳径。芹泥雨润”，芹泥正适合修补旧巢，燕子便在欢快中忙碌着，“爱贴地争飞，竞夸轻俊”，直到黄昏时分才“红楼归晚，看足柳昏花暝”。它们在巢里睡去了，“应自栖香正稳，便忘了、天涯芳信”，只顾着筑巢，只顾着嬉戏，竟然忘记了向女主人传达天涯游子的音信，害得她“愁损翠黛双蛾，日日画阑独凭”。

词到结尾，骤然呼应上开头的“去年尘冷”。为何燕子会觉得今年与去年大不相同？因为男主人远行未归，只留下女主人在寂寞中独守空闺。这样的词，简直有了短篇小说的味道。而上阕描写燕子的“欲”字、“试”字、“还”字、“又”字，构成了何等丰富而曲折的心理描写。

| 2 |

姜夔《暗香》《疏影》是为范成大而写的，可以说是南宋雅词中最受人称道的典范。

大诗人范成大晚年回故乡苏州隐居，修筑石湖别墅，与宾客谈诗论道，那是何等风雅的生活。至今苏州仍以一条“范成大路”纪念着这位本土名人，但随着宋诗淡出人们的视野，今天识得范成大之名的人确实已经为数不多了。

当年隐居石湖别墅的范成大有漂亮的政治履历，有过人的文学眼光，有大把的金钱与闲适时光，所以他太愿意接纳姜夔这样有绝顶才华的门客，让后者在舒适的环境里，在丰裕的物质保障下，心无旁骛地创作出当世第一流的文学。

姜夔在石湖别墅里填词度曲，为全新的音乐填出了两首全新的词。范成大把玩不已，使乐师与歌女演练娴熟，将音节谐婉，以林逋“疏影横斜水清浅，暗香浮动月黄昏”之语为之取名为《暗香》《疏影》。姜夔词下小序记载因缘说：“辛亥之冬，予载雪诣石湖。止既月，授简索句，且征新声，作此两曲。石湖把玩不已，使工伎肄习之，音节谐婉，乃名之曰《暗香》《疏影》。”这两首词连环成章，以《暗香》开始：

旧时月色，算几番照我，梅边吹笛。唤起玉人，不管清寒与攀摘。何逊而今渐老，都忘却、春风词笔。但怪得、竹外疏花，香冷入瑶席。

江国，正寂寂。叹寄与路遥，夜雪初积。翠尊易泣，红萼无言耿相忆。长记曾携手处，千树压、西湖寒碧。又片片、吹尽也，几时见得。

这首词通篇白描，只有“何逊而今渐老，都忘却、春风词笔”用到一则掌故。何逊是南朝萧梁时代的文人，一生沉沦下僚，基本上都在做着幕府书记的工作。梁武帝天监年间，建安王萧伟出镇扬州，何逊以书记官的身份随行。扬州官廨之外有梅花一株，何逊日夕吟咏其下，写下一首《扬州法曹梅花盛开》：“兔园标物序，惊时最是梅。衔霜当路发，映雪拟寒开。枝横却月观，花绕凌风台。朝洒长门泣，夕驻临邛杯。应知早飘落，故逐上春来。”

后来何逊随调洛阳，竟然每每犯起花痴，对扬州的那株梅花日日思念不已，只有递交申请，希望还能派自己到扬州任职。苦心人终于如愿以偿，待何逊再到扬州的时候，正值梅花盛开，何逊在花下彷徨，再也不忍离去。

以今天的眼光来看，何逊也许生了一点心理疾患，但也正是因为这样一种不可理喻的偏执，使何逊的名字成为与扬州、梅花密切相关的一个文学语码。及至杜甫咏出“东阁官梅动诗兴，还如何逊在扬州”，何逊的名字便再也摆不脱扬州与梅花的纠葛了。

其实六朝年间的扬州并非今日的扬州，其治所在建业，即今天的南京；何逊花痴的故事亦未必属实，很可能是出于宋人的假托；《扬州法曹梅花盛开》很可能原名只是《咏早梅》，与扬州并无干系。比较可靠的史料其实只有南宋吴曾《能改斋漫录》引《三辅决录》所谓：何逊在扬州时看到官梅盛开，为赋四言诗，人们争相传写。但考据上的焚琴煮鹤从来不会影响到文学上的将错就错或明知故犯，何逊的故事就这样深入人心，在诗词的世界里早已不容任何更改。

| 3 |

“旧时月色，算几番照我，梅边吹笛”开篇道出怀旧的基调：今日的月色一如往日，我亦如往日在月光下，在梅花旁，吹响横笛。不知是月色、梅香抑或笛声，“唤起玉人，不管清寒与攀摘”，使玉人不顾寒意，上前攀折梅枝。（这一句里的“与”字不是连词，而是表示“亲近”的动词。）词人以何逊自比，“何逊而今渐老，都忘却、春风词笔”，年华老矣，已不再能够写出吟咏春风的诗句，“但怪得、竹外疏花，香冷入瑶席”，只因为这梅花太美丽，冷香太醉人，我才勉强提起老去的诗笔。

攀折梅枝，寄给远人。当年陆凯在江南时，恰逢有使者即将北行，便托使者带一枝梅花给北方的友人范晔，并附诗一首：“折梅逢驿使，寄与陇头人。江南无所有，聊赠一枝春。”但此时“江国，正寂寂。叹寄与路遥，夜雪初积”，路途太遥远，天气太冷冽，纵然折下梅枝，又能够寄往哪里？于是“翠尊易泣，红萼无言耿相忆”，翠色的酒樽里盛满酒浆，好似眼眶里噙满泪水，对着梅花的红萼默默思念远人。“长记曾携手处，千树压、西湖寒碧”，永远不会忘记当初携手西湖，看千树梅花盛开。“又片片、吹尽也，几时见得”，梅花在风中片片吹落，往昔共度的美好时光也被岁月吹成了往事，不知道何时再能开遍梅花，何时再能与你重逢呢？

| 4 |

《疏影》从另一个角度吟咏梅花：

苔枝缀玉，有翠禽小小，枝上同宿。客里相逢，篱角黄昏，无言自倚修竹。昭君不惯胡沙远，但暗忆、江南江北。想佩环、月夜归来，化作此花幽独。

犹记深宫旧事，那人正睡里，飞近蛾绿。莫似春风，不管盈盈，早与安排金屋。还教一片随波去，又却怨、玉龙哀曲。等恁时、重觅幽香，已入小窗横幅。

这首词与《暗香》之白描不同，连续铺陈五个典故，分别以五位女性比拟梅花。

“苔枝缀玉，有翠禽小小，枝上同宿”，字面上是说梅花如玉石一般缀在枝条，有小小翠色的鸟儿在枝上栖宿，实则暗用罗浮遇仙的故事：柳宗元《龙城录》记载，隋文帝开皇年间，赵师雄远赴罗浮，某日天寒日暮，微醺之中将车子停靠在林间酒肆之旁。忽见一名女子，淡妆素服前来迎迓。当时天已昏黑，残雪对月色微明。赵师雄兴冲冲地与她交谈，但觉她芳香袭人，语言清丽，便与她一起到酒肆小酌。少顷来了一名绿衣童子，笑歌戏舞，很可娱人。赵师雄不觉熏熏睡去，及至醒来，东方已白，只见自己睡在一株大梅树下，树上有一只翠绿色的鸟儿啾啾鸣叫着看着自己，看天空月落参横，怅然若失。

那位淡妆素服的女子便是梅花所化，绿衣童子则是那只翠绿色的鸟儿，这正是“苔枝缀玉，有翠禽小小，枝上同宿”的景象。

“客里相逢，篱角黄昏，无言自倚修竹”，词人为客石湖，在黄昏中的篱边与这梅花相遇，看梅树生在竹丛边，如同杜甫诗中那位“天寒翠袖薄，日暮倚修竹”的不肯与世界同流合污的佳人。

杜甫《佳人》作于唐肃宗乾元二年（759），即安史之乱的第五年，写一位在战乱之时失去父兄并被夫家遗弃的豪门女子，以女子的高贵品格抒发诗人的人格寄托。所以当读者读到“无言自倚修竹”的时候，想到的是杜甫所描绘的一个完整的佳人形象：“绝代有佳人，幽居在空谷。自云良家子，零落依草木。关中昔丧败，兄弟遭杀戮。官高何足论，不得收骨肉。世情恶衰歇，万事随转烛。夫婿轻薄儿，新人美如玉。合昏尚知时，鸳鸯不独宿。但见新人笑，那闻旧人哭。在山泉水清，出山泉水浊。侍婢卖珠回，牵萝补茅屋。摘花不插发，采柏动盈掬。天寒翠袖薄，日暮倚修竹。”

“昭君不惯胡沙远，但暗忆、江南江北。想佩环、月夜归来，化作此花幽独”，这几句用王昭君故事，化自杜甫《咏怀古迹》“环佩空归月夜魂”。昭君出塞，于漠北思念中州，魂魄归来，或许就化身为这幽独的梅花吧？

下阕起首“犹记深宫旧事，那人正睡里，飞近蛾绿”，用宋武帝之女寿阳公主的故事：《太平御览》引《杂五行书》记载，寿阳公主倦卧含章殿檐下，有梅花落在她的额头。待她拂去这一朵落梅，眉心却留下了梅的烙印，洗之不去，清晰可辨。三日之后，那花痕才逐渐消失，然而宫女们早已讶异于梅花烙的美丽，纷纷模仿落梅剪裁各种小饰物贴于眉心，这便是梅花妆的由来。“蛾绿”本义是女子描眉用的一种青黑色的颜料，这里代指女子的画眉。

“莫似春风，不管盈盈，早与安排金屋”，这几句用汉武帝金屋藏娇的故事：《汉武故事》有载，武帝幼年时，姑母将他抱在膝上，开玩笑地问他可想娶妻，再将左右宫女百余人让他挑选，他却无一选中。最后姑母指着自己的女儿阿娇问道：“阿娇可好？”武帝答道：“好！若能得阿娇为妻，我会建一座金屋来给她住。”

当春风起时，百花竞放，梅花却会凋零殆尽。所以词人道出惋惜：早些安排金屋，好好将梅花呵护起来，莫使它受到春风的侵害。但人力又哪能扭转季节的轮回呢，到头来“还教一片随波去，又却怨、玉龙哀曲”，梅花终会落尽，梅边的笛声无限哀戚。

“玉龙”是笛子的代称。汉代大儒马融《长笛赋》有“近世双笛从羌起，羌人伐竹未及已。龙鸣水中不见已，截竹吹之声相似”，形容笛子的声音宛如水中的龙鸣。“玉龙哀曲”即羌笛名曲《落梅花》，以音调哀婉而著称。李白《与史郎中钦听黄鹤楼上吹笛》有名句“黄鹤楼中吹玉笛，江城五月落梅花”。姜夔于《暗香》起首处说自己“梅边吹笛”，吹的应该就是这首《落梅花》吧。“等恁时、重觅幽香，已入小窗横幅”，待到春来，若想重觅梅花的幽香，便只有从月光洒在小窗上的梅枝影中去想象追怀了。

| 5 |

《暗香》《疏影》字面上虽咏梅花，细细品味起来却觉得还藏有无限的情致。宋代太多文人从中读到的是对靖康之耻、二帝蒙尘而生发出的家国愁思，今天的文学研究者从中读出了词人发生在合肥的一段扑朔迷离的爱情往事。

这两首词在士大夫的世界里甚至比姜夔的成名作《扬州慢》更受推崇，后世论雅词亦每以其为最具代表性的作品。范成大当时在击节叹服之余，定要以美女赠才子，将家伎小红赠给词人。后来词人辞归，带着小红一路上“自琢新词韵最娇，小红低唱我吹箫。曲终过尽松陵路，回首烟波十四桥”，在无限风雅中继续着颠沛流离的清客生涯。

《暗香》《疏影》历来在词坛上得到的待遇，一言以蔽之，就是“交口称赞”。南宋词家张炎《词源》甚至称这两首词“前无古人，后无来者，自立新意，真为绝唱”。其他人的评价纵然达不到这样的极致，但赞美之词总是源源不断。而王国维竟然说这两首词“无一语道着”，即没有一句话能得梅花之神理，可以说是冒天下之大不韪的观点了。

当然，还有一位比王国维更加离经叛道的人，那就是胡适。胡适以自己的文学标准编选了一部《词选》，其中对姜夔有这样的评语：“他的词长于音调的谐婉，但往往因音节而牺牲内容。有些词读起来很可听，而其实没有什么意义。如他的《暗香》《疏影》二曲，张炎称为‘前无古人，后无来者，自立新意，真为绝唱’（《词源》）。但这两首词只是用了几个梅花的古典，毫无新意可取。《疏影》一首更劣下，故我们都不采取。”

王国维可以说是立于传统词论与胡适新说这两极之间。胡适鼓吹白话文，倡导白话诗，最反对文绉绉的语言，认为凡是文绉绉都不是鲜活的。其实在这一点上，王国维的看法应该说与胡适很相近，只是不曾走到胡适那样的极端罢了。

| 6 |

“江边一树垂垂发”，语出杜甫《和裴迪登蜀州东亭送客逢早梅相忆见寄》，也是咏梅诗的名作之一：

东阁官梅动诗兴，还如何逊在扬州。
此时对雪遥相忆，送客逢春可自由。
幸不折来伤岁暮，若为看去乱乡愁。
江边一树垂垂发，朝夕催人自白头。

诗题中的裴迪早年在终南山做隐士，与王维有许多诗歌往还，晚年入蜀为幕僚，成为杜甫的诗友。蜀州即今天的四川崇庆，裴迪在蜀州东亭送客，适逢早梅开放，因之思念杜甫，作诗相寄。杜甫以诗作答，便是这首《和裴迪登蜀州东亭送客逢早梅相忆见寄》。时为唐肃宗上元元年（760）年尾，安史叛军气焰正盛的时候。

首联以何逊比裴迪，说蜀州东亭的梅花摇动起裴迪的诗兴，正如当年扬州官舍的梅花摇动起何逊的诗兴一般。颔联叙说相思，亦点出乱世之中人生的不由自主。颈联说幸而裴迪不曾折梅相赠，否则只会令自己徒兴岁暮之悲，徒惹乡愁缭乱。尾联是说就在自己所住的浣花溪畔也有一株梅树正在开花，每天都会绽开一些白色的花苞，仿佛在催人头白似的。

尾联中的“垂垂”一语正点出梅花的特色：梅花开时往往呈现下垂的样子，吴防《雪梅赋》有“冷雪之垂垂”。这正是最能为王国维所欣赏的修辞，倘若他单独评价这一句诗，应该会说它“得梅花之神理”吧。姜夔《暗香》《疏影》却不曾写出这样能得神理的句子，所以王国维才会批评说“格调虽高，然无一语道着，视古人‘江边一树垂垂发’等句何如耶”。

在王国维的观念里，咏物诗词必须“得其神理”，否则无论写得多好都当不得第一流的作品。在这一点上，王国维与前辈词家的评价分歧其实在于标准的不同。若以常州词派的“比兴寄托”“深美闳约”为标准，《暗香》《疏影》理当君临天下，远远将杜甫的“江边一树垂垂发”甩在后边，但如果以“得其神理”为终极标准，王国维对上述诗词的评价与排序自然也无懈可击。当代研究者在这个问题上之所以有很多纠结，实在是因为人们太习惯以单一标准来评价一切了。

［三十九］

白石写景之作，如“二十四桥仍在，波心荡、冷月无声”“数峰清苦，商略黄昏雨”“高树［柳］晚蝉，说西风消息”，虽格韵高绝，然如雾里看花，终隔一层。梅溪、梦窗诸家写景之病，皆在一“隔”字。北宋风流，渡江遂绝。抑真有运会存乎其间耶？

| 1 |

本章继续咏物词的话题，“二十四桥仍在，波心荡、冷月无声”已见于第三十一章，“高柳晚蝉，说西风消息”已见于第三十六章，“数峰清苦，商略黄昏雨”语出姜夔《点绛唇》，是姜夔小令中的名作：

燕雁无心，太湖西畔随云去。数峰清苦。商略黄昏雨。
第四桥边，拟共天随住。今何许。凭阑怀古。残柳参差舞。

词有小序：“丁未冬过吴松作。”那是宋孝宗淳熙十四年（1187）冬，姜夔往返于湖州与苏州之间，途经吴松（今江苏吴江）。吴江是姜夔最仰慕的晚唐诗人陆龟蒙的隐居之地，所以于姜夔很有些特殊的意义。

陆龟蒙生当晚唐衰世，看不惯世道的浑浊险恶，索性隐居不仕，经营茶园，靠茶租为生，时常载着书籍、茶灶、笔床、钓具，泛舟往来于太湖，逍遥自适，还为自己取了个“天随子”的雅号。“天随”语出《庄子》“神动而天随”，形容君子从容无为的姿态。“天随”其实很有进取精神，因为在《庄子》的上下文里，君子只有从容无为，安其性命之情，才可以治理天下。结合陆龟蒙所处的时代来看，这个名号真是一种高明的反讽。

陆龟蒙的诗歌里常有大雁的意象，所以当姜夔经过吴松，缅怀前辈风流，也以大雁的意象宕开笔墨。

| 2 |

“燕雁无心，太湖西畔随云去”，“燕”读平声，指北方燕地。北雁南飞，飞过陆龟蒙曾经泛舟的太湖西畔。“数峰清苦。商略黄昏雨”，这两句在拟人与写实之间疑真疑幻，最见修辞的巧妙：“商略”兼有商量、酝酿的意思，湖畔几座山峰本已显出清苦的模样，更酝酿着一番雨意。吴江城外有甘泉桥，因桥下甘泉被品评为天下第四泉，桥便也有了“第四桥”之名。“第四桥边，拟共天随住”，词人行经第四桥边，想象当年天随子陆龟蒙在此经营茶园，有天下绝佳的泉水可供烹茶，不由得也动了在此归隐的念头。然而世易时移，“今何许”一语宕开，“凭阑怀古。残柳参差舞”，凭栏眺望，只见残柳在风中摇曳，仿佛古往今来的无限苍茫尽在其中。

这首词的末三句写得最是出人意料。“凭阑怀古”接下来顺理成章应该写“西风残照、汉家陵阙”一类的风景，姜夔却以“残柳参差舞”收束，乍看起来不带半分古意，细细思量之下，却有无限白云苍狗、沧海桑田的意境。陈廷焯《白雨斋词话》有一番很中肯的评语：姜夔长调之妙冠绝南宋，短章亦有他人所不能及者，如《点绛唇·丁未过吴松作》，通篇只写眼前景物，结尾处忽然道出

“今何许。凭阑怀古。残柳参差舞”。感时伤世，只用“今何许”三字提唱。“凭阑怀古”以下仅以“残柳参差舞”五字咏叹结束。无穷感伤，都在虚处，令读者吊古伤今，不能自止。

但王国维视角不同，标准不同，只认可姜夔这几首词“格韵高绝”，却不认可它们在咏物上的表现。咏物就该直达神理，写出所咏之物的“理想”（用叔本华语），倘若只顾格调而忽视神理，结果便是“如雾里看花，终隔一层”。不仅姜夔有这个毛病，“梅溪、梦窗诸家写景之病，皆在一‘隔’字”，史达祖、吴文英这些南宋巨擘全有同样的毛病。这是南宋词坛的通病，所以不免令人疑惑：“北宋风流，渡江遂绝，抑真有运会存乎其间耶？”

| 3 |

史达祖、吴文英不仅在南宋词坛，在清代词坛中亦是极受推重的人物。史达祖最以咏物词名世，小令有文人画的写意味道，长调则有宋徽宗工笔花鸟的风格。《留春令·咏梅花》是其咏物小令的代表作：

故人溪上，挂愁无奈，烟梢月树。一涓春水点黄昏，便没顿、相思处。
曾把芳心深相许。故梦劳诗苦。闻说东风亦多情，被竹外、香留住。

这是沈义父会喜欢的风格，因为它咏梅而词中全不曾出现一个“梅”字，最符合《乐府指迷》“咏物词，最忌说出题字”的原则。上阕写故人溪畔的梅树在月色下的烟水朦胧里仿佛挂着无奈的愁绪。春水涓涓，搅碎了黄昏的静谧，搅碎了人心中的静谧，使相思的柔情不知该如何安顿才好。下阕说正是因为当初对梅花付出了浓情，从此辗转反侧，魂梦难安，诗句也每每染上了愁苦的色彩。闻说东风也像我一样多情，在竹边被梅花的香气留住。

这首词显然别有怀抱，只有当事人才能读出其中的隐秘，但是作为普通读者，我们仍然可以感受到史达祖所营造出来的那份烟水凄迷之美与一往情深之痴。作为一首抒情小品，它无疑是第一流的佳作，但王国维不会喜欢这样的词，因为作为一首咏物词，它完全没有写出梅花之神理，没有达到“写物之工”，若将标题换作“咏桃花”“咏杏花”，也完全可以说得过去。

| 4 |

再看一首史达祖的长调，《绮罗香·春雨》：

做冷欺花，将烟困柳，千里偷催春暮。尽日冥迷，愁里欲飞还住。惊粉重、蝶宿西园，喜泥润、燕归南浦。最妨它、佳约风流，钿车不到杜陵路。

沈沈[1]江上望极，还被春潮晚急，难寻官渡。隐约遥峰，和泪谢娘眉妩。临断岸、新绿生时，是落红、带愁流处。记当日、门掩梨花，剪灯深夜语。

这首词通篇咏春雨，依旧通篇不带一个“雨”字。与《留春令·咏梅花》不同的是，这首词即便遮住题目，依然从字里行间见得出题目。以长调咏春雨，读起来也最有春雨淅淅沥沥、绵绵不绝的味道。

词的起首便写出春雨那似有还无、如烟如雾的情态，以拟人的写法说它欺花困柳，移动时序，那不休不歇的冥迷仿佛人心中莫名的惆怅，欲飞还住的姿态正如愁人的脚步。蝴蝶飞不动了，只有歇宿在西园里；燕子却喜爱春泥的润泽，在南浦流连忘返。雨水耽搁了佳约，钿车不出，郊游的胜地清清冷冷。在江边遥望，迷蒙的烟水中寻不到远方的渡口。山峦隐隐约约，仿佛女子带泪的眉眼。断岸生出新绿，落花顺水漂流。记得当日紧闭门扉，一任雨打梨花，你我在灯下细语，直到夜深。

---

① 沈沈：即沉沉。

这首词极尽工笔之妙，遣词造句里暗藏了许多文学语码，却似虚还实，并不是实实在在的用典。“惊粉重、蝶宿西园，喜泥润、燕归南浦”，西园是汉代上林苑的别名，南浦则有别离的含义，《楚辞·九歌·河伯》有“送美人兮南浦”，江淹《别赋》有“春草碧色，春水渌波，送君南浦，伤如之何”。

“钿车不到杜陵路”，钿车指镶金嵌玉的车驾，白居易诗有“金谷蹋花香骑入，曲江碾草钿车行”。杜陵是唐代长安城南的郊游胜地，秦代置杜县，汉宣帝在此筑陵，因此改称杜陵。“春潮晚急”，化自唐人韦应物的名句“春潮带雨晚来急，野渡无人舟自横”。

“隐约遥峰，和泪谢娘眉妩”，“谢娘”是女子的代称，以远山比女子之眉，出自《西京杂记》对卓文君的描写：“文君姣好，眉色如望远山。”女子描眉的式样亦专有“远山眉”，模仿远山青黛。

“门掩梨花”，语出北宋李重元《忆王孙》：“萋萋芳草忆王孙。柳外楼高空断魂。杜宇声声不忍闻。欲黄昏。雨打梨花深闭门。”“剪灯深夜语”语出李商隐《夜雨寄北》：“君问归期未有期，巴山夜雨涨秋池。何当共剪西窗烛，却话巴山夜雨时。”

如此众多的文学语码，堆砌出一幅工笔春雨图。史达祖的咏物长调大多都是这样的强调，王国维所谓之“隔”，以史达祖的词一路体会下来，似乎不仅仅是指咏物未得神理，也包含了情感并未真切的缘故。

| 5 |

史达祖有一首《满江红·书怀》，很不似他的一贯风格。以之对照《绮罗香·春雨》，我们很容易便会发现，感情的真切与优雅的赏玩之间究竟有多大的差距：

好领青衫，全不向、诗书中得。还也费、区区造物，许多心力。未暇买田清颍尾，尚须索米长安陌。有当时、黄卷满前头，多惭德。

思往事，嗟儿剧。怜牛后，怀鸡肋。奈稜稜虎豹，九重九隔。三径就荒秋自好，一钱不直贫相逼。对黄花、常待不吟诗，诗成癖。

首句“好领青衫”即“好一领青衫”，是愤懑中的反话。青衫是低级官员的服色，而纵然是一领青衫，也不是凭借诗书文章赢得。史达祖满腹经纶，却始终不得进士及第，只好以幕僚终老，心中自是愤愤不平。若有不平，便当归隐，于颍水之滨买田读书，也算是一个不失体面的出路。但争奈阮囊羞涩，只能辛苦打工，从权贵处挣得一点衣食。看到房间里还存着年轻时求取功名所读的书卷，不禁生出几分羞惭。思量往事，儿戏一般地投身公门，虽然在幕僚中最受倚重，但哪有读书人甘居幕僚呢？而朝廷的门路，始终隔着重重险阻，非一己之力所能走通。越发想要归隐田园，无奈永远都为生计所迫，怎可以轻易辞职呢？秋光虽好，自己却没有吟诗的兴致，凡有涂抹，无非出于爱诗的癖好罢了。

这首词也用到许多文学语码，却与《绮罗香·春雨》味道迥异。“好领青衫，全不向、诗书中得”，诗书专指《诗经》《尚书》，引申为考取功名所需的儒家经典。造物即造物主，语出《庄子·内篇·大宗师》“夫造物者将以予为此拘拘也”。造物主神通广大，史达祖却称其为“区区造物”，不平之气跃然纸上。“未暇买田清颍尾”用北宋刘涣（字凝之）的故事：刘涣于宋仁宗皇祐初年任职颍上令，因忤逆上级而辞官归隐，自号西涧居士，以超然的姿态消磨清贫到骨的日子。黄庭坚有诗《拜刘凝之画像》，盛赞刘涣的品格：“弃官清颍尾，买田落星湾。身在菰蒲中，名满天地间。谁能四十年，保此清静退。往来涧谷中，神光射牛背。”刘涣从容退隐，甘守清贫，正是史达祖最为向往的榜样，但只恨“未暇”。之所以“未暇”，是因为“尚须索米长安陌”，不得不为最基本的生计奔走于达官显贵的门庭。当初苦读诗书，难道就是为了这个结果吗？于是“有当时、黄卷满前头，多惭德”。

所谓黄卷，古人写书用纸，以黄檗汁染之防蠹，故此可称书籍为黄卷。古人对书籍的尊重是今人很难想象的，唐人刘肃《大唐新语》有“黄卷之中，圣贤备在”，在黄卷面前感到羞惭，实则是愧对圣贤教诲的意思。

“思往事，嗟儿剧。怜牛后，怀鸡肋”，“儿剧”即儿戏，牛后一语出自《史记·苏秦传》所引民谚“宁为鸡口，无为牛后”。史达祖总算是当时幕僚界的头面人物，但那又如何，也只是个无品无级的帮闲罢了。鸡肋一语出自《三国志·魏书·武帝纪》，曹操在汉中之战中陷入胶着，以“鸡肋”为军令，主簿杨修因此猜出曹操有退兵之意，因为鸡肋弃之可惜而食之无味，正如汉中之于曹操。幕僚职位之于史达祖，也正如鸡肋一般，却因为“尚须索米长安陌”而无法轻弃。

“奈稜稜虎豹，九重九隔”，语出宋玉《九辩》：“岂不郁陶而思君兮，君之门以九重。猛犬狺狺而迎吠兮，关梁闭而不通。”虽有忠君报国之念，无奈奸佞当道，如同猛兽阻门。此路既然不通，自然会生出归心。“三径就荒秋自好”，故园秋色以诱人的姿态召唤着自己的回归。这一句直接化用陶渊明《归去来辞》“三径就荒，松菊犹存”。《三辅决录》有记载说：汉代蒋诩隐居，在房前的竹林中开辟了三条小路，只与求仲、羊仲两位高士往来。

“三径就荒秋自好”，但无奈“一钱不直贫相逼”。后者语出《史记·魏其武安侯列传》“生平毁程不识不直（值）一钱”，正是因为贫穷的逼迫才使得自己不得不委屈仰给于权贵之门，兼济天下的追求与独善其身的退守全是可望而不可即的。

这首《满江红·书怀》掉书袋并不在《绮罗香·春雨》之下，却令人觉得更加真切，真切得简直有一种刺痛感。在今天这个崇尚正能量的时代里，苦闷的文学已经没有几个读者，然而负能量的文学永远比正能量的文学更使人有“不隔”之感，因为抒发苦闷、不平则鸣，永远都是文学最为本质的内核之一。

[四十]

问“隔”与“不隔”之别，曰：陶、谢之诗不隔，延年则稍隔矣；东坡之诗不隔，山谷则稍隔矣。“池塘生春草”“空梁落燕泥”等二句，妙处唯在不隔。词亦如是。即以一人一词论，如欧阳公《少年游》咏春草上半阕云：“阑干十二独凭春。晴碧远连云。二月三月，千里万里［千里万里，二月三月］，行色苦愁人。”语语都在目前，便是不隔。至云“谢家池上，江淹浦畔”，则隔矣。白石《翠楼吟》“此地。宜有词仙，拥素云黄鹤，与君游戏。玉梯凝望久，叹芳草、萋萋千里”，便是不隔。至“酒祓清愁，花消［销］英气”，则隔矣。然南宋词虽不隔处，比之前人，自有浅深厚薄之别。

| 1 |

在前边几章的积淀之后，本章集中探讨隔与不隔的话题，这是《人间词话》继境界说之后的第二个重要主题。对于隔与不隔之别，王国维并不曾做任何理论上的分析，而是以若干例证在感性上使人明了。

让我们先看第一组对比："陶、谢之诗不隔，延年则稍隔矣"，陶渊明、谢灵运是不隔的典范，颜延之（字延年）则是隔的典范。陶渊明、谢灵运是山水田园诗的祖师，主要以赋体写作，直截了当。但两人的风格其实很不相同，诗品的差异完全反映出人品的差异。

陶渊明的诗歌质朴散淡，抑扬爽朗，字句尽在田园农耕，思虑却高蹈于天下大道，隐隐有豪情溢于言表。所以，若仅仅说陶渊明是田园诗人，这实在看低了他。朱熹率先揭橥，说人人皆说陶诗平淡，但在我看来，其本质其实是豪放，只是那份豪放每每隐伏而不发，只有《咏荆轲》一篇露出本相，平淡的人如何说得出这等言语。(《朱子语类》)

龚自珍《己亥杂诗》中的《舟中读陶诗》三首，也道出了陶诗豪放的真相：

其一

陶潜诗喜说荆轲，想见停云[①]发浩歌。吟到恩仇心事涌，江湖侠骨恐无多。

其二

陶潜酷似卧龙豪，万古浔阳松菊高。[②]莫信诗人竟平淡，二分梁甫一分骚。[③]

其三

陶潜磊落性情温，冥报因他一饭恩。颇觉少陵诗吻薄，但言朝叩富儿门。[④]

---

① 停云：陶渊明有四言诗《停云》。

② 卧龙：指诸葛亮。浔阳：陶渊明为浔阳柴桑（今江西九江）人。

③ 梁甫：《梁甫吟》，诸葛亮隐居隆中时爱歌《梁甫吟》。骚：《离骚》。

④ 少陵：杜甫。朝扣富儿门：杜甫诗中记载自己有"朝扣富儿门，暮随肥马尘"的仰给于权贵的生活。

历代论陶渊明诗，见地高者莫过于龚自珍这三首绝句。我们领略陶诗的风格，亦当从《咏荆轲》入手：

燕丹善养士，志在报强嬴[①]。招集百夫良，岁暮得荆卿。
君子死知己，提剑出燕京。素骥鸣广陌，[②]慷慨送我行。
雄发指危冠，猛气冲长缨。饮饯易水上，四座列群英。
渐离击悲筑，宋意唱高声。[③]萧萧哀风逝，淡淡寒波生。
商音更流涕，羽奏壮士惊。[④]心知去不归，且有后世名。
登车何时顾，飞盖[⑤]入秦庭。凌厉越万里，逶迤过千城。
图穷事自至，豪主正怔营。[⑥]惜哉剑术疏，[⑦]奇功遂不成。
其人虽已没，千载有余情。

有豪情为根底，陶渊明写起田园生活便自有一番脱略不群的气象，如他的名篇《归园田居》五首之一：

少无适俗韵，性本爱丘山。误落尘网中，一去三十年。
羁鸟恋旧林，池鱼思故渊。开荒南野际，守拙归园田。
方宅十余亩，草屋八九间。榆柳荫后檐，桃李罗堂前。
暧暧远人村，依依墟里烟。狗吠深巷中，鸡鸣桑树颠。
户庭无尘杂，虚室有余闲。久在樊笼里，复得返自然。

---

① 强嬴：秦王嬴政。
② 素骥：白马。白衣白马为丧服，荆轲出发时，太子丹及宾客以白衣冠送行。广陌：大道。
③ 渐离击悲筑，宋意唱高声：《淮南子·泰族》：“荆轲西刺秦王，高渐离、宋意为击筑而歌于易水之上，闻者莫不瞋目裂眦，发植穿冠。”
④ 商音更流涕，羽奏壮士惊：古代五音之中，商音凄凉，羽音悲壮。
⑤ 飞盖：疾驰的车辆。盖：车盖，代指车辆。
⑥ 图穷事自至：即荆轲刺秦王时图穷匕见。豪主：嬴政。怔营：惊慌失措。
⑦ 惜哉剑术疏：《史记·刺客列传》：“鲁句践已闻荆轲之刺秦王，私曰：‘嗟乎，惜哉其不讲于刺剑之术也。’”

这首诗几乎纯属白描，只有“虚室有余闲”暗用《庄子》“虚室生白”之语，虚静的不仅仅是居室，也是诗人的内心，体道的光明正从这虚静中油然生出。诗语没有半点滞涩，一路贯穿下来，有大开大合、所向披靡的感觉。

再如《归园田居》第三首：

种豆南山下，草盛豆苗稀。晨兴理荒秽，带月荷锄归。
道狭草木长，夕露沾我衣。衣沾不足惜，但使愿无违。

陶渊明虽然自幼贫苦，但毕竟是世家子弟出身，又一向以读书为业，自然不是一名合格的农夫，所以躬耕归隐的日子并不易过。在南山下种豆，结果稗草丛生，豆苗没长出几株，但诗人不以为意，清晨便去锄草，入夜才荷锄归家。劳动虽然辛苦，诗人的心境却好，所以才会以玩赏的心态写出“带月荷锄归”的句子。这一路上，道路狭窄，草木杂生，露水打湿了衣裳。衣裳湿了倒不必惋惜，“但使愿无违”，只要不违背自己的节操就好。

八句诗明白如话，诗人的生涯与操守皆如在读者目前。这样的诗，自然称得上“不隔”。何止不隔，清人方东树《昭昧詹言》专论五言古诗，其中有盛赞说：《归园田居》五首诗成为楷模，后世各大名家无不受其孕育；它们应当与《诗经》同列为经，岂止是一般意义上的诗歌呢。

| 2 |

谢灵运与陶渊明的人生轨迹几乎可以说判然两途。

谢灵运出身于真正的名门望族，是最有资格为“旧时王谢堂前燕”生出感怀的人。谢灵运的祖父就是指挥淝水之战的东晋名将谢玄，于是爵位、人脉、家世，一切令人艳羡的政治资本仿佛一股脑地强塞给他似的，优异的遗传基因竟然还给了他盖世的才华，使他比今天的韩剧男主角还要完美无瑕。这样一个人不早早地自恋成狂，简直是没可能的事情。

谢灵运就是发光到这样的程度，就连自恋也给我们留下一份宝贵的文学遗产：他说天下才华共有一石，已故的建安诗人曹植分去其中八斗，自己分得一斗，天下名人共分剩下的一斗。这便是“才高八斗”一语的来历。可想而知，曹植如果和谢灵运生活在同一时代，后者断然不会这样慷慨大度。再自恋的人也不会忌妒古人，对古人的推崇甚至也是他们表达自恋的一种曲折委婉的方式。

东晋安帝元兴二年（403），十八岁的谢灵运袭封康乐公，这是古代五等爵中最高的一级爵位。义熙元年（405），谢灵运出任琅琊大司马行参军，年仅二十岁的他既是达官，又是显贵。若不是发生了改朝换代的大事件，真不知道还有什么缘故能够让这位青年才俊稍稍低调一点呢。

晋恭帝元熙二年（420），刘裕篡晋称帝，改国号为宋。统战工作是必需的，前朝遗老遗少都要有一些或升或降的安置。谢灵运从康乐公被降为康乐侯，这对他而言真是一件很丢面子的事情。刘裕是个很聪明的人，深知对于那些根深蒂固又盘根错节的世家大族，既要拉拢之，又要削弱之。谢灵运没有陶渊明那样的气节，很愿意为五斗米折腰，无奈新朝的权要岗位总要留给新贵，这真令他愤愤不已。而他的心态既然出了问题，刘宋王朝对他的猜忌自然也就一天重于一天了。谢灵运终于被贬出中央，外放为永嘉太守。

赴任之时，有邻里相送，谢灵运写有一首《邻里相送至方山》，很有一点以诗明志的意思：

祗役出皇邑，相期憩瓯越。[①] 解缆及流潮，怀旧不能发。
析析就衰林，皎皎明秋月。含情易为盈，遇物难可歇。
积疴谢生虑，寡欲罕所阙。资此永幽栖，岂伊年岁别。
各勉日新[②]志，音尘慰寂蔑。

① 祗（zhī）：恭敬。皇邑：首都。瓯越：代指永嘉。
② 日新：《易经·大畜》：“日新其德。”

这首诗先是表达依依惜别之情，然后夫子自道“积疴谢生虑，寡欲罕所阙”，意思是说我一直都在生病，身体不好，所以对生活也没什么谋虑了，幸好我清心寡欲，倒也不觉得有任何缺憾。

我们并不能断言谢灵运这番话完全出于伪饰，但我们至少可以因此而想象一位亿万富翁在遭受财政挫折之时的豁达之语：“哪怕只让我做一份年薪两三千万的闲职，我也可以安贫乐道，波澜不惊。”是的，谢灵运从此不理政务，整日带着数百名宾客、随从游山玩水。这样的一种“甘于平淡”，一天的开销恐怕就抵得上陶渊明一生的用度。人类天然的心理定式是，比起对自己还剩下什么，更在意自己被剥夺了什么。

| 3 |

谢灵运毕竟是从魏晋风流里走出来的，很知道作为一名当世顶尖的才智之士，一定要宠辱不惊、去留无意才好，切不可露出半点颓丧的气色让那些庄子与佛陀的信徒嘲笑。所以，我们读到了谢灵运满是高风亮节的《七里濑》：

羁心积秋晨，晨积展游眺。孤客伤逝湍，徒旅苦奔峭。
石浅水潺湲，日落山照曜。荒林纷沃若，哀禽相叫啸。
遭物悼迁斥，存期得要妙。① 既秉上皇心，② 岂屑末代诮。
目睹严子濑，想属任公钓。③ 谁谓古今殊，异代可同调。

---

① 存期：期望。要妙：精微玄妙。
② 秉上皇心：与上古时代清心寡欲的人同心。上皇：伏羲氏。
③ 任公钓：《庄子·杂篇·外物》：“任公子为大钩巨缁，五十犗以为饵，蹲乎会稽，投竿东海，旦旦而钓，期年不得鱼。已而大鱼食之，牵巨钩陷没而下，骛扬而奋鬐，白波若山，海水震荡，声侔鬼神，惮赫千里。”

七里濑在浙江桐庐富春江上，下游数里之外便是严陵濑，东汉隐士严子陵隐居垂钓的所在。诗意是说自己途经七里濑与严陵濑，从眼前的风光遥想严子陵山高水长的绝代风范，于是不以迁谪为恨，愿与古圣先贤同调。

一番豪言壮语之后，心情却还在患得患失中纠结不安。谢灵运最有名的作品《登池上楼》正是在这样的心境下写出来的：

潜虬媚幽姿，飞鸿响远音。薄霄愧云浮，栖川怍渊沉。
进德智所拙，退耕力不任。徇禄反穷海，卧疴对空林。
衾枕昧节候，褰开暂窥临。倾耳聆波澜，举目眺岖嵚。
初景革绪风，新阳改故阴。池塘生春草，园柳变鸣禽。
祁祁伤豳歌，萋萋感楚吟。索居易永久，离群难处心。
持操岂独古，无闷征在今。

这首诗是谢灵运在永嘉任所病起登楼而作，首联“潜虬媚幽姿，飞鸿响远音”就已经体现出一种进退两难的纠结：潜龙深隐，鸿雁高飞，都是自得其所，自己却“薄霄愧云浮，栖川怍渊沉”，进退失据，无论俯仰皆有愧于心。让我们比较陶渊明表达同样意思的“望云惭高鸟，临水愧游鱼”，隔与不隔的差别便一目了然。王国维以陶渊明、谢灵运同为不隔之范例，若非贬低了前者，便是高估了后者。

“进德智所拙，退耕力不任”，做官不能进德修业，有补于世，退隐又没有耕田种粮的本事。其实陶渊明又何尝学过耕地种粮，人家却能在“种豆南山下，草盛豆苗稀”的笨拙当中一路摸索下来。谢灵运好在诚实了一回：“徇禄反穷海，卧疴对空林”，为了挣得俸禄，只有委屈自己到穷乡僻壤做官，但上任之后一直卧病，也没有处理什么公务。

永嘉即今天的浙江温州，当时虽不像今天这般繁华，但无论如何也不能算是穷乡僻壤。谢灵运讲这样的话，只是不甘心离开权力中心，发泄一下满腹的牢骚罢了。

“衾枕昧节候，褰开暂窥临”，卧病太久，连季节的变换也搞不清了，如今身体好转了一些，这才拉开窗帘，推开窗扉，看看外边的风景。“倾耳聆波澜，举目眺岖嵚”，仔细听听流水的声音，举目眺望峻峭的远山。“初景革绪风，新阳改故阴”，暖暖的春意驱走了冬天的余寒。“池塘生春草，园柳变鸣禽”，池塘里生出了春草，园中啼鸣的鸟儿听来也不再是之前的那些鸟儿了。“祁祁伤豳歌，萋萋感楚吟”，不由得想起《诗经·豳风·七月》里“春日迟迟，采蘩祁祁。女心伤悲，殆及公子同归”的诗句，想起《楚辞·招隐士》“王孙游兮不归，春草生兮萋萋”的诗句，油然生出了归心。

“索居易永久，离群难处心”，离群索居的日子总觉得时间太难挨，在春景中越发思念故乡的亲友。“持操岂独古，无闷征在今”，《易经·乾·文言》讲过“遁世无闷”的道理，古人可以高蹈避世而心无挂牵，难道我就不可以效法古人吗?

这样的诗，如何是不隔？从《邻里相送至方山》到《七里濑》，再到《登池上楼》，这三首也算是谢灵运诗歌中出类拔萃的名篇了，但只要与前述陶渊明的几首诗歌比较下来，我们便很难赞同王国维的论断。若只说“池塘生春草”一语不隔，这倒不会有任何争议。

| 4 |

“池塘生春草”与“空梁落燕泥”同样是遣词造句极其平淡却赢得历代交口赞誉的名句，它们确实有不隔之妙，自有一身盎然生机。“空梁落燕泥”语出隋朝诗人薛道衡《昔昔盐》：

> 垂柳覆金堤，蘼芜叶复齐。水溢芙蓉沼，花飞桃李蹊。
> 采桑秦氏女，织锦窦家妻。关山别荡子，风月守空闺。
> 恒敛千金笑，长垂双玉啼。盘龙随镜隐，彩凤逐帷低。
> 飞魂同夜鹊，倦寝忆晨鸡。暗牖悬蛛网，空梁落燕泥。
> 前年过代北，今岁往辽西。一去无消息，那能惜马蹄。

南北朝时期，薛道衡在北朝历仕齐、周、隋三代，是名噪一时的文学名臣。这首《昔昔盐》是他的代表作，“昔昔”即“夜夜”，“盐”即“艳”，是描写闺怨的乐府诗歌。

“垂柳覆金堤，蘼芜叶复齐。水溢芙蓉沼，花飞桃李蹊”，诗歌起首以暮春景色起兴，河堤上有成片的柳枝摇曳，有大丛的蘼芜生长，荷塘里春水泛波，开满桃李的小径上有飞花片片。在这样的春景里，顺理成章地出现了美女的形象：“采桑秦氏女，织锦窦家妻。”汉乐府《陌上桑》有“罗敷喜蚕桑，采桑城南隅”，晋人窦滔谪戍流沙，妻子苏蕙织锦为回文诗相赠。薛道衡用这两则掌故，点出诗中的女主角是一位像罗敷与苏蕙那般的女子。

“关山别荡子，风月守空闺”，“荡子”是“游子”的意思，并没有今天的道德含义。女子与丈夫分别，任他关山远度，自己独守空闺，辜负了无边的风月春光，从此“恒敛千金笑，长垂双玉啼”，脸上不再挂着笑容，眼里常常淌下泪水。“千金笑”用周幽王宠妃褒姒千金一笑的典故，“双玉啼”是因为南朝人常以“玉箸”（玉筷子）形容垂泪的样子。

“盘龙随镜隐，彩凤逐帷低”，盘龙是铜镜上的装饰，女为悦己者容，既然悦己者远别，镜子便收进了匣子，盘龙自然也就随之隐伏起来。彩凤是帷幔上的装饰，帷幔长垂，故而彩凤也总是低垂着不能飞扬。

“飞魂同夜鹊，倦寝忆晨鸡”，这是从曹操《短歌行》“月明星稀，乌鹊南飞。绕树三匝，何枝可依”几句诗化用而来，形容女子在漫长的思念中夜不能寐。因为良人久久不归，女子既无心梳妆打扮，亦无心整理房间，房间里便只见“暗牖悬蛛网，空梁落燕泥”。这两句在当时便为人称道不已。传说隋炀帝忌妒薛道衡的文采，借故将他处死，临刑前还问他：“更能作‘空梁落燕泥’否？”

良人究竟何时归来，只知道他“前年过代北，今岁往辽西。一去无消息，那能惜马蹄”。结句化用苏伯玉妻《盘中诗》“何惜马蹄归不数”，希望丈夫不要因为爱惜马蹄而不肯归家。

整首诗其实有太多的用典和化用，文辞也有太多的雕饰，若说不隔，也只有“空梁落燕泥”少数几句而已。

| 5 |

颜延之，字延年，生前与谢灵运齐名。他们两个在当时的文艺界很像是今天电影界的张艺谋和陈凯歌。谢灵运含着金汤匙出生，少年成名，一派贵公子的做派；颜延之却出身孤贫，在陋巷之中勤学苦读，终于以一手漂亮的诗文惊艳天下。

一般认为颜延之写诗有点用力过度，以致诗句虽然华美，流畅性却总有一些欠缺。王国维认为颜延之的诗歌“稍隔”，正是在这个意义上来说的。我们试看颜延之的一首《为织女赠牵牛》，这是为《玉台新咏》所收录的名篇之一：

婺女俪经星，① 嫦娥栖飞月。惭无二媛灵，托身侍天阙。
阊阖殊未晖，咸池岂沐发。② 汉阴 ③ 不夕张，长河为谁越。
虽有促宴期，方须凉风发。虚计双曜 ④ 周，空迟三星没。
非怨杼轴 ⑤ 劳，但念芳菲歇。

这样的语言看上去和谢灵运的风格很有几分相似，和陶渊明的风格同样有几分相似。诗歌大意是说：婺女星贵为恒星之一，嫦娥在月宫中栖身。织女却比不上婺女与嫦娥，不能托身于天庭侍候神仙。天门不开，阳光照不到她的身上，她又哪能到天池里沐浴，好好修饰一番仪容呢？对岸并没有人在为她设宴相待，她究竟为谁非要飞渡天河呢？只有到七夕才有一次短暂的团聚，而七夕没有春意，只有秋天的凉风吹拂。她多少次计算着日月的流转，又多少次徒劳地等到三星的消隐。她并非埋怨织布的劳苦，只是在担忧青春会转瞬即逝。

---

① 婺（wù）女：二十八宿之一。俪：并列。经星：恒星。
② 阊阖：天门。咸池：天池。
③ 汉阴：银河南岸。
④ 双曜：日月。
⑤ 杼轴：代指织布机。

这首诗篇幅不长，却在这样小小的篇幅里接连三次化用屈原的诗句："阊阖殊未晖"化自《离骚》"倚阊阖而望予"，"咸池岂沐发"化自《少司命》"与女沐兮咸池，晞女发兮阳之阿"，"汉阴不夕张"化自《湘夫人》"与佳期兮夕张"。还有一句化用《诗经》："空迟三星没"化自《诗经·唐风·绸缪》"绸缪束薪，三星在天。今夕何夕，见此良人"。颜延之确实书读得太多，也太熟，但总有点入山太深而不能出的感觉。

这首《为织女赠牵牛》不仅在语言上，在内容上也太像《离骚》，以美人香草象征自己苦心孤诣却报国无门的苦闷，当然，也是对自己被排挤出权力中心而发的牢骚。这是张惠言喜欢的写法，但显然王国维一定会持保留意见。

| 6 |

"东坡之诗不隔，山谷则稍隔矣"，这个评价想来不会惹出任何异议。

黄庭坚，号山谷道人，与秦观、张耒、晁补之并称"苏门四学士"，是最受苏轼提点与欣赏的数人之一。在"苏门四学士"里，只有黄庭坚与苏轼一样属于通才，可以称为文学界的全能冠军。论书法，黄庭坚与苏轼、米芾、蔡襄合称"宋四家"；论诗歌，黄庭坚与苏轼并称"苏黄"，还单独被推尊为江西诗派的开坛祖师，影响力一度超过苏轼；论填词，黄庭坚与秦观齐名，尽管稍逊秦观一筹，但这也算是一个难能可贵的成绩了。

钱锺书《宋诗选注》有一段提纲挈领式的评论："自唐以来，钦佩杜甫的人很多，而大吹大擂地向他学习的恐怕以黄庭坚为最早。他对杜诗的哪一点最醉心呢？他说：'老杜作诗，退之作文，无一字无来处；盖后人读书少，故谓韩杜自作此语耳。古之能为文章者，真能陶冶万物，虽取古人之陈言入于翰墨，如灵丹一点，点铁成金也。'在他的许多关于诗文的议论里，这一段话最起影响，最足以解释他自己的风格，也算得江西诗派的纲领。他有些论诗的话，玄虚神秘，据说连江西派里的人都莫名其妙的。"

所以，出于个人审美趣味以及时代风气的影响，《宋诗选注》竟然对黄庭坚这位大名家仅仅选录了三首质朴轻快的诗歌，展示了黄庭坚最是“非主流”的一面。

黄庭坚的诗歌追求完全是一种技术流，虽然有点偏激，倒也算是对传统语言文字的一种尊重。今天时常发明一些新奇词汇的网络语言一定是黄庭坚最为深恶痛绝的。他会说：我们有什么必要非要创造出屌丝、高富帅、白富美这些粗俗的词汇呢？它们比起草民、贵介公子、大家闺秀可有多出任何新意吗？这种创造新词的潮流其实只说明了现代人对传统语言掌握得不够精纯，因为倘若精纯的话，传统语言明明就有无限的包容力，足以通过不同形式的排列组合应对任何一个变化无常的时代。——倘若黄庭坚生活在今天，一定会语重心长地发表这些意见。写诗当然更要尊重传统语言，但一定不可以照搬。黄庭坚的重点是：要点铁成金，化腐朽为神奇。

| 7 |

试看黄庭坚的一首名作，《送范德孺知庆州》：

乃翁知国如知兵，塞垣草木识威名。敌人开户玩处女，掩耳不及惊雷霆。
平生端有活国计，百不一试薶九京。阿兄两持庆州节，十年骐驎地上行。
潭潭大度如卧虎，边头耕桑长儿女。折冲千里虽有余，论道经邦正要渠。
妙年出补父兄处，公自才力应时须。春风旍旗拥万夫，幕下诸将思草枯。
智名勇功不入眼，可用折箠笞羌胡。

范德孺是北宋名臣范仲淹的四公子，名纯粹，于宋神宗元丰八年（1085）出知庆州（今甘肃庆阳），黄庭坚写诗相送。庆州是北宋防御西夏的前线，范仲淹和他的二公子范纯仁都曾在这里主持军政，所以黄庭坚率先赞美范仲淹、范纯仁父子的雄才大略，最后才点到范纯粹的身上。诗句里有大量对前人陈言的“点铁成金”，自然，读者也必须有巨大的阅读量才能欣赏。

“乃翁知国如知兵，塞垣草木识威名”，这是写范仲淹精通政务与军务，名震边陲，语出《旧唐书·张万福传》唐德宗对张万福的赞美：“朕以为江淮草木亦知卿威名。”

“敌人开户玩处女，掩耳不及惊雷霆”，这一联最容易使人望文生义，以为是敌人冲进门户，以迅雷不及掩耳之势玩弄处女，其实这里分别有《孙子兵法》和《六韬》里的出处，用以形容范仲淹用兵如神。《孙子兵法·九地》有“是故始如处女，敌人开户；后如脱兔，敌不及拒”，意思是说：在军事行动的开始阶段，军队要伪装出处女一般柔弱的样子，敌人就会打开门户，放松戒备，这时候军队就要如脱兔一般迅猛出击，打敌人一个措手不及。《六韬·龙韬·军势》有“疾雷不及掩耳，迅电不及瞑目”，这就是“迅雷不及掩耳”这一成语的出处。

“平生端有活国计，百不一试薶九京”，这一联是说范仲淹有经邦治国的才干，只可惜未及施展便溘然长逝。“九京”代指墓地，“京”为“原”的误用，语出《国语·晋语八》“赵文子与叔向游于九原”，那是晋国贵族的墓地所在。“薶”是“埋”的本字，甲骨文的“薶”是一个象形字，画出向坑中埋狗的样子，这是古人的一种献祭活动。黄庭坚特意用古字，而不用“埋”这个后出的俗字。

“阿兄两持庆州节，十年骐驎地上行”，这一联开始从范仲淹转为范纯仁。范纯仁两度出为庆州知州，即“两持庆州节”，“骐驎地上行”化用杜甫《骢马行》“肯使骐驎地上行”，将范纯仁比作驰骋旷野的千里马。

“潭潭大度如卧虎，边头耕桑长儿女”，这一联写范纯仁如卧虎一般卫戍边疆，如慈父一般抚育百姓。“折冲千里虽有余，论道经邦正要渠”，化用《晏子春秋》“夫不出樽俎之间，而折冲于千里之外，晏子之谓也”，在杯酒闲谈之间御敌于千里之外。

“妙年出补父兄处，公自才力应时须”，这一联转写范纯粹，说他盛年之时继承父兄之任，时代正需要他发挥才干。“春风旍旗拥万夫，幕下诸将思草枯”，写诸将在春风中盼望草枯季节的到来，因为草枯之时正是用兵之际。“旍旗”即“旌旗”，黄庭坚的首选字永远都是有古雅味道的生僻字。

“智名勇功不入眼，可用折箠笞羌胡”，结尾一联忽然有了转折，说虽然军容甚盛，虽然斗志高昂，虽然范纯粹有统帅之才，但不必追求军功，只要对胡虏略施惩戒即可。前一句化用《孙子兵法·形篇》“故善战者之胜也，无智名，无勇功”，善于打仗的人能够打必胜之战，轻易取得成功，所以既没有智慧的名声，也没有赫赫武功。后一句化用《后汉书·邓禹传》光武帝刘秀发给邓禹的敕书中语：“赤眉无谷，自当来东，吾折箠笞之，非诸将忧也。”刘秀要“折一节木棍来鞭打赤眉军”，意思是说赤眉军不足为虑。

这样的诗对于读者而言实在是一种严峻的考验，它简直成为高级知识分子的高级智力游戏。当然，若读者也有不输于黄庭坚的阅读积累，读这类诗倒也能够体会到与众不同的某种妙趣。现代文学名著里，小说如乔伊斯的《尤利西斯》，诗歌如艾略特的《荒原》，都是这一类的作品。诺贝尔文学奖的评委会既将奖项授予过普吕多姆的传统抒情诗，也授予过《荒原》这样的高级知识分子的典故迷宫。王国维一定会把《荒原》列入“隔”的一栏，但这并不妨碍《荒原》的优秀。

| 8 |

黄庭坚也有从平淡中见新意，虽然也属点铁成金的巧妙功夫，却全然不隔的诗句。如《寄黄幾复》，尤其以颔联“桃李春风一杯酒，江湖夜雨十年灯”最受称誉：

我居北海君南海，寄雁传书谢不能。桃李春风一杯酒，江湖夜雨十年灯。持家但有四立壁，治病不蕲三折肱。想得读书头已白，隔溪猿哭瘴溪藤。

黄介，字幾复，少年时代便与黄庭坚交游，此时正在广东做官，黄庭坚则在山东任上。两人千里悬隔，黄庭坚以诗代信，传达思念之情。“我居北海君南海，寄雁传书谢不能”，意思是说两人相隔太远，音信难通。意思平常，用语却奇。《左传·僖公四年》，齐桓公会盟诸侯，南伐楚国，楚成王派使者向齐桓公转达意见：“君处北海，寡人处南海，唯是风马牛不相及也。不虞君之涉吾地也，何故？”（您住在北海，我住在南海，风马牛不相及。您不远千里来到我的地界，究竟是为什么呢？）先秦古文，“海”有“荒晦绝远之地”的意思，所谓北海、南海，是指极北之地与极南之地。黄庭坚当时在德州德平镇做官，正在山东齐国故地；黄介知四会县，今属广东，正是当时地理上的极南之地。“我居北海君南海”这一句化用，真是贴切、巧妙到了令人拍案的地步。

寄雁传书，想托南飞的大雁给你带去我的书信，大雁却谢绝了我。——古人相信大雁南飞，最远飞到衡阳，所以衡阳有一座回雁峰，传为大雁南飞的终点站。广东更在衡阳之南，自然是大雁飞不到的地方。而黄庭坚不说雁飞不到，却说雁谢不能。毕竟鸿雁传书是一个太平常的典故，而黄庭坚这一回再次点铁成金，从古人陈语中翻出了新意。

“桃李春风一杯酒，江湖夜雨十年灯”，我们曾在桃李春风中杯酒言欢，而分别之后，转眼便已十年，这十年间我们江湖远隔，在灯下，在夜雨时分，每每思念着彼此。黄庭坚与黄介是同榜进士，所谓“桃李春风一杯酒”，指的正是当年在京城“春风得意马蹄疾，一日看尽长安花”（孟郊《登科后》）的欢乐，而“江湖夜雨十年灯”化自李商隐《夜雨寄北》“君问归期未有期，巴山夜雨涨秋池。何当共剪西窗烛，却话巴山夜雨时”。黄庭坚以“江湖”搭配“夜雨”，以“十年”搭配“灯”，妙手剪裁，使苍凉寥廓的感觉呼之欲出，而字面上竟然平淡无奇，半点也见不出用力的痕迹。

“持家但有四立壁，治病不蕲三折肱”，写黄介清正廉洁，深谙治道。《史记·司马相如列传》记载司马相如与卓文君私奔成都，“家居徒四壁立”，这正是成语“家徒四壁”的出处。《左传·定公十三年》有“三折肱知为良医”，一个人胳膊有过多次骨折，就一定积累出许多治病、护理的经验，足以成为良医。这也就是久病成医的意思，而黄庭坚的诗句是说，黄介不待三折肱便已经深谙治国之道了。

“想得读书头已白，隔溪猿哭瘴溪藤”，遥想这十年间黄介一定读书不辍，治道益深，只可惜熬到头白也只做了偏远南国的一名县令，在瘴疠肆虐的地方与猿猴为伴。对挚友怀才不遇的惋惜就这样溢于言表。

熟悉律体诗的读者会发现这首诗音律不谐，不明白为什么绝顶高手也会犯低级错误。但黄庭坚是有意为之的，他主张“宁律不谐而不使句弱”，甚至故意违反格律要求，造成一种佶屈、古拗的声音效果。如“但有四立壁”，一连五个仄声字，是初学律诗者绝无胆量为之的。

| 9 |

再看黄庭坚的一首《戏呈孔毅父》：

管城子无食肉相，孔方兄有绝交书。文章功用不经世，何异丝窠缀露珠。
校书著作频诏除，犹能上车问何如。忽忆僧床同野饭，梦随秋雁到东湖。

这首诗纯然是发牢骚，向好友孔平仲（字毅父）发泄自己对才高位卑的不满。以今天的观念来说，这是一首以又酸又涩的语言宣泄负能量的诗。

“管城子无食肉相，孔方兄有绝交书”，意思很简单，只是说文章再好也无法升官发财而已，但修辞很精彩。韩愈《毛颖传》将毛笔拟人化，说它受封为管城子。《左传·庄公九年》曹刿论战，乡人有言“肉食者谋之”，以“肉食者”代称官僚贵族。《后汉书·班超传》，看相的人说班超“燕颔虎颈，飞而食肉，此万户侯相也”，班超原本做的是抄抄写写的工作，赚一点微薄的薪水而已，终于忍受不了这样的日子，投笔从戎，建功西域，果然受封为定远侯。

西晋鲁褒撰有一篇讽刺长文《钱神论》，有“亲爱如兄，字曰孔方”之语。铜钱中心处有方孔，故而以孔方称之，从此“孔方兄”便成为人们对钱的戏称。嵇康有名文《与山巨源绝交书》，拒绝山涛的拉拢，不肯屈服于司马氏。黄庭坚在诗句里“小题大做”，说管城子面相不佳，注定没有加官晋爵的希望，孔方兄给自己寄来《绝交书》，看来自己这一生只能在贫贱里度过了。仅仅两句诗，杂糅了五个典故，偏偏对仗工整，语意诙谐。

“文章功用不经世，何异丝窠缀露珠”，这一联貌似不再怨天尤人，转而在自己身上找原因，检讨自己之所以仕途不顺，是因为文章不能有补于世，空有华丽的辞藻而已，只似蛛网上缀着的闪亮露珠。

“校书著作频诏除，犹能上车问何如”，“除”是“授官”的意思，黄庭坚先后任职秘书省校书郎和著作佐郎，负责一点可有可无的文秘工作，这是“校书著作频诏除”写实的一面。但这一联还有用典的一面：北齐颜之推《颜氏家训》谈到梁朝全盛之时，贵族子弟大多不学无术，以至于出现了这样的谚语：“上车不落则著作，体中何如则秘书。”（只要上得去车，就可以当著作郎；只要会问安，就可以做秘书官。）“体中何如”是当时书信中的客套话，相当于“您近来身体可好”。黄庭坚这两句诗虚实兼顾，说自己受任校书郎、著作佐郎，也不过是像那些梁朝贵公子一样尸位素餐罢了。言外之意是，自己不甘心在这种闲职里碌碌无为，徒然消耗岁月，但又能有什么办法呢?

“忽忆僧床同野饭，梦随秋雁到东湖”，无可奈何之下，忽然回忆起与你（孔平仲）一同在寺院用便饭的情景，心绪便随着秋雁飞回家乡的东湖。东湖就在黄庭坚的家乡附近，梦到东湖，也就是生出了辞官归隐的念头。

| 10 |

上面介绍的这三首诗，都有黄庭坚最典型的特点。这样的诗，在今天看来何止是王国维所谓的“稍隔”，简直就是隔得不能再隔了。隔与不隔，在很大程度上取决于读者。毕竟王国维也是一个博览群书的人，许多在今天普通读者看来难以索解的诗句，在王国维眼里只是平常言语罢了。所以，黄庭坚的诗歌究竟隔或不隔，并不全然取决于用典、化用的多少，而更加取决于用典、化用是否圆融无碍。“管城子无食肉相，孔方兄有绝交书”，这便是圆融无碍的，“敌人开户玩处女”，这就略嫌生硬了些。

苏轼和黄庭坚一样聪明，一样渊博，但是在诗句的圆融无碍上明显做得比黄庭坚好，几乎寻不见任何刻意、用力的痕迹。试看一首《过永乐文长老已卒》:

初惊鹤瘦不可识，旋觉云归无处寻。三过门间老病死，一弹指顷去来今。
存亡惯见浑无泪，乡井难忘尚有心。欲向钱塘访圆泽，葛洪川畔待秋深。

诗题中的永乐即秀州（今浙江嘉兴）永乐乡，当地有一座报本禅院，住持文及是苏轼的同乡。先前苏轼已有两度经过秀州，拜访文及长老，这一次再访报本禅院，物是人非，文及已然圆寂，这首诗便是苏轼的悼念之作。

“初惊鹤瘦不可识，旋觉云归无处寻”，“鹤瘦”指病容憔悴，“云归”指文及圆寂。五代年间，诗僧贯休写诗赠吴越王钱镠，诗句有“满堂花醉三千客，一剑霜寒十四州”，钱镠嫌“十四州”不够气派，要贯休改为“四十州”。贯休答道：“州亦难添，诗亦难改。余孤云野鹤，何天不可飞！”即日便离开吴越，远游蜀地。苏轼“鹤瘦”“云归”二语恰恰切合文及的身份，而一“初惊”，一“旋觉”，令人生出时间如白驹过隙之感。

“三过门间老病死，一弹指顷去来今”，这一联是极著名的妙对，既是纪实，写自己与文及的交往过程，更以佛学术语道出了在佛教徒眼中世界人生的真相。三访文及，始觉其老，既惊其病，终伤其死，仿佛弹指之间便经历了三生三世。

当佛陀还是太子的时候，某日在城中散步，于东西南北四座城门处分别看到生苦、老苦、病苦、死苦的景象，从此发愿修行，要找出使人生彻底摆脱苦痛的办法。人生一切皆苦，永远摆不脱生老病死的纠缠，而当时印度人普遍信奉轮回说，所以即便勇于自杀也摆脱不了生命的苦难，还要不断在轮回转世中承受新的苦痛。佛陀终于悟出一条解脱之道，从无休无止的轮回当中脱身而出。苏轼诗句中“老病死”与“去来今”的对仗，在佛学的概念里，正是今生之苦与无限轮回之苦的对照。

“一弹指顷”也是来自佛教的语言。弹指有两种动作：一是拇指和食指做一个快速的摩擦；二是拇指和中指夹住食指，快速地把食指弹出去。弹指有四种含义：一是表示虔敬欢喜；二是表示警告；三是表示许诺；四是表示一种非常短的时间单位。《翻译名义集·时分》记载：二十念为一瞬，二十瞬为一弹指。印度佛学是出名的精微繁复，对每一个哪怕再细小的概念都有非常精确、完善乃至不厌其烦的限定。佛教东传之后，偏偏中国人的做派完全相反，最喜欢大而化之，所以“弹指之间”的含义也就化约为“顷刻”了。

三次登门拜访，分别见到老苦、病苦、死苦，仿佛弹指之间便已经过去三生三世。这并不只是一种比喻，因为在佛学里，弹指之间与三生三世完全可以等量齐观。天台宗经典《大乘止观法门》就有过论证：在空间上，一座城市与一个毛孔同样大小；在时间上，弹指之间与千秋万世同样长短。如此再看“三过门间老病死，一弹指顷去来今”，不仅蕴含着太深沉的人生感悟，亦凝练着太精微的佛学义理。若以黄庭坚的诗歌主张来衡量，“三过”一联当之无愧为“点铁成金”的最高境界。

从律体诗的形式上看，“三过”一联属于流水对，即出句与对句共叙一事，意思是连贯的，而不是“自在飞花轻似梦，无边丝雨细如愁”那种常见的两句分叙二事的对仗。颔联既已是流水对，颈联便变为普通对仗：“存亡惯见浑无泪，乡井难忘尚有心。”这些年间，苏轼的师友接连亡故，苏轼已经写过太多首挽诗，对死亡已经生出麻木的感觉，而文及毕竟与自己有乡党之谊，所以对他的去世，那颗“存亡惯见”的心不免生出了几许波澜。

“欲向钱塘访圆泽，葛洪川畔待秋深”，尾联因用典圆融而备受称赏，以唐代高僧圆泽比文及，暗中以李源自比，深沉地道出了再续前生未了缘的思念。圆泽的故事见于唐人袁郊《甘泽谣》，《苏诗总案》有记载说：宋哲宗元祐六年（1091），苏轼在杭州天竺寺与一众高僧作别，书《圆泽传》相赠。

苏轼《圆泽传》是由袁郊《甘泽谣》提炼删削而成，故事大意是说：洛阳惠林寺原是唐玄宗年间光禄卿李憕的家宅，安禄山攻陷洛阳，李憕就在家中遇害。李憕之子李源年轻时豪侈善歌，过的是贵介公子的张扬日子。而在父亲去世之后，李源仿佛脱胎换骨一般，悲愤自誓，不仕进，不娶妻，不食肉。家宅既已变为寺院，他便住在寺内，一住就是五十余年。

寺中有一名法号圆泽的僧人，富有资财，通晓音律，与李源交谊最密。某日两人相约，结伴去蜀中青城山、峨眉山游玩，但是在路线的安排上发生了一点分歧。唐人从中原入蜀有两条路可走：一是水路，自荆州溯长江而上，经三峡至渝州；二是陆路，由长安穿过终南山褒斜谷。圆泽想走陆路，李源却说：

“我已经弃绝世事，怎可以再取道京城长安呢？”圆泽默然良久，说了一句令人摸不着头脑的话：“人生行止真是不由自主啊。”

于是二人取道荆州，当船只在南浦靠岸之后，见到一名孕妇正在那里汲水。圆泽忽然落泪：“我之所以不愿走这条路，就是因为她呀！”李源大惊，忙问缘故。圆泽答道：“这位妇人姓王，我本应托生为她的儿子。她已经怀孕三年了，我若不来，她便无法生产。今日既然见到了她，我再不能逃避，请你用符咒助我转生。待我转生三日，接受洗浴的那天，希望你能来看我。届时我会对你一笑，使你相信那孩子真是我的转世。十三年后中秋之夜，我会在杭州天竺寺外与你相见。”

闻言之下，李源既悲且悔。当天日暮，圆泽果然死去，而王氏也果然诞下了一个男婴。三日之后，李源来看那个男婴，男婴也果然对他展颜一笑。李源将前因后果细细讲述给王氏，将圆泽的遗体就在山下安葬。经此事变，李源再无心情入蜀，及至返回洛阳惠林寺，才知道圆泽在出发之前早已给弟子留下了遗言。

十三年后，李源如约赶赴杭州，只见天竺寺外，葛洪川畔，有一名牧童扣牛角而歌：“三生石上旧精魂，赏月吟风不要论。惭愧情人远相访，此身虽异性长存。”李源连忙呼问，牧童答道：“李公真是守信之人，然而俗缘未尽，你我还不能重聚。只有勤修不堕，才能再见。”说罢又放歌道，“身前身后事茫茫，欲话因缘恐断肠。吴越山川寻已遍，却回烟棹上瞿塘。”当歌声隐去，牧童已不见踪影。

又两年之后，宰相李德裕上奏朝廷，说李源乃忠臣之子，有孝行，理当表彰。朝廷因此封李源为谏议大夫，李源却不肯赴任，甘心终老于惠林寺中，以八十高龄辞世。

“欲向钱塘访圆泽，葛洪川畔待秋深”两句诗，蕴含了这样一个曲折神异而又深挚多情的故事。当然，不熟悉佛典的人读不出其中的妙境，隔与不隔也就言人人殊了。

| 11 |

王国维提出，以一人一词论，即便在同一首词中，也有隔与不隔的分别。欧阳修《少年游》咏春草，上阕“阑干十二独凭春。晴碧远连云。千里万里，二月三月，行色苦愁人”，语语都在目前，亦即有很强的画面感，使读者一下子就被带入词句所描绘的景象之中；然而写到下阕，“谢家池上，江淹浦畔”，连用两则典故，便失之于隔，画面感就这样模糊起来。

这首词在第二十三章已有分析，此不赘述，且看王国维下一则例证：姜夔《翠楼吟》，下阕“此地。宜有词仙，拥素云黄鹤，与君游戏。玉梯凝望久，叹芳草、萋萋千里”，便是不隔，写至“酒祓清愁，花销英气”，便失之于隔。

我们且看姜夔《翠楼吟》的全篇：

月冷龙沙，尘清虎落，今年汉酺初赐。新翻胡部曲，听毡幕元戎歌吹。层楼高峙。看槛曲萦红，檐牙飞翠。人姝丽。粉香吹下，夜寒风细。

此地。宜有词仙，拥素云黄鹤，与君游戏。玉梯凝望久，叹芳草、萋萋千里。天涯情味。仗酒祓清愁，花销英气。西山外，晚来还卷，一帘秋霁。

词有小序：“淳熙丙午冬，武昌安远楼成，与刘去非诸友落之，度曲见志。予去武昌十年，故人有泊舟鹦鹉洲者，闻小姬歌此词，问之，颇能道其事，还吴，为予言之。兴怀昔游，且伤今之离索也。”

淳熙丙午即宋孝宗淳熙十三年（1186），是年冬，武昌黄鹤山安远楼竣工，姜夔与刘去非等好友前往参加落成典礼，自度此曲以纪盛况。时隔十年，有姜夔的好友于汉阳江边的鹦鹉洲上听到一名年轻歌女唱起这首词，相询之下，她竟然还能讲出这首词的创作背景。友人后来见到姜夔，具言其事，姜夔不禁俯仰今昔，补写下这篇词序。

“月冷龙沙，尘清虎落，今年汉酺初赐”，“龙沙”代指塞外，影射北方的金国，“虎落”是遮护城邑或营寨的竹篱。武昌位于宋、金前线，是防御金军南下的战略要冲。自绍兴第二次和议达成之后，两国维持了相当一段时间的和平，遂有“月冷龙沙，尘清虎落”的宁静。“酺”（pú）是国家有庆典时特许百姓聚众宴饮，这是源自汉朝的传统，故称汉酺。汉律严禁百姓聚众宴饮，只有当国家有喜事的时候，皇帝才会开恩破例一次。安远楼落成之年，正值太上皇（宋高宗）八十大寿，特地犒赏内外诸军，一派歌舞升平的景象。“今年汉酺初赐”以及下句“新翻胡部曲，听毡幕元戎歌吹”便是特指此事。

“层楼高峙。看槛曲萦红，檐牙飞翠”，写安远楼的壮丽，有红色阑干曲折盘旋，有翠色飞檐探出山外。“人姝丽。粉香吹下，夜寒风细”，当夜色来时，微风吹过，使人迷醉于妙龄歌女的脂粉香气。

“此地。宜有词仙，拥素云黄鹤，与君游戏”，黄鹤山曾有仙人乘鹤飞过，黄鹤楼便因此而得名，而与黄鹤楼同在黄鹤山上的安远楼亦正适宜有词仙飞来，与雅客同欢。“玉梯凝望久，叹芳草、萋萋千里”，词人凭栏远眺，只见萋萋芳草，无边无际，不禁在客中生出乡愁。“天涯情味。仗酒祓清愁，花销英气”，天涯漂泊太久，只有任酒与花来排遣愁怀，消磨志气。“西山外，晚来还卷，一帘秋霁”，词境在上一句里突然转入消沉，于是无言哽咽，只有以景结情，看远山一片雨后初晴的暮色，而萧索与惆怅的意绪就这样在不经意间溢于言表。

| 12 |

在王国维看来，《翠楼吟》下阕“此地。宜有词仙，拥素云黄鹤，与君游戏。玉梯凝望久，叹芳草、萋萋千里”，这是不隔的范例。其实这几句并非纯然的赋体白描，“词仙”云云是由当地的神仙故事生发而出的，“玉梯”代指阑干，这正是《人间词话》第三十四章批评过的“词忌用替代字”之一例，“叹芳草、萋萋千里”是从《楚辞·招隐士》“王孙游兮不归，春草生兮萋萋”变化而来。只因为典故与被化用的诗句太为古人熟知，替代字也不算滥俗，所以读起来才

没有半点障碍。但是，倘若换作今天的普通读者，大多还是会感觉这几句词有“隔”的毛病，如雾里看花，不清不楚。

耐人寻味的是，王国维却认为这首词写至“酒祓清愁，花销英气”便失之于隔，然而这两句既非用典，亦非化用前人成句，更没有任何替代字，若说它是赋体白描亦不为过。猜想王国维的用意，大约是觉得太雕琢，太生硬。明明只是借酒浇愁而已，这样简单的一个意思，偏偏要说成“酒祓清愁”；明明只是温柔乡里醉英雄而已，这样简单的一个意思，偏偏要说成“花销英气”，使读者一时间无从索解，而索解之后又会觉得了无深意。

但我们也可以说，“酒祓清愁，花销英气”虽然含义平淡无奇，但这样的遣词造句偏偏给人一种落拓不羁的感觉，甚至有一种英雄末路的悲凉感。陈廷焯《白雨斋词话》盛赞《翠楼吟》下阕之妙说：“‘此地。宜有词仙，拥素云黄鹤，与君游戏。玉梯凝望久，叹芳草、萋萋千里。天涯情味。仗酒祓清愁，花销英气。’一纵一操，笔如游龙，意味深厚，是白石最高之作。”

这是一个高到令人吃惊的评价，显然在陈廷焯看来，在姜夔的所有名作里竟然以这首《翠楼吟》，而非以《扬州慢》或《暗香》《疏影》为第一，“酒祓清愁，花销英气”也赫然出现在他的引用之内。

其实陈廷焯与王国维的意见未必就有十足的矛盾，“酒祓清愁，花销英气”两句确不是那种“语语都在目前”的写法，以“隔”称之倒也无可厚非；但是，倘若我们不以隔与不隔区分高下，多花一点时间体味这两句词特殊的遣词造句所带来的特殊气质，便也该承认这确也不失为一种高明的表达方式。

| 13 |

钱锺书讲过自己对王国维的理解，他说王国维反对用空泛的辞藻，因为空泛的辞藻是用来障隔和遮掩的，仿佛亚当和夏娃的树叶，又像照相馆中的衣服，是人人可穿用的，没有特殊的个性，没有明显的轮廓。(《论不隔》)

诸如用典、替代语这些，人人可用，而且易用，庸手捧一本《龙文鞭影》

就可以写诗。但是，要想写出点铁成金的巧妙，还要做到羚羊挂角、无迹可寻，自非绝顶高手而不能为。钱锺书说：“有人说‘不隔’说只能解释显的、一望而知的文艺，不能解释隐的、钩深致远的文艺，这便是误会了‘不隔’。‘不隔’不是一桩事物，不是一个境界，而是一种状态（state），一种透明洞澈的状态——‘纯洁的空明’，譬之于光天化日；在这种状态之中，作者所写的事物和境界得以无遮隐地暴露在读者的眼前。作者的艺术的高下，全看他有无本领来拨云雾而见青天，造就这个状态……隐和显的分别跟‘不隔’没有关系。比喻、暗示、象征，甚而至于典故，都不妨用，只要有必须用这种转弯方式来写到‘不隔’的事物。”（《论不隔》）

钱锺书的这番看法，与其说是对王国维的解释，不如说是在王国维的基础上提出了更高一层的新见，显然比《人间词话》的讲法更合理些，也更有叔本华的味道。王国维当时并不曾考虑得这般妥当，也确实不喜欢“隐的、钩深致远的文艺”。所以在《人间词话》本章结尾，王国维做出这样一番总括：“然南宋词虽不隔处，比之前人，自有浅深厚薄之别。”

南宋之词，有隔也有不隔，但即便是不隔的词，终归也比不上五代、北宋的不隔之作。

词从五代、北宋一路发展到南宋，确实有一个从质朴到繁缛的变化，正如诗歌从汉魏发展到六朝一样。大势所趋，不是个人力量可以扭转的。王国维偏爱写意，厌烦工笔。作为个人审美趣味的选择，这当然无可厚非，但是，若以工笔画的标准来批评写意画，这就有失厚道了。素面朝天是一种美，富艳精工是一种美，甚至犹抱琵琶半遮面也是一种美。在不同的年纪、不同的心态、不同的情境里，我们对美的理解与渴望常常变动不居。

［四十一］

“生年不满百，常怀千岁忧。昼短苦夜长，何不秉烛游”“服食求神仙，多为药所误。不如饮美酒，被服纨与素”，写情如此，方为不隔。“采菊东篱下，悠然见南山。山气日夕佳，飞鸟相与还”“天似穹庐，笼盖四野。天苍苍，野茫茫，风吹草低见牛羊”，写景如此，方为不隔。

| 1 |

前几章辨析隔与不隔，重在分析写景的手法，本章以情景兼顾的方式继续这个话题。

“生年不满百，常怀千岁忧。昼短苦夜长，何不秉烛游”，语出《古诗十九首》第十五：

生年不满百，常怀千岁忧。昼短苦夜长，何不秉烛游。
为乐当及时，何能待来兹。愚者爱惜费，但为后世嗤。
仙人王子乔，难可与等期。

《古诗十九首》是汉代的一组五言诗，作者不详，以其特有的古朴风味被后人尊奉为五言诗的典范。若以当代文学的思想性、艺术性二分法来看，这首诗属于艺术性很高而思想性很低的作品，因为它通篇都在宣扬及时行乐的道理，劝导我们要以今朝有酒今朝醉的态度来生活，既不必为子孙后代操心，亦不必费心费力地修道求仙。眼前的快乐才是我们唯一可以把握得住的，所以不妨夜以继日地寻欢作乐。

“生年不满百，常怀千岁忧”，这是讥讽世人愚昧，明明连一百年都活不到，偏偏要忧虑千秋万世的事情，诸如安排子孙的前途，或想留下不朽的名声。“昼短苦夜长，何不秉烛游”，白昼太短暂，行乐不能尽兴，何不秉烛夜游、欢饮达旦呢？“为乐当及时，何能待来兹”，寻欢作乐千万要珍重当下的时光，因为岁月总是倏忽而过，谁知道以后还有没有玩乐的心力与机会呢？“愚者爱惜费，但为后世嗤”，只有愚蠢的人才会悭吝节俭地度过一生，留下大笔的财富却再也不能享用，徒招后人的嗤笑。“仙人王子乔，难可与等期”，修仙虽然可以长生不老，但这种小概率事件实在不值得期待，我们必须认识到人生苦短，只有及时行乐才是唯一正确的生活方式。

全诗只有尾联用到一则典故，是仙人王子乔的故事。《列仙传》载，王子乔是周灵王的太子，喜欢吹笙，发出凤凰一般的声音。他常在伊、洛之间漫游，被一个叫作浮丘公的道士引上嵩山，一去三十余年。有一天，他对来找自己的人说：“请转告我的家人，七月七日到缑氏山和我见面。”到了这一天，果然看到王子乔乘着白鹤飞落在缑氏山顶上，向大家致意。几天之后，他乘鹤飞上了云霄，从此再也没有回来。

王子乔在汉朝很出名，有墓有祠，甚至还有过显灵的事情发生，及至东汉末年，还有蔡邕这样的大名士为之树碑立传。王子乔的故事在汉代是尽人皆知的，所以诗句里出现他的名字，几乎不算是用典了。

| 2 |

“服食求神仙，多为药所误。不如饮美酒，被服纨与素”，语出《古诗十九首》第十三：

> 驱车上东门，遥望郭北墓。白杨何萧萧，松柏夹广路。
> 下有陈死人，杳杳即长暮。潜寐黄泉下，千载永不寤。
> 浩浩阴阳移，年命如朝露。人生忽如寄，寿无金石固。
> 万岁更相送，圣贤莫能度。服食求神仙，多为药所误。
> 不如饮美酒，被①服纨与素。

这一首诗的主题和前一首高度相似，哀叹人生短暂，神仙难求，圣贤与愚人同归一死，还不如及时行乐的好。

“驱车上东门，遥望郭北墓”，上东门是洛阳北门，郭北墓是指洛阳北郊邙山上的墓葬区。“白杨何萧萧，松柏夹广路”，这是郭北墓的风景，一派肃杀。“下有陈死人，杳杳即长暮”，死去已久的人在地下长眠，仿佛陷入了无边的黑夜。“潜寐黄泉下，千载永不寤”，死者在地下深处睡去，再也不会醒转。“浩浩阴阳移，年命如朝露”，在季节轮回之中，觉得生命如朝露一般短促。“人生忽如寄，寿无金石固”，人只是暂时寄居在这个世界上，寿命无法与金属和石头相比。“万岁更相送，圣贤莫能度”，人类一代又一代繁衍，圣贤和愚人一样同归黄土。“服食求神仙，多为药所误”，很多人炼丹服食，或希望长生不老，或希望延年益寿，却反而损害了身体。“不如饮美酒，被服纨与素”，既然做圣贤也一样会死，既然服食求仙有害无益，索性吃好穿好，让短暂的人生过得更愉快吧。

---

① 被：通“披”。

| 3 |

“写情如此，方为不隔”，尽管这两首诗传达出一种离经叛道的人生观，但写得如此真切感人，半点也不加掩饰。其实，即便仅仅从诗歌的思想性而言，这两首诗同样难能可贵，因为它们都在探究宇宙人生的终极问题，其结论虽然未必令人愉快，却不失为真相之一种。

邪恶的价值观未必不能造就极致的艺术。譬如莱妮·里芬斯塔尔，希特勒的御用摄影师，她为纳粹歌功颂德的片子直到今天还是多少电影学院里学生必修的经典之作。倘若我们收起感性，暂时让理性占据上风，必然会发现真、善、美未必殊途同归。古往今来有无数智者辛苦探究人生的意义，而人生究竟实有意义，抑或“人生忽如寄”，只是大自然中的一个偶然呢？除非诉诸信仰，否则我们找不出任何一点坚实有力的证据。

然而人是天生追求意义的生物，需要在这个瞬息万变、充满不可知的世界里找到一个终极的依靠，否则便会茫然不知所措，在困境中更容易丧失求生的意志。正如今天的心理学和历史学为我们揭示的两个貌似荒谬的真相：一、在一座陌生的城市里，人们宁愿有一张完全错误的地图，也不愿没有地图；二、一种理论之所以被人们抛弃，往往不是因为它被证明为错，而是因为有了新的理论（也许错得更离谱）来替代它。人们太需要确定感，只有理性高度发达的人才有可能承受现实世界里太多的不确定性，而上述这两首诗的作者显然正是这样的人。

所以，对于感性的人来说，读这两首诗反而会生出“隔”的感觉，除非他们生活在特定的迷茫阶段里。

| 4 |

“采菊东篱下，悠然见南山。山气日夕佳，飞鸟相与还”，语出陶渊明《饮酒》组诗的第五首，这是在第三章里已经做过分析的作品。“天似穹庐，笼盖四野。天苍苍，野茫茫，风吹草低见牛羊”，语出《敕勒歌》：

敕勒川，阴山下。天似穹庐，笼盖四野。
天苍苍，野茫茫，风吹草低见牛羊。

《敕勒歌》是南北朝时期北方敕勒族的一支民歌，原文应是鲜卑语，我们看到的是汉译之后的样子。《北史・齐本纪》，玉壁之战，北齐开国皇帝高欢为西魏所败，身负箭伤，但为了安定人心，还是忍痛与部下相见。席间高欢使部将斛律金高唱《敕勒歌》，高欢也随着唱了起来，边唱边哀感流涕。因为这段史事，《古诗源》将这首诗的著作权归给了斛律金，它真正的作者和汉译者早已经无从考证了。

前人盛赞《敕勒歌》，因为它如《古诗十九首》一般自有一派天然质朴的古雅，任是再高的才华，再高的学养，也难写出第二篇来。宋人王灼以惊叹的口吻说道：斛律金并不知书，却能将自然之妙发挥到这样的地步，就连当时第一流的诗人徐陵、庾信也做不到。西汉之后，只有《敕勒歌》与韩愈的《琴操》最为近古。(《碧鸡漫志》)

《敕勒歌》的妙处，一是天然浑成，二是古朴率真。而这样的特色之所以可贵，是因为人类社会在高度文明化之后再也无法返归这样的精神境界了。而原始艺术虽然没有文明社会的矫揉造作之“隔”，却大多粗陋不堪。像《敕勒歌》这样既有原始艺术的璞玉浑金之美，又没有原始艺术固有之粗陋的作品，实在不多见。

［四十二］

古今词人格调之高，无如白石。惜不于意境上用力，故觉无言外之味，弦外之响，终不能与于第一流之作者也。

| 1 |

姜夔词的格调高低是词史上的一个久有争议的问题。早在姜夔生活的南宋时代，词家张炎就已经在《词源》里盛赞他“古雅峭拔”。宋人陈郁《藏一话腴》也赞美姜夔“意到语工，不期于高远而自高远”，这是说姜夔词境的高远不是刻意写来的，而是自然而然流露出来的。晚清词家陈廷焯《白雨斋词话》几乎以连篇累牍的气势尊崇姜夔，说他的词以清虚为核心，时而透出阴冷的气息，“格调最高”。于前人对姜夔的评价，陈廷焯最认同南宋画家赵孟坚所谓“白石，词家之申、韩也”。

申、韩即先秦法家申不害与韩非子，在那个百家争鸣的时代，这两人坚持性恶论，对人性鞭辟入里，赤裸裸地将人类社会藏在温情脉脉之下的黑暗潜流指给人看。我们一时之间很难想象姜夔的词如何能与申不害、韩非子的哲学归为一类，然而细细斟酌之下，却会感到赵孟坚的评语当真捕捉到了某种本质：姜夔的词，越读便越能够咀嚼出几分隐痛，如同一泓深泉，看上去清澈喜人，探手进去只觉得阴寒刺骨。

至于周济，一度对姜夔推崇备至，后来却有了新的体悟，认为姜夔的词有“清浅”和“局促”的毛病。他在《介存斋论词杂著》里说：姜夔的词就像明代“后七子”的诗，看似高格响调，其实不耐人细思。

之所以看似高格响调其实不耐人细思，在文学技法上说只有唯一的可能性，那就是言尽即意尽，不给读者留下回味的空间。用张惠言的话说，就是不够“深美闳约”；用王士祯的话说，就是缺乏“神韵”；用王国维的话说，就是“惜不于意境上用力，故觉无言外之味，弦外之响”。三者尽管表达方式不同，但讲的都是同样的意思。

王国维在本章阐述的观点正是接着周济的话来说的，结果并不曾说出什么新意，反而使自己走进了先前反对过的张惠言和王士祯的阵营里去。

| 2 |

王国维在《人间词话》手稿本里很刻薄地批评过姜夔：“白石如王衍，口不言阿堵物，而暗中为营三窟之计，此其所以可鄙也。”这是说姜夔之所以不能跻身于第一流词家之列，是他卑劣、虚伪的人品造成的。这样的见解，已经有一点甘冒天下之大不韪的意思了。

王衍口不言阿堵物，这是《世说新语》里的一则故事：东晋王衍，虽然位高权重却雅尚玄远，因为嫌恶妻子郭氏的贪浊，便绝口不提“钱”字。郭氏气不过，某日趁王衍睡着，嘱咐婢女用钱将王衍的床榻围住。待王衍醒来，见钱碍着自己下床，便吩咐婢女说：“将阿堵物拿开！”阿堵物是当时的俗语，意思是“这东西”，王衍最终还是没有说出“钱”字。

“三窟之计”出自《战国策》：冯煖为孟尝君献计，说狡兔有三窟才能勉强保证自己的安全，您如今只有一窟，还不能高枕无忧，我请为您再凿二窟。这就是成语“狡兔三窟”的出处。

王衍虽然貌似清高，其实早为自己做了狡兔三窟的安排，实际上是个很有功利心、很现实的人。王国维将姜夔比作王衍，说他的清高只是装出来的，鄙俗才是他的本质。这样的人，怎能写出真切的词作呢？

姜夔一生确实都过着清贫的日子，落拓江湖，做达官贵人的清客，靠人家的接济度日，何况他还有妻儿。在这样的人生里，就算有一点小市民的心态也不足为奇。如果廉者不受嗟来之食的话，姜夔一家人早就冻饿致死了。然而在一生的困境里，姜夔始终捍卫着君子的底线，不肯接受恩主的厚赐。

其实接受赏识者的接济并非什么难堪的事，早在北宋，易学名家邵雍就是靠着司马光等人的资助才在洛阳生活下来的，半点也不影响他怡然自得，社会也并未因此而看低他半分。

王国维鄙薄姜夔的人品，遗憾的是并未举证，我们也就无从知晓他的依据何在了。《人间词话》毕竟是一部札记随笔体的作品，我们倒也不能因此而苛责他什么。

［四十三］

南宋词人，白石有格而无情，剑南有气而乏韵。其堪与北宋人颉颃者，唯一幼安耳。近人祖南宋而祧北宋，以南宋之词可学，北宋不可学也。学南宋者，不祖白石，则祖梦窗，以白石、梦窗可学，幼安不可学也。学幼安者率祖其粗犷、滑稽，以其粗犷、滑稽处可学，佳处不可学也。幼安之佳处，在有性情，有境界。即以气象论，亦有“横素波”“干青云”之概，宁后世龌龊小生所可拟耶？

｜1｜

本章评点两宋词家，指点学词门径，全在针对晚清的词坛主流，所以在今天抽身来看，这些意见或多或少总有矫枉过正之嫌。在王国维看来，南宋姜夔（白石）、陆游（剑南）、辛弃疾（幼安）三大词家，只有辛弃疾一人能与北宋词家抗衡；词从北宋发展到南宋实为一大退步，然而时人填词多学南宋而不学北宋，学南宋的人又多学姜夔、吴文英（梦窗）这两个二流词人，而不学南宋第一的辛弃疾；这是因为二流作品有门径可循，便于人们照猫画虎，一流作品则以天才取胜，既寻不到门径可学，勉强去学也学不成样子。

康熙年间，朱彝尊编成《词综》，汇集唐代至元代词家六百余人，选词两千余首，影响出蔚为壮观的一个浙西词派。朱彝尊在《词综·发凡》里开宗明义说："词至南宋始极其工，至宋季而始极其变，姜尧章氏最为杰出。"意即南宋是词的巅峰时期，姜夔是这个巅峰时期里的巅峰人物。所以我们可以想见，王国维之所以花那么大的气力批判南宋词风并贬低姜夔，是有所针对的。

《词综》于姜夔之下，推崇的是吴文英、周密、张炎、史达祖这一类词人，却很看不上辛弃疾。王国维时代的大词家文廷式对《词综》有一言以蔽之："以二窗为祖祢，视辛、刘若仇雠。"（《云起轩词·自序》）意即《词综》将吴文英（梦窗）、周密（草窗）这类婉约派当成祖宗牌位来供奉，却把辛弃疾、刘过这类豪放派看作仇敌。

在王国维的时代，词坛以王鹏运、朱孝臧、郑文焯、况周颐为四大名家，王鹏运、朱孝臧校订梦窗词，大力标举吴文英；郑文焯最精音律，全然在走姜夔一途；况周颐年轻时主张性灵、寄托，晚年因与朱孝臧频繁唱和，受后者太大影响，以"重、拙、大"为填词三大美学原则。时代大潮，几乎完全站在王国维的对立面，也难怪《人间词话》在当时反响平平，无声无息。

晚清词坛之所以特别标榜姜夔、吴文英，有时代声息相通的缘故。晚清的衰世一如南宋的衰世，衰世自然有衰世之音；辛亥革命的爆发更把衰世打成末世，而吴文英、周密、张炎等人正是在南宋末世里辛苦填词的人。

| 2 |

"南宋词人，白石有格而无情，剑南有气而乏韵"，姜夔的词，格调虽高，感情却不真切，这是《人间词话》前一章里刚刚讨论过的内容；陆游的词，虽然气势逼人，却过于直白了些，少了一点蕴藉，少了一点余味。

姜夔的词，前文已经讲到不少，这里重点讲一讲陆游。

陆游，字务观，号放翁，越州山阴（今浙江绍兴）人，诗集名为《剑南诗稿》，故而人们也会以“剑南”称之。陆游出身于官宦之家、书香门第，论文采和学识都是当世第一流的。宋高宗绍兴二十三年（1153），陆游赴临安应举，状元及第，却不想秦桧的孙子秦埙也在同科考试，屈居榜眼；翌年礼部考试，陆游的排名又在秦埙之前，秦桧终于怒不可遏，直接将陆游除名。直到秦桧死后，陆游才艰难地踏入仕途，在无数坎坷与挫折中度过了一生。

今天的文学史一概将陆游大书特书，原因在于陆游是一个无比赤诚的爱国主义诗人。我们的小学语文课本收录有陆游的绝笔之作《示儿》：

死去元知万事空，但悲不见九州同。王师北定中原日，家祭无忘告乃翁。

陆游临终最牵挂的事情不是家庭的遗产安排，而是北方故土的收复大业。陆游去世之后仅仅二十四年，南宋便与蒙古联合，一道灭了金国。这或许会给陆游一点告慰。然而世事吊诡，又四十二年之后，蒙元灭宋，当初宋金南北对峙的局面反而令人怀念了。

陆游哪怕在最潦倒的时候也一心想着光复事业，如《十一月四日风雨大作》：

僵卧孤村不自哀，尚思为国戍轮台。夜阑卧听风吹雨，铁马冰河入梦来。

人都已经落到僵卧孤村的窘境，却不自哀，还一心想着报效国家。用今天的流行语来说，这是何等的伟大情操。陆游对自己的军事才能怀有无比的自信，所以怀才不遇的悲怆自然比平常人深刻许多，如《书愤》：

早岁那知世事艰，中原北望气如山。楼船夜雪瓜洲渡，铁马秋风大散关。
塞上长城空自许，镜中衰鬓已先斑。出师一表真名世，千载谁堪伯仲间。

颔联是千古传诵的名句，其中点到的两个地名——瓜州渡和大散关，都是宋金对峙的军事要冲，双方打过几场著名的战役。颈联“塞上长城”语出《宋书·檀道济传》，刘宋名将檀道济蒙冤被杀，被收捕时愤愤说道：“乃复坏汝万里之长城！”陆游早年以军事才华自许，可惜年逾花甲也不曾施展半分。尾联赞颂诸葛亮，最是缅怀《出师表》“奖率三军，北定中原……兴复汉室，还于旧都”的词句，那也是陆游一生的梦想。

| 3 |

陆游也有散淡潇洒的一面，如《剑门道中遇微雨》：

衣上征尘杂酒痕，远游无处不消魂。此身合是诗人未，细雨骑驴入剑门。

如果将一切传统诗人想象成一家公司，并要为这家公司设计一个 LOGO（商标）的话，简直没有比这首诗更合适的了。画面感太强，王国维定会说它“不隔”。此时陆游正在去往成都，要到那里就任一个参议的小职位，以写意的手法在“细雨骑驴入剑门”的形象里画出了自己，也画出了诗人的群像。

《临安春雨初霁》也是陆游的名作，在清新中隐藏着酸楚：

世味年来薄似纱，谁令骑马客京华。小楼一夜听春雨，深巷明朝卖杏花。
矮纸斜行闲作草，晴窗细乳戏分茶。素衣莫起风尘叹，犹及清明可到家。

陆游写这首诗的时候已经六十二岁，返家途中经过临安，春雨过后听着巷子里叫卖杏花的声音，也算是一番闲趣了。“矮纸斜行闲作草”，写草书比写楷书更花工夫，“闲作草”是在清闲中以草书打发时间；“晴窗细乳戏分茶”，宋人有精致的茶道，以茶汤上的浮沫（细乳）来鉴别茶的优劣（分茶）。尾联别有深意，暗用陆机“京洛多风尘，素衣化作缁”的诗意：京城太多风沙，容易将素衣染黑，暗喻京城有太多的肮脏龌龊，很容易玷污人的品格。陆游不在京城久留，预计清明时节便可以到家，所以才说京城的污浊玷污不到自己。

自南宋以至清代，人们大多欣赏的是陆游诗中这闲适散淡的一面，尤其是陆游很有一些过于浅近的诗歌，最容易受到那些文艺素养不高的人的喜爱。《红楼梦》第四十八回，香菱向黛玉讨教诗艺，有这样一段："香菱道：'我只爱陆放翁的诗"重帘不卷留香久，古砚微凹聚墨多"，说的真有趣。'黛玉道：'断不可学这样的诗。你们因不知诗，所以见了这浅近的就爱，一入了这个格局，再学不出来的。……'"

及至清末，在国势日衰、国耻日深的重压之下，陆游诗中激愤的一面才被人们标举出来。而陆游的词向来也不很受人重视，如刘熙载《词概》里说陆游之词安雅清赡，其最上乘的作品在苏轼与秦观之间，只可惜缺乏超然之致、天然之韵，被人一眼便看个通透。

所以王国维所谓"剑南有气而乏韵"，正是上承刘熙载来讲的。以陆游那样一个在僵卧孤村的时候"尚思为国戍轮台"的人，怎可能有任何超然的气质呢？

| 4 |

在陆游的全部性格里，最缺少的就是超然。无论国事还是家事，但凡有了纠结，他便要一辈子纠结到底。陆游在爱情上的纠结是最广为人知的，据周密《齐东野语》，陆游娶表妹唐婉为妻，琴瑟和谐，但陆游的母亲偏偏不喜欢这个儿媳，认为她荒废了儿子的时间，耽搁了儿子的前程。这真是好一场婆媳斗争大戏，而在那个既无女权又尊孝道的时代，陆游迫于母命，只得含泪休妻。

转眼几年过去，在一个踏青的日子，绍兴沈园里，唐婉与后夫赵士程邂逅了前夫陆游。在这个本该既百感交集又尴尬无措的时刻，唐婉倒表现出了大家闺秀的风范，先是征得了赵士程的同意，随后派人送酒馔向陆游致意。陆游不胜欷歔，题《钗头凤》一首于沈园墙壁之上：

红酥手，黄縢酒。满城春色宫墙柳。东风恶，欢情薄。一怀愁绪，几年离索。错，错，错。

春如旧，人空瘦。泪痕红浥鲛绡透。桃花落，闲池阁。山盟虽在，锦书难托。莫，莫，莫。

旧情显然难忘，却也无可奈何。词句完全是声泪俱下的样子，实在为“有气而乏韵”的说法做了最好的注脚。但是，在这样的情绪里，换谁可以写出有气而不乏韵的诗词呢?

唐婉再游沈园，在墙壁上写下了给陆游的回答：

世情薄，人情恶。雨送黄昏花易落。晓风干，泪痕残。欲笺心事，独语斜阑。难，难，难。

人成各，今非昨。病魂常似秋千索。角声寒，夜阑珊。怕人寻问，咽泪装欢。瞒，瞒，瞒。

咽泪装欢的日子极度损耗着唐婉的生命，不久之后她便在抑郁中死去，留下陆游用尽后半生的时光来缅怀这一段永失所爱的感情，当然，出于“不孝有三，无后为大”的郑重考虑，陆游在这段时间里还是忙不迭地生下了七子一女。

“时间会冲淡一切”这句话在陆游这里并不适用。直到晚年，他几乎每经过一次沈园就会写出极其伤情的诗句，如《余年二十时尝作菊枕诗，颇传于人，今秋偶复采菊缝枕囊，凄然有感》二首：

其一

采得黄花做枕囊，曲屏深幌闷幽香。唤回四十三年梦，灯暗无人说断肠。

其二

少日曾题菊枕诗，蠹编残稿锁蛛丝。人间万事消磨尽，只有清香似旧时。

又多年后，已近古稀之年的陆游再游沈园，看到当年题写《钗头凤》的墙壁已然颓坏，禁不住又是百感交集，有诗《禹迹寺南，有沈氏小园，四十年前，尝题小词一阕壁间，偶复一到，而园已三易主，读之怅然》：

枫叶初丹槲叶黄，河阳愁鬓①怯新霜。林亭感旧空回首，泉路②凭谁说断肠。坏壁醉题尘漠漠，断云幽梦事茫茫。年来妄念消除尽，回向蒲龛③一炷香。

到了七十五岁那年，陆游故地重游，又写下《沈园》绝句二首，诗句中那种撕心裂肺的痛仿佛几十年间从来未曾淡去：

其一

梦断香消四十年，沈园柳老不飞绵。此身行作稽山土，犹吊遗踪一泫然。

其二

城上斜阳画角哀，沈园无复旧池台。伤心桥下春波绿，曾是惊鸿照影来。

又九年之后，八十四岁的陆游在儿孙的搀扶下再游沈园，写下了《春游》这一首最后的爱情缅怀之作：

沈家园里花如锦，半是当年识放翁。也信美人终作土，不堪幽梦太匆匆。

翌年，即宋宁宗嘉定二年（1209），也就是陆游写下绝笔诗《示儿》的那一年，无论是对爱情的纠结还是对光复中原的纠结，一并折磨到陆游生命的最后一天。

---

① 河阳愁鬓：晋人潘岳曾任河阳令，其《秋兴赋》有“斑鬓发以承弁兮”，后人以“潘鬓”代指鬓发斑白。

② 泉路：黄泉路上。

③ 蒲龛（kān）：蒲团与佛龛。

| 5 |

所以陆游注定是一个活得很累、很委屈的人，但他最可爱的地方就是：即使碰得头破血流，也依然一往无前、痴心不改。这样一种情操，全写在那首《卜算子·咏梅》里：

驿外断桥边，寂寞开无主。已是黄昏独自愁，更著风和雨。
无意苦争春，一任群芳妒。零落成泥碾作尘，只有香如故。

这首词属于最典型的“托物言志”，写梅花的寂寞、高洁与执着无悔，每一个特点都落在自己身上。

咏物诗词大约可以分为三类：第一类，咏物就是咏物，如林逋“疏影横斜水清浅，暗香浮动月黄昏”；第二类，托物言志，如陆游“零落成泥碾作尘，只有香如故”；第三类，亦真亦幻，别有寄托，如苏轼“似花还似非花，也无人惜从教坠”。一直以来，第三类最是受人称道，而第二类，尤其是在词而非诗的世界里，是被认为太过直露、缺乏韵味的。

然而初阶读者最易于接受的恰恰就是第二类，因为它相比于第一类更加贴合人的感情诉求，相比于第三类则直截了当，语语都在目前。高级知识分子最喜欢第三类，因为它回味悠长，不厌熟读。王国维是个例外，因为他的美学根底是康德、叔本华和尼采，所以能够从传统文人中间杀出一条新路，另立新的标准，崇尚的是德国古典美学意义上的天才之作，譬如李煜和纳兰性德的作品。

| 6 |

在王国维的新标准里，南宋是词的衰败时代，姜夔、陆游虽然各树高峰，但前者“有格而无情”，后者“有气而乏韵”，终归无力与北宋名家相比，只有辛弃疾才是唯一不输于北宋名家的人。辛词佳处，在于有性格，有境界，有气象。（王国维这里所谓境界，并非美学意义上的境界，而是指通常所谓的人生境界。）

《人间词话》手稿，本章内容还有一句“其实幼安词之佳者，如《摸鱼儿》《贺新郎·送茂嘉》《青玉案·元夕》《祝英台近》等，俊伟幽咽，固独有千古”。其中《青玉案·元夕》在第二十六章已经有过讲述，这里先从《摸鱼儿》看起：

> 更能消、几番风雨。匆匆春又归去。惜春长恨花开早，何况落红无数。春且住。见说道、天涯芳草无归路。怨春不语。算只有殷勤、画檐蛛网，尽日惹飞絮。
>
> 长门事，[①] 准拟佳期又误。蛾眉曾有人妒。千金纵买相如赋，脉脉此情谁诉。君莫舞。君不见、玉环飞燕皆尘土。[②] 闲愁最苦。休去倚危栏[③]，斜阳正在，烟柳断肠处。

这首词有序言说：“淳熙已亥，自湖北漕移湖南，同官王正之置酒小山亭，为赋。”淳熙已亥即宋孝宗淳熙六年（1179），辛弃疾从荆湖北路转运副使调任为荆湖南路转运副使，转运使亦称漕司，掌管财赋，这便是“自湖北漕移湖南”之所指。辛弃疾自南归以来，已经被朝廷投闲置散了十七个年头，在壮志难酬的悲愤中白白熬到了不惑之年，非但看不到掌兵北伐的希望，就算勉强忍在一个掌管财赋的小职位上，竟然也被朝廷从湖北调到湖南，眼见得离前线更

---

① “长门事”几句用汉武帝与陈皇后的一则典故：汉武帝将皇后陈阿娇贬入长门宫，陈阿娇以重金聘请司马相如撰写《长门赋》，希望能以这篇文章打动武帝回心转意。

② 玉环：杨玉环。飞燕：赵飞燕。

③ 危栏：高处的栏杆。

远。于是在小山亭上，在同僚们为他举办的送行宴会中，他以这首《摸鱼儿》发尽胸中的牢骚。

词的上阕全是伤春情绪，下阕借美女失宠于君王的典故抒发自己空有壮怀而不见用的愤懑，连带着还将当权者狠狠讥讽了一番。宋人罗大经有评论说："使在汉、唐时，宁不贾种豆、种桃之祸哉！愚闻寿皇见此词颇不悦，然终不加罪，可谓圣德也已！"意即倘若辛弃疾生活在汉、唐两代，这首词是会给他招致文字狱的；宋孝宗对这首词很有意见，却不曾加罪于辛弃疾，真是一位好皇帝啊！

罗大经所谓种豆之祸是指西汉杨恽的事情：杨恽是司马迁的外孙，被贬官赋闲之后非但没有半点悔过反省的姿态，还在信里对规劝他的友人满怀怨气地解释自己的高调生活是如何的理所当然，其中就有一段对自己酒酣耳热唱种豆之诗的生动描写。那首诗是："田彼南山，芜秽不治。种一顷豆，落而为萁。人生行乐耳，须富贵何时。"虽然字面上是说南山种豆，实则暗讽朝政芜秽，说自己乐得免官逍遥。杨恽这篇书信写得文采斐然，以至被收入《古文观止》，名为《报孙会宗书》。后来因为别的事由，杨恽再次获罪，抄家时抄出了这份《报孙会宗书》。原本杨恽罪不至死，但汉宣帝无法容忍他书信中这副冷嘲热讽的腔调，便以大逆不道罪将他处斩，收信人孙会宗也受牵连而被罢官处分。

罗大经所谓种桃之祸是唐代刘禹锡的事情：刘禹锡从贬所返京，经过桃花盛开的玄都观，写下一首《元和十一年自朗州召至京，戏赠看花诸君子》："紫陌红尘拂面来，无人不道看花回。玄都观里桃千树，尽是刘郎去后栽。"诗句将满朝新贵一并讥讽了去，以致刘禹锡才返京城，便被贬到更远的地方。

这样比较之下，辛弃疾虽然屡屡被投闲置散，但已经太值得庆幸了。辛词虽好，但怨愤、讥讪太多，辛弃疾不曾成为文字狱的受害者实在要感谢宋代宽容士大夫这一基本国策。

| 7 |

最能体现辛词“粗犷、滑稽”者，莫过于那首《贺新郎》：

> 甚矣吾衰矣。怅平生、交游零落，只今余几。白发空垂三千丈，一笑人间万事。问何物、能令公喜。我见青山多妩媚，料青山见我应如是。情与貌，略相似。
>
> 一尊搔首东窗里。想渊明、停云诗就，此时风味。江左沉酣求名者，岂识浊醪妙理。回首叫、云飞风起。不恨古人吾不见，恨古人不见吾狂耳。知我者，二三子。

这首词有小序说：“邑中园亭，仆皆为赋此词。一日，独坐停云，水声山色，竞来相娱。意溪山欲援例者，遂作数语，庶几仿佛渊明思亲友之意云。”这首词大略作于宋宁宗庆元四年（1198），辛弃疾在信州铅（yán）山以建园筑亭的事业消磨着投闲置散的日子。凡有园亭，辛弃疾都为之题名、填词，仿佛《红楼梦》里大观园初成时的样子。其中有停云堂，名号取自陶渊明“思亲友”的《停云》诗意，只是还缺一首配套的新词。某日辛弃疾独坐停云堂，感觉水声山色一齐在劝说自己援例填词，于是写下这首《贺新郎》，效法陶渊明《停云》诗“思亲友”之意。

当然，《停云》的意思不仅仅是“思亲友”。那是晋安帝元兴三年（404），刘裕攻伐于上一年里僭位称帝的桓玄，一路打进京师，篡位的意图并不比桓玄更隐晦些。陶渊明当时正在柴桑上京里老宅，写下这首名为“思亲友”的《停云》四言诗，以“八表同昏，平陆成江”的夸张语言来描写春天的阴雨，谁都看得出这是在影射时局。

辛弃疾同样是在影射时局，姿态还很招摇，所谓“庶几仿佛渊明思亲友之意云”简直就是在开诚布公：我要像陶渊明以《停云》影射元兴三年的黑暗时局一样，以这首《贺新郎》来影射当今。

| 8 |

“甚矣吾衰矣”，这是直接引用《论语》的话。填词无论用典还是化用前人成句，还很少有直接引用经书的，因为这就像一个现代诗人在新诗里引用《毛主席语录》一样，太有违和感了。只有辛弃疾这样鬼斧神工的才力才能驾驭得来这样的写作方式，这也正是王国维所谓辛词“佳处不可学也”之一例。

《论语·述而》：“甚矣吾衰也，久矣吾不复梦见周公！”孔子发现自己已经很久没有梦到周公了，不禁百感交集，认为自己真的衰老、不中用了。周公是孔子的偶像，孔子的一生事业就是要复兴周公所创立的礼乐制度。孔子的叹息，实则是对礼坏乐崩、吾道不行的绝望之语。辛弃疾援引“甚矣吾衰矣”，意在“久矣吾不复梦见周公”，这时候的他最能够体会孔子当时的心情。

“怅平生、交游零落，只今余几”，貌似真的在“思亲友”，然而在孔子哀叹的烘托下，读者会明白词人是在叹息同道中人在这些年偷安绥靖的气氛中零落四方，知音已经越来越难寻了。索性想开些，“白发空垂三千丈，一笑人间万事”，而纵然想要一笑，却“问何物、能令公喜”。

这几句里夹缠着两个出处，一是李白“白发三千丈，缘愁似个长”，一是《世说新语·宠礼》：王珣、郗超各有奇才，很受大司马桓温的器重。郗超多须髯，担任记室参军；王珣身材矮小，担任主簿。所以荆州人给他们编了几句歌谣：“髯参军，短主簿；能令公喜，能令公怒。”（大胡子参军，矮个子主簿，能使桓公欢喜，能使桓公发怒。）

既然没有王珣、郗超那样的人能令自己快慰，便只有寄情于山水：“我见青山多妩媚，料青山见我应如是”，语意化自李白“相看两不厌，只有敬亭山”。

“情与貌，略相似”，情，即词人之情；貌，即青山之貌。词人之情与青山之貌相似，而究竟相似在何处，便是上一句里提到的“妩媚”。

“妩媚”亦作“斌媚”，形容风流优雅的姿态，在古汉语里可以男女通用。三国时代，魏人鱼豢撰写《魏略》，便称道吴主孙权“斌媚”。《新唐书·魏徵传》，唐太宗说别人都讲魏徵举动疏慢，“我但见其妩媚耳”。

“一尊搔首东窗里”，用陶渊明《停云》诗意“良朋悠邈，搔首延伫……有酒有酒，闲饮东窗”。“想渊明、停云诗就，此时风味”，想来陶渊明刚刚写就《停云》的时候，定是与我此时一般的心境吧。

“江左沉酣求名者，岂识浊醪妙理”。陶渊明写有《饮酒》组诗二十首，苏轼赓和之，是为《和陶饮酒二十首》，其中第三首有“江左风流人，醉中亦求名”，是说南朝那些官场名流即便在酒醉之中也不忘追名逐利，哪里再有第二个陶渊明这样的饮酒高士呢？

杜甫诗有“浊醪有妙理，庶用慰沉浮”，浊酒之中自有妙理，这妙理究竟是什么，不讲，只是说这道理只有我这样的人会懂，而江南官场之上那些醉生梦死的风云人物又怎会悟出一二呢？于是“回首叫、云飞风起”，酣醉之中，云飞风起仿佛全听自己安排似的，这感觉难免令人生出几分狂意：“不恨古人吾不见，恨古人不见吾狂耳。”

这两句狂态逼人的话化自《南史·张融传》：张融是草书大家，有一次齐高帝说：“你的书法确实很有骨力，只可惜不得二王（王羲之、王献之）之法。”张融答道：“我不但遗憾自己的草书不得二王之法，更遗憾二王无缘学到我的笔法。”张融还常常自叹说：“不恨我不见古人，所恨古人又不见我。”辛弃疾化用其语，所谓“古人”是指陶渊明而言的。

“知我者，二三子”，是说自己饮酒、发狂、发牢骚、寄情山水，只是因为众人皆醉我独醒，心中款曲无从倾诉，真正明白我的也不过两三个人而已。开篇所谓“怅平生、交游零落，只今余几”，在结尾得到了凄凉的呼应。

后来坐镇南徐的时候，辛弃疾每次开筵必定命歌女歌唱他的词作，每每自诵其警句“我见青山多妩媚，料青山见我应如是”“不恨古人吾不见，恨古人不见吾狂耳”。每到此时，他总是拊髀自笑，顾问坐客何如。想来客人们的反应他并不会真正放在心上，毕竟“知我者，二三子”，即便当主战派占到上风的时候也不外如是。

| 9 |

自从宋孝宗与金世宗签订隆兴和议之后，两国维持了三十年的和平时期。在这三十年间，南宋越发耽于偏安的闲适，金国越发加速着汉化进程。然而到了宋宁宗开禧元年（1205），即辛弃疾南渡之后的第四十三年，主和已久的南宋朝廷忽然兴起了北伐之议。

看上去宋人似乎真的等来了北伐的良机，因为金国在不断加速汉化的过程里，战斗力早已大不如前，而北方的蒙古作为新兴的帝国开始严重威胁到金国的安危。蒙古之于金，近乎于当年的金之于北宋。金人既忙于应付北方的蒙古，势必无力兼顾南线，宋人正可以建千载一时之功，这个重任就落在了权臣韩侂胄的肩上。

韩侂胄锐意北伐，其实是很有私心的：自己是靠政变起家，没什么足以服众的政治资本，若能抓住时机建一番不世殊勋，难道还有什么比这更好的事情吗？于是在开禧元年，韩侂胄走上前台，任平章军国事，权位更在宰相之上，全方位筹备北伐事宜。

那是群情激奋的一年，即便是韩侂胄的政治对手以及素来不屑于韩侂胄的人，这时候也纷纷站在了他的一边。为了这一刻，辛弃疾已经足足等候了四十三年。

被贬谪多年的主战分子被纷纷起用，这当中自然少不了本已主动请缨的辛弃疾。但当真进入备战的具体工作，辛弃疾发现事情完全不是自己想象的那样，而问题全出在韩侂胄身上：韩侂胄一来绝非帅才，完全缺乏对大事件统筹规划的能力；二来私心太重，政客的习气太深；三来将北伐事业看得太过轻率了。

辛弃疾的真诚进言只换来了调职的结果。他已经完全能预见这场轻率的北伐必将以失利收场，但那又如何呢？他预见得到，却没有半分力量来阻止。就是在这样的背景下，辛弃疾登京口北固亭眺望长江对岸，怀古兴悲，写出了那首千古传唱的《永遇乐·京口北固亭怀古》：

千古江山，英雄无觅，孙仲谋处。舞榭歌台，风流总被，雨打风吹去。斜阳草树，寻常巷陌，人道寄奴曾住。想当年、金戈铁马，气吞万里如虎。

元嘉草草，封狼居胥，赢得仓皇北顾。四十三年，望中犹记，烽火扬州路。可堪回首，佛狸祠下，一片神鸦社鼓。凭谁问、廉颇老矣，尚能饭否。

京口即今天的江苏镇江，是当时宋金交战的前线。北固亭是京口北固山上的登高眺远的名胜，在此北望，莽莽苍苍尽是北宋故土。文人登高总要怀古，辛弃疾在北固亭上缅怀的第一位古人是三国年间的吴主孙权（字仲谋）。

“千古江山，英雄无觅，孙仲谋处”，京口扼守长江天堑，孙权曾在这里驻兵，联合刘备，终于在强弱悬殊的情形下打赢了赤壁之战。而今雄主已逝，豪杰不再，朝廷中还有谁能堪大用，从这里出发战胜北方的强敌呢？只看那“舞榭歌台，风流总被，雨打风吹去”，斗转星移，物是人非，古代英豪的风流余韵今天还剩得几分？

放眼望去，“斜阳草树，寻常巷陌，人道寄奴曾住”，人们说南朝时，那个小名寄奴的贫贱后生就住在这里某个寻常的巷子里，后来南征北战，以刘裕这个大名威震天下。刘裕讨伐桓玄叛乱正是在京口起兵的，“想当年、金戈铁马，气吞万里如虎”。

“元嘉草草，封狼居胥，赢得仓皇北顾”，刘裕终于开创了刘宋王朝，是为宋武帝，及至帝位两传，宋文帝刘义隆改元元嘉，重用王玄谟，决意吞灭北魏。宋文帝曾对臣下说“闻王玄谟陈说，使人有封狼居胥意”，所谓封狼居胥，是指西汉名将霍去病远征匈奴，一路打到匈奴腹地，在狼居胥山举行祭天大典，扬汉朝军威。只可惜宋文帝缺乏足够的审慎，王玄谟又偏偏是一个志大才疏的人，导致这一场北伐事业以草率为开始，以溃败为结束。宋文帝长歌当哭，结语有“惆怅惧迁逝，北顾涕交流”。辛弃疾提及这段史事，是看出韩侂胄无非王玄谟一般的人物，对即将进行的北伐怀有太多的担忧。

“四十三年，望中犹记，烽火扬州路”，词人遥想当初，从金国率众南渡投奔宋朝以来，屈指已有四十三年，四十三年前的金戈铁马依然历历在目。就是在那一年里，金主完颜亮以倾国之军南下伐宋，却被书生虞允文败于采石矶上，终于在众叛亲离中为部将所杀。而新一轮的南北和谈却在这样的背景下达成，使辛弃疾收复北宋失地的梦想就这样沉寂了四十三年。

“可堪回首，佛狸祠下，一片神鸦社鼓”，北魏太武帝拓跋焘小字佛（bì）狸，当初他在击破宋文帝的北伐军之后乘胜追击，一直进兵到长江北岸的瓜步山上，并在此建筑行宫，这便是后来民间所谓的佛狸祠。世易时移，佛狸祠到南宋时已变成了一座庙宇，平民百姓从不在意庙宇的来历，只要有庙、有神，就有神鸦社鼓的祭祀。看乌鸦吃着百姓奉上的祭品，听那祭祀盛典上的鼓声隆隆，仿佛天下真的一片太平似的。

“凭谁问、廉颇老矣，尚能饭否”，廉颇本是赵国老将，被迫流亡魏国，后来赵王想起用他，派使者前去探访，恰恰廉颇也很想回国效力，于是特意在使者面前吃了一斗饭、十斤肉，披甲上马，以示自己虽然年老但身体无恙，还可以像当年一样领兵打仗。但廉颇的仇人郭开贿赂使者，使者便回报赵王说：“廉颇将军虽然年老，但饭量不减，只是在和我进餐的时间里接连去大便了三次。”赵王于是打消了请廉颇回国的念头。这段战国年间的忧愤史事，正毫厘不爽地在辛弃疾的身上重演。

| 10 |

岳飞之孙岳珂年轻时参加过辛弃疾的酒宴，席间见辛弃疾让歌女反复歌唱这首《永遇乐》。当时辛弃疾遍询来客，请指正此词瑕疵，岳珂年轻敢言，说它略嫌用典太多。词坛名宿当真听进了年轻人的意见，反复修改了几个月之久，却终于没能改掉一字。其实正是有这样多的用典，才让这首词有了它所应有的沧桑和厚重，有了在艰难时局中难以言说的隐痛感。可叹的是，晚年辛弃疾的全部精神也只有寄托在这字斟句酌的填词事业里了。

辛弃疾的词确实用典太多，但是，若读者是似他一般博学的人，定会佩服他掉书袋能掉得如此驾轻就熟、天衣无缝。在辛弃疾的笔下，似乎所有的书都可以入词，甚至他可以在一首词里通篇用儒家经典之语。这当然也可以说是一种文字游戏，但这样的游戏只有绝顶聪明的人才能玩得出。

诗有集句，即将前人成句打散之后重新组合成一首新诗，这种玩法一般认为是王安石发明出来的。词自然也可以集句，但因为词的字句错杂，集句难度远大于诗，若是说将儒家经典抽出若干句子集出一首词来，任何有过填词经验的人都知道，这简直是一件不可能完成的任务。所以当读到辛弃疾那首《踏莎行·赋稼轩，集经句》的时候，技术派高手无一例外为之倾倒：

> 进退存亡，行藏用舍。小人请学樊须稼。衡门之下可栖迟，日之夕矣牛羊下。
>
> 去卫灵公，遭桓司马。东西南北之人也。长沮桀溺耦而耕，丘何为是栖栖者。

辛弃疾在江南西路安抚使的任上曾为自己觅了一处临湖空地，筑室百间，名之为稼轩，以为日后隐退躬耕之所。辛弃疾自号稼轩，便是由此而来的。这首《踏莎行》专为稼轩而赋，集用《周易》《论语》《诗经》等经典的成句，浑然天成，而且将圣哲经典的严肃面貌变得大有谐趣，申明躬耕归隐大大符合圣贤之道，无论如何也比费力不讨好地从政要舒心许多。

“进退存亡”，语出《周易·乾·文言》“知进退存亡而不失其正者，其唯圣人乎”，意即在坚守原则的前提下懂得变通，当进则进，当退则退，只有圣人才明白这个道理。愚人的行为模式恰恰相反，他们“知进而不知退，知存而不知亡，知得而不知丧”。

“行藏用舍”，语出《论语·述而》“用之则行，舍之则藏”，意即被人起用便出来做事，不被起用便隐居自得。这是孔子对颜渊说的话，还说只有自己和颜渊两个人能做到这样。

孔子这样讲，其实重点只在“舍之则藏”，因为“用之则行”随便哪个人都做得到，“舍之则藏”却是最难做到的事情。譬如当地政府听说了你的名声，主动来请你做官，你可以“用之则行”，但如果没人请你，你就应该“舍之则藏”，绝不可以自己走动门路，谋求职位。所以就连隋唐以来的科举制度都是违背孔门原则的，一个人哪怕完全是通过公平考试，竞争上岗，也要算是一种寡廉鲜耻的行为，古人称之为“自媒”，如同一个女人不经过“父母之命，媒妁之言”而去自由恋爱一样。历代反对科举制度的人，所持的就是孔子的这样一个观点。

辛弃疾讲“进退存亡，行藏用舍”，也是偏重于“舍之则藏”的一面：自己应当听从儒家经典的教导，知进知退，既然不受朝廷信用，那就不要自己去争取什么，只要甘心退隐就好，采取“小人请学樊须稼”的生存方式。

“小人请学樊须稼”，语出《论语·子路》：孔门弟子樊须向孔子请教种庄稼的技术，孔子说自己不如老农；樊须又请教种菜的技术，孔子说自己不如老菜农。待樊须一离开，孔子很失望地叹息说：“小人哉，樊须也！”在孔子的时代里，君子与小人主要还只是身份上的称谓，并不带有道德上的褒贬。贵族阶层，即字面意义上的“封君之子”，属于君子。君子阶层同时也是武士阶层，重义轻利，讲求荣誉感，这也正是日本武士道的渊源。我们不妨回想一下黑泽明《七武士》的情节，电影里所表现的武士与农民的区别其实就是君子与小人的区别。孔子也是一位武士，而他的授课内容就包括了驾车、射箭这两项最重要的武士技能。那个时代文职与武职不分，同一个人在朝是文臣，带兵打仗就是武将。所以我们完全可以把孔子的学园理解为一座武士学校。

当然，在辛弃疾的时代里，文职与武职早已分家，而且一直都有重文轻武的风气。想要建立武功，在宋朝绝不是一件轻松愉快的事情。

“衡门之下可栖迟”，语出《诗经·陈风·衡门》“衡门之下，可以栖迟”，意即哪怕房子破败，也完全可以安身。“衡门”究竟是什么意思，历代学者莫衷一是，有说是陈国都城的城门之名，有说是以横木做成的门框。无论如何，从上下文可以推知的是，这两句无疑是自甘贫贱的意思。

《衡门》一诗，字里行间完全是安贫乐道的意思，但究竟怎样解读这种安贫乐道的精神，不同的时代或不同的研究者竟然会得出大相径庭的结论。郭沫若《中国古代社会研究》是这样讲的：“这首诗也是一位饿饭的破落贵族作的。他食鱼本来有吃河鲂河鲤的资格，……但是贫穷了，吃不起了。他娶妻本来有娶齐姜、宋子的资格，但是贫穷了，娶不起了。娶不起，吃不起，偏偏要说两句漂亮话，这正是破落贵族的根性。”

《毛诗正义》则认为《衡门》是陈国人向陈僖公做出的劝谏，“衡门之下，可以栖迟”是说贤者不会因为衡门破败而避之唯恐不及，比喻国君不该因为国家小就懒得治理。《韩诗外传》以一则旧闻来阐明诗意：孔子的高徒子夏对《诗经》非常推崇，将其比作日月星辰，说《诗经》蕴含着古圣先贤的伟大哲理，所以自己虽然住在蓬户之中，却可以弹琴歌诗，既能与人同乐，亦可自得其乐，这正是“衡门之下，可以栖迟……”的道理。孔子对子夏的见解大为叹服，说子夏够资格和自己探讨《诗经》了。

辛弃疾所谓“衡门之下可栖迟”，更接近于《韩诗外传》为我们展现的精神境界。词人并非因为投闲置散便无可救药地消沉下去，只靠几句漂亮话来发发牢骚，而是在消沉的表象之下始终有一份坚持。若缺少了这份深挚的、感人肺腑的坚持，这首词也就真的只流于纯粹的文字游戏了。

“日之夕矣牛羊下”，语出《诗经·王风·君子于役》“日之夕矣，羊牛下来”，意即太阳落山，牛羊归圈。《君子于役》是写丈夫行役不归，妻子在家中思念；妻子看到日暮时牛羊归圈联想到丈夫久久不归。辛弃疾只是断章取义地加以化用，承接“衡门之下可栖迟”，写出悠闲的田园牧歌的生活味道。

“去卫灵公，遭桓司马”，分别是孔子的两段遭遇。《论语·卫灵公》讲，卫灵公向孔子请教军阵之法，孔子答道：礼仪的事情我有了解，打仗的事情超出了我的专业范围。第二天，孔子便离卫而去。孔子并非真的不谙军事，只是看出卫灵公的荒淫无道，不愿助纣为虐罢了。

《孟子·万章上》讲，孔子在卫国和鲁国不得志，离开之后途经宋国，“遭宋桓司马将要而杀之”，意即宋国司马桓魋出兵拦截，想要杀掉孔子。这是孔子一生中最凶险的几次遭遇之一，险些不能脱身。

“东西南北之人也”，语出《礼记·檀弓》夫子自道“今丘也，东西南北之人也”。当时孔子将父母合葬，说古代的葬制是葬入族墓，并不立坟，但自己是个四处漂泊、居无定所的人，若不为父母的葬地立坟，怕以后就找不到了。今天我们熟知的土丘形的坟墓，正是孔子以后才流行起来的，并不符合周礼。

“长沮桀溺耦而耕”，语出《论语·微子》：“长沮、桀溺耦而耕，孔子过之，使子路问津焉……”当时孔子一行准备渡河，找不到渡口的所在，见到长沮、桀溺两人正在附近耦耕，子路便上前问路，结果听到了一番对孔子不以为然的教训。耦耕是周代的一种耕作方式，即两人配合，用一种叫作耜的农具翻土。长沮、桀溺避世隐居，以小农经济自给自足，认为这才是正人君子在乱世中应有的生存之道，而不是像孔子那样周游列国，知其不可而为之。

“丘何为是栖栖者”，语出《论语·宪问》。微生亩问孔子说：“丘何为是栖栖者与？无乃为佞乎？”意即“你为何这样栖栖遑遑、颠沛流离呢，难道是为了炫耀口才不成？”孔子答道：“不是我要炫耀口才，而是这些统治者太顽固啊！”

上阕与下阕形成鲜明的对照：下阕是孔子积极用世，只落得颠沛流离、焦头烂额的下场；上阕是归隐躬耕之乐，好一派怡然自得的境界。然而当我们以知人论世的态度，从辛弃疾一生经历推求这首词的言外之意，却会发现下阕里那个积极用世却四处碰壁的孔子才是他这一生的真实写照，他何尝有片刻时间放下过对天下苍生的关怀呢？于是上阕的闲适一下子变成了愤懑，使读者不禁要问：究竟是怎样的磨折才使这样一位肝胆皆冰雪的豪杰说出这样一番丧气话来？

| 11 |

明代卓人月《古今词统》对辛弃疾这首《踏莎行》有一句非常贴切而形象的评价：“百宝装成无缝塔。”每一句都是儒家经典里现成的句子，似乎全无原创性可言；每一句与每一句之间原本没有任何关联，而当它们被剪裁、拼凑在一起，却是如此的丘壑浑成，简直就像词人脱口而出一般，不见半点窒碍。我们不觉得它是生拼硬凑的，反而会觉得这是一首神来之作，不敢相信还有谁能创作出同等水平的作品。

对于古代知识分子而言，《诗经》《论语》《孟子》，谁都不会觉得生疏，但偏偏只有辛弃疾既做得出这样的创意，也完得成这样一个令所有人惊叹的成品。而仰慕者纵然有心去学，却寻不到任何门径。倘使黄庭坚读过这首《踏莎行》，一定会将“点铁成金”四个字转送给辛弃疾的。

然而历来学南宋词的人，尤其是清人，确如王国维所说主要在学姜夔和吴文英。辛弃疾的词虽极好，却使想学的人无处下手。譬如绘画，若论技法的高超，达·芬奇绝对在凡·高之上，但前者有门径可学，无论是谋篇布局还是调色，只要循着科班里的专业教学，循序渐进，总还可以有样学样；但后者全无门径，哪怕你的绘画技法已经远远超越了凡·高，可以轻易创作出足以乱真的凡·高赝品，但只要你想画一幅凡·高风格的原创绘画，很容易就会弄巧成拙。所以很多美术学院会教达·芬奇的技法，却不会教凡·高的技法。

辛弃疾的词就很类似于凡·高的画，普天之下，古往今来，绝无仅有。所有学习辛词的人最后都以失败告终，因为按部就班去学，只能学到辛词中的粗犷与滑稽而已，而若没有辛弃疾那种天资、胸襟、人格，以及跌宕起伏的人生遭际，粗犷便往往流于粗俗，滑稽也往往生硬得令读者难受——毕竟连幽默感也不是可以学出来的。

| 12 |

姜夔、吴文英的词正如达·芬奇的绘画，无论看上去如何精工富丽，无论学起来要花费多少工夫，但毕竟看得出门径，寻得出章法，只要按部就班，不断进阶，总还是可以学出样子。清代的词坛名宿，往往就是走的这条路线。

王国维所谓“南宋之词可学，北宋不可学”，道理也在这里。北宋词以小令居多，不很讲究谋篇布局，更多地仰仗纯粹的才力，却并不需要多少学力。譬如秦观咏七夕词“金风玉露一相逢，便胜却人间无数”，这等佳句，想得出便是想得出，想不出便是想不出，全凭才力的一念之间，一个人学上一辈子也未必能想得出这样一句。

而南宋词大多为长调，要讲谋篇布局的功夫，靠章法取胜，只要学会章法的安排，遣词造句再有一些堆金砌玉，看上去便都不会太差。正如今天写文章，散文最难写好，记叙文和议论文却容易许多。这是因为散文无章可循，却要做到形散而神不散，才力稍逊便会写得云里雾里、不知所云；记叙文只要遵循“六要素”，将时间、地点、人物、起因、经过、结果安排出来，总还可读；议论文遵循论点、论据、总结的三段式，再差也有几分。

早在南宋中晚期，其实已经有相当数量的词人以大无畏的精神模仿过辛弃疾的词风，如戴复古《望江南》直接讲到：

壶山好，文字满胸中。诗律变成长庆体，歌词渐有稼轩风。最会说穷通。中年后，虽老未成翁。儿大相传书种在，客来不放酒尊空。相对醉颜红。

夫子自道，说自己自得于山水与诗书之乐。“诗律变成长庆体，歌词渐有稼轩风”，写诗越来越像白居易和元稹的风格，填词渐渐有辛弃疾的味道。这究竟是怎样一种风格和味道呢？是“最会说穷通”，对进退存亡、行藏用舍一概可以看淡。

戴复古一生不仕，浪迹江湖，闲居生涯中教儿子读书（儿大相传书种在），与宾客饮酒（客来不放酒尊空），心态好了，清贫的日子也可以过得快乐。

| 13 |

戴复古算是南宋有名的豪放词家，“歌词渐有稼轩风”并非空谈，而且也和辛弃疾一样很有些打破语言陈规的勇气。在他的成名作品里，有一首描写酒肆风情的《洞仙歌》：

卖花担上，菊蕊金初破。说着重阳怎虚过。看画城，簇簇酒肆歌楼，奈没个、巧处安排着我。

家乡煞远哩，抵死思量，枉把眉头万千锁。一笑且开怀，小阁团栾，旋簇着、几般蔬果。把三杯两盏记时光，问有甚曲儿，好唱一个。

重阳佳节，异乡为客，在如画的城市里走过一座座酒肆歌楼，不知该到哪一家消磨才好。思前想后，总算选定了一家，到楼上的雅座里，点好酒，再配几盘水果和小菜，兴致便一下子高了起来，还想要听听小曲，助助酒兴。

词中尽用当时口语，如"煞远"，意即遥远；"抵死"，意即用尽全力；"小阁团栾"，意即楼上的圆桌；"旋簇"，意即很快摆出。以口语入词，是辛弃疾的一大特色，而戴复古学将过来，却不像词，倒像元代散曲了。王国维所谓"学幼安者率祖其粗犷、滑稽，以其粗犷、滑稽处可学，佳处不可学也"，这仿佛也是这首《洞仙歌》从感性上告诉我们的道理。

| 14 |

也有人真的将辛弃疾的风格学得惟妙惟肖，甚至得到了辛弃疾本人的称赞。这个人，就是豪放词的名家刘过。

刘过一生偃蹇，功名无路，却始终不失慷慨豪侠之气，在南宋那个萎靡不振的士大夫世界里，他是少数几个真正令人感到有十足男人气质的人。所以时人推举他是"天下奇男子"，而这样的奇男子自然会很有女人缘的。

于是，刘过的人生传奇一直伴随着或感人肺腑或荒唐怪诞的爱情故事，为他的豪侠气增添了许多旖旎色彩。所以不难想见，同时代的大词人中最能欣赏刘过这等人物的，当非辛弃疾莫属。实情确乎如此，辛弃疾帅越之时，派人延请这位闻名已久的湖海豪士，无奈刘过被杂务耽搁下来，没法立即动身，便仿效辛弃疾的词风填了一阕《沁园春》，请使者带归。这首词填得堪称前无古人，却又将辛弃疾的腔调模仿得惟妙惟肖。辛弃疾越发想见刘过，再派使者携重金往聘，简直硬生生将刘过架了回来。

在这一首《沁园春》里，刘过向辛弃疾不太诚恳地致歉，并解释自己何以被耽搁了下来：不为旁的，只是白居易、林和靖、苏东坡这三位古人强邀自己迟留宴饮罢了：

> 斗酒彘肩，风雨渡江，岂不快哉。被香山居士，约林和靖，与东坡老，驾勒吾回。坡谓西湖，正如西子，浓抹淡妆临镜台。二公者，皆掉头不顾，只管衔杯。
>
> 白云天竺飞来。图画里、峥嵘楼观开。爱东西双涧，纵横水绕，两峰南北，高下云堆。逋曰不然，暗香浮动，争似孤山先探梅。须晴去，访稼轩未晚，且此徘徊。

开篇便说自己若能赴辛弃疾之邀，与辛府豪杰同饮，当是何等快事，不料自己正在准备车马的时候，白居易、林和靖、苏东坡却劝我多在杭州逗留些时。——这三位古人选得俱妙，白苏二人皆做过杭州长官，林则是后半生尽在西湖孤山不出的隐士。三人挽留的理由各出自自己的成名诗句，对话间亦各有活灵活现的神情、态度。最妙的是，这种纵横捭阖的破格写法原是辛弃疾的招牌。

刘过这样的做法其实暗合于今日心理学的技巧：若你想在初次会面中迅速赢得陌生人的好感，最简便的办法莫过于在对方无所察觉时暗暗模仿他的语言和动作特点，他若讲话迟缓，你也不妨讲迟缓些，他若语速快，你也不妨语速快些。刘过的做法更高明些，使辛弃疾非但找到了被恭维的快感，还生出几分终于遇到知音的惺惺相惜。

于是两人的会面成为一场极为愉快的英雄之会，虽然身份和辈分有别，但礼教岂是为他们这样的人杰而设的呢。离别之际，辛弃疾以千缗之资厚赠刘过，嘱他以此作为购置田产的费用。但刘过哪里会有求田问舍的小市民趣味呢，转眼之间便将这份厚礼“呼儿将出换美酒”了。

今天以词论词，就会发现刘过的《沁园春》仅仅是对稼轩风的一种戏仿，有十足的神似，却没有半点元神，终归只是一整套的社交语言而已。所以这首《沁园春》虽不失为修辞的范本，在且仅在修辞意义上前无古人，但优秀的文学又岂止是优秀的修辞呢？

| 15 |

况周颐《蕙风词话》有议论说：词太用力，就嫌雕琢；不用力，就嫌轻率。怎样才算恰到好处，很难讲得出来。不过，我们只要看吴文英的词何尝有雕琢，看辛弃疾的词何尝有轻率，就可以悟出这个分寸了。

确实，学吴文英的人往往流于雕琢，学辛弃疾的人往往流于轻率，这也算是“取法乎上，仅得乎中”的规律使然。清代初年，狠狠兴起过一阵“稼轩风”。当然，空穴来风，事出有因，一切皆来自清政府的政治高压。尤其在康熙初年，亦即纳兰性德生活的那个时代，人心不稳，前明遗老遗少时时怀有复国之念。普通百姓倒也无关紧要，只要基本生活有保障，只要屠刀不架在自己的脖颈上，他们才不管统治者是满是汉，是尧舜还是桀纣。知识分子却不一样，他们从小便受到儒家思想的熏陶，被培养出“夷夏之防”以及“忠臣不事二主”的气节观念。新政权必须以稳定压倒一切，这些令人头痛的遗老遗少一定要被尽快“压倒”才行。

人们常常误以为政治高压会窒息文学创作，然而实情不尽如此。日本现代文艺评论家厨川白村有一个影响力很大的观点，即认为文学是“苦闷的象征”。在这个意义上讲，宽松的政治环境下往往会诞生出祥林嫂式的文学，只有苦而没有闷，不受压抑的苦被喋喋不休地倾诉出来，这样的作品显然没有任何张力。而在政治高压之下，苦痛长久得不到释放，愈积愈重，最后不得不倾诉出来，却还要以极尽压抑的方式。然而文学的魅力正在于此，文学作品的张力也正体现于此。看看帕斯捷尔纳克的《日瓦戈医生》，索尔仁尼琴的《古拉格群岛》，都是这一类文学的典范，而中国的典范早已经有了一部《离骚》。

所以康熙初年，汉人知识分子当中所兴起的那一股“稼轩风”实在是可以理解的，但学得有模有样的人着实不多；或者说，这些词人只是借助于辛弃疾的表达方式来纾解自己心底的苦闷罢了。但也有一个人，当时被公认为是足以与苏轼、辛弃疾并驾齐驱的词坛国手，他就是本书第十八章已经约略介绍过的阳羡派词坛宗主陈维崧。

陈廷焯《白雨斋词话》用“横霸”二字概括陈维崧的词风。诚然，陈维崧的词常常有一种排山倒海的气势，单就这一点来说甚至还在辛词之上。一方面是政治高压，一方面是排山倒海，看来并不相容，而陈维崧的办法是尽量避开写实，而以怀古的手法曲折表达出写实的意味。字面上既然是怀古，自不妨横霸一些了。我们试看他的一首《满江红·汴京怀古·夷门》：

坏堞崩沙，人说道、古夷门也。我到日、一番凭吊，泪同铅泻。流水空祠牛弄笛，斜阳废馆风吹瓦。买道旁、浊酒酹先生，班荆话[①]。

摄衣坐，神闲暇；北向到，魂悲诧。行年七十矣，翁何求者。四十斤椎真可用，三千食客都堪骂。使非公、万骑压邯郸，城几下。

这首词所怀之古是汴京（今河南开封）夷门的一段故事：战国乱世，魏国的都城大梁（即词题所谓汴京）有一座城门叫作夷门，年老体衰的侯嬴便是这夷门的守门人。当时有所谓“战国四公子”，广纳门客，擅一时之名。其中以信陵君魏无忌尤其礼贤下士，从不以门第取人。当他听说侯嬴是个贤人，便准备了厚礼前去拜访，侯嬴却一番不理不睬、不识抬举的架势。

不久之后，长平之战爆发，秦国大军乘胜追击，包围了赵国都城邯郸，天下大哗。赵国平原君的夫人是信陵君的姐姐，平原君便派人向信陵君求救。信陵君束手无策，终于决定带着三千门客冲击秦军，完成一项自杀式的义举，而就在这个时候，侯嬴迭出奇谋，先是窃取兵符，随后请市井屠户朱亥袖藏四十斤铁椎击杀魏国大将晋鄙，成功夺取兵权，解了邯郸之围。而就在一切计谋安排妥当之后，侯嬴刎颈自尽，以死来报答信陵君的知遇之恩。

这首词的语码很有点耐人寻味，如“我到日、一番凭吊，泪同铅泻”。泪水能像铅水一样，这真是一个很奇特的比喻，但它出自唐人李贺《金铜仙人辞

---

① 班荆话：即班荆道故，语出《左传·襄公二十六年》“伍举奔郑，将遂奔晋。声子将如晋，遇之于郑郊，班荆相与食，而言复故”，意即老友邂逅，将黄荆（一种灌木）铺在地上，坐在上面谈论往事。

汉歌》“空将汉月出宫门，忆君清泪如铅水”。李贺这首诗，诗前有一段小序，说明了写作的原委：魏明帝派人要把汉武帝建造的金铜仙人从长安运到洛阳，金铜仙人辞别故宫，临行之时潸然泪下。

以今天的文学概念来说，这首《金铜仙人辞汉歌》是一篇魔幻现实主义作品，可以和加西亚·马尔克斯的《百年孤独》归为一类。汉武帝的迷信是历代帝王中最著名的，金铜仙人只是他所有的求仙努力中很普通的一个例子：金铜仙人被建造在神明台上，据《三辅故事》的记载，它高二十丈，大七围，它的手里托着一个盘子，叫作承露盘，用来承接露水，以供炼制仙丹。

令李贺感慨的是：汉武帝当初铸造金铜仙人，幻想炼丹修仙，结果还不是和普通人一样地死掉了，偌大的汉王朝还不是江山易主了，金铜仙人要被新朝帝王搬到自家宫阙去了，但搬去做什么呢？如果靠它真能炼成仙丹，汉武帝会死吗，汉王朝会亡吗？这样显而易见的事情，为什么帝王们总是看不明白呢？是贪欲太大，以至于蒙蔽了双眼吗？魏明帝是这样的，但他也和汉武帝一样匆匆离世了，魏王朝也不复存在了，但这样的荒诞剧为什么到了现在还在上演呢？

汉武帝的那些离宫别馆，等改朝换代之后，面临的就是被拆毁和废弃的命运，连金铜仙人也被拆掉了。拆后本要送到洛阳，无奈体积太大、分量太重，无法运输，只好留在霸城，单单把承露盘拆下来送走。《汉晋春秋》记载说：拆承露盘的时候响动很大，几十里外都能听见，金铜仙人流下了眼泪，所以被留在了霸城。李贺的诗里，以“汉月”代指承露盘，写金铜仙人目送着“汉月”被送出宫门，无力挽留，悲从中来，“忆君清泪如铅水”。

所以，当陈维崧写出“我到日、一番凭吊，泪同铅泻”的时候，凭吊的究竟是战国时代的夷门往事，还是近在眼前的前朝风物，并不难令人窥知。“四十斤椎真可用”，若有朱亥那般的勇士，明朝未必灭亡；“三千食客都堪骂”，骂的是信陵君的三千门客，更是明王朝那些百无一用的达官显贵。“使非公、万骑压邯郸，城几下”，若非侯嬴，秦军必定会攻破邯郸，灭亡赵国，词人这是以古有英雄来反衬今无英雄，以赵国的保全反衬明朝的灭亡。

| 16 |

再看一首陈维崧的《贺新郎·秋夜呈芝麓先生》：

掷帽悲歌发。正倚幌、孤秋独眺，凤城双阙。一片玉河桥下水，宛转玲珑如雪。其上有、秦时明月。我在京华沦落久，恨吴盐、只点愁人发。家何在，在天末。

凭高对景心俱折。关情处、燕昭乐毅，一时人物。白雁横天如箭叫，叫尽古今豪杰。都只被、江山磨灭。明到无终山下去，拓弓弦、渴饮黄獐血。长杨赋，竟何益。①

词题里的芝麓先生就是明末文坛“江左三大家”之一的龚鼎孳。龚鼎孳曾在崇祯朝当过谏官，以道义气节自诩，而在明亡之后，龚鼎孳先是摇身变成大顺旗下的顺民，再摇身变成清朝汉臣中的新贵，历任刑部尚书、兵部尚书、礼部尚书，大约相当于今天的最高法院院长、国防部长、教育部长，靠着无耻为自己赢得了一生的荣华富贵，最后基本也算是寿终正寝。

至少比起龚鼎孳来，陈维崧是个有气节的人，但气节并没有给他带来任何实际上的好处。他当时虽然名满天下，在词坛俨然已有第一人之望，却始终未能解决生计问题。年纪老大，无奈参加清政府的博学鸿词科考试，而在这种纯属走过场、表姿态的考试里，他竟然还会落榜！所以陈维崧在京城寄居过很多次、很长时间，还曾得到过纳兰性德的帮助。

在结识纳兰性德之前，陈维崧试图求得龚鼎孳的援手。稍有气节的人迈出这一步并不容易，但现实生活的压力总是比未经风雨的少年俊彦们的单纯想象沉重太多。这首《贺新郎》写给龚鼎孳，字面上满是牢骚，满腔悲愤，言外之

① 长杨赋：汉代扬雄的著名文章。“长杨赋，竟何益”，是说文学才华毫无益处，联系上文，有“宁为百夫长，胜作一书生”的意思。

意只是想求得龚鼎孳的同情罢了。

词的气势确实汪洋恣肆、一泻千里，字里行间也很有“宁为百夫长，胜作一书生”的慨叹，仿佛这首词一写完便真要投笔从戎似的。

陈维崧的词素来号称“儿女情深，风云气在”，吴梅甚至说过：即便苏轼、辛弃疾复生，也会将陈维崧视为畏友。（《词学通论》）但是，认真将陈维崧与辛弃疾细加比较，就会发现陈维崧的豪放终归只是文人的豪放，词句里再如何写出“明到无终山下去，拓弓弦、渴饮黄獐血”这样的句子，文人气总掩不掉，底子里甚至还有一点落拓文人以豪言壮语强撑门面的味道。不得不承认的是，陈维崧确实是清代初年的词坛第一大家，当时只有朱彝尊勉强与他一争高下，他的词艺确实也有独步天下的本钱，但比之辛弃疾，他的横霸之气还嫌直白浅露了一些，用力的痕迹也嫌明显了些。

陈廷焯《白雨斋词话》评陈维崧词的优缺点，说他的长处是“蹈扬湖海，一发无余”，而这恰恰也是他的短处。陈维崧填词能沉而不能郁，因此也就缺少了辛词所具有的那种余蕴。

陈廷焯还说陈维崧词如“干将出匣，寒光逼人”。我们不妨将这个比喻稍稍修改一下，辛弃疾的词就如同干将即将出匣的一刹那，我以为他们最核心的差异就在这里。即便如此，陈维崧已经算是有清一代最能得辛弃疾神貌的词家了。

| 17 |

在清代词人心慕手追的偶像里，吴文英显然比辛弃疾更受欢迎。

吴文英的词，看上去辉煌绚烂，耀人眼目，学起来却很容易上手。

吴文英最拿手的是长调慢词，如《莺啼序》这种词牌中最长的调子，一向少有人写，他却写过三首。这里试举最有代表性的一篇：

残寒正欺病酒，掩沈香绣户。燕来晚、飞入西城，似说春事迟暮。

画船载、清明过却，晴烟冉冉吴宫树。念羁情、游荡随风，化为轻絮。

十载西湖，傍柳系马，趁娇尘软雾。溯红渐、招入仙溪，锦儿偷寄幽素。倚银屏、春宽梦窄，断红湿、歌纨金缕。暝堤空，轻把斜阳，总还鸥鹭。

幽兰旋老，杜若还生，水乡尚寄旅。别后访、六桥无信，事往花委，瘗[1]玉埋香，几番风雨。长波妒盼，遥山羞黛，渔灯分影春江宿。记当时、短楫桃根渡。青楼仿佛，临分败壁题诗，泪墨惨澹尘土。

危亭望极，草色天涯，叹鬓侵半苎。暗点检、离痕欢唾，尚染鲛绡，亸[2]凤迷归，破鸾慵舞。殷勤待写，书中长恨，蓝霞辽海沈过雁，漫相思、弹入哀筝柱。伤心千里江南，怨曲重招，断魂在否。

这首词在怀念一名女子，她的身份如今已不可详考，或是短暂恋爱、旋即分手的歌女，或是过早辞世的爱妾，曾与吴在杭州西湖发生了一段缠绵悱恻的往事。吴文英以朦胧梦幻的词笔，将那种缅怀与思念的情谊写得如同一部鸳鸯蝴蝶派的小说。

第一段全写伤春之意，以伤春做足了铺垫，第二段才出现了人物，道出了伤别的主题。这种奢侈的写法确实不是北宋所有的，仿佛一到南宋，时钟便走得比北宋慢些。慢时代里的文学才有会这样的写法，以我们熟悉的名著为例，《悲惨世界》开篇以将近一百页的篇幅描写一位神父，当读者早已笃定他是全书的男主角时，旋即惊讶地发现，他只是一个过场人物罢了；在写到小珂赛特寄住的那家旅店主人之前，又以一番不厌其烦的笔墨描写滑铁卢之战，这一段完全可以抽离出来当作一篇独立的中篇小说。慢时代的作家，无论古今中外，都有这样的通病，同样有令今天这个快餐时代的读者们望而生畏的能力。所以，吴文英的词哪怕如何地位崇高，在今天也注定不会有几个读者了。

词的第二段，以“十载西湖，傍柳系马，趁娇尘软雾”引出杭州旧事，这

① 瘗（yì）：掩埋。
② 亸（duǒ）：下垂。

才正式进入伤别的主题。而第三段以“幽兰旋老，杜若还生，水乡尚寄旅”发端，幽兰与杜若的意象分明是《离骚》的经典意象，这就使一个平凡的爱情故事有了一点爱情之外的高洁色彩。

“别后访、六桥无信，事往花委，瘗玉埋香，几番风雨”，想当初分别之后，他又几次故地重游，却再也寻不到旧日芳踪。从“瘗玉埋香，几番风雨”推断，当年的爱侣此时已经故去多年了。

第四段以“危亭望极，草色天涯，叹鬓侵半苎”伤高怀远，结句“伤心千里江南，怨曲重招，断魂在否”以《楚辞》招魂的意象将凭吊之情渲染得淋漓尽致，为整首词打上了屈原“美人香草”的柔光，仿佛在伤春伤别之外还有着某种深远悠长的比兴寄托似的。

陈廷焯《白雨斋词话》评这首词说：“全体精粹，空绝千古。”这是一个很有代表性的意见，清人就是这样高度推崇吴文英的。陈洵《海绡说词》讲得更加具体些，说这首词通篇离合变幻，一片凄迷，而仔细分析一下，会发现字字有脉络可寻，而得其门径的人却少之又少。

陈洵说对了一点，这首词确实很有脉络可寻，只是得其门径的人却并不少。看全篇章法：第一段以伤春为铺垫，做出气氛；第二段转入伤别的正题，缅怀往事；第三段转写如今，交代所怀之人的现状与自己此时此地的思念；第四段将情感升华，使一个纯粹的爱情故事以屈原式的“美人香草”的格调收束起来。

遣词造句同样有清晰可学的脉络：或加强通感式的形容词，如“春宽梦窄”，春是宽的，梦是窄的，这当然是无理之语，却出现了修辞的妙趣。英国诗歌史上出现过玄学诗的风气，如安德鲁·马维尔写“我那植物般的爱情”，同样是要在荒诞中见情趣。但这种写法的妙处，也仅仅是在修辞上的。再如使用艳丽的替代字，如“亸凤迷归，破鸾慵舞”，这只是以镜破暗示人亡，“凤”是镜台上起装饰作用的凤翅，“鸾”即鸾镜，女子梳妆用的有鸾凤装饰纹样的镜台。仅仅要讲“镜台破损”而已，却用“亸凤迷归，破鸾慵舞”这样华丽、隐晦得令人一时摸不到头脑的修辞，显然这是王国维很看不惯的写法。

这种写法虽然看上去华丽丽的，却并不难学，再辅以精心布置的篇章结构，一切基本元素也就齐备了。当然，要想写得出彩依然并非易事，但要学出吴文英七七八八的样子，总比学习辛弃疾词以及北宋名家的小令要轻松太多了。其实早在北宋，人们并尊李白、杜甫，但学杜甫的人多，学李白的人却屈指可数。毕竟学力精工有门径，天才纵恣则令人茫然，不知从何处入手。这样的事情，在文学史上一再重演。

［四十四］

东坡之词旷，稼轩之词豪。无二人之胸襟而学其词，犹东施之效捧心也。

| 1 |

本章继续讲豪放词之难学处。一般认为宋代豪放词有两大高峰，一是苏轼，一是辛弃疾。但两人的豪放风格各是一类：苏词旷达，是文人气的旷达，再豪放也不失文人本色；辛词豪迈，是英雄气的豪迈，哪怕修辞再巧妙，哪怕用典再丰赡，哪怕令才高八斗、学富五车的职业文人望尘莫及，终归是一派武夫口吻，是持金戈、驾铁马的丈夫气概。清人谭献《复堂词话》这样讲过两人的区别："东坡是衣冠伟人，稼轩则弓刀游侠。"

苏轼的豪放词，以《念奴娇·赤壁怀古》为代表：

大江东去，浪淘尽、千古风流人物。故垒西边，人道是、三国周郎赤壁。乱石穿空，惊涛拍岸，卷起千堆雪。江山如画，一时多少豪杰。

遥想公瑾当年，小乔初嫁了，雄姿英发。羽扇纶巾，谈笑间、樯橹灰飞烟灭。故国神游，多情应笑我，早生华发。人生如梦，一尊还酹江月。

这首词作于宋神宗元丰五年（1082），其时苏轼因乌台诗案被贬黄州已经两年有余。黄州城外有赤壁矶，是文人游赏之地，却不是三国时的那个赤壁战场。文学创作并不在乎历史考据是否过硬，苏轼也只是借赤壁之名发一下思古之幽情罢了。

这首《念奴娇》的拥趸酷爱词句里的旷达意境，苏轼也确是凭着老庄哲学的旷达精神来度过一个又一个事业低潮期的。遥想赤壁之战，周瑜是何等雄姿英发，但那又如何呢？有多少千古风流人物都被时间的波涛淘洗净尽，正如有多少庸碌之辈也在时间的波涛中被淘洗净尽一样，自己是成就与周瑜一般的丰功伟业，还是索性贬死在这小小的黄州，究竟又有多大的区别呢？人生如梦，每一个梦在永恒的江流与明月面前都渺小得不堪一击，谁又晓得醒来之后究竟会看到怎样的一个世界呢。

| 2 |

几乎可以说正是苏轼这一类词的出现为宋词指出了豪放一途，而“正统”的填词者却每每为之蹙额。宋人俞文豹《吹剑录》记载，苏轼曾问一位擅长歌咏的幕士：“我的词比柳永如何？”幕士答道：“柳永的词，只适合十七八岁的女郎执红牙板，歌‘杨柳岸晓风残月’；而您的词，需要有关西大汉执铜琵琶、铁绰板，唱‘大江东去’。”这话虽然是在奉承苏轼，然而词的本色，只属于十七八岁的女郎，只属于红牙歌板。更为要紧的是，任苏轼如何才华横溢，音乐却是他的短板，所以他的词虽然读起来旷达爽朗，唱起来却有各种别扭。

李清照《词论》专门在这一点上批评过苏轼，说诗文虽然只分平仄，填词却要分出五音，又分五声，又分六律，又分清浊轻重，否则便唱不出来。——今天的流行歌曲其实也在遵循着这些规律，所以给现成的歌词谱曲容易，给现成的旋律填词却难。初学者会误以为给现成的旋律填词，只要字数能对应上音符数就好，而真的这样填出词来，就会发现这样的词哪怕文采再好，一旦唱起来就难受。

所以在李清照的时代，词坛就出现了这样一个现象：越是不通音律的人，就越是会走向豪放一途。沈义父《乐府指迷》专门谈到这个现象，说这些人往往拿苏轼、辛弃疾的豪放不羁来为自己的荒腔走板遮羞。

这毕竟也是人之常情。在今天的古诗词爱好者里，除非在极少数名校的中文系里接受过专业诗词格律的训练，否则几乎都对音律不屑一顾。即便是格律简单、仅有平仄之分的律体诗，创作者也会以"心声不该受到任何格式的束缚"这种理由将它写成字数齐整的自由体，读起来便完全没有了抑扬顿挫的美感。

或许应该感谢词的唱法的失传，词已经变成了一种纯粹的文字艺术，苏轼被李清照所讥讽的那些缺陷就这样凭空消失了。

| 3 |

苏轼的词，有文人气的旷达；辛弃疾的词，有武人气的豪迈，稍稍对比一下就可以看得出来。辛弃疾也有一首《念奴娇》，主题也是登临怀古，写作的时候也是处在政治生涯的低谷，换言之，无论从背景还是表现形式上说，这两首《念奴娇》可以说是高度相似的，而差异也一目了然：

我来吊古，上危楼、赢得闲愁千斛。虎踞龙蟠[①]何处是，只有兴亡满目。柳外斜阳，水边归鸟，陇上吹乔木。片帆西去，一声谁喷霜

① 虎踞龙蟠：诸葛亮曾说建康一带的地形"钟山龙盘，石头虎踞，真帝王之宅也"。

竹。[1]

却忆安石风流，东山岁晚，泪落哀筝曲。儿辈功名都付与，长日惟消棋局。宝镜难寻，碧云将暮，谁劝杯中绿[2]。江头风怒，朝来波浪翻屋。

这首《念奴娇》的题目是“登建康赏心亭，呈史致道留守”。史留守致道，即史正志，字致道，时任建康（今江苏南京）行宫留守，是辛弃疾志同道合的好友。赏心亭是当地名胜，登亭可以俯瞰秦淮美景。

这首词作于宋孝宗乾道四年（1168），这是辛弃疾渡江南归的第七年。七年来，辛弃疾矢志北伐，却发现南宋朝廷一派主和的声音，完全不是自己年轻时在北方所幻想的那个样子。朝廷给了他一个建康通判的闲职，对于这样一位锐意进取的豪杰而言，这样的公务生涯简直就是一种慢性自杀。登上赏心亭，却寻不到半点赏心乐事，只有凭高吊古，在对古代风流人物的想象里纾解心底那份郁郁寡欢。

“我来吊古，上危楼、赢得闲愁千斛”，故意说是“闲愁”，只是无可奈何之下的自嘲。放眼四望，“虎踞龙蟠何处是，只有兴亡满目”，建康空有虎踞龙盘的地势，而在这里建都的王朝却走马灯一般地其兴也勃焉，其亡也忽焉。只有自然风光依旧，“柳外斜阳，水边归鸟，陇上吹乔木”，看远处的水面上“片帆西去，一声谁喷霜竹”，心随帆远，忽然被笛声惊回。

下阕转折，“却忆安石风流，东山岁晚，泪落哀筝曲”，这几句用东晋谢安的典故。谢安字安石，是东晋有名的风流雅士，于孝武帝时出任宰相，但晚年颇受猜忌，于是隐居东山（会稽山）。某次孝武帝设宴，谢安列席，同时列席的大将桓伊是当时的音乐名家，当场为孝武帝演奏一曲《怨诗》，其词句有“为君既不易，为臣良独难。忠信事不显，乃有见疑患”。谢安忍不住潸然泪下，孝武帝也不禁露出愧色。

---

① 喷（fèn）：吹奏。霜竹：竹笛。竹笛一般由经霜之后的竹子做成，故称霜竹。
② 杯中绿：酒。“绿”通“醁”（lù），美酒名，即醽醁（líng lù）。

“儿辈功名都付与，长日惟消棋局”，这两句继续谢安的故事：谢安未被孝武帝猜忌、疏远之前，曾以宰相的身份主持国政，派弟弟谢石和侄儿谢玄抵御前秦苻坚的入侵。谢玄以少胜多，击溃苻坚大军，此即历史上著名的淝水之战。当捷报传来的时候，谢安正在和客人下棋，看过捷报之后全然不动声色。客人迫不及待地问他战况究竟如何，谢安直到把这一局棋下完才漫不经心地说：“小儿辈遂已破贼。”辛弃疾以自嘲的语气反用其意：破贼的事情就交给后辈来做吧，我还是每天在棋局之中消磨岁月好了。

“宝镜难寻，碧云将暮，谁劝杯中绿”，无人能看懂自己的拳拳报国之心，岁月将暮，年华渐老，难道只有在酒杯里耗尽余生吗？“宝镜”用唐人李濬《松窗杂录》的故事：秦淮河有一个渔夫网到了一面宝镜，可以照见人的五脏六腑，渔夫大惊失色，宝镜失手落水，再也找不到了。辛弃疾所谓“宝镜难寻”，一来感叹自己的心迹无人可以体察，二来宝镜的故事恰恰就发生在秦淮河，非常切题。

“江头风怒，朝来波浪翻屋”，结尾视野忽然拉远，以江头几乎掀翻屋宇的波浪暗示出时局的动荡不安。原来词人无论发尽多少牢骚，终归还是不能扭转对天下兴亡事业的一往情深。

我们看辛弃疾这首《念奴娇》，只有沉郁，没有旷达。他读过的道家典籍并不比苏轼更少，然而情之所钟，再如何故作旷达之语，也不可以折下英雄的腰杆。读辛弃疾的词，这正是最令人感动的地方。

| 4 |

若没有苏轼、辛弃疾的胸襟，却去效仿这两人或旷达或豪迈的词风，结果只能是东施效颦而已。——王国维这样的见解，是建立在两个基础上的：第一，文学创作必须真诚；第二，文如其人，只有某样的人才能写出某样的文字。

事实并不尽然，因为文学创作也可以有“演技”。譬如演员，我们不能说某演员没有拿破仑的胸襟、气质就不能出演拿破仑，没有尼禄皇帝的深入骨髓的邪恶就不能出演尼禄皇帝。写作也是一样，高明的职业作家正如高明的职业演员，可以通过演技把自己巧妙地包装起来。当然，我不否认这是一件难度极大的事情。

王国维的时代还不存在这种问题，尤其是诗词，除了极少数的例外，还没有迎合某一个目标客户群来牟利的需要。在对文学满怀真诚的人士看来，文学天经地义就是一种纯粹业余的东西。

［四十五］

读东坡、稼轩词，须观其雅量高致，有伯夷、柳下惠之风。白石虽似蝉蜕尘埃，然终不免局促辕下。

| 1 |

本章继续推崇苏轼、辛弃疾，贬低姜夔。王国维这一褒一贬，归根结底是从“真”的角度出发，这三位词人的作品其实都有“雅量高致”，所区别者，苏、辛的雅量高致是从胸襟、肺腑自然流出，姜夔的雅量高致在王国维看来却有点作伪的意思，是自己把自己拔到那个高度的。

“有伯夷、柳下惠之风”一语出自《孟子·尽心下》，是孟子对伯夷、柳下惠的一段评价：“圣人，百世之师也，伯夷、柳下惠是也。故闻伯夷之风者，顽夫廉，懦夫有立志；闻柳下惠之风者，薄夫敦，鄙夫宽。奋乎百世之上，百世之下，闻者莫不兴起也。非圣人而能若是乎？而况于亲炙之者乎？”

伯夷、柳下惠都是坚守道义的人，义之所在，可以辞爵禄如敝屣，可以毫无怨言地流亡他乡，就算饿死也不以为意。所以两人传为百世的楷模，足以使贪婪的人变得清廉，使懦弱的人变得坚毅，使刻薄的人变得温厚，使狭隘的人变得宽容。读苏轼与辛弃疾的词，也能使人的精神气质发生这样的变化。

道理其实很简单，一个人的追求越是高远，对现实生活的蝇营狗苟也就越不上心。我们甚至可以想象在今天一个沉迷于电子游戏的人，沉迷的程度越深，对现实世界里的得失成败也就越不在意。而一个纯粹生活在现实世界里的人，今天操心房价，明天操心菜价，后天操心子女的升学问题……一辈子就这样操心到底，柴米油盐的一点点风吹草动都会使他心惊肉跳。

苏轼既有兼济天下之心，又得了许多老庄的旨趣，对利钝荣辱看得很开。在当时的党争旋涡里，新党失势，他不会落井下石；旧党向他许诺似锦前程，他也不会见风使舵。他的确是旧党人物，却以超然的态度看待一切，成为党派里的无党派人士。至于辛弃疾，一生志在光复，对个人沉浮的任何计较都围绕着他的北伐憧憬。他们都是扬着头走路的人，对脚下的磕磕绊绊，对身边流转的百态世相，全没有半点挂心。

| 2 |

如果说姜夔的词真如王国维所谓“虽似蝉蜕尘埃，然终不免局促辕下”，意即貌似超凡脱俗，其实脱不了小家子气，这倒也不能怪在姜夔身上。

姜夔出身孤贫，科举不利，一生都过着颠沛流离的生活，靠达官贵人的接济度日。在这样一种清客式的生活里，连最基本的尊严都常常匮乏，又怎能陶冶出苏轼的旷达或辛弃疾的豪迈呢？

在古人的观念里，读书人唯一的正途就是中举做官，所以像姜夔这样的人生，尽管会有少数知己表示钦敬，而在世俗的眼光里只能换来或多或少的轻蔑。我们期待姜夔能做到“宠辱不惊，闲看庭前花开花落；去留无意，漫随天外云卷云舒”，但人类毕竟是群居动物，在群体中赢取尊严是一切雄性群居动物的天性，是我们与生俱来的、镌刻在基因里的遗传程序，无时无刻不在自动运转着。姜夔没有家世，没有财富，没有功名，他会为最基本的物质生活保障而操心，会为自己渺茫的职业前途而忧虑，苏轼与辛弃疾见都不曾见过的种种风霜雨雪时常真真切切地打在姜夔的身上。在这样的境况里，姜夔的表现其实已经足够令人敬佩了。

无论是苏轼还是辛弃疾，一辈子都不曾为最基本的生计发愁。苏轼在迁谪中倒也有过简发而栉、数米而炊的日子，不过那时候他依然名满天下，是士大夫阶层里最不容小觑的人物。时人不敢轻看最低谷时的苏轼、辛弃疾，而姜夔哪怕在人生的最高峰时也赢不来这许多的尊重。

姜夔的一些词作确实很有小市民气息，或者说写出的是小市民在卑微人生中的小小感动。宋宁宗庆元三年（1197），姜夔已经年逾不惑，从年轻时便渴望求取的功名眼看着离自己越来越远，在灯火辉煌的新年庆典里感到五味杂陈。那时候姜夔已经移家临安（今浙江杭州），依附于张鉴门下。张鉴是张俊的曾孙，张俊是宋高宗朝所谓“中兴四将”之一，在当时以敛财手段名闻朝野，在历史上以依附秦桧陷害岳飞而被铸成铁像跪在岳飞墓前。当然，张俊的有生之年活得富贵显达，还给子孙后代留下了惊人的财富和政治遗产，以至于到了张鉴这一辈依然可以享尽豪奢。

幸而张鉴不曾成长为纨绔子弟，反而雅好文学，很欣赏姜夔的才华，所以姜夔足足有十年时间都是依附张鉴而生活的。纯粹出于富贵子弟无欲无求的善意，张鉴提出过要用纳捐的方式帮姜夔谋个出身，还想送给姜夔一份足以颐养天年的产业。姜夔拒不接受，只想与恩主保持单纯的文字之交。对于姜夔那种处境里的文人，这不能不说是难能可贵的节操。而姜夔为此付出的代价是：当张鉴去世，他便只能打点行装，继续漂泊江湖。

对生活的不确定感伴随了姜夔的一生，使他不可能像苏轼、辛弃疾那样在赚够了功名与尊严的前提下为了遥不可及的理想而一往情深。我们看他在那一年的临安城里，在花市灯如昼的时节里，陆续写下的一组《鹧鸪天》：

丁巳元日

柏绿椒红事事新。隔篱灯影贺年人。三茅钟动西窗晓，诗鬓无端又一春。

慵对客，缓开门。梅花闲伴老来身。娇儿学作人间字，郁垒神茶写未真。

临安新年，人们照例依长幼之序轮番拜年，还要进椒柏酒，饮桃汤。听城外七宝山宁寿观，那个原名三茅堂的地方，唐代古钟照例敲响，一年时光就这样轻易过去了。四十三岁的词人竟然显出了老态，懒得接待客人，只愿在小院里静静地赏梅，小儿女却被新年的气氛弄得欢天喜地，学写郁垒、神荼两位门神的名字，偏偏这四个字笔画太繁，小孩子总也写不成样子。

正月十一日观灯

巷陌风光纵赏时。笼纱未出马先嘶。白头居士无呵殿，只有乘肩小女随。
花满市，月侵衣。少年情事老来悲。沙河塘上春寒浅，看了游人缓缓归。

赏灯的日子是全年中的大日子，公子王孙以灯笼开道，乘着宝马香车，携着燕姬赵女，在仆人们的前呼后拥之下到处游赏。年逾不惑却无功名的词人自嘲地以“白头居士”自称，在烜赫车马的边缘，只有骑在肩上的小女儿与自己相伴。

“只有乘肩小女随”，这一句疑真疑幻，似写实又似用典。南宋周密《武林旧事》有载，新年前后，临安城里有乘肩小女数十队，载歌载舞，以娱豪贵。吴文英的词里也写过“乘肩争看小腰身”，大约就像今天迪士尼的巡游仪仗队的场面。黄庭坚《陈留市隐》诗序有另外一则记载：陈留有一位刀镊工，带着一个七岁的小女儿，每天挣到的工钱就拿去与小女儿一起醉饱，然后簪花吹长笛，将小女儿架在肩上高高兴兴地回家。姜夔的词，或许两则典故兼用，又兼纪实，写自己在喧嚣之外的寂寞，亦写自己有小女乘肩的小小快乐。

下阕怀念起年轻时与恋人赏灯的日子，多年过去，换到“少年情事老来悲”的味道。当游人各自归去，夜色渐次清冷的时候，绵密的伤心油然涌上心头。

元夕不出

忆昨天街预赏时。柳悭梅小未教知。而今正是欢游夕，却怕春寒自掩扉。

帘寂寂，月低低。旧情惟有绛都词[①]。芙蓉[②]影暗三更后，卧听邻娃笑语归。

正月十五，正式的花灯之夜，词人却闭门不出。想昨夜临安街道上提前放灯的景象，柳悭梅小，春意浅浅。此刻，这个万人空巷的夜晚，他却独自怀念着一段沉寂多年的无果的恋情。“却怕春寒自掩扉”，怕的不是春寒，而是无力承受的睹物思人的伤感。三更之后，花灯渐渐黯淡之后，听着邻家女孩子一路欢笑着还家，而他静卧家中，还在怀念着多年前与恋人共度的那个元宵之夜。

元夕有所梦

肥水[③]东流无尽期。当初不合种相思。梦中未比丹青见，[④]暗里忽惊山鸟啼。春未绿，鬓先丝。人间别久不成悲。谁教岁岁红莲夜[⑤]，两处沉吟各自知。

就在“芙蓉影暗三更后，卧听邻娃笑语归”之后，姜夔终于睡去，梦见了早年在合肥相恋的歌女，被山鸟的啼声惊醒后便写下了这首记梦的词。那一场恋爱，转眼已是二十余年前的往事，一个是浪迹天涯的词客，一个是随人俯仰的歌女，一别之后自然再见无期。“人间别久不成悲”，这是何等悖理而辛酸的语句。每年元夕，他们应当都在远隔天涯中思念着彼此，但这份独自沉吟中的思念再也无法使对方知道。

① 绛都词：词牌有《绛都春》，姜夔或是多年前与恋人赏灯时曾经写有《绛都春》，事已无考。
② 芙蓉：代指花灯。
③ 肥水：即淝水，源出合肥，合肥是姜夔的爱情故事发生之地。
④ 梦中未比丹青见：形容梦中所见的恋人朦朦胧胧，不及画中人真切清晰。
⑤ 红莲夜：元宵之夜。红莲代指花灯。

十六夜出

辇路珠帘两行垂。千枝银烛舞僛僛。[1] 东风历历红楼下，谁识三生杜牧之[2]。欢正好，夜何其。明朝春过小桃枝。[3] 鼓声渐远游人散，惆怅归来有月知。

第二天晚上，也就是正月十六之夜，姜夔终于走出家门，加入到赏灯的行列里。他这个如此以才华自负的人，在熙熙攘攘的人潮中不无落寞地感受着寂寞无人识的待遇。他赢不来任何人的眼光，只有月光一直照着他惆怅归来。

这样一个自负的失意者的形象，我们不会在苏轼、辛弃疾的词里见到。这是隐藏在《暗香》《疏影》之后的姜夔，或者说是那个拖累着他、使他无法真正超然世外的沉重的肉身。高傲者有高傲的资本，卑微者有卑微的理由，这是现实世界中最残酷的道理。

① 辇路：天子行经的大道，代指京城大道。两行垂：垂下两行眼泪。僛僛（qī）：摇摇晃晃的样子。

② 三生杜牧之：姜夔自况，说自己是杜牧的转世之身。杜牧风流俊赏，是姜夔非常推崇的诗人。

③ 夜何其（jī）：犹言夜已何时。语出《诗经·小雅·庭燎》“夜如何其，夜未央”。明朝春过小桃枝：形容春意即将到来。这一句正可与《元夕不出》一篇中的“柳悭梅小未教知”相参照。

[四十六]

苏、辛，词中之狂。白石，犹不失为狷。若梦窗、梅溪、玉田、草窗、中[西]麓辈，面目不同，同归于乡愿而已。

| 1 |

本章继续之前的主题而稍稍做了拓展，借用孔子狂、狷、乡愿三个等而下之的概念，以苏轼、辛弃疾为词中之狂者，以姜夔为狷者，以吴文英（号梦窗）、史达祖（号梅溪）、张炎（号玉田）、周密（号草窗）、陈允平（号西麓）为乡愿。

狂与狷的说法出自《论语·子路》："子曰：'不得中行而与之，必也狂狷乎！狂者进取，狷者有所不为也。'"孔子最想结交的是中行之人，意即符合中庸之道的人，但中庸之道标准太高，这种人太罕见，所以退而求其次，不妨和狂狷之人交往。狂者锐意进取，但不免偏激；狷者性情耿直，能洁身自好。

乡愿，语出《论语·阳货》："子曰：'乡原（愿），德之贼也。'"乡愿即乡党邻里的好好先生，貌似卑以自牧的谦谦君子，是人人交口称道的忠厚长者，其实这种人处世圆滑，很会在污浊的社会里与人同流合污，还自认为所言所行合乎尧舜之道。你想指责他们吧，还真挑不出什么大错。

孟子对乡愿做过很形象也很刻薄的描述，说这些人是“阉然媚于世也者”，就像被阉割了一样，不剩半点傲骨，倒有一身八面玲珑的功夫。这样的人，才是最能败坏道德的人。

所以在儒家传统里，“乡愿”是一个很具侮辱性的词，是文人的脏话储备里最有杀伤力的词汇之一。吴文英、史达祖那些南宋词坛名家若能听到王国维称自己为乡愿，很可能会生出拔刀相向的冲动。

| 2 |

将狂、狷、乡愿这些概念引入文学评论，倒不是王国维的独创。刘熙载《游艺约言》早就说过：诗文书画之品有狂有狷，却没有乡愿。意即乡愿是不入品的，带有乡愿气味的诗文书画根本谈不上是艺术品。

当然，这是古代精英社会的文艺观，而在我们当下的时代，影视、图书等一切大众文艺，几乎无一例外均属于乡愿，因为它们的创作初衷就是要迎合目标读者的喜好，换言之，是根据社会的流行风尚来量身定做的。无论创作者有怎样特立独行的性格，有怎样阳春白雪的艺术造诣，有怎样发自内心的创作冲动，都必须被阉割得半点不剩，强迫自己向排行榜看齐。若非如此，就要在惨烈的竞争下被群众的选择淘汰。没有几个人甘愿落到这样的田地，那就只有逼迫自己去做一名真正的乡愿了，“阉然媚于世”，学一手自我阉割的精湛技艺。

文艺创作一旦职业化，难免会变为乡愿。古代社会里，诗词书画都是士大夫阶层的小众艺术，绝大多数都属于业余创作，我手写我心，不必考虑所谓目标受众的审美偏好。那些少数的职业文艺创作者缺乏社会地位，很难赢得士大夫阶层的真心尊重。那么，当我们发现有一些业余文艺创作者竟然也会变得很乡愿的时候，还是难免会有一些惊诧的。

| 3 |

以苏轼、辛弃疾为狂者，以姜夔为狷者，倒也符合他们的为人与词风。而被王国维讥为乡愿的那些词人无一不是南宋名家，其中吴文英、史达祖的词，前文已经做过介绍，其余张炎、周密、陈允平，有谁会是实至名归的乡愿呢？

张炎，字叔夏，号玉田，是南宋高宗朝“中兴四将”之一张俊的六世孙。张俊以贪婪与卑鄙为子孙创下了偌大家业，以至于到了张炎这一辈上仍然过着锦衣玉食的富贵生活。君子之泽，五世而斩，张俊的小人之泽超越了这一历史定律，直到张炎的人生中途才终于遇到了国破家亡的变故。

蒙元吞金灭宋，使张炎一下子陷入贫寒的境地。生计问题有生以来第一次被提上日程，曾经在家中接济四方文士的张炎转眼间变成了乞食四方的角色，甚至不得不收拾起宋朝遗少的节操，北游燕赵，在元大都（今北京）谋了份抄写佛经的差事。那是蒙元政府主持的一项浩大的文化工程，召集文人墨客，以金泥缮写佛经，全部工程耗费黄金三千二百四十两。有人借着这项工程向新朝表白忠心，因此混到了一官半职，张炎却在工程结束之后匆匆南返，从此以遗民姿态在家乡临安度过了不甚宽裕的后半生。

张炎擅长填词，与周密、王沂孙、蒋捷并称“宋末四大家”。他的词集题为《山中白云词》，清人陈兰甫为《山中白云词》题诗说：“无限沧桑身世感，新词多半说渊明。”陶渊明成为张炎的指路明灯，正如陶渊明不仕刘宋，张炎亦不肯屈事蒙元。这样的人生与李煜很有几分相似，只是张炎在亡国之后虽然恃才傲物的性情依然不改，填词抒怀却不比李煜那般明白直露。所以张炎总算是活了下来，尽管活得一点都不舒心。

| 4 |

宋亡之前，张炎过着标标准准的贵公子生活，广交文友，结社赋诗，简直

像是纳兰性德的前身。他是西湖吟社里最耀眼的明星，以一首《南浦·春水》成名于词坛：

> 波暖绿粼粼，燕飞来，好是苏堤才晓。鱼没浪痕圆，流红去，翻笑东风难扫。荒桥断浦，柳阴撑出扁舟小。回首池塘青欲遍，绝似梦中芳草。
>
> 和云流出空山，甚年年净洗，花香不了。新绿乍生时，孤村路，犹忆那回曾到。余情渺渺，茂林觞咏如今悄。前度刘郎归去后，溪上碧桃多少。

虽是长调慢词，却几乎全用白描的写法，只有结尾处用到两则典故，还都是再平常不过的典故。“茂林觞咏”语出王羲之《兰亭集序》“此地有崇山峻岭，茂林修竹……一觞一咏，亦足以畅叙幽情”，王羲之与谢安等人兰亭宴集，在当时是何等的风流雅事，却早已风流云散，仅供后人从文章中缅怀凭吊，西湖吟社日后又何尝不会令人生起同样的感伤呢？“前度刘郎”两句从刘禹锡“前度刘郎今又来”诗句化出，满是胜地不常、盛筵难再的唏嘘感慨。这时候或许还只是为赋新词强说愁，又何曾想到竟然真的一语成谶呢？

转眼间山河易主，物是人非，张炎再游西湖，一首《高阳台·西湖春感》写出了与青春时代迥然不同的味道：

> 接叶巢莺，平波卷絮，断桥斜日归船。能几番游，看花又是明年。东风且伴蔷薇住，到蔷薇、春已堪怜。更凄然。万绿西泠，一抹荒烟。
>
> 当年燕子知何处，但苔深韦曲，草暗斜川。[1] 见说新愁，如今也到鸥边。无心再续笙歌梦，掩重门、浅醉闲眠。莫开帘。怕见飞花，怕听啼鹃。

① 韦曲：唐代长安城南地名，是诸韦聚居之处，这里代指临安豪门居所。斜川：在今江西星子、都昌二县。陶渊明有《游斜川》诗，叙其与邻居好友在此游览赋诗的经过。这里以斜川代指西湖宴乐之地。

已经暮春时节，西湖的暮色里，词人生出几许惜春的情绪。蔷薇花开，标志着春天的尾声，西泠桥畔早已是荒烟笼罩了。旧时王谢堂前燕不知都飞向了谁家，曾经的风流繁华之地已满是青苔和蒿草。就连自来自去的鸥鸟也添了愁绪，哪还有旧日悠闲的风味呢？往事不能再提，不如掩上门扉，半醉半眠的好。莫开帘，生怕看到落花飞舞，生怕听到杜鹃啼血的哀鸣。

整首词里，伤春惜春是实笔，亡国之痛是虚笔。到结句“怕听啼鹃”，虚笔刹那间落在了实处，将此前所有亦真亦幻的句子陡然唤醒。古蜀国的国君杜宇惨遭亡国之痛，化为杜鹃鸟，啼声凄厉，啼到血出才会停歇。所以鹃啼早已成为代指亡国之痛的语码，是张炎这类孤臣孽子最易触绪伤怀的事物。

| 5 |

清代词坛，对张炎的追捧也算蔚然成风，尤其是朱彝尊开创的浙西词派，号称“家白石而户玉田”，人人皆以姜夔、张炎为榜样，但是，或多或少总还夹杂着一些批评的声音。

周济对两宋词风有过一个归纳说：“北宋有无谓之词以应歌，南宋有无谓之词以应社。”宴会上歌女需要演唱新词，士大夫便会随手填写，毫无真情实感，仅为应付场面；文人结社，往往以诗词为游戏，命题限韵，你方唱罢我登场，《红楼梦》里的海棠诗社就是在模仿这种活动。张炎热衷于诗社活动，只这一点上就已经落了下乘。

周济还在《宋四家词选目录序论》说张炎天资不高，专靠雕琢功夫取胜，装头作脚，处处妥当。如《南浦·春水》之类的作品，只是依韵脚凑出来而已，毫无脉络，却反而脍炙人口，看来这些读者都是些耳食之辈啊。也有一些作品看似清新可喜，却耐不住细读。

周济《介存斋论词杂著》还说，张炎之所以最受近人尊奉，只因为他的词写得太小家子气，只在字句上用力。这样的词，虽然字字珠辉玉映，无可挑剔，但也只是徒有其表罢了，唯一的好处就是易学。

周济对张炎词的批评，一切缺点归纳起来，其实就是“乡愿”二字。王国维本章的议论应该就是从周济对张炎的评语里引申出来的。

张炎确实不是天才型的词人，他的词也确实有周济和王国维所说的问题。但这并不是说张炎的词真就写得很差，毕竟周济和王国维的评语只是在第一流的高手里吹毛求疵而已，就像我们说贝多芬的音乐不如巴赫那般收放自如、丘壑浑成，贝多芬就算真的比巴赫差出好几个层次，也依然不失为古典音乐中的第一流人物。

王国维最推崇天才型的词人，李煜就是典范。一个资质尚可的人哪怕勤学一生，也无法学出李煜词的样子，因为他的很多立意凡人是无论如何也想不到的；但张炎的词只要花上几年工夫就可以学得有模有样，因为张炎最缺乏的就是新奇的立意，而章法与修辞只需要经验的积累就足够。以个人经验论，我自己就可以写出张炎这样的词，但绝不会妄想去学李煜。

| 6 |

张炎偶然也会闪现出吉光片羽的天才灵光，最有代表性的作品就是《解连环·孤雁》：

> 楚江空晚。怅离群万里，恍然惊散。自顾影、欲下寒塘，正沙净草枯，水平天远。写不成书，只寄得、相思一点。料因循误了，残毡拥雪，故人心眼。
>
> 谁怜旅愁荏苒。谩长门夜悄，锦筝弹怨。想伴侣、犹宿芦花，也曾念春前，去程应转。暮雨相呼，怕蓦地、玉关重见。未羞他、双燕归来，画帘半卷。

晚唐诗人崔涂有一首《孤雁》，其中有“暮雨相呼失，寒塘独下迟”的描写，熟悉这首诗的人不会觉得张炎写出了多少新意，只除了“写不成书，只寄得、相思一点”。

鸿雁传书是所有人都熟悉的掌故，那是苏武被匈奴扣留时，汉朝使者向单于诈称皇帝在上林苑射猎，猎得一只南飞的大雁，雁足上系有书信，叙说苏武在北地牧羊的事情。单于无奈，只得释放苏武回国。大雁成群迁徙，或排成“一”字，或排成“人”字，失群的孤雁排不成队形，便被词人比喻为“写不成书”；而孤雁形单影只，高飞时只是天空上的一点，却还要为人传递消息，便被词人比喻为“只寄得、相思一点”。当读者以为这首词或是在写情人间的思念时，词人随即道出“料因循误了，残毡拥雪，故人心眼”，是孤雁的因循耽误了苏武在北方的酷寒中向南方故友传递心声的渴望。联系张炎所处的时局，便知道这孤雁身上所承载的相思究竟有怎样的分量。

“写不成书，只寄得、相思一点”，这是张炎的所有词作中最受后人推崇的名句，因为它以新颖的修辞写出了巧妙的新意，使后人再难措手。而即便是这样的句子，新意主要也是建立在修辞上，而不是建立在纯粹的内容上。

| 7 |

周密，字公谨，号草窗，出身于一个书香门第。但周密并未考中科举，只是靠祖父的门荫谋得了一个小官。那时候的南宋正是奸相贾似道当权的时代，官场上最容不下天真正直的人。及至蒙元灭宋，周密以悍不畏死的精神经受住了气节上的考验，还意外地保全了性命。从此以后，他就在姻亲的接济下过起了闭门著书的遗民生活，为后人留下了很多珍贵的笔记史料。今天我们理解宋代的社会生活，周密的《武林旧事》会是案头必备的第一套书。

南宋文及翁为周密《草窗韵语》作跋，说“草窗”之号取自北宋周敦颐“窗前草不除去”的意思。周敦颐是被理学家奉为祖师的人物，是《爱莲说》的作者，很有一些独到的生活哲学。旁人整饬居所，总会除去窗前杂草，周敦颐偏偏反其道而行之，理由是这些杂草“与自家意思一般”，意即杂草那种自然蓬勃、沐浴春风的生存状态与自己所渴望达到的生活境界有异曲同工之妙；再者，一个人只要胸中洒落，便不会觉得窗前丛生的杂草有任何碍眼的地方。

所以清代初年，前明遗老遗少对周密最有异代同调之心。当时有人从一座古井里打捞出周密用过的砚台，黄宗羲为此连写四首绝句，其中有“砚中斑驳遗民泪，井底千年恨未销”。就这样，周密已经成为象征气节的一个精神符号。

所以我们很难想象周密这样的人会和“乡愿”搭上什么关系，但他填词的风格还真的有几分乡愿色彩。

年轻时的周密也和张炎一样是诗社活动里的活跃分子，他和张炎、吴文英、王沂孙、陈允平等人有许多的交游唱和。他的成名作是十首一组的《木兰花慢》，分别题咏西湖十景。周密在序言里详细讲述了这一组词无比艰辛的创作过程：好友张成子填有十首《应天长》，拿来向自己炫耀，自己当时年轻气盛，被激起了好胜心，于是一连六天搜肠刮肚，写成了这十首《木兰花慢》，彻底压倒了张成子的嚣张气焰。但恩师杨缵看过之后，说文辞虽好，却不协音律。于是我们师生二人严格依照音律为这十首词仔细校改，历时数月方告完工。从此我才算晓得填词的要理：词不难作，而难于改；语不难工，而难于协。

这样的填词，显然过于处心积虑了，而且全出于游戏与竞技的心态。好容易创作出来，终究也只是匠人的工艺品，而不可能是天才的杰作。而这样的词在当时之所以能够成名，在王国维看来是南宋王朝气运衰颓的表征。这个理由当然无法成立，否则李煜、冯延巳的杰作难道能说明南唐国运兴隆不成？

今天我们看周密这十首《木兰花慢》，倒可以当作南宋末年的一幅风俗长卷来欣赏。以风俗画的角度，它是一幅画工精美的文字版的《清明上河图》：

苏堤春晓

恰芳菲梦醒，漾残月、转湘帘。正翠崦收钟，彤墀放仗，台榭轻烟。[1] 东园。夜游乍散，听金壶、逗晓歇花签。宫柳微开露眼，小莺寂妒春眠。

---

① 崦（yān）：山。墀（chí）：台阶。

冰奁。黛浅红鲜。临晓鉴、竞晨妍。怕误却佳期，宿妆旋整，忙上雕軿[①]。都缘探芳起早，看堤边、早有已开船。薇帐残香泪蜡，有人病酒恹恹。

平湖秋月

碧霄澄暮霭，引琼驾、碾秋光。看翠阙风高，珠楼夜午，谁捣玄霜。沧茫。玉田万顷，趁仙查[②]、咫尺接天潢。仿佛凌波步影，露浓佩冷衣凉。

明珰。净洗新妆。随皓彩、过西厢。正雾衣香润，云鬟绀湿，私语相将。鸳鸯。误惊梦晓，掠芙蓉、度影入银塘。十二阑干伫立，凤箫怨彻清商。

断桥残雪

觅梅花信息，拥吟袖、暮鞭寒。自放鹤人归，月香水影，诗冷孤山。[③]等闲。泮寒晛[④]暖，看融城、御水到人间。瓦陇竹根更好，柳边小驻游鞍。

琅玕。半倚云湾。孤棹晚、载诗还。是醉魂醒处，画桥第二，奁月初三。东阑。有人步玉，怪冰泥、沁湿锦鹓[⑤]斑。还见晴波涨绿，谢池梦草相关[⑥]。

这里仅录十首中的前三首，我们已经完全可以想象十首词铺陈开来是怎样一种堆金砌玉的场面。钱锺书评周密的诗，说它们“更使人想到精细的盆景”，这话也适合周密的词，我们看这一组《木兰花慢》，虽然写的是真山真水，却

---

① 軿（píng）：代一种有帷幔的车，多供妇女乘坐。

② 查：通“槎”。

③ 自放鹤人归，月香水影，诗冷孤山：北宋隐士林逋喜欢自驾小舟往来于西湖周边的寺院，与高僧们诗词唱和。当有人登门造访的时候，童仆便将仙鹤放飞出去，林逋一看到鹤飞，就知道该掉转船头回家迎客了。

④ 晛（xiàn）：日光。

⑤ 锦鹓（yuān）斑：代指有凤凰图案的女鞋。

⑥ 谢池梦草：谢灵运梦见兄弟谢惠连，文思泉涌，写下“池塘生春草”的名句。

完全写成了盆景的模样，或像是今天去西湖旅游的时候在纪念品商店里买到的风景刺绣。

陈廷焯《白雨斋词话》说这十首词纯属“无谓游词”，倒也不算过苛。所谓游词，就是缺乏真挚，徒然炫耀文辞华丽的作品。王国维在《人间词话》第六十二章同样发出过对游词的声讨，毕竟在传统文人看来，诗词创作既然要保持纯粹的业余属性，不必刻意取悦他人，又何必逞才炫学去写这种游词呢？

| 8 |

周密后期的词作当然不复是十首《木兰花慢》的模样，压卷之作公认是《一萼红·登蓬莱阁有感》：

> 步深幽。正云黄天淡，雪意未全休。鉴曲寒沙，茂林烟草，俯仰千古悠悠。岁华晚、飘零渐远，谁念我、同载五湖舟。磴古松斜，厓阴苔老，一片清愁。
>
> 回首天涯归梦，几魂飞西浦，泪洒东州。[①] 故国山川，故园心眼，还似王粲登楼。最负他、秦鬟妆镜，好江山、何事此时游。为唤狂吟老监，共赋销忧。

词题中的蓬莱阁不在山东蓬莱，而在浙江绍兴的卧龙山上，为五代时期吴越王钱镠所建。写这首词的时候，元兵已经攻陷南宋都城临安，周密离京流亡，几度从绍兴经过。大约在宋端宗景炎二年（1277），周密登临蓬莱阁，吊古抒怀，写下了这首寄托深远的名作。

“步深幽。正云黄天淡，雪意未全休”，写登临的时序与天气。“鉴曲寒沙，茂林烟草，俯仰千古悠悠”，写登临远眺之所见：鉴曲即绍兴名胜鉴湖，唐人

---

① 西浦与东州都是绍兴的地名。

贺知章致仕之时获赐鉴湖剡川之一曲，故称鉴曲；茂林代指兰亭，东晋王羲之等名流曾经在此赋诗饮酒，《兰亭集序》称“此地有茂林修竹”。两处自然与人文融汇的胜地，此时只剩一派寒沙烟草，不禁令人生出物是人非、抚今追昔的伤感。

“岁华晚、飘零渐远，谁念我、同载五湖舟”，词人哀悼年华老去，有心效法春秋时代的名臣范蠡，隐姓埋名，泛舟五湖，却不知道有谁愿意与自己为伍。“磴古松斜，厓阴苔老，一片清愁”，看山间风物，石阶旁松树斜生，背阴的山崖上积着深深的苔藓，全在为人献愁供恨。

“回首天涯归梦，几魂飞西浦，泪洒东州”，下阕追忆往事：往昔浪迹天涯，有多少次思念起此地风光。“故国山川，故园心眼，还似王粲登楼”，王粲是东汉末年的才子，生当汉朝沦亡的乱世，十七岁那年便逃离京城长安，远赴荆州避难，他曾经于一个春日登上当阳城楼，作《登楼赋》痛悼身世，“虽信美而非吾土兮，曾何足以少留”是其中最为流传的名句。周密此时，同样家国沦亡，江山易主，故国山川未改，竟然也落得“虽信美而非吾土兮，曾何足以少留”。这样的悲怆，更甚于王粲登楼时的感触。

“最负他、秦鬟妆镜，好江山、何事此时游”，秦鬟即秦望山，妆镜即鉴湖水。词人最痛心疾首的是，江山如此多娇，自己却偏偏在它们沦为敌国的战利品之后才来登临游赏。不堪面对这山容水态，不如“为唤狂吟老监，共赋销忧”吧。狂吟老监即获赐鉴曲的贺知章，他自号“四明狂客”，官至秘书监，是当时长安城“饮中八仙”里的风流人物，曾经以金龟换酒与李白共醉，也只有这位狂人能陪自己一醉忘忧。而这位贺知章早已作古多年，周密的意思岂不是说自己的无限忧愁其实无人可以排解吗？

这首《一萼红》片言只字不及时局，而浓浓的国仇家恨却一缕缕地迸发出来，像是强忍着却又不争气地淌下来的泪水。所以即便是陈廷焯这样不很喜欢周密词的人，也以相当认可的口吻说：这首词苍茫感慨，情动于中而溢于言表，应当算是周密的压卷之作。即便使周邦彦、姜夔这样的绝顶高手来写，也不可能写得更好了。(《白雨斋词话》)

陈廷焯很能欣赏所谓雅词，写作《人间词话》时的王国维却偏爱质实一途的风格。换言之，陈廷焯偏爱工笔，此时的王国维偏爱写意；陈廷焯是在工笔的标准上评价周密，王国维则以写意为标准评价周密的工笔；所以两人有时虽然发出同样的褒贬，立意却迥然有别。站在写意的标准上，周密这首《一萼红》词品虽然端正，写法仍然有乡愿的嫌疑，只有精思细构而缺少天才的迸发。宋人游九言有诗“平生意思春风里，信手题诗不用工”，有天才，有技巧，有生机，有随意，这才会得到王国维的认可。

| 9 |

陈允平，字君衡，号西麓，宋末词家。陈廷焯《白雨斋词话》有评论说：周密、陈允平、王沂孙、张炎四人同时并出，人品也相差不远。四家之词，王沂孙沉郁，张炎超逸，陈允平淡雅，各有所长，共同点就是以忠厚为主。周密虽然文辞精工，感寓之正却不及另外三人。当时以周密词名最著，张炎其次，王沂孙和陈允平名声不响，在后世也不曾赢得多少知音。好在千载之下自有定论，一时的得失并没所谓。

王沂孙、陈允平都是长久以来籍籍无名的词人，直到清代初年，朱彝尊以一代文坛宗主的力量将这两人标举出来，其后又有陈廷焯的赞誉，终于扭转乾坤，使王沂孙、陈允平的词成为太多人心慕手追的对象。王国维在《人间词话》里对这些宋末大家的批评近乎不厌其烦、穷追猛打，就是在处处针对清代词坛的这样一种流行风尚。

陈允平出身于一个书香门第，官宦世家，年轻时和所有读书人一样埋头举业，渴望功名。在初次应举落第之后，他写下一首《下第怀楼寿朋》的七律，字里行间不带半点沮丧，全是自负诗书、自许功名、以隐逸为耻的豪气：

百尺丹梯拟共登，共登天上最高层。南山有雾空藏豹，北海无云可化鹏。勋业十年尘里镜，诗书万卷雨前灯。桃花开尽不归去，又逐春风过武陵。

待这位充满正能量的有志青年终于踏入仕途，才发觉世界远不是他埋头书斋时幻想的那般美丽。官越做越无趣，越做越委屈，这时候写下的一首《留鹤江有感》，无论情绪与见识都完全走上了当初的对立面：

抱玉归来泪满襟，世间何许觅知音。此生虽有噬脐悔，到死终无尝胆心。
伏枥马思云路远，避钩鱼隐石潭深。故人若问淞江客，自采芙蓉学楚吟。

诗人自比为向楚王献玉却被砍断双腿的卞和，在一番追悔与反思之后觉得还是辞官归隐的好，最后还不忘把自己打扮为屈原的样子，哀叹高洁的人无法容身于这个污浊的社会。幸而朋友并不像他在诗里抱怨的那样举世难觅：宋理宗景定三年（1262），周密煞费苦心地以《木兰花慢》十首分咏西湖十景，还邀请陈允平也参加到这项竞技游戏里来。陈允平竟然真的也写出了一组《西湖十咏》，分用不同词牌，这里撷取前三首以和周密的同题作品比较：

探春·苏堤春晓

上苑乌啼，中洲鹭起，疏钟才度云窈。篆冷香篝，灯微尘幌，残梦犹吟芳草。搔首卷帘看，认何处、六桥烟柳。翠桡才舣[①]西泠，趁取过湖人少。

掠水风花缭绕。还暗忆年时，旗亭[②]歌酒。隐约春声，钿车宝勒，次第凤城[③]开了。惟有踏青心，纵早起、不嫌寒峭。画阑闲立，东风旧红谁扫。

秋霁·平湖秋月

千顷玻璃，远送目斜阳，渐下林阒[④]。题叶人归，采菱舟散，望中

① 舣（yǐ）：停船靠岸。
② 旗亭：酒楼。
③ 凤城：京城。
④ 阒（qù）：寂静。

水天一色。碾空桂魄。玉绳低转云无迹。[①] 有素鸥，闲伴夜深，呼棹过环碧。

相思万里，顿隔婵媛，几回琼台，同驻鸾翼。对西风、凭谁问取，人间那得有今夕。应笑广寒宫殿窄。露冷烟淡，还看数点残星，两行新雁，倚楼横笛。

百字令·断桥残雪

凝云冱[②]晓，正蘼花才积，荻絮初残。华表翩跹何处鹤[③]，爱吟人在孤山。冻解苔铺，冰融沙甃[④]，谁凭玉勾阑。茸衫毡帽，冷香吹上吟鞍。

将次柳际琼销，梅边粉瘦，添做十分寒。闲踏轻澌来荐菊，半潭新涨微澜。水北峰峦，城阴楼观，留向月中看。巘[⑤]云深处，好风飞下晴湍。

陈允平这几首词，辞采显然不及周密的同题作品漂亮，连情绪都是恹恹的。所以当时《西湖十咏》使周密名声大噪，而直到清代，陈廷焯才以语重心长的口吻说：陈允平的十咏多为感时之语，时时寄托，忠厚和平，远非周密十咏所能比。十咏事件仅仅十余年后，南宋便告灭亡，回顾陈允平的词句，恐怕在当时便生出遗世之心了。(《白雨斋词话》)

| 10 |

陈允平早早从胜境中看出了衰态，忧思总会在自觉不自觉间流露出来。果

---

① 桂魄：月亮。玉绳：原指北斗第五星玉衡之北的天乙、太乙二星，代指北斗星。

② 冱（hù）：冻结、凝聚。

③ 华表翩跹何处鹤：汉朝有个叫丁令威的辽东人上灵虚山学道，学成之后化为仙鹤飞回故里，停在华表之上，诵诗说："有鸟有鸟丁令威，去家千年今始归。城郭如故人民非，何不学仙冢垒垒。"

④ 甃（zhòu）：以砖瓦砌的井壁。

⑤ 巘（yǎn）：大山上的小山。

然王纲解纽，蒙元铁骑一扫六合，依每一次改朝换代的惯例，新朝的统战工作马不停蹄。陈允平受新一届合法政府的征召，要去大都（今北京）量材授官。当时周密作《高阳台》相送，词题就叫《送陈君衡被召》：

照野旌旗，朝天车马，平沙万里天低。宝带金章，尊前茸帽风欹。秦关汴水经行地，想登临、都付新诗。纵英游，叠鼓清笳，骏马名姬。

酒酣应对燕山雪，正冰河月冻，晓陇云飞。投老残年，江南谁念方回。东风渐绿西湖岸，雁已还、人未南归。最关情，折尽梅花，难寄相思。

周密自己决然不接受新朝的征召，却能以宽和的心态看待朋友们的“失节”，理解他们的不得已。他恭送陈允平在浩大的车驾中走上“宝带金章”之路，却也隐隐提示他“秦关汴水经行地”莫不是赵宋的故土。周密以北宋词人贺铸（字方回）自比，说好友风华北上，自己垂老江南，也许终将被人遗忘。虽然有点牢骚，但还是勾勒出故乡风景，“东风渐绿西湖岸，雁已还、人未南归”，暗劝陈允平以南归为上计。

陈允平北上大都，穷达未卜，于是不仅周密，王沂孙也开始为好友的命运担忧，也写出一首《高阳台》，在序言里故作平淡地说：“陈君衡远游未还，周公谨有怀人之赋，倚歌和之。”这首和作也像周密的元唱一样，不甚有把握地呼唤故友的归来：

驼褐轻装，狨鞯[①]小队，冰河夜渡流澌。朔雪平沙，飞花乱拂蛾眉。琵琶已是凄凉调，更赋情、不比当时。想如今，人在龙庭，初劝金卮。

一枝芳信应难寄，向山边水际，独抱相思。江雁孤回，天涯人自归迟。归来依旧秦淮碧，问此愁、还有谁知。对东风，空似垂杨，零

① 狨鞯（róng jiān）：狨尾做成的鞍鞯。狨：金丝猴。

乱千丝。

陈允平在大都的遭遇今天已不得其详，史料只说他“不受官，放还”，但究竟是蒙元政府不肯给他官做，还是他坚持不肯屈服，谁也说不清楚。幸而这一批前朝遗民遇到的是元世祖忽必烈，而不是明太祖朱元璋，不合作者不一定就要直接走向屠刀。

| 11 |

晚年的陈允平终于可以在江南漫游，《齐天乐·泽国楼偶赋》就是在这一时期写成的：

湖光只在阑干外，凭虚远迷三楚。旧柳犹青，平芜自碧，几度朝昏烟雨。天涯倦旅。爱小却游鞭，共挥谈麈[①]。顿觉尘清，宦情高下等风絮。

芝山苍翠缥缈，黯然仙梦杳，吟思飞去。故国楼台，斜阳巷陌，回首白云何处。无心访古。对双塔栖鸦，半汀归鹭。立尽荷香，月明人笑语。

泽国楼是吴地名胜，楼前有石臼湖，是“湖光只在阑干外”；楼在芝山之上，是“芝山苍翠缥缈”；县城内有古代双塔遗存，是“双塔栖鸦，半汀归鹭”；水上有荷花，头上有明月，是“立尽荷香，月明人笑语”。

这样的登临游赏，很有几分“天翻地覆伤春色”（陈与义《雨中对酒，庭下海棠经雨不谢》）与“剩水残山异昔游”（戴叔伦《暮春感怀》）的意思，看“斜阳巷陌”，可有“乌衣巷口夕阳斜”（刘禹锡《乌衣巷》）的哀伤呢？一点忧

① 麈（zhǔ）：麈尾（用麈的尾毛做的拂尘）的省称，是魏晋名士清谈时的必备道具。

伤似有还无，藏在这四平八稳的语言里令人捉摸不透。

而这恰恰就是陈允平的风格，陈廷焯概括为“平正”二字，说文字写得平正便不容易令人觉得精彩，如果既平正又精彩，那才是真正的精彩。求之于诗，《古诗十九首》之后就只有陶渊明的诗有这种味道了；求之于词，只有陈允平能有几分接近。所以有志于古风的人，只要反复品味陈允平的作品，则一切流荡忘反的缺点不必费心改正便会自行消失。(《白雨斋词话》)

同样是陈允平的词，陈廷焯读出来的平正，是《古诗十九首》的余韵，王国维读出来的却是乡愿。如果套用心灵鸡汤的流行逻辑，“你心中是平正，看到的便是平正；心中是乡愿，看到的便是乡愿”，王国维真要百口莫辩了。

| 12 |

苏轼填词，潇洒便潇洒了，辛弃疾填词，激愤便激愤了，所以为词中之狂。陈允平却总能把激烈的情感用平和的方式缓缓表出，倘若王国维有机会见到陈允平，一定会很不耐烦地说：“难道你就不会有话直说吗！”

陈允平偏偏不会有话直说，更不会长歌当哭，真像是一个没有脾气的乡愿。在南宋末年的词坛名家里，吴文英最是这样的写法，其他几位也不遑多让，这就不怪王国维一篙打翻一船人了。

但我们也该想到，写作《人间词话》，王国维尚在年轻气盛的时候，又生就容易激愤的性格，而有一些平淡的况味，真的需要用岁月来品。陈廷焯称道吴文英一首《金缕歌·陪履斋先生沧浪看梅》，说其中“华表月明归夜鹤，叹当时、花竹今如此。枝上露，溅清泪”，以及“此心与、东君同意。后不如今今非昔，两无言、相对沧浪水。怀此恨，寄残醉”，感慨身世，激烈语偏说得温婉，境地最高。

当然，倘若王国维面对这首词，只会觉得扑面而来的乡愿气。究竟孰是孰非，我们不妨从原作中各自体会：

乔木生云气。访中兴、英雄陈迹，暗追前事。战舰东风悭借便，梦断神州故里。旋小筑、吴宫闲地。华表月明归夜鹤，叹当时、花竹今如此。枝上露，溅清泪。

遨头小簇行春队。步苍苔、寻幽别坞，问梅开未。重唱梅边新度曲，催发寒梢冻蕊。此心与、东君同意。后不如今今非昔，两无言、相对沧浪水。怀此恨，寄残醉。

词题中的履斋先生即南宋末年的宰相吴潜，曾在苏州为官，吴文英做过他的幕僚。沧浪即苏州沧浪亭，曾经是韩世忠的别墅。沧浪亭可资歌咏的旧事很多，吴文英却偏偏从韩世忠写起，内容不是游赏，而是在山雨欲来的时局中与幕主吴潜的一番共鸣。

| 13 |

这首《金缕歌》是吴文英词作中的一个另类，少了堆金砌玉的修辞，典故也只用到一处，还是最常见不过的典故。"乔木生云气。访中兴、英雄陈迹，暗追前事"，起首便有气魄，追怀的前事并非任何文坛佳话，而是高宗朝"中兴四将"之一韩世忠的战功。"战舰东风悭借便，梦断神州故里"，韩世忠当年黄天荡一战，将兀术的千军万马几乎困死，只可惜功败垂成。"旋小筑、吴宫闲地"，高宗与秦桧一心言和，冤杀岳飞，削夺四将兵权，韩世忠被投闲置散，在这沧浪亭别墅里消磨"和平"的时光。

"华表月明归夜鹤，叹当时、花竹今如此"，汉朝有个叫丁令威的辽东人上灵虚山学道，学成之后化为仙鹤飞回故里，停在华表之上，诵诗说："有鸟有鸟丁令威，去家千年今始归。城郭如故人民非，何不学仙冢垒垒。"用这一则典故，渲染出抚今追昔、物是人非的伤感。"枝上露，溅清泪"，梅花与人，同一伤心。

"遨头小簇行春队。步苍苔、寻幽别坞，问梅开未"，宋人称知州出游为

"遨头"，这一句切合吴潜的身份。"重唱梅边新度曲，催发寒梢冻蕊"，语意似乎从上阕的慷慨忽然转入下阕的清幽，但这不是真的清幽，是以新度之曲与催发冻蕊暗暗对幕主吴潜寄予了施行新政的期望。"此心与、东君同意"，东君即春天之神，暗切吴潜东道主的身份，说自己的心意尽与吴潜相同。"后不如今今非昔，两无言、相对沧浪水"，国运日渐衰微，今日再无韩世忠那样的大将，将来怕是还不如今日，一念及此，宾主相对无言，只有"怀此恨，寄残醉"，一醉解忧，不复多思。

当时的南宋，确实已经不能和高宗朝相比。贾似道的奸佞与昏庸甚于秦桧，朝中却再没有岳飞、韩世忠那样的将军，所幸金国已经彻底汉化，比起南宋更像是一个正统的儒教国家，然而新兴的蒙古却野蛮于兀术时代的金人。所以吴潜对朝政的思路是"以和为形，以守为实，以战为应"，但在贾似道熏天的权势与轻率的做派下，一个小小的吴潜又能发挥多大的作用呢？"怀此恨，寄残醉"，纵然匹夫渴望承担天下兴亡的责任，当权者又哪肯给他们这样的机会呢？

况周颐《香海棠馆词话》有一个貌似怪诞的论调，说吴文英的词与苏轼、辛弃疾"殊流而同源"，所指的就是吴文英《金缕歌》这一类的词作。况周颐这种老辣的眼光，是年轻时代的王国维尚不具备的。况周颐《蕙风词话》还有一句针对学词者的忠告："性情少，勿学稼轩；非绝顶聪明，勿学梦窗。"其实何止填词，凡是我们要寻一个楷模来学的时候，最佳选择就是和自己的性情气质最接近的人，如此则会事半功倍。倘若林黛玉去学辛弃疾，谁都知道这不会有好结果的，而最适合林黛玉的楷模，恰恰就是吴文英。

| 14 |

从吴文英到陈允平，这些被王国维讥讽为乡愿的宋末词家，在清代初年受到过相当隆重的推崇。即便是陈允平，这个一直以来最是寂寂无闻的人，在朱彝尊编选的《词综》里竟然入选了二十三首作品。如果我们知道李煜仅入选十一首，苏轼十五首，秦观十九首，李清照十一首，便该晓得这个数字究竟意味着什么。

这几位宋末名家最擅长写咏物词，这是北宋绝少有人涉猎的题材。在小小的物件上寄托亡国的哀思，这里边总有许多不得已的成分。十四名南宋遗民词人一度有过咏物填词的盛会，分别吟咏蝉、莼、白莲、龙涎香、蟹五事，集结为《乐府补题》。这部书直到清初才被朱彝尊发掘出来，蒋景祁雕版印刷，陈维崧为之作序，咏物之风从此大兴，而周密、张炎、王沂孙等人的词风自然而然被人一再追慕与模仿。

朱彝尊与陈维崧，一个是浙西派领袖，一个是阳羡派宗主，首倡其事，模仿《乐府补题》的风格，将《乐府补题》所咏五事再翻新意，掀起了清代词坛一场旷日持久的运动。《人间词话》之所以特别针对咏物词，针对宋末词风，实有这种"近现代"的词坛背景。

试举朱彝尊与陈维崧各自一首咏蝉之作。朱彝尊《齐天乐·蝉》：

> 苓根化就初无力，温风便闻凄调。藕叶侵塘，槐花糁[①]径，吟得井梧秋到。一枝潜抱。任吹过邻墙，余音犹袅。蓦地惊飞，金梭为避栗留小。
>
> 长堤翠阴十里，冠緌[②]都不见，只唤遮了。断柳亭边，空山雨后，愁里几番斜照。昏黄暂悄。让吊月啼蛄，号寒迷鸟。饮露方残，晓凉嘶恁早。

词中为翻新意，用到了一些过于生僻的典故，以至于词人要亲自出面来做注释工作："《稽圣赋》：苓根为蝉。《援神契》：蝉无力，故不食。遮了，蝉声。"

再看陈维崧《齐天乐·蝉》：

> 高柯一碧无情极，谁递晚来秋信。雁塞琵琶，凤城砧杵，仿佛一

---

① 糁（sǎn）：散落。
② 緌（ruí）：似缨饰的下垂物。

般音韵。悠扬不尽。待隔水听来，数声偏俊。谱入哀丝，螳螂捕处倍凄紧。

玉盘金掌虽好，餐霞还吸露，此事难准。帽插丰貂，机鸣互縠[1]，几度愁他相溷。悄然低问。可仍记当初，卫娘低鬓。仙蜕宁遥，料丹霄有分。

这样的写法，仍不失《乐府补题》托物抒情、比兴寄托、辗转哀鸣的手法，但一路发展下去，咏物词终于彻底沦为穷极无聊的文字游戏。朱彝尊起的作用最坏，大约他在功成名就之后真的穷极无聊了，或是在越来越密的文网下越发谨小慎微起来，不惜以文坛领袖之尊写出大量入流与不入流的咏物词，汇集成一部《茶烟阁体物集》，所咏之物也越发刁钻起来。如《催雪·席上赋黄鼠》：

倦拥痴床，寒御旨蓄，多事拱人襒屑。[2] 惹花豹腾山，地猴临穴。[3] 五技顿穷就掩，趁快马、携归捎残雪。刲[4]肝验胆，油蒸糁附，寸膏凝结。

镂切。俊味别。耐伴醉夜阑，引杯稠叠。更何用，晶盐玉盘陈设。一种低徊旧事，想独客，三云愁时节。唤小伎，并坐教尝，听唱塞垣风月。

这里吟咏的是一种叫作黄鼠的动物。这种动物太少有人知道，所以朱彝尊特地写了一篇注释，说明黄鼠的产地、习性与烹制之后的味道。黄鼠产于云中（今属甘肃），雌雄成双地生活在地穴里，秋天会贮藏黍菽之类的粮食准备过冬。天气晴和的时候，黄鼠会坐在洞口晒太阳，见到有人就会拱起前腿，好像作揖一样，然后便蹿回洞穴里了。黄鼠最怕地猴，地猴体型很小，会深入地穴

---

① 縠（hú）：皱纱。
② 旨蓄：贮藏的美食。襒屑（piè xiè）：衣服飘动。
③ 花豹：鹰类，黄鼠的天敌。地猴：黄鼠的天敌，可以深入鼠穴捕捉黄鼠。
④ 刲（kuī）：宰割。

捕食黄鼠。黄鼠味道肥美，元代曾经作为土特产进贡到京城。《酉阳杂俎》有记载说："鼠胆在肝，活取则有。"有一种小鹰，名为花豹，专门捕食黄鼠。

词中的遣词造句与用典全从这些注释中来，词人只不过在筵席上吃到了这种曾为贡品的黄鼠，于是逞才炫技，写下这样一首无关痛痒的词来。辞尽即意尽，《乐府补题》中的那种比兴寄托，那种不得不托物咏怀的淡淡的隐痛，连半点痕迹亦不再有。

然而吊诡的是，正是这一部《茶烟阁体物集》引发了浙西词派的群起仿效。细细一想，这倒也是合乎情理的事情，这正是最易学，也最能消磨闲趣的题材。王国维对咏物词与宋末词风矫枉过正，正是针对清代词坛这种太不入流的风气。

［四十七］

稼轩中秋饮酒达旦，用《天问》体作《木兰花慢》以送月，曰：“可怜今夕月，向何处、去悠悠？是别有人间，那边才见，光影东头？”词人想象，直悟月轮绕地之理，与科学家密合，可谓神悟。

｜1｜

本章讲到的是辛弃疾一首很特别的词，词人序言说：“中秋饮酒，将旦，客谓前人诗词有赋待月，无送月者，因用《天问》体赋。”这是辛弃疾与宾客共度中秋，饮酒彻夜，眼见得明月即将消隐，宾客发感慨说：前人赋诗，只有待月的题材，却没人写过送月。这也难怪，应该很少有人像辛弃疾这样中秋赏月要赏一个通宵的。辛弃疾这样的天才国手一向最喜欢挑战新奇，被宾客这样一讲，便以屈原《天问》之体写下了这首《木兰花慢》：

可怜今夕月，向何处、去悠悠？是别有人间，那边才见，光影东头？是天外空汗漫，但长风、浩浩送中秋？飞镜无根谁系，姮娥不嫁谁留？

谓经海底问无由。恍惚使人愁。怕万里长鲸，纵横触破，玉殿琼楼。虾蟆故堪浴水，问云何、玉兔解沉浮？若道都齐无恙，云何渐渐如钩？

词人发出了一连串的追问：今夕的明月即将消隐了，但它究竟去了哪里呢？是否还有另一片世界，当我们这里月落时，他们才看到明月初升？抑或只是浩荡的秋风将明月吹到了无垠宇宙的某个角落呢？明月无根，是谁系住它，使它永远围着我们升落呢？月宫里的嫦娥千万年待字闺中，又是谁令她如此呢？有人说月亮落下时会沉入海底，这真令人想不通啊。难道不怕大海里的鲸鱼会撞破月宫的玉宇琼楼吗？月中的蟾蜍倒不怕水，捣药的玉兔难道也会游泳？可如果说月宫、蟾蜍、玉兔潜入海底时都会平安无恙，又为何月轮会渐渐削减，从满月变为月牙呢？

| 2 |

我在少年时代一度替古人担忧：他们每天看着日升月落，昼夜交替，却不明白其中的道理，这该是多么痛苦的一件事啊！当然，很少有古人真的会为这些问题感到痛苦。

人的心理天然就要追求确定性，亦即一切问题都要有确切不移的答案才好，即便对那些实在超出我们认知能力的事物，哪怕是生编硬造，我们也要创造一个确定的答案出来，所以才有了那么多原始的信仰与迷信。事情的另一面是，人类生活永远在追求实用性，所以任何问题的答案，哪怕根本是荒谬的，但只要是有用的，或至少是可以降低不确定感的，就会被人们欣然接受。所以，对宇宙人生的不懈追问，往往只发生在那些理性程度极高的知识分子身上。人的理性程度越高，对不确定感的容忍度也就越高，辛弃疾无疑正是这样的人。

“是别有人间，那边才见，光影东头？”这几句大胆的揣测居然道出了科学家所发现的宇宙真相，王国维因此称之为“神悟”。这并不是一个美学意义上的评价，哪怕辛弃疾所讲的一切完全被今天的科学所证伪，也不会对文学之美有半分的减损。

因为对不确定感的零容忍，古人早已对一切宇宙人生的奥秘提出过太多种极尽想象之能事的解释，以至于现代科学的任何一项发现几乎总能在古代的记载中寻到或多或少的不谋而合，以这一点来证明古人的高明实在是没有必要的。凭空而生的猜想与经理性缜密推演出来的命题，即便结论完全一致，也只有后者才是可靠的知识。

［四十八］

周介存谓："梅溪词中喜用'偷'字，足以定其品格。"刘融斋谓："周旨荡而史意贪。"此二语令人解颐。

| 1 |

周济（字介存）《介存斋论词杂著》点评史达祖（号梅溪），说他心思巧妙，用笔尖巧，不是大家风范；他的词里喜用"偷"字，品格可见一斑。

史达祖的词里确实多用"偷"字，如"做冷欺花，将烟困柳，千里偷催春暮""轻衫未揽，犹将泪点偷藏""更暗尘、偷锁鸾影，心事屡羞团扇"，这也确实能在一定程度上说明史达祖的风格与人品。以金庸笔下的人物为例，史达祖是黄蓉一类的人，绝顶聪明，能使一身花团锦簇的小巧功夫，擅长四两拨千斤的打法，往往能靠智计百出来克敌制胜。但小聪明用得太多，不免流于小家子气，不会有降龙十八掌那种大开大合、挡者披靡、沛莫能御的气势。试看史达祖的一首名作《东风第一枝·咏春雪》：

> 巧沁兰心，偷黏草甲，东风欲障新暖。谩凝碧瓦难留，信知暮寒

较浅。行天入镜，做弄出、轻松纤软。料故园、不卷重帘，误了乍来双燕。

青未了、柳回白眼。红欲断、杏开素面。旧游忆著山阴，后盟遂妨上苑。熏炉重熨，便放慢、春衫针线。恐凤鞋、挑菜归来，万一灞桥相见。

开篇从“巧沁兰心，偷黏草甲，东风欲障新暖”说起，春雪沁入了兰花的花心，悄悄附着在刚刚裂开的草籽壳上，仿佛要推迟东风送来的暖意。“草甲”是指草籽裂开后的籽壳，这是“甲”字的本义。“甲”是象形字，所象之形是草木生芽后种皮裂开的形象。

“谩凝碧瓦难留，信知暮寒较浅”，看雪花在碧瓦上迅速融化，使人知道现在寒意已浅，春天就要来临了。“行天入镜，做弄出、轻松纤软”，化用韩愈《春雪》诗“入镜鸾窥沼，行天马度桥”，意谓鸾鸟飞入春雪覆盖的池沼，如同飞入了一面明镜；马儿走过春雪覆盖的桥面，如同踏着白云登上了蓝天。万物在雪花的装扮下，都显出了轻柔细软的样子。“料故园、不卷重帘，误了乍来双燕”，遥想家中，在雪色带来的轻寒里帘帷不卷，阻住了刚刚飞回的燕子。

“青未了、柳回白眼。红欲断、杏开素面”，嫩绿的柳叶上闪着雪白，初开的杏花也被雪花遮盖了红润。“旧游忆著山阴，后盟遂妨上苑”，这情景不禁令人想起当年王徽之雪夜乘兴拜访戴安道的佳话，以及司马相如被雪阻隔，迟到了兔园盛宴的故事。

“熏炉重熨，便放慢、春衫针线”，那深闺中的女子重新点燃了熏炉，不再着急赶制春衣了。“恐凤鞋、挑菜归来，万一灞桥相见”，只怕在二月初二挑菜节那个全城游赏的日子里，偶然会在灞桥的雪中与她相逢。

整首词没有一个“雪”字，却字字不离雪意，这正是沈义父《乐府指迷》推崇的写法。平心而论，史达祖确实将春雪写得匠心独运，煞费文思，但也正因如此，总显得有些小巧、羞涩的味道，仿佛每一句都怯生生的。看他的用词，又是“巧沁”，又是“偷黏”，还有一番“做弄”，写柳叶与杏花，全从最细小处着眼，直到结尾，又是“恐”，又是“万一”，真一副畏首畏尾的忐忑样子。

其实，之所以产生这样的感觉，只因为我们不曾就事论事。试想一下如果这首词的作者是李清照、朱淑真，甚或是林黛玉、史湘云，我们一定会赞美词中那种小女儿的娇羞以及细腻入微的才情。仅仅因为词作者是一个男人，女人气质的写法便受到刻薄的讥讽了。

| 2 |

“周旨荡而史意贪”，语出刘熙载（号融斋）的《艺概·词曲概》，上下文是说：周邦彦的词音律最精审，史达祖的词句子最警炼，但两者都算不得君子之词，原因就在于前者轻浮，后者小家子气。

刘熙载《艺概·词曲概》还有一节专论周邦彦，大意是说：有人认为周邦彦的词无美不备，但在我看来，论词首要的标准是词品。周邦彦的词虽然富艳精工，却当不得一个“贞”字，所以士大夫才不肯学。

这是传统上“文如其人”的论调：人品不正，词品自然不正；词品不正，词再好也好不到哪里去。但对于不熟悉的人，该怎么判断他的人品呢？很简单，既然文如其人，那么从他写的文字就可以判断他的人品，如果他写的词或“旨荡”或“意贪”，那么这个人肯定算不得正人君子。

这样的推理方式显然是有欠严谨的，勉强可以用作模糊的判断依据。王国维后来改弦更张，撰述《清真先生遗事》，详细考订周邦彦生平事迹，这该算是他的晚年定论了。在写作《人间词话》的时代，王国维最崇尚的是真挚、自然，最反感的是虚伪、刻意。周邦彦和史达祖的许多作品，至少乍看上去或多或少有一点虚伪或刻意的成分。如第三十二章介绍过的周邦彦《少年游》（并刀如水），对男女之情就流露出几许玩赏、狎昵的意味，和刻骨铭心、矢志不渝这一类词完全搭不上关系。

无论如何，周邦彦的词素来得到的赞誉太多，很多人都认为只有周邦彦这样的词才是词最完美的样子。早在宋代，周邦彦就已是大受追捧的对象了。然而南宋张炎在《词源》里有一个说法：学周邦彦的人虽多，却往往失之软媚，看来周邦彦的词是学不来的。

周济也有同样的发现：读周邦彦的词越多，便越是看不惯其他人的词作。勾勒之妙，再没人比得过他。他人一勾勒便薄，只有周邦彦愈勾勒愈浑厚。(《介存斋论词杂著》)

这就意味着，周邦彦的词艺里边有一些天才的成分，或者可以比作调味的盐：倘若盐是周邦彦天赋独有的东西，那么哪怕是米其林三星厨师亦步亦趋地学习他的菜式，外形足以乱真，味道也终归不成样子。所以推想下来，王国维与刘熙载对周邦彦的反感，也许在很大程度上是被那些前赴后继的周邦彦词的效法者折磨出来的。毕竟欣赏是一回事，真的去学却是另一回事。

［四十九］

介存谓梦窗词之佳者，如“水［天］光云影，摇荡绿波，抚玩无极，追寻已远”。余览《梦窗甲乙丙丁稿》中，实无足当此者。有之，其“隔江人在雨声中，晚风菰叶生秋怨”二语乎？

｜1｜

晚清吴文英词风的流行，周济是最大的推手之一。王国维既然有心逆袭，必然会对周济下手。本章就是直接向周济掷去的投枪。

“天光云影，摇荡绿波，抚玩无极，追寻已远”，这是周济在《介存斋论词杂著》里对吴文英词风的诗意总括，是说吴文英的词有一种令人心荡神驰的梦幻之美。王国维却说，自己遍读梦窗词，也未发现任何一首词当得起周济的评语，勉强算来，也只有“隔江人在雨声中，晚风菰叶生秋怨”两句而已。

“隔江人在雨声中，晚风菰叶生秋怨”，语出《踏莎行》：

润玉笼绡，檀樱倚扇。绣圈犹带脂香浅。榴心空叠舞裙红，艾枝应压愁鬟乱。

午梦千山，窗阴一箭。香瘢新褪红丝腕。隔江人在雨声中，晚风菰叶生秋怨。

这是一首记梦怀人的词。吴文英一生有过两段刻骨铭心的感情：一是与一位苏州歌姬相恋，纳她为妾，而又不得不由着她离开自己；一是纳一名杭州歌姬为妾，而她却过早地辞别了人间。吴文英用年复一年的岁月与连篇累牍的词句来缅怀这两段爱情，而这一首《踏莎行》应当就是一篇怀念苏州歌姬的作品。

上阕全写她的样貌与穿着。“润玉笼绡，檀樱倚扇。绣圈犹带脂香浅”，她穿着薄纱的衣裙，肌肤似玉，罗扇半掩樱唇，刺绣用的绣圈上犹带着浅浅的脂粉香气。“榴心空叠舞裙红，艾枝应压愁鬟乱”，红色的舞裙上重叠着石榴花的图案，端午节的艾枝怕会压乱她的秀发吧？

下阕忽然道出“午梦千山，窗阴一箭”，原来上阕里的一切细节都只是梦中所见。梦中越过千山万水与她相见，醒来后才发觉那计时用的铜壶滴漏仅仅移动了一箭的刻度。“香瘢新褪红丝腕”，回想梦中，她臂上端午节彩丝系腕的痕迹尚未完全褪去。在思念中怔忪出神，不觉已到黄昏。“隔江人在雨声中，晚风菰叶生秋怨”，在雨声的淅沥中，她在远远的江的那岸，晚风吹拂着江畔的菰叶，催动着茫茫悲秋的情绪。

| 2 |

“隔江人在雨声中，晚风菰叶生秋怨”，这两句确实写出了似真似梦不分明的感觉，说不清这究竟是回忆，是梦境，是幻觉，还是回忆、梦境与幻觉的交织，真的有“天光云影，摇荡绿波”的况味，而隔江之人究竟会去向何方，晚风菰叶究竟又生出了怎样的秋怨，这些迷茫也真令人“抚玩无极，追寻已远”。

王国维之所以独独欣赏这两句词，是因为它们竟然透出了北宋的味道。

王国维为词建立的审美标准是基于南唐和北宋的，而词发展到南宋，尤其发展到南宋末年，自然会有新风格、新写法以及新的时尚。以北宋的标准来看南宋的词，自然处处都不顺眼，正如以南宋标准看北宋词一样。做一个略嫌夸张的比喻，正如以白话文的标准评价古文，或者以古文的标准评价白话文，两者虽然一脉相承，却实在无法互为标准。

［五十］

梦窗之词，吾得取其词中一语以评之曰："映梦窗，凌［零］乱碧。"玉田之词，余得取其词中之一语以评之曰："玉老田荒。"

| 1 |

本章继续贬低南宋晚期的词坛名宿，用意仍然是针对清代词坛风尚。张炎（号玉田）一直是浙西词派所尊崇的偶像，吴文英（号梦窗）则在常州词派里受到越来越多的重视，尤其在王国维生活的时代影响最大。

"映梦窗，零乱碧"，语出吴文英《秋思·荷塘为括苍名姝求赋其听雨小阁》：

> 堆枕香鬟侧。骤夜声、偏称画屏秋色。风碎串珠，润侵歌板，愁

压眉窄。动罗箑[①]清商，寸心低诉叙怨抑。映梦窗，零乱碧。待涨绿春深，落花香泛，料有断红流处，暗题相忆。

欢酌。檐花细滴。送故人、粉黛重饰。漏侵琼瑟。丁东敲断，弄晴月白。怕一曲、《霓裳》未终，催去骖凤翼。叹谢客[②]、犹未识。漫瘦却东阳，灯前无梦到得。路隔重云雁北。[③]

词题所谓荷塘，是吴文英的好友毛荷塘。某位“括苍名姝”拜托毛荷塘向吴文英请托，希望这位大词人能为自己的听雨小阁写一点什么。吴文英并不认得这位“括苍名姝”，更未到过“听雨小阁”，但这并不妨碍他隔空悬想地填成这首《秋思》，正如范仲淹曾经同样隔空悬想地写成《岳阳楼记》一般。

“堆枕香鬟侧。骤夜声、偏称画屏秋色”，起首便写括苍名姝在听雨小阁里侧卧听雨的样子：她的秀发带着柔香，披散在枕上，夜来的雨声与画屏上的秋景相得益彰。“风碎串珠，润侵歌板，愁压眉窄”，疾风掠过雨幕，仿佛打碎了珠串似的；歌板受了潮，她也低蹙着愁眉。“动罗箑清商，寸心低诉叙怨抑”，她轻摇罗扇，唱一支忧伤的歌，唱出心底的幽怨。“映梦窗，零乱碧”，窗棂上晃动着如梦如幻的光影，窗外摇曳着翠绿的枝枝叶叶。“待涨绿春深，落花香泛，料有断红流处，暗题相忆”，待到春深绿浓的时节，想那落花飞舞中，她也应效法唐代宫人红叶题诗的故事，将一片相思暗暗题写。

下阕转写离别，想象括苍名姝在听雨小阁里送别毛荷塘的情境：“欢酌。檐花细滴。送故人、粉黛重饰”，她为他设宴饯别，那时秋雨初停，屋檐上还在细细地滴落水珠，她认真地梳洗打扮，向离别时的他展现自己最美丽的样子。“漏侵琼瑟。丁东敲断，弄晴月白”，在她的锦瑟与歌声中，在他吟风弄月的诗词里，时光仓皇奔走。“怕一曲、《霓裳》未终，催去骖凤翼”，只怕告别的乐曲尚未奏完，他便要匆匆离去。“叹谢客、犹未识。漫瘦却东阳，灯前无

① 罗箑（shà）：罗扇。

② 谢客：谢灵运小名客儿，故称谢客，这里是词人自比。

③ 瘦却东阳：据《梁书·沈约传》讲，沈约在信中称自己日渐憔悴，“百日数旬，革带常应移孔”，后人以“沈腰”代指憔悴消瘦。沈约曾任东阳太守，故称东阳。

梦到得。路隔重云雁北”，可惜我无缘与你相见，无缘见到听雨小阁的真容，纵使我在渴慕中形销骨立，却连梦中也无法远度千山，亲赴小阁与你一晤。

| 2 |

这首《秋思》当然算不得什么立意高远的君子之词，却在形式上写出了一种独特的朦胧之美。看他的遣词造句，如“风碎串珠，润侵歌板，愁压眉窄”，再如“漏侵琼瑟。丁东敲断，弄晴月白”，偏将简单的意思以生涩的方式表达出来，而且多以意象堆叠，造成了抽象画一般的刻意的错乱感。

所以《四库丛书总目提要》有一句很精当的评语：“词家之有吴文英，亦如诗家之有李商隐。”刘熙载《艺概》也说：“梦窗，义山也。”最能欣赏李商隐的人，往往也最能欣赏吴文英，而李商隐的诗歌长久以来受到冷落，直到清代才真正在主流社会里赢得了尊崇的地位，那也正是吴文英的词风靡天下的时代。

李商隐与吴文英的诗词，风格近似于现代诗歌中的朦胧诗，读者往往爱之者大爱，恨之者深恨。站在传统诗歌的立场上，自然觉得朦胧诗离经叛道，处处皆不顺眼，而一旦接受了这种写法，很容易便会在那种光怪陆离的美感中沉迷到底。王国维以“映梦窗，零乱碧”所讥讽的风格，其实正是朦胧诗特有的魅力，诗人着力打造的正是这种扑朔迷离的零乱感。

早在吴文英的时代，张炎就在《词源》里批评这种风格说，吴梦窗词如七宝楼台，炫人眼目，拆碎下来，不成片断。在张炎看来，这是词的“质实”之弊。

张炎于词，推崇清空，反对质实，因为清空则古雅峭拔，质实则凝涩晦昧。清空的典范是周邦彦，词境如野云孤飞，去留无迹；质实的标本是吴文英，如七宝楼台云云。

我们今天很难理解吴文英的词如何会被归入“质实”的一类，这或许是张炎对朦胧诗的写法太过陌生的缘故。吴文英与李商隐，他们的写法是与周邦彦不同的另一种清空，如同哥特式教堂的彩绘玻璃被正午的阳光投下的影子。

| 3 |

“玉老田荒”语出张炎《祝英台近·与周草窗话旧》：

水痕深，花信足。寂寞汉南树。转首青阴，芳事顿如许。不知多少消魂、夜来风雨。犹梦到、断红流处。

最无据。长年息影空山，愁入庾郎[①]句。玉老田荒，心事已迟暮。几回听得啼鹃，不如归去。终不似、旧时鹦鹉。

这首词是南宋沦亡之后，张炎与周密唏嘘话旧之作，字里行间尽是辛酸的遗民之泪。“芳事顿如许”其实暗示着国事顿如许，“犹梦到、断红流处”不是对落花的哀思，而是对“流水落花春去也”的故国的哀思。复国无望，于是“玉老田荒，心事已迟暮”，但仍是宁愿如杜鹃啼血一般度过余生，而不肯做俯仰随人如桔槔的鹦鹉出仕新朝。

张炎很得意这首词，“玉田”之号便来自这首词中的“玉老田荒”一句，而王国维偏偏拿这一句来讥讽张炎，说他的词也是这种“玉老田荒”，意即弥漫着浓浓的暮气，病恹恹毫无新意与生机。

当然，张炎的词风远非“玉老田荒”四字所能囊括，实在是王国维破旧立新的心思太急切，抒发议论未免偏激一些。而张炎的词风之所以在清代浙西词派激荡出风生水起，也并不仅仅因为词艺本身。

康熙十一年（1672），朱彝尊编订《江湖载酒集》，以一首《解佩令·自题词集》开宗明义：

十年磨剑，五陵结客，把平生、涕泪都飘尽。老去填词，一半是、空中传恨。几曾围、燕钗蝉鬓。

---

① 庾郎：庾信，事迹见第二十二章第四节。

不师秦七，不师黄九，倚新声、玉田差近。落拓江湖，且吩咐、歌筵红粉。料封侯、白头无分。

明清易代之际，朱彝尊以贫寒布衣之身广交天下奇人异士，以为可以恢复朱明故国，结果却只能在日复一日的失望与消沉中糊口寄食于四方，这便是“十年磨剑，五陵结客，把平生、涕泪都飘尽”所概括的岁月。于是“老去填词，一半是、空中传恨。几曾围、燕钗蝉鬓”，眼见得功业无成，只有填一些莺声燕语的小词来排遣悲愤，而自己哪曾真的有过偎红倚翠的生活呢？

这几句词里用到黄庭坚的一则故事：黄庭坚年轻时玩世不恭，写过很多低俗香艳的词，有高僧法秀劝诫他说：“笔墨劝淫，应堕犁舌地狱。”黄庭坚却辩解道“空中语耳”，意即自己所写的那些香艳场面都是凭空想象出来的，自己并不真是那样的人，不至于就会下地狱遭报应。朱彝尊说自己的词也是“空中语耳”，甚至是“空中传恨”，意即《江湖载酒集》里的那些“空中语”其实别有寄托，是借情色来浇胸中垒块罢了，读者万不可当作艳词来看。

“不师秦七，不师黄九，倚新声、玉田差近”，这几句自道词风：不学秦观和黄庭坚，与张炎的风格最近。“落拓江湖，且吩咐、歌筵红粉。料封侯、白头无分”，是说自己已注定功业无成，只有落拓江湖，借填词来自娱自乐。

其实朱彝尊最推崇的词人不是张炎，而是姜夔，他说过“词莫善于姜夔”这样的话，但这里偏偏要说“倚新声、玉田差近”，是因为他从张炎的身上最能够找到共鸣：张炎是南宋名门之后，朱彝尊的曾祖辈以降多有明朝的名臣名士；张炎以赵宋遗民自居，朱彝尊亦为朱明王朝守节，同样落得个落拓江湖的命运。所以朱彝尊之所以“倚新声、玉田差近”，因为两人自有一种同声相应、同气相求的吸引力在。虽然朱彝尊后来因为名气太响，生计太艰，不得不接受了清朝的“招安”，有愧张炎于地下，但至少在这个时候，还是以张炎作为人格气节之标榜的，而张炎词中那种感时伤世的调性也最能够打动朱彝尊心底最柔软的那块地方。

| 4 |

浙西词派“家白石而户玉田”，有上述一层背景在，不能仅仅以词艺度量之。试看朱彝尊《江湖载酒集》中的一首《百字令·自题画像》，最有“玉老田荒”的腔调：

菰芦深处，叹斯人枯槁，岂非穷士。剩有虚名身后策，小技文章而已。四十无闻，一丘欲卧，漂泊今如此。田园何在，白头乱发垂耳。

空自南走羊城，西穷雁塞，更东浮淄水。一刺怀中磨灭尽，回首风尘燕市。草屩[①]捞虾，短衣射虎，足了平生事。滔滔天下，不知知己谁是。

这首词可谓负能量爆棚，除了自嘲，便是激愤，偏偏写得才情四溢，典故的精妙化用简直就像庖丁在我们眼前做了一场解牛表演。

康熙十年（1671）三月，朱彝尊在扬州请画家戴苍为自己画了一幅《烟雨归耕图》，这首《百字令》便是题画之作，也是对自己前半生的一次满腹牢骚的总结。“菰芦深处，叹斯人枯槁，岂非穷士”，是说画面上，形容枯槁的自己正栖身在芦苇丛中，一副穷途末路的样子。这几句全是写实，却暗用了《吴越春秋》的一则典故：伍子胥在逃亡途中准备渡江，有一位渔人同情他，要他在树下等候，自己回去拿一点食物过来。伍子胥却疑心渔人会报官捉拿自己，便藏身于芦苇丛中小心窥伺。渔人回来后不见伍子胥的身影，猜到他的心意，于是唱道：“芦中人，芦中人，岂非穷士乎！”

“剩有虚名身后策，小技文章而已”，这两句慨叹自己一事无成，也只有文章可以传一点虚名于后世。古人称文章为雕虫小技，半是认真，半是文人的自嘲。杜甫《贻华阳柳少府》有“文章一小技，于道未为尊”，是朱彝尊的化用所本。

“四十无闻，一丘欲卧，漂泊今如此”，《论语·子罕》记有孔子语“四十、五十而无闻焉，斯亦不足畏也已”，意即一个人到了四五十岁还没有什么名声

① 草屩（juē）：草鞋。

的话，以后也就更无足观了。朱彝尊此时已经年逾不惑，仍然过着漂泊无依的日子，对后半生几乎要绝了期望，只愿归隐山林，再不想世俗的功业。

“田园何在，白头乱发垂耳”，但处境太落魄，以至于连归隐都是一种奢望，哪里有田园可以供自己容身呢？唯一所有的只是这萧萧白发罢了。这一句化用杜甫《乾元中寓居同谷县作歌》“有客有客字子美，白头乱发垂过耳”。

“空自南走羊城，西穷雁塞，更东浮淄水”，这三句概述一生漂泊的轨迹：南至岭南，西至山西，东至山东，漂泊的结果却是“一刺怀中磨灭尽，回首风尘燕市”。刺，即名刺，相当于今天的名片，只是古代用竹简制作。东汉末年，祢衡远游许都（今河南许昌），怀中一直备有名刺，但长期未有知遇，以至于名刺上的字迹都磨损得看不清了。朱彝尊并不似祢衡那般眼高于顶，但无论浪迹天涯还是寄居京华，也有和祢衡一样的遭遇。

“草屩捞虾，短衣射虎，足了平生事”，是说自己只有以乡间的闲居作为最后的出路了。“草屩捞虾”化用王维《赠吴官》“不如侬家任挑达，草屩捞虾富春渚”；“短衣射虎”用《史记·李将军列传》李广赋闲期间在山中射猎自娱，穿短衣，射猛虎。

“滔滔天下，不知知己谁是”，出自前面讲过的《论语·微子》孔子问津的故事：孔子派子路向正在耕田的隐士长沮、桀溺打听渡口的位置，后者却对子路说：“滔滔者，天下皆是也，而谁以易之？且而与其从辟人之士也，岂若从辟世之士哉！”意即世道纷乱，就像这滔滔的河水，有谁能改变它呢？你与其跟着孔子这样坚守清高、不肯与坏人合作的人，不如跟随我们这样彻底弃绝人世的人。在朱彝尊的时代里，读书人皆可以从“滔滔天下”自然而然地联想到孔子问津的这则经典掌故，读得出朱彝尊在这个纷乱的世界里寻不到知己、只能追随避世之人将自己封闭在世界之外的那份痛苦。

在这样的词里，我们会看到些许张炎的影子，看到几多“玉老田荒”的气象，而其实本质上与张炎不同的是，朱彝尊有着相当勃发的生命力，更比张炎承受了太多底层生计的艰辛，以至于在他最是“玉老田荒”的色调里也潜藏着一股时刻蓄势反弹的力量。朱彝尊的追随者们却不尽然有这样的力量，所以朱彝尊学张炎可以学成一代宗师，其他人学张炎却每每真的落入“玉老田荒”的平淡与萧条里了。

［五十一］

“明月照积雪”“大江流日夜”“中天悬明月”“黄［长］河落日圆”，此种境界，可谓千古壮观。求之于词，唯纳兰容若塞上之作，如《长相思》之“夜深千帐灯”、《如梦令》之“万帐穹庐人醉。星影摇摇欲坠”差近之。

| 1 |

本章列举诗词当中最是写出壮观气象的句子。貌似这是一种无谓的比较，在传统的诗词观念里，壮观是宜于诗而不宜于词的。诗可以大开大合、波澜壮阔，词却以婉约为正宗，以迂回、微妙为特长。所以王国维在本章的意思是：词虽然不宜于壮观，但也可以写出壮观。

“明月照积雪”，语出谢灵运《岁暮》：

殷忧不能寐，苦此夜难颓。[1]
明月照积雪，朔风劲且哀。[2]
运往无淹物，年逝觉已催。

诗题《岁暮》，这是季节的迟暮，也是谢灵运人生的迟暮。人与自然之间也遵循着“同声相应、同气相求”的规律，人生已迟暮，心境已迟暮，便会对自然界的暮色生出格外的感动。谢灵运出身东晋世家大族，世袭康乐公，但随着刘宋政权代晋而立，旧时王谢堂前燕便接二连三地飞入寻常百姓家了。谢灵运作为“旧时王谢”中的谢氏精英，既有无限的落寞，亦有几多敢怒不敢言的愤懑之情，于是见岁暮而伤怀，悲从中来，不可断绝。

“殷忧不能寐，苦此夜难颓”，忧虑太多太繁，以至于夜不能寐，失眠的人觉得长夜格外地难以消磨。于是披衣四望，只见“明月照积雪”，耳中万象，只有“朔风劲且哀”。触景生情，茫茫百感涌上心头，慨然叹息“运往无淹物，年逝觉已催”，年光流转，四季更迭，一切都不能长久，人生也在这岁月的催逼中快步走向终站。

“明月照积雪”一句是历代诗家公推的名句，它用最简单的措辞、最直接的方式，将一幅壮美的画面一下子摆在读者眼前。传统上认为，诗歌语言要以形象思维取胜。我们可以对这个说法做以下理解：写诗就像绘画，要把画面直接呈现在观者眼前。这样说来，诗歌似乎注定逊于绘画一筹，其实不然，因为绘画会受到幅面的限制，但文字不受任何幅面的限制。“明月照积雪”区区五个字，画面感却是天地无垠，这画幅岂不比《清明上河图》还要大上无数倍？以营造画面感的能力而言，绘画好比家庭相册里的照片，诗歌却像是 IMAX 影院里播放的 3D 大片（立体电影）。《人间词话》本章所举的全部例子，都是这类。

---

① 殷：众多。颓：下坠，引申为流逝、过去。这个用法见于《楚辞·九章·悲回风》“岁曶曶其若颓兮，时亦冉冉而将至”。

② 朔风：北风。劲（jìng）：强而有力。

| 2 |

“大江流日夜”，语出谢朓《暂使下都夜发新林至京邑赠西府同僚》：

大江流日夜，客心悲未央。徒念关山近，终知返路长。
秋河[①]曙耿耿，寒渚夜苍苍。引领见京室，宫雉正相望。[②]
金波丽鳷鹊，玉绳低建章。[③]驱车鼎门外，思见昭丘阳。[④]
驰晖不可接，何况隔两乡。风云有鸟路，江汉限无梁。
常恐鹰隼击，时菊委严霜。寄言罻罗者，寥廓已高翔。[⑤]

诗题应该做这样的断句：“暂使下都，夜发新林，至京邑，赠西府同僚。”《南齐书·谢朓传》记载，谢朓曾在雅好文学的随王萧子隆手下任职，备受器重，两人常在一起吟诗作赋，几乎到了形影不离的地步。同僚王秀之嫉恨谢朓受宠，暗中向齐武帝上奏，极尽中伤诋毁之能事。于是齐武帝下诏，命谢朓返还京城建康（今江苏南京）。“下都”即回京，“新林”是建康郊区的地名，“京邑”也是指建康，分言之是为了避免措辞重复，“西府”即荆州随王府。

“大江流日夜，客心悲未央”，既然是受谗免职，心中难免郁郁难平，有太多牢骚要发，于是从浩浩荡荡、奔流不息的江水中看到了自己浩浩荡荡、奔流不息的愁怨。其实谢朓的这点愁怨，既无关于国家大事，亦无关于天下兴亡，只是被仕途中再小不过的一点挫折所触发而已。倘若他就是我们身边的同事或朋友，为这点事牢骚满腹，我们一般都会觉得厌烦。但就是这一点小小不言的

---

① 秋河：秋天的银河。
② 引领：伸颈远望，多以形容期望殷切。宫雉：宫墙。
③ 鳷（zhī）鹊：汉长安宫观名，代指京城宫观。建章：汉长安宫观名，代指京城宫观。
④ 鼎门：《帝王世纪》：“成王定鼎于郏鄏。”皇甫谧曰：“其南门名定鼎门。”这里代指建康南门。昭丘：楚昭王墓，在荆州当阳东。阳：《方言》：“冢大者为丘，丘南曰阳。”这里以昭丘阳代指荆州。
⑤ 罻罗者：张罗网捕鸟的人，暗指王秀之。罻（wèi）：捕鸟的小网。

牢骚，被谢朓写得浩然千古、雄浑壮阔，令人百读不厌，感佩之情油然而生，这就是文学天才鬼斧神工的手段啊。

“徒念关山近，终知返路长”，征途即将到达终点，心里却依然挂牵着出发的地方，无奈身不由己，看那“秋河曙耿耿，寒渚夜苍苍”，银河在秋夜里泛着迷人的光彩，水滨一片苍茫。此时曙色渐开，隐约可以“引领见京室，宫雉正相望”，京城的宫阙已经露出隐约的轮廓。“金波丽鳷鹊，玉绳低建章”，月光在宫阙上洒下金波，北斗悄然低垂在宫墙上方。“驱车鼎门外，思见昭丘阳”，驱车到了京城的城门下，不由得又思念起荆州的日子。但只有徒劳地思念了，毕竟“驰晖不可接，何况隔两乡”，飞驰的日光尚不能两地相接，何况京城与荆州两地悬隔。“风云有鸟路，江汉限无梁”，鸟儿可以在高空中自由飞翔，我却处处受限，不能去往想去的地方。“常恐鹰隼击，时菊委严霜”，但鸟儿也常常要担心鹰隼的爪牙，畏谗受妒的人也会转瞬凋萎如寒霜中的菊花。“寄言罻罗者，寥廓已高翔”，我这首诗，希望能使那些嫉贤妒能的人知道，我已经高飞远去，在更广阔的空间里翱翔。

从这首诗里，我们完全看得到谢朓是个太不达观的人，因为受了谗害，于是摆出一副如临深渊、如履薄冰的姿态，最后还不忘记向王秀之泄一下愤，虽然说的是“寥廓已高翔”，但显然还是耿耿于怀。偏偏这样的心态，写出了“大江流日夜，客心悲未央”这等波澜壮阔的名句，可见“文如其人”的说法有时候也做不得准。

| 3 |

“中天悬明月”，语出杜甫《后出塞》组诗之二，本书第八章已经有过讲解。“长河落日圆”，语出王维《使至塞上》：

单车欲问边，属国过居延。征蓬出汉塞，归雁入胡天。

大漠孤烟直，长河落日圆。萧关逢候骑，都护在燕然。[1]

唐玄宗开元二十五年（737），河西节度使崔希逸对吐蕃打了一场胜仗，玄宗派王维以监察御史的身份出塞察访军情。此前一年，李林甫，唐代最著名的几个奸臣之一，荣升中书令，政治环境急转直下，王维因此情绪消极，甚至动了归隐的念头。这次出使，其实正是李林甫作祟，借故将这个不太听话的王维逐出权力核心。

“单车欲问边，属国过居延”，单车是“单车之使”的简称，意即使者。属国，秦汉时代有“典属国”一职，掌管蛮夷部族的归顺事务，后来以典属国作为外交使者的代称。诗中的“属国”即典属国的省称。居延，古地名，在今天甘肃张掖、酒泉一带，是汉朝与匈奴接壤的地方。唐代诗人喜欢以汉喻唐，地名、官名等常用汉朝的概念。

首联写自己奉使慰边，颔联“征蓬出汉塞，归雁入胡天”，开始写边塞所见的风情，而一切风情中最骇人心目的，就是颈联“大漠孤烟直，长河落日圆”。旧说以为边疆烽火台夜间举火，白天烧烟，烧烟用狼粪，其烟直而聚，风吹而不斜。郭培岭《王维〈使至塞上〉考释》对“大漠孤烟直”有实地考察，发现这是气象学上的尘卷风现象。

尾联“萧关逢候骑，都护在燕然”，讲自己抵达边关，却没能见到节度使崔希逸，侦察兵说节度使大人正在前线。这一联正是深谙官场之道的写法。燕然即燕然山，后汉车骑将军窦宪大败匈奴，曾在此山刻石记功。王维以燕然代指前线，既称道了崔希逸忙于国事，而展望辉煌、歌功颂德的意味虽然引而不发，却呼之欲出。

《红楼梦》第四十八回，黛玉教香菱学诗，要她先去把王维的五言律诗一百首细心揣摩透了。香菱后来向黛玉讲起心得，于是有了这样一段对话：

---

① 萧关：在今天的甘肃固原，唐代是防御吐蕃的军镇。候骑（jì）：骑马的侦察兵。都护：唐代边疆设置都护府，长官称都护，这里指节度使崔希逸。

香菱笑道："据我看来，诗的好处，有口里说不出来的意思，想去却是逼真的；有似乎无理的，想去竟是有理有情的。"黛玉笑道："这话有了些意思！但不知你从何处见得？"香菱笑道："我看他《塞上》一首，那一联云：'大漠孤烟直，长河落日圆。'想来烟如何直？日自然是圆的：这'直'字似无理，'圆'字似太俗。合上书一想，倒像是见了这景的。若说再找两个字换这两个，竟再找不出两个字来。再还有'日落江湖白，潮来天地青'，这'白''青'两个字也似无理。想来，必得这两个字才形容得尽，念在嘴里倒像有几千斤重的一个橄榄。还有'渡头馀落日，墟里上孤烟'，这'馀'字和'上'字，难为他怎么想来！我们那年上京来，那日下晚便挽住船，岸上又没有人，只有几棵树。远远的几家人家作晚饭，那个烟竟是碧青，连云直上。谁知我昨日晚上读了这两句，倒像我又到了那个地方去了。"

正说着，宝玉和探春也来了，也都入座听他讲诗。宝玉笑道："既是这样，也不用看诗，'会心处不在多'，听你说了这两句，可知'三昧'你已得了。"黛玉笑道："你说他这'上孤烟'好，你还不知他这一句还是套了前人的来。我给你这一句瞧瞧，更比这个淡而现成。"说着便把陶渊明的"暧暧远人村，依依墟里烟"翻了出来，递与香菱。香菱瞧了，点头叹赏，笑道："原来'上'字是从'依依'两个字上化出来的。"

宝玉大笑道："你已得了。不用再讲，越发倒学杂了。你就作起来，必是好的。"

香菱与黛玉诸人论诗，其实正是曹雪芹认真道出来的诗学三昧，完全也是王国维"语语都在目前，便是不隔"的意思。

| 4 |

“夜深千帐灯”，语出纳兰性德《长相思》：

山一程。水一程。身向榆关那畔行。夜深千帐灯。
风一更。雪一更。聒碎乡心梦不成。故园无此声。

康熙二十一年（1682），三藩之乱终告平定，满洲贵族直到这一刻才算真正坐稳了江山。于是康熙帝离开京师，远赴永陵、福陵、昭陵告祭与报功，纳兰性德以侍卫身份随行，这首词便作于此行途中。

“山一程。水一程。身向榆关那畔行”，榆关是山海关的古名，帝王仪仗浩浩荡荡行往山海关，晚上便扎营歇宿在千山万水之间。放眼望去，“夜深千帐灯”蔚为壮观。

“风一更。雪一更”，帐篷外风雪大作，让人睡不安稳。但之所以睡不安稳，并非因为风雪的声音本身，而是因为这声音尤其令人生出思乡的念头。“聒碎乡心梦不成。故园无此声”，这种山野中特有的风雪声是在家的时候从未听到过的。

吊诡的是，追溯血脉的话，纳兰性德是蒙古裔的八旗子弟，出山海关越是北行，反而越接近他的“故园”，那里有更狂的风，更厚的雪。但他一直生长在北京，自幼过惯了大都会里锦衣玉食的生活，虽然也遵循八旗传统练就了一身好武艺，却早已经把白山黑水的粗犷换作了唐诗宋词的温柔。也正因为这样，“夜深千帐灯”在他乍见之下是一个如此惊人的画面。在那些入关从龙的前辈武士看来，这不就是家常便饭的每日生活吗？距离产生美，纳兰性德已经与满洲八旗的传统生活产生太大的距离了。

| 5 |

“万帐穹庐人醉。星影摇摇欲坠”，语出纳兰性德《如梦令》：

万帐穹庐人醉。星影摇摇欲坠。归梦隔狼河，又被河声搅碎。还睡。还睡。解道醒来无味。

这首《如梦令》与上一首《长相思》作于同一段旅程中。两个词牌都是细腻、小巧型的，却偏偏写出了“千古壮观”。“万帐穹庐人醉。星影摇摇欲坠”，这是夜晚露营看到的景象，今天只有在一些高原地区我们才能看到繁星密布，仿佛就挂在头顶上、树梢上，伸手可及。这样的星空我们只要见过一次，就会知道“星影摇摇欲坠”的描写半点都不夸张，还会知道星空带给人的美感不仅是柔美的，也可以壮美得令人惊诧。

高士奇《扈从东巡日录》记载，康熙二十一年（1682）二月二十七日，帝王仪仗暮渡大凌河，驻跸东岸，四月二十五日驻跸大凌河西。大凌河即白狼河，这便是“归梦隔狼河，又被河声搅碎”的背景。离家越远，挂怀越深，“万帐穹庐人醉。星影摇摇欲坠”虽然在我们看来如此美丽，却激不起纳兰性德半点兴致。“还睡。还睡。解道醒来无味”，在我们这个旅游热的时代，这真是一种不可理喻的心态啊。

［五十二］

纳兰容若以自然之眼观物，以自然之舌言情。此由初入中原，未染汉人风气，故能真切如此。北宋以来，一人而已。

| 1 |

纳兰性德，原名成德，字容若，满洲正黄旗人，康熙朝权臣纳兰明珠的长子。

从血缘追溯，纳兰性德是蒙古裔，是蒙古土默特氏的后人。土默特氏曾经征服了满洲那拉氏，从此放弃本姓，改用被征服者的姓氏。纳兰、那拉，还有纳腊，都是汉语的不同音译，这一血统中最著名的人物，除了纳兰性德之外，就是晚清的慈禧太后（叶赫那拉氏）。

纳兰性德于顺治十一年（1654）冬在北京出生，是在清朝定鼎之后的和平气氛里成长起来的，游牧、渔猎、金戈铁马的传统于他都只是古老传说。他自幼接受的是满汉两种传统的教育，既要学习满人赖以驰骋沙场的骑射本领，又要学习朱子理学注释出来的四书五经。

家世与天资的结合轻易便使他成长为一个文武双全的人物，他以门荫充任大内侍卫，以科举挣到大好功名，以赤诚与才华结交天下第一流的文人才子，以柔软的用心呵护小家庭的爱情生活……以今天的标准看，这真是再完美不过的男人类型，只适宜在偶像剧里出场，简直不像是一个活生生会出现在现实生活里的人物，年过而立便英年早逝的悲剧更使他的人生永远定格在最美的年华里。就连他的死，都是死于一种离奇的病症，真是会让今天那些痴迷于白血病的偶像剧导演两眼放光的。

| 2 |

在王国维看来，纳兰性德之所以能够“以自然之眼观物，以自然之舌言情”，是因为“初入中原，未染汉人风气，故能真切如此”。事实上纳兰性德痴狂一般地将自己浸染在汉人风气里，比当时绝大多数出身书香门第的汉人更甚。父亲的权势与财力使他可以在当世顶尖学者的门下读书，可以认真研读那个书籍匮乏时代的大量珍本、秘本，可以编辑、刊刻大部头的儒家经典，可以为自己与好友编选词集……所有汉人知识分子梦寐以求却做不到的事，他一件件做得游刃有余。骑射于他只是不得已而为之的功课，汉文化的经史子集、诗词歌赋才是真正让他一往情深的。

尤其是词，当时词坛中的第一流人物如朱彝尊、陈维崧，莫不与纳兰性德过从甚密，再如顾贞观，与纳兰性德几乎称得上管鲍之交。并且这些汉人名士或多或少都接受过纳兰性德的帮助，而几乎所有的文坛名流，尤其是那些兀傲不群的人，常常围绕在纳兰性德的身边，在他的渌水亭中饮酒纵论诗词。以至于后来有人怀疑，纳兰性德是接受了皇家密旨，对汉人名士以笼络之道行监视之实。这真是厚诬古人了，我们看纳兰性德与友人交往的太多诗词里，除了古道热肠、剖肝沥胆之外，哪里有半点敷衍或虚伪的意思呢。

| 3 |

纳兰性德最有名的一首词，恰恰是与一位故友绝交的词。所谓君子绝交，不出恶声，而以一首美丽的《木兰花令·拟古决绝词》来表示绝交的意思，这何止是“不出恶声”，简直就是富艳精工的美声：

人生若只如初见。何事秋风悲画扇。等闲变却故人心，却道故心人易变。骊山语罢清宵半。泪雨零铃终不怨。何如薄幸锦衣郎，比翼连枝当日愿。

这首词的题目也作“拟古决绝词，柬友”，所绝交的友人究竟为谁，今天已经无从考证。所谓“拟古”是诗人常见的写法，一般是模拟古乐府来写作新声。这首《木兰花令》所拟的古代“决绝词”便可见于《宋书·乐志》所引《白头吟》：“晴如山上云，皎若云间月。闻君有两意，故来相决绝……”，男人有了二心，女子以这首诗坚决提出分手，而性德这首词，是以男女之决绝隐喻友情之决裂。

“人生若只如初见。何事秋风悲画扇”，这样的句子之所以流行，之所以赢得太多少男少女的感同身受，是因为它道出了人性中最本质的一个部分。今天我们有足够的生物学知识可以解答古人的困惑：人不过是群居动物中的一种，一切群居动物的天性在人类身上都不少见。群居动物的两性关系从来不会是一夫一妻，而是在交配竞争中获胜的雄性垄断所有雌性，这就保障了最强的基因获得最大限度的繁衍机会。雄性的最佳繁衍策略就是“不忠”，见异思迁的天性会使他的基因得到更多的复制。一切都是基因的力量在驱动着，这倒可以从生物学上为叔本华的悲观主义哲学提供可靠的佐证。

所以在爱情的世界，人生天然就不可能“若只如初见”。男人总会以异乎寻常的速度对女人厌倦，所以一夫一妻的婚姻关系更多是靠着道德与法律的约束、相濡以沫的战友情谊、对孩子的责任感、惰性，以及如电影《史密斯夫妇》所表现的那种新鲜刺激的共同经历而维系下来的。只有极少数的特例，如纳兰性德，可以超越这样的规律。

人总要变，永远不可能“只如初见”，这是我们在理性上不得不接受的真相，亦同样是我们在感性上最不愿接受的真相。这一矛盾产生的张力正是“人生若只如初见。何事秋风悲画扇”的魅力所在，也只有在美学角度上，我们才可以将这样一种张力感受为美。

“秋风悲画扇”隐括了一则典故：班婕妤受到汉成帝的冷落，凄凉境地下以团扇自喻，写下一首《怨歌行》：“新裂齐纨素，皎洁如霜雪。裁成合欢扇，团团似明月。出入君怀袖，动摇微风发。常恐秋节至，凉飙夺炎热。弃捐箧笥中，恩情中道绝。”团扇材质精良，如霜似雪，形如满月，兼具皎洁与团圆两重意象，“出入君怀袖”自是形影不离，但秋天总要到的，等秋风一起，扇子就要被扔在一边。

“等闲变却故人心，却道故心人易变”，这两句隐括谢朓《同王主簿怨情》“故人心尚永，故心人不见”。谢朓这首诗也是借闺怨抒怀，也同样用到“悲团扇”的典故，正是纳兰性德这首《木兰花令》之所本。

“骊山语罢清宵半。泪雨零铃终不怨。何如薄幸锦衣郎，比翼连枝当日愿”，用唐明皇、杨贵妃在骊山华清宫长生殿里秘誓相约的故事。白居易《长恨歌》有“七月七日长生殿，夜半无人私语时”。后来马嵬坡事过，唐明皇入蜀避难，雨季的夜晚于栈道闻铃，不禁百感交集，依此音作《雨霖铃》曲寄托幽思。白居易《长恨歌》有“在天愿作比翼鸟，在地愿为连理枝”，唐明皇这位“薄幸锦衣郎”当初就是这样许下比翼连枝的誓言，然而在现实的变故里，牺牲掉一位曾爱到死去活来的妃子竟然是一件如此轻易的事。

| 4 |

如果说纳兰性德身上真有什么“未染汉人风气”的地方，那一定就是他在婚姻生活中对爱情的真挚。汉人传统的婚姻生活是与爱情无关的，甚至可以说，以爱情为基础的婚姻或多或少都带有几分不道德的色彩。我们看那些美丽的宋词，一往情深的爱情都是写给歌女的，即便如苏轼悼亡之作《江城子》（十年生死两茫茫），对妻子的感情也只是一种相濡以沫的患难真情，而不是纯粹意义上的爱情。

纳兰性德却真正以纯粹的爱情爱着他的妻子卢氏，所以在卢氏早早地故去之后，他写了太多的悼亡词来缓解那其实根本无从缓解的哀伤，著名者如《蝶恋花》：

辛苦最怜天上月。一昔如环，昔昔都成玦。[1]若似月轮终皎洁。不辞冰雪为卿热。

无那尘缘容易绝。[2]燕子依然，软踏帘钩说。唱罢秋坟愁未歇。春丛认取双栖蝶。

月亮在一个月中只有一天圆满，其他的日子里都有或多或少的残缺。人生又何尝不是如此，永远聚少离多。若能使明月长圆，若能使我们永不分离，我一定“不辞冰雪为卿热”。

“不辞冰雪为卿热”，这是《世说新语》里的一则故事：荀奉倩深爱他的妻子。有一次妻子患病，身体发热，体温总是降不下来，当时正值隆冬，荀奉倩情急之下，竟然脱掉衣服，赤身跑到庭院里，让风雪冻冷自己的身体，再回来贴到妻子的身上给她降温。如是不知多少次，但深情并没有感动上天，他未能留住妻子的生命，自己也被折磨得病重不起，很快也随妻子而去了。可是这样的爱情非但不曾赢得世人的感动与同情，反而大受讥讽，就连《世说新语》也将它归入“惑溺”的篇目，认为荀奉倩惑溺于男女之情，以致丧失了应有的理智。

在汉人传统的观念里，妻子是负责持家、生养和奉敬公婆的，理想的夫妻关系应该如梁鸿与孟光那样相敬如宾、举案齐眉。唐人刘商有一首《赋得射雉歌送杨协律表弟赴婚期》，明明是恭贺表弟新婚之喜，却还要一本正经地说“昔

---

① 昔：同“夕”。玦（jué）：环形而有缺口的佩玉。

② 无那：无奈。

日才高容貌古，相敬如宾不相睹。手奉蘋蘩喜盛门，心知礼义感君恩”，礼义才是婚姻生活的第一要义。而爱情是一种惑溺，怎可以出现在夫妻关系里呢？

但纳兰性德不是这样，他有深沉的爱，所以有深沉的痛。“唱罢秋坟愁未歇”，这是隐括李贺《秋来》“秋坟鬼唱鲍家诗，恨血千年土中碧”的句子，真有一种惑溺得一往无前、不可自拔的姿态。

“春丛认取双栖蝶”，这是我们最熟悉的“化蝶”的故事，这个故事其实有不同的版本。《山堂肆考》记载：民间传说大蝴蝶必定成双，是梁山伯、祝英台的魂魄所化，一说是韩凭夫妇的魂魄所化。《独异志》又有记载说，宋康王夺走了韩凭（又作韩朋）的妻子，派韩凭修筑青陵台，借机害死了他。韩凭的妻子请求临丧，乘间跳下青陵台自尽身亡。《太平寰宇记》的记载更详，说韩凭的妻子事先将衣裳腐化，在青陵台上突然投身跳下，当左右的人急忙去拉扯住她的衣角时，谁知衣服触手即碎，化作片片蝴蝶。宋康王愤恨不已，将韩凭夫妻分别埋葬，岂料两座坟墓上分别生出了两棵大树，枝条互相接近，终于缠绕在一起，这就是人们常说的连理枝。或说韩凭夫妇化为蛱蝶，如李商隐《青陵台》：“青陵台畔日光斜，万古贞魂倚暮霞。莫讶韩凭为蛱蝶，等闲飞上别枝花。”纳兰性德有《有感》诗：“帐中人去影澄澄，重对年时芳苡灯。惆怅月斜香骑散，人间何处觅韩凭。”他已将自己与卢氏想象成悲剧故事里的男女主角，不断幻想着化蝶式的重逢。

| 5 |

纳兰性德的悼亡词里，还常常有平淡的语句道出平淡却深切的真理，如《浣溪沙》：

谁念西风独自凉。萧萧黄叶闭疏窗。沉思往事立残阳。

被酒[①]莫惊春睡重，赌书消得泼茶香。当时只道是寻常。

小词明白如话，只有“赌书消得泼茶香”一句用到一则习见的典故：李清照《金石录后序》记载自己与赵明诚的夫妻生活，说每次饭后都在归来堂烹茶，指着堆积的书卷，互相考较某事在某书第几卷、第几页、第几行，以胜负决定饮茶次序。答中的人每每举杯大笑，以至于把茶水倾在怀里，反而喝不到了。

往事已矣，在秋风中独自品味孤独，回想当时与卢氏的种种生活细节，每一个细节都曾是那样的快乐，那样值得人无限珍惜，然而“当时只道是寻常”，当时所有的寻常在今天的回忆里都变成了遥不可及的甜蜜，任何体会过永失所爱的人都会为这一句词而潸然落泪。

纳兰性德的气质很接近李煜，当时陈维崧便说他填词“得南唐二主之遗”。的确，他和李煜都是天才勃发型的词人，能够以骄人的天资将最平常不过的语言点化为感人至深的艺术。王国维“北宋以来，一人而已”的评价在词史上来看也许多少有些过誉，但站在《人间词话》一贯所持的叔本华式与尼采式天才论的立场上，纳兰性德完全当得起这个评价。

有人考证说纳兰性德就是贾宝玉的原型，明珠府上的故事就是《红楼梦》的原型。这也许是一种焚琴煮鹤式的文学解读，但至少说对了一点：在纳兰性德的身上，真有着太多贾宝玉的性情。

① 被酒：醉酒。

[五十三]

陆放翁跋《花间集》谓:“唐季五代,诗愈卑,而倚声者辄简古可爱。能此不能彼,未可[易]以理推也。”《提要》驳之谓:“犹能举七十斤者,举百斤则蹶,举五十斤则运掉自如。”其言甚辨。然谓词必易于诗,余未敢信。善乎陈卧子之言曰:“宋人不知诗而强作诗,故终宋之世无诗。……然其欢愉愁苦[怨]之致,动于中而不能抑者,类发于诗余,故其所造独工。”五代之词所以独胜,亦以此也。

| 1 |

陆游为《花间集》作过两篇跋语,本章引文出自第二篇跋:

唐自大中后,诗家日趣浅薄,其间杰出者亦不复有前辈闳妙浑厚之作,久而自厌,然梏于俗尚,不能拔出。会有倚声作词者,本欲酒间易晓，颇摆落故态，适与六朝跌宕意气差近，此集所载是也。故历唐季、五代，诗愈卑，而倚声者辄简古可爱。盖天宝以后诗人常恨文不迨；大中以后，诗衰而倚声作，使诸人以其所长格力施于所短，则后世孰得而议。笔墨驰骋则一，能此而不能彼，未易以理推也。开禧元年十二月乙卯，务观东篱书。（明汲古阁覆宋本）

陆游提出的是这样一种观点：从唐宣宗大中年间直到五代，诗的水准每况愈下，越写越浅薄，即便是其中的杰出者也写不出前辈诗人那种闳妙浑厚的味道；而那些填词的文人，本来只把词当作歌楼酒肆里的娱乐手段，所以写得明白晓畅，但正是因为这份明白晓畅，反而摆脱了当时诗歌的颓态，直追六朝时候的跌宕意气，《花间集》所收录的就是这样的作品；所以说晚唐以迄五代，诗愈卑而词愈发古雅可爱，大约文人能诗者则不擅词，能词者则不擅诗，其中的奥妙很难令人推想明白。

| 2 |

乾隆朝编修《四库全书》，《花间集》也在搜罗之列，四库馆臣对陆游的跋语很不以为然，于是在撰写《提要》的时候特地花了一些篇幅来做反驳：

后有陆游二跋。……其二称唐季、五代，诗愈卑而倚声者辄简古可爱，能此不能彼，未易以理推也。不知文之体格有高卑，人之学力有强弱。学力不足副其体格，则举之不足；学力足以副其体格，则举之有余。律诗降于古诗，故中、晚唐古诗多不工，而律诗则时有佳作。词又降于律诗，故五季人诗不及唐，词乃独胜。此犹能举七十斤者举百斤则蹶，举五十斤则运掉自如，有何不可理推乎？

四库馆臣的意见是：陆游只看到了现象，却并未找出原因。其实原因并不难寻：文学体裁有高有卑，人的才力也有强有弱；才力强的人就能驾驭高级文体，才力弱的人只能胜任低级文体；律体诗不如古体诗高级，所以中唐、晚唐的古体诗大多写得不好，律体诗却常常有佳作出现；词不如律体诗高级，所以五代时期的文人写诗不如唐人，填词却风靡一时，佳作迭出。这就好比一个人有七十斤力气，举百斤的重物就会栽倒，举五十斤的东西却胜任愉快，这不是很简单的道理吗？

这样的意见在今人看来会有点费解，在古代却一直很有市场，以至于爱好填词的人直到晚清都在努力为词争取一份与诗歌平等的地位。在传统看法里，诗属于阳春白雪，词属于下里巴人；同属阳春白雪的诗也有高下之分：古体诗比律体诗古雅，五言诗比七言诗古雅。除了《诗经》《楚辞》这种经典之外，诗歌类型的最高级别是五言古诗。

我们看《唐诗三百首》的排序，依次是五言古诗、五言乐府、七言古诗、七言乐府、五言律诗、七言律诗……这个次序是说明了文体级别的。古人为自己编辑文集，通常都会将诗放在开头，词要么索性不予收录，要么就放在文集的末尾。即便是纳兰性德这样最爱填词，也一直在为词争取地位的人，他的师友在他殁后为他编纂文集（即《通志堂集》），顺序也是赋在最先（因为赋比诗更古雅），然后是五言古诗、七言古诗、五言律诗、七言律诗、五言排律、五言绝句、七言绝句，当所有的诗都安排完了，才是词的位置。唯一与众不同的是，文章被排在了词的后边。

| 3 |

儒家有厚古薄今的传统，表现在文学上，就是以古雅为标杆，新兴的文体总是不如旧有的文体。其实纯粹以创作难度来看，律体诗要讲平仄、对偶，技法上明显难于古体诗；词要讲合乐，音律的讲究比律体诗还要复杂很多，技术难度最大。但古人考虑的要点不是技术，而是风格，他们认为古代的文体虽然缺乏技术上的难度，但那种古雅的味道是最难学出来的。

这其实不很讲理，正如《诗经》在后世看来古雅得很，但当时的人一定不会这样想。所谓古雅，是在漫长的岁月里缓缓发酵出来的，与创作者本人并没有太直接的关系。

所以王国维并不赞同四库馆臣的说法，拿出明末文坛领袖陈子龙的《王介人诗余序》来做反驳：

> 宋人不知诗而强作诗。其为诗也，言理而不言情，故终宋之世无诗焉。然宋人亦不可免于有情也，故凡其欢愉愁怨之致，动于中而不能抑者，类发于诗余。故其所造独工，非后世可及。盖以沉至之思而出之必浅近，使读之者骤遇如在耳目之表，久诵而得沉永之趣，则用意难也。以儇利之词，而制之实工练，使篇无累句，句无累字，圆润明密，言如贯珠，则铸词难也。其为体也纤弱，所谓明珠翠羽，尚嫌其重，何况龙鸾？必有鲜妍之姿，而不藉粉泽，则设色难也。其为境也婉媚，虽以警露取妍，实贵含蓄，有余不尽，时在低回唱叹之际，则命篇难也。惟宋人专力事之，篇什既多，触景皆会，天机所启，若出自然。虽高谈大雅，而亦觉其不可废。何则？物有独至，小道可观也。

陈子龙，字卧子，号大樽，明代几社领袖，被词坛中的云间派奉为宗师。普通读者知道陈子龙的名字，一般是因为他和柳如是有过一段爱情生活的缘故。

陈子龙并不专注于填词，却成为明清易代之际挽词坛风气之衰的一代风云人物，他的《湘真阁词》在清代备受推崇。光绪年间的词论大家谭献在《复堂日记》里有这样一段记载：明清两代词坛，词家公推《湘真阁词》为第一，《饮水词》其次。谭献还引述嘉庆、道光年间的词坛名宿周之琦的话说：纳兰性德是欧阳修与晏氏父子一流的人物，不足与李煜比肩，只有陈子龙才有资格称为李煜的后身。

现在除了专业研究者，已经很少有人读过陈子龙的词了。陈子龙当时既有文坛领袖的身份，便总要尽一些文坛领袖的义务，亦即为他人的文集作序推荐。这种差事多了，陈子龙的推荐便也常常言不由衷，只是在表誉作者之外的一些见解常常有机杼独出的高论。在这篇《王介人诗余序》里，陈子龙将王翃（字介人）的词作吹捧到无人敢信的高度，但除此之外，对宋词细密入理的分析却成为被引用频次极高的段落。

这一段的大意是说：宋人不懂得写诗的要领而勉强作诗，只言理而不言情，以至于两宋数百年来根本就没有像样的诗歌作品。但宋人也和任何时代的人一样有着情感表达的需要，诗既然只言理，词就成为专门的言情载体。填词不易，分别有用意、铸词、设色、命篇四难，但宋人能够全力以赴，所以作品数量既多，造诣也能达到天机自然之妙境。词虽属小道，不登大雅之堂，却也不乏可观之处，不该完全废弃。

| 4 |

在陈子龙的观念里，词毕竟属于小道，只适宜士君子以余力为之。这要算是时代的偏见了，但他对宋词之所以独擅一时的解释却说中了几分真相。宋人写诗最重理趣，这一点最受后人诟病。极端的状况如明代文坛“后七子”领袖李攀龙编选一部从商周直到国朝的诗集，将明诗直接唐诗，宋诗竟然一概不选。

其实标榜情趣还是标榜理趣，各有各的道理，也各有各的魅力。倘若以理趣为审美标杆，唐诗反而不甚入流。“三过门间老病死，一弹指顷去来今”，这是前文讲过的苏轼的诗句，这样的理趣又何尝不让人在美感中感动呢？只是理趣的流弊在于好发议论，以学问和议论为诗，而诗歌作为一种文体，天然就是要以形象思维取胜的。即便是理趣，也要在形象思维的包裹当中呈现。

理学大师程颢有一首很著名的《秋日偶成》，可以算是议论体的典范：

闲来无事不从容，睡觉东窗日已红。万物静观皆自得，四时佳兴与人同。道通天地有形外，思入风云变态中。富贵不淫贫贱乐，男儿到此是豪雄。

如果请唐人来做评委，会批评这首诗简直没有半点诗味。但欣赏它的人依然不在少数，因为它将理学家的人生境界写出了座右铭或格言一般的魅力，而人们对诗歌的欣赏，其实在很大程度上都是对格言的欣赏。文天祥“人生自古谁无死，留取丹心照汗青”，纯粹是豪言壮语而已，依唐人的标准依然不是好诗，但这并不妨碍它千古以来脍炙人口。即便在现代诗里，“卑鄙是卑鄙者的通行证，高尚是高尚者的墓志铭”，同样是以格言的魅力取胜，在以巧妙的修辞说理、发议论而已，但人们恰恰因为这两句诗记住了北岛。

这样看来，宋人重理趣，甚至好发议论，也算不得是对诗歌的败坏。不过，陈子龙说“故终宋之世无诗焉”固然偏颇，却看出了即便是爱好说理的宋人也和唐人、和我们所有人一样，都有言情的需要。既然宋诗堵住了言情的通路，情之所钟便一股脑地倾泻到词的世界里去，所以宋人填词正如唐人写诗，或者说从言情的角度上看，宋词才是堪与唐诗比肩的事物，宋诗反而是另一种不相干的东西。王国维认为五代之词所以独胜，也是因为这个缘故。这个结论倒有些轻率了，毕竟五代时期的诗歌还不似宋诗那样阻塞了言情的门径。

［五十四］

四言敝而有楚辞，楚辞敝而有五言，五言敝而有七言，古诗敝而有律绝，律绝敝而有词。盖文体通行既久，染指遂多，自成习套。豪杰之士，亦难于其中自出新意，故遁而作他体，以自解脱。一切文体所以始盛终衰者，皆由于此。故谓文学后不如前，余未敢信。但就一体论，则此说固无以易也。

| 1 |

本章论述文体兴替的规律：一个时代有一个时代的文体，四言诗衰微之后兴起楚辞，楚辞衰微之后兴起五言古诗，其后代兴有七言古诗、律体诗、词。一种文体流行得太久了，参与创作的人太多了，也就越来越程式化，即便是天才作家也很难再出新意，所以人们会自然转向另一种文体，以从旧文体的窠臼中解脱出来。所以文学并不会后不如前，但就任何一个特定的文体而论，确实

永远都会后不如前。

任何事物都要经历成、住、坏、灭的过程，文体亦不例外。所谓月盈则缺、水满则溢，发展到顶点的时候恰恰也正是衰落的开始。顾炎武早在《日知录》里讲过这个道理：

> 《三百篇》之不能不降而《楚辞》，《楚辞》之不能不降而汉、魏，汉、魏之不能不降而六朝，六朝之不能不降而唐也，势也。用一代之体，则必似一代之文，而后为合格。
>
> 诗文之所以代变，有不得不变者。一代之文，沿袭已久，不容人人皆道此语。今且千数百年矣，而犹取古人之陈言一一而摹仿之，以是为诗，可乎？故不似则失其所以为诗，似则失其所以为我。李、杜之诗所以独高于唐人者，以其未尝不似而未尝似也。知此者，可与言诗也已矣。

顾炎武这段话是针对明代“前七子”和“后七子”的复古风尚来讲的，核心意思就是说：文体势必会随时代而变，所以写诗之道，因袭和创新不可偏废。一味因袭古人就会失去自我，一味创新写出来的就不再是诗。顾炎武的这个意思，前一半说中了明朝诗人，后一半说中了现代诗人。

康熙四十三年（1704），纳兰性德的挚友顾贞观曾在写给陈聂恒的一封信里讲过类似的观点：我虽然受知于龚鼎孳（号芝麓），却于填词之道最服膺曹溶（号倦圃）。纳兰性德曾经问过我这两位先生对词学的见解如何，我便转述曹溶的话说：“词境易穷，学步古人最怕了无新意，勇于创新又怕有伤大雅。”您如果能够避免这两种缺憾，就不怕超不过欧阳修、秦观、辛弃疾、陆游这些古代名家。纳兰性德听过我这番话之后，词就写得越来越好。

| 2 |

王国维是接着顾炎武和顾贞观的意思来讲的，尽管他未必看到过顾贞观的

这封书信。王国维在本章所说的观点虽然局限于传统诗体，其实可以扩大到一切的艺术体裁。譬如一部西洋美术史看下来，各种美术流派的嬗变莫不遵循着这条规律。时代发展到今天，无论是古典式的绘画、古典式的音乐还是古典式的诗歌，一律走向了穷途末路。然而取代它们的新的体裁，虽然已经有了几十年甚至上百年的发展历程，今天却依然看不分明。

现代艺术变成了一种毫无标准可言的艺术。以诗歌为例，只要分行断句的就可以称之为诗，甚至不分行、不断句的也可以称之为诗。没有格律，不再有字数的限制，就连有没有韵脚都无所谓，人们于是越来越难判断印刷品上胡乱排列的几行字究竟是不是好诗，甚或究竟是不是诗。

诗歌发展到今天，可以说已经彻底消亡了，但原因并不在于文体嬗变的规律，而是因为今天的社会结构已经和古代有了天翻地覆的差异：古代的精英社会变成了今天的平民社会，精英文化消亡，平民文化兴起，这才是古今本质的差异，并且是一个世界范围里的变化。今天的文化风尚已经不再是由知识精英决定了，而是由千千万万的普罗大众来决定。文化变成了商品，销量决定了它的一切，而销量最大的文化商品必定是最大多数人最低级的审美趣味，而在古代的精英社会这里是不可想象的事情。

有必要摘引日本艺术评论家冈仓天心的一段文字：

> 在此不禁想起小堀远州的故事。远州以前被弟子们恭维，说他在收藏方面显示出了非常高雅的品味。“不论哪一件藏品都会让所有的人赞叹不已，可见老师的品味超过了利休。因为利休收藏的东西，真正能够欣赏的，千人中仅有一人。”远州喟然答道：“这只能证明我是多么的平庸。伟大的利休，敢于收藏哪怕只有他自己认为有趣的东西，而我却在不知不觉中迎合了多数人的爱好。利休才是千里挑一的茶师啊。”（《茶之书》）

冈仓天心所讲的已是太久远之前的局面，近一百年来我们的世界已经向着平民化的方向走得更远了。诗歌面临的转变并不是词之后还要有什么新的文体代兴，而是诗歌作为一种文学门类已经彻底成为博物馆里的古董了，这是王国维当时尚无法逆睹的事情。电影、电视、报刊、网络，一切快餐文化成为美丽新世界里的主流，即便是小说都遭遇了纯文学彻底失守的败局。从这个角度来看，词，可谓全部诗歌体系里的最后一件珍宝。

[五十五]

诗之《三百篇》《十九首》，词之五代、北宋，皆无题也。非无题也，诗词中之意，不能以题尽之也。自《花庵》《草堂》每调立题，并古人无题之词亦为之作题。如观一幅佳山水，而即曰此某山某河，可乎？诗有题而诗亡，词有题而词亡。然中材之士，鲜能知此而自振拔者矣。

| 1 |

诗词原本无题，慢慢有人加上了题目，很快便蔚然成风。一般人不会觉得诗词有题目会是什么坏事，但王国维坚持无题主义，甚至说出“诗有题而诗亡，词有题而词亡”这样骇人听闻的话来。

王国维为他的无题主义提供了两点理由，第一点显然站不住脚：“诗词中之意，不能以题尽之也。”题目当然不可能穷尽正文的意思，但谁会要求题目有这样的功能呢？正如一幅 1 ∶ 100 的地图不可能穷尽真实的地形，但谁又会要一幅 1 ∶ 1 的地图呢？

题目的意义在于索引，所以一首诗有题目正如一个人有名字一样。索引系统通常有两种类型，一是纯粹的编号形式，譬如一家两兄弟分别取名苏大、苏二；另一种是表意形式，譬如方才那两兄弟改名为苏轼、苏辙。在王国维的语境里，编号类的题目属于无题，《诗经》就是这样，从诗歌首句里随便选两三个字当作题目；表意类的题目才属于有题，如杜甫《春夜喜雨》《石壕吏》这类。

| 2 |

王国维的第二个理由完全有西方美学的味道：看一幅山水画，由题目指明这是某处的山水，这反而会局限观者的审美体验。换言之，一幅优秀的山水画，所画出的应该是山水的“理想”，是神在创造宇宙万物时对山水的构思，这才是完美的山水；而任何一处具体的山水都是对“理想”山水的模仿与分有，亦即对神之构思的模仿与分有，或多或少总有缺陷。

这个问题还涉及艺术史上的另一个经典命题：音乐是完美的艺术形式，其他艺术形式都归向音乐。音乐是由旋律、节奏、和声构成的，只有纯粹的声音而没有任何具体的“内容”，是一种纯粹意义上的形式美。我们被音乐打动从来不是被音乐的“内容”所打动的，而仅仅是被它的“形式美”打动。内容是具象的，所以是暂时的；形式是抽象的，所以是永恒的。诗歌、绘画的道理不外如是，内容的因素越少，形式美的因素越多，也就越似音乐，因而也就是一种更高级的艺术。

举一个很近的例子，在 20 世纪 80 年代朦胧诗运动的浪潮里，顾城写了一首极受争议的小诗，题为《弧线》：

鸟儿在疾风中
迅速转向

少年去捡拾
一枚分币

葡萄藤因幻想
而延伸的触丝

海浪因退缩
而耸起的背脊

这首诗之所以饱受争议，是因为当时流行的诗歌，无论是北岛的《回答》，还是舒婷的《致橡树》，意思都很明确，都是可以总结出中心思想的，而顾城这首《弧线》仅仅是把四种带有弧线画面的意象并置在一起，谁也不知道这首诗到底要说明什么。意义！意义在哪里呢？

那个年代的人还无法接受一首没有“意义”的诗，一首总结不出中心思想的诗。现在回头看看，《回答》和《致橡树》那样的口号体新诗之所以能被写进诗歌史，主要是因为时代，以诗艺的角度来看并不出彩，而顾城的《弧线》能被写进诗歌史，却是因为诗艺本身。当然，这样的诗艺，永远不是普罗大众能够喜闻乐见的。

| 3 |

在西方艺术史上，即便是音乐，也有过一场漫长的有题目与无题目之争。音乐的题目原本也只是编号型的，如《G大调第三协奏曲》或《b小调练习曲》之类，但渐渐有人给作品拟了表意的题目。我们都知道贝多芬的《第三交响曲》也叫《英雄交响曲》，原本是题献给拿破仑的，《第五交响曲》原本叫作《命运交响曲》，开头的那几个音符被评论家表述为“命运在敲门”。这样做的好处是指向性明确，使听众存了对英雄的期待来欣赏《英雄交响曲》，存了对命运的理解来欣赏《命运交响曲》。

但是，那些音乐素养较高的听众不愿意容忍如此明确的指向性，因为这显然会窄化他们的审美体验。凭什么一定要在《英雄交响曲》里寻找英雄的声音呢？凭什么一定要在《命运交响曲》里期待命运的敲门声呢？一切有明确指向性的题目都是为那些懒人以及审美趣味低下的人预备的，就连惊喜的感觉都被剥夺掉了。

今天我们看到的情形是：商务文件、学术论文之类的文章，题目总是概括性越强、指向性越清晰越好，然而艺术岂非正是与此完全相反的事物？

| 4 |

对诗词题目的意见，前人早已有之。角度不同，见解遂有异。《四库全书总目提要》评议宋人沈端节《克斋词》说：这部词集仅仅收录四十几首词，大多有词而无题。以《花间集》的传统来看，往往词牌即是词题，如词牌是《女冠子》，内容便是咏女道士；词牌是《河渎神》，内容便是送迎神祇；词牌是《虞美人》，内容便是歌咏虞姬。唐末、五代时期的词一如其例。后人题咏渐繁，内容与词牌渐渐两不相涉。词的创作背景倘若未能记载下来，词意便很难揣度。这部《克斋词》里，《念奴娇》中称太守，《青玉案》中称使君、贤侯，显见得是赠人之作，但因为失了题目，便不晓得所赠何人。另有一首《念奴娇》，从一些遣词造句推断，似乎词人当时正在京城为官，但因为题目散佚，便很难做出确切的结论。宋人词集很少有这类情况的，想来这部《克斋词》原本词牌与词题俱全，只是在辗转抄写中被人偷了懒，才变成了现在这副样子。

我们看四库馆臣的意见，是以史学的角度，想要本着知人论世的传统文学观来看待词题之意义的。相形之下，王国维的观念很有后现代的精神，一如罗兰·巴特 1968 年在《占卜术》杂志上惊世骇俗地宣布："在多数情况下，文学批评在于说明，波德莱尔的作品是波德莱尔这个人的失败记录，凡·高的作品是他疯狂的记录，柴可夫斯基的作品是其堕落的记录：好作品的解释总是从生产作品的人一侧寻找，就好像透过虚构故事的或明或暗的讽喻最终总是唯一的同一个人即作者的声音在提供其‘秘闻’。……古典主义的批评从未过问过读者；在这种批评看来，文学中没有别人，而只有写作的那个人。”

这样一种文学观念被形象地概括为“作者已死”，看似后现代，其实根源仍然在柏拉图、叔本华那些古人身上。作品与作者的关联愈紧密，作品的指向也就愈清晰，含义也就愈具体，距离美的“理想”也就愈远。

平心而论，四库馆臣与罗兰·巴特各执一偏，还是谭献的见地最合中庸之道：“作者之用心未必然，而读者之用心何必不然。”（《复堂词话》）这是谭献最著名的一条文学主张，将读者与作者的关系摆在了不即不离的巧妙分寸上：作者如何用心是一回事，读者如何解读是另一回事；读者既可以采取知人论世的态度，亦不妨拿出“六经注我”的精神。倘若所有读者都能有谭献这样的见识，诗词题目是应有还是应无，这个问题不待解答便已宣告瓦解。

| 5 |

对于那些有着好古精神、最欣赏璞玉浑金之美的读者而言，无题的诗词当然更有古雅的趣味。而将原本无题的词增入题目，这简直就是焚琴煮鹤了。陈廷焯《词坛丛话》有一段与王国维不谋而合的意见：唐、五代词原本无题，宋人渐渐为之增入闺情、闺思、四时景之类的题目，这种事情始自《花庵词选》《草堂诗余》。后来竟然相沿成俗，殊属可厌，失去了古人无端寄慨之旨。

然而随着创作，立题自有立题的理由。胡适《词选》的序言里对这个现象分析得最有理：早期的词多是歌者的词，后期的词则变为诗人的词。歌者的词“内容都很简单，不是相思，便是离别，不是绮语，便是醉歌，所以用不着标题；题底也许别有寄托，但题面仍不出男女的艳歌，所以也不用特别标出题目。南唐李后主与冯延巳出来之后，悲哀的境遇与深刻的感情自然抬高了词的意境，加浓了词的内容；但他们的词仍是要给歌者去唱的，所以他们的作品始终不曾脱离平民文学的形式。北宋的词人继续这个风气，所以晏氏父子与欧阳永叔的词都还是无题的。他们在别种文艺作品上，尽管极力复古，但他们作词时，总不能不采用乐工倡女的语言声口”。

而那些诗人的词，“作者都是有天才的诗人；他们不管能歌不能歌，也不管协律不协律；他们只是用词体作新诗。这种‘诗人的词’，起于荆公、东坡，至稼轩而大成。这个时代的词也有它的特征。第一，词的题目不能少了，因为内容太复杂了。第二，词人的个性出来了；东坡自是东坡，稼轩自是稼轩，希真自是希真，不能随便混乱了。”

| 6 |

胡适的观点其实可以做这样的理解：歌者的词是一种公共文学，诗人的词则是一种私人文学。从文学史上梳理潮流的方向，我们确实会发现诗歌呈现出一种日趋私语化的趋势，创作者的私人烙印越发鲜明，而在二三知己之外的广大的公众读者群自然也会越来越难于理解这样的诗歌。我们很难讲这究竟是好事还是坏事，但无论如何这都是客观存在的事实。

试举明人徐渭（字文长）的一首七言绝句，题为《内子亡十年，其家以甥在，稍还母所服潞州红衫，颈汗尚泚，余为泣数行下，时夜天大雨雪》：

黄金小纽茜衫温，袖摺犹存举案痕。开匣不知双泪下，满庭积雪一灯昏。

全诗一共二十八字，诗题却有三十五字，但题目真的不必要吗？且看题目内外所蕴含的信息：徐渭在二十岁那年入赘潘家，妻子时年十四,四年之后诞下一子，取名徐枚。后来妻子亡故，徐渭搬出岳家。就在徐渭丧妻的十年之后，岳家因为徐枚年纪稍长，便将他母亲生前穿过的一件潞州红衫送了来。徐渭见那衣衫领上汗渍尚存，不禁落下伤心之泪。当天夜里大雪纷飞，仿佛刻意在加重愁人的伤悲。

这样的诗题和诗歌的关系很像现在的电影和电影配乐的关系：诗题交代出

情节，起到叙事的功能；诗歌烘托情绪，起到煽情的功能。正如电影在情节推进到一定阶段之后，音乐蓦然响起，这往往是最为催泪的时刻。

| 7 |

诗歌的题目会越来越繁，越来越具体，题目不够则附以序文，小序不够则扩展以为长序。我们看姜夔的词集里，序言往往比词本身的字数还多。试举《徵招》为例，先看序言：

越中山水幽远。予数上下西兴、钱清间，襟抱清旷。越人善为舟，卷篷方底，舟师行歌，徐徐曳之，如偃卧榻上，无动摇突兀势，以故得尽情骋望。予欲家焉而未得，作《徵招》以寄兴。

《徵招》《角招》者，政和间，大晟府尝制数十曲，音节驳矣。予尝考唐田畸《声律要诀》云“徵与二变之调，咸非流美”，故自古少徵调曲也。徵为去母调，如黄钟之徵，以黄钟为母，不用黄钟乃谐。故隋唐旧谱，不用母声，琴家无媒调、商调之类，皆徵也，亦皆具母弦而不用。其说详于予所作琴书。然黄钟以林钟为徵，住声于林钟。若不用黄钟声，便自成林钟宫矣。故大晟府徵调兼母声，一句似黄钟均，一句似林钟均，所以当时有落韵之语。予尝使人吹而听之，寄君声于臣民事物之中，清者高而亢，浊者下而遗，万宝常所谓宫离而不附者是已。因再三推寻唐谱并琴弦法而得其意。黄钟徵虽不用母声，亦不可多用变徵蕤宾、变宫应钟声。若不用黄钟而用蕤宾、应钟，即是林钟宫矣。余十一均徵调仿此。其法可谓善矣。然无清声，只可施之琴瑟，难入燕乐。故燕乐阙徵调，不必补可也。此一曲乃予昔所制，因旧曲正宫齐天乐慢前两拍是徵调，故足成之。虽兼用母声，较大晟曲为无病矣。此曲依《晋史》名曰黄钟下徵调、《角招》曰黄钟清角调。

这篇序言可以断为两段，第一段以人人都能读懂的语言概述创作背景，写自己对越中山水之爱；第二段可以视作一篇专业的音乐论文，讲这首词在音律上的来龙去脉。

徵招，即徵调韶乐，“招”即“韶”，乐章名。宋徽宗政和年间，皇家音乐中心大晟府曾经创作有《徵招》数十首，但音律不协。姜夔从考索唐人田畸（元代马端临《文献通考》引《崇文总目》作田琦）《声律要诀》入手，探究徵调音乐的乐理。在古乐的五声系统里，词的配乐通常只有宫、商、羽三调，而徵调和角调是文人最搞不清楚的东西，就连大晟府这种皇家音乐学院也会弄错。姜夔凭借私人研究，终于为徵调和角调建立了摹本，这就是这一首《徵招》与另一首《角招》的来历。

坦率地讲，《徵招》词序第二段里洋洋洒洒分析出来的乐理知识，我基本是看不懂的。这倒算不得一件很丢脸的事情，因为就连当时的绝大多数文士也同样看不懂。这段序言的目标读者完全是音乐专业的人士，包括民间的资深乐工以及被皇室所豢养的那些名不副实的音乐国手。

不妨联系一点姜夔的生平事迹：这首《徵招》，夏承焘《姜白石词编年笺校》推定为宋宁宗嘉泰元年（1201），而在四载之前，即宋宁宗庆元三年（1197），姜夔向朝廷上呈《大乐议》《琴瑟考古图》，很希望能凭着自己当世无双的音乐才华在朝廷中谋得一席之地，却不料招致同行的妒忌，使这次献书事件无果而终。在这样的背景里，我们更可以想象《徵招》的序言里暗含了多少私语化的内容。

接下来我们再看《徵招》的正文：

潮回却过西陵浦，扁舟仅容居士①。去得几何时，黍离离②如此。客途今倦矣，漫赢得、一襟诗思。记忆江南，落帆沙际，此行还是。

迤逦。剡中③山，重相见、依依故人情味。似怨不来游，拥愁鬟

---

① 居士：姜夔自指。

② 黍离离：化用《诗经·王风·黍离》“彼黍离离，彼稷之苗”。

③ 剡（shàn）中：剡县一带，在今浙江嵊县西南。

十二[①]。一丘聊复尔，也孤负、幼舆高志。[②]水荭[③]晚，漠漠摇烟，奈未成归计。

单看词句本身，只是寄情山水的意思，哪里看得出有音律上的半点用力呢？更看不出与大晟府的数十首《徵招》究竟有任何不同的地方。在“诗人的词”里，词题与词序的私语化自有一番别致的韵味，欣赏与否只取决于我们选择了怎样的视角。

---

① 愁鬟十二：以女子发髻比喻剡中山峰。

② 一丘聊复尔，也孤负、幼舆高志：晋谢鲲字幼舆。《晋书·谢鲲传》载：明帝问曰：“论者以君方庾亮，自谓何如？”答曰：“端委庙堂，使百僚准则，鲲不如亮。一丘一壑，自谓过之。”

③ 水荭（hóng）：水草名。

[五十六]

大家之作，其言情也必沁人心脾，其写景也必豁人耳目。其辞脱口而出，无矫揉妆束之态。以其所见者真，所知者深也。诗词皆然。持此以衡古今之作者，可无大误矣。

| 1 |

本章的观点看似合情合理、中规中矩，其实却相当偏激，仅仅认可李白那一种类型的诗人。

李白、杜甫并列为唐代诗歌的两大高峰，李白的写作是“斗酒诗百篇”，文不加点、一气呵成、自然流畅，完全符合王国维所谓“其言情也必沁人心脾，其写景也必豁人耳目。其辞脱口而出，无矫揉妆束之态”；杜甫写诗却是截然相反的风格，千锤百炼、刻意求工，“为人性僻耽佳句，语不惊人死不休”，言情也能沁人心脾，写景也能豁人耳目，但其辞绝非脱口而出，反而很有矫揉妆束之态。

“清水出芙蓉”是一种美，“和泪试严妆”另是一种美，但在这一章里，王国维独独标榜前者，没办法，毕竟五代、北宋词的璞玉浑金风格正是他最偏爱的。

| 2 |

“所见者真，所知者深”，是否真的就是“其言情也必沁人心脾，其写景也必豁人耳目。其辞脱口而出，无矫揉妆束之态”的理由呢？不，在很大程度上并不是这样的。愈是天才的诗人往往愈是见识浅薄、胸无城府的人，孩子气重，一个小小的玩具便足以调动他们全部的喜怒哀乐。李白就是一个典型，他对自己所生活的那个大唐盛世既不曾看到半点真相，亦不曾洞察到表象背后的任何深刻之意。“痛饮狂歌空度日，飞扬跋扈为谁雄”，这是杜甫对李白的印象。这真是一个天真到死、我行我素、相处起来最令人厌憎的人啊。

即便在最成熟的年纪，李白的幼稚依然出类拔萃。安史之乱以来，永王李璘打起勤王的旗号，礼聘天下英才共襄盛举。当时几乎所有知识分子都看出了李璘动机不纯，将来难免有一场兄弟阋墙的皇位之争，而李璘因为名分不正，在大概率上会成为落败的一方。所以任李璘如何礼贤下士，天下名士只是借故走避，谁也不愿意蹚这趟浑水。当然，只有李白毫无悬念地成为例外。

事实上，文学与艺术的创作，感发力是第一位的，与所见者是否为真、所知者是否为深并没有直接的关系。甚至相反，洞察力越强则艺术表现力越弱，因为洞察力是一种理性能力，而文艺所需要的更多是感性。

一个人如果“所见者真，所知者深”，那么他适合搞政治，或者搞学术。诗人会直观地捕捉到“朱门酒肉臭，路有冻死骨”的现象，至多会满怀真诚地控诉这种不人道的反差，但他们真的能够看到这一现象背后的实质吗？不，只有经济学家和社会学家才会条分缕析地从这两句诗里为我们勾勒出纷繁复杂的社会运作模式。

再如苏轼，他可算是诗人里边绝顶聪明、绝顶理性的人，但即便是他，面对人生的无常也只是发出了“三过门间老病死，一弹指顷去来今”的感叹。而佛陀，在他还做王子的时候因为看到生苦、老苦、病苦、死苦的种种现象，决心找出苦难的成因并破除之，于是所见者为真如实相之真，所知者为业力推动轮回之真。当然，怀疑论者大可以不相信佛陀的所见与所知，但至少不能否认相比苏轼以诗人的笔墨来描摹现象，佛陀却真的在动用全部的理性能力来思考人类苦难命运的成因与解脱之道。

从这层意义上说，真与深其实都与诗人绝缘。诗人之真，仅仅是情感上的真挚罢了。当诗人深爱某个不为世俗所容的谬见时，可以大胆宣布自己的深爱而不计后果，这样的真才是诗人的真。

| 3 |

“其言情也必沁人心脾，其写景也必豁人耳目”，这样看似独断的命题其实毫无标准。

以今天大多数人的心声而言，排行榜上的流行歌曲“其言情也必沁人心脾，其写景也必豁人耳目”，理当属于“大家之作”，反而是古典音乐当中的许多佳作，尤其是花腔女高音的唱段，比噪音悦耳的程度有限，完全与“沁人心脾”“豁人耳目”搭不上关系。某一首诗、某一首乐曲、某一幅画，是否称得上大家之作，难道仅仅取决于是谁在欣赏它？

事实上，人们对艺术的欣赏与否，与其说取决于审美能力的高低，不如说取决于共鸣程度的深浅。譬如我们被一首词深深打动，我们会说这首词唤起了我们的共鸣。人类的基本感情总是相通的，所以才有所谓普世价值。所以一些文艺作品才有可能横跨数十种语言，纵跨千百年历史。今天的你我会为两千多年前的一部古希腊悲剧而感动，雨果时代的法国人同样也会为一部《赵氏孤儿》而着迷。

但也有一些共鸣并没有那么高的普世性，而是取决于某种特殊的共同经历。以奥斯卡电影评奖为例，前期的获奖影片绝大多数都是战争片，原因无他，时代陷在战争的氛围里，评委陷在时代的氛围里，越熟悉、越关心的事物就越容易赢得人们的共鸣。我们也不妨留意一下身边的亲朋好友，应该很容易发现这样一种现象：关注新闻的人远比关注历史的人多，关注现当代史的人远比关注近代史的人多，关注近代史的人远比关注古代史的人多。人就是这样一种很现实的生物，和我们切身利益关系近的资讯会引发我们更多的共鸣，赢得我们更多的关注，然而审美恰恰需要超脱，需要一颗毫无功利算计的心。

所以在我们选择交往对象的时候，甚至可以从对方爱好的“远近”来判断他偏于现实还是偏于浪漫。古罗马史的爱好者通常要比明清史的爱好者浪漫许多，一个对近现代史如数家珍的人很可能是一个愤青，总可以滔滔不绝畅谈新闻时事的人比前面几种人都要来得现实。而在共同经历的角度上，学生容易对青春文学产生共鸣，退役军人容易对军旅文学产生共鸣，即便他们在共鸣中感动得唏嘘流涕、不能自拔，也无法证明这样一部文学作品在艺术上是如何的高明。你怎样分清究竟是共鸣打动了你，还是艺术本身打动了你呢？

再举一个切近的例子：在我写过的所有历史人物传记里，《李商隐诗传》是最倾注心力的一本，因为李商隐的人生最能激起我的共鸣；但这恰恰也是最受冷遇的一本书，因为在今天这个时代，已经太少有人能对李商隐的人生产生共鸣了。

［五十七］

人能于诗词中不为美刺投赠之篇，不使隶事之句，不用粉饰之字，则于此道已过半矣。

| 1 |

王国维偏爱自然真挚的抒情文学，所以对那些刻意为之的作品，尤其是或歌颂或讥刺或投赠的文学，总是有些不屑。他同样偏爱天真质朴的修辞，不喜欢叠床架屋的用典与粉饰。这当然不可一概而论，譬如为他所推崇的辛弃疾就是一位用典大师，唯其用得自然浑成，读起来便不会觉得生硬和拼凑。

本章的观点在当时很有一点离经叛道的色彩，因为“美刺”是儒家传统诗学中最根正苗红的一项原则：诗歌承载着重逾泰山的社会功能，担负着神圣的政治使命。儒家以《诗经》为诗歌正宗，清人程廷祚《诗论》说“汉儒言诗，不过美刺二端”，这话完全说在腠理之间。汉代儒者研究《诗经》，最核心的研究方向就是美刺。学术传统一脉相承下来，诗歌的美刺功能同样地一脉相承下来。

“美”的一途，也许有人真的发自肺腑地写诗来歌功颂德、粉饰太平，但绝大多数时候，诗人们总是身不由己的，区别只在于：有人性格骨鲠些，所以阿谀得笨拙；有人性格圆滑些，所以阿谀得肉麻。诗歌史上有太多太多这样的诗，普通读者之所以见得少，只是因为很少有选本收录它们罢了。我一直想编选一部不是从艺术的角度，而是意在缩影时代风貌的诗词选本。当然，这是一件既困难又不会赢得几个读者的差事，只能留待今后有余暇的时候再做。当然，“美”的诗词，亦即歌功颂德的诗词也并非全无足观，《人间词话》第十章提到的夏竦《喜迁莺》就是“美”之一例，居然也可以写得有几分出彩。

| 2 |

“刺”是名义上最受君王喜爱而实际上最受君王嫌恶的类型，毕竟人在天性上都不喜欢听到逆耳之言。得益于近几十年来的诗歌选本，刺诗成为我们最熟悉的一个类型。我们从“朱门酒肉臭，路有冻死骨”之类的诗句里认识并痛恨着古代腐朽没落的帝制社会和贪腐成性的剥削阶级，却不曾从韦庄《秦妇吟》之类的诗歌里认识到翻身的农民也有可能比骑在人民头上作威作福的达官显贵更凶残。

刺诗往往是作者情动于中而形于言，有所感触的又是最能激发起同情与义愤的社会现象，所以最易写，也最易于感人。美诗却难写得多，更难于感人，能够稍稍免于肉麻就已经算是难能可贵了。历史上只有极少数的美诗堪称例外，著名者譬如唐人韩翃的《寒食》：

春城无处不飞花，寒食东风御柳斜。日暮汉宫传蜡烛，轻烟散入五侯家。

这是一首人们耳熟能详的七绝，却很少有人知道它事实上是一首美诗。

寒食在清明前两日，人们从这一天起一连禁火三天，只吃现成的冷食，等到了清明节再重新开火。寒食与清明相连，也正是郊游踏青的时候，新的火种象征着新生活的开始。而在唐代，官场上更有一种风俗，在清明取新火的时候，是由皇帝派人在日暮时分手持蜡烛，把火种传播到各位朝臣的府第里。这个景象，正是韩翃诗中的“日暮汉宫传蜡烛，轻烟散入五侯家”。

当时的唐朝，刚刚经历过安史之乱，国计民生遭到了前所未有的破坏，在上者连皇帝都避难流亡，在下者无论小官小吏还是平民百姓，过的更是命如草贱的颠沛流离的日子，千万里的土地上，不知发生了多少的悲剧。韩翃本人和妻子柳氏就在这个动乱的时代里上演了一场悲欣交集的活剧，以至于被人写入传奇。在这样的日子之后，人们更能理解，那传入五侯家的所谓“轻烟”，不正是清清淡淡的一点太平的萌芽吗？

寒食禁火，清明传播新火，年年如此。但只有今年，在这场巨大的社会动荡之后，这春城，这飞花，这东风，这御柳，这轻烟，突然具有了一种崭新的象征意义，象征着动乱结束了，新生开始了，天下太平了，人们迎来的不仅是季节的春天，更是生活的春天，政治的春天。尤其对照此前安史之乱的时候，写《枫桥夜泊》的那位诗人张继眼里的清明，农民都被征召从军，于是田园荒废，清明时节却见不到几处新火新烟：

耕夫占募逐楼船，春草青青万顷田。试上吴门看郡郭，清明几处有新烟。

这首《阊门即事》可以算作一首刺诗，但又有谁不希望看到一点正能量呢？所以，对于韩翃《寒食》淡淡诗意背后的政治含义，经历过沧桑的德宗皇帝自然感慨系之。有一次制诰的职位有了空缺，德宗钦点韩翃担任。当时的江淮刺史也叫韩翃，宰相不知道圣意谁属，德宗皇帝便亲笔批复道：“‘春城无处不飞花’韩翃也。”这样的粉饰太平的诗句，皇帝喜欢，千载之下的读者也不会生出半点的厌憎。诗歌的美刺如果写成这个样子，想来就连王国维本人也不会反感吧？

| 3 |

投赠是诗词最重要的社会功能之一。文人之间你来我往，交游唱和，总需要由诗词来承担媒介的任务。诗词之于文士，相当于酒令之于贩夫走卒，相当于麻将之于中老年妇女。而诗词一旦承载了社交任务，也就具有了功能性的意义，而一旦具有了功能性的意义，也就与审美的超然性判然两途了。在王国维所接受的西方美学准则里，美，一定是与现实利益无关的，所以任何带有功利目的的诗词一定是卑下的、俗不可耐的、没有任何美学意义的。

事实上，投赠类诗词是中国诗歌史上的一个大类，因为对于文人来说，尤其对于那些自命清高的文人来说，再没有比诗词更合适的社交工具了，如白居易和元稹之间你来我往的诗歌投赠早已传为文坛佳话，而那些诗歌，虽然其内容也不乏真挚动人之处，但数量简直多到令人厌烦的地步。“君子之交淡如水，小人之交甘如饴”，如果君子之交也有什么类似于饴的物件，那一定就是诗词了。

试举投赠诗词中肉麻的一例，南宋陆叡的《甘州·寿贾师宪》：

> 满清平世界庆秋成，看看斗三钱。论从来活国，论功第一，无过丰年。办得闲民一饱，余事笑谈间。若问平戎策，微妙难传。
>
> 玉帝要留公住，把西湖一曲，分入林园。有茶炉丹灶，更有钓鱼船。觉秋风、未曾吹着，但砌兰、长倚北堂萱。千千岁，上天将相，平地神仙。

词题中的贾师宪即南宋最后一位奸相贾似道。周密《齐东野语》有记载说：贾似道的生日在八月八日，每年此时，全国各地都会涌来数以千计的善颂者，无数祝寿诗词纷至沓来。贾似道会将这些诗词交给专家评审，遴选出来的优秀篇什被人们辗转传抄，一时之间洛阳纸贵。其实又哪里有什么好作品呢，都是一些谄词呓语而已。

陆叡的这首《甘州》就曾经被贾似道的评审团选为头魁。平心而论，这首词的写作技法真的有点高明，只寥寥几句便从政务、军功、修养、孝道诸方面将贾似道捧了一个面面俱到。要知道这种马屁文章，很多人都是采取明哲保身的态度不得已而为之，虽然也极尽肉麻之能事，但总带着一点破罐子破摔的调调，正如我们熟悉的郭沫若、臧克家写过的那些谀辞。文人才子倘若处心积虑地逢迎起来，真可以把谀辞写得出彩。陆叡其人，连三流的词人都算不上，在《全宋词》里也仅仅存词三首，却能够凭着这一首《甘州》在当时名动江湖，那精巧的构思与精湛的词艺，其实比敷衍了事、自我作践的逢迎更令人恶心。

| 4 |

凡事不可一概而论，投赠的诗词里其实也不乏极上乘的作品。而投赠，哪怕是投赠行径中貌似最寡廉鲜耻的干谒，赤裸裸地向帝王或达官显贵请求官职，也并非都来得那么猥琐。

时代风气在其中起着决定性的作用，毛晓雯《唐诗风物志》对大唐盛世中的干谒诗有一番精彩的分析：

> 大唐盛世，四海晏清。帝国一天比一天强大繁华，生活在其中的人一天比一天壮怀激烈，“宁为百夫长，胜作一书生”“丈夫三十未富贵，安能终日守笔砚”，在滚烫的时代精神中，再也没有人愿意蜷缩在故纸堆里咬文嚼字。终于，初盛唐的知识分子舍弃了六朝时独善其身的做法，昂首阔步走出书斋，挽起衣袖，企图兼济天下。他们走出书斋的第一步，便是携着自己的得意之作——或是文学作品，或是国事建议——去干谒政治、文学、军事等各个领域的大人物，希冀得到赏识和提拔，“有才不肯学干谒，何用年年空读书”？
>
> 唐代以前和以后，同样存在干谒。但是，任何一个朝代的人，都没有唐人的干谒来得骄傲和豪爽。唐代干谒者不像前代的干谒者一般扭扭捏捏，对于露骨地表达功名愿望，他们不以为耻，因为无法建功

立业才是有志男儿的耻辱，所以他们一而再再而三地“长吁问丞相，东阁几时开”。至于什么“富贵非吾愿，帝乡不可期”那种陶渊明式的精神胜利法，在唐人中没有市场。……

有唐一代，“自诧才华”者辈出：唐代干谒者不认为干谒是在谋求一己私利，他们认为，他们是为了避免国家流失人才，才主动跳出来振臂高呼“我是人才，我能让唐帝国发展提速，请快些重用我”。杜甫在献给韦左丞的干谒诗中就赤裸裸地表达“自谓颇挺出，立登要路津。致君尧舜上，再使风俗淳”；张楚的自信不输杜甫，他说“至如高班要津，听望已久，小郡偏州，常才为之”。将两位大诗人的话大致翻译成现代文，杜甫说的是“我才华出众，所以一定要做官，这样才能辅佐君王，重现尧舜时代的美好生活”，张楚说的是“我的聪明才干，必须在关键职位上发挥作用；那些小郡偏州的芝麻小官，让普通人去做吧”。干谒者之所以干谒，是因为他们笃定自己能为唐王朝添砖加瓦；如果他们有才干却不能身居要职，这是帝国的巨大损失。

| 5 |

在《唐诗风物志》上述文字中的各种引用里，杜甫《奉赠韦左丞丈二十二韵》是最著名的一首投赠佳作，名句迭出，不可一世：

> 纨袴不饿死，儒冠多误身。丈人试静听，贱子请具陈。①
> 甫昔少年日，早充观国宾。② 读书破万卷，下笔如有神。

---

① 丈人：对长辈的尊称，这里指韦济。贱子：年少位卑者的自谦之称，这里是杜甫自称。具陈：细说。

② 甫昔少年日，早充观国宾：指杜甫二十四岁赴洛阳参加科举考试。“观国宾”语出《周易》“观国之光，尚宾也”。

赋料扬雄敌，诗看子建亲。李邕求识面，王翰愿卜邻。[①]
自谓颇挺出，立登要路津。[②]致君尧舜上，再使风俗淳。
此意竟萧条，行歌非隐沦。[③]骑驴三十载，旅食京华春。
朝扣富儿门，暮随肥马尘。残杯与冷炙，到处潜悲辛。
主上顷见征，欻然欲求伸。[④]青冥却垂翅，蹭蹬无纵鳞。[⑤]
甚愧丈人厚，甚知丈人真。每于百僚上，猥诵佳句新。[⑥]
窃效贡公喜，难甘原宪贫。[⑦]焉能心怏怏，只是走踆踆[⑧]。
今欲东入海，即将西去秦。[⑨]尚怜终南山，回首清渭滨。[⑩]

---

① 李邕：唐代文学家、书法家，曾慕名拜访少年杜甫。王翰：当时著名的诗人，与李邕都是杜甫的前辈。

② 挺出：杰出。要路津：重要的路口与渡口，比喻重要的职位。语出《古诗十九首》"何不策高足，先据要路津"。

③ 此意竟萧条，行歌非隐沦：这一联是说自己的政治理想虽未实现，但自己作诗高歌并不是要去做隐士。

④ 主上：指唐玄宗。顷：不久前。见征：被征召。欻（xū）然：忽然。欲求伸：希望施展自己的抱负。

⑤ 青冥却垂翅，蹭蹬无纵鳞：鸟垂下翅膀无力飞翔，鱼不能纵身远游，比喻才干、抱负无处施展。青冥：青云，指天空。蹭蹬（cèng dèng）：路途险阻难行，比喻困顿、不顺利。

⑥ 每于百僚上，猥诵佳句新：承蒙您（指韦济）经常在百官面前诵读我的新作。猥：谦词，指降低身份，用于他人对自己的行动。

⑦ 窃效贡公喜：贡公指西汉贡禹，贡禹与王吉为友，听说王吉受到朝廷重用，知道自己也等到出头之日了，高兴得弹冠相庆。杜甫这里是自比贡禹，希望韦济能像王吉一样提拔自己。难甘原宪贫：原宪是孔子的弟子，学问道德很好而家中赤贫。杜甫这里是说自己希望做官，不愿像原宪一样甘于贫困。

⑧ 踆踆（qūn）：忽走忽停的样子。

⑨ 今欲东入海，即将西去秦："东入海"指避世隐居，语出《论语》孔子曰："道不行，乘桴浮于海。""西去秦"指离开西方的秦地（这里指长安）。

⑩ 尚怜终南山，回首清渭滨：终南山是长安附近的名山，渭水也在长安附近，这一联上承"今欲东入海，即将西去秦"，说自己虽然有心避世隐居，但对京城长安依然有依依不舍之心。

常拟报一饭，况怀辞大臣。[①] 白鸥没浩荡，万里谁能驯。[②]

诗题中的韦左丞丈即韦济，当时任尚书左丞，故称韦左丞；韦济是杜甫的尊长，故而称丈。其时为唐玄宗天宝七年（748），杜甫困居长安，眼看着年龄已近不惑，入仕却遥遥无望，两度向韦济投献诗歌却并未得到任何帮助。本着死马当作活马医的精神，杜甫以这首诗再次投赠韦济，请求提携。诗中说自己"读书破万卷，下笔如有神"，既有这样出众的才学，理应"自谓颇挺出，立登要路津"，但这并非只为一己之功名，而是要"致君尧舜上，再使风俗淳"。谁想抱负不能实现，现实使自己屡屡碰壁，过着"朝扣富儿门，暮随肥马尘"的四处干谒的日子，如果再这样下去的话，索性就隐居不仕好了，"白鸥没浩荡，万里谁能驯"。在这样一首满怀真诚的投赠诗歌里，哪里有半点令人生厌的摇尾乞怜呢？在杜甫一类的诗人那里，在大唐盛世的进取风尚里，"真"与"投赠"往往并非判然两途之事，而这正是王国维所思未深的道理。

---

① 常拟报一饭，况怀辞大臣："报一饭"指报答一饭之恩。这一联是说自己连人家的一饭之恩尚且时时有回报之心，在辞别大臣（指韦济）之前怎能不有所回报呢。言下之意，杜甫仍是希望能够获得一官半职，做出一些政绩，甚或完全施展抱负，这才算报答了韦济的知遇之恩，如果避世隐居而去，就没法报答韦济了。

② 白鸥没浩荡，万里谁能驯：白鸥隐没于浩荡的天际，遨游万里，又有谁还能拘束我呢？结尾这一联仍然表达了隐遁之心，干谒诗以这样的句子收束可谓不凡。

［五十八］

以《长恨歌》之壮采，而所隶之事，只“小玉”“双成”四字，才有余也。梅村歌行，则非隶事不办。白、吴优劣，即于此见。不独作诗为然，填词家亦不可不知也。

| 1 |

本章旗帜鲜明地表达了对诗词用典的轻蔑：白居易与吴伟业（号梅村）皆以长篇歌行著称于世，而白居易《长恨歌》只有“小玉”“双成”四字用典，吴伟业的歌行却拥挤着繁杂的典故，似乎非如此则写不成诗，两人才华之高下于此可见。这个道理，在词家同样适用。让我们先看白居易的《长恨歌》：

汉皇重色思倾国，御宇多年求不得。[①] 杨家有女初长成，养在深闺人未识。天生丽质难自弃，一朝选在君王侧。回眸一笑百媚生，六宫粉黛无颜色。春寒赐浴华清池，温泉水滑洗凝脂。侍儿扶起娇无力，始是新承恩泽时。云鬓花颜金步摇[②]，芙蓉帐暖度春宵。春宵苦短日高起，从此君王不早朝。承欢侍宴无闲暇，春从春游夜专夜。后宫佳丽三千人，三千宠爱在一身。金屋妆成娇侍夜，玉楼宴罢醉和春。姊妹弟兄皆列土，可怜光彩生门户。遂令天下父母心，不重生男重生女[③]。骊宫高处入青云，仙乐风飘处处闻。缓歌慢舞凝丝竹，尽日君王看不足。渔阳鼙鼓动地来，惊破霓裳羽衣曲。[④] 九重城阙烟尘生，千乘万骑西南行。[⑤] 翠华[⑥]摇摇行复止，西出都门百余里。六军不发无奈何，宛转蛾眉马前死。[⑦] 花钿委地无人收，翠翘金雀玉搔头。[⑧] 君王掩面救不得，回看血泪相和流。黄埃散漫风萧索，云栈萦纡登剑阁[⑨]。峨嵋山[⑩]下少人行，旌旗无光日色薄。蜀江水碧蜀山青，圣主朝朝暮暮情。

---

① 汉皇：以汉武帝代指唐玄宗。汉武帝时，李延年为了推荐自己的妹妹入宫，向汉武帝唱歌道："北方有佳人，绝世而独立。一顾倾人城，再顾倾人国。宁不知倾城与倾国！佳人难再得。"御宇：统治天下。

② 步摇：一种插在发髻上的首饰，走路时会颤动，故称步摇。

③ 不重生男重生女：当时的确有民谣"男不封侯女作妃，看女却为门上楣"。

④ 渔阳鼙鼓动地来，惊破霓裳羽衣曲：指安禄山反叛，兴兵攻向长安。渔阳：安禄山的辖区。鼙（pí）：一种军用小鼓。霓裳（cháng）羽衣曲：唐代著名舞曲。

⑤ 九重城阙：指京城长安。烟尘生：指发生战乱。

⑥ 翠华：指皇帝仪仗中用翠鸟羽毛装饰的旗子。

⑦ 六军不发无奈何，宛转蛾眉马前死：安史叛军迫近后，唐玄宗仓皇出逃，途中禁军不肯继续前进，要求唐玄宗杀掉奸臣杨国忠。杨国忠伏诛之后，禁军又怕杨贵妃将来报复，逼迫唐玄宗赐杨贵妃自尽。六军：按照周代制度天子有六军，后来六军遂成为天子军队的代称，这里代指扈从唐玄宗出逃的禁军。蛾眉：代指杨贵妃。

⑧ 花钿委地无人收，翠翘金雀玉搔头：花钿（tiàn）指贴在鬓颊上的花形薄金片；翠翘、金雀、玉搔头分指各式首饰。

⑨ 云栈萦纡登剑阁：云栈指高入云端的栈道。萦纡（yíng yū）：盘旋弯曲。剑阁：四川著名的险要之地。

⑩ 峨眉山：这里泛指蜀地群山。唐玄宗入蜀并不经过峨眉山。

行宫见月伤心色，夜雨闻铃肠断声[①]。天旋日转回龙驭，到此踌躇不能去。[②]
马嵬坡下泥土中，不见玉颜空死处。君臣相顾尽沾衣，东望都门信马归。
归来池苑皆依旧，太液芙蓉未央柳。[③] 芙蓉如面柳如眉，对此如何不泪垂。
春风桃李花开夜，秋雨梧桐叶落时。西宫南内多秋草，宫叶满阶红不扫。[④]
梨园弟子白发新，椒房阿监青娥老。[⑤] 夕殿萤飞思悄然，孤灯挑尽[⑥]未成眠。
迟迟钟鼓初长夜，耿耿星河欲曙天。鸳鸯瓦冷霜华重，翡翠衾寒谁与共。[⑦]
悠悠生死别经年，魂魄不曾来入梦。临邛道士鸿都客，能以精诚致魂魄。[⑧]
为感君王展转思，遂教方士殷勤觅。排空驭气奔如电，升天入地求之遍。
上穷碧落下黄泉，两处茫茫皆不见。忽闻海上有仙山，山在虚无缥缈间。
楼阁玲珑五云起，其中绰约多仙子。中有一人字太真，雪肤花貌参差是。
金阙西厢叩玉扃[⑨]，转教小玉报双成。闻道汉家天子使，九华帐里梦魂惊。
揽衣推枕起徘徊，珠箔银屏逦迤[⑩]开。云鬓半偏新睡觉，花冠不整下堂来。

---

① 夜雨闻铃肠断声：唐玄宗入蜀时正值雨季，夜晚于栈道雨中闻铃，百感交集，依此音作《雨霖铃》的曲调以寄托幽思。

② 天旋日转：比喻叛乱平定，国家恢复。回龙驭：指唐玄宗由蜀中回到长安。此：指杨贵妃自尽之处。

③ 太液：太液池，长安城东北面大明宫内的池苑。芙蓉：荷花。未央：未央宫。太液池和未央宫都是汉朝宫苑的名称，此处借指唐朝的池苑和宫殿。

④ 西宫：即太极宫，唐代称之为西内。南内：指兴庆宫，因在皇城东南，故称南内。安史之乱后，唐肃宗不许父亲唐玄宗再过问政事，将他安置在西宫之中。

⑤ 梨园弟子白发新，椒房阿监青娥老：描述唐玄宗回到长安宫殿之后之所见。梨园弟子：唐玄宗亲自选拔乐师，教于梨园，这些乐师被称为皇帝梨园弟子。椒房：皇后所居的宫殿以花椒和泥涂壁，取其温暖而芳香之意，故称椒房。阿监：唐代六七品宫廷女官名。青娥：指年轻宫女。

⑥ 孤灯挑尽：形容夜深。古人用灯草点油灯，经常需要把灯草往前挑一挑，使它能够更好地燃烧，灯草挑尽之时灯也就要灭了。

⑦ 鸳鸯瓦：一俯一仰扣合在一起的屋瓦。霜华：霜花；古无“花”字，“花”是“华”后起的俗字。衾（qīn）：被子。

⑧ 临邛（qióng）：今四川省邛崃。鸿都：洛阳北宫门名。

⑨ 扃（jiōng）：门户。

⑩ 逦迤（lǐ yǐ）：屈曲相连的样子。

风吹仙袂[①]飘飖举，犹似霓裳羽衣舞。玉容寂寞泪阑干[②]，梨花一枝春带雨。
含情凝睇谢君王，一别音容两渺茫。昭阳殿里恩爱绝，蓬莱宫中日月长。[③]
回头下望人寰处，不见长安见尘雾。唯将旧物表深情，钿合金钗寄将去。
钗留一股合一扇，钗擘黄金合分钿。[④]但教心似金钿坚，天上人间会相见。
临别殷勤重寄词，词中有誓两心知。七月七日长生殿[⑤]，夜半无人私语时。
在天愿作比翼鸟，在地愿为连理枝。[⑥]天长地久有时尽，此恨绵绵无绝期。

《长恨歌》作于唐宪宗元和元年（806），当时白居易正在盩厔县（今陕西周至）任县尉，和好友陈鸿等人同游仙游寺，有感于唐玄宗和杨贵妃的故事而作。当时陈鸿写了传奇小说《长恨歌传》，白居易作七言长诗《长恨歌》，这是唐代文人流行的一种组合式创作风尚，只是陈鸿的《长恨歌传》后来流传不广，白居易的《长恨歌》独擅盛名。

如此浩繁的一部《长恨歌》，只有"小玉""双成"两处典故：吴王夫差有女名小玉，《汉武帝内传》记载西王母有侍女名董双成，这里借小玉、双成作为杨贵妃在仙山上的侍婢之名。其实就连这两处典故也很难说是严格意义上的用典，最多只算是借代一下罢了。小玉、双成典故意义上的含义并未给诗句增加任何新的内容，若说成"金阙西厢叩玉扃，转教侍女报深宫"也完全不会妨碍诗歌的表达。想来小玉、双成只是当时太习见的名字，白居易信笔写来而已，当时并不觉得是在用典。

---

① 袂（mèi）：衣袖。
② 阑干：形容泪水纵横交织。
③ 昭阳殿：汉宫名，曾是赵飞燕的居所，这里借指唐宫。蓬莱宫：传说中海上仙山的宫殿，这里指杨贵妃所居的仙境。
④ 擘（bò）：剖裂。钿（diàn）：用金嵌成花状的美饰。"钿"有 tián、diàn 两读，含义基本一致，在诗词里要根据格律的需要选择读法。
⑤ 长生殿：华清宫里祭神的宫殿。
⑥ 比翼鸟：学名鹣鹣（jiān）。《尔雅·释地》记载，东方有比目鱼，非成双不行，名叫鲽（dié）；南方有比翼鸟焉，非成双不飞，名叫鹣鹣。（据郭璞注，鹣鹣样子像凫，青赤色，只有一只眼睛和一支翅膀，所以必须结伴才能飞行。）西方有比肩兽，叫作蟨（jué），与邛（qióng）邛岠（jù）虚结伴而行，平时蟨喂邛邛岠虚甘草吃，有危险的时候，邛邛岠虚就背着蟨逃跑。北方有比肩民，结伴吃饭和张望；中央有枳（zhǐ）首蛇（即两头蛇）。连理枝：见本书五十二章韩凭夫妇之事。

| 2 |

吴伟业，字骏公，号梅村，江苏太仓人，是明清易代之际的一位文坛领袖，与钱谦益、龚鼎孳并称为“江左三大家”。巧合的是，这“三大家”在变节仕清的事情上也保持了高度的一致性，所区别的只是：龚鼎孳最不知耻，所以心态最好，正能量四溢，官自然做得最大；吴伟业纠结、自责的程度最深，所以后半生没过一天舒心的日子，整天负能量满格，终于在可有可无的教职上煎熬了三年，便以母丧为由辞官隐居去了。

吴伟业的诗，今天的普通读者只熟稔《圆圆曲》中的“恸哭六军俱缟素，冲冠一怒为红颜”，倒不是为着诗艺的缘故，而是因为写出了吴三桂、陈圆圆的一段传奇历史。

吴伟业如杜甫一般，堪称一代诗史，以诗歌记录下明清易代之际的动荡时局。所以读他的诗，尤其是读他的长篇歌行，如同在读一部晚明痛史。王国维认为吴伟业不够才华来写白居易式的歌行，其实白居易又何尝写得出吴伟业式的歌行呢。白居易走的是浪漫、轻盈的一途，吴伟业走的却是厚重、沧桑的一途，而臻于化境的用典恰恰最能烘托厚重、沧桑的历史感。

历代诗歌用典的艺术，在吴伟业这里达到巅峰。我们知道唐代诗人里以李商隐最擅用典，但比起辛弃疾的词，李商隐的用典也就不算什么了；同样，比之吴伟业的歌行，辛弃疾也一定会在用典艺术上自叹弗如的。吴伟业这种风格居然后继有人，王国维本人就是其中之一，还有史学家陈寅恪。于是我们能够从中想象，只有绝顶的渊博才能驾驭得来这样的写法。

| 3 |

试举吴伟业的歌行体名作《鸳湖曲》为例：

鸳鸯湖畔草粘天，二月春深好放船。柳叶乱飘千尺雨，桃花斜带一溪烟。
烟雨迷离不知处，旧堤却认门前树。树上流莺三两声，十年此地扁舟住。
主人爱客锦筵开，水阁风吹笑语来。画鼓队催桃叶伎，玉箫声出柘枝台。
轻靴窄袖娇妆束，脆管繁弦竞追逐。云鬟子弟按霓裳，雪面参军舞鸜鹆。
酒尽移船曲榭西，满湖灯火醉人归。朝来别奏新翻曲，更出红妆向柳堤。
欢乐朝朝兼暮暮，七贵三公何足数。十幅蒲帆几尺风，吹君直上长安路。
长安富贵玉骢骄，侍女薰香护早朝。分付南湖旧花柳，好留烟月伴归桡。
那知转眼浮生梦，萧萧日影悲风动。中散弹琴竟未终，山公启事成何用。
东市朝衣一旦休，北邙抔土亦难留。白杨尚作他人树，红粉知非旧日楼。
烽火名园窜狐兔，画阁偷窥老兵怒。宁使当时没县官，不堪朝市都非故。
我来倚棹向湖边，烟雨台空倍惘然。芳草乍疑歌扇绿，落英错认舞衣鲜。
人生苦乐皆陈迹，年去年来堪痛惜。闻笛休嗟石季伦，衔杯且效陶彭泽。
君不见白浪掀天一叶危，收竿还怕转船迟。
世人无限风波苦，输与江湖钓叟知。

诗题之下原有小注“为竹亭作”。竹亭即崇祯一朝的风流人物吴昌时，字来之，号竹亭，是嘉兴（今浙江嘉兴）首屈一指的名流。他还是真正意义上的土豪，纵然谈不上富可敌国，至少也算极尽一时一地之富贵了。

晚明是一个风起云涌与纸醉金迷交织并行的时代，吴昌时在这两方面皆有出众的表现：他是应社、复社的骨干分子，是晚明轰轰烈烈的结社运动中的一大推手，在清流之中颇孚人望；他还是一位享乐主义的生活艺术家，在嘉兴南湖之滨构建竹亭湖墅，常常在这湖光山色里尽享私家歌舞团的声色演出。

崇祯十五年（1642），在京城陷落、崇祯帝煤山自缢的仅两年之前，吴伟业于竹亭湖墅拜访吴昌时，受到了一番极尽豪奢的款待，不料翌年吴昌时便获罪被杀。转眼已是顺治九年（1652），物是人非，山河易主，吴伟业于嘉兴万寿宫编撰《绥寇纪略》，顺道再访吴昌时的竹亭故园，以抚今追昔的心情写下了这首《鸳湖曲》。

| 4 |

“鸳鸯湖畔草粘天，二月春深好放船。柳叶乱飘千尺雨，桃花斜带一溪烟”，鸳鸯湖即诗题当中的鸳湖，又名南湖，今天因其是中国共产党的诞生地而闻名。明末的鸳鸯湖是嘉兴一带的游赏胜地，陈维崧《贺新郎·鸳湖烟雨楼感旧》缅怀当年盛况，说“不闭春城因夜宴，望满湖灯火金吾怕。十万盏，红球挂”，这样的描写几乎够得上《人间词话》第五十一章所谓“千古壮观”了。

“烟雨迷离不知处，旧堤却认门前树。树上流莺三两声，十年此地扁舟住”，转头换韵，在溪山胜景里却寻不到十年前的痕迹。“烟雨”一语双关，既指二月春色中的烟雨，亦指湖心岛上的名楼烟雨楼。烟雨楼原是吴越年间广陵郡王钱元璙建在湖滨的楼阁，几经兴废，及至明代嘉靖年间，嘉兴知府征发民夫修浚护城河，将挖出的泥土填进鸳湖，填成了一座湖心岛，重建烟雨楼于岛上。随着明朝的灭亡，烟雨楼随同湖滨的竹亭湖墅一并毁于兵火。当吴伟业故地重游，也只有从尚存的旧堤中模糊认取当年楼阁的位置。

“主人爱客锦筵开，水阁风吹笑语来。画鼓队催桃叶伎，玉箫声出柘枝台”，再次转头换韵，承接上文“十年”，回想十年前在此拜访吴昌时的场面：那时候豪爽好客的主人在湖滨水阁中设宴相待，美艳的家伎在樽前表演着第一流的歌舞。在这几句里，“桃叶”“玉箫”的用法恰恰与《长恨歌》“小玉”“双成”的意思一般：桃叶是晋代显贵王献之的宠妾，玉箫是唐代达官韦皋的宠妾，后人以桃叶、玉箫代指豪门姬妾。“柘（zhè）枝”，原是唐代传自西域的舞曲，这里以柘枝台代指舞台。

“轻靴窄袖娇妆束，脆管繁弦竞追逐。云鬟子弟按霓裳，雪面参军舞鸜鹆”，这几句渲染歌舞场面的精美与盛大。“霓裳”原指唐代法曲《霓裳羽衣曲》，即《长恨歌》所谓“渔阳鼙鼓动地来，惊破霓裳羽衣曲”之《霓裳羽衣曲》。吴昌时家伎所奏的乐曲未必真的就是《霓裳羽衣曲》，诗人只是以此来形容音乐的规模之大。“参军”原指参军戏中的一角，这是代指吴昌时的家伎。参军戏是五胡十六国年间形成的一种滑稽戏，原本只有两个角色，一个扮演参军，另一个从旁戏弄，这大约就是相声的雏形。后来角色渐多，甚至出现了女角，场面也阔大了起来。“鸜鹆（qúyù）”即《鸜鹆舞》，因模仿鸜鹆鸟的动作而得名，东晋名士谢尚最擅此舞，曾在司徒王导及一众宾客座前舞蹈，旁若无人，宾客为之拊掌击节，这也算是魏晋风流的一段佳话。

我们先从以上这几句看吴伟业的用典手法：桃叶、玉箫，表面在说歌伎，却暗示出吴昌时堪比王献之、韦皋的身份与风雅；霓裳、鸜鹆，未必写实，却写出了歌舞场面的盛大与主人的风流气度。

“酒尽移船曲榭西，满湖灯火醉人归。朝来别奏新翻曲，更出红妆向柳堤”，酒已尽，夜已深，满湖灯火通明的游船纷纷泊岸，第二天又是新一轮歌舞、宴饮的开始，新花样仿佛永远层出不穷。

“欢乐朝朝兼暮暮，七贵三公何足数。十幅蒲帆几尺风，吹君直上长安路”，就连七贵三公都不曾享受过这等夜夜笙歌的日子，对于任何一位享乐主义者而言，人生至此夫复何求？但吴昌时偏偏还要进京谋求官职，很快便真的如愿以偿了。

“七贵”即汉代吕、霍、上官、丁、赵、傅、王七大外戚家族，先后把持朝政。“三公”即古时三种最高官衔的合称，一般只授予元老重臣。“十幅蒲帆”语出唐人李肇《国史补》，说扬子、钱塘二江，每每在潮水发动时大船尽出，船以蒲草编织为帆，大者宽数十幅。古制一幅为二尺二寸，十幅蒲帆即两丈二尺宽的大帆。这并非纪实，而是渲染吴昌时进京时的排场。

应当是在吴伟业刚刚离开竹亭湖墅不久，即崇祯十五年（1642）二月，吴昌时便获得起复，进京做官去了。吴昌时既舍得花钱，又懂得结党，更明白只有权力才是最好的生财之道。他早早地依附于周延儒，为后者的升迁花费了大量的人力物力。所以当崇祯十四年（1641）周延儒复为首辅，飞黄腾达的机会便转眼间摆在了吴昌时的眼前。“十幅蒲帆几尺风，吹君直上长安路”，这是一条青云直上的金光大道，是该为先前的投资收入百倍回报的时候了。

“长安富贵玉骢骄，侍女薰香护早朝。分付南湖旧花柳，好留烟月伴归桡”，诗句以长安代指北京，写吴昌时进京之后官势烜赫，志得意满，已经幻想着将来满载而归的场面了。“玉骢”即玉花骢，唐玄宗的名骏，代指宝马。“侍女薰香”是《汉官仪》记载中的一种朝官礼遇，诗人借以形容吴昌时的新贵锋芒。

“那知转眼浮生梦，萧萧日影悲风动。中散弹琴竟未终，山公启事成何用”，命运从这里发生逆转，“浮生”一词出自《庄子》“其生若浮，其死若休”，以人生在世为随波浮沉、不由自主。吴昌时进京任职仅仅一年，便因为交结内侍、贪污受贿、毒杀名臣张溥等罪名被人弹劾。崇祯帝亲自审讯，以廷杖打断了吴昌时的腿骨。后来有阁臣进谏说殿陛用刑，实在是本朝三百年来未有之事。而崇祯帝的回答是：吴昌时这厮也是三百年来未有之人。

崇祯十六年（1643）冬，吴昌时被斩首示众，周延儒也受到牵连，被勒令自尽。其时距离“十幅蒲帆几尺风，吹君直上长安路”仅仅一年有余。

“日影”典出晋人向秀《思旧赋》，赋中回忆故友嵇康临刑之时“顾视日影，索琴而弹之”。“中散”即嵇康，官拜中散大夫，故称嵇中散。嵇康是魏晋名士，受谗获罪，临刑前索琴弹奏《广陵散》，说袁准曾经很想向自己学习这首曲子，自己每每吝而不传，“《广陵散》于今绝矣”。——曾有人就这几句诗非议吴伟业徇私情而昧大义，吴昌时毕竟罪有应得，用嵇康之典实在太抬举了他。其实这只是吴伟业用典的一个瑕疵，他和吴昌时虽有交游，但一向看不惯后者的做派。这首诗的后文以晋代骄奢淫逸的石崇代指吴昌时，这才是吴伟业的真实看法。

“山公启事”用《晋书·山涛传》的故事：山涛字巨源，“竹林七贤”之一，任职吏部，很擅长擢拔人才。每当有官位缺员，他都会拟定若干人选，一一加以评鉴，以供选择，当时人们便将山涛的这一类举荐文书称为“山公启事”。吴伟业用这则典故，是说周延儒既受吴昌时牵连而死，他那些擢人奏事的文书也就失去意义了。

“东市朝衣一旦休，北邙抔土亦难留。白杨尚作他人树，红粉知非旧日楼”，汉景帝时晁错主持削藩，衣朝衣被腰斩于东市，后人以“东市朝衣”为朝臣被杀之典。“北邙抔土”，洛阳北郊有北邙山，是汉代朝廷显贵的墓葬之地，这里代指明代权贵的墓地。吴昌时仓皇被斩，连常规的安葬之礼都无法获得。

“白杨”二句化用白居易《和关盼盼燕子楼感事诗》之三：“今春有客洛阳回，曾到尚书墓上来。见说白杨堪作柱，争教红粉不成灰。”唐玄宗天宝年间，张建封镇守徐州，纳名伎关盼盼为妾，宠爱有加。及至张建封殁后，关盼盼独守燕子楼。吴伟业用到这则典故，是说竹亭湖墅早已易主，吴昌时生前蓄养的那些歌儿舞女也转瞬星散。

“烽火名园窜狐兔，画阁偷窥老兵怒。宁使当时没县官，不堪朝市都非故”，命运再度转折，清军入关，王朝鼎革，竹亭湖墅一代名园荒废为狐兔出没的场所，歌台舞榭沦为清军临时扎营的宿地。倘若国祚不移，哪怕园林被大明天子罚没总还是好的。

“我来倚棹向湖边，烟雨台空倍惘然。芳草乍疑歌扇绿，落英错认舞衣鲜”，诗人的视角转入当下的所见所感，从芳草与落花依稀想象十年前的歌舞盛况。这几句的写法很像电影语言：在 1979 年由哈代小说《德伯家的苔丝》改编的电影里，由娜塔莎·金斯基饰演的女主角苔丝在一番番物换星移之后重归故土，隔着栅栏看着那一片空旷的草地，忽然画外响起了圆舞曲，在空草地上缭绕不休，当年在这里撩动人心的舞会盛况陡然涌上心头。这样一种电影语言在今天看来不足为奇，在当时却还是很有革命性的，催泪效果惊人，而这样的表现方式，其实早已经出现在诗歌语言里了。

“人生苦乐皆陈迹，年去年来堪痛惜。闻笛休嗟石季伦，衔杯且效陶彭泽”，人生祸福无常，只有时序的节拍永恒不变。倒不必为吴昌时的下场叹息，正如不必为石崇的下场叹息一样，但他们的遭际令人羡慕起陶渊明来，何不学陶渊明那般在田园与酒杯中颐养天年呢？

“闻笛”是思念故友之典：向秀经过嵇康故居，闻邻人吹笛，不禁感怀亡友，因作《思旧赋》。石季伦，即晋代首富石崇，字季伦，以劫掠手段发家致富，生活之奢靡胜过帝王。后来赵王司马伦专权，司马伦的谋主孙秀向石崇索要美女绿珠不得，便弄权杀了石崇。

“君不见白浪掀天一叶危，收竿还怕转船迟。世人无限风波苦，输与江湖钓叟知”，诗歌结尾以议论为结语，说人世波涛险恶，在风口浪尖上尤其应该及早抽身，这是连江湖钓叟行船都晓得的粗浅道理，为何那些精英人物反而想不透呢？

全诗到此结束，我们看吴伟业的用典手法堪比金庸小说《飞狐外传》里赵半山施放暗器的手段：身上不见一处镖囊，暗器却信手抛洒，源源不绝，与其说是在克敌制胜，不如说是在做一场华丽丽的表演。

| 5 |

吴伟业的风格只能说不同于白居易，却很难真的去比较高下。王国维偏爱五代、北宋的抒情词风，所以推崇白居易的流畅白描。但白居易的诗歌语言太过通俗，所以总嫌不够耐读。以我个人的体会，白居易的歌行读上几遍就会厌烦，而吴伟业的歌行是我读过的所有诗歌中最不易读厌的，几乎每一次读都会有一些新的体会。这种感受正如欣赏两种风格的绘画，印象派和新古典主义各有各的妙处，前者以简单直截打动人心，后者却使人不断琢磨一个又一个的细节，为每一个细节生出新鲜的幻想。一般而言，感性主义者偏爱前者，理性主义者偏爱后者，我自己刚巧是属于理性主义一派的。

在王国维的身上，感性主义与理性主义似乎并驾齐驱，所以有时候他虽然高调地颂扬前者，自己却在悄悄地做着后者的事。在给日本汉学家铃木虎雄（豹轩）的一封信里，王国维这样写道：“前作《颐和园词》一首，虽不敢上希白傅，庶几追步梅村。盖白傅能不使事，梅村则专以使事为工。然梅村自有雄气骏骨，遇白描处尤有深味。”王国维虽然推崇的是白居易，在自己写一篇历史感很强的歌行时却还是以吴伟业为样板。道理也很简单：要想真正承担“诗史”的功能，白居易的长庆体并不适用，只有梅村体才是最好的选择。所以我们读王国维的《颐和园词》，全是一派吴伟业的风格：

汉家七叶钟阳九，洊洞风埃昏九有。南国潢池正弄兵，北沽门户仍飞牡。
仓皇万乘向金微，一去宫车不复归。提挈嗣皇绥旧服，万几从此出宫闱。
东朝渊塞曾无匹，西宫才略称第一。恩泽何曾逮外家，咨谋往往闻温室。
亲王辅政最称贤，诸将专征捷奏先。迅扫欃枪回日月，八荒重睹中兴年。
联翩方召升朝右，北门独付西平手。因治楼船凿汉池，别营台沼追文囿。
西直门西柳色青，玉泉山下水流清。新锡山名呼万寿，旧疏河水号昆明。
昆明万寿佳山水，中间宫殿排云起。拂水回廊千步深，冠山杰阁三层峙。
隥道盘纡凌紫烟，上方宝殿放祈年。更栽火树千花发，不数明珠彻夜悬。
是时朝野多丰豫，年年三月迎銮驭。长乐深严苦敝神，甘泉爽垲宜清暑。
高秋风日过重阳，佳节坤成启未央。丹陛大陈三部伎，玉卮亲举万年觞。
嗣皇上寿称臣子，本朝家法严无比。问膳曾无赐坐时，从游罕讲家人礼。
东平小女最承恩，远嫁归来奉紫宸。卧起每偕荣寿主，丹青差喜缪夫人。
尊号珠联十六字，太官加豆依前制。别启琼林贮羡余，更营玉府搜珍异。
月殿云阶敞上方，宫中习静夜焚香。但祝时平边塞静，千秋万岁未渠央。
五十年间天下母，后来无继前无偶。却因清暇话平生，万事何堪重回首。
忆昔先皇幸朔方，属车恩幸故难量。内批教写清舒馆，小印新镌同道堂。
一朝铸鼎降龙驭，后宫髯绝不能去。北渚何堪帝子愁，南衙复遘丞卿怒。
手夷端肃反京师，永念冲人未有知。为简儒臣严谕教，别求名族正宫闱。
可怜白日西南驶，一纪恩勤付流水。甲观曾无世嫡孙，后宫并乏才人子。
提携犹子付黄图，劬苦还如同治初。又见法宫冯玉几，更劳武帐坐珠襦。
国事中间几翻覆，近年最忆怀来辱。草地间关短毂车，邮亭仓卒芜蒌粥。
上相留都树大牙，东南诸将奉王家。坐令佳气腾金阙，复道都人望翠华。
自古忠良能活国，于今母子仍玉食。九庙重闻钟鼓声，离宫不改池台色。
一自官家静摄频，含饴无冀弄诸孙。但看腰脚今犹健，莫道伤心迹已陈。
两宫一旦同绵惙，天柱偏先地维折。高武子孙复几人，哀平国统仍三绝。
是时长乐正弥留，茹痛还为社稷谋。已遣伯禽承大统，更扳公旦觐诸侯。
别有重臣升御榻，紫枢元老开黄阁。安世忠勤自始终，本初才气尤腾踏。

复数同时奉诰言，诸王刘泽号亲贤。独总百官居冢宰，共扶孺子济艰难。
社稷有灵邦有主，今朝地下告文祖。坐见弥天戢玉棺，独留末命书盟府。
原庙丹青俨若神，镜奁遗物尚如新。那知此日新朝主，便是当年顾命臣。
离宫一闭经三载，渌水青山不曾改。雨洗苍苔石兽闲，风摇朱户铜蠡在。
云韶散乐久无声，甲帐珠簾取次倾。岂谓先朝营楚殿，翻教今日恨尧城。
宣室遗言犹在耳，山河盟誓期终始。寡妇孤儿要易欺，讴歌狱讼终何是。
深宫母子独凄然，却似滦阳游幸年。昔去会逢天下养，今来劣受厉人怜。
虎鼠龙鱼无定态，唐侯已在虞宾位。且语王孙慎勿疏，相期黄发终无艾。
定陵松柏郁青青，应为兴亡一拊膺。却忆年年寒食节，朱侯亲上十三陵。
（据商务印书馆 1940 年出版《观堂集林》）

这首诗作于宣统帝逊位、孙中山下野、袁世凯登基称帝的时期，是以杜鹃啼血的精神唱出的对大清王朝的深情挽歌。在王国维生前，这首长诗才是为他赚得最大声名的文字，因为它确实道出了所有清朝遗老的共同心声，而不似《人间词话》那样处处与时代文学风尚唱反调。

这首诗的用典手法简直称得上“磅礴”，当时便有遗民耆老为之作注，但碍于文网，很多话不便明说。而随着世易时移，诗中的一些微妙处恐怕再难被人索解出来了。所以注讲《颐和园词》，至少在我自己而言，倘若还不算不自量力的话，至少也有点勉为其难。但既然箭在弦上，也就只有不揆窳陋地勉力一下了。只可惜限于篇幅，仅注讲前三分之一的内容，但这已经足以看出《颐和园词》究竟在何等程度上远离着白居易的白描风格，又是在何等程度上接近着吴伟业的繁缛风格。

| 6 |

“汉家七叶钟阳九，澒洞风埃昏九有”，清朝自入关以来七世传至咸丰帝，气运急转直下，天下大乱。七叶，《汉书·金日磾传赞》称道金氏家族“七叶

内侍，何其盛也”，七叶即自武帝至汉平帝七世。正如明朝遗民有共识，认为明虽亡于崇祯，实肇端于万历，清朝遗民也有共识，认为清虽亡于宣统，实肇端于咸丰。清帝自太宗皇太极以来，历顺治、康熙、雍正、乾隆、嘉庆、道光，至咸丰为第七世，故称七叶。

钟阳九，即遭逢阳九之厄。阳九之厄是古代术数概念，计算方法不一，但无论怎样计算，它都意味着末世和灾年。所以每到改朝换代的混乱时期，都会有诗人感叹自己不幸遭逢了阳九之厄。

澒（hòng）洞风埃，即弥漫寰宇的狂风沙尘，比喻天下大乱。九有，即九州，语出《诗经·商颂·玄鸟》“方命厥后，奄有九有”。

“南国潢池正弄兵，北沽门户仍飞牡”，这是说太平天国动乱于南方，英法联军入寇于京津。潢池弄兵，语出《汉书·循吏传》，意为百姓聚众造反。飞牡，本义是门栓脱落，引申为变乱的征兆，语出《汉书·五行志》，汉成帝年间长安、函谷关的大门“门牡自亡”。

“仓皇万乘向金微，一去宫车不复归”，英法联军攻入北京，咸丰帝仓皇逃往热河行宫，在忧惧中死去。金微，本义是金微山，今天的阿尔泰山，渲染咸丰帝出逃之远。

“提挈嗣皇绥旧服，万几从此出宫闱”，咸丰帝驾崩的时候，皇子载淳年仅六岁，八位顾命大臣奉咸丰帝遗诏辅政，而载沣的生母懿贵妃（后来的慈禧太后）联合恭亲王奕䜣成功夺权，从此改年号为同治，开始了两宫太后垂帘听政的日子。

绥旧服，语出《尚书·仲虺之诰》，本义是平定了旧有的属地，代指慈禧太后带着六岁的嗣君回到北京。“万几从此出宫闱”，一切国家大事从此便由慈禧太后决断了。

“东朝渊塞曾无匹，西宫才略称第一”，渊塞即沉静、诚实。两宫太后垂帘听政，东太后慈安以端庄娴雅著称，西太后慈禧以才略智谋著称。

“恩泽何曾逮外家，咨谋往往闻温室”，这一联称道两宫太后一心国事，从不以权力为娘家人谋求私利。外家，即外戚。中国传统上很忌讳女人当权，因为最直接的害处就是外戚乱政。温室，原指汉代宫中的温室省，代指中央政府的机要部门。《汉书·孔光传》记载，孔光为人周密谨慎，休假在家的时候和家人谈笑，从不言及朝廷中事。就连有人问他温室省中种的是哪一种树的时候，他也默然不应。

“亲王辅政最称贤，诸将专征捷奏先。迅扫欃枪回日月，八荒重睹中兴年”，在慈禧太后主政之初，内用奕䜣辅政，外用曾国藩、李鸿章等汉臣平叛，终于平定了困扰咸丰朝多年的太平天国之乱，使天下人从此看到了“同治中兴”的太平气象。欃（chán）枪即彗星，比喻叛乱。

| 7 |

“联翩方召升朝右，北门独付西平手”，慈禧当时力排众议，将辅佐曾国藩平叛有功的左宗棠升职重用，左宗棠果然平定了回变，收复了新疆。慈禧终于在这个辛苦经营出来的太平盛世里松了口气，“因治楼船凿汉池，别营台沼追文囿”，这是兴建颐和园的开始。

这一联的典故用得很耐人寻味：汉武帝为了训练水军，开凿昆明池；周文王营建灵台，百姓因为爱戴他的仁德纷纷自觉自愿地前来服役。今人对慈禧有太多的恨，以至于宁愿相信王国维这样讲纯属反讽，其实以王国维对大清王朝一往情深的爱，在《颐和园词》上下文里对慈禧发自肺腑的颂扬，这一联与其说是反讽，不如说是以儒家“为尊者讳，为贤者讳”的精神对兴建颐和园之举的曲意回护：以前述的诸多丰功伟绩而论，她就算修这样一座园林来犒劳一下自己，倒也算不得多大的罪过。

“西直门西柳色青，玉泉山下水流清。新锡山名呼万寿，旧疏河水号昆明。昆明万寿佳山水，中间宫殿排云起。拂水回廊千步深，冠山杰阁三层峙。隥道盘纡凌紫烟，上方宝殿放祈年。更栽火树千花发，不数明珠彻夜悬”，这几句点明颐和园的位置，渲染颐和园的胜景：西直门外，玉泉山下，疏蓄河水为昆明湖，赐山名为万寿山，山上有排云殿仿照天坛祈年殿的体式，更有明灯千盏，彻夜长明。

颐和园的兴建之日，正是慈禧主政的鼎盛时期。今天的普通读者很难想象王国维对慈禧太后的推崇备至，甚至推崇到“五十年间天下母，后来无继前无偶”的程度。但也正是因为对慈禧爱得热血沸腾，所以才对袁世凯恨得咬牙切齿，讥讽说“那知此日新朝主，便是当时顾命臣”。

长诗历数兴亡，结尾处发出如吴伟业《鸳湖曲》一般的议论：“虎鼠龙鱼无定态，唐侯已在虞宾位。且语王孙慎勿疏，相期黄发终无艾。定陵松柏郁青青，应为兴亡一拊膺。却忆年年寒食节，朱侯亲上十三陵。”世道变易无常，人生起伏无定，巧合的是，明万历帝与清咸丰帝的陵墓同名定陵，这两处定陵的松柏当为同样的兴亡轨迹抚膺长叹吧？然而，明亡之后，年年都还有朱姓子孙亲往十三陵拜祭，今后会否有人同样去拜祭清帝陵寝呢？

我们看这首令王国维颇为自负的《颐和园词》，从体式、修辞、用典来看，吴伟业的烙印实在太深，哪里有半点白居易的影子？

［五十九］

近体诗体制，以五七言绝句为最尊，律诗次之，排律最下。盖此体于寄兴、言情，两无所当，殆有韵之骈体文耳。词中小令如绝句，长调似律诗，若长调之《百字令》《沁园春》等，则近于排律矣。

| 1 |

本章辨析词体尊卑，要算《人间词话》说理最诡异的一章。

近体诗即律体诗，兴起于唐代。近体诗的体裁里，以绝句为尊，律诗其次，排律最下。王国维之所以做出这样的排序，一来或是受了叔本华美学里将一切艺术类型从高到低加以排序的做法的影响，二是因为太偏爱五代、北宋的小令，乃至以小令的特色作为美学标准来衡量其他。

小令如同写意画，只捕捉外物的一点神采或内心一刹那的情绪，言简而意赅，有无限的余韵可以绕梁三日。绝句也是这样，五言绝句不过寥寥二十字，七言绝句亦不过二十八字，点到即止，代表人物有王维、王昌龄。

至于律诗，非但篇幅翻了一倍，重要的是有了许多章法，如颔联、颈联的两处对仗，再如起、承、转、合的篇章结构，有点八股文的意思了，但优点是可以比绝句更精美，更深沉，代表人物有杜甫、李商隐。

排律则是将律诗做任意的加长，篇幅上没有任何限制，想写多长就写多长。只是作者虽有耐心写，读者却未必有耐心看，所以排律的读者最少。唐代的绝句和排律都可以由歌伎演唱，当然唱绝句易，唱排律难，所以唱得下来《长恨歌》的歌女就能拿到同行中最高的收入。这当然也因为人们更爱听《长恨歌》那样的排律，因为它可以叙述一个完整的故事，可以塑造出不同的角色，可以有跌宕起伏的情节，还可以穿插进一些对世道人生别有会心的议论。以上这些特点，都是绝句和律诗所不可能有的。我们不妨做一个大致的类比：绝句相当于黑白照片，律诗相当于彩色照片，排律则相当于一部电影。

倘若以黑白照片作为美的标准，那么彩色照片会嫌浮华而烦琐，电影简直就是冗长无谓了。王国维所做的，其实正是这样的一番推理。

| 2 |

王国维以词体与诗体相比：小令可比绝句，长调可比律诗，长调中尤长者如《百字令》《沁园春》可比排律。我们可以猜想王国维一定不喜欢比排律更长的荷马史诗，却一定很喜欢比绝句更短小的日本俳句。

《百字令》《沁园春》，今天虽不知道如何歌唱，但读起来别有一番抑扬起伏的顿挫之美，而这种音色上的美感就已经不是其他词牌所能替代的了。至于内容，小令、长调各有各的写法，正如尺有所短、寸有所长，只要不以尺去量短、不以寸去量长即可。试从纳兰词中择选二例，其一为《百字令·废园有感》：

片红飞减，甚东风不语、只催漂泊。石上胭脂花上露，谁与画眉商略。碧甃瓶沉，紫钱钗掩，雀踏金铃索。韶华如梦，为寻好梦担阁。

又是金粉空梁，定巢燕子，一口香泥落。欲写华笺凭寄与，多少心情难托。梅豆圆时，柳绵飘处，失记当初约。斜阳冉冉，断魂分付残角。

睹一座废弃的园林，生出太多的想象与伤感，多愁善感的诗人最常写这一类的题材。“片红飞减，甚东风不语、只催漂泊”，从落花着笔，“片红飞减”，减去的是春光，东风只一味摧花，仿佛真的只是无情之物。这几句化自杜甫《曲江二首》“一片花飞减却春，风飘万点正愁人”，似乎新意不多，但在词的特殊断句里，萧瑟惆怅的意味比诗更浓。

“石上胭脂花上露，谁与画眉商略”，落花不由自主地飘坠，有些落在石头上，如同胭脂点缀，这里或曾有过一位爱花的女子，但如今人去园空，落花再无人惜，只有“碧甃瓶沉，紫钱钗掩，雀踏金铃索”，汲水的银瓶沉入井里，苔藓掩盖住她遗落的发钗，雀儿恣意踏在护花铃的绳索上，而铃声早已喑哑，再起不到护花的作用。

甃（zhòu)，即井壁。瓶，即富贵之家汲水所用的银瓶。井与瓶的关系在古代是有爱情隐喻的，如王昌龄《行路难》有“双丝作绠系银瓶，百尺寒泉辘轳上。悬丝一绝不可望，似妾倾心在君掌”，刘复《夏日》有“银瓶绠转桐花井，沉水烟销金博山”，白居易《井底引银瓶》有“井底引银瓶，银瓶欲上丝绳绝”。

金铃索，即护花铃所系的绳索，这是《开元天宝遗事》所记载的一则掌故：唐玄宗天宝年间，每到春天，宁王就派人在自家花园里系上红丝，密密地缀以铃铛，系于花梢，以惊吓鸟雀。

“韶华如梦，为寻好梦担阁”，好时光如梦境消散，为了追寻好梦，又耽搁了时光几许。

词的上阕就这样在恍惚的忧伤中收尾，下阕从写景转入言情。“又是金粉空梁，定巢燕子，一口香泥落”，这是对薛道衡《昔昔盐》的名句“空梁落燕泥”的敷衍。由燕归想到人未归，由燕的年年有期想到人未归的遥遥无期，于是“欲写华笺凭寄与，多少心情难托”，我也想把心事写进书信寄给你知，却终于觉得这纠结复杂的心情实在难以表述。“梅豆圆时，柳绵飘处，失记当初约”，在梅子又圆的时节，在柳絮飘飞的地方，你可还记得我们当初的约定？“斜阳冉冉，断魂分付残角”，冉冉余晖里，听着远处不甚清晰的号角声，我的愁绪无处可排解。

我们无法考证这首词究竟有几分写实，几分是在实景中生出的幻梦，但正是这样亦真亦幻的氛围，圆满完成了寄兴与言情的要求。

| 3 |

让我们再看纳兰性德一首悼亡主题的《沁园春》：

瞬息浮生，薄命如斯，低徊怎忘。记绣榻闲时，并吹红雨；雕阑曲处，同倚斜阳。梦好难留，诗残莫续，赢得更深哭一场。遗容在，只灵飙一转，未许端详。

重寻碧落茫茫。料短发、朝来定有霜。便人间天上、尘缘未断；春花秋叶，触绪还伤。欲结绸缪，翻惊摇落，两处鸳鸯各自凉。真无奈，把声声檐雨，谱出回肠。

词有序言记述写作的原委：“丁巳重阳前三日，梦亡妇淡妆素服，执手哽咽。语多不能复记，但临别有云：‘衔恨愿为天上月，年年犹得向郎圆。’妇素未工诗，不知何以得此也？觉后感赋。”这是一首悼亡记梦之作，作于康熙十六年（1677），性德之妻卢氏卒于是年五月三十日。序言所谓丁巳重阳前三日，即当年九月初六，在重阳节前三天。

“瞬息浮生，薄命如斯，低徊怎忘”，劈头慨叹生命的无常与不由自主。在那个医学尚不发达的时代里，任你是皇亲国戚、豪门子弟，也很容易在年纪轻轻的时候因为一场莫名其妙的病症而莫名其妙地死去，所以古人对生命无常的感慨远比今人为甚。卢氏死于难产，生育对于古代女人来说常是一件要冒生命危险的事情。而这样无可奈何的事情能怪得了谁，只能怪死者薄命罢了。死者已矣，却留给生者无限哀伤。

“记绣榻闲时，并吹红雨；雕阑曲处，同倚斜阳”，回想从前，我们一同在绣榻上赏花，一同在曲阑边看夕阳。这里的“红雨”存在两种可能的解释，一是指落花如雨，二是特指桃花。沈义父《乐府指迷》归纳诗歌套语，说遣词造句须含蓄，要说“桃”不能直接说破，当用“红雨”“刘郎”来代。这正是《人间词话》第三十五章里批判的对象，而这里是以“红雨”与“斜阳”形成对仗，意味却真的比直接说落花或桃花为好。重阳节又称吹花节，杨万里《九月四日生辰》有“重九吹花节，千龄梦日时”，杨诗的原意是“九月九日风吹菊花的时节”，后来演变为重阳之典。

“梦好难留，诗残莫续，赢得更深哭一场”，生活如梦般美丽，却终归挽留不住。尚未写完的诗不必再续写下去，诗也无法纾解失去你的伤心，只能在夜深时分大哭一场。“遗容在，只灵飙一转，未许端详”，哭的时候恍惚看见你的身影，但只是匆匆一瞥，容不得我慢慢端详。

“重寻碧落茫茫。料短发、朝来定有霜”，已经和你分别在两个世界，而这样的伤心啊，明早又会将我稀疏的头发再染白几许。“便人间天上、尘缘未断；春花秋叶，触绪还伤”，纵然生死隔开了你我，但我们的缘分应该并未断绝；无论是看到春花盛开，还是看到秋叶凋零，我都会想起你，哀伤不尽。“欲结绸缪，翻惊摇落，两处鸳鸯各自凉”，多想和你在一起，却转眼便成永诀，天那边的你和地这边的我同样在伤悼我们的命运。“真无奈，把声声檐雨，谱出回肠”，无可奈何呀，听屋檐上雨声淅沥，我就借用雨声的旋律谱成这首词，倾诉我百转千回的心曲。

这首词全无用典。如果说《沁园春》可比排律，那么这一首全无用典的《沁园春》应该可比排律中的《长恨歌》吧。

［六十］

诗人对宇宙人生，须入乎其内，又须出乎其外。入乎其内，故能写之；出乎其外，故能观之。入乎其内，故有生气；出乎其外，故有高致。美成能入而不出。白石以降，于此二事皆未梦见。

| 1 |

鲁迅《两地书》有说："沪案之后，周刊上常有极锋利肃杀的诗，其实是没有意思的。情随事迁，即味如嚼蜡。我以为感情正烈的时候，不宜作诗，否则锋芒太露，能将'诗美'杀掉。"

感情正烈的时候正是"入乎其内"的时候，这种时候只想宣泄，一旦开始宣泄又往往口不择言、滔滔不绝。倘若沉静一段时间，给自己一点思量与反观的余地，这便是"出乎其外"，这时候写出来的诗会如同花粉经过发酵之后变成的蜜糖。

这是东西方美学共通的道理，创作家对此有朦胧的感受，理论家对此有深入的剖析。但细思之下，会发觉它只道出了一半的真理，或者说仅适用于解释某一类的文学创作而已，并非放之四海而皆准的通则。

| 2 |

杜甫的诗，最是入乎其内又出乎其外。他对他的国家有太深沉的爱，入得或许比任何人都深，而他几乎从不把深切的感触与激烈的情绪立即付诸笔端，不，他需要沉静一些时间，需要抽身出来，以旁观者的姿态来看待那一件件的亲身经历，然后有反观，有构思，甚至还有对遣词造句的精心打磨。

但李白不同，他是个“斗酒诗百篇”的人，常会在兴致高涨的时候信笔写来，将一切需要宣泄的情绪，无论是积极的还是消极的，立即宣泄净尽。所以李白多写格律松散的古体诗，杜甫多写格律谨严的近体诗。只是因为李白有绝顶的天才，有远远超乎常人的文学修养，所以出口即可成章。

王国维是持有天才论的人，理应对李白类型的诗人抱以最高程度的欣赏，却疏忽了这一类诗人很少有“出乎其外”的时候。他们似乎永远活在懵懂的状态里，情绪的宣泄总如孩子一般来得迅疾。但偏偏王国维所举的“美成能入而不出”的例子令人匪夷所思，周邦彦如何会是只能入乎其内却不能出乎其外的词人呢？王国维或是认为周邦彦拘泥到生活里去了，缺乏一份超然的态度吧？至于“白石以降，于此二事皆未梦见”，自是王国维一贯贬损宋末词家的态度。若说吴文英、王沂孙、周密、张炎那些人对生活既没有真切的感受，又缺乏沉静之下的反观，实在是苛责了些。一部《乐府补题》的发现曾在清初词坛激起过多么大的人心震荡，这怎会是“于此二事皆未梦见”的词家可以做到的呢？

[六十一]

诗人必有轻视外物之意，故能以奴仆命风月。又必有重视外物之意，故能与花鸟共忧乐。

| 1 |

本章内容与前一章一脉相承。1959年第1期的《华中师院学报》刊载羊春秋、周乐群合著的一篇《试论王国维的唯心主义美学及其文艺批评——兼评方步瀛先生对王国维文艺批评的评价》，有很直截了当的解释："所谓'轻视外物'，就是要作家超然物外，不为现实生活的利害关系所干扰，才能驱使自然界的景物，奔赴腕底，为我服务；所谓'重视外物'，就是要有'物我同一''神与物接'的宁静心境，才能神游物外，物我两忘，不知何者为'花鸟'之忧乐，何者为个人的悲欢。"

当然，那个年代的文章很少会这样收尾，所以紧接着就有结论说："这种带有浓厚的神秘主义色彩的超阶级、超政治观点，显然是极端虚伪、极端反动的。”

仔细想来，“以奴仆命风月”不妨看作纯粹的比喻或拟人，“与花鸟共忧乐”倒真有几分神秘主义色彩，不是简单的比喻或拟人可以解释的。当杜甫说“感时花溅泪，恨别鸟惊心”的时候，感时的是杜甫自己，恨别的也是杜甫自己，花照旧开落，鸟照旧飞翔，哪里会为人世间的悲欢离合或溅泪或惊心呢？“人生自是有情痴，此恨不关风与月”，还是欧阳修勇敢地道出了真相，却还不是全部的真相。

| 2 |

真相的另一部分可以由亚当·斯密来说，他在《道德情操论》里记述并分析了这样一种人人习焉不察的现象：

> 无论痛苦和快乐的原因是什么，或者它们是怎样产生的，它们都会在所有的动物身上立刻激起感激和愤恨这两种激情。无生命的和有生命的东西都会引起这两种激情。甚至在被一块石头碰痛的一瞬间，我们也会对它发怒。小孩会敲打这块石头，狗会对它咆哮，性情暴躁的人会咒骂它。确实，稍微思考一下就会纠正这种情感，并且不久就会意识到没有感觉的东西不是一个合宜的报复对象。然而，当伤害很大时，这个引起伤害的对象就会使我们一直感到不快，并且也会把焚烧它和销毁它引为乐事。我们应该如此对待偶然造成某个朋友死亡的器械，如果忘了对它发泄这种荒唐的报复的话，就常常会想到自己犯了这种缺乏人性的罪过。
>
> 同样，我们对给自己带来巨大或频繁欢乐的那些无生命之物，也会抱有某种感激之情。一个靠了一块木板刚从失事的船上逃生的海员，一上岸就用这块木板来添火，这看来是一种不合人情的行为。

这样看来，诗人或任何人并不需要额外地“有重视外物之意”就可以“与花鸟共忧乐”，人天然就会将非人类的东西，甚或是无生命的东西当作同类来对待。这是写在基因里的心理模式，是我们与生俱来的，在现代心理学与美学里称之为移情作用，已经彻底褪去了神秘主义色彩，理性言之，不过是人的一种错觉罢了。换言之，移情作用只是一种心理误区，但正是这种心理误区给了我们独特的审美体验。

人们常常以己度人，也常常因此出现判断上的偏差，所以才会有“以小人之心度君子之腹”这则谚语。我们常常在不自觉中就相信了“人同此心，心同此理”，不自觉地以自己的想法去揣度他人的想法。是的，我们还会以自己的想法来理解非人类的一切事物，仅仅因为现代科学太快地更新着我们的常识，我们才会比古人显得稍稍理智一些。

| 3 |

情绪与移情作用一起为我们打造了一副副的有色眼镜，当我们陷入悲哀的时候，天地万物都随着我们一起悲哀；当我们沉浸在快乐里，天地万物也都随着我们一同快乐。这是一个自然而然的过程，自然到我们往往意识不到它的存在，这也算是一种“物我同一”的状态了，没有多么神秘。杜甫的心态，我们普通人一样会有，只是写不出来罢了。譬如赌徒掷骰子，希望点数大的时候，往往用力就大；希望点数小的时候，往往用力就小，仿佛自己手臂上的力道真能主宰骰子的点数似的。这种“以奴仆命骰子”的心态其实和“以奴仆命风月”出于同样的心理机制，只是雅俗有别罢了。

“以奴仆命风月”的写法，试举一例，宋人张孝祥的《念奴娇·过洞庭》：

洞庭青草，近中秋、更无一点风色。玉鉴琼田三万顷，着我扁舟一叶。[①] 素月分辉，明河共影，表里俱澄澈。悠然心会，妙处难与君说。

应念岭表经年，孤光自照，肝胆皆冰雪。[②] 短发萧骚襟袖冷，稳泛沧溟空阔。[③] 尽挹西江，细斟北斗，万象为宾客。[④] 扣舷独啸，不知今夕何夕。[⑤]

张孝祥，字安国，别号于湖居士，是宋高宗一朝坚定的主战派，公然与秦桧一党为敌，公然为岳飞鸣冤。所以我们不难想见张孝祥及其家人会受到何等严酷的迫害，幸而秦桧突然病故，张孝祥才算侥幸逃生。及至宋孝宗继位，主战派领袖张浚轻率北伐，以惨败收场，张孝祥也因此受到牵连，从此再不曾在政治舞台上焕发光彩。乾道五年（1169）七月，张孝祥在芜湖舟中设宴，送别采石矶大败金兵的传奇人物虞允文，酒酣中暑而死，年仅三十八岁。

宋孝宗乾道元年（1165），张孝祥外放广西，任职仅一年又遭谗言而罢官北归，途经洞庭湖，作这首《念奴娇》以明志。这是他最有名的一篇作品，不逊于辛弃疾集中佳作。

“洞庭青草，近中秋、更无一点风色”，点明时间、地点，从沉静的气氛入手。洞庭青草，即洞庭湖、青草湖，这两片湖泊原本相连，后来混称为洞庭湖。“玉鉴琼田三万顷，着我扁舟一叶”，湖面极阔大，扁舟极渺小，在这样极端的对照下会生出康德美学中的“壮美”感受，亦即《人间词话》第四章所谓“宏

① 鉴：镜子。琼：美玉。玉鉴琼田：形容湖面仿佛一块明镜，又仿佛是由美丽润洁的玉石铺就。

② 应：因，表示肯定的意思，不是现代汉语里“应该”的意思。岭表经年：指词人在广西任职的一年时间。岭表：岭南，五岭以南，今天的广西、福建一带。经年：这里指一年。孤光自照：形容自己在偏僻的岭南之地，在无人赏识的情况下，仍然保持着君子之风，这是儒家“君子慎独”的操守。肝胆皆冰雪：形容胸怀坦荡。

③ 萧骚：形容头发的稀疏短少。沧溟：浩大的水面。

④ 挹（yì）：舀。西江：西来的长江。细斟北斗：化用《九歌·东君》“援北斗兮酌桂浆”，将北斗七星当作酒勺。

⑤ 独啸：独自长啸。长啸是魏晋以来旷达之士用以排遣忧愤的一种流行做法，相传阮籍善于长啸，他在苏门山遇到道士孙登，于是请教炼丹修仙之术。孙登不加理睬，阮籍长啸而退。刚下到半山腰，忽然听到山顶传来凤凰一般的长啸之声，声震山谷，正是孙登的长啸之声。

壮”之美，人生似乎显得格外卑微。

“素月分辉，明河共影，表里俱澄澈。悠然心会，妙处难与君说”，湖面倒映着月光与银河，天水之间一片澄净清澈，而这“悠然心会”的妙处，并非真如字面上的“难与君说”，分明已经说得明明白白：澄澈而宁静的是广袤的湖光天色，亦是词人的方寸之心。

词人在接踵而来的坎坷中何以仍会有这样的心境呢，是因为“应念岭表经年，孤光自照，肝胆皆冰雪”，是自幼养成的儒家君子的操守遇百折而不挠，历万劫而不改，胸怀坦荡则天地自宽。“短发萧骚襟袖冷，稳泛沧溟空阔”，鬓发业已稀疏了，那又如何，稳泛沧溟是因为心中不存半点的焦灼与疑虑。“尽挹西江，细斟北斗，万象为宾客”，不妨做一东道，以北斗为勺，舀尽西来的江水，请天地万象与我同酌。“扣舷独啸，不知今夕何夕”，敲着船舷来打拍子，独自长啸，完全沉醉在洞庭湖的澄澈月色里，浑然忘记了时间。

这首词一开始以水天之空旷广袤衬托个人之渺小，而随着一步步的推进，水天之阔大竟然变成了人心之阔大，对照与反衬的关系变成了合二为一、水乳交融的关系。当下阕词人从“物我同一”中抽身而出，他的新形象已然与天地同大，甚至可以“尽挹西江，细斟北斗，万象为宾客”了。这样一种“以奴仆命风月”又怎会是真的“有轻视外物之意”呢？

王国维所谓“轻视外物”与“重视外物”都是太模糊的修辞性的表达，读者千万不可拘泥到字面里去。

［六十二］

“昔为倡家女，今为荡子妇。荡子行不归，空床难独守”“何不策高足，先据要路津。无为久贫［守穷］贱，轗轲长苦辛”，可谓淫鄙之尤。然无视为淫词、鄙词者，以其真也。五代、北宋之大词人亦然。非无淫词，读之者但觉其亲切动人。非无鄙词，但觉其精力弥满。可知淫词与鄙词之病，非淫与鄙之病，而游词之病也。“岂不尔思，室是远而。”而子曰：“未之思也，夫何远之有？”恶其游也。

| 1 |

本章以很大的气力来批判所谓游词，这是接续清代词人金应珪的观点来说的。

王国维的手稿最初是这样写的：“金朗甫作《词选后序》，分词为淫词、鄙词、游词三种。词之弊尽是矣。五代、北宋之词，其失也淫。辛、刘之词，其失也鄙。姜、张之词，其失也游。”

金朗甫即金式玉，是张惠言兄弟亲手调教出来的高徒，但王国维搞错了一点，《词选后序》的作者并非金式玉，而是金式玉的兄长金应珪。本书第十一章里讲过，嘉庆二年（1797）张惠言、张琦兄弟同被经学家金榜聘为家庭教师，金家子弟有填词的兴趣，张家兄弟就编选了一部《词选》当作课本。在第十一章里未曾讲到的是，这部《词选》的最后还有一篇附录，附有同邑词友黄景仁、左辅、恽敬、钱季重、李兆洛、丁履恒、陆继辂七家词，后来郑抡元扩编了这篇附录，将张惠言兄弟与金家子弟的词作连同自己的作品一并收录，常州词派的影响正是由这一点青萍之末慢慢展开的。

金应珪为《词选》写作后序，提出词之弊端有淫词、鄙词、游词三种，其中游词的概念是：

> 规模物类，依托歌舞。哀乐不衷其性，虑叹无与乎情。连章累篇，义不出乎花鸟；感物指事，理不外乎酬应。虽既雅而不艳，斯有句而无章。是谓游词。

概言之，一切情不由衷的词都是游词。王国维的手稿经过反复改订，淫词、鄙词都不谈了，集中火力来攻讦游词。因为细思之下，淫词可以是发自内心之淫，鄙词可以是发自内心之鄙，皆不碍于真切情感的赤裸裸的抒发，虽然淫与鄙都不太好，但至少不是游词，不虚伪。

| 2 |

“昔为倡家女，今为荡子妇。荡子行不归，空床难独守”，语出《古诗十九首》之二：

青青河畔草，郁郁园中柳。盈盈楼上女，皎皎当窗牖。
娥娥红粉妆，纤纤出素手。昔为倡家女，今为荡子妇。
荡子行不归，空床难独守。

这首诗写一名已为人妇的倡家女子在春光中的幽怨：丈夫辞家远行，迟迟不归，自己一个人又怎耐得住春闺的寂寞呢？回想昔年倡家热闹喧哗的生活，如今的寂寞便显得更难消受。诗中的“荡子”一词与今天的含义不同，无关于道德，只是“游子”的意思。

汉代的倡家女与唐、宋时代的倡家女不同，前者的境遇要好得多，她们往往出身于演艺世家，不似后者大多是从贫苦人家买来或被歹人诱骗的良家女子。汉代的倡家女可以有很好的归宿，譬如汉武帝的李夫人，曹操的妾室卞夫人，都是倡家女出身。所以嫁为荡子妇的倡家女很有资格抱怨“荡子行不归，空床难独守”，也很有资格在抚今追昔中生出繁华不再的失落感。

“何不策高足，先据要路津。无为守穷贱，轗轲长苦辛”，语出《古诗十九首》之四：

今日良宴会，欢乐难具陈。弹筝奋逸响，新声妙入神。
令德唱高言，识曲听其真。齐心同所愿，含意俱未申。
人生寄一世，奄忽若飙尘。何不策高足，先据要路津。
无为守穷贱，轗轲长苦辛。[1]

这首诗的大意是说：在一场极尽欢乐的宴会上，有德劭之人发表了一番高论，但只有妙解音乐的人才能够听出其中的真意，那真意是所有人都不愿明说的心声：人生如寄，又如飙风扬起的灰尘，既然如此，何不抢先占据高位来享受短暂的荣华富贵呢，可不要固守穷贱，一辈子坎坷失意。

---

① 轗轲：同“坎坷”。

| 3 |

这两首诗的内容，即便在今天的主流道德观里也显得有些龌龊。王国维形容是“可谓淫鄙之尤”，前者是淫荡的极致，后者是卑鄙的巅峰，照理说应该被正人君子深恶痛绝才是。“然无视为淫词、鄙词者，以其真也”，但因为诗歌写得真诚，写得发自肺腑，所以读者并不以淫词、鄙词视之。

确实，《古诗十九首》历来被人赞颂为璞玉浑金，其中这两首自然也不曾受过太大的非议，但原因是否真的是“以其真也”，倒也未必。同样程度的真，由古人道出，经过岁月的鎏金而变得古雅可爱，而正是那份古雅的味道在相当程度上消解了诗意当中的道德瑕疵。

现代心理学有所谓认知一致性理论，举例言之，当你发现你和最好的朋友在某个观点上存在分歧，这就打破了你认知结构中的平衡，你会做出怎样的反应呢？一般人的反应都是倾向于恢复认知平衡，具体做法可以有好几种选择：要么你说服自己，那个让你们产生分歧的观点其实无关紧要，接受好友的看法又有何不可呢；要么你说服你的好友，使他的思想步调和你一致；要么你以另一种方式说服自己，让自己相信这位好友其实和你的关系并不算太好，他有那样的愚蠢念头又何足为怪呢；要么你还可以自欺欺人，说服自己相信那位好友“真实的想法”其实和你一模一样。

最后你究竟会做出怎样的选择是可以被心理学家预测出来的：在很大的概率上，你会采取“最小努力原则”，意即哪种选择给你造成的情感压力最小，你就会做出哪种选择。譬如你感觉自欺欺人是最省力的，你就会相信好友和你并不真正存在分歧。

认知一致性理论可以成功地解释传统上对一切经典作品的解读方式。人们在情感上不愿意接受经典作品的瑕疵，所以总要以各种方式来粉饰它们的瑕疵。甚至就在最近几年，还是有太多人不愿意相信《论语》“唯女子与小人为难养也”这句话，不愿意相信孔子竟然会对女人看低一等，于是粉饰瑕疵的做法就是将“女子”训诂为“汝子”，再将“汝子”解释为孔子在某个特定的语境中所特别针对的某些人。

人们对《古诗十九首》也有同样的态度：有人将《今日良宴会》一诗解释为反讽之作，也有人将《青青河畔草》一诗解释为怨而不怒的温柔敦厚。王国维也只是粉饰大军中的渺小一员罢了，只不过他用“真”的概念来做一种新的油彩。

事实上，人类文明的进程就是不断将“真”驯化的过程。我们心底有太多的“真”，一旦暴露出来，都会为文明社会所禁止。以上两首诗，倘若是现代人以现代汉语表达出来，发表在任何公开媒介上，哪怕有再美的文笔，读者也不会以“但觉其亲切动人”与“但觉其精力弥满”的理由而由嫌恶变为喜爱的。“可知淫词与鄙词之病，非淫与鄙之病，而游词之病也”，不，症结与游词无关，仅仅因为美丽的文笔被岁月鎏金罢了。

| 4 |

“岂不尔思，室是远而”，语出《论语·子罕》：“‘唐棣之华，偏其反而。岂不尔思，室是远而。’子曰：‘未之思也，夫何远之有？’”“唐棣”四句是逸诗，以摇动的唐棣之花起兴，然后说：难道我不想念你吗？只是我们相隔得太远了啊。孔子的评论是：如果是真的思念，怎么会嫌远呢？

《论语》这几句话全无上下文的参照，很难说清孔子究竟是什么意思。大致推测起来，怕是有学生嫌孔子所追寻的“道”太过遥远，有打退堂鼓的意思，所以孔子才以这几句诗为例，意思是说：倘若渴慕出自真诚，只会一往无前，再远的距离也不会嫌远，“岂不尔思，室是远而”这种漂亮话只是不诚心的托词罢了。王国维从这里看到，孔子对不诚心的托词的厌恶，岂不正是对游词的厌恶吗？

对《人间词话》这一章，我们不妨看作王国维矫枉不惜过正的议论：“真”无论如何都是艺术创作的必要条件，或者说是不可或缺的最低标准。但即便是我们如此这般地退一步来想，也很难完全赞同他的意见。也许在王国维看来，戏剧表演中的演技根本算不得艺术吧？

［六十三］

“枯藤老树昏鸦。小桥流水平沙。古道西风瘦马。夕阳西下。断肠人在天涯。”此元人马东篱《天净沙》小令也。寥寥数语，深得唐人绝句妙境。有元一代词家，皆不能办此也。

| 1 |

马东篱即马致远，字千里，号东篱，“元曲四大家”之一。这首《天净沙》并不是词，而是一首散曲。散曲又名清唱，明代魏良辅《曲律》说：“清唱，俗语谓之冷板凳，不比戏场借锣鼓之势，全要闲雅整肃，清俊温润。”

散曲又分为小令和套曲两类：单作一支小曲，如马致远这首《天净沙》，就是小令；联用若干曲牌组成一套，叫作套曲。正如晚唐、五代以降，属于民间的词渐渐侵占了属于士大夫的诗的地盘，自南宋以降，词越发变成了文人的词，而在民间，散曲也就顺应历史潮流而取代了词的位置。所以我们会看到，五代、北宋的词往往写得通俗自然，元代的散曲也一样的通俗自然，甚至俚俗的味道更重了些。

马致远这首《天净沙》在散曲小令里格外突出，因为它不像散曲，倒像是五代、北宋年间的小词。它是写秋思的名曲，被誉为“秋思之祖”。对于看惯了电影的现代人而言，我们实在太熟悉这首小令所用到的“镜头语言”了。

| 2 |

前三句全是名词性的意象堆叠：枯藤、老树、昏鸦、小桥、流水、平沙（通行版本作“人家”）、古道、西风、瘦马，仿佛有镜头在缓缓地摇动，渐次将秋意浓浓的意象纳入观者的眼中。镜头拉开，大视野里看远处“夕阳西下”，一个渺小的、孤独的、拖着一身疲惫的人走进了镜头里。

我们已经在太多的电影里读到过这样的镜头语言，也曾在温庭筠《商山早行》的“鸡声茅店月，人迹板桥霜”里见到过这种被美国现代诗人称为意象主义的写作手法。马致远的手段比温庭筠还要高些，因为他在最后以一句“断肠人在天涯”将前边所有的意象一举激活，将所有的景语一下子变成情语，使原本便萧瑟的秋意变成了天涯断肠人眼中的断肠景象。

［六十四］

白仁甫《秋夜梧桐雨》剧，沈雄悲壮，为元曲冠冕。然所作《天籁词》，粗浅之甚，不足为稼轩奴隶。岂创者易工，而因者难巧欤？抑人各有能有不能也？读者观欧、秦之诗远不如词，足透此中消息。

｜1｜

白仁甫，即白朴，字仁甫，一字太素，号兰谷先生，“元曲四大家”之一。《秋夜梧桐雨》，即白朴的杂剧代表作《唐明皇秋夜梧桐雨》，一般简称为《梧桐雨》，写唐明皇与杨玉环的爱情传奇。《天籁词》即白朴的词集《天籁集》。使王国维惊异的是，白朴的《梧桐雨》沉雄悲壮，堪称元曲中最杰出的作品，而白朴的词却写得无比粗浅，原因究竟何在呢？或者因为丌创易而因袭难，又或者因为以一个人的才华总不可能胜任所有的文体。欧阳修、秦观的诗远不如词，足以说明这个道理了。

王国维这样的揣测不免有些孟浪了。开创易而因袭难，这样的道理确实存在。不仅在文学领域，即便在学术领域也是如此，譬如在甲骨文的研究上，王国维本人就是“甲骨四堂”之一，很有筚路蓝缕的草创之功。当时随便做一做什么都能够成果迭出，而在这门学问成熟之后，每推进一小步都要耗费惊人的气力。普通读者总是说现代社会少有民国时代的学术大师，却不晓得假使民国学术大师们生活在今天，头顶的光环不知道要衰减多少光芒。又如能力相同的几个人打扫同一间屋子，第一个进去打扫的人会最轻松地取得最大的收效，这也就是经济学上所谓边际收益递减的原理，成果的大小并不取决于个人能力的高低。

| 2 |

白朴的《天籁集》沉寂了太久，朱彝尊编辑《词综》的时候广采博收，却没见过任何一首白朴的词。白朴词重见天日的经过，朱彝尊在《天籁集序》叙说道：

> 明宁献王权谱元人曲作者凡一百八十有七人，白仁父[甫]居第三，虽次东篱、小山之下，而喻之鹏抟九霄，其矜许也至矣。余少日避兵练浦，村舍无书，览金元院本，最喜仁父《秋夜梧桐雨》剧，以为出关、郑之上，及辑唐、宋、元人诗余为《词综》，憾未得仁父只字，意世无复有储藏者。康熙庚辰八月之望，六安杨希洛氏千里造余，袖中出兰谷《天籁集》，则仁父之词也。前有王尚书子勉序，述仁父门世本末颇详。始知仁父名朴，又字太素，为枢判寓斋之子。后又有洪武中国子助教江阴孙大雅序，及安丘教谕松江曹安赞。余因在考元人诗集，则匪独遗山元氏与枢判襟契，若秋涧王氏、雪楼程氏，皆有与白氏父子往来赠送之诗，盖寓斋子三人，仁父仲氏也，其伯叔诚父、敬父。敬

父官江西理问，雪楼送其之官，有“思君还读寓斋诗”之句，此亦敬父昆弟之父执矣。白氏于明初由姑孰徙六安，是集希洛得之于其裔孙驹，将刊行，属余正其误，乃析为二卷，序其端。竹垞老人朱彝尊。

朱彝尊也是从杂剧开始认识白朴的，也和王国维一样认为《梧桐雨》造诣最高，当在关汉卿、郑光祖的作品之上，但白朴的词无论如何也寻访不到半句。康熙三十九年（1700）八月，六安秀才杨希洛不远千里专程拜访朱彝尊，携来《天籁集》，说明代初年，白氏家族从姑孰迁到六安，词集一直在家族中妥善保存着。杨希洛是从白朴的裔孙白驹处得来这部词集的，准备刊刻发行，特意找到词坛盟主朱彝尊，希望得到后者的订正和推介。

朱彝尊非但为《天籁集》作了序言，还写了一篇简短的跋语：“兰谷词源出苏、辛，而绝无叫嚣之气，自是名家。元人擅此者少，当与张蜕庵称双美，可与知音道也。”这是从风格上判断白朴的词与苏轼、辛弃疾的豪放词一脉相承，学辛词的人往往流于叫嚣，也就是王国维所谓的粗浅，但白朴没有这个毛病，足以成为一代词坛名家。元人擅长填词者很少，白朴的词可以与张翥（号蜕庵）并称双美。

张翥是公认的元代第一词家，所以朱彝尊为《天籁集》写的跋语虽然简短，却可谓极尽推崇之能事了。而王国维评论《天籁集》，似乎专门针对朱彝尊的评语。两人虽然都承认白朴学到辛弃疾的词风，但朱彝尊以为“绝无叫嚣之气，自是名家”，王国维以为“粗浅之甚，不足为稼轩奴隶”。孰是孰非，我们不妨直接从白朴的作品中直观地感受一下。

| 3 |

从《天籁集》中选一个王国维最不喜欢的词牌——《沁园春》，词牌下有自序说：“夜枕无梦，感子陵、太白事，明日赋此。”白朴在某夜失眠的时候浮想严光、李白两位先贤的往事，第二天以词记之：

千载寻盟，李白扁舟，严陵钓车。□故人偃蹇，足加帝腹；将军权幸，手脱公靴。星斗名高，江湖迹在，烂熳云山几处遮。山光里，有红鳞旋斫，白酒须赊。

龙蛇起陆曾嗟。且放我、狂歌醉饮些。甚人生贫贱，刚求富贵，天教富贵，却骋骄奢。乘兴而来，造门即返，何必亲逢安道耶。儿童笑，道先生醉矣，风帽攲斜。

白朴之所以对严光和李白情有独钟，是因为自己一生布衣，有高尚其志、不事王侯的孤高。这种孤高在同时代里太难寻到知音，只有远溯前代，从往圣先贤中寻觅精神伴侣，这正是“千载寻盟，李白扁舟，严陵钓车”的意义所在。

李白被唐玄宗赐金放还之后，漫游宣州（今安徽宣城），写诗说“人生在世不称意，明朝散发弄扁舟”。严光是东汉光武帝刘秀少年时的同窗好友，刘秀称帝之后极邀严光做官，严光坚辞不受，归隐富春山，以钓鱼为乐。在白朴看来，千万隐士之中，只有李白和严光最值得敬佩，因为他们都深受帝王的赏识，明明荣华富贵唾手可得，却绝不因此而放弃人格上的坚持。

“□故人偃蹇，足加帝腹；将军权幸，手脱公靴”，这几句分述严光、李白的两则事迹。严光的故事是：刘秀称帝后邀严光进宫叙旧，两人几日来同吃同睡，严光毫不拘束，睡着时脚甚至压在了刘秀的肚子上。翌日太史奏报说夜观天象，有客星侵犯御座，刘秀不禁失笑。李白的故事是：传说李白在长安时，有一次在酒酣中起草诏书，使杨贵妃研墨，高力士脱靴。

“星斗名高，江湖迹在，烂熳云山几处遮。山光里，有红鳞旋斫，白酒须赊”，李白字太白，太白即太白金星，严光引发了客星侵犯御座的天象，是谓“星斗名高”。有如此高名美誉，却甘心浪迹江湖。严光垂钓富春江上，随时将钓得的红鳞鲤鱼切为细脍，烹制美食，是谓“红鳞旋斫”。李白有诗“五花马，千金裘，呼儿将出换美酒”，是谓“白酒须赊”。

“龙蛇起陆曾嗟。且放我、狂歌醉饮些”，龙蛇曾有腾跃之时，严光、李白都受过帝王的殊宠，而那段经历想起来只令人嗟叹罢了，何不自由自在地狂歌醉饮呢？《易经·系辞下》有“龙蛇之蛰，以存身也”，严光、李白的退隐便如同龙蛇的蛰伏。

“甚人生贫贱，刚求富贵，天教富贵，却骋骄奢”，这等芸芸众生的庸俗嘴脸实在令人厌憎，但世界偏偏这样运作：贫贱中想求富贵，才一富贵便摆出骄人的嘴脸，这到底是为什么呢？看不惯，索性不与世俗往来的好。“乘兴而来，造门即返，何必亲逢安道耶”，这是《世说新语·任诞》记载的一则故事：东晋名士王子猷居于山阴（今浙江绍兴），某日夜雪初霁，月色清朗，忽然思念起远在剡溪的好友戴安道来，于是乘轻舟前往，足足行了一夜，待天亮时才到戴安道的家门。令所有人意外的是，王子猷忽然掉头返航，对同行人说道：“吾本乘兴而行，兴尽而返，何必见戴？”

人生贵在适意，何必在乎旁人的眼光，于是“儿童笑，道先生醉矣，风帽欹斜”。儿童看到自己的醉态，笑话起自己被风吹歪了帽子的丑态，殊不知侧帽也有一则风流掌故呢：北朝独孤信姿容绝代，是所有人仰慕的焦点。一天他出城打猎，回来的时候不小心被风吹歪了帽子，但他要忙着赶在宵禁之前回城，并没有留心到这个小小的细节。等到第二天，城里却突然出现一件怪事：满城的男子尽是歪戴帽子的新式打扮。

这样一首自明其志的词，究竟是“粗浅之甚，不足为稼轩奴隶”，还是“绝无叫嚣之气，自是名家”，答案似乎已经不言而喻了。《四库全书总目提要》评介《天籁集》，说它“清隽婉逸，调适韵谐”，这首《沁园春》庶几当得起这样的评语。

| 4 |

为了说明观点，王国维拉欧阳修和秦观来当陪衬，说他们诗不如词。

欧阳修是宋代诗人里屈指可数学习李白、韩愈风格的，追求诗歌的散文化。宋人虽然并尊李白、杜甫，但李白是天才型诗人，无门径可学；杜甫是学力型诗人，可以让仰慕者亦步亦趋。大家都去学杜甫，欧阳修却偏偏要学李白。正因为走上了这样一条费力不讨好的荆棘路，他的诗歌才比不上词作那般耀眼。

古体诗《晚泊岳阳》是欧阳修典型诗风之一例，依约看得到李白的影子：

卧闻岳阳城里钟，系舟岳阳城下树。正见空江明月来，云水苍茫失江路。
夜深江月弄清辉，水上人歌月下归。一阕声长听不尽，轻舟短楫去如飞。

诗句仿佛信手拈来，明白如话，却少了李白的那种天才洋溢。欧阳修最著名的诗歌《戏答元珍》偏偏是一首律体诗，看来还是从众比较稳妥：

春风疑不到天涯，二月山城未见花。残雪压枝犹有橘，冻雷惊笋欲抽芽。
夜闻归雁生乡思，病入新年感物华。曾是洛阳花下客，野芳虽晚不须嗟。

这首诗看似春光明媚，其实完全在发牢骚。宋仁宗景祐三年（1036），中央政府里爆发了一场波诡云谲的政治斗争，欧阳修、范仲淹等人赢得了人心，却输掉了权力角逐，相继被贬出了朝廷。这是北宋政坛上影响很深远的一次事件，也给各位逐臣的心境与前程投下了散不开的阴霾。

欧阳修被贬为峡州夷陵（今湖北宜昌）县令，翌年，正在峡州做判官的好友丁宝臣（字元珍）以《花时久雨》诗相赠，欧阳修便作了这首《戏答元珍》回赠。题目说是“戏答”，只是为了掩饰牢骚罢了。

“春风疑不到天涯，二月山城未见花”，表面上是写山城偏远，花期较晚，而在传统的诗歌套语里，这分明是在抱怨皇恩不到。“残雪压枝犹有橘，冻雷惊笋欲抽芽”，夷陵盛产橘子，又是著名的竹乡，颔联将这两种山城风物一网打尽，说二月春风未至，枝上积雪犹存，还挂着几只去年采摘遗漏的橘子；春雷虽然还带着寒意，但毕竟发出春天的消息了，地下的竹笋被雷声惊醒，准备破土而出了。

“夜闻归雁生乡思，病入新年感物华”，春来大雁北归，雁鸣声唤起人的乡愁，令人夜不能寐；抱病之身又勉强挨到一个新的年景，万物逢春，为何自己却感受不到一点暖意呢？于是陷入回忆："曾是洛阳花下客，野芳虽晚不须嗟"，自己曾在那以似锦鲜花名满天下的洛阳为官，度过了多少赏花游园的日子，看花也看够了，此时困处山城，野花迟迟不开，又有什么所谓呢？

| 5 |

秦观的情形与欧阳修不同，他有多愁善感、细腻入微的性格，是天生的词人而不是诗人。所以秦观的诗写得很像词。钱锺书有评价说："秦观的诗内容上比较贫薄，气魄也显得狭小，修辞却非常精致。"（《宋诗选注》）

这里选一首能代表秦观特点的《春日》：

一夕轻雷落万丝，霁光浮瓦碧参差。有情芍药含春泪，无力蔷薇卧晓枝。

短短二十八字，写足了春光的千娇百媚，但媚态也太足了些，以至于元好问《论诗绝句》有讥讽说："有情芍药含春泪，无力蔷薇卧晚[晓]枝。拈出退之山石句，始知渠是女郎诗。"和韩愈那种古雅朴拙的诗句相比，秦观的诗简直就像是小女生的作品。

还是钱锺书说了几句公道话："艺术之宫是重楼复室、千门万户，决不仅仅是一大间敞厅；不过，这些屋子当然有正有偏，有高有下，绝不可能都居正中，都在同一层楼上。"（《宋诗选注》）

钱锺书和元好问的矛盾观点其实无所谓谁对谁错，因为前者是以现代的文学眼光来看问题的，后者是以古代传统的诗歌本色来看问题的。在古人"诗言志"的传统里，诗歌写成秦观那样就是不好的。是的，词不仅可以，而且应该写成那种味道，因为那是词的本色当行；诗歌不同，既负担着诗教的重任，又秉持着言志的箴言，始终要以雅正为上的。所以，无论以现代的纯文学的标准，还是采取古代的诗教与言志的标准，秦观的诗确实逊色于词，他毕竟天性就在词的一途，王国维所谓"抑人各有能有不能也"在他的身上是完全适用的。

附录一：《人间词话》背景谈

| 1 | 境界无关于人生

《人间词话》才一开篇，便抛出了一个可谓全书核心的概念：境界。这引出了理解《人间词话》最大的一个麻烦：一般来说，学者们每抛出一个概念，总要赋予它定义，王国维却一点都没有解释他所谓的“境界”到底是什么意思。

于是，待《人间词话》成为经典，“境界”一词便可怜兮兮地遭到研究者们钻之唯恐不深的深挖广证，结果言人人殊、莫衷一是。有鉴于这部词话在学术史上的特殊位置，这样的局面一点也不令人意外：它恰恰处在新旧鼎革的交界线上，代表着文艺理论从近代学术迈向现代学术的第一步，故而既有其现代性的一面，亦有其传统的一面，而概念的模糊性正是传统文论的一大特点。

古人谈诗论艺往往以玄解玄，或言神韵，或言风骨，大多只可意会、不可言传。王国维虽然在《人间词话》里破旧立新，但毕竟出身于这样一种传统，轻轻地挥一挥衣袖，总还粘着几抹西天的云彩。

今天读者很容易会以“境界”的日常语意来理解《人间词话》这一章的含义，非但可以自圆其说，也最符合人们的一般认识：譬如文天祥显然是一个境界很高的人，富贵不能淫，威武不能屈，所以能够写出“人生自古谁无死，留取丹心照汗青”这样的诗句；秦桧人格低下，毫无人生境界可言，难怪在《全宋词》里只字皆无。

只要通读词话全文，就会发现这样的理解谬以千里：为王国维高度推崇的李煜显然谈不上什么人生境界。事实是，境界之说并非王国维的独创之见，而是源于叔本华哲学。在那个举国高呼“中学为体，西学为用”的动乱时代里，王国维反其道而行之，偏偏“西学为体，中学为用”，一副在日暮途穷中倒行逆施的勇士做派。事情的原委，要从中国完败于日本的那一场甲午战争说起。

| 2 | 中日黄金十年

甲午战争以中国完败告终，《马关条约》的签订无疑使垂垂老矣的大清帝国雪上加霜。人们于是有十足的理由相信，中日关系自此除了继续滑向深渊的更深处之外再无其他可能。然而历史的进程就是这样出乎所有人的意料：自1898年始，中日关系竟然进入了所谓“黄金十年”，两国从政界到民间那一副亲善睦邻的姿态，简直令所有人怀疑甲午战争究竟是不是一件刚刚发生过的、浸满无数血泪与屈辱的事情。

在这黄金十年里，仅以文教事业而论，中国留学生数以万计地涌入日本，以真正如饥似渴的姿态学习日本文化以及经日本人消化吸收之后的西洋文化，而日本学者以同样的积极姿态来华办学，给那些无力支付留学成本的中国青年以梦寐以求的学习机会。

1901年7月，一位住在上海的西方牧师在一篇题为《日本对中国新的侵略》的文章中忧心忡忡地指出，日本以“思想的侵略取代武器的侵略，教育的宣传取代压迫。狡猾地企图以思想力量多于物质力量以征服中国。”有鉴于日本当时正在高调地参与清政府政治改革的事业，西方世界敏锐地意识到，一个牢固的中日同盟无疑会真正遏止西方人正在迈向东方的脚步。

就是在这样的一个时代，在上海新马路梅福里（今天的黄河路），罗振玉创办的东文学社宣告成立。日本学者藤田丰八是学社最有影响力的教授，黄孝可《藤田博士小传》记载藤田“以日文教授科学，翻译日本新刊书籍，为清末新学勃兴之先驱”，并且，“其后成名之王国维，即当时东文学社之学生”。那是 1898 年，王国维年仅二十二岁。八股文的废除，戊戌变法的失败，梁启超在日本横滨创办《清议报》，都是在那一年里发生的事情。

翌年，东文学社迁址，同时迎来了另一位日籍教师：田冈佐代治。田冈年方而立，与藤田丰八同是哲学专业出身，正是这位田冈在不经意间激发了王国维的哲学兴趣。王国维在《三十自序》里回忆道：那时读田冈文集，见到文中有引述康德、叔本华哲学的内容，心下倾慕，只可惜自己不通德语，怕此生无缘领略这两位哲学大师的原著。

机会竟然来得太快。1902 年，王国维在罗振玉的资助下赴日留学，虽然只过了四五个月的光景便因病回国，但他从此坚定了哲学志向，学习英语、德语，在日译本的参照和藤田丰八的指导下研读西哲原著，终于进入了渴慕多时的康德和叔本华的世界。

时至 1904 年，二十八岁的王国维开始撰写《红楼梦评论》，以叔本华哲学释读这部“经学家看见《易》，道学家看见淫，才子看见缠绵，革命家看见排满，流言家看见宫闱秘事”（鲁迅语）的古典小说，在中国文学批评史上第一次做了以西方显微镜观察中国样本的尝试。

当然，对于骄傲的民族主义者而言，如此一种本末倒置何止荒谬，简直令人愤慨。

| 3 | 无用之学

这是一个“日蹙国百里”的悲伤时代，大清帝国里那些满怀爱国主义激情的有志青年总是以实务类的学科为第一选择。但是哲学，研究西方哲学，真不知道对这个风雨飘摇的老大帝国会有什么好处？

洋务派元老张之洞还在孜孜不倦地鼓吹着“中学为体，西学为用”的意识形态最高纲领，似乎中国落后的只是技术而已，而意识形态依然处于世界领先地位。但是，走出国门的学子越多，世界的面貌被国人看到的越多，张之洞的市场也就越小。张之洞的反对者们提出了这样的意见：技术的落后，根源在于意识形态的落后，大清帝国只要率先在意识形态上做出根本性的变革，那么技术也好，经济也罢，不待改善而自然可以改善。所以青年学子若留学国外，政治学、法律学才应该是首选的学科。

这两种论调无论孰是孰非，至少都是容易被人们理解的，唯独王国维的选择过于极端了些。为什么一定是哲学呢？哪怕是文学也好，至少可以像鲁迅一样以笔墨为刀枪，在没有硝烟的战场上横扫千军如卷席。哲学分明是一门距离现实生活最遥远的学科，研究任何一个哲学命题都不会比天文学家研究一百亿光年之外的某颗星球对我们的衣食住行影响更大。除非王国维是一个完全漠然于时务的人，仅仅出于兴趣而躲在象牙塔的塔尖里自成一统。

和平时代的确会出产这样的学者，但在那个动荡的时代，几乎没有人可以置身局外，王国维当然也不在例外之数。他有自己一套特殊的想法：意识形态实为经济、技术之根基，以落后的意识形态追求先进的经济、技术注定事倍功半，然而意识形态也有自己的根基，那就是号称无用之学的哲学；中国之所以在技术层面上落后于西方，正是中国缺乏哲学传统，凡事皆太重实用所致；若想对这样的国民性做根本之改良，就必须以哲学来纠偏补弊。

这样的论调是会彻底激怒民族主义者的，他们既无法从感情上容忍，也无法从理性上接受：凭什么讲中国缺乏哲学传统呢？我们有儒家、道家、法家，有孔子、庄子、韩非子，有《十三经注疏》《性理大全》《近思录》《传习录》，一个人究竟要数典忘祖、丧心病狂到何等地步，才可以对凡此种种的思想成就一概视而不见呢？张之洞就曾以不以为然的态度讲过：西方有哲学，我们有经学。

| 4 | 无用之用

黑格尔提出过“中国无哲学”的观点。倘若他对中国有足够了解的话，想来也不会改变这个观点，至多只会做一些细节上的修正而已。

诚然，以西方哲学的标准来看，中国思想史上能够称之为哲学的内容实属凤毛麟角。中国人是极重实用的，自先秦诸子以来，种种貌似哲学的学说实则不过是给世道人心开药方罢了，无论怎样深究天人之际，最后总要太快地落到功用上来。即便在科技领域，也往往只在意技术进步而无心于基础科学。若以严格的标准因名责实，冯友兰的《中国哲学简史》不妨更名为《中国思想简史》，李约瑟的《中国科学技术史》亦不妨更名为《中国技术史》。而西方意义上的哲学，开宗明义便是一门无用之学，衣食无忧的贵族阶层借此来彰显自己的高贵。换言之，哲学原只是有钱有闲者的一种炫耀性消费而已。

亚当·斯密在《国富论》里曾为水与钻石的悖论困惑不已："水的用途最大，但我们不能用水购买任何物品，也不会拿任何物品与水交换。反之，钻石虽几乎无使用价值可言，但须有大量其他货物才能与之交换。"这个悖论其实易解：价值与实用性根本无关，人类天生喜欢炫耀性消费，而越是稀缺性强、实用性差的东西越有炫耀意义，钻石恰恰二者兼备。至于哲学，完全是和钻石一样的东西。

哲学比钻石更具炫耀意义，毕竟钻石可以被任何一名暴发户随便买到，然而哲学没有任何捷径可走，需要在不事生产的悠游岁月里慢慢打磨。古希腊人，西方哲学的奠基者们，正是以这样的闲适姿态来探索哲学世界的。耗时耗力越多而实用性越小的事物总是更有炫耀价值的，倘若你稍稍问及实用性，那么你无疑是在羞辱这些高贵而敏感的人。

在古希腊的哲学世界里，就连几何学也刻意标榜自身的非实用性。罗素在《西方哲学史》里讲过这样一则故事："欧几里德几何学是鄙视实用价值的，这一点早就被柏拉图所谆谆教诲过。据说有一个学生听了一段证明之后便问，学几何学能够有什么好处，于是欧几里德就叫进来一个奴隶说：'去拿三分钱给这个青年，因为他一定要从他所学的东西里得到好处。'"

罗素为这则故事所做的评论可以使我们十足窥到王国维的思路："然而鄙视实用却实用主义地被证明了是有道理的。在希腊时代，没有一个人会想象到圆锥曲线是有任何用处的；最后到了 17 世纪伽利略才发现抛射体是沿着抛物线而运动的，而开普勒则发现行星是以椭圆而运动的。于是，希腊人由于纯粹爱好理论所做的工作，就一下子变成了解决战术学与天文学的一把钥匙了。”

哲学的无用之用亦出于同样的道理。哲学一词在希腊语的原意是“爱智之学”，表示这门学问仅仅是为了满足高雅的智力趣味而存在的，别无任何实用性的意义。而这样的学术传统在西方世界一以贯之，直到近现代才稍稍有了一点改变。

所以哲学史上有一种非常显见的现象，即哲学家们往往只是在理论上相信自己的理论，却不愿或不能在生活中践行之。例如休谟，这位以无懈可击的论证动摇了因果律的可靠性，击破了18世纪的理性精神，并将康德从旧信念的迷雾中唤醒的伟大哲人，在现实生活中却也只如我们这些凡夫俗子一般诉诸理性，依据因果。倘若我们以知行合一为标准来质疑他的理论，他一定会给出那个他早已经准备好的回答：研究哲学对某种气质的人说来是个惬意的消磨时间的方法，除此之外没有研究它的理由。

叔本华的哲学与人生表现出更强烈的反差，这个宣扬悲观主义与禁欲哲学的人一直过着某种讲究得略嫌奢华的生活。甚至直到晚年，他的功利心和竞争欲也丝毫不逊于今日职场中的钻营之辈。王国维若以源自孟子的知人论世之道来理解叔本华，很可能就不会有这部《人间词话》了。

| 5 |《哲学辨惑》：王国维在1903年的哲学宣战书

中国传统总是实用主义的，即便时至今日，人们热衷于理解哲学或貌似哲学的心灵鸡汤，出发点也总是希望对当下有益：或用以平衡心态，或用以强大心志。这是一种U盘式的拿来主义：只有即插即用才是好的。这种阅读风气不免令人怀疑：我们究竟比那些晚清遗老进步了多少？

哲学偏偏不是U盘，反而更像是二进制运算法。小穆勒对哲学的一句说明，恰恰与上述罗素对几何学的评语很有些异曲同工之妙：“表面上似乎同人们的实际生活和表面利益相去甚远的思辨哲学，其实是世界上最能影响人们的东西。”

如果不惮粗浅之讥，将社会比作一棵大树，那么哲学、意识形态与技术的关系便近乎树根、树干与树叶的关系。枝繁叶茂是触手可及的繁华，但是，若仅仅在枝叶上注射养料以期待枝繁叶茂，结果分明不待尝试便可预见。

但是，也许只有王国维一般殚见洽闻的人才有如此的预见力，这或多或少要归因于他受旧学影响较浅——当然，这是和张之洞那些人比，不是和我们来比。“清谈误国”一向被认为是中国历史上以惨痛代价方才获得的政治智慧：魏晋清谈声犹在耳，那些大族名士岂不正是不理世务，以谈玄论道打发高雅浮生的吗？难道此风还当再现，只是清谈的内容换成西方哲学吗？

这是一种合情合理的质疑，只不过忽略了魏晋名士与西哲先贤的一点不同：前者毕竟是在尸位素餐之余来谈玄论道的，霸占着行政职位却毫不理事，即便将清谈改成其他娱乐方式，亡国也是免不了的。一言以蔽之，误国其实不是清谈应负的责任。

1903 年 7 月，王国维在《教育世界》上发表了一篇《哲学辨惑》，反击张之洞抛出的“哲学有害无益”论，阐述哲学的无用之大用。这篇文章，在今天看来似乎亦不失其时效性。

1904 年，王国维苦读康德《纯粹理性批判》与叔本华《作为意志和表象的世界》，以叔本华哲学为根底撰写《红楼梦评论》；1905 年，撰《论哲学家及美术家之天职》；1906 年，撰《教育小言十二则》，汇集近年词作刊为《人间词甲稿》；1907 年，撰《教育小言》十三则、《古雅之在美学上之位置》、《三十自序》。以上自然不是王国维这几年撰述的全部，却是我们今天理解《人间词话》最应该参照的材料。然后，1908 年，大约在夏秋之际，王国维开始撰写《人间词话》。

| 6 | 古印度的神秘主义与佛教·四圣谛

“无用之用”既是王国维的治学纲领，也是《人间词话》里一个贯穿始终的美学观念。这一观念得自叔本华哲学，也正是它以十足舶来品的身份支撑着王国维那个貌似很有中国情调的境界之论。

所以，要理解《人间词话》的境界说，就必须从叔本华哲学开始。

叔本华哲学是由康德、柏拉图和古印度神秘主义（包括佛教）这三块基石支撑起来的，出于叙述之逻辑性以及由浅入深之阶段性的考虑，我想先从最后一块基石谈起。

因为佛教的缘故，“六道轮回”对于中国人而言早已不是一个陌生的概念，但很少有人知道的是，这并非佛陀的独到之见，而是佛陀生活的时代里印度各宗各教早已形成的一种信仰共识。换言之，当时的印度人一生下来便浸淫在这样一种信仰环境里，不自觉中便以六道轮回为天经地义。古老的《梵书》如此说道：“为善者当受善生，为恶者当受恶生，依净行而净，依污行而污。”

对于热爱生活的人而言，这样的理论无疑是悦耳的。死亡只是生命暂时的休歇，而每一场休歇都意味着即将开始一段崭新的生命之旅。今生尚未尽情享受的快乐，在来生以及来生的来生还大有机会。来生或许并不托生为人，或许托生为狮子、大象之类的动物，那该是何等的新鲜刺激啊。只要在今生保持一颗行善之心，就不必担心来生会变成任人践踏的蝼蚁。

即便是那些饱受生活之苦的人，在这样一种理论的指导下也完全可以乐观起来：今生纵使绝望到底，至少还可以寄希望于来生；只要今生多行善，莫作恶，来生总还有翻身的机会。但是，随着那位释迦族的超凡王子诞生人间，越来越多的人开始以新的眼光看待六道轮回里的宇宙人生了。

据佛教经典的通常说法，在尚未证悟成佛之时，乔达摩·悉达多王子有一次在城中巡行，于东、西、南、北四座城门处分别见到生苦、老苦、病苦、死苦的景象，使他那颗悲天悯人的心灵大震撼，而佛法修证的端倪也在这一天悄然萌生了。

悉达多王子从此舍弃王位，抛妻弃子，以无上坚定的决心寻求彻底的解脱之道，终于在菩提树下悟出四圣谛，成就正等正觉。所谓四圣谛，即四大真理：苦、集、灭、道。苦谛揭示世间一切皆苦，短暂的快乐非但微不足道，反而会成为更深一层痛苦的根源。对于今天习惯于心灵鸡汤改装版佛教的读者而言，这已经变成一种不易接受的知识了，更何况就连当代高僧都在电视上公然宣讲“生命如此辉煌”。但只要我们对佛教典籍及历史抱有最低限度的认真态度，就必须承认佛陀在当时所宣讲的是一种彻底悲观厌世的理论。

人生皆苦，要想找出痛苦的根源，就必须参透集谛。集即因缘和合：宇宙人生，一举一动，莫不在因果律的制约之下，六道轮回皆由业力所致，前世之宿业与今生之现业结成一个又一个的苦果，贪、嗔、痴、慢（骄傲）、疑、见（偏见）六类烦恼在其中推波助澜，所有业力与烦恼皆生于无明，归于苦痛。

既然悲观厌世到这种程度，那么自杀显然是我们最容易想到的解脱之道。但是，在六道轮回的信仰背景下，自杀非但毫无意义，反而会造下新的恶业，使来生承担新的恶果。只有摆脱轮回才是真正意义上的解脱，这就需要我们懂得灭谛。

既然永恒的轮回缘于生生灭灭永不断绝的业力，那么显而易见的是，只要想个办法使业力终结，我们也就可以跳出轮回，得到彻底的解脱。终结业力的办法是去除欲望，只要我们对生活不再有任何欲望就可以了。当然，这个办法听起来远比做起来容易，所以佛陀及其继承者们总是不厌其烦地分析人类的各种欲望，然后对症下药给出对策。

比如性欲，这是人类生而有之的最顽固的欲望之一，但佛陀并无意要我们去做坐怀不乱的柳下惠，因为柳下惠并非对美色无动于衷，而仅仅是以深厚的君子修养将性欲暂时压制下来而已。等回到家里，他还是会和妻妾们发生正当的两性关系，并且生儿育女。这样的人生啊，业力怎么可能得以终结？

即便柳下惠终身奉行独身主义，但只要他仍然对异性动心，一样不可能斩断业力。除非做到看异性如同看同性一样，或如看待无生命的平凡物体一样；任凭异性对他百般挑逗，在他眼里也无非一束树枝在随风摇曳罢了。

就连阉割手术也达不到这样的根治效果，可见修行是一项何等艰辛而非凡的事业。所以，判断一名修行者是否已经初窥堂奥，只需看他在美色当前的时候是否还会产生如普通人一般的生理反应。

为了根除性欲，修行者要用到一点非常手段，比如，到坟地观察腐尸枯骨，培养自己对人类身体的厌恶感；在打坐冥想的时候，深入想象人体的解剖结构，想象任何一名绝代佳人的皮囊底下也无非是森森白骨和令人生厌的内脏罢了。佛教形容美女是“红粉骷髅”“皮囊盛血”，这绝不仅仅是比喻修辞。

这样的艰苦修行也许要持续十几年甚至更久的时间，才可以使人真正视美色如红粉骷髅，性欲终于不再成为造业之源，而贪欲、嗔欲，等等等等，待它们一一遵循正道（道谛），经由非常手段被修行者彻底驯服之后，于是“贪欲永尽，嗔恚永尽，愚痴永尽，一切诸烦恼永尽”（《杂阿含经》），我们便彻底从六道轮回当中解脱出来。这样一种解脱状态，佛教称之为涅槃。至于涅槃究竟是怎样的一种状态，这就是无法言说之境了。

可想而知，涅槃之境既至关重要，亦匪夷所思，弟子们自然希望佛陀给以解答。佛陀确实做过解答，答语载于《杂阿含经》。

阿含一系的经典是佛教最早期的经典，在相当程度上保存着佛陀的原初教诲。我们从这些记载里看到，两千六百年前的印度修行者们很有一些刨根问底的精神，他们会问一些非常具有终极意义的问题，诸如：世界有没有边际，世界是否永存不灭，佛陀死后还存不存在……佛陀一言以蔽之，以著名的“箭喻”作答：假如你们被一支毒箭射中，命在旦夕，你们肯定无暇追问这支箭的来历、材质、工艺特点，当务之急是疗伤救命。我们的人生正是如此，当务之急是修行解脱之道，不要把工夫浪费在那些徒费心力的玄奥问题上去。我也不该为你们讲授那些既不可说、亦不宜说的内容，而应该讲解那应该讲解亦可以讲解的四圣谛。四圣谛是修行的根本，能使人得大智慧、大觉悟，达到永恒幸福的涅槃。

归纳下来，那些玄奥的问题一共有十四个，就这样被佛陀冷处理了，所以被统称为“十四无记”。

| 7 | 古印度的神秘主义与佛教及摩耶之幕

当时的印度人比起今天的我们更容易接受“本质性的真相是不可言说的”这个说法，因为在他们传统的宗教土壤里，有一个“摩耶之幕”的概念。

《梨俱吠陀》是古印度吠陀时代的一部典籍，其中有“彼以摩耶，揭示宇宙”，这是一个足以耸人听闻的真理：你以为山河大地、日月星辰都是真实存在的吗？那你就大错特错了，全部宇宙其实只是婆楼那神施展的一套幻术，全是幻象，一旦婆楼那神收回幻术，宇宙也就消失不见，我们所信以为真的客观世界不过是天神为了娱乐而施展的神通。

认真生活的人是最愚蠢不过的，被我们信以为真的世界只不过是一张摩耶之幕，虚幻不实。那么生活究竟是什么？宇宙人生的真相究竟是什么？要想洞悉真相，就必须透过摩耶之幕，看到被这张大幕所掩盖的东西才行。

这真是令人不安的真理啊，神祇非但不爱我们，反而为了娱乐而捉弄我们，这让全人类情何以堪！

事实上从人类学的角度来看，“神爱世人”是人类社会高度文明化之后才普遍定型的信念，而在文明不甚发达的时期，在饱经大自然的风霜雨雪各种磨难的生活里，将神祇想作邪恶的而非善意的，这无论如何都是一件顺理成章的事情。譬如古老的诺斯替教派认为，感官世界是由一位劣等神灵创造出来的，他是索菲亚神的儿子，也就是《旧约》全书中的耶和华，伊甸园里的那条蛇反而是个正面角色，苦口婆心地劝告夏娃不要受了这个邪神的蛊惑。

古印度的神祇以一张摩耶之幕成功迷惑了我们，只有极少数的有识之士看破了这个奥秘。接下来的问题就是：如果我们看破了这个奥秘，应该怎么办才好呢？答案只有一个：冲破幻象，直达本真，梵我一如。这个思想后来被佛教沿袭下来，发展出了三界唯识、万法唯心、寂静涅槃等理论。

佛陀也认为无论客观世界还是我们自己，都是空幻不实的东西，只不过佛陀所讲的空幻是指“无自性”，而非“不存在”。

在佛教的观点里，一切物质、运动，都是因缘聚合的结果，本身并不存在实在的属性，这种“空幻不实”也就是佛教常说的“空”。为什么“空”？因为“缘起性空”。这就要谈到佛教思想中一个最根本的概念——因缘。佛法种种，大都是附着在这个“因缘”概念之上的。

何谓因缘？一切事物、现象都不是独立存在的，而是纠缠在因果关系的链条里，受着因果律的制约，此生而彼生，此灭而彼灭。

于是，宇宙万物，既然“此生而彼生，此灭而彼灭”，哪里还有什么事物是恒常存在的呢？刹那之间生灭相续，是谓“无常”。万事万物，成住异灭不出此理，是谓“诸行无常”，这就是佛教所谓“四法印”中的第一法印。那么，如果认识不到万事万物的无常本质而错认为有些事物是恒常不变的，这类见解是为“常见”，人们必须屏弃“常见”才能认识佛法。另一方面，虽然万事无常，它们却无一不是按照因果律生生灭灭，绵延无尽。如果只看到“灭”却看不到“生”，或者只看到“生”却看不到“灭”，都是因为没有认识清楚因果链条的绵延无尽的性质，这类见解是为“断见”，同样需要加以屏弃。

那么，既然万事无常，“我”是不是也在“无常”之内呢？

佛教称一切生灵为“有情”，一个“有情”并非一个单独的个体，而是种种物质元素和精神元素的聚合体：这些元素归纳起来就是“六大”，即地、水、火、风、空、识。“六大”之中，地为骨肉，水为血液，火为暖意，风为呼吸，空为空隙，识为精神。“有情”从另一个角度来说又是“五蕴”的聚合，“五蕴”即色、受、想、行、识，这在中国最具普及性的佛经《般若波罗蜜多心经》中讲得非常清楚：“是故空中无色，无受想行识，无眼耳鼻舌身意，无色声香味触法”，这话几乎人人熟知。既然“有情”（在这里也可以把“有情”代入为“我”）并非一个独立存在，而是“六大”和“五蕴”的聚合体，其中种种细小的元素刹那间相生相灭，那这个“我”，究竟又在哪里？有一句著名的佛偈说“从前种种，譬如昨日死；从后种种，譬如今日生”，大体就是这个意思，只不过世人通常把它做了心理励志式的世俗化的理解了。

那么，再往下继续推论的话，所谓“六道轮回”，其实并不是有一个“我”在其中轮回，不是有一个恒常不变的灵魂在其中轮回，而是“有情”的死亡导致了“六大”与“五蕴”分崩离析，而分离后的种种元素又在因果锁链的作用下发生了新的聚合。严格说来，这并不意味着有一个恒常不变的灵魂在六道之中反反复复地投胎转世——“因”只会促成“果”，而不会变成“果”。

龙军菩萨《弥兰陀王问经》里有过一个比喻，说轮回就像有一支燃烧的蜡烛，你拿着这支燃烧的蜡烛去点燃一支新蜡烛，你会看到火从这支蜡烛传到了那支蜡烛上去，轮回的主体就像这个火一样，你既不能说新蜡烛上的火就是原来那支蜡烛上的火，也不能说这两支蜡烛上的火是毫无关系的。

| 8 | 古印度的神秘主义与佛教·空

佛陀告诫弟子们要谨守四法印，也就是佛法的四项基本原则，其中和我们所要讨论的主题密切相关的是“诸行无常”“诸法无我”两项，前者否定客观世界的真实性，后者否定主观自我的真实性。所以在佛法修行里有两大破坏性工作要做，一是“破法执”，即证悟客观世界只是虚像；一是“破我执”，即证悟主观之自我也是虚像。

所谓虚像，就是高僧们最常说的“空”。空，并非一无所有，而是“没有自性”的意思。简单说，一切事物都是因缘聚散，并不存在什么恒久远、永流传的东西，所以，一个恒常之“我”自然也是不存在的。

人好比一座森林，而森林并不是“一个”东西，而是一个集合名词，它是由许许多多的树木一起构成的，这些树木有的生、有的死、有的繁茂、有的凋谢，虽然看上去森林始终是这片森林，但一个恒常不变的森林根本就不存在。同理，像军队、公司这种事物也是“不存在”的。人，也是一样。

如果把佛教史上关于诸行无常、诸法无我的各种理论与争议梳理出来，足够写成一部大书，但是，我们毕竟只是要理解叔本华哲学而已，而叔本华对佛教义理的了解至多也就到此为止。

| 9 | 休谟和他的怀疑主义

接下来需要介绍一下叔本华哲学的另一块基石：康德。不过，在正式进入康德哲学之前，无论从时间顺序还是从逻辑顺序上，皆有必要稍稍提及伟大的怀疑论者休谟。

我当年学习休谟哲学的时候，吃惊地发觉它与佛教义理有着异乎寻常的相似度，以至于我无法克制自己做出这样的想象：佛陀亲自认可休谟证得了阿罗汉果位，我们从此可以称他为休谟罗汉，因为他以无可辩驳的逻辑成功证明了“诸法无我”的真谛。

休谟在写出他的哲学名著《人性论》时还只有二十几岁，我们很难相信这样一个涉世未深的青年居然可以对人性有如此深刻的理解。似乎只有晚年的孔子，甚或是魏忠贤一流的人物才可以胜任这样的工作。然而事实上，我们凡夫俗子所在意的人性问题与哲学家所在意的人性问题分属两个范畴。中国传统更在意“世事洞明皆学问，人情练达即文章”，但休谟关于人性的学问与文章只需要敏锐的智力与严谨的逻辑而已，世事与人情甚至不具备锦上添花的琐屑意义。

在《人性论》里，休谟和佛陀一样指出所谓“自我”这个概念只不过是人类习焉不察的一个谬见罢了。“我”究竟是什么？“当我亲切地体会我所谓我自己时，我总是碰到这个或那个特殊的知觉，如冷或热、明或暗、爱或恨、痛苦或快乐等的知觉。”在任何时候我们想到“我”的时候，按照休谟的说法，我们“都只是那些以不能想象的速度互相接续着，并处于永远流动和运动之中的知觉的集合体，或一束知觉”。为了形象地说明这个道理，休谟做过一个“心灵舞台”的比喻：

> 心灵是一种舞台；各种知觉在这个舞台上接续不断地相继出现；这些知觉来回穿过，悠然逝去，混杂于无数种的状态和情况之中。恰当地说，在同一时间内，心灵是没有单纯性的，而在不同时间内，它也没有同一性，不论我有喜爱想象那种单纯性和同一性的多大的自然倾向。我们决不可因为拿舞台来比拟心灵，以致发生错误的想法。这里只有接续出现的知觉构成心灵；对于表演这些场景的那个地方，或对于构成这个地方的种种材料，我们连一点概念也没有。

在这段话里最值得我们留意的是：休谟并不曾否定“我”的存在，而仅仅说明了“我”的存在与否、性状如何，以我们的认识能力都是无法获知的。

常人当然很难理解这样的哲学，我们不妨本诸常识抛出一个很有力的质疑：此刻我正在写这部书稿，我动一动念头，我的手就举了起来，抚在电脑键盘上开始打字，可见我是一个运作流畅的统一体。

休谟对这个质疑必将做出的反驳，是他的人性哲学里最激动人心的一页：你无法证明“你动一动念头”导致了“你的手举了起来”，你只能证明前者发生在后者之前，两者具有时间上的先后次序，仅此而已。哪怕“你动一动念头”继而“你的手举了起来”这个过程重复了一万次而无一例外，你也无法合乎逻辑地证明两者之间存在因果关系。

在这个问题上，休谟转而成为佛陀的顽固对手，因为佛教最核心的理论根基就是因果律，正所谓没有无因之果，没有无果之因，因果链条环环相扣，而休谟所要阐明的是：因果律只是我们的一种思维习惯而已。“你动一动念头”，继而“你的手举了起来”，你发觉这两个现象从来都是先后发生的，于是在且仅在你的心里，“你动一动念头”和“你的手举了起来”这两个观念被联系在了一起，你相信前者是后者的原因，后者是前者的结果。

可资参照的是，笛卡儿的追随者提出过一个“两个时钟”的理论：有两个时钟，它们的运行速度一模一样，只是时钟 A 比时钟 B 快上一秒，它们一成不变地以一秒钟的间隔先后报时，然而它们彼此都不是对方报时的原因。

文化背景的巨大差异使中国人很难理解这样的哲学。在我们的传统里，“读万卷书，行万里路”才是正确的治学之道。读万卷书，是为了掌握理论；行万里路，是为了增进阅历。理论与阅历相结合，付诸实践，在实践中获取新知且验证旧学；百尺竿头更进一步，实践是检验真理的唯一标准。而在西方的哲学传统里，中国式的求知之道属于归纳法，由归纳法获得的知识远远谈不上真理，至多只是“经验”而已。

由归纳法获得的经验知识总是靠不住的，譬如我们读万卷书，行万里路，无论从书本中的讲述还是根据实践中的观察，我们发现所有的天鹅都是白色的，事实上我们无法据此推断出下一次遇到的天鹅也将是白色的，更无法得出“所有的天鹅都是白色的”这样一个抽象命题。只有演绎性的知识才是确定可靠的，比如数学。就连欧式几何都算不上一种确定可靠的知识，虽然它的演算方式是演绎法，但所有的演绎法完全基于那几条公理，而那几条所谓不证自明的公理却是我们无论如何都无法证明的。所以我们需要率先弄清究竟哪些知识才是确实可靠的，继而在这一点微薄却可靠的基础之上以严苛的方式逐渐推演出新的知识。笛卡儿那个尽人皆知的“我思故我在”的命题，为的正是这样一个目的。

而在中国传统里，没有人耐烦去想如此不切实际的问题，更不屑于以不切实际的纯书斋的方式证明之，所以普通读者对西方哲学或多或少都会感觉有一点接受无能。

| 10 | 康德：为人类的认知能力划定边界

休谟的怀疑论是很有破坏力的，这注定使他在中国读者当中并不讨喜。中国传统里，单纯的破坏力一向很受轻视。我们认为有破必须有立，只破不立像个什么样子！其实在思想史上，破，无论难度、意义，往往都还要较立为高。比起严谨的破，我们实在有更多更多蒙昧而不自觉的立。

休谟的怀疑论使我们的世界充满了不确定性。倘若我们真诚认可这样的理论，非但一切自然科学从此皆无可能，甚至道德大厦也会土崩瓦解，任何人都不应该为任何行为负任何责任。我们真希望会出现一位既富于社会责任感，又擅长精密思辨的哲人，将休谟结结实实地击倒在哲学的竞技场上，哪怕仅以点数取胜都好。于是，我们等来了康德。

康德发现，因果律并不是客观世界里的客观规律，而是我们人类天然的认知模式。所以，在我们试图认识世界之前，有必要率先对自己的认知能力做出清醒的认识。

当你握住一只杯子的时候，如何知晓这只杯子“真实”的样子呢？你知道它是坚硬的、白色的、没有任何味道、敲击它的时候会听到清脆的声音……这一切只是你的各种感官传达给你的信息而已，换言之，你对这只杯子的全部了解无非是全部感官反馈的信息汇总而已。倘若你生来眼盲，便永远无从得知它的颜色；倘若你天赋异禀，具有眼、耳、鼻、舌、身之外的某些感官，这只杯子在你心中的形象也许迥然不同。无论如何，你永远也无法知道这只杯子“究竟”是什么样子，你可以知道的只是你的全部感官对它的某些特性所做出的反应而已。

这样的结论，自然会使我们想起贝克莱主教那个“存在就是被感知”的著名命题，它的深层含义是：人类永远也无法认识世界的真相，能够认识的只是感官所呈现给我们的内容。那个“真实的世界”，康德称之为本体（或译为物自体）；感官所呈现给我们的世界，康德称之为现象。我们的认知能力仅可以触及现象世界，而无法达至本体。杯子的本体超乎我的认知能力之外，我所认识的只是它的现象而已。

受过一点点形式逻辑训练的人都会轻易认同这样的推理，看过《黑客帝国》的人也不难理解这样的一种生活形态。康德继续讲道：我们所有的知识都是关于现象世界的知识，而我们是戴着有色眼镜来认识现象世界的，这个有色眼镜就是我们天然的认知模式。

正如人类有眼睛而植物没有，所以人类感知到的世界图景和植物所感知到的截然不同，倘若我们戴上红色的眼镜，看到的世界自然永远都带着一层红色。时间和空间，就是我们的有色眼镜。

我们总以为时间和空间是一种客观存在的东西，但康德不这样想。你可以想象任何一个物体处于时间和空间之外吗？不，不可能，正如你戴上了一副永远摘不下来且永远强迫你睁开双眼的红色眼镜一样，你永远也无法逃离那一片红色。

除了时间和空间之外，我们还有次一级的天然认知模式，它们共有十二种，康德称之为十二范畴。因果律正是十二范畴之一。这也就意味着，我们都是戴着因果律这副有色眼镜看世界的，我们无法摆脱因果律来认识现象世界。

我们也许永远都无法知道挨打和疼痛之间是否存在真正意义上的因果关系，无法知道在一个大气压下将纯水加热到一百摄氏度和水的沸腾之间，是否存在真正意义上的因果关系，我们唯一可以确信的是：任何事情的发生都有原因。

这样的一种确信，康德称之为“先天综合判断”。康德的《纯粹理性批判》（王国维认真读过这本书）花了很大的篇幅来论证“先天综合判断是如何可能的”这个命题，这是哲学史上一场革命性的论证。

如果将人类想象成计算机，计算机是以0和1这两个数字以及二进制的运算规则来认识全部世界的，哪怕是播放一部电影，在计算机“本人”看来也无非是亿万个0和1所进行的亿万次运算而已，它对电影的“本体”永远一无所知；时间、空间以及十二范畴之于人类，正如0和1以及二进制规则之于计算机。

倘若计算机有了主观能动性，无论它如何施展浑身解数也只能在二进制的规范里认识世界；我们人类无论如何施展浑身解数，也只能在时间、空间以及十二范畴的规范里认识世界。但是，在我们所能认识到的这个现象世界里，我们是完全有理由相信因果律的。亚洲东海岸掀起的一场飓风，也许真的与南美洲丛林里一只蝴蝶的扇动翅膀之间存在着千丝万缕的因果关系；一颗陨星在某个月黑风高之夜偶然掉落在地球的某个角落，砸到了某只恰好途经此处的不幸的小虫，这实在是因果链条里锁定的事情。

今天有许多人都很欣赏镌刻在康德墓碑上的那句名言：“有两种东西，我对它们的思考越是深沉和持久，它们在我心灵中唤起的惊奇和敬畏就会与日俱增，这就是我头顶上的星空和心中的道德律。”这话并不像表面看上去的那样感人。事实上在康德所论证的因果律里，并不存在“自由”这回事。一切都是必然发生的，都是在因果的链条里被牢牢锁定的，如此一来，我们每一刻闪现在头脑中的思想，岂不同样是被无数个我们无法认清的原因所决定的吗？我们凭借什么为自己的行善或作恶负任何责任呢？一个活生生的人，归根结底只是一部结构复杂的神经机器，其运作方式虽然无数倍地复杂于齿轮密布的钟表，但两者的本质究竟有任何不同吗？倘若我们真的没有自由意志，道德岂不变成了一座美丽的空中楼阁？

康德的缜密论证所揭示的是：自由意志、上帝以及不朽的灵魂，即便真的存在，也仅仅存在于本体世界之中，不是我们凭借理性所能认识到的。一旦我们试图以理性来论证上述三者的存在，就会陷入逻辑上无法自圆其说的尴尬境地（康德称之为“二律背反”）。

所以，出于社会责任感的考虑，康德在写成《纯粹理性批判》之后又写了一部《实践理性批判》，认为出于道德的目的，我们实在有必要假定自由意志、上帝以及不朽灵魂的存在，哪怕这三者都是超乎我们认知能力的事物，对它们的一切理性证明皆属徒劳。所以我很笃定的是，仅仅得益于行文风格的艰深晦涩，康德哲学才终于没有沦为凡俗世间的过街老鼠。

康德哲学是一个过于博大精深的体系，所以我仅截取和本书主题直接相关的内容做一点通俗介绍。接下来，我们该进入叔本华哲学的第三块基石：柏拉图的理念论。

| 11 | 柏拉图的理念论

《创世记》记载着上帝用六天时间创造了世界：第一天，上帝创造了光，从此有了昼夜之别；第二天，上帝创造了苍穹，把苍穹以下的水和苍穹以上的水分开；第三天，上帝分出了大地与海洋，使地上生出青草、树木和蔬菜；第四天，上帝创造了日月星辰，用以管昼夜、分光暗；第五天，上帝创造了水中的鱼和天上的鸟，使它们繁衍生息，各从其类；第六天，上帝要使地上生出活物来，便创造了野兽、牲畜和爬行的动物，当然，还有人类——“于是，神照着自己的形象创造人，就是照着神的形象创造了他”。

如此复述一个尽人皆知的故事可能有点令人生厌，却又不无必要，因为接下来我们要认真思考一个问题：如果上帝是在创世的第六天照着自己的形象创造了人，那么，在之前的那五天里，他又是“照着什么”创造了日月星辰、天空大地和飞禽走兽的呢？

这绝不是一个无聊的问题，甚至对其重要性我们几乎无法估计过分，因为在很大程度上，西方古典哲学与美学正是从这个问题当中衍生出来的。

正如上帝照着自己的形象创造了人，那么在造物的时候，上帝一定在心中先有一个构思。譬如在创造飞鸟之前，上帝心中一定先有一个飞鸟的“样子”。

当然，这位上帝不必是基督教的上帝，凡是相信神创论者，他们的神祇亦必在创世之前生出同样的构思。这个“构思”，或神祇心中的“样子”，柏拉图称之为“理念”。（这个概念或译为理想、理想型，本书正文为了和王国维的措辞保持一致，选用了“理想”，附录里遵循常规，选用“理念”。）

玫瑰有玫瑰的理念，苹果有苹果的理念，天下万物莫不有其理念。现实生活中的任何一朵玫瑰都是对那个理念玫瑰的分有和模仿；理念玫瑰完美无缺，每一朵现实的玫瑰难免会有各式各样的缺陷。或者可以这样比喻：理念正如一只蛋糕模子，从这只模子里做出了成千上万个看似一模一样的蛋糕，但是每一个蛋糕或多或少都会有些缺陷，绝不可能和模子一模一样。只可惜凡俗而满带缺陷的我们生活在这个凡俗而满带缺陷的世界里，无从窥探理念的完美。

柏拉图的理念论传承为西方哲学与文艺的一大经典命题。中国读者很难接受这样的观点，这是因为在我们的土壤里并没有“神创世界”的信念，只要我们设身处地以“神创世界”的信念思考宇宙万物，便不得不承认理念论是如此的合情合理。

| 12 | 叔本华：人生是一场无意义的悲剧

印度神秘主义、康德的先天综合判断与柏拉图，一并糅合成叔本华的哲学。

叔本华虽然是个标准的富贵闲人，有着旺盛的虚荣心，讲求精致典雅的生活，本质上却很有几分悲剧气质。往往是哲学家的个人气质决定了他的哲学方向，叔本华悲观地相信我们生活在摩耶之幕的遮蔽之下，只能感知到虚幻的现象世界，却感知不到康德所谓的本体世界。其实这个本体世界倒也并不如康德所言那般遥不可及，只要我们想办法穿透摩耶之幕，就可以轻松看到世界的真相。

这样的论调听起来似乎是积极乐观的，但无可救药的悲剧接踵而来：世界的本体是意志，是一种盲目的冲动，我们经由感官所认识到的万事万物都只是这份盲目冲动的不同表现形式而已。做一个或许不很恰当的比喻：意志仿佛大江东去，那湍急的水流岂不正是一种盲目的冲动吗？而我们所看到的世界正是因这样一种盲目的冲动而呈现在表面上的波纹与浪花。日月星辰，山河大地，花鸟鱼虫，都是盲目的意志呈现在我们感官里的不同表象而已。叔本华最重要的那本书题为《作为意志和表象的世界》，意志就是被康德认为不可知的本体世界，表象就是康德所谓的现象世界。

这样的哲学确实能在我们的日常生活里得到许多支持，譬如我们看蜜蜂筑巢，蚂蚁储存食物，貌似出于精巧构思和精打细算，其实只是出于本能的盲动罢了，并不比一只上满发条的钟表高明几许。人类又何尝不是如此，才一出生便哭闹着要吃要喝，童年时总要和小朋友争抢玩具，青春期开始恋慕异性，然后结婚生子，使下一代人轮回我们的命运。就连今日世界里受过大学教育的城市青年也摆不脱这样的生活轨迹——被问到为何结婚时，答曰“大家都这样”，被问到为何生子时，答曰“大家都这样”。我们总想要赚得更多，总希望赢得更多人的好感或羡慕，总贪图有更优秀的异性成为自己的配偶，养育出更强壮、更聪明的孩子。我们一切貌似理性的行为，其根蒂无非是盲目的生存冲动。我们在这个世界上浑浑噩噩地活着，浑浑噩噩地死去。

我们和一般动物、植物、微生物、无生物的本质区别，在叔本华看来几乎并不存在。万事万物都是同一个意志的表象，只存在层次上的差异：无生物级别最低，人类级别最高，动植物介于其间。这样的层级排序在满足我们无益的虚荣心之外昭示了一个残酷的真理：层级越高，盲目欲望的冲动也就越强，生存也就越发痛苦。生活常识可以在相当程度上为我们验证这个道理：比之刘姥姥的朴素痛苦，林黛玉的痛苦总是丰富得多，绵长得多，深刻得多。

痛苦无所不在，因为在欲望被满足之前会有求之不得的痛苦，而在欲望被满足之后，短暂的喜悦迅即便被无聊的餍足感取代，继而生出新的欲求，引出新一番求之不得的痛苦。欲无止境，永远得陇望蜀，没有一刻停歇。一个人无论是穷是富，是高贵是卑贱，是喜悦是悲伤，是满怀理想还是一蹶不振，都逃不出这样的宿命。所以，无论何种形式的人生，归根结底都是同样形式的悲剧。只不过在摩耶之幕的遮蔽下，绝大多数人都无法领悟这个如此浅白的道理罢了。而这个摩耶之幕，倒也不像古印度神秘主义者所描绘的那样玄妙难言，无非就是时间、空间和因果律这三种被康德论定为我们天然认知模式的东西。

王国维对叔本华哲学一见倾心，尤其倾心于上述本体论内容。他专门写有一篇《叔本华之哲学及教育学说》，认为康德哲学只是破坏性的，简直算不得真正的哲学，而叔本华绍述康德，匡正其谬误，建立起一套完善的哲学体系，真是前所未有的一代宗师啊。与其说叔本华是康德的后继者，不如说康德是叔本华的先驱者。

一部《人间词话》，叔本华哲学实实扎根在王国维的论断里，几乎如盐入水。王国维对康德的评价貌似偏低，其实恰恰切中肯綮，独具慧眼地发现康德哲学其实是对哲学的不动声色的颠覆。以今天的眼光来看，王国维与其说低估了康德，不如说高估了叔本华。

当然，王国维的见地也不会一成不变，对于叔本华哲学，本体论是他最早接受又最先抛弃的部分。叔本华的本体论很有一点逻辑上无懈可击却相当令人难以置信的内容：他和康德一样认为时间、空间和因果律都是现象世界里的事情，那么可想而知，本体世界里应该不存在时间、空间和因果律，这也就意味着，所谓本体世界，其实只有唯一的本体。

康德讲过，数学来自我们的时间认知模式，几何学来自我们的空间认知模式，倘若没有时间和空间，也就自然消失了复多性与广延性，换言之，不可能有若干个体散居在不同的位置上。因果律也是在时间与空间的基础上才得以成立的，你问我一个问题，我回答你的问题，前者为因，后者为果，必定在时间上有先后才行。

所以在现象世界里，倘若我们两个人秉烛夜话，则你坐在我的对面，我坐在你的对面，我们是分别的两个人，分处在房间的两个位置上，你的问话与我的答话在时间轨迹中相继发生；而在本体世界里，既然不存在时间、空间与因果律，你的问话与我的答话便不可能有先后的关系，你与我也不可能有位置上的关系，那么，无论我们再怎样不情不愿，也只有接受这样一个答案：非但你我一体，甚而我们与这世界上的所有人、所有物，皆是一体。

约翰·多恩，教士兼玄学派诗人，有一篇著名的布道词："没有人是一座孤岛，可以自全。每个人都是一座大陆的一片，是大地的一部分。如果一小块泥土被海卷走，欧洲就少了一点，如同一座海岬少一些一样，如同你的朋友或你自己的领地失掉一块。任何人的死亡都是对我的缩小，因为我是处于人类之中；因此不必去知道丧钟为谁而鸣，它就是为你而鸣。"

海明威小说《丧钟为谁而鸣》，题目便是从这篇布道词里撷取来的。倘若我们不理解叔本华的哲学，便只会觉得这样的大道理只是宗教人士的一种美丽譬喻，是一种"人饥己饥，人溺己溺"的博爱精神，是一种高标准的道德要求而已；但是，在叔本华哲学的意义上，基于上述完全合乎形式逻辑的推理，非但"人饥己饥，人溺己溺"顺理成章，就连一块石头上小小的残缺也有十足的理由激起我们理性而非多愁善感的同情。

这是一种悲观主义与乐观主义兼具的论调，如何选取就要取决于读者的个人气质了。男人若觉得自己和李嘉诚一体，女人若觉得自己和宋慧乔一体，也许会乐不可支，只要不想到我们和猪的一体性，总还可以不那么悲伤。

对于看透了生活本质的叔本华而言，悲伤至少在理论上总是难免的。幸而他给我们指出一条解脱之道：苦难的起因是因为意志的本质是邪恶的，是因为盲目的欲望冲动过于强烈，所以我们越是能够克制欲望，痛苦也就越少，最好就是终其一生守贞禁欲。参照佛陀讲授的四圣谛，叔本华这套说辞如果说有什么缺憾，那就是太缺乏原创性了。

一生守贞禁欲当然太难了些，也有某种权宜之计，可以使人暂时摆脱意志的束缚，那就是以审美直观的方式沉浸于艺术之美。这正是叔本华最重要的美学论断，从他那悲观主义哲学当中顺理成章地衍生出来。

意志即欲望，欲望是充满功利色彩的，时刻把我们束缚在因果律的锁链里，驱使我们追名逐利，在渴求与餍足的两极间饱受折磨。但是，当我们欣赏一件艺术品的时候，倘若我们沉迷于其中，物我两忘，就会在这一段短暂的时间里从欲望所驱动的因果锁链里挣脱出来，直达这件艺术品背后的理念（源自柏拉图的概念）。

理念是意志与表象的中介，意志产生出理念，万事万物皆以各自的理念为摹本。万事万物和我们一样受制于意志，在因果锁链里挣脱不出，而只有在我们陷入物我两忘的审美时刻，时间和空间不复存在，艺术品不再作为表象之物，我也不再作为表象之我，物与我一并从因果链条里脱身而出，不沾染任何一点欲望，不再受意志的盲目驱动，物成为纯粹的审美对象（理念），我成为纯粹的审美者，物与我才一同摆脱了意志的魔爪。这是漫长的悲剧人生中的短暂解脱，艺术的意义恰如酒对于一个需要借酒浇愁的人。

| 13 | 叔本华：审美是悲剧人生的麻醉剂

简言之，叔本华提倡一种“直观”的审美方式。

我们有若干种方式可以感受和认识这个世界。比如你看到了两盘苹果，一盘 10 个，一盘 5 个，你可以从中抽象出 10 和 5 这两个数字，然后计算出 10 + 5 = 15，你有 15 个苹果可以吃掉。这个简单的观察和思考的过程包括了抽象和推理这两种认知方式，并且深刻地关乎你的食欲。也许你甘愿为了买一个名牌包包而克制食欲，将 15 个苹果一并卖掉，小心翼翼地将换来的零钱存进你的扑满。这貌似也是一种禁欲守贞的生活，但你的禁欲不是为了从欲望中解脱，而是为了满足更大的欲望。

但审美不能用到抽象和推理，不能存有功利的审慎，而应该用到直观：你不经意间看到了这些苹果，这些明媚的、娇艳的苹果，就是这一刻，没有抽象，没有推理，没有功利的权衡，剩下的只有一种东西——直观。这一刻里，激发你的不是食欲与利害之心，你想到的不是吃掉这些苹果，也不是算计怎么拿这些苹果卖钱，而是纯粹地陶醉于苹果的美丽之中。

如果还需要找一种熟悉的概念来说明它，不妨想象一下禅宗的“棒喝”：老师出其不意地打了学生一棒，立时要求弟子作答，这其实就是让弟子在刹那间来不及运用理性去思考问题，从而做出非理性的、直截了当的、最“直观”的回答。禅宗的机锋棒喝之所以常被不信佛的文人们津津乐道，是因为其中含有太丰富的美学色彩。

让我们继续想象：你看到的不是苹果，而是一幅画，你不借助于抽象和推理，而是通过直观来感受它，这一刻你陷入了物我两忘的审美状态，那么在这个时候，你所认识的就不再只是当前的这一幅画，而是这幅画的“理念”。

依靠直观而非理性，抛弃自我意识、欲望以及对利害关系的算计，完全没有功利性地、没有自我地来观察一件事物，与该事物背后的理念合而为一，这才可以说进入了审美阶段，这样的美才是具有共性的，适用于所有人。个中关键，不妨以一个不大优雅的比方来阐释：一个垃圾回收站的老板是靠着回收垃圾发家致富的，当他看到垃圾的时候，自然会产生愉悦的感觉，但因为垃圾带给他的快感并非基于直观，而是基于被观察的客体（垃圾）和主观的观察者（垃圾回收站的老板）之间的利益关系，所以对其他人来讲这一过程未必适用（大多数人看到垃圾只会产生恶感）。而当这个垃圾回收站的老板看到春花秋月、朝霞暮雨的时候，他那颗低俗的心或许也会在某一瞬间沉迷进去，忘记了自己，也忘记了算计这些景致会不会预示着某种天气变化，而天气变化会如何改变人们倾倒垃圾的方式，进而如何影响自己的收支表。在这样的时候，他就是在用直观观察事物，由此进入了审美之境。

以美学语言来讲，在这样一场审美经历中，审美者和审美对象都要经历一种角色转变：审美者由认识个体转变为纯粹认识主体，审美对象由个别的、具体的现象转为理念。这样的表达方式绝不是平易近人的，所以不妨借助一个也许过于简单的比喻：当那个垃圾回收站的老板在看着一朵玫瑰的时候，他自己变成了一面镜子，他眼前的“这朵玫瑰”变成了“玫瑰”，而时间、空间、因果律在这一刻对他们不发生任何作用。叔本华认为，倘若这短暂的一刻可以永久的话，这就是佛教所谓的涅槃。

这时候我们不妨套用一下公孙龙“白马非马”那个著名的命题，任何一朵花都只是“那一朵花”，世界上只有这朵玫瑰、那朵玫瑰，而不存在“玫瑰”；我们可以买到这个苹果、那个苹果，却买不到“苹果”。“玫瑰”之于这朵玫瑰、那朵玫瑰，“苹果”之于这个苹果、那个苹果，在我们一般人的想法里，这是通过归纳而得到的抽象概念，而在叔本华那里却颠倒了过来，是由“玫瑰”演绎出了这朵玫瑰、那朵玫瑰，由“苹果”演绎出了这个苹果、那个苹果。任何一朵玫瑰、一只苹果都是不完美的，而“玫瑰”和“苹果”完美无缺。在我们一般人的观念里，这是一种何等匪夷所思的谬论啊，但这确实就是叔本华理论的核心支柱之一，是西方哲学与美学的重要根源之一。

接下来，用一句最通俗的话来说，这个看上去并没有什么出众之处的观点其实颠覆了我们绝大多数人最朴素的一个美学认识：它意味着“各花入各眼”“萝卜白菜，各有所爱”这些古老的格言全是错的。它们之所以是错的，是因为它们所强调的是审美的主观性，而叔本华说过，主观性是属于平庸之辈的，所有富于创造性的天才都是客观的。（在康德的美学理论里，这些古老格言所表达的属于“感官的鉴赏”，仅在感官享受的层面，缺乏普遍标准，而审美属于“反思的鉴赏”，具有普遍标准。）

譬如有一个大石球，球形就是它的客观性。我们这些平庸之辈每个人都戴着凸凹不同的眼镜，每一副眼镜就是我们每个人的主观性，每个人都通过自己的眼镜来观察这个石球，有人说它方，有人说它扁，这就是“各花入各眼”“萝卜白菜，各有所爱”的局面。而天才是不戴眼镜的，至少时不时会摘下眼镜，用王国维的话说就是“不隔”，直截了当地看到了这个大石球，直截了当地看到了它那赤裸裸的、无遮无掩的球形。这个球形，就是叔本华所谓的本质、理念、永恒的形式。如果把那些凸凹不平的眼镜称为摩耶之幕，把石球称作梵，那么破除摩耶之幕而达到梵就是所谓涅槃。

但是，如果我们仍然坚信，“各花入各眼”“萝卜白菜，各有所爱”这些古老的格言才是放诸四海而皆准的真理，那真是很可谅解的，因为我们都是平庸之辈，至少在康德和叔本华面前是如此。

但至少可以让我们略感欣慰的是，即便是叔本华，在他的大半生里也都被他的同时代人视为平庸之辈。叔本华生活在理性主义的巅峰时代，被他视为头号竞争对手的黑格尔正是为理性主义之塔盖上塔尖的一代宗师。叔本华教学生涯中最惨淡的一幕，就是他特意把自己的哲学课安排在黑格尔哲学课的同一时间，其结果为“自取其辱”这个词做了完美的注解：黑格尔的课堂上人满为患，叔本华却只能对着一个空教室讲课。如果时人对叔本华还能有一点钦佩之情的话，那一定是惊叹于究竟是何等充沛的正能量才能使他自信到这般地步。

当然，作为一位致力于贬低理性的哲学家，叔本华至少在理性上应该知道：讲课是否受学生欢迎，这主要取决于讲授的水平，而不取决于学问的优劣。事情的另一面是，与其说叔本华输给了黑格尔，不如说他输给了时代风气。

逆时代潮流而动的人从来不会有什么好下场。欧洲自文艺复兴以来，思想界不断发生着天翻地覆的革命，黑格尔正顺着理性主义的大潮走到浪尖，而崇尚直观、贬低理性的叔本华自然只能被打入谷底。只有当潮水退去、所有人都赤身裸体地站在海滩上的时候，我们才有可能比较清晰地分辨这两位哲学巨匠真实的高矮胖瘦。

叔本华并不是一个反智主义者，并不反对理性；相反，他完全承认理性的伟大意义，认为理性才是人之所以区别于动物的标志。他反对的是理性至上的观点，他相信理性的认知方式低于直观。直观是一切知识的根源，是理性的全部内容的根源，“是一切真理之源泉，是一切科学之基础”，理性只不过是对直观的整理和反思。这就意味着，通过理性来认识事物其实就是先由直观来认识事物，再由理性来认识这个直观，那么理性与它的认识对象之间就隔着一个叫作“直观”的东西，这就好像我们通过一张故宫的照片来认识故宫一样。

任何忠于直观的事物，比如艺术品，是绝对不会出错的，因为它只是呈现出事物的本身，并不表达任何意见，但基于直观之上的理性却大有犯错的可能。这就好像故宫的照片是不会错的，但当你根据这张照片写下一份《故宫导游手册》，仔细标明各类注意事项的时候，这个手册却很可能出错。

再如《红楼梦》本身是一部文学作品，是一件艺术品，呈现出来的是作为“事物本身”的大观园内外的风情。在这个层面上，它并没有表达出任何意见，而当读者以各自的理性去认识这部作品时，就发生了鲁迅所说的情况：经学家看见《易》，道学家看见淫，才子看见缠绵，革命家看见排满，流言家看见宫闱秘事。

我们再从反面来看——要清楚地认识一个东西，仅仅看它主张什么往往不容易看清，更应该看的是它反对什么。叔本华的这种美学观念所反对的是什么呢？在当时，他反对的是理性至上的观念；拿到现在来看，反对的就是流行于现代文艺创作中的“观念先行”的主张。

直观的艺术是一种纯粹的呈现，并不借助于理性，“观念先行”则意味着创作者首先要以理性设定出一个观念，然后通过小说、绘画、电影等文艺形式来阐释这个观念。在我们熟悉的作品中，萨特的小说和戏剧就是最典型的观念先行的例子，所有的情节设计都是为了说明一个存在主义的哲学主题。以叔本华的标准来看，这样的作品显然算不上艺术——我们应该也可以把这个说法表述为“这样的作品没有以‘直观’营造出一个独立的艺术空间”，换言之，这样的作品没有“境界”。

| 14 | 境界与电影院

我们在梳理过康德、叔本华的哲学脉络之后，再来理解王国维就会轻松许多了：“词以境界为最上。有境界，则自成高格，自有名句。五代、北宋之词所以独绝者在此。”此处所谓境界，并非现代汉语之“精神境界”，而是源于叔本华的“理想”，否则我们会很难理解王国维对五代、北宋之词的推崇以及对南宋之词的贬低。

倘若我们不自觉地以日常语意来理解“境界”一语，定会认为五代、北宋的词之所以特别突出，原因就在于这两个时代的词人普遍有着超卓的精神境界。那么，南宋以后的词人难道是因为精神境界普遍较五代、北宋的词人低下，所以他们的创作才不及前辈吗?

事实竟然恰恰相反，反而是五代、北宋的填词名家每每流连歌舞，不过以词来吟风弄月、谈情说爱罢了，南宋以后词作中的那些苍凉、悲愤的家国天下之忧，那些在词句里表达出来的令人高山仰止的君子情操，那些使我们读其词而仰慕其人的激扬之作，在五代、北宋的作品中却找不到多少。

写出一首好词并不一定需要作者具有如何高尚的精神境界，平凡甚至猥琐的文人写出佳作在文学史上并不鲜见。诗如其人、文如其人之类的论调虽然可以得到事实的佐证，但是，相反的论调同样可以得到事实的佐证。

若考察词义的流变，我们会发现在王国维的时代以前，“境界”一词并不存在“精神修养”这个义项。古人说到“境界”，简要而言，或表示“疆界”，或表示“处境”，譬如文天祥《指南录后序》有“境界危恶”，这是说处境危急而险恶，而这个义项在现代汉语里已经消失了。王国维所谓词的“境界”，我们可以理解为词所营造出来的一个独立的艺术空间。这个艺术空间独立于现实世界，可以让读者全身心地陶醉进去，在忘我状态中进入一个艺术的幻境，浑然忘记现实生活中的悲欢离合、柴米油盐。

艺术幻境可以使我们自失或沉迷。不妨想想我们小时候看电影的经历，在刚刚走出电影院的一刹那，蓦然发现自己置身于光天化日之下、车水马龙之间，油然生出无限的失落感。那种失落感，恰恰是因为我们从艺术幻境里走了出来，回到了被时间、空间与因果律所制约的现实世界，刚刚被彻底忘怀的各种现实的利害关系（作业还没有完成，期末考试迫在眉睫，电影票花去了自己半个月的早餐钱，等等）顿时涌上心头。

所以说电影是一种剧场艺术，电影院并不仅仅是为了家庭影院无法达到的视听效果而存在，而是要为我们制造一个相对陌生的环境，使我们与熟悉的世界隔离开来，置于陌生人无害的包围之中，而这些陌生人在黑暗中无言的存在并不使我们和他们发生任何实际的关系，他们存在的唯一意义就是给我们制造出更深的陌生感，使我们更容易摆脱现实中的种种功利算计，更容易自失于电影所营造的艺术幻境之中。所以，爱好家庭影院的人其实并不懂得电影艺术的真谛，即便他们可以打造出不逊于 IMAX 影院的视听效果。

| 15 | 广告：打过折扣的境界

词没有剧场之类的辅助设备，将读者带入艺术幻境的难度自然更高。而在同样的艺术形式之内做比较，五代、北宋的词如何会比南宋以后的词更有境界呢？换言之，在营造艺术幻境的手法上，前者何以比后者高明？

这当然与词人的“思想境界”没有任何关系，只与时代风气和写作技巧有关。

一首词，乃至任何形式的文学作品，只要诉诸人的感性思维，做到以情动人、以景感人，就容易形成自己的艺术幻境，让读者不知不觉地陷入其中而无法自拔；若是诉诸人的理性思维，以理服人，哪怕说出来的这个道理多么深刻，哪怕分析论证得多么缜密，最多只可以引起读者的思考，但形不成自己的艺术幻境，不可能将读者完完全全地带入。

其实今天的广告商比诗人更懂得这个道理，譬如做汽车广告，完全不讲这款车子的任何技术参数，只是用一些精心设计的画面，一些特定的情景，让观众在不知不觉中生出代入感，感到自己分明已经拥有了这款车子，已经过起了广告画面所营造的那种幸福生活。当广告结束，观众会生出一种犹如刚刚走出电影院一般的怅然若失的情绪。在这一刻，他们对这款汽车的感觉不再是之前的“渴望拥有”，而变为“曾经拥有过，却被无情地剥夺了”。今天的心理学知识告诉我们：后者的痛感远较前者更强，所以广告创意人越来越钟情于营造影院效果，营造有“境界”的广告作品，尽管这是一种打过折扣的形似的“境界”，全在诉诸人们的欲望而已。是的，他们的意图并非给观众带来单纯的审美体验，而是要使目标受众在看完广告之后结结实实地体会到那种被剥夺的痛感。

| 16 | 名句该不该有

至于“有境界，则自成高格，自有名句”，涉及艺术创作中一个争议很大的问题。

在诗歌的历史上，对于“名句”问题素来有两种主要意见，一是如王国维这般强调诗歌需要塑造名句，二是强调一件作品必须浑然一体，任何一个局部的过分突出都会成为整体作品的缺陷——换言之，局部的胜利就是整体的失败。

在第二种意见上，最著名的就是罗丹的一个例子。罗丹某次创作一个人体雕塑，学生边看边赞："手部实在雕得太好了，无与伦比！"罗丹立即拿起锤子，砸毁了雕像的手部。

这两种意见孰是孰非，需要读者自行判断。但即便承认诗歌需要名句，也要小心一个很多人都容易掉进去的陷阱：诗艺上的名句不等于格言警句。

对于诗词中的名句，一般人都有一个误解，认为诗词要有格言警句为最好。事实上，诗艺层面上的名句和格言警句是不一样的。我们可以说一首诗里的格言警句鼓舞人心、激发斗志，但这种好只是格言意义上的好，绝不是诗艺的好。诗艺要求流畅自如，单独的句子如果太突出、太直白，这是会毁掉全篇的，也会打消掉诗歌的余韵与歧义空间。

诗人们对此也有一个漫长的认识过程，从古典诗歌到现代诗歌都是这样。莎士比亚把十四行诗从彼特拉克体 4433 的格式变成了 4442，使最后一个诗节变成了两句，目的很简单，就是要营造警句出来。这是当时的一个革命，但这个手法很快就从主流的诗歌语言里淡化下去了，因为这种手法过于凸显局部，代价是牺牲了诗歌的完整性。再如大家熟悉的"卑鄙是卑鄙者的通行证，高尚是高尚者的墓志铭"，作为格言，这两句话非常精彩，但从诗艺层面讲，这两句却是败笔，破坏了全诗的整体性和流畅感。如果以王国维"境界"的标准来看，这两句显然全是诗人经由理性反思而做出的抽象归纳，也就是说，诗人运用到了推理和抽象这两种认识世界的方式，却没有用到直观，自然没有"境界"。

| 17 | 有境界的词和无境界的词

我们都知道决定一件艺术作品高下的是它的内涵和深度，但究竟什么才是内涵和深度呢？一种常见的误解是：所谓内涵和深度是指作品的"思想深度"，也就是说，作品的思想性越强，艺术价值也就越高。然而事实上，艺术深度完全不同于思想深度，前者指的是境界的深远广大，与思想性没有任何关系。艺术作品只需要纯粹地传达一种美的感受，不必负载任何或深或浅的思想。

音乐就是一种极端形式的例子。巴赫的音乐比 S.H.E.（中国台湾的女子流行演唱组合）的歌曲更有深度，这并不意味着巴赫在曲谱里写进了怎样深刻的思想——不，音乐仅仅传达情绪，不传达任何思想。流行歌曲旋律简单，朗朗上口，但正是因为这些特性，在古典音乐爱好者听来，简直单调而乏味。而巴赫的音乐繁复多变，深远而细腻，当你陷入了这种音乐当中，陷入了巴赫的艺术幻境当中，会感觉自己在无尽的春花秋月、悲欢离合中纵横驰突。

最后不妨以具体的词作举例。北宋词人秦观有一首著名的《浣溪沙》：

漠漠轻寒上小楼，晓阴无赖似穷秋。淡烟流水画屏幽。

自在飞花轻似梦，无边丝雨细如愁。宝帘闲挂小银钩。

这是在本书第八章里讲过的词，我们再仔细看它一遍：它只是传达了淡淡的一抹忧伤罢了，没有讲任何道理，没有任何的“思想深度”，但读着读着，我们很容易就会陷入那自在飞花、无边丝雨的世界里去，陷入了秦观词中的“境界”。

接下来作为对照，选取清代词人张惠言的一首词。张惠言不但擅长填词，也是一位著名的词论家，他曾以长辈的身份写了一组《水调歌头·春日赋示杨生子掞》，送给当时寄寓在常州的一位叫杨绍文（字子掞）的年轻人。这一组词在清代极为著名，是励志型座右铭的典范，常州词派大将谭献称道这一组词是“开倚声家未有之境”，就是说它们开创了一个古往今来的所有词人从未写出过的崭新局面。这里只选取其中的第一首：

今日非昨日，明日复何如。揭来真悔何事，不读十年书。为问东风吹老，几度枫江兰径，千里转平芜。寂寞斜阳外，渺渺正愁予。

千古意，君知否，只斯须。名山料理身后，也算古人愚。一夜庭前绿遍，三月雨中红透，天地入吾庐。容易众芳歇，莫听子规呼。

起句“今日非昨日，明日复何如”，劈头道出了对时光流逝的恐惧感。不经意间，时光已经匆匆溜走，这才感叹“揭来真悔何事，不读十年书”，若岁月可以重来，定当苦读十年才好。接下来从内在的心事转入外在的风光：“为问东风吹老，几度枫江兰径，千里转平芜。寂寞斜阳外，渺渺正愁予。”这是将个人的时光放入大自然的时光里，亦即放入一个更大的坐标里去看，在这个更大的坐标里，愈发感觉日月的无情。

下阕从感怀转入说理。“千古意，君知否，只斯须”，“斯须”就是“片刻”，千百年的岁月在大自然这个巨大的坐标里也无非是弹指一挥间罢了。人若要追求“千古意”，追求永恒，追求不朽，更不得不抓住短暂的光阴。是的，就像司马迁那样，著成《史记》以“藏之名山”，果然成就了不朽的声名。这样的情怀，在普通人看来或许太愚，但若没有这份愚，没有这份不可救药的固执，又怎么能够在短短的一生里战胜时间呢？

“一夜庭前绿遍，三月雨中红透，天地入吾庐”，词人忽然笔锋一转：我在自己的小房间里分明看到了春风一夜之间吹绿了庭前的草地，三月的雨水催开了璀璨的鲜花，仿佛天地之间的一切胜景尽纳于此。我心自足，一切不假外求，这正是道家修心的至高境界。庄子讲过“胞有重阆，心有天游”，这是说人身体的胞膜存有空隙，人的心灵有天然之游。“心有天游”不是用腿脚和车马去名山大川旅游，而是心灵的一种自足状态。所以清代初年的《庄子》注释家宣颖对这段文字相当激赏，说一个人只要心有天游，那么方寸之内就会逍遥无际，没必要真去名山大川旅游一趟。那些见到开阔的自然风景而觉得心情疏朗的人，都是因为平日里心胸逼仄的缘故，像谢灵运那些寄情山水的所谓名士在《庄子》这番话面前真该感到惭愧。（《南华经解》）是的，因外物而喜，因外物而哀，这仍然是“有待”之境，心灵是不自由的，只有自足的心灵才可以不管外界如何喧嚣、如何逼仄，都可以逍遥自适。若要达到这种境界，便只有加强内心的修养。

词的结尾：“容易众芳歇，莫听子规呼。”这里用到了一则典故，传说子规这种鸟儿常常在立夏时节开始啼鸣，子规一啼，草木便开始枯萎。词人这是在做极其审慎的叮咛：流光易逝，年华易老，我们必须珍惜每一寸的光阴。

张惠言这首词究竟好不好呢？当然有它的好处，但是，若以王国维的“境界”之说而论，它太在意说理，说了那么多劝人珍惜时光、努力读书的道理，你总感觉这是一位老师、一位长者在对你谆谆教诲。你或许会认同这些教诲，或许也会被这样美丽的文辞所传达出来的道理打动，但你就是很难陷入这首词的世界里去，因为它所营造的艺术幻境每每才一出现便被说理打破。它确实是一种很好的词，却不是持有境界说的王国维会喜欢的。

附录二：诗词引用

[先秦]《诗经·秦风·蒹葭》
[先秦]《诗经·郑风·风雨》
[先秦]《诗经·小雅·节南山》
[先秦]屈原《九章·涉江》
[汉]古诗十九首之《青青河畔草》
[汉]古诗十九首之《今日良宴会》
[汉]古诗十九首之《生年不满百》
[汉]古诗十九首之《驱车上东门》
[晋]陶渊明《饮酒》之五
[晋]陶渊明《饮酒》之二十
[晋]陶渊明《咏荆轲》
[晋]陶渊明《归园田居》之一
[晋]陶渊明《归园田居》之三
[北朝]无名氏《敕勒歌》
[南朝·宋]谢灵运《邻里相送至方山》
[南朝·宋]谢灵运《七里濑》
[南朝·宋]谢灵运《登池上楼》
[南朝·宋]谢灵运《岁暮》
[南朝·宋]颜延之《为织女赠牵牛》
[南朝·齐]谢朓《暂使下都夜发新林至京邑赠西府同僚》
[南朝·梁]何逊《扬州法曹梅花盛开》
[隋]薛道衡《昔昔盐》
[唐]王绩《野望》
[唐]王维《使至塞上》
[唐]孟浩然《晚泊浔阳望庐山》
[唐]李白《玉阶怨》
[唐]李白《夜泊牛渚怀古》
[唐]李白《忆秦娥》(箫声咽)
[唐]杜甫《陪郑广文游何将军山林》
[唐]杜甫《戏为六绝句》之四
[唐]杜甫《喜达行在所》之三

[唐]杜甫《水槛遣心》之一
[唐]杜甫《奉赠韦左丞丈二十二韵》
[唐]杜甫《后出塞》之二
[唐]杜甫《和裴迪登蜀州东亭送客逢早梅相忆见寄》
[唐]杜甫《佳人》
[唐]白居易《长恨歌》
[唐]韩愈《晚春》
[唐]崔国辅《湖南曲》
[唐]李憕《奉和圣制从蓬莱向兴庆阁道中留春雨中春望之作应制》
[唐]朱湾《秋夜宴王郎中宅赋得露中菊》
[唐]韩翃《寒食》
[唐]张继《阊门即事》
[唐]李贺《天上谣》
[唐]韦应物《逢杨开府》
[唐]韦应物《寺居独夜寄崔主簿》
[唐]李商隐《药转》
[唐]温庭筠《商山早行》
[唐]温庭筠《菩萨蛮》(小山重叠金明灭)
[唐]温庭筠《菩萨蛮》(蕊黄无限当山额)
[唐]温庭筠《更漏子》(柳丝长)
[唐]温庭筠《酒泉子》(楚女不归)
[五代]皇甫松《天仙子》(晴野鹭鸶飞一只)
[五代]薛昭蕴《浣溪沙》(粉上依稀有泪痕)
[五代]韦庄《菩萨蛮》(红楼别夜堪惆怅)
[五代]韦庄《菩萨蛮》(人人尽说江南好)
[五代]韦庄《菩萨蛮》(如今却忆江南乐)
[五代]韦庄《菩萨蛮》(劝君今夜须沉醉)
[五代]韦庄《菩萨蛮》(洛阳城里春光好)
[五代]韦庄《荷叶杯》(记得那年花下)
[五代]李璟《摊破浣溪沙》(菡萏香销翠叶残)
[五代]李煜《渔父》(浪花有意千重雪)
[五代]李煜《渔父》(一棹春风一叶舟)
[五代]李煜《一斛珠》(晓妆初过)
[五代]李煜《菩萨蛮》(蓬莱院闭天台女)
[五代]李煜《菩萨蛮》(铜簧韵脆锵寒竹)
[五代]李煜《菩萨蛮》(花明月暗笼轻雾)
[五代]李煜《浣溪沙》(红日已高三

丈透）

[五代]李煜《相见欢》（林花谢了春红）

[五代]李煜《浪淘沙》（帘外雨潺潺）

[五代]李煜《玉楼春》（晚妆初了明肌雪）

[五代]李煜《虞美人》（春花秋月何时了）

[五代]冯延巳《鹊踏枝》（谁道闲情抛掷久）

[五代]冯延巳《鹊踏枝》（粉映墙头寒欲尽）

[五代]冯延巳《鹊踏枝》（梅落繁枝千万片）

[五代]冯延巳《鹊踏枝》（几日行云何处去）

[五代]冯延巳《菩萨蛮》（娇鬟堆枕钗横凤）

[五代]冯延巳《临江仙》（秣陵江上多离别）

[五代]冯延巳《临江仙》（冷红飘起桃花片）

[五代]冯延巳《醉花间》（晴雪小园春未到）

[五代]冯延巳《上行杯》（落梅着雨消残粉）

[五代]冯延巳《玉楼春》（雪云乍变春云簇）

[五代]冯延巳《南乡子》（细雨湿流光）

[宋]范仲淹《渔家傲》（塞下秋来风景异）

[宋]夏竦《喜迁莺》（霞散绮）

[宋]柳永《定风波》（自春来）

[宋]柳永《醉蓬莱》（渐亭皋叶下）

[宋]柳永《鹤冲天》（黄金榜上）

[宋]柳永《蝶恋花》（伫倚危楼风细细）

[宋]晏殊《示张寺丞王校勘》

[宋]晏殊《浣溪沙》（一曲新词酒一杯）

[宋]晏殊《蝶恋花》（槛菊愁烟兰泣露）

[宋]晏幾道《蝶恋花》（喜鹊桥成催凤驾）

[宋]晏幾道《蝶恋花》（梦入江南烟水路）

[宋]晏幾道《临江仙》（淡水三年欢意）

[宋]晏幾道《临江仙》（梦后楼台高锁）

[宋]晏幾道《鹧鸪天》（彩袖殷勤捧玉钟）

[宋]宋祁《玉楼春》（东城渐觉风光好）

[宋]张先《天仙子》（水调数声持酒

听）

[宋]张先《一丛花》（伤高怀远几时穷）

[宋]张先《碧牡丹》（步帐摇红绮）

[宋]林逋《点绛唇》（金谷年年）

[宋]欧阳修《蝶恋花》（庭院深深深几许）

[宋]欧阳修《浣溪沙》（堤上游人逐画船）

[宋]欧阳修《少年游》（阑干十二独凭春）

[宋]欧阳修《玉楼春》（尊前拟把归期说）

[宋]欧阳修《临江仙》（柳外轻雷池上雨）

[宋]欧阳修《夜行船》（轻捧香腮低枕）

[宋]欧阳修《望江南》（江南柳）

[宋]欧阳修《晚泊岳阳》

[宋]欧阳修《戏答元珍》

[宋]梅尧臣《苏幕遮》（露堤平）

[宋]梅尧臣《陶者》

[宋]程颢《秋日偶成》

[宋]苏轼《定风波》（莫听穿林打叶声）

[宋]苏轼《水调歌头》（明月几时有）

[宋]苏轼《水龙吟》（似花还似非花）

[宋]苏轼《念奴娇》（大江东去）

[宋]苏轼《过永乐文长老已卒》

[宋]黄庭坚《送范德孺知庆州》

[宋]黄庭坚《寄黄幾复》

[宋]黄庭坚《戏呈孔毅父》

[宋]黄庭坚《拜刘凝之画像》

[宋]章楶《水龙吟》（燕忙莺懒芳残）

[宋]秦观《踏莎行》（雾失楼台）

[宋]秦观《浣溪沙》（漠漠轻寒上小楼）

[宋]秦观《浣溪沙》（脚上鞋儿四寸罗）

[宋]秦观《鹊桥仙》（纤云弄巧）

[宋]秦观《河传》（恨眉醉眼）

[宋]秦观《水龙吟》（小楼连苑横空）

[宋]秦观《春日》

[宋]仲殊《诉衷情》（涌金门外小瀛洲）

[宋]贺铸《青玉案》（凌波不过横塘路）

[宋]贺铸《鹧鸪天》（重过阊门万事非）

[宋]周邦彦《苏幕遮》（燎沉香）

[宋]周邦彦《少年游》（并刀如水）

[宋]周邦彦《六丑》（正单衣试酒）

[宋]周邦彦《解连环》（怨怀无托）

[宋]周邦彦《解语花》（风销焰蜡）

[宋]赵佶《醉落魄》（无言哽咽）

[宋]赵佶《燕山亭》（裁翦冰绡）

[宋]张元幹《贺新郎》(梦绕神州路)
[宋]张孝祥《六州歌头》(长淮望断)
[宋]张孝祥《念奴娇》(洞庭青草)
[宋]朱熹《赋水仙花》
[宋]辛弃疾《青玉案》(东风夜放花千树)
[宋]辛弃疾《摸鱼儿》(更能消)
[宋]辛弃疾《贺新郎》(甚矣吾衰矣)
[宋]辛弃疾《永遇乐》(千古江山)
[宋]辛弃疾《踏莎行》(进退存亡)
[宋]辛弃疾《念奴娇》(我来吊古)
[宋]辛弃疾《木兰花慢》(可怜今夕月)
[宋]陈亮《贺新郎》(话杀浑闲说)
[宋]刘过《沁园春》(斗酒彘肩)
[宋]戴复古《望江南》(壶山好)
[宋]戴复古《洞仙歌》(卖花担上)
[宋]陆游《卜算子》(驿外断桥边)
[宋]陆游《钗头凤》(红酥手)
[宋]陆游《示儿》
[宋]陆游《十一月四日风雨大作》
[宋]陆游《书愤》
[宋]陆游《剑门道中遇微雨》
[宋]陆游《临安春雨初霁》
[宋]陆游《余年二十时尝作菊枕诗，颇传于人，今秋偶复采菊缝枕囊，凄然有感》二首
[宋]陆游《禹迹寺南有沈氏小园，四十年前，尝题小词一阕壁间，偶复一到，而园已三易主，读之怅然》
[宋]陆游《沈园》二首
[宋]陆游《春游》
[宋]唐婉《钗头凤》(世情薄)
[宋]姜夔《扬州慢》(淮左名都)
[宋]姜夔《念奴娇》(闹红一舸)
[宋]姜夔《惜红衣》(簟枕邀凉)
[宋]姜夔《暗香》(旧时月色)
[宋]姜夔《疏影》(苔枝缀玉)
[宋]姜夔《点绛唇》(燕雁无心)
[宋]姜夔《翠楼吟》(月冷龙沙)
[宋]姜夔《鹧鸪天》(柏绿椒红事事新)
[宋]姜夔《鹧鸪天》(巷陌风光纵赏时)
[宋]姜夔《鹧鸪天》(忆昨天街预赏时)
[宋]姜夔《鹧鸪天》(肥水东流无尽期)
[宋]姜夔《鹧鸪天》(辇路珠帘两行垂)
[宋]姜夔《徵招》(潮回却过西陵浦)
[宋]吴文英《祝英台近》(剪红情)
[宋]吴文英《莺啼序》(残寒正欺病酒)
[宋]吴文英《金缕曲》(乔木生云气)
[宋]吴文英《踏莎行》(润玉笼绡)

[宋]吴文英《秋思》(堆枕香鬟侧)
[宋]史达祖《双双燕》(过春社了)
[宋]史达祖《留春令》(故人溪上)
[宋]史达祖《绮罗香》(做冷欺花)
[宋]史达祖《满江红》(好领青衫)
[宋]史达祖《东风第一枝》(巧沁兰心)
[宋]周密《木兰花慢》(恰芳菲梦醒)
[宋]周密《木兰花慢》(碧霄澄暮霭)
[宋]周密《木兰花慢》(觅梅花信息)
[宋]周密《一萼红》(步深幽)
[宋]周密《高阳台》(照野旌旗)
[宋]王沂孙《高阳台》(驼褐轻装)
[宋]陈允平《探春》(上苑乌啼)
[宋]陈允平《秋霁》(千顷玻璃)
[宋]陈允平《百字令》(凝云冱晓)
[宋]陈允平《下第怀楼寿朋》
[宋]陈允平《留鹤江有感》
[宋]陈允平《齐天乐》(湖光只在阑干外)
[宋]陆叡《甘州》(满清平世界庆秋成)
[宋]张炎《南浦》(波暖绿粼粼)
[宋]张炎《高阳台》(接叶巢莺)
[宋]张炎《解连环》(楚江空晚)
[宋]张炎《祝英台近》(水痕深)
[宋]文天祥《沁园春》(为子死孝)
[金]元好问《颍亭留别》
[金]高有邻《马嵬》
[元]马致远《天净沙》(枯藤老树昏鸦)
[元]白朴《沁园春》(千载寻盟)
[明]李贽《除夕道场即事》三首
[明]徐渭《内子亡十年,其家以甥在,稍还母所服潞州红衫,颈汗尚泚,余为泣数行下,时夜天大雨雪》
[清]吴伟业《鸳湖曲》
[清]陈维崧《夏初临》(中酒心情)
[清]陈维崧《满江红》(坏堞崩沙)
[清]陈维崧《贺新郎》(掷帽悲歌发)
[清]陈维崧《齐天乐》(高柯一碧无情极)
[清]朱彝尊《齐天乐》(芩根化就初无力)
[清]朱彝尊《催雪》(倦拥痴床)
[清]朱彝尊《解佩令》(十年磨剑)
[清]朱彝尊《百字令》(菰芦深处)
[清]王士祯《秋柳》四首
[清]纳兰性德《长相思》(山一程)
[清]纳兰性德《如梦令》(万帐穹庐人醉)
[清]纳兰性德《木兰花令》(人生若只如初见)
[清]纳兰性德《蝶恋花》(辛苦最怜天上月)
[清]纳兰性德《浣溪沙》(谁念西风

独自凉）
[清]纳兰性德《百字令》（片红飞减）
[清]纳兰性德《沁园春》（瞬息浮生）
[清]张惠言《水调歌头》（东风无一事）
[清]张惠言《水调歌头》（百年复几许）
[清]张惠言《水调歌头》（疏帘卷春晓）
[清]张惠言《水调歌头》（今日非昨日）
[清]张惠言《水调歌头》（长镵白木柄）
[清]张惠言《双双燕》（满城社雨）
[清]郑燮《沁园春》（花亦无知）
[清]袁枚《马嵬》
[清]厉鹗《论词绝句》（鬼语分明爱赏多）
[清]厉鹗《论词绝句》（贺梅子昔吴中住）
[清]龚自珍《舟中读陶诗》三首
[清]周济《蝶恋花》（络纬啼秋啼不已）
[清]刘熙载《虞美人》（填词有意夸工巧）
[清]洪亮吉《金缕曲》（衣薄还如纸）
[清]朱孝臧《鹧鸪天》（野水斜桥又一时）
[清]朱孝臧《望江南》（金针度）
[清]冯煦《论词绝句》（楚天凉雨破寒初）
[清]王国维《颐和园词》

后　记

作者的偏爱与读者的喜好往往不能合拍，甚至背道而驰，这实在是一件无可奈何的事情。一直以来，越是我私心偏爱的作品，读者反而越少。我不知道这本书会不会照旧被这条残忍的规律所吞噬，但我还是希望更多喜欢我的人是通过这本书以及《少有人看见的美》来认识我的。

苏　缨

2014 年 5 月

图书在版编目（CIP）数据

人间词话精读 / 苏缨著 . -- 长沙：湖南文艺出版社 , 2015.2
ISBN 978-7-5404-7069-2

Ⅰ . ①人… Ⅱ . ①苏… Ⅲ . ①词（文学）—诗词研究—中国—古代
②《人间词话》—研究 Ⅳ . ① I207.23

中国版本图书馆 CIP 数据核字（2015）第 009126 号

上架建议：诗词赏析

人间词话精读

作　　者：苏　缨
出 版 人：刘清华
责任编辑：薛　健　刘诗哲
监　　制：于向勇　康　慨
策划编辑：楚　静　郭　群
营销支持：刘　健
装帧设计：姜利锐
内文排版：百朗文化
出版发行：湖南文艺出版社
（长沙市雨花区东二环一段 508 号 邮编：410014）
网　　址：www.hnwy.net
印　　刷：三河市鑫金马印装有限公司
经　　销：新华书店
开　　本：787mm × 1092mm　1/16
字　　数：600 千字
印　　张：37.5
版　　次：2015 年 2 月第 1 版
印　　次：2015 年 2 月第 1 次印刷
书　　号：ISBN 978-7-5404-7069-2
定　　价：49.00 元

（若有质量问题，请致电质量监督电话：010-84409925）

读行者